Kleist · Sämtliche Briefe

W0398350

Heinrich von Kleist
Sämtliche Briefe

Herausgegeben von
Dieter Heimböckel

Philipp Reclam jun. Stuttgart

Umschlagabbildung:
Brief Heinrich von Kleists an
Sophie Sander, Frühjahr 1810

Universal-Bibliothek Nr. 9768
Alle Rechte vorbehalten
© 1999 Philipp Reclam jun. GmbH & Co., Stuttgart
Gesamtherstellung: Reclam, Ditzingen. Printed in Germany 1999
RECLAM und UNIVERSAL-BIBLIOTHEK sind eingetragene Marken
der Philipp Reclam jun. GmbH & Co., Stuttgart
ISBN 3-15-009768-1

Inhaltsübersicht

Briefe von Kleist

1. An Auguste Helene von Massow

Frankfurth am Mayn
d. 13^{t} ⟨–18.⟩ Maerz 1793

Gnädigste Tante!

Was soll ich Ihnen zuerst beschreiben, zuerst erzählen? Soll ich Ihnen den Anblick schöner Gegenden, oder den Anblik schöner Städte, den Anblick prächtiger Paläste oder geschmackvoller Gärten, fürchterlicher Kanonen oder zahlreicher Truppen zuerst beschreiben. Ich würde das Eine vergeßen und das Andere hinschreiben, wenn ich Ihnen nicht von Anfang an alles erzählen wollte. Ich fahre also in der Beschreibung meiner Reise fort.

Es war 10 Uhr als ich den Brief an Gustchen zusiegelte, und ihn dem Aufwärter übergab. Ich legte mich im Bette. Es war seit 3 Tagen die erste ruhige Nacht. Folgenden Tags am Donnerstag war es noch nicht bestimt wenn wir abreisen wollten, und der Kaufman beschloß bis Freytag früh um 7 Uhr auf Briefe zu warten, und dann abzureisen. Ich besah mir noch die Pleissenburg und die umliegende Gegend; ich kann Ihnen aber dieses unmöglich genau beschreiben ich hätte zuviel zu thun, denn je näher ich nach Francfurth kam je schöner je romantischer wurde die Gegend. – Ein Feuer das in unsere Nähe entstand, hielt uns bis 11 Uhr wach; wir schliefen aus und fuhren den Freitag, da noch keine Briefe kamen, von Leipzig ab. Kapaun und Kuchen war aufgezehrt; ein Kalbsbraten ersezte die Stelle. Auch rieth man mir, mich wegen herumstreifenden Franzosen in der Nähe von Frankfurth in Acht zu nehmen; mein Mantel wurde also umgekehrt und die Sporen abgemacht. Wir kamen über Alt Ranstaedt, einem Städtgen wo einst ein wigtiger Friede geschloßen ward, über Lützen bey den Stein vorbey, welcher uns an den großen meuchelmördrisch gefallenen Gustav Adolph erinnerte, und endlich nach Rippach. Hier sah ich im Posthause den Stuhl auf welchen Friedrich nach der Bataille von Rossbach ausruhte. Dieser Stuhl steht noch so, wie er stand als König Friedrich davon aufstand; über ihm ist ein Aschenkrug mit der Inschrift gemahlt: Place de repos de Fréderic II R. d. P. apres la bataille de Rossbach. Von hier fuhren wir über das Schlachtfeld von Rossbach, durch das Schloß Weissenfels an dem Ufer der prächtigen Saale nach Naumburg. Was ich hier für Gegenden sah, Tantchen das kann ich Ihnen gar nicht beschreiben. Die Gegenden an der Saale sind die schönsten in ganz Sachsen. Ich habe nie geglaubt daß es in der Natur so schöne Landschaften geben könne, als ich sie gemahlt gesehen habe; jezt aber habe ich grade das Gegentheil erfahren. Vor Naumburg liegt ein hoher Felsen; eine alte Burg stand darauf. Man erzählte mir ein hundertjähriger Greis sey der einzige Bewohner dieses Ritterschloßes; dies hören, und den Entschluß gefaßt zu haben ihn zu sehen, war Eins. Alles Protestirens des HErrn Romerio, der sich nicht gern aufhalten wollte, ungeachtet, fing ich an den schroffen Felsen hinanzuklettern. Ein Tritt auf einen losen Stein welcher abbrach, und ein darauffolgender 5 fuß hoher Fall, schreckte mich von meinem Vorhaben ab, und hätte schlimmere Folgen für mich haben können wenn unser 2ter Begleiter HErr Meier mich nicht aufgefangen hätte. Wir sahen immer noch die Saale an unserer Seite, ein Gegenstand der uns den ganzen Tag sehr amüsirte. Jezt passirten wir eine Saline (Salzwerck) und von hier aus konnten wir nun schon den Thüringer Wald sehen. Um 8 Uhr Abends trafen wir in Auerstaedt ein. Hier übernachteten wir, waren aber um 3 Uhr wieder in den Wagen und kamen ohne viel gesehen zu haben in Buttelstaedt an. Je weiter wir nun reisten, je majestätischer zeigte sich uns das prächtige Gebürge. In Erfurt sah ich die große Glocke, und die ersten Mainzischen und Kaiserl: Truppen. In Gotha sprach ich Abends um 6 Uhr den Generalsuperintendenten Löffler; er trug mich auf ihm bey Ihnen zu empfehlen, und erinnerte sich unsers Hauses mit vielem Vergnügen. Hinter Gotha kamen wir nun wirklich in das mit Schnee bedekte Gebürge. Nur Schade daß es finster war und daß ich also nichts gesehen habe, folglich nichts erzählen kann. Wir begegneten auf der Farth von Gotha nach Eisenach einem Menschen im tiefsten Gebürge, der uns mit einem Straßenräuber nicht viel unähnliches zu haben, schien. Er klammerte sich heimlich hinten an den Wagen; und da dies der Postillion bemerkte so schlug er nach ihm mit der Peitsche. Ganz still blieb er sitzen und ließ schlagen. Der Postillion trat im Fahren auf den Bock, und hieb mit der Peitsche so lange bis er herunter war. Nun fing der Mensch gräßlich an zu schreien. Dencken Sie sich nur ein Gebürge; wir ganz allein in dessen Mitte, hier wo man jeden Laut doppelt hört, hier schrie dieser Mensch so fürchterlich. Uns schien es nicht e i n e Stimme, uns schienen es ihrer 20 zu seyn; denn an jedem Berge tönte das Geschrei doppelt stark zurück. Die Pferde, dadurch scheu gemacht gingen durch, der Postillion der auf dem Bock noch immer stand, fiel herunter, der Mensch brüllte immer hinter uns her – bis endlich einer von uns der Pferde Zügel haschte. Dem Räuber (denn dies war er ganz gewiß) zeigten wir nun den blanken Säbel, und frugen ihm was er eigentlich wollte; er antwortete mit Schreyen und Toben und Lärmen. Der Postillion fuhr scharf zu, und wir hörten den Menschen immer noch von weitem pfeiffen. Unter diesem charmantem Concert kamen wir des Nachts um 12 Uhr in E i s e n a c h an, fuhren aber um 3 Uhr schon wieder ab. Die Chaussée die sich schon von Gotha anfing die reizte uns, sie zu benutzen; ohne ihr hätten wir es nicht gewagt im Gebürge herumzuirren. Nach einer 2stündigen Reise ohngefähr passirten wir die Wartburg. Sie entsinnen sich gewiß noch F r i e d r i c h s m i t d e r g e b i ß n e n W a n g e ? und seiner Burg? – Da wir ohnedem wegen der steilen Berge neben den Wagen giengen, so kletterte ich heimlich den Felsen zur Burg hinan. Ein steiler Fußweg zeigte mir die Oeffnung zum Schloß. Auf dem höchsten Felsen liegt hier weiter nichts als ein altes eingefallnes Haus und 2 Thürme. So eine antique eingefallne bemooste Burg können Sie sich auf einem steilen Felsen beinah vorstellen; die Aussicht aber die man hier genißt kann man sich unmöglich dencken. Hier sieht man über alle beschneyte Gebürge weg; hundertjährige Tannen und Eichen verschönern es. In der Ferne sehen Sie eine meilenlange Wiese, in dessen Mitte das Postamt Berka liegt, und in noch weiterer Ferne bemerken Sie Berge die Sie aber gleichsam nur wie durch einen blauen Flor sehen. Ueber sie gieng eben die Sonne auf! – (Sonderbar ist es was solch ein Anblick bei mir für Wirkungen zeigt. Tausend andere heitert er auf; ich dachte an meine Mutter und an Ihre Wohlthaten. Mehr darf ich Ihnen nicht sagen. –) Ich eilte dem Wagen nach der schon eine Strecke voran war, und in Abwechselungen der schönsten Gegenden kamen wir in dem obenbenannten Postamt, (das heißt in dem lezten sächsisch thüringischen) an. Auf unserer Reise begegneten wir viele Couriere und grade einer der hier von Frfth a Mayn abstieg brachte die Nachricht, daß die Franzosen von den Kaiserl: aufs Haupt geschlagen, und viele Kanonen, Fahnen, und Soldaten erbeutet worden sind – Nach einem kleinen Frühstück traten wir die Reise nach Vach an; es verlor hier zwar schon das Gebürge allein Ritterschlößer, Wiesen, Felsen und überhaupt schöne Gegenden sahen wir dennoch. Zwar vermißten wir den Anblick nie; denn auf unserer ganzen Reise war keine Minute die uns Langeweile gewährte, außer – die doppelt langen Minuten der Nacht. Aus dem Fuldischen Postamt, kamen wir in dem Hessischen Schüchtern und von hier wieder in dem erstern, in Fulda selbst an, die schönste, nein die angenehmste Stadt die ich je gesehen – (doch ich entsinne mich Ihnen Leipzig als die schönste angepriesen zu haben. Sie werden mir diesen Fehler verzeihen, denn zulezt weis ich selbst das Schönste was ich gesehen habe nicht zu nennen.) – Von Fulda kamen wir nach Westminster, von hier nach Kellnhausen, und nach Hanau. Hier fanden wir schon Preussen und Hessen und sahen schon lauter Kriegsbewegungen, das heißt hier Canonen, dort Munitionswagens auf dem Felde herumfahren. Ich konnte nicht erwarten nach Frankfurth zu kommen, und wir eilten also etwas und waren den 11[t] Maerz anno 1793 um halb zwölf Uhr in Frankfurth am Mayn. (und also grade 8 Tage auf der Reise)

Mein erster Gang war natürlich zum Cap v Frankenberg. Er glaubte mich nicht so früh zu sehen, doch freut' es ihm. Seine Verwundrung nahm aber ab, als ich ihm sagte daß Frfth a Oder für mich, seitdem ich keine Mutter besitze, kein Aufenthalt der Freude mehr sey. Er nahm waren Antheil an meinen Verlust und wünschte mir Glück, wenigstens keine verlaßne Waise zu seyn, und versprach sich meiner nur um desto mehr anzunehmen. Ich eilte nun mein Quartier zu besuchen; man stellte es mir frey mich eins auszusuchen. Ein Unterofficier ging mit mir herum und ich besah mich eins nach dem andern. Aber eh' ich alles in Ordnung brachte war es finster, und es war 7 Uhr und hatte noch kein Quartier. Mein lezter Versuch gelang. Der Kaufmann Romerio erlaubte mir eine Nacht in seiner Stube zu schlafen. Den andern Tag meldete ich mir bey die HErrn Staabs Officier, und alles auf der Parade freute sich, mich so bald wieder bei ihnen zu sehen – Nun fand ich auch ein Quartier. Ein Vorzimmer und eine Stube mit einer wirklich schönen japanischen Tapete und mit schönen Mahlereyen ausgeziert gehört mir und meinen Burschen ganz allein. Zwar ist sie so finster, daß ich dies was ich hier schreibe kaum erkennen kann; zwar dringt keine Sonnenstrahl in die Mitte der Stube, allein ich wäre zufrieden und wenns ein Keller wäre. Was mich aber über alle Maaßen sonderbar vorkommt, ist dies, daß ich für ein eigenes Bette, worum ich meine Wirthin gebeten habe, wöchentlich – 1 Rth. sage Einen Reichsthaler geben muß. Es ist unerhört; allein ich müßte es ihr geben und wenn sie auch nicht einen Pfennig abließe. Eigentlich muß ich mit dem Burschen zusammenschlafen, und dies geschähe auch recht gern denn wenn der Mensch reinlich ist, so ist dies gar nicht sonderbar. Allein auch er hat nur einen Strohsack und eine Decke. Ich könnte dies meinem Capitaine sagen, und er wäre gewiß so gütig für mich besser zu sorgen; ich mag mich aber das nicht aus setzen, daß es heißt, ich bin mit nichts zufrieden und es käme mir nur ungewohnt vor. Das Mittag-eßen besteht in einer Suppe und Gemüße, öfters als zum Beispiel heute fehlt die Suppe. Kaffée und Zucker hab' ich selbst. Abendbrod eß ich bei den Wirth einer meiner Cameraden, bei einen herzensguten Mann, sehr gut und wohlfeil. Was ich aber in meinem Quartier verzehre muß ich aufs theuerste bezahlen. Glauben Sie etwa nicht daß dies ein Appendix zu dem Gespräch sey was wir einmal hatten, nemlich daß die Söhne ihren Eltern öfters von Unglücksfällen vorlügen dies ist der Fall nicht und wird es nie sein. Jezt darf ich zu dem Mittel meine Zuflucht noch nicht nehmen, und für die Folge da werden Sie, Gnädigste Tante, schon sorgen. Gott sey Danck daß es nicht mehr lange dauern wird, denn wir marschiren Donnerstag oder Freytag (d. 21^{t} oder 22^{r}) ganz gewiß. Vier Esquadrons von Golz haben eine französische Batterie von 18 Canonen bei Rüremonde erobert; 12 Stück 12 ℔dige stehen schon als Siegs Trophaen auf dem hiesigen Römer Platz. Die Franzosen oder vielmehr das Räubergesindel wird jezt aller wärts geklopft. Mastricht ist entsezt, und die Feinde sind von den Oesterreichern an drei Orten zurück geschlagen worden. Täglich ziehen Kaiserl:, Sächsische, Hessische und allerley Truppen hier durch die Stadt. Täglich kommen schwere Batterien auf Fracht Wagen aufgepackt hier nach Frankfurth. Bereits sind 180 schwere Oestreichsche Batterien hier, ohne die Preuß'schen und ohne die, die noch kommen. Man erwartet täglich den Anfang des Bombardements von Mainz, und so ganz ohne Nutzen wird die Garde hier wohl nicht sein. Uebermorgen ohngefähr (denn heute schreiben wir schon den 18^{r}) marchiren wir, wohin? das weiß kein Mensch noch nicht, und wenn bestimmt, eben sowenig. Wahrscheinlich sollen wir eine Meile von hier die Stelle des Corps von Hohenlohe mit ersetzen was über den Rhein setzen soll. Sollte ich bald mit Briefe von Ihnen, Gnädg Tantchen, oder von meinen lieben Schwestern beglückt werden, so adressiren Sie nur, wenn Sie nicht genau den Ort unsers Aufenthalts wißen, den Brief nach Frankfurth^{a}Mayn, und so werd' ich ihn wohl bekommen. – Haben Sie die Güte und empfehlen Sie mich der Fr: Landräthin v Gloger zu Gnaden; ihren HErr Sohn hab ich gesund und wohl gesprochen und bereits Brief und Pack abgegeben. – Ich gefalle mich also hier in Frankfurth sehr gut, und meiner völligen Zufriedenheit fehlt nichts als das gewiße Bewustsein Ihrer aller Gesundheit. In den vernügtesten Augenblicken stört mich freilich öfters der Gedancke beinahe 100 Meilen von Ihnen entfernt zu seyn; von Ihnen allen, die Einzigen, die ich noch lebhaft liebe und schäze, und an deren Liebe ich noch natürlichen Anspruch machen darf. Der Gedancke an Ihnen, Beste Tante, erpreßt mir Thränen, indem ich zugleich an eine verlorne zärtliche Mutter denke, und der Gedancke an Ihre Wohlthaten tröstet mich indem ich nun keine verlaßne Waise zu sein glaube. Dies alles, Tantchen, Schmerz und Freude, ist bey der Neuheit dieses unglücklichen Vorfalls natürlich; die beste Trösterin aller Leiden, die Zeit, wird nach und nach auch mich trösten, aber vergeßen werd' ich die Ursach nie.

Bey dem Auspacken meines Felleisens erinnerte mich jede Kleinigkeit an Ihre Sorgfalt, und viele von die Sachen die Sie so vorsorgend mir mitgaben, muß ich zurücklaßen. Kaum daß ich das Kafféezeug mit nehmen kann. Mein Capitaine hätte gewiß meinen ganzen Mantelsack mitgenommen, wenn er noch wie sonst fahren dürfte. Es ist aber bei Cassation verboten, und darf blos gepackt werden; die Stelle meines Bettsacks den ich nun wohl verkaufen werde, wird ein 2ter Turnister ersetzen, wo ich denn alles höchst nothwendige einpacken und ihn so dem Capitaine übergeben werde. Alles Ueberflüßige bleibt hier in Frankfth am Mayn in sicherer Verwahrung.

Nun, Bestes Tantchen, ist auch meine ganze Erzählungs-Suade erschöpft denn in diesen Augenblik fällt mir nichts bey was ich Ihnen noch mittheilen könnte, und doch bin ich überzeugt noch vieles vergeßen zu haben. Um Ihnen nun aber alles mitzutheilen, was mir und die jezige Lage der Dinge anbetrift, so werde ich immer fortfahren Ihnen meinen hiesigen Lebenswandel zu beschreiben. Mir verschaft das Beschäftigung und Vergnügen, und vielleicht ist dies Ihnen auch nicht ganz unangenehm. Freilich, lange werde ich Beschäftigung nicht mehr suchen dürfen; die wird sich auf einem baldigen Marsch schon von selbst einfinden. –

Allen meinen Angehörigen, Theilnehmern und Freunden bitte ich meine Empfehlung zu machen, und mit der Bitte, ja meinen Mischmasch von Brief nicht zu kritisiren und genau zu betrachten, habe ich die Ehre mit der schuldigsten Ehrfurcht und aufrichtigsten Liebe mich zu nennen

Gnädigstes Tantchen

Ihr gehorsamer Knecht

Heinrich v. Kl.

P.S.

Beinahe hätte ich vergeßen das Wichtigste Ihnen zu melden. Ich bin nemlich durch einen gewißen Lieut. v. Haak der bey der Suite mit avantage versezt ist um eine Stufe avançirt, und habe Hoffnung zu mehr. – Wenn Sie die Gnade haben mich bald mit der Nachricht Ihres Wohlbefindens zu beglücken, so erbitte ich mich von Ihnen mir doch den Eindruck zu beschreiben, den die Nachricht des Verlusts unsrer Mutter bey die 4 Cousins gemacht hat. – Dieses einzige mal, Tantchen würcken Sie nur noch bey Gustchen Verzeihung aus, daß ich ihr nicht schreibe; ich könnte wohl noch auf den künftigen Posttag warten, allein der Marsch übereilt uns. Ich erwarte und hoffe aber von beiden lieben Schwestern Briefe.

2. An Ulrike von Kleist

Eschborn d. 25t Febr. ⟨17⟩95.

Liebe Ullrique,

Ein Geschenck mit so außerordentlichen Aufopferungen von Seiten der Geberinn verknüpft, als Deine für mich gestrickte Weste macht natürlich auf das Herz des Empfängers einen außerordentlichen Eindruck. Du schlägst jede Schlittenfarth, jede Masquerade, jeden Ball jede Comoedie aus, um, wie Du sagst, Zeit zu gewinnen, für Deinen Bruder zu arbeiten; Du zwingst Dir eine Gleichgültigkeit gegen die für Dich sonst so reizbaren Freuden der Stadt ab, um Dir das einfachere Vergnügen zu gewähren, Deinen Bruder Dich zu verbinden. Erlaube mir daß ich hierinn sehr viel finde; mehr, – als gewöhnlich dergleichen Geschenke an wahren inneren Werth in sich enthalten. Gewöhnlich denkt sich der Geber so wenig bey der Gabe, als der Empfänger bey dem Dancke; gewöhnlich vernichtet die Art zu geben, was die Gabe selbst vielleicht gut gemacht haben würde. Aber Dein Geschenck heischt einen ganz eignen Danck. Irre ich nicht, so hältst Du den Danck für überflüßig, für gleichgültig, oder eigentlich für geschmacklos. Auch hast Du in gewisser Rücksicht recht, wenn Du von jener Empfindung sprichst, die in dem Munde einer gewissen Art von Menschen, weiter nichts als der Klang einer hohlen Schelle ist. Was mich dahin leitet Dir zu dancken, ist aber eine sehr natürliche Empfindung, ist blos Folge Deines glücklich gewählten Geschenks. Es flößt mir die wärmste Erkenntlichkeit gegen eine Schwester ein, die mitten in dem rauschenden Gewühl der Stadt, für deren Freuden sie sonst ein so fühlbares Herz hatte, an die Bedürfnisse eines weit entfernten Bruders denkt, nach einem jahrelangen Schweigen an ihn schreibt, und mit der Arbeit ihrer geschickten Hand, den Beweis ihrer Zuneigung ihm giebt. Du siehst wenigstens, liebe Ullrique, daß ich den Werth Deines Geschenkes zu schätzen weiß, und ich wünsche mir Glück, wenn ich Dich davon überzeugt habe. –

Gustchens Brief, und der Brief von der Tante Massow und der Nogier haben mir ein gleich lebhaftes Vergnügen gemacht. Sie beweisen mir alle eine gleiche Theilnahme an meine Lage, und ich muß meine Erkenntlichkeit theilen. Der Brief von der gnädigen Tante enthält die Verwunderung daß ich das Geld durch den Kaufmann Meyer noch nicht erhalten habe; auch mir ist der Vorfall unbegreiflich, und ich würde den Rath der Tante, an ihn zu schreiben, gern befolgen, wenn ich nur den Ort seines Auffenthaltes wüßte. Das Paket, worinn die Strümpfe von der Nogier, und noch andere Wäsche war, nebst die Briefe vom 21^{t} Decbr: 1794, habe ich durch die Post erhalten; um so mehr ist es mir unerklärbar, warum der Kaufmann Meyer nicht zugleich das Geld abgeschickt hat. Ich verliere dabey zwar nichts, denn der Cap: v Franckenberg ist so gnädig mir meine Zulage, selbst in seiner Abwesenheit auszahlen zu laßen; allein ich fürchte für eine Verwirrung mit den Geldern. Doch wird sich das alles wohl mit der nächsten Messe heben. –

Die Nähe unserer Abreise nach Westphalen hindert mich daran, die Briefe von der Tante und der Nogier zu beantworten; einige nicht unwichtige Geschäffte erhalten mich diese kurze Zeit über, so ziemlich in Bewegung. Dagegen wird die erste Zeit der Ruhe, die wir in Westphalen genießen, mir Gelegenheit geben, meine Pflicht zu beobachten. Ich hoffe auch von da aus zugleich die Nachricht von meinem Avancement abschicken zu können; der Marsch hat eine Aenderung darin gemacht, sonst wäre ich vielleicht jezt schon Officier. Es macht mir indeßen eine herzliche Freude, zu hören, daß Leopold schon so früh zum Officier reift. Der Stand, in den er bisher gelebt hat, führt so manches Unangenehme, so manche Unbequemlichkeit mit sich, die sein junges Alter, vielleicht zu sehr angreifen würden. Auch hat ihm der Feldzug gegen die Pohlen genug mit Erfahrungen bereichert um einige Ansprüche auf diese Stelle machen zu können. Gebe uns der Himmel nur Frieden, um die Zeit, die wir hier so unmoralisch tödten, mit menschenfreundlicheren Thaten bezahlen zu können! –

Und nun nur noch ein Paar Worte: Ein Auftrag, mich der gnädigen Tante der Fr: und Frl: v Gloger, dem Protzenschen Hause, der Bonne, Martinin, Gustchen, mit deren Brief ich für diesmal nicht ganz zufrieden bin, und allen meinen Geschwistern zu empfehlen: Die Bitte, mein jetziges Schreiben bald zu beantworten, und: die Versicherung, meiner unveränderlichen, herzlichen Freundschaft.

Heinrich.

3. An Christian Ernst Martini

Potsdam, den 18. ⟨und 19.⟩ März 1799.

Halten Sie mich für keinen Streitsüchtigen, mein Freund! weil ich diesen Brief mit jener Streitfrage anfange, die wir in unserer Unterredung wegen Kürze der Zeit unentschieden lassen mußten. Es ist nöthig, mich hierüber zu erklären, um den Gesichtspunkt festzustellen, aus welchem ich die Absicht dieses Briefes beurtheilt wissen will. Ich ersuche Sie im Voraus, sich bei Lesung desselben mit Geduld zu rüsten; weil er in der Voraussetzung, daß der festzustellende Gesichtspunkt gefaßt und gebilligt wird, eine möglichst vollständige Darstellung meiner Denk- und Empfindungsweise enthalten soll. – Die Frage war die: ob ein Fall möglich sei, in welchem ein denkender Mensch der Ueberzeugung eines Andern mehr trauen solle, als seiner eigenen? Ich sage: ein d e n k e n d e r M e n s c h, und schließe dadurch alle Fälle aus, in welchen ein blinder Glaube sich der Autorität eines Andern unterwirft. Unter dieser Einschränkung scheint für unsere Streitfrage der einzige mögliche Fall der zu sein, wenn sich die Ueberzeugung des Andern vorzugsweise auf die Erfahrung und die Weisheit des Alters gründet. Aber was heißt es: der Ueberzeugung eines Andern trauen? Aus Gründen einsehen, daß seine Meinung wahr ist, das heißt, seine Meinung zur meinen machen, und ist es dann nicht immer nur meine eigene Ueberzeugung, welcher ich traue und folge? – Alles, was ein denkender Mensch thun soll, wenn die Ueberzeugung eines älteren und weiseren der seinigen widerspricht, ist, daß er gerechte Zweifel gegen die Wahrheit seiner Meinung erhebe, daß er sie streng und wiederholt prüfe und sich hüte, zu früh zu glauben, daß er sie aus allen Gesichtspunkten betrachtet und beleuchtet habe. Aber gegen seine Ueberzeugung glauben, heißt glauben, was man nicht glaubt, ist unmöglich.

Wenn man also nur seiner eigenen Ueberzeugung folgen darf und kann, so müßte man eigentlich Niemand um Rath fragen, als sich selbst, als die Vernunft; denn Niemand kann besser wissen, was zu meinem Glücke dient, als ich selbst; Niemand kann so gut wissen, wie ich, welcher Weg des Lebens unter den Bedingungen meiner physischen und moralischen Beschaffenheit für mich einzuschlagen am besten sei; eben weil dies Niemand so genau kennt, Niemand sie so genau ergründen kann, wie ich. Alle diejenigen, die so schnell mit Rathgeben bei der Hand sind, kennen die Wichtigkeit und Schwierigkeit des Amtes nicht, dem sie sich unterziehen, und Diejenigen, die sein Gewicht genug einsehen, scheuen sich, es zu verwalten; eben weil sie fühlen, wie schwer und selbst wie gefährlich es ist. Es ist also ein wahres Wort: daß man nur den um Rath fragen soll, der keinen giebt.

Aus dem Grunde schreib ich an Sie, mein Freund! Aus diesem Grunde? Ja, mein Theurer! so paradox das auch klingen mag. Als ich Ihnen meinen Entschluß, den Abschied zu nehmen, um mich den Wissenschaften zu widmen, eröffnete, äußerten Sie mir zwar eine herzliche Theilnahme; aber Sie hüteten sich eben so sehr, diesen Entschluß zu erschüttern, wie ihn zu befestigen; Sie thaten nichts, als mich zu einer neuen, strengen Prüfung desselben einzuladen. Ich erkenne aus dieser klugen Behutsamkeit, daß Sie das Geschäft eines Rathgebers genug zu würdigen wissen. Sie hielten mir nur Ihr Urtheil zurück; weil Sie den Gegenstand dieses Urtheils noch nicht genau kannten; wenn ich Sie aber in den Stand gesetzt habe, ihn zu beurtheilen, werden Sie mir Ihre Meinung über denselben nicht verweigern, und ich kann sicher und gewiß sein, daß sie geprüft und überlegt ist.

Unterdeß fühle ich die Nothwendigkeit, mich einem vernünftigen Manne gerade und ohne Rückhalt mitzutheilen, und seine Meinung mit der meinigen vergleichen zu können. Allen, die um meinen Entschluß wissen, meiner Familie, mit Ausschluß meiner Schwester, meinem Vormunde, habe ich meinen neuen Lebensplan nur zum Theil mitgetheilt, und daher trafen auch alle Einwürfe von ihrer Seite denselben nur halb. Mich ihnen ganz zu eröffnen, war aus Gründen, deren Richtigkeit Sie nach vollendeter Durchlesung dieses Briefes einsehen werden, nicht rathsam.

Alle diese Leute schiffen ins hohe Meer und verlieren nach und nach die Küste mit ihren Gegenständen aus den Augen.

Gefühle, die sie selbst nicht mehr haben, halten sie auch gar nicht für vorhanden. Dieser Vorwurf trifft besonders meine sonst sehr ehrwürdige Tante, die nichts mehr liebt, als Ruhe und Einförmigkeit, und jede Art von Wechsel scheut, wäre es auch die Wanderung aus einer Wohnstube in die andere.

Um Sie aber in den Stand zu setzen, ein richtiges Urtheil zu fällen, werde ich etwas weiter ausholen müssen, und ich wiederhole daher meine Bitte um Geduld, weil ich voraussehe, daß der Gegenstand und die Fülle seiner Betrachtung mich fortreißen wird.

Ohne die entfernteren Gründe meines Entschlusses aufzusuchen, können wir sogleich bei dem verweilen, aus welchem er zunächst fließt: bei dem Wunsche, glücklich zu sein.

Dieser Grund ist natürlich und einfach und zugleich in

gewisser Rücksicht der einzige, weil er im richtigen Sinn alle meine anderen Gründe in sich faßt.

Unsere ganze Untersuchung wird sich allein auf die Untersuchung dieses Wunsches einschränken, und um Sie in den Stand zu setzen, darüber zu urtheilen, wird es nöthig sein, den Begriff von Glück und wahrem Vortheil festzustellen. Aber ich stoße hier gleich auf eine große Schwierigkeit; denn die Begriffe von Glück sind so verschieden, wie die Genüsse und die Sinne, mit welchen sie genossen werden. Dem Einen ist es Ueberfluß, und wo, mein Freund! kann dieser Wunsch erfüllt werden, wo kann das Glück sich besser gründen, als da, wo auch die Werkzeuge des Genusses, unsere Sinne, liegen, worauf die ganze Schöpfung sich bezieht, worin die Welt mit ihren unendlichen Reizungen im Kleinen sich wiederholt. Da ist es auch allein unser Eigenthum, es hängt von keinen äußeren Umständen ab; kein Tyrann kann es uns rauben, kein Bösewicht es stören; wir tragen es mit uns in alle Welttheile umher.

Diese Betrachtungen, die ich mir häufig und mit Vergnügen wiederhole, entzücken mich bei jeder neuen Vorstellung von denselben; weil ich mit ganzer Seele fühle, wie wahr sie sind und wie kräftig sie meinen Entschluß begünstigen und unterstützen. So übe ich mich unaufhörlich darin, das wahre Glück von allen äußeren Umständen zu trennen und es nur als Belohnung und Ermunterung an die Tugend zu knüpfen. Da erscheint es in schönerer Gestalt und auf sicherem Boden.

Zwar wenn ich so das Glück als Belohnung der Tugend aufstelle, denke ich mir das erste als Zweck und das andere nur als Mittel. Dabei fühle ich aber, daß in diesem Sinne die Tugend nicht in ihrer höchsten Würde erscheint, ohne jedoch angeben zu können, wie das Mißverhältniß in der Vorstellung zu ändern sei. Es ist möglich, daß es das Eigenthum einiger wenigen schöneren Seelen ist: die Tugend allein um der Tugend willen zu lieben.

Aber mein Herz sagt mir, daß auch die Erwartung und Hoffnung auf ein sinnliches Glück und die Aussicht auf tugendhafte, wenn gleich nicht mehr so reine Freuden nicht strafbar und verbrecherisch sei. Wenn Eigennutz dabei zu Grunde liegt, ist es der edelste, der sich denken läßt, der Eigennutz der Tugend selbst.

Und dann dienen und unterstützen sich diese beiden Gottheiten so wechselseitig, das Glück als Ermunterung zur Tugend, die Tugend als Weg zum Glück, daß es uns Menschen wohl erlaubt sein kann, sie neben einander und in einander zu denken. Es ist kein besserer Sporn zur Tugend möglich, als die Aussicht auf ein nahes Glück, und kein schönerer und edlerer Weg denkbar, als der Weg der Tugend.

Sie hören mich so viel und lebhaft von der Tugend reden – – – Lieber! ich schäme mich nicht zu gestehen, was Sie befürchten: daß ich nicht deutlich weiß, wovon ich rede, und tröste mich mit unseren Philistern, die unter eben diesen Umständen von Gott reden. Sie erscheint mir nur wie ein hohes, erhabenes, unnennbares Etwas, für das ich vergebens ein Wort suche, um es durch die Sprache, vergebens eine Gestalt, um es durch einen Blick auszudrücken. Und dennoch strebe ich diesem unbegriffenen Dinge mit der innigsten Innigkeit entgegen, als stünde es klar und deutlich vor meiner Seele. Alles, was ich davon weiß, ist, daß es die unvollkommenen Vorstellungen, deren ich jetzt nur fähig bin, gewiß auch enthalten wird; aber ich *ahne* noch etwas Höheres, und das ist es wohl eigentlich, was ich nicht ausdrücken und formen kann.

Mich tröstet die Erinnerung dessen, um wie viel dunkler, verworrener als jetzt, in früheren Zeiten der Begriff von Tugend in meiner Seele lag, und nur nach und nach, seitdem ich denke und an meiner Bildung arbeite, aus der Bildung die Tugend für mich an Gestalt und Bildung gewonnen hat; daher hoffe und glaube ich, daß, so wie es sich in meiner

Seele nach und nach mehr aufklärt, auch das Bild sich in immer deutlicheren Umrissen mir darstellen, und je mehr es an Wahrheit gewinnt, meine Kräfte stärken und meinen Willen begleiten wird.

Wenn ich Ihnen mit einigen Zügen die undeutliche Vorstellung bezeichnen sollte, die mich als Ideal der Tugend, im Bilde eines Weisen umschwebt, so würde ich nur die Eigenschaften, die ich hin und wieder bei einzelnen Menschen zerstreut finde und deren Anblick mich besonders rührt, zum Beispiel Edelmuth, Standhaftigkeit, Bescheidenheit, Genügsamkeit, Menschenliebe zusammenstellen können; aber freilich, eine Definition würde es immer noch nicht und mit Nichts als einer Charade zu vergleichen sein (verzeihen Sie mir das unedle Gleichniß!), der die sinnreiche Bezeichnung des Ganzen fehlt.

Es sei mit diesen wenigen Zügen genug. – Ich getraue mir zu behaupten, daß, wenn es mir gelingt, bei der möglichst vollkommenen Ausbildung meiner geistigen und körperlichen Kräfte auch diese benannten Eigenschaften einst fest und unerschütterlich in mein Innerstes zu gründen, ich, unter diesen Umständen, nie unglücklich sein werde.

Ich nenne nämlich Glück nur die vollen und überschwenglichen Genüsse, die – um es Ihnen mit Einem Zuge darzustellen – in dem erfreulichen Anschauen der moralischen Schönheit unseres eignen Wesens liegen. Diese Genüsse, die Zufriedenheit unsrer selbst, das Bewußtsein guter Handlungen, das Gefühl unserer durch alle Augenblicke unsres Lebens, vielleicht gegen tausend Anfechtungen und Verführungen standhaft behaupteten Würde sind fähig, unter allen äußern Umständen des Lebens, selbst unter den scheinbar traurigsten, ein sicheres, tiefgefühltes, unzerstörbares Glück zu gründen. Und verdienen wohl bei diesen Begriffen von Glück, Reichthum, Güter, Würden und alle die zerbrechlichen Geschenke des Zufalls diesen Namen ebenfalls?

So arm an Nüancen ist unsere deutsche Sprache nicht. Ich finde vielmehr leicht ein paar Worte, die, was diese Güter bewirken, sehr passend ausdrücken: Vergnügen und Wohlbehagen. Um diese angenehmen Genüsse sind Fortunens Günstlinge freilich reicher als ihre Stiefkinder, und es sei! Die Großen der Erde mögen den Vorzug vor den Geringern haben, zu schwelgen und zu prassen. Alle Güter der Welt mögen sich ihren nach Vergnügen lechzenden Sinnen darbieten, und sie mögen ihrer vorzugsweise genießen. Nur, mein Freund! das Vorrecht, glücklich zu sein, wollen wir ihnen nicht einräumen. Mit Gold sollen sie den Kummer, wenn sie ihn verdienen, nicht aufwiegen können. Es waltet ein großes unerbittliches Gesetz über die ganze Menschheit, dem der Erste wie der Bettler unterworfen ist. Der Tugend folgt die Belohnung, dem Laster die Strafe. Kein Sold besticht ein empörtes Gewissen, und wenn der lasterhafte Fürst auch alle Blicke, Mienen und Reden besticht, wenn er auch alle Künste des Leichtsinns und der Ueppigkeit herbeiruft, um das häßliche Gespenst vor seinen Augen zu verscheuchen – umsonst! Ihn quält und ängstigt sein Gewissen wie den Geringsten seiner Unterthanen. Vor diesem größten der Uebel mich zu schützen und jenes einzige Glück mir zu erhalten und zu erweitern, soll allein mein innigstes und unaufhörliches Bestreben sein, und wenn ich mich bei der Sinnlichkeit der Jugend nicht entbrechen kann, neben den Genüssen des ersten und höchsten innern Glückes mir auch die Genüsse des äußern zu wünschen, will ich wenigstens in diesen Wünschen so bescheiden und genügsam sein, wie es einem Schüler der Weisheit ansteht.

Auf diese Begriffe von Glück und Unglück gründet sich zuerst und zunächst der Entschluß, den Mittelpfad zu verlieren, theils, weil die Güter, die er als Belohnung an jahrelange Anstrengung knüpft, Reichthum, Würden, Ehre, eben durch sie unglaublich an Vortheil und Reiz verlieren; theils, weil die Pflichten und Verhältnisse, die er giebt, die Möglichkeit einer vollkommenen Ausbildung und daher auch die Gründung des Glückes zerstören, das allein und einzig das Ziel meines Bestrebens sein soll. – – –

Was man nach der gemeinen Regel Glück und Unglück nennt, ist es nicht immer; denn bei allen Begünstigungen des äußern Glückes haben wir Thränen in den Augen des Ersten und bei allen Vernachlässigungen desselben ein Lächeln auf dem Antlitze des Andern gesehen.

Wenn also das Glück sich nur so unsicher auf äußere Dinge gründet, wo wird es sich denn sicher und unwandelbar gründen? Ein Traum kann diese Sehnsucht nach Glück nicht sein, die von der Gottheit selbst so unauslöschlich in unsere Seele verwickelt ist und durch welche sie unverkennbar auf ein für uns mögliches Glück hindeutet. Glücklich zu sein ist ja der erste aller unsrer Wünsche, der laut und lebendig aus jeder Ader und jedem Nerv unsres Wesens spricht, der uns durch den ganzen Lauf unsres Lebens begleitet, der schon dunkel in den ersten kindischen Gedanken unsrer Seele lag und den wir endlich als Greise mit in die Gruft nehmen werden. – – – – – –

Dem Einen Ruhm, dem Andern Vergessenheit, dem Einen ein Scepter, dem Andern ein Wanderstab! Auch zeigt sich uns das Ding in den wunderbar ungleichartigsten Gestalten, wird vermißt, wo alle Präparate sein Dasein verkündigen und gefunden, wo man es am wenigsten vermuthet haben würde.

So sehen wir, zum Beispiel, die Großen der Erde im Besitze der Güter dieser Welt. Sie leben in Gemächlichkeit und Ueberfluß: alle Schätze der Natur scheinen sich um sie und für sie zu versammeln, und darum nennt man sie Günstlinge des Glücks. Aber der Unmuth trübt ihre Blicke, der Schmerz bleicht ihre Wangen, der Kummer spricht aus ihren Zügen. Dagegen sehen wir einen armen Tagelöhner sich im Schweiße seines Angesichts sein Brod erwerben. Mangel und Armuth umgeben ihn; sein ganzes Leben scheint ein ewiges Sorgen und Schaffen und Darben. Aber die Zufriedenheit blickt aus seinen Augen, die Freude lächelt aus seinem Antlitz, Frohsinn und Vergessenheit umschweben die ganze Gestalt. – – –

Den 19. März.

Lesen Sie diesen Brief, wie ich ihn geschrieben habe, an mehreren hintereinanderfolgenden Tagen. Ich komme nun zu einem neuen Gegenstande, zu der Natur des Standes, den ich jetzt zu verlassen entschlossen bin, und es ist nöthig, Ihnen auch hierüber meine Denkweise mitzutheilen, weil sie Ihnen einigen Aufschluß über die Ursachen meines Entschlusses gewähren wird.

Ich theile Ihnen zu diesem Zwecke einen Brief mit, den ich bei dem Eifer für die Güte meiner Sache vor einem Jahre in der Absicht an den König schrieb, um denselben an ihn abzuschicken; aber, nach Vollendung desselben, abzuschikken nicht für gut fand, weil ich fühlte, daß die Darstellung des Gegenstandes so fehlerhaft wie unvollständig ist, und daß die Sprache, die ich darin führe, nicht besonders geschickt ist, um zu überzeugen und einzunehmen. Dennoch werden Sie unter vielen Irrthümern nothwendig auch manche Wahrheit entdecken, und auf jeden Fall einsehen, daß der Gesichtspunkt, aus welchem ich den Soldatenstand betrachte, ein neuer, entscheidender Grund ist, ihn so bald wie möglich zu verlassen.

Denn eben durch diese Betrachtungen wurde mir der Soldatenstand, dem ich nie von Herzen zugethan gewesen bin, weil er etwas durchaus Ungleichartiges mit meinem ganzen Wesen in sich trägt, so verhaßt, daß es mir nach und nach lästig wurde, zu seinem Zwecke mitwirken zu müssen. Die größten Wunder militairischer Disciplin, die der Gegenstand des Erstaunens aller Kenner waren, wurden der Gegenstand meiner herzlichsten Verachtung; die Offiziere hielt ich für so viele Exerciermeister, die Soldaten für so viele Sclaven, und wenn das ganze Regiment seine Künste machte, schien es mir als ein lebendiges Monument der Tyrannei. Dazu kam noch, daß ich den übeln Eindruck, den meine Lage auf meinen Charakter machte, lebhaft zu fühlen anfing. Ich war oft gezwungen, zu strafen, wo ich gern verziehen hätte, oder verzieh, wo ich hätte strafen sollen; und in beiden Fällen hielt ich mich selbst für strafbar. In solchen Augenblicken mußte natürlich der Wunsch in mir entstehen, einen Stand zu verlassen, in welchem ich von zwei durchaus entgegengesetzten Prinzipien unaufhörlich gemartert wurde, immer zweifelhaft war, ob ich als Mensch oder als Offizier handeln mußte; denn die Pflichten Beider zu vereinen, halte ich bei dem jetzigen Zustande der Armeen für unmöglich.

Und doch hielt ich meine moralische Ausbildung für eine meiner heiligsten Pflichten, eben weil sie, wie ich eben gezeigt habe, mein Glück gründen sollte, und so knüpft sich an meine natürliche Abneigung gegen den Soldatenstand noch die Pflicht, ihn zu verlassen.

Das, mein theurer Freund! ist die getreue Darstellung der Gründe, die mich bewogen, den Soldatenstand zu verlassen. Welche Gründe ich für die Wahl eines anderen Standes habe, braucht nicht untersucht zu werden; denn wenn ich mich den Wissenschaften widmen will, ist das für mich kein neuer Stand, weil ich schon seit ich in Potsdam mehr Student als Soldat gewesen bin. Ich habe mich ausschließlich mit Mathematik und Philosophie, – als den beiden Grundfesten alles Wissens, beschäftigt und als Nebenstudien die griechische und lateinische Sprache betrieben, welche letztere ich nun zur Hauptsache erheben werde. Ich habe außer einer nicht sehr bedeutenden Hülfe eines übrigens gescheuten Mannes, des Conrektors Bauer, jene beiden Wissenschaften und besonders die Philosophie ganz allein studirt, und bin daher auch in den zwei Jahren, welche ich der Mathematik und in dem halben Jahre, welches ich der Philosophie gewidmet habe, nicht weiter vorgerückt, als in jener Wissenschaft bis zur Vollendung der gemischten Arithmetik –, mit

Einschluß der Lehre von den geometrischen Reihen und Einigem der Geometrie, sowie in dieser nicht ganz bis zur Vollendung der reinen Logik. Dagegen aber darf ich mich getrauen zu behaupten, daß ich das, was ich betrieben habe, weiß und fühle, nicht bloß über fremder Herren Länder gewandelt zu sein, sondern es zu meinem Eigenthume gemacht zu haben. Sie fragten mich in Frankfurt, welcher Grund mich bei dem schon lange gebildeten Entschlusse, den Dienst zu verlassen, besonders bestimmt habe, es in diesem Zeitpunkte zu thun, und luden mich ein, ihn zu prüfen. An den Grund, den ich Ihnen vortragen werde, knüpft sich noch die nahe Exerzierzeit, die mir eine kostbare Zeit rauben würde, wenn ich ihr nicht zu entgehen suchte und, Lieber! dieser Grund ist an sich so zufällig und scheinbar unbedeutend, daß Sie sich ganz in meine Denkungsart versetzen müssen, um ihn wichtig genug zu finden, diese Folge zu bestimmen. Vergessen Sie auch nur nicht, daß der Wille, den Dienst zu verlassen, schon längst in meiner Seele lag.

Mich fesselte nichts in Potsdam als das Studium der reinen Mathematik, das ich hier zu beendigen wünschte, und ich glaubte, daß mir ohne alle Hülfe meines Lehrers dieses Studium, besonders für die Zukunft die Algebra, zu schwer fallen oder wenigstens durch diese Hülfe erleichtert werden würde. Haben Sie aber Lust, eine Geschichte zu hören, so will ich Ihnen den Vorfall erzählen, der mich von meiner irrigen Meinung heilte.

Ich studirte die Wissenschaft gesellschaftlich mit einem jüngeren Freunde vom Regiment. Wir hatten bei unserm Lehrer Bauer den Unterricht in der Geometrie angefangen, und um schneller fortzurücken, die Einrichtung getroffen, daß wir uns zu jeder Stunde präparirten und in den Stunden selbst, ohne weiteren Vortrag von Seiten unseres Lehrers, abwechselnd der Reihe nach die Wahrheiten der Lehrsätze erwiesen, so daß unserem Lehrer kein anderes Geschäft, als die Beurtheilung übrig blieb, ob wir die Resultate richtig gefaßt hätten. Schon diese Einrichtung war nicht viel mehr als eigenes Studium. Aber daß auch das Wenige, was wir von der Hülfe unseres Lehrers genossen, nicht werth sei, darum die Ausführung meines Entschlusses zu verschieben, ward mir klar, als wir kürzlich zu dem Beweise kamen, daß auch irrationale Verhältnisse der Linien wie rationale angesehen werden können, weil das Maaß jeder Linie kleiner als jede denkbare Größe ist. Der Beweis war indirekt und so weitläuftig geführt, daß ich bei einiger Uebereilung den Schlüssen nicht ganz folgen konnte, wie denn überhaupt Kästners indirekte Beweise keine Einsicht in die Natur der Sache gewähren und immer mir auch unglaublich sein werden, weil ich mich unaufhörlich sträube, als wahr vorauszusetzen, was ich für falsch erkennen muß. Kurz, ich erschien für diesen Beweis unvorbereitet in den Stunden und unglücklicher Weise traf mich die Reihe, ihn zu führen. Ich konnte es nicht. Mein Lehrer demonstrirte mir ihn; aber was ich nicht verstehen kann, wenn ich es lese, verstehe ich noch weit weniger, wenn ich es höre, wenn ich einen Beweis lese, gehe ich nicht eher zur Folgerung, als bis ich den Grund einsehe und baue nicht fort, ehe ich nicht den Grundstein gelegt habe. Nichts stört mich in meiner Betrachtung, und wenn mich irgend ein sich ergebender Umstand zum Nachdenken verführt, erkläre ich mich über diesen auch und gehe von dannen weiter, wo ich stehen blieb. Wie ganz anders ist es dagegen, wenn ich höre! Der Lehrer folgert und schließt nach dem Grade seiner Einsicht, nicht nach dem Grade der meinigen. Der Gang, den er nimmt, kann der Beste sein; aber in meiner Seele bildete sich einmal der Entwurf eines anderen und die Abweichung von diesem macht eine störende Diversion in meinem Denkgeschäfte, oder ich falle mit Lebhaftigkeit über einen uns merkwürdigen Umstand her, der noch nicht berührt worden ist, und mich unwillkührlich beschäftigt, meine Aufmerksamkeit vom Ziele abzieht, das mein Lehrer, tauben Ohren predigend, mir indessen entgegenrückt. Kurz, ich begriff zum zweiten und dritten Male nicht, was der Lehrer demonstrirte, und es blieb, zu meiner nicht unempfundenen Schande, kein ander Mittel übrig, als meinem Freunde das Geschäft des Demonstrirens zu übertragen, der sich dessen auch vollkommen gut entledigte. Zu meinem Troste gestand er mir, als wir das Zimmer unsers Lehrers (diesmal für mich ein Inquisitions-Tribunal, weil ich bei jeder Frage heiße Tropfen schwitzte,) verlassen hatten, daß er den Beweis schon vor der Stunde vollkommen eingesehen habe und ohnedies mit mir ein gleiches Schicksal gehabt haben würde; weil auch er gleich mir aus derselben Ursache der Demonstration des Lehrers (für deren Richtigkeit ich übrigens stehe) nicht habe folgen können. Ich eilte mit meinem Lehrbuche nach Haus, las, verstand, führte Beweis, streng systematisch, für die verschiedenen Fälle, und in zwei Tagen war ich in Frankfurt, um keinen Augenblick mehr die Erfüllung meines Entschlusses aufzuschieben. Man machte mir Einwürfe, fragte mich, welche Brodwissenschaft ich ergreifen wolle; denn daß dies meine Absicht sein müsse, fiel Niemanden ein, zu bezweifeln. Ich stockte. Man ließ mir die Wahl zwischen Jurisprudenz und der Cameral-Wissenschaft.

Ich zeigte mich derselben nicht abgeneigt, ohne mich jedoch zu bestimmen. Man fragte mich, ob ich auf Connexionen bei Hofe rechnen könne? Ich verneinte anfänglich etwas verlegen; aber erklärte darauf, um so viel stolzer, daß ich, wenn ich auch Connexionen hätte, mich nach meinen jetzigen Begriffen schämen müßte, darauf zu rechnen. Man lächelte, ich fühlte, daß ich mich übereilt hatte. Solche Wahrheiten muß man sich hüten, auszusprechen. Man fing nun an nach und nach zu zweifeln, daß die Ausführung meines Planes rathsam sei. Man sagte, ich sei zu alt, zu studiren. Darüber lächelte ich im Innern; weil ich mein Schicksal voraus sah, einst als Schüler zu sterben, und wenn ich auch als Greis in die Gruft führe. Man stellte mir mein geringes Vermögen vor; man zeigte mir die zweifelhafte Aussicht auf Brod auf meinem neuen Lebenswege; die gewisse

Aussicht auf dem alten. Man malte mir mein bevorstehendes Schicksal, jahrelang eine trockene Wissenschaft zu studiren, jahrelang und ohne Brod mich als Referendar mit trockenen Beschäftigungen zu quälen, um endlich ein kümmerliches Brod zu erwerben, mit so barocken Farben aus, daß, wenn es mir, wenn auch nur im Traume hätte einfallen können, meine jetzige, in vieler Hinsicht günstige Lage mit *diesem* Lebensplane zu vertauschen, ich mich den unsinnigsten Thoren hätte schelten müssen, der mir je erschienen wäre.

Aber alle diese Einwürfe trafen meinen Entschluß nicht. Nicht aus Unzufriedenheit mit meiner bessern Lage, nicht aus Mangel an Brod, nicht aus Spekulation auf Brod; – sondern aus Neigung zu den Wissenschaften, aus dem eifrigsten Bestreben nach einer Bildung, welche, nach meiner Ueberzeugung, in dem Militairdienste nicht zu erlangen ist, verlasse ich denselben. Meine Absicht ist, das Studium der reinen Mathematik und reinen Logik selbst zu beendigen und mich in der lateinischen Sprache zu befestigen und diesem Zwecke bestimme ich einen jahrelangen Aufenthalt in Frankfurt. Alles was ich dort hören möchte, ist ein Collegium über literarische Encyclopädie. Sobald dieser Grund gelegt ist, – und um ihn zu legen, muß ich die benannten Wissenschaften durchaus selbst studiren –, wünsche ich nach Göttingen zu gehen, um mich dort der höheren Theologie, der Mathematik, Philosophie und Physik zu widmen, zu welcher letzteren ich einen mir selbst unerklärlichen Hang habe, obwohl in meiner früheren Jugend die Cultur des Sinnes für die Natur und ihre Erscheinungen durchaus vernachläßigt geblieben ist und ich in dieser Hinsicht bis jetzt Nichts kann, als mit Erstaunen und Verwunderung an ihre Phänomene denken.

Diesen Studienplan lege ich Ihrer Prüfung vor und erbitte mir darüber Ihren Rath, weil ich hierin meine Vernunft nicht als alleinige Rathgeberin anerkennen, nicht vorzugsweise meiner Ueberzeugung trauen darf und es einen Gegenstand betrifft, dessen ich unwissend bin und über den Andere aufgeklärt sind. – Welche Anwendung ich einst von den Kenntnissen machen werde, die ich zu sammeln hoffe und auf welche Art und Weise ich mir das Brod, das ich für jeden Tag und die Kleidung die ich für jedes Jahr brauche, erwerben werde, weiß ich nicht. Mich beruhigt mein guter Wille, keine Art von Arbeit und Broderwerb zu scheuen, wenn sie nur ehrlich sind. Alle Beispiele von ungeschätztem Verstande und brodlosen, wiewohl geschickten Gelehrten und Künstlern, von denen es freilich, leider! wimmelt, erschrecken mich so wenig, daß ich ihnen vielmehr mit Recht dies Schicksal zuerkenne, weil Niemand zu hungern braucht, wenn er nur arbeiten will. Alle diese Leute (mit Ausschluß der Kranken und Unvermögenden, welche freilich kein hartes Schicksal verdienen) sind entweder zu unwissend, um arbeiten zu können, oder zu stolz, um jede Art von Arbeit ergreifen zu wollen. Brauchbare und willige Leute werden immer gesucht und gebraucht. Diese Ueberzeugung beruht nicht auf der Tugend der Menschen, sondern auf ihrem Vortheile, und um so weniger soll sie mir, zu meinem Glücke, Jemand rauben. Vielleicht ist es möglich, daß Zeit und Schicksale in mir Gefühle und Meinungen ändern; denn wer kann davor sicher sein! Es ist möglich, daß ich einst für rathsam halte, eine Bedingung, ein Amt zu suchen, und ich hoffe und glaube auch für diesen Fall, daß es mir dann leicht werden wird, mich für das Besondere eines Amtes zu bilden, wenn ich mich für das Allgemeine, für das Leben gebildet habe. Aber ich bezweifle diesen möglichen Schritt; weil ich die goldne Unabhängigkeit, oder, um nicht falsch verstanden zu werden, die goldne Abhängigkeit von der Herrschaft der Vernunft mich gewiß stets zu veräußern scheuen würde, wenn ich erst einmal so glücklich gewesen wäre, sie mir wieder erworben zu haben. Diese Aeußerung ist es besonders, die ich zu verschweigen bitte, weil sie mir ohne Zweifel viele Unannehmlichkeiten von Seiten meines Vormundes verursachen würde, der mir schon erklärt hat, ein Mündel müsse sich für einen festen Lebensplan, für ein festes Ziel bestimmen. Sobald ich aber nur erst meinen Abschied erhalten habe, um dessen Bewilligung ich bereits nachgesucht, werde ich freimüthig und offen zu Werke gehen. Welcher Erfolg dieses Schrittes im Hintergrunde der Zukunft meiner wartet, weiß allein der, der schon jetzt wie in der Zukunft lebt. Ich hoffe das Beste; wiewohl ich auch ohne Bestürzung an schlimme Folgen denke. Auch in ihnen ist Bildung und vielleicht die höchste Bildung möglich und sie werden mich nicht unvorbereitet überraschen, wenigstens mich unfehlbar nicht meinen Entschluß bereuen machen. Ja, thäten sie dies, müßte ich dann nicht dasselbe fürchten, als wenn ich bliebe, wo ich bin? Man kann für jeden Augenblick des Lebens nichts anders thun, als was die Vernunft für ihren wahren Vortheil erkennt.

Ein zufälliger Umstand schützt mich vor dem tiefsten Elende, vor Hunger und Blöße in Krankheiten. Ich habe ein kleines Vermögen, das mir in dieser Rücksicht – und weil es mir manchen Vortheil für meine Bildung verschaffen kann, sehr theuer ist, und das ich mir, aus diesem Grunde, möglichst zu erhalten strebe. Mein Glück kann ich freilich nicht auf diesen Umstand gründen, den mir ein Zufall gab, und ich will es daher nur wie ein Geschick, nicht wie eine angeborne Eigenschaft genießen, um mich, wenn ich es verlieren sollte, wenigstens nicht ärmer zu fühlen, als ich war. Ich sinne oft nach, welchen Weg des Lebens ich wohl eingeschlagen haben würde, wenn das Schicksal mich von allen Gütern der Erde ganz entblößt hätte, wenn ich ganz arm wäre? Und fühle eine nie empfundene Freude Kopf und Herz wechselseitig kräftigen, daß ich dasselbe, ganz dasselbe gethan haben würde.

Ja, Lieber! Nicht Schwärmerei, nicht kindische Zuversicht ist diese Aeußerung. Erinnern Sie sich, daß ich es für meine Pflicht halte, diesen Schritt zu thun; und ein Zufall, außerwesentliche Umstände können und sollen die Erfüllung meiner Pflicht nicht hindern, einen Entschluß nicht zerstören, den die höhere Vernunft erzeugte, ein Glück nicht erschüttern, das sich nur im Innern gründet. In dieser Ueberzeugung darf ich gestehen, daß ich mit einiger, ja großer Gewißheit einer fröhlichen und glücklichen Zukunft entgegensehe. In mir und durch mich vergnügt, o, mein Freund! wo kann der Blitz des Schicksals mich Glücklichen treffen, wenn ich es fest im Innersten meiner Seele bewahre? Immer mehr erwärmt und begünstigt mein Herz den Entschluß, den ich nun um keinen Preis der Könige mehr aufgeben möchte, und meine Vernunft bekräftigt, was mein Herz sagt und krönt es mit der Wahrheit, daß es wenigstens weise und rathsam sei, in dieser wandelbaren Zeit so wenig wie möglich an die Ordnung der Dinge zu knüpfen.

Diese getreue Darstellung meines ganzen Wesens, das volle unbegrenzte Vertrauen, dessen Gefühle mir selbst frohe Genüsse gewähren, weil eine zufällige Abgezogenheit von den Menschen sie so selten macht, wird auch Sie nicht ungerührt lassen, soll und wird mir auch Ihr Vertrauen erwerben, um das ich im eigentlichsten Sinne buhle. Den Funken der Theilnahme, die ich bei der ersten Eröffnung meines Plans in Ihren Augen entdeckte, zur Flamme zu erheben, ist mein Wunsch und meine Hoffnung. Sein Sie mein Freund im deutschen Sinne des Worts so wie Sie einst mein Lehrer waren, jedoch für länger, für immer!

Es wird mir lieb sein, wenn dieser Brief nebst beiliegendem Aufsatz meiner Schwester U⟨lrike⟩ zur Lesung überschickt wird. Sie ist die Einzige von meiner Familie, der ich mich ganz anzuvertrauen schuldig bin, weil sie die Einzige ist, die mich ganz verstehen kann. Diesen Aufsatz bitte ich aufzubewahren, bis ich ihn mir in Frankfurt selbst abfordere.

Ihr Freund Kleist.

4. Revers

Nachdem Sr. Königlichen Majestät von Preußen mir Endesunterschriebenem den aus freier Entschließung und aus eignem Antriebe um meine Studia zu vollenden allerunterthänigst nachgesuchten Abschied aus Höchst Dero Kriegsdiensten in Gnaden bewilliget: so reversire ich mich hierdurch auf Höchst Dero ausdrücklichen Befehl: daß ich weder ohne Dero allerhöchsten Consens jemals in auswärtige Krieges- oder Civil-Dienste treten, noch in Höchstdero Staaten wiederum in Königl. Kriegsdienste aufgenommen zu werden, anhalten will; dagegen ich mir vorbehalte, nach Absolvirung meiner Studia Sr. Majestät dem Könige und dem Vaterlande im Civilstande zu dienen. Diesen wohlüberdachten Revers habe ich eigenhändig ge- und unterschrieben. So geschehen Francfurt a/Oder den 17ten Aprill 1799.

Heinrich v. Kleist
vormals Lieut. im Regt. Garde.

5. An Ulrike von Kleist

⟨Frankfurt a. d. O., Mai 1799.⟩

Wenn ich von Jemandem Bildung erhalte, mein liebes Ulrikchen, so wünsche ich ihm dankbar auch wieder einige Bildung zurückzugeben; wenn ich aus seinem Umgange Nutzen ziehe, so wünsche ich, daß er auch in dem meinigen einigen Nutzen finde; nicht gern mögte ich, daß er die Zeit bei mir verlöre, die ich bei ihm gewinne.

Wie lehrreich und bildend Dein Umgang mir ist, wie vielen wahren Vortheil Deine Freundschaft mir gewährt, das scheue ich mich nicht, Dir offenherzig mitzutheilen; vielmehr es ist recht und billig, daß ein Wohlthäter den ganzen Umfang seiner Wohlthat kennen lernt, damit er sich selbst durch das Bewußtsein seiner Handlung und des Nutzens, den sie gestiftet hat, belohne. Du, mein liebes Ulrikchen, ersetzest mir die schwer zu ersetzende und wahrlich Dich ehrende Stelle meiner hochachtungswürdigen Freunde zu Potsdam. Ich scheue mich auch nicht Dir zu gestehen, daß die Aussicht auf Deine Freundschaft, so sehr ich sonst andere Universitäten zu beziehen wünschte, mich dennoch, wenigstens zum Theil, bestimmte, meinen Aufenthalt in Frankfurt zu wählen. Denn Grundsätze und Entschlüsse wie die meinigen, bedürfen der Unterstützung, um über so viele Hindernisse und Schwierigkeiten unwandelbar hinausgeführt zu werden. Du, mein liebes Ulrikchen, sicherst mir den guten Erfolg derselben. Du bist die Einzige die mich hier ganz versteht. Durch unsere vertraulichen Unterredungen, durch unsere Zweifel und Prüfungen, durch unsere freundlichen und freundschaftlichen Zwiste, deren Gegenstand nur allein die Wahrheit ist, der wir beide aufrichtig entgegenstreben und in welcher wir uns auch gewöhnlich beide vereinigen, durch alle diese Vortheile Deines Umgangs scheidet sich das Falsche in meinen Grundsätzen und Entschlüssen immer mehr von dem Wahren, das sie enthalten, und reinigen sich folglich immer mehr, und knüpfen sich immer inniger an meine Seele, und wurzeln immer tiefer, und werden immer mehr und mehr mein Eigenthum. Deine Mitwissenschaft meiner ganzen Empfindungsweise, Deine Kenntniß meiner Natur schützt sie um so mehr vor ihrer Ausartung; denn ich fürchte nicht allein mir selbst, ich fürchte nun auch Dir zu misfallen. Dein Beispiel schützt mich vor alle Einflüsse der Thorheit und des Lasters, Deine Achtung sichert mir die meinige zu. – Doch genug. Du siehst, wie unaufhaltsam mir Dein Lob entfließt, mit wie vielem Vergnügen ich mich als Deinen Schuldner bekenne. Ich schätze Dich als das edelste der Mädchen, und liebe dich, als die, welche mir jetzt am theuersten ist. Wärst Du ein Mann oder nicht meine Schwester, ich würde stolz sein, das Schicksaal meines ganzen Lebens an das Deinige zu knüpfen.

Doch genug hiervon. So viele von Dir empfangene und innig empfundene Wohlthaten will ich dadurch zu belohnen suchen, daß ich unaufgefordert und mit der Freimüthigkeit der Freundschaft bis in das Geheimste und Innerste Deines Herzens dringe; und finde ich es nicht, wie ich es wünsche, finde ich Dich unentschieden, wo Du längst entschieden sein solltest, finde ich Dich schlummern, wo Du längst wach sein solltest, dann will ich mit der Kühnheit der Freundschaft Dich wecken.

Traue mir zu, daß es meine innige Überzeugung ist, auf welcher sich das jetzt folgende gründet. Bei so vielen Fähigkeiten, die Deinen Verstand, bei so vielen herrlichen Tugenden, die Dein Herz schmücken, scheint es lieblos und unedel eine dunkle Seite an Dir dennoch auszuspüren. Aber grade diese dunkle Seite, ist keine unbedeutende, gleichgültige. Ich denke, sie würde Deinem Wesen die Krone aufsetzen, wenn sie im Lichte stünde, und darum wünsche ich, sie zu erhellen. Und wenn auch das nicht wäre, – wenn Jemand so nahe am Ziele steht, so verdient er schon allein um der seltnen Erscheinung willen, daß man ihn ganz hinaufführe.

Tausend Menschen höre ich reden und sehe ich handeln, und es fällt mir nicht ein, nach dem Warum? zu fragen. Sie selbst wissen es nicht, dunkle Neigungen leiten sie, der Augenblick bestimmt ihre Handlungen. Sie bleiben für immer unmündig und ihr Schicksal ein Spiel des Zufalls. Sie fühlen sich wie von unsichtbaren Kräften geleitet und gezogen, sie folgen ihnen im Gefühl ihrer Schwäche wohin es sie auch führt, zum Glücke, das sie dann nur halb genießen, zum Unglücke, das sie dann doppelt fühlen.

Eine solche sclavische Hingebung in die Launen des Tyrannen Schicksaal, ist nun freilich eines freien, denkenden Menschen höchst unwürdig. Ein freier denkender Mensch bleibt da nicht stehen, wo der Zufall ihn hinstößt; oder wenn er bleibt, so bleibt er aus Gründen, aus Wahl des Bessern. Er fühlt, daß man sich über das Schicksaal erheben könne, ja, daß es im richtigen Sinne selbst möglich sei, das Schicksaal zu leiten. Er bestimmt nach seiner Vernunft, welches Glück für ihn das höchste sei, er entwirft sich seinen Lebensplan, und strebt seinem Ziele nach sicher aufgestellten Grundsätzen mit allen seinen Kräften entgegen. Denn schon die Bibel sagt, willst Du das Himmelreich erwerben, so lege selbst Hand an.

So lange ein Mensch noch nicht im Stande ist, sich selbst einen Lebensplan zu bilden, so lange ist und bleibt er unmündig, er stehe nun als Kind unter der Vormundschaft seiner Ältern oder als Mann unter der Vormundschaft des Schicksals. Die erste Handlung der Selbstständigkeit eines Menschen ist der Entwurf eines solchen Lebensplan's. Wie nöthig es ist, ihn so früh wie möglich zu bilden, davon hat mich der Verlust von sieben kostbaren Jahren, die ich dem Soldatenstande widmete, von sieben unwiderbringlich verlornen Jahren, die ich für meinen Lebensplan hätte anwenden gekonnt, wenn ich ihn früher zu bilden verstanden hätte, überzeugt.

Ein schönes Kennzeichen eines solchen Menschen, der nach sichern Principien handelt, ist Consequenz, Zusammenhang, und Einheit in seinem Betragen. Das hohe Ziel, dem er entgegenstrebt, ist das Mobil aller seiner Gedanken, Empfindungen und Handlungen. Alles, was er denkt, fühlt und will, hat Bezug auf dieses Ziel, alle Kräfte seiner Seele und seines Körpers streben nach diesem gemeinschaftlichen Ziele. Nie werden seine Worte seinen Handlungen, oder umgekehrt, widersprechen, für jede seiner Äußerungen wird er Gründe der Vernunft aufzuweisen haben. Wenn man nur sein Ziel kennt, so wird es nicht schwer sein die Gründe seines Betragens zu erforschen.

Ich wende mich nun zu Dir, mein liebes Ulrikchen. Deiner denkenden Seele stünde jener hohe Charakter der Selbstständigkeit wohl an. Und doch vermisse ich ihn an Dir. Du bist für jeden Augenblick des Lebens oft nur zu bestimmt, aber Dein g a n z e s Leben hast Du noch nicht ins

Auge gefaßt. Aus diesem Umstande erkläre ich mir die häufigen Inconsequenzen Deines Betragens, die Widersprüche Deiner Äußerungen und Handlungen. Denn ich sinne gern bei Dir über die Gründe derselben nach, aber ungern finde ich, daß sie nicht immer übereinstimmen.

Du äußerst oft hohe vorurtheilsfreie Grundsätze der Tugend, und doch klebst Du noch oft an den gemeinsten Vorurtheilen. Nie sehe ich Dich gegen wahren ächten Wohlstand anstoßen, und doch bildest Du oft Wünsche und Pläne, die mit ihm durchaus unvereinbar sind. Ich hoffe Du wirst mich überheben, diese Urtheile mit Beispielen zu belegen. Du bist entweder viel zu frei und vorurtheillos, oder bei weitem nicht genug. Die Folge davon ist, daß ich nicht bestimmen kann, ob das, was Du willst und thust, recht sei, oder nicht, und ich muß fürchten, daß Du selbst darüber unentschieden bist.

Denn warum hättest Du mir, als ich Dir gestern die rasche Frage that, ob Du Dir einen bestimmten Lebensplan gebildet hättest, mit Verwirrung und Schüchternheit, wenigstens nicht mit jener Dir eigenthümlichen Reinheit und Gradheit geantwortet, Du verstündest meine Frage nicht? Meine simple Frage deren Sinn doch so offen und klar ist? Muß ich nicht fürchten, daß Du nur in der Nothwendigkeit mir eine Antwort geben zu müssen, die Deiner nicht würdig ist, lieber diesen – Ausweg gewählt hast?

Ein Lebensplan ist – – Mir fällt die Definition vom Birnkuchen ein, die Du einst im Scherze Pannwitzen gabst, und wahrlich, ich möchte Dir im Ernste eine ähnliche geben. Denn bezeichnet hier nicht ebenfalls ein einfacher Ausdruck einen einfachen Sinn? Ein Reisender, der das Ziel seiner Reise, und den Weg zu seinem Ziele kennt, hat einen Reiseplan. Was der Reiseplan dem Reisenden ist, das ist der Lebensplan dem Menschen. Ohne Reiseplan sich auf die Reise begeben, heißt erwarten, daß der Zufall uns an das Ziel führe, das wir selbst nicht kennen. Ohne Lebensplan leben, heißt vom Zufall erwarten, ob er uns so glücklich machen werde, wie wir es selbst nicht begreifen.

Ja, es ist mir so unbegreiflich, wie ein Mensch ohne Lebensplan leben könne, und ich fühle, an der Sicherheit, mit welcher ich die Gegenwart benutze, an der Ruhe, mit welcher ich in die Zukunft blicke, so innig, welch' ein unschätzbares Glück mir mein Lebensplan gewährt, und der Zustand, ohne Lebensplan, ohne feste Bestimmung, immer schwankend zwischen unsichern Wünschen, immer im Widerspruch mit meinen Pflichten, ein Spiel des Zufalls, eine Puppe am Drathe des Schicksaals – dieser unwürdige Zustand scheint mir so verächtlich, und würde mich so unglücklich machen, daß mir der Tod bei weitem wünschenswerther wäre.

Du sagst, nur Männer besäßen diese uneingeschränkte Freiheit des Willens, Dein Geschlecht sei unauflöslich an die Verhältnisse der Meinung und des Rufs geknüpft. – Aber ist es aus Deinem Munde, daß ich dies höre? Bist Du nicht ein freies Mädchen, so wie ich ein freier Mann? Welcher andern Herrschaft bist Du unterworfen, als allein der Herrschaft der Vernunft?

Aber dieser sollst Du Dich auch vollkommen unterwerfen. *Etwas* muß dem Menschen heilig sein. Uns beide, denen es die Ceremonien der Religion und die Vorschriften des conventionellen Wohlstandes nicht sind, müssen um so mehr die Gesetze der Vernunft heilig sein. Der Staat fordert von uns weiter nichts, als daß wir die zehn Gebote nicht übertreten. Wer gebietet uns aber die Tugenden der Menschenliebe, der Duldung, der Bescheidenheit, der Sittsamkeit zu üben, wenn es nicht die Vernunft thut? Der Staat sichert uns unser Eigenthum, unsre Ehre, und unser Leben; wer sichert uns aber unser inneres Glück zu, wenn es die Vernunft nicht thut?

So innig ich es nun auch wünsche, Dich überhaupt für die Annahme irgend eines Lebensplans zu bestimmen, weil ich

Dir gern das Glück gönne, das die Kenntniß unsrer Bestimmung, der sichere Genuß der Gegenwart und die Ruhe für die Zukunft gewähren, so möchte ich doch nicht gern einen Einfluß auf die Annahme eines bestimmten Lebensplanes haben. Das möge allein das Werk Deiner Vernunft sein. Prüfe Deine Natur, beurtheile welches moralische Glück ihr am angemessensten sei, mit einem Worte, bilde Dir einen Lebensplan, und strebe dann seiner Ausführung entgegen. Dann wird nie wieder geschehen, was ich vorher an Dir tadelte, dann werden sich Deine Wünsche und Deine Pflichten, Deine Worte und Deine Handlungen nie widersprechen.

Aber noch weit mehr als ich fürchte, Du möchtest noch bisher keinen Lebensplan gebildet haben, muß ich fürchten, daß Du grade den einzigen Lebensplan verworfen hast, der Deiner würdig wäre. Laß mich aufrichtig, ohne Rückhalt, ohne alle falsche Scham reden. Es scheint mir, – es ist möglich daß ich mich irre, und ich will mich freuen, wenn Du mich vom Gegentheile überzeugen kannst, – aber es scheint mir, als ob Du bei Dir entschieden wärest, Dich nie zu verheirathen. Wie? Du wolltest nie Gattinn und Mutter werden? Du wärst entschieden, deine höchste Bestimmung nicht zu erfüllen, Deine heiligste Pflicht nicht zu vollziehen? Und entschieden wärst Du darüber? Ich bin wahrlich begierig die Gründe zu hören, die Du für diesen höchst strafbaren und verbrecherischen Entschluß aufzuweisen haben kannst.

Eine einzige simple Frage zerstört ihn. Denn wenn Du ein Recht hättest, Dich nicht zu verheirathen, warum ich nicht auch? Und wenn wir beide dazu ein Recht haben, warum ein Dritter nicht auch? Und wenn dieses ist, warum nicht auch ein Vierter, ein Fünfter, warum nicht wir Alle? Aber das Leben, welches wir von unsern Ältern empfingen, ist ein heiliges Unterpfand, das wir unsern Kindern wieder mittheilen sollen. Das ist ein ewiges Gesetz der Natur, auf welches sich ihre Erhaltung gründet.

Diese Wahrheit ist so klar, und das Interesse, das sie bei sich führt, dem Herzen des Menschen so innig eingepflanzt, daß es mir schwer wird zu glauben, sie sei Dir unbekannt. Aber was soll ich glauben, wenn Dir der, nicht scherzhafte, nur alzu ernstliche Wunsch entschlüpft, Du möchtest die Welt bereisen? Ist es auf Reisen, daß man Geliebte suchet und findet? Ist es dort wo man die Pflichten der Gattinn und der Mutter am zweckmäßigsten erfüllt? Oder willst Du endlich wenn Dir auch das Reisen überdrüßig ist, zurückkehren, wenn nun die Blüthe Deiner Jahre dahingewelkt ist, und erwarten, ob ein Mann philosophisch genug denke, Dich dennoch zu heirathen? Soll er Weiblichkeit von einem Weibe erwarten, deren Geschäft es während ihrer Reise war, sie zu unterdrücken?

Aber Du glaubst Dich trösten zu können, wenn Du auch einen solchen Mann nicht fändest. Täusche Dich nicht, Ulrickchen, ich fühle es, Du würdest Dich nicht trösten, nein, wahrlich, bei Deinem Herzen würdest Du Dich nicht trösten. Gesetzt, es wäre Dein Wille, Dich nach der Rückkehr von Deiner Reise irgendwo in einer schönen Gegend mit Deinem Vermögen anzukaufen. Ach, dem Landmann ist ein Gatte unentbehrlich. Der Städter mag seiner entbehren, ich will es glauben, das Geräusch der Stadt kann seine geheimen Wünsche unterdrücken, er lernt das Glück nicht vermissen, das er entbehrt. Aber der Landmann ist ohne Gattinn immer unglücklich. Da fehlt ihm Trost und Hülfe in Widerwärtigkeiten, da ist er in Krankheiten ohne Wartung und Pflege, da sieht er sich allein stehen in der weiten lebendigen Natur, er fühlt sich unvermißt und unbeweint, wenn er an den Tod denkt. Und selbst wenn seine Bemühungen gedeihen und mit Früchten wuchern, – wo will er hin mit allen Erzeugnissen der Natur? Da fehlen ihm Kinder, die sie ihm verzehren helfen, da drückt er wehmüthig fremde Kinder an seine Brust und reicht ihnen von seinem Überflusse. – Täusche Dich daher nicht, Ulrikchen. Dann erst würdest Du innig fühlen, welches Glück Du entbehren mußt, und um so tiefer würde dies dich schmerzen, je mehr Du es selbst muthwillig verworfen hast.

Und was würde Dich für so vielen Verlust schadlos halten können? Doch wohl nicht der höchst unreife Gedanke frei und unabhängig zu sein? Kannst Du Dich dem allgemeinen Schicksal Deines Geschlechtes entziehen, das nun einmal seiner Natur nach die zweite Stelle in der Reihe der Wesen bekleidet? Nicht einen Zaun, nicht einen elenden Graben kannst Du ohne Hülfe eines Mannes überschreiten, und willst allein über die Höhen und über die Abgründe des Lebens wandeln? Oder willst Du von Fremden fordern, was Dir ein Freund gern und freiwillig leisten würde?

Aus allen diesen Gründen deren Wahrheit Du gewiß einsehen und fühlen wirst, gieb jenen unseeligen Entschluß auf, wenn Du ihn gefaßt haben solltest. Du entsagst mit ihm Deiner höchsten Bestimmung, Deiner heiligsten Pflicht, der erhabensten Würde, zu welcher ein Weib emporsteigen kann, dem einzigen Glücke, das Deiner wartet.

Und wenn Mädchen wie Du sich der heiligen Pflicht Mütter und Erzieherinnen des Menschengeschlechts zu werden, entziehen, was soll aus der Nachkommenschaft werden? Soll die Sorge für künftige Geschlechter nur der Üppigkeit feiler oder eitler Dirnen überlassen sein? Oder ist sie nicht vielmehr eine heilige Verpflichtung tugendhafter Mädchen?. – Ich schweige, und überlasse es Dir, diesen Gedanken auszubilden. –

6. An Ulrike von Kleist

Frankfurt a/d Oder
d. 12t Novmbr ⟨17⟩99.

Ich war zuerst willends, der langen Verspätung dieses Briefes eine Rechtfertigung voranzuschicken; aber es fällt mir ein, daß doch eben nicht viele Billigkeit dazu gehört, sie zu entschuldigen, wenn man mich und die Absicht meines

Hierseins kennt. Ich habe mir ein Ziel gesteckt, das die ununterbrochene Anstrengung aller meiner Kräfte und die Anwendung jeder Minute Zeit erfordert, wenn es erreicht werden soll. Ich habe besonders in diesem meinem zweiten akademischen Cursus eine Masse von Geschäften auf mich geladen, die ich nicht anders als mit dem allermühsamsten Fleiße bearbeiten kann; eine Masse von Geschäften, die selbst nach dem Urtheile Hüllmanns zu schwer für mich ist, und von der ich daher, wenn ich sie dennoch trage, mit Recht sagen kann, daß ich das fast Unmögliche möglich gemacht habe. Unter diesen Umständen siehst Du wohl ein, daß es bisher nöthig war, mich oft mit einem augenblicklichen Andenken an Dich zu begnügen; und daß mir selbst jetzt die Zeit einer schriftlichen Unterhaltung mit Dir noch nicht geworden wäre, wenn durch den Eintrit der Messe die akademischen Vorlesungen nicht ausgesetzt worden wären. Diese vierzehn Tage der Ruhe, diesen Sonntag für meine lange geschäftsvolle Woche, benutze ich, um mich einmal nach Herzenslust zu vergnügen; und dieses Vergnügen soll ein Brief an Dich sein.

Wenn man sich so lange mit ernsthaften abstrakten Dingen beschäftigt hat, wobei der Geist zwar seine Nahrung findet, aber das arme Herz leer ausgehen muß, dann ist es eine wahre Freude, sich einmal ganz seine Ergießungen zu überlassen; ja es ist selbst nöthig, daß man es zuweilen in's Leben zurückrufe. Bei dem ewigen Beweisen und Folgern verlernt das Herz fast zu fühlen; und doch wohnt das Glück nur im Herzen, nur im Gefühl, nicht im Kopfe, nicht im Verstande. Das Glück kann nicht, wie ein mathematischer Lehrsatz bewiesen werden, es muß empfunden werden, wenn es da sein soll. Daher ist es wohl gut, es zuweilen durch den Genuß sinnlicher Freuden von Neuem zu beleben; und man müßte wenigstens täglich e i n gutes Gedicht lesen, e i n schönes Gemälde sehen, e i n sanftes Lied hören – oder ein herzliches Wort mit einem Freunde reden, um auch den schönern, ich mögte sagen den menschlicheren Theil unseres Wesen zu bilden.

Dieses letzte Vergnügen habe ich seit Deiner Abwesenheit von hier gänzlich entbehren müssen, und grade dieses ist es, dessen ich am meisten bedarf. Vorsätze und Entschlüsse wie die meinigen bedürfen der Aufmunterung und der Unterstützung mehr als andere vielleicht, um nicht zu sinken. *Verstanden* wenigstens mögte ich gern zuweilen sein, wenn auch nicht aufgemuntert und gelobt, von *einer* Seele wenigstens mögte ich gern zuweilen verstanden werden, wenn auch alle andern mich verkennen. Wie man in einem heftigen Streite mit vielen Gegnern sich umsieht, ob nicht Einer unter allen ist, der uns Beifall zulächelt, so suche ich zuweilen Dich; und wie man unter fremden Völkern freudig einem Landsmann entgegenfliegt, so werde ich Dir, mein liebes Ulrikchen entgegenkommen. Nenne es immerhin Schwäche von mir, daß ich mich so innig hier nach Mittheilung sehne, wo sie mir so ganz fehlt. Große Entwürfe mit schweren Aufopferungen auszuführen, ohne selbst auf den Lohn *verstanden zu werden* Anspruch zu machen, ist eine Tugend, die wir wohl bewundern, aber nicht *verlangen* dürfen. Selbst die größten Helden der Tugend, die jede andere Belohnung verachteten, rechneten doch auf diesen Lohn; und wer weiß, was Sokrates und Christus gethan haben würden, wenn sie voraus gewußt hätten, daß keiner unter ihren Völkern den Sinn ihres Todes verstehen würde. Willst Du es doch eine Schwäche nennen, so ist es höchstens die Schwäche eines Münzensammlers z. B. der zwar hauptsächlich für sich und zu seinem Vergnügen, zu seinem Nutzen sammelte, und daher auch nicht zürnt, wenn die Meisten gleichgültig bei seiner sorgfältig geordneten Sammlung vorübergehen, aber eben deswegen um so viel lieber einmal einen Freund der Kunst in sein Cabinet führt. Denn meine Absichten und meine Entschlüsse sind solche Schaumünzen, die aus dem Gebrauche gekommen sind und nicht mehr gelten; daher zeige ich sie gern zuweilen einem Kenner der Kunst, damit er sie prüfe und mich überzeuge, ob, was ich so emsig und eifrig sammle und aufbewahre, auch wohl ächte Stücke sind, oder nicht.

– Ich überlese jetzt den eben vorangegangnen Punct, und finde, daß er mir misfallen würde, wenn ich ihn, so wie Du hier, aus dem Munde eines jungen Menschen hörte. Denn mit Recht kann man ein Mistrauen in solche Vorsätze setzen, die unter so vielen Menschen keinen finden, der sie verstünde und billigte. Aber doch ist es mit den meinigen so; verstanden werden sie nicht, das ist gewiß, und daher, denke ich, werden sie nicht gebilligt. Wessen Schuld es ist, daß sie nicht verstanden werden – das getraue ich mich wenigstens nicht zu meinem Nachtheil zu entscheiden. Wenn ein Türke und ein Franzose zusammenkommen, so haben sie wenigstens gleiche Verpflichtung, die Sprache des Andern zu lernen, um sich verständlich zu machen. Tausend Bande knüpfen die Menschen aneinander, gleiche Meinungen, gleiches Interesse, gleiche Wünsche, Hoffnungen und Aussichten; – alle diese Bande knüpfen mich nicht an sie, und dieses mag ein Hauptgrund sein, warum wir uns nicht verstehen. Mein Interesse besonders ist dem ihrigen so fremd, und ungleichartig, daß sie – gleichsam wie aus den Wolken fallen, wenn sie etwas davon ahnden. Auch haben mich einige mislungene Versuche, es ihnen näher vor die Augen, näher an's Herz zu rücken, für immer davon zurückgeschreckt; und ich werde mich dazu bequemen müssen, es immer tief in das Innerste meines Herzens zu verschließen.

Was ich mit diesem Interesse im Busen, mit diesem heiligen, mir selbst von der Religion, von meiner Religion gegebnen Interesse im engen Busen, für eine Rolle unter den Menschen spiele, denen ich von dem, was meine ganze Seele erfüllt, nichts merken lassen darf, – das weißt Du zwar nach dem äußern Anschein, aber schwerlich weißt Du, was oft dabei im Innern mit mir vorgeht. Es ergreift mich zuweilen plötzlich eine Ängstlichkeit, eine Beklommenheit, die ich zwar aus allen Kräften zu unterdrücken mich bestrebe, die mich aber dennoch schon mehr als einmal in die lächerlichsten Situationen gesetzt hat.

Die einzige Gesellschaft, die ich täglich sehe, ist Zengen's, und ich würde um dieser peinlichen Verlegenheit willen, auch diese Gesellschaft schon aufgegeben haben, wenn ich mir nicht vorgenommen hätte, mich durchaus von diesem unangenehmen Gefühl zu entwöhnen. Denn auf meinem Lebenswege werden mir Menschen aller Art begegnen, und jeden muß ich zu nutzen verstehen. Dazu kommt, daß es mir auch zuweilen gelingt, recht froh in dieser Gesellschaft zu sein; denn sie besteht aus lauter guten Menschen, und es herrscht darin viele Eintracht, und das Äußerste von Zwanglosigkeit. Die älteste Zengen, Minette, hat sogar einen feineren Sinn, der für schönere Eindrücke zuweilen empfänglich ist; wenigstens bin ich zufrieden, wenn sie mich zuweilen mit Interesse anhört, ob ich gleich nicht viel von ihr wieder erfahre. Aber von allem diesen ist nichts, wenn der ganze Haufen beisammen ist. Ein Gespräch kann man ihr sich durchkreutzendes Geschwätz nicht nennen. Wenn ein Gespräch geführt werden soll, so muß man bei dem Gegenstande desselben verweilen, denn nur dadurch gewinnt es Interresse; man muß ihn von allen seinen Seiten betrachten, denn nur dadurch wird es mannichfaltig und anziehend. Aber hier – doch Du kennst das. Ich wollte Dir nur zeigen, daß das Interesse, das mir die Seele erfüllt, schlecht mit dem Geiste harmonirt, der in dieser Gesellschaft weht; und daß die Beklommenheit, die mich zuweilen ergreift, hieraus sehr gut erklärt werden kann.

Ich sage mir zwar häufig zu meinem Troste, daß es nicht die Bildung für die Gesellschaft ist, die mein Zweck ist, daß diese Bildung, und mein Zweck, zwei ganz verschiedne Ziele sind, zu denen zwei ganz verschiedne Wege nach ganz verschiednen Richtungen führen – denn wenn man z. B. durch häufigen Umgang, vieles Plaudern, durch Dreistigkeit und Oberflächlichkeit zu dem einen Ziele kommt, so erreicht man dagegen nur durch Einsamkeit, Denken, Behutsamkeit und Gründlichkeit das andere & Auch soll mein Betragen jetzt nicht gefallen, das Ziel, das ich im Sinne habe, soll für thörigt gehalten werden, man soll mich auf der Straße, die ich wandle auslachen, wie man den Colomb auslachte, weil er Ostindien in Westen suchte. Nur dann erst bewunderte man ihn, als er noch mehr gefunden hatte, als er suchte – & Das alles sage ich mir zu meinem Troste. Aber dennoch mögte ich mich gern von dieser Beklommenheit entwöhnen, um so viel mehr, da ich mit Verdruß bemerke, daß sie mich immer öfter und öfter ergreift.

Aber ich fürchte, daß es mir in der Folge wie den meisten Gelehrten von Profession gehen wird; sie werden in ihrem äußern Wesen rauh, rêche, wie der Franzose sagt, und für das gesellige Leben untauglich. Ich finde das aus vielen Gründen sehr natürlich. Sie haben ein höheres Interresse lieb gewonnen, und können sich nicht mehr an dem gemeinen Interesse erwärmen. Wenn ein Anderer z. B. ein Buch, ein Gedicht, einen Roman gelesen hat, das einen starken Eindruck auf ihn machte und ihm die Seele füllte, wenn er nun mit diesem Eindruck in eine Gesellschaft trit, er sei nun froh oder schwermüthig gestimmt, er kann sich mittheilen, und man versteht ihn. Aber wenn ich einen mathematischen Lehrsatz ergründet habe, dessen Erhabenheit und Größe mir auch die Seele füllte, wenn ich nun mit diesem Eindruck in eine Gesellschaft trete, wem darf ich mich mittheilen, wer versteht mich? Nicht einmal ahnden darf ich lassen, was mich zur Bewunderung hinriß, nicht einen von allen Gedanken darf ich mittheilen, die mir die Seele füllen. – Und so muß man denn freilich zuweilen leer und gedankenloos erscheinen, ob man es gleich wohl nicht ist.

Der größte Irrthum ist dann wohl noch der, wenn man glaubt, ein Gelehrter schweige aus Stolz, etwa, weil er die Gesellschaft nicht der Mittheilung seiner Weisheit werth achtet. Ich wollte schwören daß es meistens grade das Gegentheil ist, und daß es vielleicht grade der äußerste Grad von Bescheidenheit ist, der ihm Stillschweigen auferlegt. Ich rede hier besonders von großen Gelehrten, die ihr Lob in allen Zeitschriften lesen. Man besucht sie häufig um den Giganten doch einmal in der Nähe zu betrachten; man erwartet von ihnen, das wissen sie selbst, lauter Sentenzen, man glaubt, daß sie wie in ihren Büchern reden werden. Sie reden aber nur wenige gemeine Dinge, man verläßt sie mit dem Verdacht, daß sie aus Stolz geschwiegen haben, ob sie zwar gleich nur aus Bescheidenheit schwiegen, weil sie nicht immer in den erwarteten Sentenzen reden konnten, und doch nicht gern, die gute Meinung, die man von ihnen hatte, zerstören wollten.

In solchen Lagen hat man die gelehrtesten Männer oft in der größten Verlegenheit gesehen. Unser gescheuter Professor Wünsch, der gewiß hier in Frankfurt oben an steht und Alle übersieht, würde doch gewiß, des bin ich überzeugt, durch die abgeschmacktesten Neckereien des albernsten Mädchens in die größte Verlegenheit gesetzt werden können. Du weißt, wie es Rousseau mit dem Könige von Frankreich gieng; und man braucht daher weder dumm noch feig zu sein, um vor einem Könige zu zittern. Ein französischer Officier, der, als Ludwig der 14[t] ihn heranrief, sich zitternd seinem Könige näherte, und von ihm mit kalter königlicher Überlegenheit gefragt wurde, warum er so zittere? hatte dennoch die Freimüthigkeit zu antworten: Sire, ce n'est pas devant vos ennemis, que je tremble ainsi.

Meine Briefe werden lang, mein liebes Ulrikchen; und was das Schlimmste ist, ich rede immer von mir. Verzeihe mir diese kleine menschliche Schwachheit. Vieles verschweige ich noch, das ich bis zu Deiner Rückkunft aufbewahre. Ob Dich Neuigkeiten mehr interessirt hätten, als der Inhalt dieses Briefes? – Wer weiß. Aber auf alle Fälle gab es keine Neuigkeiten, außer die alte Leyer, daß die Messe schlecht sei. Die ⟨Friederike Chr. v.⟩ Kleist aus Schernewitz war hier, und hat mir gut gefallen. Sie will künftiges Jahr nach Flinzberg ins Bad reisen, und wünschte eine Reisebegleiterinn – wen habe ich ihr wohl vorgeschlagen? Sie hat mir also förmlich aufgetragen, Dich zu dieser Reise einzuladen.

Bis dahin denke ich wirst Du doch noch einmal nach Frankfurt kommen? Was in aller Welt machst du denn in Werben? Niemand von uns, ich selbst nicht, kann begreifen, was dir den Aufenthalt dort auf viele Monate so angenehm machen kann. Wenn es kein Geheimniß ist, so schreibe es mir. Grüße Schönfeld und Frau, Onkel und Tante Pannwitz, kurz alles was Pannwitz heißt, auch Caroline. Ist sie noch böse? – Adieu.

Dein treuer Bruder Heinrich.

N. S. Hier kommen noch einige Supplemente, die ich dir zur Bekanntmachung an Pannwitz, den das interessiren wird, mittheile. Schätzel hat das 3^t. Batl. bekommen aber ausgeschlagen und verlangt Pension. Gaudi ist Major geworden und hat Schätzels Compagnie. Welchen Eindruck dies gemacht hat, und in welchem Tone die Grumbkow spricht, kannst Du Dir denken. Daß sonderbarste hierbei ist, das Gen: Kleist an Hagen geschrieben hat, es thäte ihm dieser Einschub, von dem er auf sein Ehrenwort nichts wüßte, sehr leid. Wir wollen nicht glauben, daß hier eine Falschheit zum Grunde liege, ob ich Dir zwar gleich in der folgenden Neuigkeit ein Beispiel von einer unerhörten unmenschlichen Falschheit geben werde. Der Kaufmann Scholz ist seines Arrests entlassen, statt seiner sitzt seine Frau – warum? das hast Du schon zu Anfange der ganzen Geschichte vorausgesehen. Die Sache ist keinem Zweifel mehr unterworfen. Sie hat sich selbst verrathen. Ein Fragment aus einem Briefe von ihrem Manne, worin sie das Wort Geld in Gift umgefälscht hat, um den Verdacht gegen ihn zu verstärken, hat sie verrathen. Einige Zeugen, ein Student und 2 Mädchen, die sie bewegt hatte, einen falschen Eid für ihren Betrug zu schwören, haben sie verrathen. Sie selbst hat es schon eingestanden, daß sie einen Betrug gespielt habe. – Ist es wohl glaublich, daß dies ein Weib sei? – –

Zweite Nachschrift.

Ich liefre Dir noch ein Supplement zum Supplement. Schätzel ist Gen: Major geworden, erhält 800 Rth. Pension und bleibt nun in Frankfurt.

Noch eine Hauptnachricht, die Dich vielleicht bewegen wird, sogleich nach Frankfurt zu kommen. Zengen's und unsre Familie nebst viele andere Damen Frankfurt's nehmen ein Collegium über Experimental-Physik bei Wünsch. Nehmen, sagte ich? Das klingt ja beinah, als wäre von Medicin die Rede. So übel schmeckt es indessen nicht. Es ist eine Brunnen-cur zum Nutzen und Vergnügen. Du wirst sie nicht verschmähen. Willst du die Vorlesung von Anfang an beiwohnen, so mußt Du auf irgend eine Art suchen, sogleich nach Frkft. zu kommen.

7. An Wilhelmine von Zenge

⟨Frankfurt a. d. O., April / Anfang Mai 1800.⟩

Inliegenden Brief bin ich entschlossen morgen Abend Ihrem Vater zu übergeben. Ich fühle, seit gestern Abend, daß ich meinem Versprechen, nichts für meine Liebe zu thun, das ein Betrug Ihrer würdigen Ältern wäre, nicht treu bleiben kann. Vor Ihnen zu stehen, und nicht sprechen zu dürfen, weil Andere diese Sprache nicht hören sollen, Ihre Hand in der meinigen zu halten und nicht sprechen zu dürfen, weil ich mich diese Sprache gegen Sie nicht erlauben will, ist eine Qual, die ich aufheben will und muß. Ich will es daher erfahren, ob ich Sie mit Recht lieben darf, oder gar nicht. Ist das letzte, so bin ich entschlossen, das Versprechen, welches ich Ihrem Vater in den letzten Zeilen meines Briefes gebe, auszuführen. Ist es nicht, so bin ich glücklich – Wilhelmine! Beßtes Mädchen! Habe ich in dem Briefe an Ihren Vater zu kühn in Ihre Seele gesprochen? Wenn Ihnen etwas darin mißfällt, so sagen Sie es mir morgen, und ich ändere es ab.

Ich sehe, daß das neue Morgenlicht meines Herzens zu hell leuchtet, und schon zu sehr bemerkt wird. Ohne diesen Brief könnte ich Ihrem Rufe schaden, der mir doch theurer ist als alles in der Welt. Es komme nun auch, was der Himmel über mich verhängt, ich bin ruhig bei der Überzeugung, daß ich recht so thue. Heinrich Kleist.

N. S. Wenn Sie morgen einen Spaziergang nicht abschlagen, so könnte ich von Ihnen erfahren, was Sie von diesem Schritte urtheilen und denken. – Von meiner Reise habe ich, aus Gründen, die Sie selbst entschuldigen werden nichts erwähnt. Schweigen Sie daher auch davon. Wir verstehn uns ja.

8. An Wilhelmine von Zenge

⟨Frankfurt a. d. O., April / Anfang Mai 1800.⟩

[...]
sichtbar die Zuversicht von Ihnen geliebt zu werden? Athmet nicht in jeder Zeile das frohe Selbstbewußtsein der erhörten und beglückten Liebe? – Und doch – wer hat es mir gesagt? Und wo steht es geschrieben?

Zwar – was soll ich aus dem Frohsinn, der auch Sie seit gestern belebt, was soll ich aus den Freudenthränen, die Sie bei der Erklärung Ihres Vaters vergossen haben, was soll ich aus der Güte, mit welcher Sie mich in diesen Tagen zuweilen angeblickt haben, was soll ich aus dem innigen Vertrauen, mit welchem Sie in einigen der verflossenen Abende, besonders gestern am Fortepiano, zu mir sprachen, was soll ich aus der Kühnheit, mit welcher Sie sich jetzt, weil Sie es dürfen, selbst in Gegenwart Andrer mir nähern, da Sie sonst immer schüchtern von mir entfernt blieben – ich frage, was soll ich aus allen diesen fast unzweifelhaften Zügen anderes schließen, was anderes, Wilhelmine, als daß ich geliebt werde?

Aber darf ich meinen Augen und meinen Ohren, darf ich meinem Witze und meinem Scharfsinn, darf ich dem Gefühle meines leichtgläubigen Herzens, das sich schon einmal von ähnlichen Zügen täuschen ließ, wohl trauen? Muß ich nicht mißtrauisch werden auf meine Schlüsse, da Sie mir selbst schon einmal gezeigt haben, wie falsch sie zuweilen sind? Was kann ich im Grunde, reiflich überlegt, mehr glauben, als was ich vor einem halben Jahre auch schon wußte, ich frage, was kann ich mehr glauben, als daß Sie mich schätzen und daß Sie mich wie einen Freund lieben?

Und doch wünsche ich mehr, und doch mögte ich nun gern wissen, was Ihr Herz für mich fühlt. Wilhelmine! Lassen Sie mich einen Blick in Ihr Herz thun. Öffnen Sie mir es einmal mit Vertrauen und Offenherzigkeit. So viel Vertrauen, so viel unbegränztes Vertrauen von meiner Seite verdient doch wohl einige Erwiederung von der Ihrigen. Ich will nicht sagen, daß Sie mich lieben müßten, weil ich Sie liebe; aber vertrauen müssen Sie sich mir, weil ich mich Ihnen unbegränzt vertraut habe. – Wilhelmine! Schreiben Sie mir einmal recht innig und herzlich. Führen Sie mich einmal in das Heiligthum Ihres Herzens das ich noch nicht mit Gewißheit kenne. Wenn der Glaube, den ich aus der Innigkeit Ihres Betragens gegen mich schöpfte, zu kühn und noch zu übereilt war, so scheuen Sie sich nicht es mir zu sagen. Ich werde mit den Hoffnungen, die Sie mir gewiß nicht entziehen werden, zufrieden sein. Aber auch dann, Wilhelmine, wenn mein Glaube gegründet wäre, auch dann scheuen Sie sich nicht, sich mir ganz zu vertrauen. Sagen Sie es mir, wenn Sie mich lieben – denn warum wollten Sie sich dessen schämen? Bin ich nicht ein edler Mensch, Wilhelmine?

Zwar eigentlich – – ich will es Ihnen nur offenherzig gestehen, Wilhelmine, was Sie auch immerhin von meiner Eitelkeit denken mögen – eigentlich bin ich es fest überzeugt, daß Sie mich lieben. Aber, Gott weiß, welche seltsame Reihe von Gedanken mich wünschen lehrt, daß Sie es mir sagen mögten. Ich glaube, daß ich entzückt sein werde, und daß Sie mir einen Augenblick, voll der üppigsten und innigsten Freude bereiten werden, wenn Ihre Hand sich entschließen könnte, diese drei Worte niederzuschreiben: ich liebe Dich.

Ja, Wilhelmine, sagen Sie mir diese drei herrlichen Worte; sie sollen für die ganze Dauer meines künftigen Lebens gelten. Sagen Sie sie mir einmal und lassen Sie uns dann bald dahin kommen, daß wir nicht mehr nöthig haben, sie uns zu widerholen. Denn nicht durch Worte aber durch Handlungen zeigt sich wahre Treue und wahre Liebe. Lassen Sie uns bald recht innig vertraut werden, damit wir uns ganz kennen lernen. Ich weiß nichts, Wilhelmine, in meiner Seele regt sich kein Gedanke, kein Gefühl in meinem Busen, das ich mich scheuen dürfte Ihnen mitzutheilen. Und was könnten Sie mir wohl zu verheimlichen haben? Und was könnte Sie wohl bewegen, die erste Bedingung der Liebe, das Vertrauen zu verletzen? – Also offenherzig, Wilhelmine, immer offenherzig. Was wir auch denken und fühlen und wünschen – etwas Unedles kann es nicht sein, und darum wollen wir es uns freimüthig mittheilen. Vertrauen und Achtung, das sind die beiden unzertrennlichen Grundpfeiler der Liebe, ohne welche sie nicht bestehen kann; denn ohne Achtung hat die Liebe keinen Werth und ohne Vertrauen keine Freude.

Ja, Wilhelmine, auch die Achtung ist eine unwiderrufliche Bedingung der Liebe. Lassen Sie uns daher unaufhörlich uns bemühen, nicht nur die Achtung, die wir gegenseitig für einander tragen, zu erhalten, sondern auch zu erhöhen.

Denn dieser Zweck ist es erst, welcher der Liebe ihren höchsten Werth giebt. Edler und besser sollen wir durch die Liebe werden, und wenn wir diesen Zweck nicht erreichen, Wilhelmine, so mißverstehen wir uns. Lassen Sie uns daher immer mit sanfter menschenfreundlicher Strenge über unser gegenseitiges Betragen wachen. Von Ihnen wenigstens wünsche ich es, daß Sie mir offenherzig alles sagen, was Ihnen vielleicht an mir mißfallen könnte. Ich darf mich getrauen alle Ihre Forderungen zu erfüllen, weil ich nicht fürchte, daß Sie überspannte Forderungen machen werden. Fahren Sie wenigstens fort, sich immer so zu betragen, daß ich mein höchstes Glück in Ihre Liebe und in Ihre Achtung setze; dann werden sich alle die guten Eindrücke, von denen Sie vielleicht nichts ahnden, und die ich Ihnen dennoch innig und herzlich danke, verdoppeln und verdreifachen. – Dafür will ich denn auch an Ihrer Bildung arbeiten, Wilhelmine, und den Werth des Mädchens, das ich liebe, immer noch mehr veredlen und erhöhen.

Und nun noch eine Hauptsache, Wilhelmine. Sie wissen, daß ich bereits entschlossen bin, mich für ein Amt zu bilden; aber noch bin ich nicht entschieden, für welches Amt ich mich bilden soll. Ich wende jede müßige Stunde zum Behufe der Überlegung über diesen Gegenstand an. Ich wäge die Wünsche meines Herzens gegen die Forderungen meiner Vernunft ab; aber die Schalen der Wage schwanken unter den unbestimmten Gewichten. Soll ich die Rechte studieren? – Ach, Wilhelmine, ich hörte letzthin in dem Naturrechte die Frage aufwerfen, ob die Verträge der Liebenden gelten könten, weil sie in der Leidenschaft geschehen – und was soll ich von einer Wissenschaft halten, die sich den Kopf darüber zerbricht ob es ein Eigenthum in der Welt giebt, und die mir daher nur zweifeln lehren würde, ob ich Sie auch wohl jemals mit Recht die Meine nennen darf? Nein, nein, Wilhelmine, nicht die Rechte will ich studieren, nicht die schwankenden ungewissen, zweideutigen Rechte der Vernunft will ich studieren, an die

Rechte meines Herzens will ich mich halten, und ausüben will ich sie, was auch alle Systeme der Philosophen dagegen einwenden mögen. – Oder soll ich mich für das diplomatische Fach bestimmen? – Ach, Wilhelmine, ich erkenne nur ein höchstes Gesetz an, die Rechtschaffenheit, und die Politik kennt nur ihren Vortheil. Auch wäre der Aufenthalt an fremden Höfen kein Schauplatz für das Glück der Liebe. An den Höfen herrscht die Mode und die Liebe flieht vor der unbescheidnen Spötterinn. – Oder soll ich mich für das Finanzfach bestimmen? – Das wäre etwas. Wenn mir auch gleich der Klang rollender Münzen eben nicht lieb und angenehm ist, so sei es dennoch. Der Einklang unsrer Herzen möge mich entschädigen, und ich verwerfe diesen Lebensweg nicht, wenn er zu unserm Ziele führen kann. – Auch noch ein Amt steht mir offen, ein ehrenvolles Amt, das mir zugleich alle wissenschaftlichen Genüsse gewähren würde, aber freilich kein glänzendes Amt, ein Amt, von dem man freilich als Bürger des Staates nicht, wohl aber als Weltbürger weiter schreiten kann – ich meine ein academisches Amt. – Endlich bleibt es mir noch übrig die Öconomie zu studieren, um die wichtige Kunst zu lernen, mit geringen Kräften große Wirkungen hervorzubringen. Wenn ich mir diese große Kunst aneignen könnte, dann Wilhelmine, könnte ich ganz glücklich sein, dann könnte ich, ein freier Mensch, mein ganzes Leben Ihnen und meinem höchsten Zwecke – oder vielmehr, weil es die Rangordnung so will – meinem höchsten Zwecke und Ihnen widmen.

So stehe ich jetzt, wie Herkules, am fünffachen Scheidewege und sinne, welchen Weg ich wählen soll. Das Gewicht des Zweckes, den ich beabsichte, macht mich schüchtern bei der Wahl. Glücklich, glücklich, Wilhelmine, mögte ich gern werden und darf man da nicht schüchtern sein, den rechten Weg zu verfehlen? Zwar ich glaube, daß ich auf jedem dieser Lebenswege glücklich sein würde, wenn ich ihn nur an Ihrer Seite zurücklegen kann. Aber, wer weiß, Wilhelmine, ob Sie nicht vielleicht besondere Wünsche haben, die es werth sind, auch in Erwägung gezogen zu werden. Daher fordere ich Sie auf, mir Ihre Gedanken über alle diese Pläne, und Ihre Wünsche, in dieser Hinsicht, mitzutheilen. Auch wäre es mir lieb von Ihnen zu erfahren, was Sie sich wohl eigentlich von einer Zukunft an meiner Seite versprechen? Ich verspreche nicht unbedingt den Wunsch zu erfüllen, den Sie mir mittheilen werden; aber ich verspreche bei gleich vortheilhaften Aussichten denjenigen Lebensweg einzuschlagen, der Ihren Wünschen am meisten entspricht. Sei es dann auch der mühsamste der beschwerdenvollste Weg Wilhelmine, ich fühle mich mit Muth und Kraft ausgerüstet, um alle Hindernisse zu übersteigen; und wenn mir der Schweiß über die Schläfe rollt und meine Kräfte von der ewigen Anstrengung ermatten, so soll mich tröstend das Bild der Zukunft anlächeln und der Gedanke mir neuen Muth und neue Kraft geben: *ich arbeite ja für Wilhelmine.*

Heinrich Kleist.

9. An Wilhelmine von Zenge

Frkft. a/O. d. 30^{t} Mai, 1800.

Liebe Wilhelmine. Die wechselseitige Übung in der Beantwortung zweifelhafter Fragen hat einen so vielseitigen Nutzen für unsre Bildung, daß es wohl der Mühe werth ist, die Sache ganz so ernsthaft zu nehmen, wie sie ist, und Dir eine kleine Anleitung zu leichteren und zweckmäßigeren Entscheidungen zu geben. Denn durch solche schriftlichen Auflösungen interessanter Aufgaben üben wir uns nicht nur in der Anwendung der Grammatik und im Stile, sondern auch in dem Gebrauch unsrer höheren Seelenkräfte; und endlich wird dadurch unser Urtheil über zweifelhafte Gegenstände festgestellt und wir selbst auf diese Art nach und nach immer um eine und wieder um eine interressante Wahrheit reicher.

Die Antwort auf meine erste Frage ist, ihrem Sinne nach, ganz so, und die Antwort auf meine zweite Frage, ihrem Sinne nach, vielleicht noch besser, als ich sie selbst gegeben haben würde. Nur in der Einkleidung, in der Anordnung und in der Ausführung beider Entscheidungen ließe sich einiges anführen, das zu tadeln wäre.

Das behalte ich aber unseren mündlichen Unterhaltungen bevor, und begnüge mich, Dir hier bloß den Weg vorzuzeichnen, den ich selbst bei der Beantwortung einer ähnlichen Frage einschlagen würde.

Gesetzt, Du fragtest mich, *welcher von zwei Eheleuten, deren jeder seine Pflichten gegen den andern erfüllt, am Meisten bei dem früheren Tode des andern verliert*; so würde Alles, was in meiner Seele vorgeht, ohngefähr in folgender Ordnung aneinander hangen.

Zuerst fragt mein Verstand: *was willst Du?* das heißt, mein Verstand will den Sinn Deiner Frage begreifen. Dann fragt meine Urtheilskraft: *worauf kommt es an?* das heißt, meine Urtheilskraft will den Punct der Streitigkeit auffinden. Zuletzt fragt meine Vernunft: *worauf läuft das hinaus?* das heißt, meine Vernunft will aus dem Vorangehenden das Resultat ziehen.

Zuerst stellt sich also mein Verstand den Sinn Deiner Frage deutlich vor, und findet, daß Du Dir zwei Eheleute denkst, deren jeder für den andern thut, was er seiner Natur nach vermag; daß Du also voraussetzest, jeder verliere bei dem Tode des Andern *etwas*, und daß Du endlich eigentlich nur wissen willst, auf wessen Seite das *Übergewicht* des Verlustes befindlich ist.

Nun stellt sich meine Urtheilskraft an die Quelle der Streitigkeit, und fragt: was thut denn eigentlich jeder der beiden Eheleute, seiner Natur nach, für den andern; und wenn sie dieses gefunden hat, so vergleicht sie das, was beide für einander thun, und bestimmt daraus, wer von beiden am Meisten für den andern thut. Da findet nun die Urtheilskraft zuerst, daß der Mann nicht bloß der Mann seiner

Frau, sondern auch noch ein Bürger des Staates, dic Frau hingegen nichts als die Frau ihres Mannes ist; daß der Mann nicht bloß Verpflichtungen gegen seine Frau, sondern auch Verpflichtungen gegen sein Vaterland, die Frau hingegen keine andern Verpflichtungen hat, als Verpflichtungen gegen ihren Mann; daß folglich das Glück des Weibes zwar ein wichtiger und unerlaßlicher, aber nicht der einzige Gegenstand des Mannes, das Glück des Mannes hingegen der alleinige Gegenstand der Frau ist; daß daher der Mann nicht mit allen seinen Kräften für seine Frau, die Frau hingegen mit ihrer ganzen Seele für den Mann wirkt; daß die Frau, in der Erfüllung der Hauptpflichten ihres Mannes, nichts empfängt, als Schutz gegen Angriffe auf Ehre und Sicherheit, und Unterhalt für die Bedürfnisse ihres Lebens, der Mann hingegen, in der Erfüllung der Hauptpflichten seiner Frau, die ganze Summe seines häus'lichen; das heißt überhaupt, alles Glückes von ihr empfängt; das zuletzt der Mann nicht immer glücklich ist, wenn es die Frau ist, die Frau hingegen immer glücklich ist, wenn der Mann glücklich ist, und daß also das Glück des Mannes eigentlich der Hauptgegenstand des Bestrebens beider Eheleute ist. Aus der Vergleichung dieser Sätze bestimmt nun die Urtheilskraft, daß der Mann bei Weitem, ja unendlich mehr von seiner Frau empfängt, als die Frau von ihrem Manne.

Nun übernimmt die Vernunft das letzte Geschäft, und zieht aus jenem letzten Satze den natürlichen Schluß, daß derjenige, der am Meisten empfängt, auch am Meisten verlieren müsse, und daß folglich, da der Mann unendlich mehr empfängt, als die Frau, er auch unendlich mehr bei dem Tode derselben verlieren müsse, als die Frau bei dem Tode ihres Mannes.

Auf diesem Wege wäre ich also durch eine Reihe von Gedanken, deren jeden ich, ehe ich mich an die Ausführung des Ganzen wage, auf einem Nebenblatte aufzuschreiben pflege, auf das verlangte Resultat gekommen und es bleibt mir nun nichts übrig, als die zerstreuten Gedanken in ihrer

Verknüpfung von Grund und Folge zu ordnen und dem Aufsatze die Gestalt eines abgerundeten, vollständigen Ganzen zu geben.

Das würde nun ohngefähr auf diese Art am Beßten geschehen:

»Der Mann ist nicht bloß der Mann seiner Frau, er ist auch ein Bürger des Staates; die Frau hingegen ist nichts, als die Frau ihres Mannes; der Mann hat nicht bloß Verpflichtungen gegen seine Frau, er hat auch Verpflichtungen gegen sein Vaterland; die Frau hingegen hat keine andern Verpflichtungen, als Verpflichtungen gegen ihren Mann; das Glück des Weibes ist zwar *ein unerlaßlicher*, aber nicht der *einzige* Gegenstand des Mannes, ihm liegt auch das Glück seiner Landsleute am Herzen; das Glück des Mannes hingegen ist *der einzige* Gegenstand der Frau; der Mann ist nicht mit allen seinen Kräften für seine Frau thätig, er gehört ihr nicht ganz, nicht ihr allein, denn auch die Welt macht Ansprüche auf ihn und seine Kräfte; die Frau hingegen ist mit ihrer ganzen Seele für ihren Mann thätig, sie gehört niemandem an, als ihrem Manne, und sie gehört ihm *ganz* an; die Frau endlich, empfängt, wenn der Mann seine Hauptpflichten erfüllt, nichts von ihm, als Schutz gegen Angriff auf Ehre und Sicherheit, und Unterhalt für die Bedürfnisse ihres Lebens, der Mann hingegen empfängt, wenn die Frau ihre Hauptpflichten erfüllt, die ganze Summe seines irrdischen Glückes; die Frau ist schon glücklich, wenn es der Mann nur ist, der Mann nicht immer, wenn es die Frau ist, und die Frau muß ihn erst glücklich machen. Der Mann empfängt also unendlich mehr von seiner Frau, als umgekehrt die Frau von ihrem Manne.

Folglich verliert auch der Mann unendlich mehr bei dem Tode seiner Frau, als diese umgekehrt bei dem Tode ihres Mannes. Die Frau verliert nichts als den Schutz gegen Angriffe auf Ehre und Sicherheit, und Unterhalt für die Bedürfnisse ihres Lebens; das erste findet sie in den Gesetzen wieder, oder der Mann hat es ihr in Verwandten, vielleicht in erwachsenen Söhnen hinterlassen; das andere kann sie auch als Hintcrlassenschaft von ihrem Manne erhalten haben. Aber wie will die Frau dem Manne hinterlassen, was er bei ihrem Tode verliert? Er verliert die ganze Inbegrif seines irrdischen Glückes, ihm ist, mit der Frau, die Quelle alles Glückes versiegt, ihm fehlt Alles, wenn ihm eine Frau fehlt, und Alles, was die Frau ihm hinterlassen kann, ist das wehmüthige Andenken an ein ehemaliges Glück, das seinen Zustand noch um so trauriger macht.«

Ich füge jetzt hier noch eine Frage bei, die auf ähnlichem Wege aufgelöset werden könnte: sind die Weiber wohl ganz ohne allen Einfluß auf die Staatsregierung?

H. K.

10. Denkübungen für Wilhelmine von Zenge

⟨Frankfurt a. d. O., Frühjahr – Sommer 1800.⟩

⟨1⟩

1. Wenn Jemand einen Fehler, von welchem er selbst nicht frei ist, an einem Anderen tadelt, so hört man ihm oft antworten: du machst es selbst nicht besser und tadelst doch Andere? – Ich frage: darf man darum nie einen Fehler an Anderen tadeln, weil man ihn selbst begieng?
2. Was für ein Unterschied ist zwischen rechtfertigen und entschuldigen?
3. Wenn beide, Mann und Frau, für einander thun, was sie ihrer Natur nach vermögen, wer verliert von beiden am meisten, wenn Einer zuerst stirbt?
4. Eine Frau kann sich die Achtung und das Vertrauen ihres Mannes erworben haben, ohne sein Interesse zu besitzen. Wodurch gewinnt und erhält sie sich dieses?

⟨2⟩

Frage.

Eine Frau, die achtungswürdig ist, ist darum noch nicht interessant. Wodurch erwirbt und erhält sich nun wohl eine Frau das Interesse ihres Mannes?

Antwort.

Es ist mit dem Interesse wie mit allen Dingen dieser Erde. Es ist nicht genug, daß der Himmel sie erschaffen hat, er muß sie auch unterhalten, wenn sie fortdauern sollen. Und nichts bedarf der Nahrung, der sorgfältigsten, mehr, als das räthselhafte Ding, das sich erzeugt, wir wissen nicht wie, und oft wieder verschwindet, wir wissen nicht wie – das Interesse.

Interesse erwecken, und es sich selbst überlassen, heißt einem Kinde das Leben geben, und es sich selbst überlassen. Das Eine stirbt wie das Andere dahin, nicht, weil man ihm etwas Schädliches zufügt, sondern weil man ihm nichts zufügt.

Aber das Kind ist nicht so ekel in der Ernährung, als das Interesse. Das Kind begnügt sich mit einer Nahrung, das Interesse will immer eine ausgesuchte, verfeinerte, wechselnde Nahrung. Es stirbt, wenn man ihm heute und morgen vorsetzt, was es schon gestern und vorgestern genoß.

Denn nichts ist dem Interesse so zuwider, als Einförmigkeit, und nichts ihm dagegen so günstig, als Wechsel und Neuheit. Daher macht uns das Reisen so vieles Vergnügen, weil mit den immer wechselnden Standorten auch die Ansichten der Natur immer wechseln und daher hat überhaupt das Leben ein so hohes, ja das höchste Interesse, weil es gleichsam eine große Reise ist und weil jeder Augenblick etwas Neues herbeiführt, uns eine neue Ansicht zeigt oder eine neue Aussicht eröffnet.

Nun ist aber nichts so fähig, eine immerwechselnde Gestalt anzunehmen, als Talente. Die Tugend und die Liebe tragen ihrer Natur nach immer nur ein Gewand, und dürfen es ihrer Natur nach, nicht wechseln. Talente hingegen können mit Form und Einkleidung unaufhörlich wechseln und gefallen vielleicht eben nur darum weil sie das können.

Daher wird eine Frau, die sich das Interesse ihres Mannes erhalten will, ihre Talente, wenn sie von der Natur damit beschenkt ist, immer ausbilden und üben müssen, damit der Mann immer bei ihr den Genuß des Schönen finde, den er nie ganz entbehren kann, und den er sonst bei Fremden suchen müßte. Denn Tugend und Liebe begründen zwar das Familienglück, aber nur Talente machen es wirklich anziehend. Dabei ist nicht eben nothwendig, daß die Talente der Musik, des Zeichnens, des Vorlesens & bis zur Vollkommenheit ausgebildet sind, wenn nur überhaupt der Sinn für das wahre Schöne dabei herrschend ist.

⟨3⟩

Frage. Was ist wünschenswerther, auf eine kurze Zeit, oder nie glücklich gewesen zu sein?

Antwort.
Wenn man den Zustand dessen, der ein Glück verlor, mit dem Zustande dessen vergleicht, der nie ein Glück genoß, so schwanken die Schaalen unter den Gewichten fast gleicher Übel und es ist schwer die Frage zu entscheiden. Doch scheint es, als ob sich die Waage auf der Seite des letztern neigte.

Wer einst an den Brüsten des Glückes den goldnen Traum des Lebens träumte, der streckt zwar, wenn ihn das Schicksaal mit rauher Stimme weckt, wehmüthig die Arme aus nach den göttlichen Gestalten, die nun auf immer entfliehen und sein Schmerz ist um so größer, je größer das Glück war, dessen er genoß; aber ihm ist doch aus dem Füllhorne des Seegens, das von oben herab sich öffnet, auch ein Blümchen zugefallen, das ihn selbst in der Erinnerung noch erfreuen kann, wenn es gleich längst verblüht ist. Ihm sind doch die Ansprüche, die er an dies Leben zu machen hatte, nicht ganz unerfüllt geblieben, nicht mit allen seinen Forderungen ist er von der großen Erbschaft abgewiesen worden, welche der Himmel den Kindern der Erde vermacht hat, nicht murren wird er mit dem Vater der Menschen, der ihn von seiner Liebe nicht ausschloß, nicht mit bitterm Groll seine Geschwister beneiden, die mit ihm nur zu gleichen Theilen giengen, nicht zürnen auf den Genuß seines Glückes, weil er nicht ewig währte, so wie man dem Frühlinge nicht zürnt, weil er kurz ist und den Tag nicht verwünscht, weil ihn die Nacht ablöset. Muthiger und sicherer als wenn er nie auf hellen Pfaden gewandelt wäre, wird er nun auch die dunkeln Wege seines Lebens durchwandeln und in der Erinnerung zuweilen mit wehmüthiger Freude die bemoos'ten Ruinen seines ehemaligen Glückes besuchen, um das Herbstblümchen der Weisheit zu pflücken.

Aber wem von allen seinen brennenden Wünschen auch nicht der bescheidenste erfüllt wurde, wer von jenem großen Vermächtniß, von dessen Überfluß alle seine Brüder schwelgen, auch nicht einmal den Pflichttheil erhalten hat, der steht da wie ein verstoßner Sohn, ausgeschlossen von der Liebe des Allvaters, der sein Vater nicht ist – und die Schaale, auf welcher sein Zustand ruht, neigt sich tief gegen die Schaale des Andern. –

⟨4⟩

1. Wenn der Mann sein brutales Recht des Stärkern mit den Waffen der Gewalt gegen die Frau ausübt, hat nicht auch die Frau ein Recht gegen den Mann, das man das Recht des Schwächern nennen könnte, und das sie mit den Waffen der Sanftmuth geltend machen kann?
2. Was knüpft die Menschen mehr mit Banden des Vertrauens aneinander, Tugenden oder Schwächen?
3. Darf die Frau niemandem gefallen, als dem Manne?
4. Welche Eifersucht stört den Frieden in der Ehe?

Damit indessen nicht immer bloß Dein Verstand geübt wird, liebe Wilhelmine, sondern auch andere Seelenkräfte, so will ⟨ich⟩ auch einmal Deiner Einbildungskraft eine kleine Aufgabe geben. Du sollst mir nämlich die Lage beschreiben, die Deinen Erwartungen von dem künftigen Glücke der Ehe am Meisten entsprechen könnte. Du kannst dabei Deiner Einbildungskraft freien Lauf lassen, den Schauplatz des ehelichen Glückes ganz nach Deinen Begriffen vom Schönen bilden, das Haus ganz nach Deiner Willkühr ordnen und einrichten, die Geschäffte bestimmen, denen du dich am liebsten unterziehen würdest und die Vergnügungen nennen, die Du Dir oder mir oder Andern am liebsten darin bereiten mögtest.

⟨5⟩

Fragen.

1. Darf man jeden irrigen Grundsatz anderer Menschen bekämpfen, oder muß man nicht unschädliche Grundsätze dulden und ehren, wenn an ihnen die Ruhe eines Menschen hangt?
2. Darf man wohl von einem Menschen immer mit unerbittlicher Strenge die Erfüllung seiner Pflichten verlangen, oder kann man nicht schon mit ihm zufrieden sein, wenn er seine Pflichten nur immer anerkennt und den guten Willen, sie zu erfüllen, nie verliert?
3. Darf der Mensch wohl Alles thun, was recht ist, oder muß er sich nicht damit begnügen, daß nur Alles recht sei, was er thut?
4. Darf man sich in dieser Welt wohl bestreben, das Vollkommene wirklich zu machen, oder muß man sich nicht begnügen, nur das Vorhandne vollkommner zu machen?
5. Was ist besser, gut sein oder gut handeln?

Wenn ein Mädchen gefragt wird, was sie von einer zukünftigen Ehe fordert, um am Glücklichsten darin zu sein, so muß sie zuerst bestimmen

I Welche Eigenschaften ihr künftiger Gatte haben soll, ob er an Geist und Körper außerordentlich, oder gewöhnlich, und in welchem Grade er dies sein soll & ferner ob er reich, vornehm &

II Welch' ein Amt er bekleiden soll, ob ein militairisches, oder ein Civilamt, oder gar keines.

III Wo der Schauplatz der Ehe sein soll, ob in der Stadt, oder auf dem Lande, und wie er in einem dieser Fälle seinen einzelnen Bestimmungen nach beschaffen sein soll, ob er im Gebirge, oder in der Ebene, oder am Meere liegen soll &

IIII Wie das Haus selbst eingerichtet sein soll, ob groß und prächtig, oder nur geräumig, bequem & &

IIII Ob Luxus in der Wirthschaft herrschen soll, oder Wohlstand &

V. Welche Geschäfte sie führen will, welche nicht &

VI. Welche Vergnügungen in dem Hause herrschen sollen, ob geräuschvolle, oder stille, prächtige oder edle, moderne oder sinnreiche & &

VII. Welchen Grad von Herrschaft sie darin führen und welchen sie ihrem Gatten überlassen will?

VIII. Wie ihr Gatte sich überhaupt gegen sie betragen soll, ob schmeichelnd oder wahr, demüthig oder stolz; ob er im Hause lustig, oder froh oder ernst sein soll; ob er sie außer dem Hause mit éclat ehren soll, oder ob es genug sei, wenn dies zu Hause im Stillen geschieht; ob überhaupt außer dem Hause vor den Menschen viel geschehen müsse, oder ob es nicht genug sei, ganz im Stillen desto mehr zu genießen?

Da das Ganze nichts als ein Wunsch ist, so hat die Phantasie ihren uneingeschränkten Spielraum, und darf sich an keine Fessel der Wirklichkeit binden. –

11. An Ulrike von Kleist

Berlin d. 14^t^ August, 1800

Noch am Abend meiner Ankunft an diesem Orte melde ich Euch, daß ich gesund und vergnügt bin, und bin darum so eilig, weil ich fürchte, daß ihr, besonders an dem letztern, zweifelt.

Denn eine Reise, ohne angegebnen Zweck, eine so schnelle Anleihe, ein ununterbrochenes Schreiben und am Ende noch obenein Thränen – das sind freilich Kennzeichen eines Zustandes, die dem Anschein nach, Betrübniß bei theilnehmenden Freunden erwecken müssen.

Indessen erinnere Dich, daß ich bloß die Wahrheit verschweige, ohne indessen zu lügen, und daß meine Erklärung, das Glück, die Ehre, und vielleicht das Leben eines Menschen durch diese Reise zu retten, vollkommen gegründet ist.

Gewiß würde ich nicht so geheimnißreich sein, wenn nicht meine beßte Erkenntniß mir sagte, daß Verheimlichung meines Zweckes nothwendig, nothwendig sei.

Indessen Du, und noch ein Mensch, ihr sollt beide mehr erfahren, als alle übrigen auf der Welt, und überhaupt Alles, was zu verschweigen nicht nothwendig ist.

Dabei baue ich aber nicht nur auf Deine unverbrüchliche Verschwiegenheit (indem ich will, daß das Scheinbar-Abendtheuerliche meiner Reise durchaus versteckt bleibe, und die Welt weiter nichts erfahre, als daß ich in Berlin bin und Geschäfte beim Minister Struensee habe, welches zum Theil wahr ist) sondern auch auf Deine feste Zuversicht auf meine Redlichkeit, so daß selbst bei dem widersprechendsten Anschein Dein Glaube an dieselbe nicht wankt.

Unter diesen Bedingungen sollst Du Alles erfahren, was ich sagen kann, welches Du aber ganz allein nur für Dich behalten und der Welt nichts anderes mittheilen sollst, als daß ich in Berlin bin. Ich glaube, daß das Vortreffliche meiner Absicht, die Ausbreitung dieses Satzes, selbst wenn er zuweilen eine Lüge sein sollte, entschuldigt und rechtfertigt.

Ich suche jetzt zunächst einen edeln, weisen Freund auf mit dem ich mich über die Mittel zu meinem Zwecke berathen könne, indem ich mich dazu zu schwach fühle, ob ich gleich stark genug war, den Zweck selbst unwiderruflich festzustellen.

Wärst Du ein Mann gewesen – o Gott, wie innig habe ich dies gewünscht! – Wärst Du ein Mann gewesen – denn eine Frau konnte meine Vertraute nicht werden, – so hätte ich diesen Freund nicht so weit zu suchen gebraucht, als jetzt.

Ergründe nicht den Zweck meiner Reise, selbst wenn Du es könntest. Denke, daß die Erreichung desselben zum Theil an die Verheimlichung vor allen, allen Menschen beruht. Für jetzt wenigstens. Denn einst wird es mein Stolz und meine Freude sein, ihn mitzutheilen.

Grüße W⟨ilhelmine⟩ v. Z⟨enge⟩. Sie weiß so viel, wie Du, aber nicht viel mehr. – Schicke mir doch durch die Post meine Schrift, über die Kantische Philosophie, welche Du besitzest, und auch die Kulturgeschichte, welche Auguste hat; aber sogleich.

Ich kehre nicht so bald wieder. Doch das Alles behältst Du für Dich. Du sollst jedesmal den Ort erfahren, wo ich bin; Du wirst von diesem Vertrauen keinen Gebrauch machen, der der Erreichung meines Zweckes hinderlich wäre.

Sei ruhig. Sei ganz ruhig. – Wenn auch die Hülle des Menschen mit jedem Monde wechselt, so bleibt doch Eines in ihm unwandelbar und ewig: das Gefühl seiner Pflicht.

Dein treuer Bruder Heinrich.

N. S. Deine Aufträge werden morgen besorgt werden. – – Du mußt auf alle Adressen an mich immer schreiben, daß der Brief selbst abgeholt werden wird.

12. An Wilhelmine von Zenge

Berlin d. 16^{t} August 1800.

Mein liebes, theures Herzensminchen, sei nicht böse, daß Du so spät diesen Brief erhältst. Gestern hielten mich viele Geschäfte vom Schreiben ab – doch das ist eine schlechte Entschuldigung. Kein Geschäft darf mich von der Erfüllung der Pflicht abhalten, meinem lieben, treuen Mädchen zur bestimmten Zeit Nachricht von mir zu geben. Nun, verzeihe diesmal. Wenn ich jetzt diese Zeilen auf die Post gäbe, so fändest Du freilich bei Deiner Rückkehr von Tamsel einen Brief von mir vor; aber kann man 7 Zeilen einen Brief nennen? Laß mich also lieber noch ein Weilchen mit Vertrauen und Innigkeit mit Dir plaudern.

Mit welchen Empfindungen ich Frankfurt verlassen habe – ach, liebes Mädchen, das kann ich Dir nicht beschreiben, weil Du mich doch nicht ganz verstehen würdest. Als ich mich von Dir trennte, legte ich mich noch ins Bett, und lag da wohl noch 1½ Stunde, doch mit offnen Augen, ohne zu schlafen. Als ich im Halbdunkel des Morgens abfuhr, war mirs, als hörte ich ein Geräusch an dem einen Fenster Eures Saales. Mir fuhr ein schneller Gedanke durch die Seele, ob Du das wohl sein könntest. Aber Du warst es nicht, ob ich gleich eine brennende Sehnsucht hatte, Dich noch einmal zu sehen. Der Wagen rollte weiter, indessen mein Auge immer noch mit rückwärtsgewandtem Körper an das geliebte Haus hieng. Mir traten Thränen ins Auge, ich wünschte herzlich zu weinen, aber ich bin schon zu lange davon entwöhnt.

Auf meiner ganzen Reise nach Berlin ist der Gedanke an Dich nur selten, sehr selten aus meiner Seele gewichen. Ich bin überzeugt, daß wenn man die Augenblicke der Zerstreuung zusammenrechnen wollte, kaum eine kleine Viertelstunde herauskommen würde. Nichts zerstreute mich, nicht das wirklich romantische Steinhöffel (ein Gut des Hofmarschalls Massow) wo gleichsam jeder Baum, jeder Zweig, ja selbst jedes Blatt nach einer entworfenen Idee des Schönen gepflanzt, gebogen und geordnet zu sein scheint; nicht der emporstrebende Rauch der Feueressen am Schlosse, der mich an die Anstalten erinnerte mit welchen man eine königliche Familie hier empfangen wollte; nicht der ganze königliche Troß, der, in eine Staubwolke gehüllt, vor mir dahin rollte; nicht die schöne, bereits fertige Chaußee von Friedrichsfelde nach Berlin, auf welcher ich jetzt nicht ohne Freude, aber, wenn ich sie gebaut hätte, nicht ohne Stolz gefahren wäre; selbst nicht die brennende Hitze des Tages, die mir auf den Scheiteln glühte, als ob ich unter der Linie wäre, und die so sehr sie auch meinen Körper erschlaffte, doch meinen Geist nicht in seiner liebsten Beschäfftigung, in der Erinnerung an Dich stören konnte.

Als ich hinein fuhr in das Thor, im Halbdunkel des Abends und die hohen weiten Gebäude anfänglich nur zerstreut und einzeln umher lagen, dann immer dichter und dichter, und das Leben immer lebendiger, und das Geräusch immer geräuschvoller wurde, als ich nun endlich in die Mitte der stolzen Königsstadt war, und meine Seele sich erweiterte um so viele zuströmende Erscheinungen zu fassen, da dachte ich: wo mag wohl das liebe Dach liegen, das einst mich und mein Liebchen schützen wird? Hier an der stolzen Colonnade? dort in jenem versteckten Winkel? oder hier an der offnen Spree? Werde ich einst in jenem weitläufigen Gebäude mit vierfachen Reihen von Fenstern mich verlieren, oder hier in diesem kleinen engen Häuschen mich immer wieder finden? Werde ich am Abend, nach vollbrachter Arbeit, hier durch dieses kleine Gäßchen, mit Papieren unter dem Arm zu Fuß nach meiner Wohnung gehen, oder werde ich mit Vieren stolz durch diese prächtige Straße vor jenes hohe Portal rollen? Wird mein liebes Minchen, wenn ich still in die Wohnung treten will, mir von oben herab freundlich zuwinken, und auf dieser dunkeln Treppe mir entgegenkommen, um früher den Kuß der Liebe auf die durstenden Lippen zu drücken, oder werde ich sie in diesem weiten Pallast suchen und eine Reihe von

Zimmern durchwandern müssen, um sie endlich auf dem gepolsterten Sopha unter geschmückten und geschminkten Weibern zu finden? Wird sie hier in diesem dunkeln Zimmer nur den dünnen Vorhang zu öffnen brauchen, um mir den Morgengruß zuzulächeln, oder wird sie von dem weitesten Flügel jenes Schlosses her am Morgen einen Jäger zu mir schicken, um sich zu erkundigen, wie der Herr Gemahl geschlafen habe? – – Ach, liebes Minchen, nein, gewiß, gewiß wirst Du das letzte nicht. Was auch die Sitte der Stadt für Opfer begehrt, die Sitte der Liebe wird Dir gewiß immer heiliger sein, und so mag denn das Schicksal mich hinführen, wohin es will, hier in dieses versteckte Häuschen oder dort in jenes prahlende Schloß, Eines finde ich gewiß unter jedem Dache, Vertrauen und Liebe.

Aber, unter uns gesagt, je öfter ich Berlin sehe, je gewisser wird es mir, daß diese Stadt, so wie alle Residenzen und Hauptstädte kein eigentlich Aufenthalt für die Liebe ist. Die Menschen sind hier zu zierlich, um wahr, zu gewitzigt, um offen zu sein. Die Menge von Erscheinungen stört das Herz in seinen Genüssen, man gewöhnt sich endlich in ein so vielfaches eitles Interesse einzugreifen, und verliert am Ende sein wahres aus den Augen.

Carln sprach ich gleich gestern Morgen, aß bei ihm zu Mittag, er bei mir zu Abend. Ich grüßte Kleisten auf der Promenade, und ward durch eine Einladung zu heute Abend gestraft, denn dies ist wider meinen Plan. Mein erster Gang war zu Struensee, er war, was ich bloß fürchtete, nicht gewiß wußte, nicht zu Hause. Du brauchst dies nicht zu verschweigen. Struensee kommt d. 26^{t} wieder und dann werde ich ihn sprechen. Das ist gewiß. Du kannst sagen, daß ich so lange hier bleiben werde, welches jedoch nicht wahr ist. Du wirst die Wahrheit erfahren. – Mein zweiter Gang war zu Beneken, den ich aber heute wiederholen muß, weil er nicht zu Hause war. – Mein dritter war in den Buchladen, wo ich Bücher und Karten für Ulriken, den Wallenstein von Schiller – du freust Dich doch? – für Dich kaufte. Ließ ihn, liebes Mädchen, ich werde ihn auch lesen. So werden sich unsre Seelen auch in dem dritten Gegenstande zusammentreffen. Laß ihn nach Deiner Willkühr auf meine Kosten binden und schreibe auf der innern Seite des Bandes die bekannte Formel: H. v. K. an W. v. Z. Träume Dir so mit schönen Vorstellungen die Zeit unsrer Trennung hinweg. Alles was Max Piccolomini sagt, möge, wenn es einige Ähnlichkeit hat, für mich gelten, alles was Thekla sagt, soll, wenn es einige Ähnlichkeit hat, für Dich gelten.

Gestern Abend gieng ich in das berühmte Panorama der Stadt Rom. Es hat indessen, wie es scheint seinen Ruhm niemandem zu danken, als seiner Neuheit. Es ist die erste Ahndung eines Panoramas (Panorama ist ein griechisches Wort. Für Dich ist es wohl weiter nichts, als ein unverständlicher Klang. Indessen damit Du dir doch etwas dabei denken kannst, so will ich es Dir, nach Maßgabe Deiner Begreifungskraft, erklären. Die erste Hälfte des Wortes heißt ohngefähr so viel wie: von allen Seiten, ringsherum; die andere Hälfte heißt ohngefähr: sehen, zusehendes, gesehenes. Daraus magst Du Dir nun nach Deiner Willkühr ein deutsches Hauptwort zusammensetzen.) Ich sage, es ist die erste Ahndung eines Panoramas, und selbst die bloße Idee ist einer weit größeren Vollkommenheit fähig. Denn da es nun doch einmal darauf ankommt, den Zuschauer ganz in den Wahn zu setzen, er sei in der offnen Natur, so daß er durch nichts an den Betrug erinnern wird, so müßten ganz andere Anstalten getroffen werden. Keine Form des Gebäudes kann nach meiner Einsicht diesen Zweck erfüllen, als allein die kugelrunde. Man müßte auf dem Gemälde selbst stehen, und nach allen Seiten zu keinen Punct finden, der nicht Gemälde wäre. Weil aber das Licht von oben hinein fallen und folglich oben eine Öffnung sein muß, so müßte um diese zu verdecken, etwa ein Baumstamm aus der Mitte sich erheben, der dick belaubte Zweige ausbreitet und unter dessen Schatten man gleichsam stünde. Doch höre, wie das Alles ausgeführt ist. Zu mehrerer Verständlichkeit habe ich Dir den Plan beigelegt.

Am Eingange wird man höflichst ersucht, sich einzubilden, man stünde auf den Ruinen des Kaiserpallastes. Das kann aber wirklich, wenn man durch einen dunkeln Gang hinaufgestiegen ist bis in die Mitte, nicht ohne große Gefälligkeit geschehen. Man steht nämlich auf tüchtigen Fichtenbrettern, welche wie bekannt, mit dem cararischen Marmor nicht eben viele Ähnlichkeit haben. Aus der Mitte erhebt sich ein vierkantiger Pfal, der eine glatte hölzerne Decke trägt, um die obere Öffnung zu verdecken. Was das eigentlich vorstellen soll, sieht man gar nicht ein; und um die Täuschung vollends mit dem Dolche der Wirklichkeit niederzubohren, hangen an jeder Seite des Pfahles vier niedliche Spiegel, die das Bild des Gemäldes auf eine widerliche künstliche Art zurückwerfen. Der Raum für die Zuschauer ist durch eine hölzerne Schranke begrenzt, die ganz an die Barrieren der Luftspringer oder Kunstreiter erinnert. Drüber hin sieht man zunächst weiß und roth marmorirte Leinwand in gestaltlosen Formen aufgehängt und gestützt, und vertieft und gehoben, was denn, wie Du Dir leicht denken kannst, nichts weniger als die durch den Zahn der Zeit zerknirschten Trümmer des Kaiserpallastes vorstellen soll. Nächst diesem Vordergrunde, folgt eine ohngefähr 3 Fuß hohe im Kreise senkrecht umhergestellte Tapete, mit Blättern, Gesteinen, und Trümmern bemahlt, welches gleichsam den Mittelgrund, wie auf unsern Theatern, andeutet. Denke Dir dann im Hintergrunde, das eigentliche Gemälde, an einer senkrechten runden Wand, denke Dir einen inwendig bemalten runden Thurm, und Du hast die ganze Vorstellung des berühmten Panoramas.

Der Gegenstand des Gemäldes ist interessant, denn es ist Rom. Aber auch dieser ist zuweilen schlecht ausgeführt. Die Natur selbst, bilde ich mir ein, hat es wenigstens gewiß besser gemacht. Das ist eine Fülle von Gegenständen, ein Reichthum von Schönheiten und Partien, deren jede einzeln einen Ort interessant machen würde. Da sind Thäler, Hügel, Alleen, heilige Haine, Grabmäler, Villen, Ruinen, Bäder, Wasserleitungen, (nur kein Wasser selbst) Capellen, Kirchen, Pyramiden, Triumpfbögen, der große ungeheure Circus und das prächtige Rom. Das letzte besonders thut sein Möglichstes zum Betrug. Der Künstler hat grade den Moment des Sonnenunterganges gut getroffen, ohne die Sonne selbst zu zeigen, die ein Felsen (Numro I) verbirgt. Dabei hat er Rom, mit seinen Zinnen und Kuppeln so geschickt zwischen der Sonne und dem Zuschauer situirt, daß der melancholische dunkle Azurschleier des Abends, der über die große Antike liegt, und aus welchem nur hin und wieder mit heller Purpurröthe die erleuchteten Spitzen hervorblitzen, seine volle Wirkung thut. Aber kein kühler Westwind wehte über die Ruinen, auf welchen wir standen, es war erstickend heiß in dieser Nähe von Rom, und ich eilte daher wieder nach Berlin, welche Reise diesmal nicht beschwerlich und langwierig war. –

So eben trit ein bewaffneter Diener der Policei zu mir herein, und fragt mich, ob ich, der ehemalige Lieut. v. K., mich durch Documente legitimiren könne. Gott sei Dank, dachte ich, daß Du nicht ein französischer oder pohlnischer Emigrirter bist, sonst würde man Dich wohl höflichst unverrichteter Sache wieder zum Thore hinaus begleiten. Wer weiß ob er nicht dennoch nach Frankfurt schreibt, um sich näher nach mir zu erkundigen. Denn der seltsame militairisch-akademische Zwitter schien ihm doch immer noch ein Anomalon (Ausnahme von der Regel) in dem Bezirk seiner Praxis zu sein. –

So eben komme ich von Beneken zurück und bringe meiner Schwester Wilhelmine gute Nachrichten. Gieb ihr einliegenden Zettel. – Zu welchen Abscheulichkeiten sinkt der Mensch hinab, wenn er nichts als seinen eignen Vortheil im Auge hat. Pfui! Lieber alles verlieren, als durch solche Mittel gewinnen. Mein armes Minchen hatte auch ein besseres Schicksal verdient. Das sind die Folgen eines einzigen unseeligen Entschlusses! – Werden wir wohl noch einmal uns scheiden? Statt dieser zärtlichen Briefe gerichtliche Klagen und Vorwürfe aufschreiben? In diesen wohlwollenden Herzen einst Haß und Rache nähren? Mit diesen getreuen Kräften einst wechselseitig uns in Schande und Elend stürzen? – Werden wir uns scheiden? – Wir nicht, mein liebes Mädchen. Aber Einer wird uns freilich scheiden, Einer, der auch schwarz aussehen soll, wie man sagt, ob er gleich kein Priester ist. Doch der scheidet immer nur die Körper.

Als ich von Beneken zurück kam, begegnete ich Neddermann, zierlich geputzt, in Schuhen, triefend von Schweiß. Wo kommen Sie her, mein Freund? – Aus dem Examen. –

Ich eile zum Schlusse. Ließ die Instruction oft durch. Es wäre am beßten wenn Du sie auswendig könntest. Du wirst sie brauchen. Ich vertraue Dir ganz, und darum sollst Du mehr von mir erfahren als irgend einer.

Mein Plan hat eine Änderung erlitten, oder besser, die Mittel dazu; denn der Zweck steht fest. Ich fühle mich zu schwach ganz allein zu handeln, wo etwas so Wichtiges aufs Spiel steht. Ich suche mir daher jetzt, ehe ich handle, einen weisen, ältern Freund auf, den ich Dir nennen werde, so bald ich ihn gefunden habe. Hier ist er nicht, und in der Gegend auch nicht. Aber er ist – – soll ich Dir den Ort nennen? Ja, das will ich thun! Ulrike soll immer nur erfahren, wo ich bin, Du aber, mein geliebtes Mädchen, wo ich sein werde. Also kurz: Morgen geht es nach – – – – Pasewalk. Pasewalk? Ja, Pasewalk, Pasewalk. Was in aller Welt willst du denn dort? – Ja, mein Kind, so fragt man die Bauern aus! Begnüge Dich mit rathen, bis es für Dich ein Glück sein wird, zu wissen. In 5 oder höchstens 7 Tagen bin ich wieder hier, und besorge meine Geschäfte bei Struensee. Dann ist die Reise noch nicht zu Ende – du erschrickst doch nicht? Ließ du nur fleißig zur Beruhigung meine Briefe durch, wie ich deine Aufsätze. Und schreibe mir nicht anders, als bis ich Dir genau andeute, wohin? Auch mußt Du immer auf Deine Briefe schreiben: selbst abzuholen. Morgen denke ich hier einen Brief von Dir zu finden. Jetzt aber mußt du gleich wieder schreiben, und zwar so, daß der Brief den 22^{t} spätestens in Berlin eintrifft. Sei klug und verschwiegen. Restés fidèle.

Dein Freund H. K.

N. S. Carl kommt mir nicht von der Seite und zerbricht sich den Kopf, was ich vorhabe. Ich werde ihm das Versprechen abnehmen, nicht zu erforschen, was ich will. Unter dieser Bedingung will ich ihm versprechen, daß er immer von Dir erfahren soll, wo ich bin. Das kannst du ihn dann schreiben, doch weiter nichts. Du kannst auch sagen, daß ich in Berlin bei Carln wohne. Sollte er auf Urlaub nach Fr. kommen, so bin ich ausgezogen, nach Potsdam gegangen, wie ihr wollt, nur immer ihr beide einstimmig. Wenn Carl nur sieht, daß Du Alles weißt, so wird ⟨er⟩ nicht erstaunen und sich verwundern, welches ich in alle Fälle gern vermeiden möchte. Hilf mir meinen Plan so ausführen, liebes Mädchen, Dein Glück ist so gut dabei interessirt, ja vielleicht mehr noch, als das meinige. Das Alles wirst Du einst besser verstehen. Lebe wohl. Predige nur in allen Deinen Briefen Carln Verschwiegenheit vor. Er soll gegen niemanden viel von mir sprechen, und dringt einer auf ihn ein, antworten, er wisse von nichts. Adieu. Adieu. In 3 Tagen folgt ein zweiter Brief.

(Nimm immer die Karte von Deutschland zur Hand und siehe zu, wo der Ort liegt, in welchem ich mich befinde) – Der Erste, dem Du das Gedicht von Schiller leihst, muß Ulrike sein.

13. An Wilhelmine von Zenge

Nmr. 1.

Pasewalk, d. 20^{t} ⟨und Koblentz,
bei Pasewalk, den 21.⟩ August, 1800.

Mein theures, liebes Mädchen. Kaum genieße ich die erste Stunde der Ruhe, so denke ich auch schon wieder an die Erfüllung meiner Pflicht, meiner lieben, angenehmen Pflicht. Zwar habe ich den ganzen Weg über von Berlin nach Pasewalk an Dich geschrieben, trotz des Mangels an allen Schreibmaterialien, trotz des unausstehlichen Rütteln des Postwagens, trotz des noch unausstehlicheren Geschwätzes der Passagiere, das mich übrigens so wenig in meinem Concept störte, als die Bombe in Stralsund Carln 12^{t} in dem seinigen. Aber das Ganze ist ein Brief geworden, den ich Dir nicht anders als mit mir selbst und durch mich selbst mittheilen kann, denn, unter uns gesagt, es ist mein Herz. Du willst aber schwarz auf weiß sehen, und so will ich Dir denn mein Herz so gut ich kann auf dieses Papier mahlen, wobei Du aber nie vergessen mußt, daß es bloße Copie ist, welche das Original nie erreicht, nie erreichen kann.

Ich reisete den 17^{t} Morgends um 8 Uhr mit der Stettiner bedeckten Post von Berlin ab. Deinem Bruder hatte ich das Versprechen abgenommen, weder das Ziel noch den Zweck meiner Reise zu erforschen und hatte ihm dagegen das Versprechen gegeben, durch meine Vermittelung immer von Dir den Ort meines Aufenthaltes zu erfahren. Diesen kannst Du ihm denn auch immer mittheilen, es müßten denn in der Folge Gründe eintreten, welche mir das Gegentheil wünschen lassen. Das werde ich Dir aber noch schreiben.

Ich hatte am 2^{t} Abend vor meiner Abreise bei Kleisten gegessen, und obgleich die Tafel gar nicht überflüssig und leckerhaft gedeckt war, so hatte ich doch gleichsam in der Hitze des Gesprächs mit sehr interessanten Männern mehr gegessen, als mir dienlich war. Ich befand mich am andern Tage und besonders in der letzten Nacht sehr übel, wagte aber die Reise, welche nothwendig war, doch und der Genuß der freien Luft, Diät, das Rütteln des Wagens, vielleicht auch die Aussicht auf eine frohe Zukunft haben mich wieder ganz curirt.

– Ich habe auch deinen lieben Wittich in Berlin gesehen und gesprochen, und finde, daß mir mein ehemaliger Nebenbuhler keine Schande macht. Ich habe zwar bloß sein Äußeres, seine Rüstung, kennen gelernt, aber es scheint mir, daß etwas Gutes darunter versteckt ist. Ich würde aber dennoch den Kampf mit ihm um Deine Liebe nicht scheuen. Denn obgleich seine Waffen heller funkeln als meine, so habe ich doch ein Herz, das sich mit dem beßten messen kann; und Du, hoffe ich, würdest entscheiden, wie es recht ist.

Von meiner Reise läßt sich diesmal nichts sagen. Ich bin durch Oranienburg, Templin, Prenzlow hierhergekommen, ohne daß sich von dieser ganzen Gegend etwas interessanteres sagen ließe, als dieses daß sie ohne alles Interesse ist. Das ist nichts, als Korn auf Sand, oder Fichten auf Sand, die Dörfer elend, die Städte wie mit dem Besen auf ein Häufchen zusammengekehrt. Denn rings um die Mauern ist alles so rein und proper, daß man oft einen Knedelbaum vergebens suchen würde. Es scheint als ob dieser ganze nördliche Strich Deutschlands von der Natur dazu bestimmt gewesen wäre, immer und ewig der Boden des Meeres zu bleiben, und daß das Meer sich gleichsam nur aus Versehn so weit zurückgezogen und so einen Erdstrich gebildet hat, der ursprünglich mehr zu einem Wohnplatz für Wallfische und Heringe, als zu einem Wohnplatz für Menschen bestimmt war.

Diesmal mußt Du also mit dieser magern Reisebeschreibung vorlieb nehmen. Ich hoffe Dir künftig interessantere Dinge schreiben zu können. – Und nun zu dem, worauf Du gewiß mit Deiner ganzen Seele gespannt bist, und wovon ich Dir doch nur so wenig mittheilen kann. Doch Alles, was jetzt für Dich zu wissen gut ist, sollst Du auch jetzt erfahren.

Du kannst doch Deine Lection noch auswendig? Du liesest doch zuweilen meine Instruction durch? Vergiß nicht, liebes Mädchen, was Du mir versprochen hast, unwandelbares Vertrauen in meine Liebe zu Dir, und Ruhe über die Zukunft. Wenn diese beiden Empfindungen immer in Deiner Seele lebendig wären, und durch keinen Zweifel niemals gestört würden, wenn ich dieses ganz gewiß wüßte, wenn ich die feste Zuversicht darauf haben könnte, o dann würde ich mit Freudigkeit und Heiterkeit meinem Ziele entgegen gehen können. Aber der Gedanke – Du bist doch nur ein schwaches Mädchen, meine unerklärliche Reise, diese wochenlange, vielleicht monatelange Trennung – – o Gott, wenn Du krank werden könntest! Liebes, theures, treues Mädchen! Sei auch ein starkes Mädchen! Vertraue Dich mir ganz an! Setze Dein ganzes Glück auf meine Redlichkeit! Denke Du wärest in das Schiff meines Glückes gestiegen, mit allen Deinen Hoffnungen und Wünschen und Aussichten. Du bist schwach, mit Stürmen und Wellen kannst Du nicht kämpfen, darum vertraue Dich mir an, mir, der mit Weisheit die Bahn der Farth entworfen hat, der die Gestirne des Himmels zu seinen Führern zu wählen, und das Steuer des Schiffes mit starkem Arm, mit stärkerm gewiß als Du glaubst, zu lenken weiß! Wozu wolltest Du klagen, Du, die Du das Ziel der Reise, und ihre Gefahr nicht einmal kennst, ja vielleicht Gefahren siehst, wo gar keine vorhanden sind? Sei also ruhig! So lange der Steuermann noch lebt, sei ruhig! Beide gehen unter in den Wellen, oder beide laufen glücklich in den Hafen; kann sich die Liebe, die ächte Liebe, ein freundlicheres Schicksal wünschen?

Eben damit Du ganz ruhig sein mögtest, habe ich Dir, die Einzige in der Welt, Alles gesagt, was ich sagen durfte, nichts, auch das Mindeste nicht vorgelogen, nur verschwiegen, was ich verschweigen mußte. Darum, denke ich, könntest Du wohl auch schon Vertrauen zu mir fassen. Das meinige wird von Dir nie wanken. Ich habe zwar am Sonntage keinen Brief gefunden, ob Du mir gleich versprochen hattest, noch vor Deiner Reise nach Tamsel an mich zu schreiben; aber ich fürchte eher, daß Du Deine Gesundheit, als Deine Liebe zu mir verloren hättest, ob mir gleich das Erste auch schrecklich wäre. – Liebes Mädchen, wenn Du krank sein solltest, und ich erfahre dies in Berlin, so bin ich in zwei Tagen bei Dir. Aber ich fürchte das nicht – o weg mit dem häßlichen Gedanken!

Ich komme zu einer frohen Nachricht, die Dir gewiß auch recht froh sein wird. Denn Alles was mir zustößt, sei es Gutes oder Böses, auch wenn Du es gar nicht deutlich kennst, das trifft auch Dich, nicht wahr? Das war die Grundlage unseres Bundes. Also höre! Mein erster Plan ist ganz vollständig geglückt. Ich habe einen ältern, weisern Freund gefunden, grade den, den ich am innigsten wünsche. Er stand nicht einen Augenblick an, mich in meinem Unternehmen zu unterstützen. Er wird mich bis zu seiner Ausführung begleiten. Nun bist Du doch ruhig? Du weißt doch mit welcher Achtung ich und Ulrike von einem gewissen Brokes sprach, den wir auf Rügen kennen gelernt haben? Der ist es. – Gott gebe, daß mir die Hauptsache so glückt, dann sind niemals zwei glücklichere Menschen gewesen, als Du und ich. – Aber das Alles behältst Du für Dich. Das habe ich Niemandem anvertraut, als der Geliebten. Das Fräulein von Zenge weiß es aber nicht anders, als daß ich in Berlin bin, und so darf es auch kein Anderer anders von ihr erfahren. Grüße Vater und Mutter und beide Familien von dem Herrn von Kleist der in Berlin ist. Da treffe ich auch wirklich wieder den 24t Aug. ein, doch halte ich mich dort nicht lange auf. Ich empfange bloß einen Brief von Dir, den ich gewiß aufzufinden hoffe, und spreche mit Struensee; dann geht es weiter, wohin? das sollst Du erfahren, ich weiß es selbst noch nicht gewiß. Du sollst dann überhaupt mehr von dem Ganzen meiner Reise erfahren;

doch Dein Brief, den ich in Berlin erhalten werde, wird bestimmen – wie viel. Wenn ich mit ganzer Zuversicht auf Dein Vertrauen und Deine Ruhe rechnen kann, so lasse ich jeden Schleier sinken, der nicht nothwendig ist. Dein treuer Freund H. K.

Nmr. 2.

Coblentz, bei Pasewalk, d. 21^{t} August, 1800.

Weil doch die Post vor morgen Abend nicht abgeht, so will ich noch ein Blättchen Papier für Dich beschreiben, und wünsche herzlich daß die Lectüre desselben Dir nur halb so viel Vergnügen machen möge, als mir das Geschäft des Schreibens. Du wirst zwar nun ein paarmal vergebens auf die Post schicken, und das Herzchen wird mit jeder Stunde stärker und stärker zu klopfen anfangen; aber Du mußt vernünftig werden, Wilhelmine. Du kennst mich, und, wie ich hoffe, doch gewiß im Guten. Daran halte Dich. Du kennst überdies immer den Ort meines Auffenthaltes, und von dem Zwecke meiner Reise weißt Du doch wenigstens so viel, daß er vortrefflich ist. Unser Glück liegt dabei zum Grunde, und es kann, welches eine Hauptsache ist, nichts dabei verloren, doch alles dabei gewonnen werden. Also beruhige Dich für immer, was auch immer vorfallen mag. Wie leicht können Briefe auf der Post liegen bleiben, oder sonst verloren gehen; wer wollte da gleich sich ängstigen? Geschrieben habe ich gewiß, wenn Du auch durch Zufall nicht eben sogleich den Brief erhalten solltest. Damit wir aber immer beurtheilen können, ob unsere Briefe ihr Ziel erreicht haben, so wollen wir beide uns in jedem Schreiben wechselseitig wiederholen, wie viele Briefe wir schon selbst geschrieben und empfangen haben. Und so mache ich denn hiermit unter folgender Rubrik den Anfang:

Abgeschickt	Empfangen
Von Berlin den 1^{t} Brief.	– – – –

Ich hoffe, daß ich auch bald die andere Rubrik werde vollfüllen können. – Und noch Eins. Ich führe ein Tagebuch, in welchem ich meinen Plan täglich ausbilde und verbessre. Da müßte ich mich denn zuweilen wiederholen, wenn ich die Geschichte des Tages darin aufzeichnen sollte, die ich Dir schon mitgetheilt habe. Ich werde also dieses ein für allemal darin auslassen, und die Lücken einst aus meinen Briefen an Dich ergänzen. Denn das Ganze hoffe ich wird Dir einst sehr interessant sein. Du mußt aber nun auch diese Briefe recht sorgsam aufheben; wirst Du? Oder war schon dieses Gesuch überflüssig? Liebes Mädchen, ich küsse Dich.

Und nun zur Geschichte des Tages. – Ach, mein beßtes Minchen, wie unbeschreiblich beglückend ist es, einen weisen, zärtlichen Freund zu finden, da wo wir seiner grade recht innig bedürfen. Ich fühlte mich stark genug den hohen Zweck zu entwerfen, aber zu schwach um ihn allein auszuführen. Ich bedurfte nicht sowohl der Unterstützung, als nur eines weisen Rathes, um die zweckmäßigsten Mittel nicht zu verfehlen. Bei meinem Freunde Brokes habe ich Alles gefunden, was ich bedurfte, und dieser Mensch müßte auch Dir jetzt vor allen Andern, nach mir vor allen Andern theuer sein. Ihm habe ich mich ganz anvertraut, und er ehrte meinen Zweck, sobald er ihn kannte, so wie ihn denn jeder edle Mensch, der ihn fassen kann, ehren muß. Ach, mein theures edles Mädchen, wenn auch Du meinen Zweck ehren könntest, auch selbst ohne ihn zu kennen! Das würde mir ein Zeichen Deiner Achtung sein, ein Zeichen, das mich unaussprechlich stolz machen würde. Niemals, niemals wirst Du mir einen so unzweideutigen Beweis Deiner Achtung geben können, als jetzt. Ach, wenn Du dies versäumtest – – Wirst Du? Oder war auch diese Erinnerung überflüssig? Liebes Mädchen, ich küsse Dich wieder – –

Auch Brokes sieht ein, daß die Wahrscheinlichkeit eines glücklichen Erfolges groß ist. Wenigstens, sagte er, ist keine Gefahr vorhanden, in keiner Hinsicht, und wenn ich nur auf Deine Ruhe rechnen könnte, so wäre ein Haupthinderniß gehoben. Ich hatte über den Gedanken dieses Planes schon lange lange gebrütet. Sich dem blinden Zufall überlassen, und warten, ob er uns endlich in den Hafen des Glückes führen wird, das war nichts für mich. Ich war Dir und mir schuldig, zu handeln. »Nicht aus des Herzens bloßem Wunsche keimt &« – »der Mensch soll mit der Mühe Pflugschaar« & & – das sind herrliche, wahre Gedanken. Ich habe sie so oft durchgelesen, und sie scheinen mir so ganz aus Deiner Seele genommen, daß Deine Schrift das übrige thut um mir vollends einzubilden, das Gedicht wäre von keinem Andern, als von Dir. So oft ich es wieder lese fühle ich mich gestärkt selbst zu dem Größten, und so gehe ich denn fast mit Zuversicht meinem Ziele entgegen. Doch werde ich vorher noch gewiß Struensee sprechen, um mir auf jeden Fall den Rückzug zu sichern. – Brokes, der schon diesen Herbst zu einer Reise bestimmt hatte, wird mich begleiten. Also kannst Du noch um so ruhiger sein. Du mußt nichts als die größte Hoffnung auf die Zukunft in Deiner Seele nähren.

Hast Du auch Deine Freundinn schon wieder gefunden? die Clausius, oder die Koschenbahr? Herzlich, herzlich, wünsche ich es Dir. Wahre, ächte Freundschaft kann fast die Genüsse der Liebe ersetzen – Nein, das war doch noch zu viel gesagt; aber viel, sehr viel kann ein Freund thun, wenn der Geliebte fehlt. Wenigstens giebt es keine anderen Genüsse, zu welchen sich die Liebe so gern herab ließe, wenn sie ihr ganzes Glück genossen hat und auf eine Zeitlang feiern muß, als die Genüsse der Freundschaft. Vor allen andern Genüssen ekelt ihr, wie dem Schlemmer vor dem Landwein wenn er sich in Champagner berauscht hat. Daher ist es mit einer meiner herzlichsten Wünsche, daß Du Eine von diesen beiden Freundinnen recht lange bei Dir behalten mögest, wenigstens so lange, bis ich zurückkomme. Erzähle ihr immerhin von mir, wenn sie Dir von dem ihrigen erzählt hat; denn das könnt ihr Weiber doch wohl nicht gut lassen, nicht wahr? Aber sei klug. Was ich Dir vertraue, Dir allein, das bleibt auch in Deinem Busen vor allen Andern verschlossen. Laß Dich nicht etwa in einer zärtlichen Stunde verleiten mehr zu erzählen, als Du darfst. Minchen, Du weißt es nicht, wie viel an Deine Verschwiegenheit hangt. Dein Glück ist auch dabei im Spiel; also sorge für Dich und mich zugleich, und befolge genau, ohne Einschränkung, ohne Auslegung, wörtlich worum ich Dich herzlich und ernsthaft bitte. Kannst Du Dir den Genuß einige von meinen Briefen Deiner lieben Freundinn mitzutheilen, nicht verweigern, so zeige ihr frühere Briefe, aber diese nicht; wenigstens daraus nichts, aus welchem sich nur auf irgend eine Art mein wirklicher Aufenthalt erkennen ließe. Denn dieser muß vor allen Menschen verschwiegen bleiben, außer vor Dir und Ulriken.

Doch ich wollte Dir ja die Geschichte des Tages erzählen und komme immer wieder zu meinem Plane zurück, weil mir der unaufhörlich im Sinne liegt. Du bist aufs Innigste mit meinem Plane verknüpft, also kannst Du schließen, wie oft ich an Dich denke. Denkst Du wohl auch so oft an mich? – – Doch zur Sache.

Weil, wie gesagt, die Post, die mich und Brokes nach Berlin führen soll, erst Morgen Abend abgeht (denn dieselbe Post trennt sich in Prenzlow und bringt Dir diesen Brief nach Frankfurt) so beschloß ich mit Brokes so lange auf seinem bisherigen Wohnort zu verweilen. Dies ist Coblentz, ein Landgut des Grafen von Eickstedt, der die Güte hatte, mich einladen zu lassen. Seine Gemahlinn hatte ich auf Rügen kennen gelernt. Wir bestellten die Post in Pasewalk nach Berlin und fuhren den 20t Nachmittags um 2 Uhr von dort ab.

Ich fand in der Nähe von Coblentz weite Wiesen, mit Graben durchschnitten, umgeben mit großen reinlich gehaltenen Wäldern, viel junges Holz, immer verzäunt und geschlossen, ausgebesserte Wege, tüchtige Brücken, viele zerstreute Vorwerke, massiv gebaut, fette zahlreiche Heerden von Kühen und Schaafen & & Die Vorwerke hießen: Augustenhain, Peterswalde, Carolinum, Carolinenburg, Dorotheenhof & &. Wo nur eine Thür war, da glänzte auch ein Johanniterkreuz, auf jedem Dache, auf jedem Pfale war es vielfach aufgepflanzt. Als ich vor das Schloß fuhr, fand ich, von Außen, zugleich ein uraltes und nagelneues Gebäude, zehnmal angefangen, nie vollendet, heute nach dieser Idee, über das Jahr nach einer andern, hier ein Vorsprung, dort ein Einschnit, immer nach dem Bedürfniß des Augenblicks angebaut und vergrößert. Im Hause kam mir die alte würdige Gräfinn freundlich entgegen. Der Graf war nicht zu Hause. Er war mit einigen andern Damen nach Augustenhain gefahren. Indessen ich lernte ihn doch noch in seinem Hause kennen, noch ehe ich ihn sah. Dunkle Zimmer, schön meublirt, viel Silber, noch mehr Johanniterkreuze, Gemälde von großen Herren, Feldmarschälle, Grafen, Minister, Herzoge, er in der Mitte, in Lebensgröße, mit dem Scharlachmantel, auf jeder Brust einen Stern, den Ordensband über den ganzen Leib, an jeder Ecke des Rahmens ein Johanniterkreuz. Wir giengen, Brokes und ich, nach Augustenhain. Ein ordentlicher Garten, halb französisch, halb englisch, schöne Lusthäuser, Orangerien, Altäre, Grabmäler von Freunden, die vornehme Herren waren, ein Tempel dem großen Friedrich gewidmet; große angelegte Waldungen, weite uhrbargemachte, ehemals wüste, jetzt fruchtbare Felder, viele Meiereien, Pferde, Menschen, Kühe, schöne nützliche Ställe auf welchen aber das Johanniterkreuz nie fehlte – – – – Wenn man die Schnecke an ihrer Muschel erkennen kann, rief ich, so weiß ich auch wer hier wohnt.

Ich hatte es getroffen. Ich fand Ökonomie und Liberalität, Ehrgeiz und Bedürfniß, Weisheit und Thorheit in einem Menschen vereinigt, und dieser war kein andrer als der Gr. v. Eickstedt.

Liebes Mädchen, ich werde abgerufen, und kann Dir nun nicht mehr schreiben. Lebe wohl. In Berlin finde ich einen Brief von Dir, und wenn er mir recht gefällt, recht vernünftig und ruhig ist, so erfährst Du viel, Neues von mir. Adieu. H. K.

14. An Ulrike von Kleist

Coblentz, bei Pasewalk d. 21t August, 1800.

Du vergißt doch nicht, daß ich Dir allein meinen Aufenthalt mittheile, und daß er aus Gründen jedem andern Menschen verschwiegen bleiben muß? Ich habe ein unumschränktes Vertrauen zu Dir, und darum verschweige ich Dir nichts, was zu verschweigen nicht nothwendig ist. Vertraue auch mir, und thue keinen eigenmächtigen Schrit, der üblere Folgen haben könnte, als Du glaubst. Elisabeth ehrte die Zwecke Posa's, auch ohne sie zu kennen. Die meinigen sind wenigstens gewiß der Verehrung jedes edeln Menschen werth.

Ich habe mich hier mit Brokes vereinigt. Er hat mit mir denselben Zweck, und das könnte Dich noch ruhiger machen, wenn Dich die Unerklärlichkeit meiner Reise beunruhigen sollte. Brokes ist ein trefflicher junger Mann, wie ich wenige in meinem Leben gefunden habe. Wir werden beide gemeinschaftlich eine Reise machen – nicht zu unserm Vergnügen, das schwöre ich Dir; wie hätte ich Dich so um Deine liebsten Freuden betrügen können? – Nein. Vielmehr es liegt ein sehr ernster Zweck zum Grunde, der uns wahrscheinlich nicht eher ein ganz ungestörtes Vergnügen genießen lassen wird, als bis er erreicht ist. Die Mitwissenschaft eines Dritten war unmöglich, wenigstens stand es nicht in meiner Willkühr über das Geheimniß zu schalten; sonst würde meine edelste Schwester gewiß auch meine Vertraute geworden sein.

Ich baue ganz auf Dein Vertrauen zu mir und auf Deine

Verschwiegenheit. Wenn ich das nicht darf, Ulrike, so schreibe es mir nach Berlin, und ich ergreife andere Maßregeln. Nur in der festen Zuversicht auf Deine unwandelbare Treue wirst Du immer von mir den Ort erfahren, an welchen mich die Bahn unsers Zweckes führt. Täuschen wirst Du mich nicht. Du wirst meine gerechte Forderungen erfüllen, auch ohne es versprochen zu haben. Denn Alles was Wenige thun würden, erwarte ich von Dir.

Ich bleibe hier in Coblentz bis Morgen. Ich treffe d. 24[t] in Berlin ein. Dahin mußt Du mir gleich nach Empfang dieses Briefes schreiben, wenn Du mir die Freude machen willst, von Deiner Hand zu sehen, was Du von meinem Vorhaben denkst. Ich habe alles Hiesige von Dir gegrüßt. Alles läßt Dich wieder grüßen. Ich habe der Gräfinn ⟨v. Eickstedt-Peterswaldt⟩ den Wallenstein zurückgelassen, weil sie es wünschte. Sie wird ihn Dir bei ihrer Durchreise durch Frankfurt überliefern. Du kannst das Buch als ein Geschenk von mir betrachten, denn sein Inhalt muß nicht gelesen, sondern gelernt werden. Ich bin begierig ob Wall. den Carlos bei Dir verdrängen wird. Ich bin unentschieden.

Adieu. Grüße Alles von mir aus Berlin. Die Gräfin Eickstedt wird zwar, wenn sie in Frankfurt ist, von mir und meiner Gegenwart in Coblentz erzählen; allein Du kannst alsdann sagen, ja, Du wüßtest es, ich hätte Dich aber gebeten, es zu verschweigen. So wünschte ich, daß Du es mit Allem machen mögtest, was von meiner Reise entdeckt werden sollte. Hilf mir meinen Plan ausführen, liebes Ulrikchen, er verdient es. Adieu. Heinrich.

– N. S. Weißt Du, daß das Tournier in Schwedisch-Pommern beim Gf. v. Falkenstein in Consages sein wird?

15. An Ulrike von Kleist

Berlin, d. 26t August, 1800.

Mein liebes Ulrickchen. Es steht eine Stelle in Deinem Briefe, die mir viel Freude gemacht hat, weil sie mir Dein festes Vertrauen auf meine Redlichkeit, selbst bei den scheinbar widersprechendsten Umständen, zusichert. Du wirst finden daß ich dessen bedarf. Ich theile Dir jetzt ohne Rückhalt Alles mit, was ich nicht verschweigen muß. Ich reise mit Brockes nach Wien. Ich werde manches Schöne sehen, und jedesmal mit Wehmuth daran denken, wie vergnügt Du dabei gewesen wärest, wenn es möglich gewesen wäre, Dich an dieser Reise Antheil nehmen zu lassen. Doch das Schöne ist diesmal nicht Zweck meiner Reise. Unterlasse alle Anwendungen, Folgerungen, und Combinationen. Sie müssen falsch sein, weil Du mich nicht ganz verstehen kannst. Halte Dich bloß an das, was ich Dir gradezu mittheile. Das ist buchstäblich wahr.

Du bietest mir Deine ferneren Dienste an. Ich werde davon Gebrauch machen, ohne Deine Freundschaft zu mißbrauchen. Du wirkst unwissend zu einem Zwecke mit, der vortrefflich ist. Ich stehe daher nicht an, Dich um eine neue Gefälligkeit zu ersuchen. Oder eigentlich ist es Brockes, für den ich etwas erbitte.

Brockes reisete mit mir von Coblentz ab, und nannte der Eickstädtschen Familie kein anderes Ziel seiner Reise als Berlin. Du darfst der Gräfin Eickstädt, wenn Du sie in Frankfurt sprichst, diesen Glauben nicht benehmen. Brockes hatte einen Wechsel von 600 Rth., auf einen Banquier in Schwerin gestellt. Es war zu weitläufig, das Geld sich von Schwerin her schicken zu lassen. Er nahm ihn also nach Berlin mit, um ihn bei dem hiesigen mecklenburgischen Agenten umzusetzen. Der aber war verreiset und kein Andrer hiesiger Banquier kennt Brockes. Er hat nun also doch von hier aus nach Schwerin schreiben müssen.

Wir dürfen uns aber in Berlin nicht länger verweilen. Das Geld könnte frühstens in 4 Wochen in Wien sein. Wir bedürfen dies aber gleich, nicht um die Reisekosten zu bestreiten, sondern zu dem eigentlichen Zwecke unsrer Reise. Ferner würde der Mecklenburgische Banquier dadurch erfahren, daß Brokes in Wien ist, welches durchaus verschwiegen bleiben soll. Uns bleibt also kein anderes Mittel übrig als unsre einzige Vertraute, als Du. Wir ersuchen Dich also, wenn es Dir möglich ist, 100 Ducaten nach Wien zu schikken, und zwar an den Studenten Buchholz, denn so heißt Brockes auf dieser Reise. Das müßte aber bald geschehen. Auch müßte auf der Adresse stehen, daß der Brief selbst abgeholt werden wird. Nun höre die Bedingungen. Du erhältst dies Geld auf jeden Fall, du magst in unsere Bitte willigen oder nicht, in spätestens 3 Wochen von Schwerin. Brockes hat nämlich auf meine Versicherung, daß Du gewiß zu unserm Zwecke mitwirken würdest, wenn es Dir möglich wäre, bereits nach Schwerin geschrieben, an den mecklenburgischen Minister Herrn von Brandenstein. Dieser wird in Schwerin das Geld heben und es Dir nach Frankfurt schicken. Sollte es Dir also nicht möglich gewesen sein, uns früher mit Geld auszuhelfen, so schicke uns wenigstens das empfangne Geld sogleich nach Wien unter untenstehender Addresse. Solltest Du aber schon aus eigenen Mitteln uns 100 Ducaten überschickt haben, so behältst Du die empfangenen 60 Fr. d'or, und Brockes wird sich mit Dir bei unserer Zurückkunft berechnen wegen des Agio's. Sollte bei dem zu empfangenden Gelde zugleich ein Brief von Brandenstein an Brokes vorhanden sein, so darfst Du diesen unter der Adresse: an Brokes, nicht nachschicken, sondern Du kannst ihn erbrechen und bei Dir behalten, und uns nur den Inhalt melden.

Brokes heißt nicht Buchholz sondern Bernhoff. Die Adresse also ist:

An
den Studenten der Ökonomie
Herrn Bernhoff
Wohlgebohren
zu
(selbst abzuholen) Wien

Willst Du mich mit einem Brief erfreuen, so ist die Addresse:

An
den Studenten der Mathematik
Herrn Klingstedt
Wohlgeb.
zu
(selbst abzuholen) Wien

Ich brauche doch nicht zu wiederholen, daß Niemand dies Alles erfahren darf? Niemand weiß es als Du und W⟨ilhelmine⟩ Z⟨enge⟩ wird es also verrathen, so ist Einer von Euch unfehlbar der Verräther. Doch wer dürfte das fürchten?

Ich werde Dir gleich von Wien aus schreiben. Ich komme sobald unser Geschäft beendigt ist, nach Frankfurt zurück, und dies geschieht auf jeden Fall vor dem 1^{t} Novembr. Fragt jemand nach uns, so heißt es, ich wäre verreiset, etwa ins Erzgebirge.

Nun bitte ich noch um einige Gefälligkeiten. Ich will meine Collegia in Frankfurt bezahlen von dem Gelde, welches ich den 1^{t} Octobr. von Dames empfangen soll.

Madihn ———— 10 Rth.
und noch den Preis eines Buches, dessen Werth ich nicht kenne.
Huth ———— 15 Rth.
Hüllmann ———— 15 Rth.

Kalau ———— 10 Rth.
Mit Wünschen werde ich selbst sprechen. Grüße ihn gelegentlich. Auch Hüllmann. Überhaupt Alle.

Sei ruhig. Adieu. K. H.

16. An Wilhelmine von Zenge

Leipzig, d. 30t August ⟨und 1. September⟩, 1800.

Mein liebes Minchen. Erst will ich Dir das Nothwendige, nämlich den Verlauf meiner Reise erzählen, und dann zusehen, ob mir noch zu andern vertraulichen Gedanken Zeit übrig bleibt. Woran ich aber zweifle; denn jetzt ist es 8 Uhr Abends und Morgen früh 11 Uhr geht es schon wieder fort von hier. –

Am Abend vor meiner Abreise von Berlin schickte die Begerow zu uns, und ließ uns ersuchen zu ihr und der Löschbrandt zu kommen. (Du mußt wissen, daß die Löschbrandt mir ihre Ankunft in Berlin zuvor gemeldet und mich um meine Unterstützung gebeten hatte, welche ich ihr aber abschlagen mußte) Ich konnte für diesen Abend nicht, weil ich schon ganz ausgezogen und mit meinem Briefe an Dich beschäftigt war. Weil ich aber doch noch am andern Morgen zu Struensee gehen mußte, ehe ich abreisete, so beschloß ich auch meine Schwester noch einmal zu sehen. Doch höre, wie dies ablief.

Ganz wehmüthig umarmte sie mich, mit der Äußerung, sie hätte nicht geglaubt mich noch einmal zu sehen. Ich verstand gleich den eigentlichen Sinn dieser Rede, und gegen Dich will ich ganz ohne Rückhalt sprechen, denn wir verstehen uns. Mit Thränen in den Augen sagte sie mir, meine ganze Familie, besonders Tante Massow, sei höchst unruhig, und alle fürchteten, ich würde nie wieder nach Frankfurt zurückkehren. So sehr mich dies auch innerlich schmerzte, so blieb ich doch anfänglich äußerlich ruhig, erzählte ihr, daß ich vom Minister angestellt sei, daß ich ja Tanten mein Wort gegeben und noch nie in meinem Leben ehrlos gehandelt hätte. Aber das Alles half doch nur wenig. Sie versprach zwar, selbst ruhig zu sein und auch Tanten zu beruhigen; aber ich bin doch überzeugt, daß sie noch immer heimlich dasselbe Mistrauen in mir hegt.

Und nun urtheile selbst, Wilhelmine, welch' ein abscheuliches Gerücht während meiner Abwesenheit in Frankfurt von mir ausgebreitet werden kann! Du und Ulrike, ihr seid die beiden einzigen, die mich davor retten könnt. Ulrike hat mir einige vortreffliche Briefe geschrieben, von Dir hoffe ich das Beßte. Auf Euch Beide beruht mein ganzes Vertrauen. So lange ihr beide ruhig und sicher seid, wird es die Welt auch sein. Wenn ihr beide aber mir mistrauet, dann freilich, dann hat die Verläumdung freien Spielraum, und mein Ruf wäre dahin. Meine baldige Rückkehr würde zwar dies alles wieder vernichten und meine Ehre wiederherstellen; aber ob ich zwei Menschen, die mich so tief entehrten, dann selbst noch würde ehren können, das ist es, was ich bezweifeln muß. – Aber ich fürchte das nicht. – – Wenn ich nur bald einen Brief von Dir erhalten könnte, um zu erfahren, wie Du meine Erklärung, daß ich nach Wien reisen würde aufgenommen hast. – Aber ich hoffe, gut. – Doch höre weiter.

Ich reisete d. 28[t] früh 11 Uhr mit Brokes in Begleitung Carls ⟨v. Zenge⟩ von Berlin ab nach Potsdam. Als ich vor Linkersdorfs Hause vorbeifuhr, ward es mir im Busen so warm. Jeder Gegenstand in dieser Gegend weckte irgendwo in meiner Seele einen tiefen Eindruck wieder auf. Ich betrachtete genau alle Fenstern des großen Hauses, aber ich wußte im Voraus, daß die ganze Familie verreiset war. Wie erstaunte ich nun, wie froh erstaunte ich, als ich in jenem niedrig-dunkeln Zimmer, zu welchem ich des Abends so oft geschlichen war, Louisen entdeckte. Ich grüßte sie tief. Sie erkannte mich gleich, und dankte mir sehr, sehr freundlich. Mir strömten eine Menge von Erinnerungen zu. Ich mußte einigemal nach dem einst so lieben Mädchen wieder umsehen. Mir ward ganz seltsam zu Muthe. Der Anblick dieses Mädchens, das mir einst so theuer war, und dieses Zimmers, in welchem ich so viele Freude empfunden hatte – – – Sei ruhig. Ich dachte an Dich und an die Gartenlaube, noch ein Augenblick, und ich gehörte wieder ganz Dir.

In Potsdam wohnten wir bei Leopolden. Ich sprach einiges Nothwendige mit Rühlen wegen unseres Aufenthaltes in Berlin. Dies war die eigentliche Absicht unseres Verweilens in Potsdam. Rühle hat bereits um seinen Abschied angehalten und hofft ihn noch vor dem Winter zu erhalten. Weil noch vor Einbruch der Nacht einige Zeit übrig war, so nutzten wir diese Brockes flüchtig durch Sanssouci zu führen. Am andern Morgen früh 4 Uhr fuhr ich und Brokes wieder ab.

Die Reise gieng durch die Mark – – also giebt es davon nichts Interessantes zu erzählen. Wir fuhren über Treuenbritzen nach Wittenberg und fanden, als wir auf der sächsischen Grenze das Auge einigemal zurück auf unser Vaterland warfen, daß dieses sich immer besser ausnahm, je weiter wir uns davon entfernten. Nichts als der Gedanke, mein liebstes Wesen darin zurückzulassen, machte mir die Trennung davon schwer.

In Wittenberg wäre manches Interessante zu sehen gewesen, z. B. Doctor Luthers und Melanchtons Grabmale. Auch wäre von hier aus die Farth an der Elbe entlang nach Dreßden sehr schön gewesen. Aber das Vergnügen ist diesmal nicht Zweck unsrer Reise und ohne uns aufzuhalten, fuhren wir gleich weiter, die Nacht durch nach Leipzig (über Düben).

Hier kamen wir d. 30[t] (heute) früh um 11 Uhr an. Unser erstes Geschäft war, uns unter unsern neuen Namen in die Akademie inscribiren zu lassen, und wir erhielten die Matrikeln, welche uns zu Pässen verhelfen sollen ohne alle Schwierigkeit. Weil aber die Post erst morgen abgeht, so blieb uns der Nachmittag noch übrig, den wir benutzten, die schönen öffentlichen Anlagen rund um diese Stadt zu besehen. Gegen Abend giengen wir beide ins Schauspiel, nicht um des erbärmlichen Stückes Abällino willen, sondern um die Acteurs kennen zu lernen, die hier sehr gelobt wurden. Aber wir fanden auch eine so erbärmliche Vorstellung, und dabei ein so ungesittetes Publicum, daß ich wenigstens schon im 2^t Akt das Haus verließ. Ich gieng zu Hause um Dir zu schreiben und erfülle jetzt in diesen Augenblik mein Versprechen und meine Pflicht. Aber ich bin von der durchwachten Nacht so ermüdet und daher, wie Du auch an diesem schlechten Brief merken wirst, so wenig aufgelegt zum Schreiben, daß ich hier abbrechen muß, um mich zu Bette zu legen. Gute Nacht, liebes Mädchen. Morgen will ich mehr schreiben und vielleicht auch etwas Besseres. Gute Nacht.

d. 1^t Septembr.

Diesesmal empfange ich auf meiner Reise wenig Vergnügen durch die Reise. Zuerst ist das Wetter meistens immer schlecht, auch war die Gegend bisher nicht sonderlich, und wo es doch etwas Seltneres zu sehen giebt, da müssen wir, unser Ziel im Auge, schnell vorbeirollen. Wenn ich doch zuweilen vergnügt bin, so bin ich es nur durch die Erinnerung an Dich. Vorgestern auf der Reise, als die Nacht einbrach, lag ich mit dem Rücken auf dem Stroh unsers Korbwagens, und blickte grade hinauf in das unermeßliche Weltall. Der Himmel war malerisch schön. Zerrissene Wolken, bald ganz dunkel, bald hell vom Monde erleuchtet, zogen über mich weg. Brokes und ich, wir suchten beide und fanden Ähnlichkeiten in den Formen des Gewölks, er die seinigen, ich die meinigen. Wir empfanden den feinen Regen nicht, der von oben herab uns die Gesichter sanft benetzte. Endlich ward es mir doch zu arg und ich deckte mir den Mantel über den Kopf. Da stand die geliebte Form, die mir das Gewölk gezeigt hatte, ganz deutlich, mit allen Umrissen und Farben im engen Dunkel vor mir. Ich habe mir Dich in diesem Augenblick ganz lebhaft und gewiß vollkommen wahr, vorgestellt, und bin überzeugt, daß an dieser Vorstellung nichts fehlte, nichts an Dir selbst, nichts an Deinem Anzuge, nicht das goldne Kreuz, und seine Lage, nicht der harte Reifen, der mich so oft erzürnte, selbst nicht das bräunliche Mal in der weichen Mitte Deines rechten Armes. Tausendmal habe ich es geküßt und Dich selbst. Dann drückte ich Dich an meine Brust und schlief in Deinen Armen ein. –

Du hast mir in Deinem vorigen Briefe geschrieben, Dein angefangner Aufsatz sei bald fertig. Schicke ihn mir nach Wien, sobald er vollendet ist. Du hast noch viele Fragen von mir unbeantwortet gelassen und sie werden Dir Stoff genug geben, wenn du nur denken und schreiben willst.

Unser Reiseplan hat sich verändert. Wir gehen nicht über Regensburg, sondern über Dreßden und Prag nach Wien. Dieser Weg ist näher und in Dreßden finden wir auch einen englischen Gesandten, der uns Pässe geben kann. Ich werde Dir von Dreßden aus wieder schreiben.

Empfangen	Abgeschickt
2 Briefe.	den 1^{t} aus Berlin
	2^{t} aus Pasewalk
	3^{t} aus Berlin
	4^{t} aus Berlin
	und diesen aus Leipzig.

Lebe wohl, liebes Mädchen. Ich muß noch einige Geschäfte abthun. In zwei Stunden reise ich ab nach Dreßden.

Dein treuer Freund Heinrich

1 24 5 3
Klingstedt

N. S. Was wird Kleist sagen, wenn er einst bei Dir Briefe von Klingstedt finden wird?

Mein Geschäft ist abgethan und weil noch ein Stündchen Zeit übrig ist, ehe die Post abgeht, so nutze ich es, wie ich am beßten kann, und plaudre mit Dir.

Ich will Dir umständlicher die Geschichte unsrer Immatriculation erzählen.

Wir giengen zu dem Magnificus, Prof. Wenk, eröffneten ihm wir wären aus der Insel Rügen, wollten kommenden Winter auf der hiesigen Universität zubringen; vorher aber noch eine Reise ins Erzgebirge machen und wünschten daher jetzt gleich Matrikeln zu erhalten. Er fragte nach unsern Vätern. Brokes Vater war ein Amtmann, meiner ein invalider schwedischer Capitain. Er machte weiter keine Schwierigkeiten, laß uns die akademischen Gesetze vor, gab sie uns gedruckt, streute viele weise Ermahnungen ein, überlieferte uns dann die Matrikeln und entließ uns in Gnaden. Wir giengen zu Hause, bestellten Post, wickelten unsre Schuhe und Stiefeln in die akademischen Gesetze und hoben sorgsam die Matrikeln auf.

Nim doch eine Landkarte zur Hand, damit Du im Geiste den Freund immer verfolgen kannst. Ich breite, so oft ich ein Stündchen Ruhe habe, immer meine Postkarte vor mir aus, reise zurück nach Frankfurt, und suche dich auf des Morgens an Deinem Fenster in der Hinterstube, Nachmittags an dem Fenster des unteren Saales, gegen Abend in der dunkeln Laube, und wenn es Mitternacht ist in Deinem Lager, das ich nur einmal flüchtig gesehen habe, und das daher meine Phantasie nach ihrer freiesten Willkühr sich ausmalt.

Liebes Mädchen, ich küsse Dich – – Adieu. Ich muß zusiegeln. Ich habe auch an Tante und Ulrike geschrieben.

Dein Heinrich.

17. An Wilhelmine von Zenge

Dreßden, d. 3t Septmbr 1800, früh 5 Uhr ⟨und abends um 8 Uhr und den 4. September, morgens 5 Uhr⟩.

Gestern, d. 2t Septmbr. spät um 10 Uhr Abends traf ich nach einer 34stündigen Reise in diese Stadt ein.

Noch habe ich nichts von ihr gesehen, nicht sie selbst, nicht ihre Lage, nicht den Strom, der sie durchschneidet, nicht die Höhen, die sie umkränzen; und wenn ich schreibe, daß ich in Dreßden bin, so glaube ich das bloß, noch weiß ich es nicht.

Und freilich – es wäre wohl der Mühe werth, sich davon zu überzeugen. Der Morgen ist schön. Lange wird mein Aufenthalt hier nicht währen. Vielleicht muß ich es morgen schon wieder verlassen. Morgen? das schöne Dreßden? Ohne es gesehen zu haben? Rasch ein Spaziergang –

Nein – und wenn ich es nie sehen sollte! Ich könnte Dir dann vielleicht von hier gar nicht schreiben, und so erfülle ich denn lieber jetzt gleich meine Pflicht.

Ich will durch diese immer wiederholten Briefe, durch diese fast ununterbrochene Unterhaltung mit Dir, durch diese nie ermüdende Sorgfalt für Deine Ruhe, bewirken, daß Du zuweilen, wenn das Verhältniß des Augenblicks Dich beklommen macht, wenn fremde Zweifel und fremdes Mistrauen Dich beunruhigen, mit Sicherheit, mit Zuversicht, mit tiefempfunden Bewußtsein zu Dir selbst sagen mögest: ja, es ist gewiß, es ist gewiß, daß er mich liebt!

Wenn Du mir nur eine Ahndung von Zweifel hättest erblicken lassen, gewiß, mir würde Deine Ruhe weniger am Herzen liegen. Aber da Du Dich mit Deiner ganzen offnen Seele mir anvertraut hast, so will ich jede Gelegenheit benutzen, jeden Augenblick ergreifen, um Dir zu zeigen, daß ich Dein Vertrauen auch vollkommen verdiene.

Darum ordne ich auch jetzt das Vergnügen, diese schöne Stadt zu sehen, meiner Pflicht, Dir Nachricht von mir zu geben, unter; oder eigentlich vertausche ich nur jenes Vergnügen mit einem andern, wobei mein Herz und mein Gefühl noch mehr genießt.

Mein Aufenthalt wird hier wahrscheinlich nur von sehr kurzer Dauer sein. So eben geht die Post nach Prag ab und in 8 Tagen nicht wieder. Uns bleibt also nichts übrig als Extra-Post zu nehmen, sobald unsre Geschäfte bei dem englischen Gesandten abgethan sind. Daher will ich Dir so kurz als möglich den Verlauf meiner Reise von Leipzig nach Dreßden mittheilen.

Als wir von Leipzig abreiseten (Mittags d. 1[t] Septmbr) hatten wir unser gewöhnliches Schicksal, schlechtes Wetter. Wir empfanden es auf dem offnen Postwagen doppelt unangenehm. Die Gegend schien fruchtbar und blühend, aber die Sonne war hinter einen Schleier von Regenwolken versteckt und wenn die Könige trauern, so trauert auch das Land.

So kamen wir über immer noch ziemlich flachen Lande gegen Abend, nach Grimma. Als es schon finster war, fuhren wir wieder ab. Denke Dir unser Erstaunen, als wir uns dicht vor den Thoren dieser Stadt, plötzlich in der Mitte eines Gebirges sahen. Dicht vor uns lag eine Landschaft, ganz wie ein transparentes Stück. Wir fuhren auf einem schauerlich schönen Wege, der auf der halben Höhe eines Felsens in Stein gehauen war. Rechts der steile Felsen selbst, mit überhangendem Gebüsch, links der schroffe Abgrund, der den Lauf der Mulde beugt, jenseits des reißenden Stromes dunkelschwarze hohe belaubte Felsen, über welche in einem ganz erheiterten Himmel der Mond heraufstieg. Um das Stück zu vollenden lag vor uns, am Ufer der Mulde, auf einem einzelnen hohen Felsen, ein zweistockhohes viereckiges Haus, dessen Fenster sämmtlich, wie absichtlich, erleuchtet waren. Wir konnten nicht erfahren, was diese seltsame Anstalt zu bedeuten habe, und fuhren, immer mit hochgehobenen Augen, daran vorbei, sinnend und forschend, wie man bei einem Feenschlosse vorbeigeht.

So reizend war der Eingang in eine reizende Nacht. Der Weg gieng immer am Ufer der Mulde entlang, bei Felsen vorbei, die wie Nachtgestalten vom Monde erleuchtet waren. Der Himmel war durchaus heiter, der Mond voll, die Luft rein, das Ganze herrlich. Kein Schlaf kam in den ersten Stunden auf meine Augen. Die Natur und meine brennende Pfeife erhielten mich wach. Mein Auge wich nicht vom Monde. Ich dachte an Dich, und suchte den Punct im Monde, auf welchem vielleicht Dein Auge ruhte, und maß in Gedanken den Winkel den unsre Blicke im Monde machten, und träumte mich zurück auf der Linie Deines Blickes, um so Dich zu finden, bis ich Dich endlich wirklich im Traume fand.

Als ich erwachte waren wir in Waldheim, einem Städtchen, das wieder an der Mulde liegt. Besonders als wir es schon im Rücken hatten und das Gebirgsstädtchen hinter uns im niedrigen Thale lag, von buschigten Höhen umlagert, gab es eine reizende Ansicht. Wir fuhren nun immer an dem Fuße des Erzgebirges oder an seinem Vorgebirge entlang. Hin und wieder blickten nackte Granitblöcke aus den Hügeln hervor. Die ganze Gebirgsart ist aber Schifer, welcher, wegen seiner geblätterten Tafeln, ein noch wilderes zerrisseneres Ansehn hat, als der Granit selbst. Die allgemeine Pflanze war die Harz-Tanne; ein schöner Baum an sich, der ein gewisses ernstes Ansehn hat, der aber die Gegend auf welcher er steht meistens öde macht, vielleicht wegen seines dunkeln Grüns, oder wegen des tiefen Schweigens das in dem Schatten seines Laubes waltet. Denn es sind nur einige wenige, ganz kleine Vögelarten, die, außer Uhu und Eule, in diesem Baume nisten.

Ich gieng an dem Ufer eines kleinen Waldbachs entlang. Ich lächelte über seine Eilfertigkeit, mit welcher er schwatzhaft und geschmeidig über die Steine hüpfte. Das ruht nicht eher, dachte ich, als bis es im Meere ist; und dann fängt es seinen Weg von vorn an. – Und doch – wenn es still steht, wie in dieser Pfütze, so verfault es und stinkt.

Wir fanden dieses Gebirge wie alle, sehr bebaut und bewohnt; lange Dörfer, alle Häuser 2 Stock hoch, meistens mit Ziegeln gedeckt; die Thäler grün, fruchtbar, zu Gärten gebildet; die Menschen warm und herzlich, meistens schön gestaltet, besonders die Mädchen. Das Enge der Gebirge scheint überhaupt auf das Gefühl zu wirken und man findet darin viele Gefühlsphilosophen, Menschenfreunde, Freunde der Künste, besonders der Musik. Das Weite des platten Landes hingegen wirkt mehr auf den Verstand und hier findet man die Denker und Vielwisser. Ich möchte an einem Orte gebohren sein, wo die Berge nicht zu eng, die Flächen nicht zu weit sind. Es ist mir lieb, daß hinter Deinem Hause die Laube eng und dunkel ist. Da lernt man fühlen, was man in den Hörsälen nur zu oft verlernt.

Aber überhaupt steht der Sachse auf einem höhern Grad der Cultur, als unsre Landleute. Du solltest einmal hören, mit welcher Gewandheit ein solches sächsisches Mädchen auf Fragen antwortet. Unsre (maulfaulen) Brandenburgerinnen würden Stunden brauchen, um abzuthun, was hier in Minuten abgethan wird. Auch findet man häufig selbst in den Dörfern Lauben, Gärten, Kegelbahnen & so, daß hier nicht bloß, wie bei uns, für das Bedürfniß gesorgt ist, sondern daß man schon einen Schritt weiter gerückt ist, und auch an das Vergnügen denkt.

Mittags (d. 2[t]) passirten wir Nossen und zum drittenmale die Mulde, die hier eine fast noch reizendere Ansicht bildet. Das östliche Ufer ist sanft abhangend, das westliche steil, felsig und buschig. Um die Kante eines Einschnittes liegt das Städtchen Nossen, auf einem Vorsprung, dicht an der Mulde, ein altes Schloß. Rechts offnet sich die Aussicht durch das Muldethal nach den Ruinen des Klosters Zelle.

In diesem Kloster liegen seit uralten Zeiten die Leichname aller Markgrafen von Meißen. In neuern Zeiten hat man jedem derselben ein Monument geben wollen. Man hat daher die Skelette ausgegraben, und die Knochen eines Jeden möglichst genau zusammengesucht, wobei es indessen immer noch zweifelhaft bleibt, ob Jeder auch wirklich den Kopf bekommen hat, der ihm gehört.

Gegen Abend kamen wir über Wilsdruf, nach den Höhen von Kesselsdorf; ein Ort, der berühmt ist, weil in seiner Nähe ein Sieg erfochten worden ist. So kann man sich Ruhm erwerben in der Welt, ohne selbst das Mindeste dazu beizutragen.

Es war schon ganz finster, als wir von den Elbhöhen herabfuhren, und im Mondschein die Thürme von Dreßden erblickten. Grade jener vortheilhafte Schleier lag über die Stadt, der uns, wie Wieland sagt, mehr erwarten läßt, als versteckt ist. Man führte uns durch enge Gassen, zwischen hohen meistens 5 bis 6 Stöckigen Häusern entlang bis in die Mitte der Stadt, und sagte uns vor der Post, daß wir am Ziele unsrer Reise wären. Es war ½11 Uhr. Aber da die Elbbrücke nicht weit war, so eilten wir schnell dahin, sahen rechts die Altstadt, im Dunkel, links die Neustadt, im Dunkel, im Hintergrunde die hohen Elbufer, im Dunkel, kurz alles in Dunkel gehüllt, und giengen zurück, mit dem Entschluß, wiederzukehren, sobald nur die große Lampe im Osten angesteckt sei.

Liebes Minchen. So eben kommen wir von dem engl. Ambassadeur, Lord Elliot zurück, wo wir Dinge gehört haben, die uns bewegen, nicht nach Wien zu gehen, sondern entweder nach Würzburg oder nach Straßburg. Sei ruhig, und wenn das Herzchen unruhig wird, so ließ die Instruction durch, oder besieh' Deine neue Tasse von oben und unten.

Diese Veränderung unseres Reiseplans hat ihre Schwierigkeiten, die jedoch nicht unüberwindlich sind; besonders wegen Deiner Briefe, die ich in Wien getroffen haben würde. Doch ich werde schon noch Mittel aussinnen, und sie Dir am Ende dieses Briefes mittheilen.

Übrigens bleibt Alles beim Alten. Ich gehe nicht weiter, als an einen dieser Orte, und kehre zu der einmal bestimmten Zeit, nämlich vor d. 1^{t} Novmbr gewiß zurück, wenn nicht vielleicht noch früher.

Denke nicht darüber nach, und halte Dich, wenn die Unmöglichkeit, mich zu begreifen, Dich beunruhigt, mit blinder Zuversicht an Deinem Vertrauen zu meiner Redlichkeit, das dich nicht täuschen wird, so wahr Gott über mich lebt.

Einst wirst Du Alles erfahren, und mir mit Thränen danken.

Täglich werde ich Dir schreiben. Ich reise morgen von hier wieder ab, und werde Tag und Nacht nicht ruhen. Aber ein Stündchen werde ich doch erübrigen, Dir zu schreiben. Mehr kann ich jetzt für Deine Ruhe nicht thun, liebes, geliebtes Mädchen.

Abends um 8 Uhr.

Ich habe den übrigen Theil des heutigen Tages dazu angewendet, einige Merkwürdigkeiten von Dreßden zu sehen, und will Dir, was ich sah und dachte und fühlte, mittheilen.

Dreßden hat enge Straßen, meistens 5 bis 6 Stock hohe Häuser, viel Leben und Thätigkeit, wenig Pracht und Geschmack. Die Elbbrücke ist ganz von Stein, aber nicht prächtig. Auf dem Zwinger (dem kurfürstl. Garten) findet man Pracht, aber ohne Geschmack. Das kurfürstliche Schloß selbst kann man kaum finden, so alt und russig sieht es aus.

Wir giengen in die berühmte Bildergallerie. Aber wenn man nicht genau vorbereitet ist, so gafft man so etwas an, wie Kinder eine Puppe. Eigentlich habe ich daraus nicht mehr gelernt, als daß hier viel zu lernen sei.

Wir hatten den Nachmittag frei, und die Wahl, das grüne Gewölbe, Pilnitz, oder Tharandt zu sehen. In der Wahl zwischen Antiquität, Kunst und Natur wählten wir das Letztere und sind nicht unzufrieden mit unsrer Wahl.

Der Weg nach Tharandt geht durch den schönen plauenschen Grund. Man fährt an der Weißritz entlang, die dem Reisenden entgegen rauscht. Mehr Abwechselung wird man selten in einem Thale finden. Die Schlucht ist bald eng, bald breit, bald steil, bald flach, bald felsig, bald grün, bald ganz roh, bald auf das Fruchtbarste bebaut. So hat man das Ende der Fahrt erreicht, ehe man es wünscht. Aber man findet doch hier noch etwas Schöneres, als man es auf diesem ganzen Wege sah.

Man steigt auf einen Felsen nach der Ruine einer alten Ritterburg. Es war ein unglückseeliger Einfall, die herabgefallenen Steine weg zu schaffen und den Pfad dahin zu bahnen. Dadurch hat das Ganze aufgehört eine Antiquität zu sein. Man will sich den Genuß erkaufen, »wär's auch mit einem Tropfen Schweißes nur.« Du bist mir noch einmal so lieb geworden, seitdem ich um Deinetwillen reise.

Aber die Natur hat zuviel gethan, um mißvergnügt diesen Platz zu verlassen. Welch' eine Fülle von Schönheit! Wahrlich, es war ein natürlicher Einfall, sich hier ein Haus zu bauen, denn ein schönerer Platz läßt sich schwerlich denken. Mitten im engen Gebirge hat man die Aussicht in drei reizende Thäler. Wo sie sich kreuzen, steht ein Fels, auf ihm die alte Ruine. Von hier aus übersieht man das Ganze. An seinem Fuße, wie an den Felsen geklebt, hangen zerstreut die Häuser von Tharandt. Wasser sieht man in jedem Thale, grüne Ufer, waldige Hügel. Aber das schönste Thal ist das südwestliche. Da schäumt die Weißritz heran, durch schroffe Felsen, die Tannen und Birken tragen, schön gruppirt wie Federn auf den Köpfen der Mädchen. Dicht unter der Ruine bildet sie selbst ein natürliches Bassin, und wirft das verkehrte Bild der Gegend malerisch schön zurück.

Bei der Rückfahrt sah ich Dreßden in der Ferne. Es liegt, vielthürmig, von der Elbe getheilt, in einem weiten Kessel von Bergen. Der Kessel ist fast zu weit. Unzählige Mengen von Häusern liegen so weit man sieht umher, wie vom Himmel herabgestreut. Die Stadt selbst sieht aus, als wenn sie von den Bergen herab zusammengekollert wäre. Wäre das Thal enger, so würde dies Alles mehr concentrirt sein. Doch auch so ist es reizend.

Gute Nacht, liebes Mädchen. Es ist 10 Uhr, morgen früh muß ich Dir noch mehr schreiben und also früh aufstehen. Gute Nacht.

d. 4t Septmbr, Morgends 5 Uhr.

Guten Morgen, Minchen. Ich bin gestern bei meiner Erzählung zu rasch über manchen interessanten Gegenstand hinweggegangen und ich will das heute noch nachholen.

In der Mitte des plauenschen Grundes krümmt sich das Thal und bildet da einen tiefen Einschnitt. Die Weißritz stürtzt sich gegen die Wand eines vorspringenden Felsens und will ihn gleichsam durchbohren. Aber der Felsen ist stärker, wankt nicht, und beugt ihren stürmischen Lauf.

Da hangt an dem Einschnitt des Thales, zwischen Felsen und Strom, ein Haus, eng und einfältig gebaut, wie für einen Weisen. Der hintere Felsen giebt dem Örtchen Sicherheit, Schatten winken ihm die überhangenden Zweige zu, Kühlung führt ihm die Welle der Weißritz entgegen. Höher hinauf in das Thal ist die Aussicht schauerlich, tiefer hinab in die Ebene von Dreßden heiter. Die Weißritz trennt die Welt von diesem Örtchen und nur ein schmaler Steg führt in seinen Eingang. – Eng sagte ich, wäre das Häuschen? Ja freilich, für Assembleen und Redouten. Aber für 2 Menschen und die Liebe weit genug, weit hinlänglich genug.

Ich verlor mich in meinen Träumereien. Ich sah mir das Zimmer aus, wo ich wohnen würde, ein anderes, wo Jemand Anderes wohnen würde, ein drittes, wo wir beide wohnen würden. Ich sah eine Mutter auf der Treppe sitzen, ein Kind schlummernd an ihrem Busen. Im Hintergrunde kletterten Knaben an dem Felsen, und sprangen von Stein zu Stein, und jauchzten laut –

In dem reizenden Thale von Tharandt war ich unbeschreiblich bewegt. Ich wünschte recht mit Innigkeit Dich bei mir zu sehen. Solche Thäler, eng und heimlich, sind das wahre Vaterland der Liebe. Da würden wir Freuden genossen haben, höhere noch als in der Gartenlaube. Und wie herrlich müßte einmal ein kurzes Leben in der idealischen Natur auf Deine Seele wirken. Denn tiefe Eindrücke macht der Anblick der erhabenen edlern Schöpfung auf weiche, empfängliche Herzen. Die Natur würde gewiß das Gefühl und den Gedanken in Dir erwecken; ich würde ihn zu entwickeln suchen und selbst neue Gedanken und Gefühle bilden. – O, einst müssen wir einmal *beide* eine schöne Gegend besuchen. Denn da erwarten uns ganz neue Freuden, die wir noch gar nicht kennen.

So erinnert mich fast jeder Gegenstand durch eine entfernte oder nahe Beziehung an Dich, mein liebes, geliebtes Mädchen. Und wenn mein Geist sich einmal in einer wissenschaftlichen Folgereihe von Gedanken von Dir entfernt, so führt mich ein Blick auf Deinen Tobacksbeutel, der immer an dem Knopfe meiner Weste hangt, oder auf Deine Handschuh, die ich selten ausziehe, oder auf das blaue Band, das Du mir um den linken Arm gewunden hat, und das immer noch, unaufgelöst, wie das Band unserer Liebe, verknüpft ist, wieder zu Dir zurück.

Abgeschickt	Empfangen.
den 1^{t} Brief aus Berlin	Zwei Briefe, nur zwei,
2 ——— Pasewalk	aber zwei herrliche, die ich
3 ——— Berlin	mehr als einmal durchgele-
4 ——— Berlin	sen habe. Wann werde ich
5 ——— Leipzig	wieder etwas von Deiner
und diesen aus Dreßden.	Hand sehen?

Wegen der nun folgenden Instruction will ich mich kurz fassen. Ich habe Ulriken das Nöthige hierüber geschrieben und sie gebeten Dir ihren Brief mitzutheilen. Mache Du es mit Deinen Briefen, wie sie es mit dem Gelde machen soll. Schreibe gleich nach Würzburg in Franken. Sei ruhig. Lebe wohl. Morgen schreibe ich Dir wieder. In 5 Minuten reise ich von hier ab.

Dein treuer Freund Heinrich.

(Diese Correspondenz wird Dir vieles Geld kosten. Ich werde das ändern, so viel es möglich ist. Was es Dir doch kostet, werde ich Dir schon einst ersetzen.)

18. An Wilhelmine von Zenge

Oderan im Erzgebirge, d. 4^t Septbr. 1800, Abends 9 Uhr ⟨und Chemnitz, Lungwitz, Zwickau, Reichenbach, 5. September⟩.

So heißt der Ort, der mich für diese Nacht empfängt. Er ist zwar von Dir nicht gekannt, aber er sorgt doch für Deine Wünsche wir für einen alten Freund. Denn er bietet mir ein Stübchen an, ganz wie das Deinige in Frankfurt; und ich werde nicht einschlafen, ohne tausendmal an Dich gedacht zu haben.

Unsere Reise gieng von Dreßden aus süd-westlich, immer an dem Fuße des Erzgebirges entlang, über Freiberg nach Oderan. Die ganze Gegend sieht aus wie ein bewegtes Meer von Erde. Das sind nichts als Wogen, immer die eine kühner als die andern. Doch sahen wir noch nichts von dem eigentlichen Hochgebirge. Bei Freiberg giengen wir wieder über denselben Strom, den wir schon bei Nossen auf der Reise nach Dreßden passirt waren; welches aber nicht die Mulde ist. In dem Thale dieses Flusses liegt das Bergwerk. Wir sahen es von Weitem liegen und mich drängte die Begierde, es zu sehen. Aber mein Ziel trat mir vor Augen, und in einer halben Stunde hatte ich Freiberg schon wieder im Rücken.

Hier bin ich nun 6 Meilen von Dreßden. Brokes

wünscht hier zu übernachten, aus Gründen, die ich Dir in der Folge mittheilen werde. Ich benutze noch die erste Viertelstunde, um Dir an einem Tage auch noch den zweiten Brief zu schreiben. Mein letzter Brief aus Dreßden ist auch vom 4^t, von heute. Du sollst an Nachrichten von mir nicht Mangel haben. Aber diese Absicht ist nun erfüllt, und eigentlich bin ich herzlich müde. Also gute Nacht, liebes Mädchen. Morgen schreibe ich mehr.

Kemnitz, d. 5^t Septmbr, Morgends 8 Uhr.

Wie doch zwei Kräfte immer in dem Menschen sich streiten! Immer weiter von Dir führt mich die eine, die Pflicht, und die andere, die Neigung, strebt immer wieder zu Dir zurück. Aber die höhere Macht soll siegen, und sie wird es. Laß mich nur ruhig meinem Ziele entgegen gehen, Wilhelmine. Ich wandle auf einem guten Wege, das fühle ich an meinem heitern Selbstbewußtsein, an der Zufriedenheit, die mir das Innere durchwärmt. Wie würde ich sonst mit solcher Zuversicht zu Dir sprechen? Wie würde ich sonst Dich noch mit inniger Freude die meinige nennen können? Wie würde ich die schöne Natur, die jetzt mich umgiebt, so froh und ruhig genießen können? Ja, liebes Mädchen, das letzte ist entscheidend. Einsamkeit in der offnen Natur, das ist der Prüfstein des Gewissens. In Gesellschaften, auf den Straßen, in dem Schauspiele mag es schweigen, denn da wirken die Gegenstände nur auf den Verstand und bei ihnen braucht man kein Herz. Aber wenn man die weite, edlere, erhabenere Schöpfung vor sich sieht, – ja da braucht man ein Herz, da regt es sich unter der Brust und klopft an das Gewissen. Der erste Blick flog in die weite Natur, der zweite schlüpft heimlich in unser innerstes Bewußtsein. Finden wir uns selbst häßlich, uns allein in diesem Ideale von Schönheit, ja dann ist es vorbei mit der Ruhe, und weg ist Freude und Genuß. Da drückt es uns die Brust zusammen, wir können das Hohe und Göttliche nicht fassen, und wandeln stumpf und sinnlos wie Sclaven durch die Palläste ihrer Herren. Da ängstigt uns die Stille der Wälder, da schreckt uns das Geschwätz der Quelle, uns ist die Gegenwart Gottes zur Last, wir stürzen uns in das Gewühl der Menschen um uns selbst unter der Menge zu verlieren, und wünschen uns nie, nie wiederzufinden.

Wie froh bin ich, daß doch wenigstens ein Mensch in der Welt ist, der mich ganz versteht. Ohne Brokes würde mir vielleicht Heiterkeit, vielleicht selbst Kraft zu meinem Unternehmen fehlen. Denn ganz auf sein Selbstbewußtsein zurückgewiesen zu sein, nirgends ein Paar Augen finden, die uns Beifall zuwinken – und doch recht thun, das soll freilich, sagt man, die Tugend der Helden sein. Aber wer weiß ob Christus am Kreuze gethan haben würde, was er that, wenn nicht aus dem Kreise wüthender Verfolger seine Mutter und seine Jünger feuchte Blicke des Entzückens auf ihn geworfen hätten.

Die Post ist vor der Thüre, Adieu. Ich nehme diesen Brief noch mit mir. Er kömmt zwar immer weiter von Dir ab und später wirst Du ihn nun erhalten. Aber das Porto ist theuer, und wir beide müssen für ganzes Geld auch das ganze Vergnügen genießen.

Noch einen Gedanken – –. Warum, wirst Du sagen, warum spreche ich so geheimnißreiche Gedanken halb aus, die ich doch nicht ganz sagen will? Warum rede ich von Dingen, die Du nicht verstehn kannst und sollst? Liebes Mädchen, ich will es Dir sagen. Wenn ich so etwas schreibe, so denke ich mich immer zwei Monate älter. Wenn wir dann einmal, in der Gartenlaube, einsam, diese Briefe durchblättern werden, und ich Dir solche dunkeln Äußerungen erklären werde, und Du mit dem Ausruf des Erstaunens: ja so, so war das gemeint – –

Adieu. Der Postillion bläst.

Lungwitz, um ½11 Uhr.

O welch' ein herrliches Geschenk des Himmels ist ein schönes Vaterland! Wir sind durch ein einziges Thal gefahren, romantisch schön. Da ist Dorf an Dorf, Garten an Garten, herrlich bewässert, schöne Gruppen von Bäumen an den Ufern, Alles wie eine englische Anlage. Jeder Bauerhof ist eine Landschaft. Reinlichkeit und Wohlstand blickt aus Allem hervor. Man sieht aus dem Ganzen, daß auch der Knecht und die Magd hier das Leben genießen. Frohsinn und Wohlwollen spricht uns aus jedem Auge an. Die Mädchen sind zum Theil höchst interessant gebildet. Das findet man meistens in allen Gebirgen. Wahrlich, wenn ich Dich nicht hätte, und reich wäre, ich sagte à dieu à toutes les beautés des villes. Ich durchreisete die Gebirge, besonders die dunkeln Thäler, spräche ein von Haus zu Haus, und wo ich ein blaues Auge unter dunkeln Augenwimpern, oder bräunliche Locken auf dem weißen Nacken fände, da wohnte ich ein Weilchen und sähe zu ob das Mädchen auch im Innern so schön sei, wie von außen. Wäre das, und wäre auch nur ein Fünkchen von Seele in ihr, ich nähme sie mit mir, sie auszubilden nach meinem Sinn. Denn das ist nun einmal mein Bedürfniß; und wäre ein Mädchen auch noch so vollkommen, ist sie *fertig*, so ist es nichts für mich. Ich selbst muß es mir formen und ausbilden, sonst fürchte ich, geht es mir, wie mit dem Mundstück an meiner Clarinette. Die kann man zu Dutzenden auf der Messe kaufen, aber wenn man sie braucht, so ist kein Ton rein. Da gab mir einst der Musicus Baer in Potsdam ein Stück, mit der Versicherung, das sei gut, *er* könne gut darauf spielen. Ja, er, das glaub' ich. Aber *mir* gab es lauter falsche quickende Töne an. Da schnitt ich mir von einem gesunden Rohre ein Stück ab, formte es nach meinen Lippen, schabte und kratzte mit dem Messer bis es in jeden Einschnitt meines Mundes paßte – – und das gieng herrlich. Ich spielte nach Herzenslust. –

Zuweilen bin ich auf Augenblicke ganz vergnügt. Wenn ich so im offnen Wagen sitze, der Mantel gut geordnet, die Pfeife brennend, neben mir Brockes, tüchtige Pferde, guter Weg, und immer rechts und links die Erscheinungen wechseln, wie Bilder auf dem Tuche bei dem Guckkasten – und vor mir das schöne Ziel, und hinter mir das liebe Mädchen – – und in mir Zufriedenheit – dann, ja dann bin ich froh, recht herzlich froh.

Wenn Du einmal könntest so neben mir sitzen, zur Linken, Arm an Arm, Hand in Hand, immer Gedanken wechselnd und Gefühle, bald mit den Lippen, bald mit den Fingern – ja das würden schöne, süße herrliche Tage sein.

Was das Reisen hier schnell geht, das glaubst Du gar nicht. Oder ist es die Zeit, die so schnell verstreicht? Fünf Uhr war es als wir von Oderan abfuhren, jetzt ist es ½11, also in 5½ Stunde 4 Meilen. Jetzt geht es gleich weiter nach Zwickau. Wir fliegen wie die Vögel über die Länder. Aber dafür lernen wir auch nicht viel. Einige flüchtige Gedanken sind die ganze Ausbeute unsrer Reise.

Sind Sie in Dreßden gewesen? – »Ja, durchgereist.« – Haben Sie das grüne Gewölbe gesehen? – »Nein« – das Schloß? – »Von außen.« – Königsstein? – »Von weitem« – Pillnitz, Moritzburg? – »Gar nicht.« – Mein Gott, wie ist das möglich? – Möglich? Mein Freund, das war nothwendig.

Weil wir eben von Dreßden sprechen – da habe ich Dir einige Ansichten dieser Gegend mitgeschickt. So kannst Du Dir deutlicher denken, wo Dein Freund war. Bei Dreßden, rechts, der grüne Vordergrund, das ist der Zwinger. Nein – Eigentlich der Thurm, an den der grüne Berg und die grüne Allee stößt, das ist der Zwinger, d. h. der kurfürstliche Garten. Auf diesem grünen Berge stand ich und sah über die Elbbrücke. – Das Stück von Tharandt ist schlecht. Tausendmal schöner hat es die Natur gebildet, als dieser Pfuscher von Künstler. Übrigens kann es doch meine Beschreibung davon erklären. Der höchste Berg in der

Mitte, wo die schönsten Sträucher stehen, da stand ich. Die Aussicht über den See ist die schönste. Die andern beiden sind hier versteckt. – Das dritte Stück: die Halsbrücke zu Freiberg kaufte ich ebenfalls zu Dreßden in Hofnung sie in natura zu sehen. Aber daraus ward nichts, nicht einmal von weitem.

Adieu, in der nächsten Station noch ein Wort, und dann wird der Brief zugesiegelt und abgeschickt.

Zwickau, 3 Uhr Nachmittags.

Jetzt habe ich das Schönste auf meiner ganzen bisherigen Reise gesehen, und ich will es Dir beschreiben.

Es war das Schloß Lichtenstein. Wir sahen von einem hohen Berge herab, rechts und links dunkle Tannen, ganz wie ein gewählter Vordergrund; zwischen durch eine Gegend, ganz wie ein geschloßnes Gemälde. In der Tiefe lag zur Rechten am Wasser das Gebirgsstädtchen; hinter ihm, ebenfalls zur Rechten, auf der Hälfte eines ganz buschigten Felsens, das alte Schloß Lichtenstein; hinter diesem, immer noch zur rechten ein höchster Felsen, auf welchem ein Tempel steht. Aber zur Linken öffnet sich ein weites Feld, wie ein Teppich, von Dörfern, Gärten und Wäldern gewebt. Ganz im Hintergrunde ahndet das Auge blasse Gebirge und drüber hin, über die höchste matteste Linie der Berge, schimmert der bläuliche Himmel, der Himmel im Norden, der Himmel von Frankfurt, der Himmel, der mein liebes Minchen beleuchtet, und beschützen möge, bis ich es einst wieder in meine Arme drücke.

Ja, mein liebes Mädchen, das ist ein ganz andrer Styl von Gegend, als man in unserm traurigen märkischen Vaterlande sieht. Zwar ist das Thal, das die Oder ausspült, besonders bei Frankfurt sehr reizend. Aber das ist doch nur ein bloßes Miniatür-Gemälde. Hier sieht man die Natur gleichsam in Lebensgröße. Jenes ist gleichsam wie die Gelegenheitsstücke großer Künstler, flüchtig gezeichnet, nicht ohne meisterhafte Züge, aber ohne Vollendung; dieses hingegen ist ein Stück, mit Begeisterung gedichtet, mit Fleiß und Genie auf das Tableau geworfen, und aufgestellt vor der Welt mit der Zuversicht auf Bewunderung.

Dabei ist Alles fruchtbar, selbst die höchsten Spitzen bebaut, und oft bis an die Hälfte des Berges, wie in der Schweiz, laufen saftgrüne Wiesen hinan. –

Aber nun muß ich den Brief zusiegeln. Adieu. Schreibe mir doch ob Vater und Mutter nicht nach mir gefragt haben; und in welcher Art. Aber sei ganz aufrichtig. Ich werde ihnen flüchtige Gedanken, die natürlich sind, nicht verdenken. Aber bleibe Du standhaft, und verlasse Dich darauf, daß ich diesmal besser für Dich, und also für Deine Eltern sorge, als je in meinem Leben.

Adieu – Oder soll ich Dir noch einmal schreiben von der nächsten Station? Soll ich? – Es ist 3 Uhr, um 6 sind wir in Reichenbach – ja es sei. – Aber für diesen Brief, für dieses Kunststück einen 8 Seiten langen Brief mitten auf einer ununterbrochnen Extra-Post-Reise zu schreiben, dafür, sage ich, mußt Du mir auch bei der Rückkehr entweder – einen Kuß geben, oder mir ein neues Band in den Tobacksbeutel ziehen. Denn das alte ist abgerissen.

Aber nun will ich auch einmal etwas essen. Adieu. In Reichenbach mehr. –

Geschwind noch ein Paar Worte. Der Postillion ist faul und langsam, ich bin fleißig und schnell. Das ist natürlich, denn er arbeitet für Geld, und ich für den Lohn der Liebe.

Aber geschwind – Ich bin in die sogenannte große Kirche gewesen, hier in Zwickau. Da giebt es Manches zu sehen. Zuerst ist der Eindruck des Innern angenehm und erhebend. Ein weites Gewölbe wird von wenigen und doch schlanken Pfeilern getragen. Wir sehen es gern, wenn mit geringen Kräften ausgewirkt wird, was große zu erfordern scheint. Ferner war zu sehn ein Stück von Lucas Cranach, mit Meisterzügen, aber ohne Plan und Ordnung, wie die durchlöcherten und gefärbten Stücke, die an den Thüren der Bauern, Soldaten und Bedienten hangen; doch das kennst Du nicht. Ferner war zu sehn, ein Model des heiligen Grabes zu Jerusalem aus Holz geschnitzt & &

Dabei fällt mir eine Kirche ein, die ich Dir noch nicht beschrieben habe; die Nickolskirche zu Leipzig. Sie ist im Äußern, wie die Religion, die in ihr gepredigt wird, antik, im Innern nach dem modernsten Geschmack ausgebaut. Aus der Kühnheit der äußeren Wölbungen sprach uns der Götze der abendtheuerlichen Gothen zu; aus der edeln Simplicität des Innern wehte uns der Geist der verfeinerten Griechen an. Schade daß ein – – – ich hätte beinah etwas gesagt, was die Priester übelnehmen. Aber das weiß ich, daß die edeln Gestalten der leblosen Steine wärmer zu meinem Herzen sprachen, als der hochgelehrte Priester auf seiner Kanzel.

Reichenbach, Abends 8 Uhr.

Nur zwei Dinge mögte ich gewiß wissen, dann wollte ich mich leichter, über den Mangel aller Nachrichten von Dir trösten: erstens ob Du lebst, zweitens, ob Du mich liebst. Oder nur das Erste; denn dies, hoffe ich, schließt bei Dir, wie bei mir, das Andere ein. Aber am Liebsten fast mögte ich wissen, ob Du ganz ruhig bist. Wenn Du nur damals an jenem Abend in der Gartenlaube nicht geweint hättest, als ich Dir einen doppelsinnigen Gedanken mittheilte, von dem Du gleich den übelsten Sinn auffaßtest. Aber Du versprachst mir Besserung, und wirst Dein Wort halten und vernünftig sein. Wie sollte es Dich einst reuen, Wilhelmine, wenn Du mit Beschämung, vielleicht in Kurzem, einsähest, Deinem redlichsten Freunde mißtraut zu haben. Und wie wird es Dich dagegen mit innigem Entzücken erfüllen, wenn Du in wenigen Wochen, den Freund, dem Du Alles vertrautest, und der Dich in nichts betrog, in die Arme schließen kannst.

Adieu, liebes Mädchen, jetzt schließe ich den Brief. In der nächsten Station fange ich einen andern Brief an. Es werden doch Zwischenräume von Tagen sein, ehe Du den folgenden Brief empfängst. Vielleicht empfängst Du sie auch alle auf einmal. – Aber was ich in der Nacht denken werde weiß ich nicht, denn es ist finster, und der Mond verhüllt. – Ich werde ein Gedicht machen. Und worauf? – Da fielen mir heute die Nadeln ins Auge, die ich einst in der Gartenlaube aufsuchte. Unaufhörlich lagen sie mir im Sinn. Ich werde in dieser Nacht ein Gedicht auf oder an eine Nadel machen. Adieu. Schlafe wohl, ich wache für Dich. H. K.

N. S. So eben höre ich, daß der Waffenstillstand zwischen Kaiserlichen und Franzosen morgen, d. 6t aufhört. Wir reisen grade den Franzosen entgegen, und da wird es was Neues zu sehen geben. Wenn nur die Briefe nicht gehindert werden! Aber Briefe an Damen – die Franzosen sind artig – ich hoffe das Beßte. Fürchte nichts für mich.

19. An Wilhelmine von Zenge

⟨Würzburg, 9. oder 10. September 1800.⟩

[. . .]

Werde ich nicht bald einen Brief von Dir erhalten? meine liebe, theure, einzige Freundin! – Wenn Du in so langer Zeit krank geworden sein solltest – wenn Du vielleicht gar nicht mehr wärst – o Gott! dann wären alle Opfer, alle Bemühungen dieser Reise umsonst! Denn Liebe bedarf ich – und wo würde ich so viele Liebe wiederfinden? Für Dich that ich, was ich nie für einen Menschen that. – Du würdest mich inniger, treuer, zärtlicher, dankbarer, als irgend ein Mädchen geliebt haben. – Schreibe bald. Täglich besuche ich die Post. Bald muß ich Nachricht von Dir erhalten, oder meine so lange erhaltne Ruhe wankt. – Schreibe mir nur immer nach Würzburg. Ich bleibe hier bis ich von Dir Nachricht erhalten habe, ich könnte sonst nicht ruhig weiter reisen. Vielleicht, ja wahrscheinlich reise ich auch gar nicht weiter. Adieu.

20. An Wilhelmine von Zenge

Würzburg, d. 11t ⟨und 12.⟩ Septmbr 1800.

Mein liebstes Herzensmädchen, o wenn ich Dir sagen dürfte, wie vergnügt ich bin – Doch das darf ich nicht. Sei Du auch vergnügt. Aber laß uns davon abbrechen. Bald, bald mehr davon.

Ich will Dir von etwas Anderm vorplaudern.

Zuerst von dieser Stadt. Auch diese liegt ganz im Grunde, an einer Krümmung des Mains, von kahlen Höhen eingeschlossen, denen das Laub ganz fehlt und die von nichts grün schimmern, als von dem kurzen Weinstock. Beide Ufer des Mains sind mit Häusern bebaut. Numr. 1. in dem beigefügten – Gekrizel (denn Zeichnung kann man es nicht nennen) ist die Stadt auf dem rechten Mainufer, und wir kamen von dieser Seite, von dem Berge a herab in die Stadt. Numr. 2. ist die Stadt auf dem linken Mainufer, das sogenannte Mainviertel mit der Citadelle. Das Ganze hat ein ächt katholisches Ansehn. Neun und dreißig Thürme zeigen an, daß hier ein Bischoff wohne, wie ehemals die ägyptischen Pyramiden, daß hier ein König begraben sei. Die ganze Stadt wimmelt von Heiligen, Aposteln und Engeln, und wenn man durch die Straßen geht, so glaubt man, man wandle durch den Himmel der Christen. Aber die Täuschung dauert nicht lang. Denn Heere von Pfaffen und Mönchen, buntscheckig montirt, wie die Reichstruppen, laufen uns unaufhörlich entgegen und erinnern uns an die gemeinste Erde.

Den Lauf der Straßen hat der regelloseste Zufall gebildet. In dieser Hinsicht unterscheidet sich Würzburg durch nichts, von der Anlage des gemeinsten Dorfes. Da hat sich Jeder angebaut, wo es ihm grade gefiel, ohne eben auf den Nachbar viele Rücksicht zu nehmen. Daher findet man nichts als eine Zusammenstellung vieler einzelnen Häuser, und vermißt die Idee eines Ganzen, die Existenz eines allgemeinen Interesses. Oft ehe man es sich versieht ist man in ein Labyrinth von Gebäuden gerathen, wo man sich den Faden der Ariadne wünschen muß, um sich heraus zu finden. Das Alles könnte man der grauen Vorzeit noch verzeihen; aber wenn heut zu Tage ganz an der Stelle der alten Häuser neue gebaut werden, so daß also auch die Idee, die Stadt zu ordnen, nicht vorhanden ist, so heißt das ein Versehen verewigen.

Das bischöfliche Residenzschloß zeichnet sich unter den Häusern aus. Es ist lang und hoch. Schön kann man es wohl nicht nennen. Der Platz vor demselben ist heiter und angenehm. Er ist von beiden Seiten durch eine Colonnade eingeschlossen, deren jede ein Obelisk ziert. – Die übrigen Häuser befriedigen bloß die gemeinsten Bedürfnisse. Nur zuweilen hebt ⟨sich⟩ über niedrige Dächer eine Kuppel, oder ein Kloster oder das höhere Dach eines Domherrn empor.

Keine der hiesigen Kirchen haben wir so schön gefunden, als die Kirche zu Eberach, die ich Dir in meinem vorigen Briefe beschrieb. Selbst der Dom ist nicht so geschmackvoll und nicht so prächtig. Aber alle diese Kirchen sind von früh Morgends bis spät Abends besucht. Das Läuten dauert unaufhörlich fort. Es ist als ob die Glocken sich selbst zu Grabe läuteten, denn wer weiß, ob die Franzosen sie nicht bald einschmelzen. Messen und Hora wechseln immer miteinander ab, und die Perlen der Rosenkränze sind in ewiger Bewegung. Denn es gilt die Rettung der Stadt, und da die Franzosen für ihren Untergang beten, so kommt es darauf an, wer am meisten betet.

Ich, mein liebes Kind, habe Ablaß auf 200 Tage. In einem Kloster auf dem Berge 2 bei b, hinter dem Citadel, lag vor einem wunderthätigen Marienbilde ein gedrucktes Gebet, mit der Ankündigung, daß wer es mit Andacht läse, diesen Ablaß haben sollte. Gelesen habe ich es; doch da es nicht mit der gehörigen Andacht geschah, so werde ich mich doch wohl vor Sünden hüten, und nach wie vor thun müssen, was Recht ist.

Wenn man in eine solche katholische Kirche trit, und das

weitgebogene Gewölbe sieht, und diese Altäre und diese Gemälde – und diese versammelte Menschenmenge mit ihren Gebährden – wenn man diesen ganzen Zusammenfluß von Veranstaltungen, sinnend, betrachtet, so kann man gar nicht begreifen, wohin das Alles führen solle. Bei uns erweckt doch die Rede des Priesters, oder ein Gellertsches Lied manchen herzerhebenden Gedanken; aber das ist hier bei dem Murmeln des Pfaffen, das niemand hört, und selbst niemand verstehen würde, wenn man es auch hörte, weil es lateinisch ist, nicht möglich. Ich bin überzeugt, daß alle diese Präparate nicht einen einzigen vernünftigen Gedanken erwecken.

Überhaupt, dünkt mich, alle Ceremonien ersticken das Gefühl. Sie beschäfftigen unsern Verstand, aber das Herz bleibt todt. Die bloße Absicht, es zu erwärmen, ist, wenn sie sichtbar wird, hinreichend, es ganz zu erkalten. Mir wenigstens erfüllt eine Todeskälte das Herz, sobald ich weiß, daß man auf mein Gefühl gerechnet hat.

Daher mißglücken auch meist alle Vergnügungen, zu welchen große Anstalten nöthig sind. Wie oft treten wir in Gesellschaften, in den Tanzsaal, ohne mehr zu finden, als die bloße Anstalt zur Freude, und treffen dagegen die Freude selbst oft da an, wo wir sie am Wenigsten erwarteten.

Daher werde ich auch den schönsten Tag, den ich vor mir sehe, nicht nach der Weise der Menschen, sondern nach meiner Art zu feiern wissen.

Ich kehre zu meinem Gegenstande zurück. – Wenn die wunderthätigen Marienbilder einigermaßen ihre Schuldigkeit thun, so muß in Kurzem kein Franzose mehr leben. Wirksam sind sie, das merkt man an den wächsernen Kindern, Beinen, Armen, Fingern & & die um das Bild gehängt sind; die Zeichen der Wünsche, welche die heilige Mutter Gottes erfüllt hat. – In Kurzem wird hier eine Procession sein, zur Niederschlagung der Feinde, und, wie es heißt, »zur Ausrottung aller Ketzer«. Also auch zu Deiner und meiner Ausrottung –

Ich wende mich jetzt zu einer vernünftigen Anstalt, die ich mit mehrerem Vergnügen besucht habe, als diese Klöster und Kirchen.

Da hat ein Mönch die Zeit, die ihm Hora und Messe übrig ließen, zur Verfertigung eines seltnen Naturalien-Cabinets angewendet. Ich weiß nicht gewiß, ob es ein Benedictiner-Mönch ist, aber ich schließe es aus dieser nützlichen Anwendung seiner Zeit, indem die Mönche dieses Ordens immer die fleißigsten und arbeitsamsten gewesen sind.

Er ist Professor bei der hiesigen Universität und heißt *Blank*. Er hat, mit Unterstützung des jetzigen Fürstbischofs, eines Herrn von *Fechenbach*, eine sehenswürdige Gallerie von Vögeln und Moosen in dem hiesigen Schlosse aufgestellt. Das Gefieder der Vögel ist, *ohne die Haut*, auf Pergament geklebt, und so vor der Nachstellung der Insecten ganz gesichert. – Verzeihe mir diese Umständlichkeit. Ich denke einst diese Papiere für mich zu nützen.

Schon der bloße Apparat ist sehenswürdig und erfordert einen fast beispiellosen Fleiß. Da sind in vielen Gläsern, in besondern Fächern und Schränken, Gefieder aller Art, Häute, Holzspäne, Blätter, Moose, Saamenstaub, Spinngewebe, Schilfe, Wolle, Schmetterlingsflügel & & in der größten Ordnung aufgestellt.

Aber dieser Vorrath von bunten Materialien hat den Mann auf eine Spielerei geführt. Er ist weiter gegangen, als bloß seine nützliche Gallerie von Vögeln und Moosen zu vervollkommnen. Er hat mit allen diesen Materialien, ohne weiter irgend eine Farbe zu gebrauchen, *gemahlt*, Landschaften, Blumenbouquets, Menschen & & oft täuschend ähnlich, das Wasser mit Wolle, das Laub mit Moose, die Erde mit Saamenstaub, den Himmel mit Spinngewebe, und immer mit der genausten Abwechselung des Lichtes und des Schattens. – Die beßten von allen diesen Stücken waren aber, aus Furcht vor den Franzosen, weggeschickt. –

† Ich werde Dir in der Folge sagen, was das bedeutet.

d. 12t Septmbr.

Was Dir das hier für ein Leben auf den Straßen ist, aus Furcht vor den Franzosen, das ist unbeschreiblich. Bald Flüchtende, bald Pfaffen, bald Reichstruppen, das läuft alles buntscheckig durcheinander, und fragt und antwortet, und erzählt Neuigkeiten, die in 2 Stunden für falsch erklärt.

Der hiesige Commendant, General D'Allaglio, soll wirklich im Ernst diese Vestung behaupten wollen. Aber sei ruhig. Es gilt bloß die Citadelle, nicht die Stadt. Auch diese ist zwar befestigt, aber sie liegt ganz in der Tiefe, ist ganz unhaltbar, und für sie, sagt man, sei schon eine Capitulation im Werke. Nach meiner Einsicht ist aber die Citadelle eben so unhaltbar. Sie ist nach der Befestigungskunst des Mittelalters erbaut, das heißt, schlecht. Es war eine unglückliche Idee hier eine Vestung anzulegen. Aber ursprünglich scheint es eine alte Burg zu sein, die nur nach und nach erweitert worden ist. Schon die Lage ist ganz unvortheilhaft, denn in der Nähe eines Flintenschusses liegt ein weit höherer Berg, der den Felsen der Citadelle ganz beherrscht. Man will sich indessen in die Casematten flüchten, und der Commendant soll geäußert haben, er wolle sich halten, bis ihm das Schnupftuch in der Tasche brennt. Wenn er klug ist, so zündet er es sich selbst an, und rettet so sein Wort und sein Leben. Indessen ist wirklich die Citadelle mit Proviant auf 3 Monate versehn. Auch soll viel Geschütz oben sein – doch das Alles s o l l nur sein, hinauf auf das Citadell darf keiner. Viele Schießscharten sind da, das ist wahr, aber das sind vielleicht bloße Metonymien.

Besonders des Abends auf der Brücke ist ein ewiges Laufen hinüber und herüber. Da stehn wir denn in einer Nische, Brokes und ich, und machen Glossen, und sehen es diesem oder jenem an, ob er seinen Wein in Sicherheit hat, ob er sich vor der Säcularisation fürchtet oder ob er den Franzosen freundlich ein Glas Wein vorsetzen wird. Die meisten, wenigstens von den Bürgern scheinen die letzte Partie ergreifen zu wollen. Das muß man ihnen aber abmerken, denn durch die Rede erfährt man von ihnen nichts. Du glaubst nicht, welche Stille in allen öffentlichen Häusern herrscht. Jeder kommt hin, um etwas zu erfahren, niemand, um etwas mitzutheilen. Es scheint als ob jeder erst abwarten wollte, wie man ihm kommt, um dann dem Andern eben so zu kommen. Aber das ist eben das Eigenthümliche der katholischen Städte. Da hängt man den Mantel, wie der Wind kommt.

So eben erfahre ich die gewisse Nachricht, daß der Waffenstillstand auf unbestimmte Zeit verlängert ist, also schließe ich diesen Brief, damit Du so frühe als möglich diese frohe Nachricht erhältst, die unsre Wünsche reifen soll. Adieu. Bleibe mir treu. Bald ein Mehreres. Dein Freund Heinrich.

21. An Wilhelmine von Zenge

Wirzburg, d. 13t ⟨–18.⟩ Septmbr, 1800.

Mädchen! Wie glücklich wirst Du sein! Und ich! Wie wirst Du an meinem Halse weinen, heiße innige Freudenthränen! Wie wirst Du mir mit Deiner ganzen Seele danken! – Doch still! Noch ist nichts ganz entschieden, aber – der Würfel liegt, und, wenn ich recht sehe, wenn nicht Alles mich täuscht, so stehen die Augen gut. Sei ruhig. In wenigen Tagen kommt ein froher Brief an Dich, ein Brief, Wilhelmine, der – – Doch ich soll ja nicht reden, und so will ich denn noch schweigen auf diese wenigen Tage. Nur diese gewisse Nachricht will ich Dir mittheilen: ich gehe von hier nicht weiter nach Straßburg, sondern bleibe in Wirzburg. Eher als Du glaubst, bin ich wieder bei Dir in Frankfurt. Küsse mich, Mädchen, denn ich verdiene es.

Laß uns thun, als ob wir nichts Interessanteres mit einander zu plaudern hätten, als fremdartige Dinge. Denn das, was mir die ganze Seele erfüllt, darf ich Dir nicht, jetzt noch nicht, mittheilen.

Also wieder etwas von dieser Stadt.

Eine der vortrefflichsten Anstalten, die je ein Mönch hervorbrachte, ist wohl das hiesige Julius-Hospital, vom Fürstbischof Julius, im 16t Jahrhundert gestiftet, von dem vorletzten Fürstbischof Ludwig um mehr als das Ganze erweitert, veredelt und verbessert. Das Stammgebäude schon ist ein Haus, wie ein Schloß; aber nun sind noch, in ähnlicher Form, Häuser hinzugebaut worden, so daß die vordere Façade 63 Fenster hat, und das Ganze ein geschloßnes Viereck bildet. Im innern Hofe ist ein großer Brunnen angelegt, hinten befindet sich ein vortrefflicher botanischer Garten, Badehäuser, ein anatomisches Theater und ein medicinisch-chirurgisches Auditorium.

Das Ganze ist ein Product der wärmsten Menschenliebe. Jedes Gebrechen giebt, wenn es ganz arm ist, ein Recht auf unbedingte kostfreie Aufnahme in diesem Hause. Die Wiederhergestellten und Geheilten müssen es wieder verlassen, die Unheilbaren und das graue Alter findet Nahrung, Kleidung und Obdach bis ans Ende des Lebens. Denn nur auf gänzliche Hülflosigkeit ist diese Anstalt berechnet, und wer noch auf irgend eine Art sich selbst helfen kann, der findet hier keinen Platz, weil er ihn einem Unglücklichern, Hülfsbedürftigern nehmen würde.

Dabei ist es besonders bemerkungswürdig und lobenswerth, daß die religiöse Toleranz, die nirgends in diesem ganzen Hochstift anzutreffen ist, grade hier in diesem Spital, wo sie so nöthig war, Platz gefunden hat, und daß jeder Unglückliche seine Zuflucht findet in dieser katholischen Anstalt, wäre es auch ein Protestant oder ein Jude.

Das Innere des Gebäudes soll sehr zweckmäßig eingerichtet ⟨sein⟩. Ordnung wenigstens und Plan habe ich darin gefunden. Da beherbergt jedes Gebäude eine eigne Art von Kranken, entweder die medicinische oder chirurgische, und jeder Flügel wieder ein eignes Geschlecht, die männlichen oder die weiblichen. Dann ist ein besonderes Haus für Unheilbare, eines für das schwache Alter, eines für die Epileptischen, eines für die Verrückten &. Der Garten steht jedem Gesitteten offen. Es wird in großen Sälen gespeiset. Eine recht geschmackvolle Kirche versammelt täglich die Frommen. Sogar die Verrückten haben da ihren vergitterten Platz.

Bei den Verrückten sahen wir manches Ekelhafte, manches Lächerliche, viel Unterrichtendes und Bemitleidenswerthes. Ein Paar Menschen lagen übereinander, wie Klötze, ganz unempfindlich, und man sollte fast zweifeln, ob sie Menschen zu nennen wären. Dagegen kam uns munter und lustig ein überstudierter Professor entgegen, und fieng an, uns auf lateinisch zu haranguiren, und fragte so schnell und flüchtig und sprach dabei ein so richtiges, zusammenhangendes Latein, daß wir im Ernste verlegen wurden um die Antwort, wie vor einem gescheuten Manne. In einer Celle saß, schwarz gekleidet, mit einem tiefsinnigen, höchst ernsten und düstern Blick, ein Mönch. Langsam schlug er die Augen auf uns, und es schien, als ob er unser Innerstes erwog. Dann fing er, mit einer schwachen, aber doch tönenden und das Herz zermalmenden Stimme an, uns vor der Freude zu warnen, und an das ewige Leben und an das heilige Gebet uns zu erinnern. Wir antworteten nicht. Er sprach in großen Pausen. Zuweilen blickte er uns wehmüthig an, als ob er uns doch für verloren hielte. Er hatte sich einst auf der Kanzel in einer Predigt versprochen und glaubte von dieser Zeit an, er habe das Wort Gottes verfälscht. Von diesem giengen wir zu einem Kaufmann, der aus Verdruß und Stolz verrückt geworden war, weil sein Vater das Adelsdiplom erhalten hatte, ohne daß es auf den Sohn forterbte. Aber am Schrecklichsten war der Anblick eines Wesens, den ein unnatürliches Laster wahnsinnig gemacht hatte – Ein 18jähriger Jüngling, der noch vor Kurzem blühend schön gewesen sein soll und noch Spuren davon an sich trug, hieng da über die unreinliche Öffnung, mit nackten, blassen, ausgedorrten Gliedern, mit eingesenkter Brust, kraftlos niederhangendem Haupte, – Eine Röthe, matt und geadert, wie eines Schwindsüchtigen war ihm über das todtenweiße Antlitz gehaucht, kraftlos fiel ihm das Augenlied auf das sterbende, erlöschende Auge, wenige saftlose Greisenhaare deckten das frühgebleichte Haupt, trocken, durstig, lechzend hieng ihm die Zunge über die blasse, eingeschrumpfte Lippe, eingewunden und eingenäht lagen ihm die Hände auf dem Rücken – er hatte nicht das Vermögen die Zunge zur Rede zu bewegen, kaum die Kraft den stechenden Athem zu schöpfen – nicht verrückt waren seine Gehirnsnerven aber matt, ganz entkräftet, nicht fähig seiner Seele zu gehorchen, sein ganzes Leben nichts als eine einzige, lähmende, ewige Ohnmacht – O lieber tausend Tode, als ein einziges Leben wie dieses! So schrecklich rächt die Natur den Frevel gegen ihren eignen Willen! O weg mit diesem fürchterlichem Bilde –

Nicht ohne Rührung und Ehrfurcht wandelt man durch die Hallen dieses weiten Gebäudes, wenn man alle diese großen, mühsamen, kostspieligen Anstalten betrachtet, wenn man die Opfer erwägt, die sie dem Stifter und den Unterhaltern kostet. Die bloße Erhaltung der ganzen Anstalt beträgt jährlich 60000 fl. Damit ist zugleich eine Art von chirurgischer Pepiniere verknüpft, so daß bei dem Hospital selbst die künftigen Ärzte desselben gebildet werden. Lehrer sind die praktischen Ärzte, wie Seybold, Brünningshausen &

Aber wenn man an den Nutzen denkt, den diese Anstalt bringt, wenn man fragt, ob mit so großen Aufopferungen auf einem minder in die Augen fallenden Wege nicht noch weit mehr auszurichten sein würde, so hört man auf, diese an sich treffliche Anstalt zu bewundern und fängt an, zu wünschen, daß das ganze Haus lieber gar nicht da sein mögte. Weit inniger greift man in das Interesse des hülflosen Kranken ein, wenn man ihn in seinem Hause, mit Heilung, Kleidung, Nahrung, oder statt der beiden letzten Dinge mit Geld unterstützt. Ihn erfreut doch der stolze Pallast und der königliche Garten nicht, der ihn immer an seine demüthigende Lage, an die Wohlthat, die er nie abtragen kann erinnert; aller dieser Anschein von Pracht wird schwerlich mehr, als den Kranken und sein Gefühl durch den bittern Contrast mit seinem Elende noch mehr drücken. Es liegt eine Art von Spott darin, erst ganz hilflos werden zu müssen um königlich zu wohnen – – Eigentlich weiß ich mich nicht recht auszudrücken. Aber ich bin gewiß, daß gute, stille, leidende Menschen weit lieber im Stillen Wohlthaten annehmen, als sie hier mit prahlerischer Publicität zu empfangen. Auch würde wirklich jedem Kranken leichter geholfen werden, als hier, wo bei dem Zusammenfluß so vieles Elendes Herz und Muth sinken. Besonders die Verrückten können in ihrer eignen Gesellschaft nie zu gesundem Verstande kommen. Dagegen würde dies gewiß bei vielen möglich sein, wenn mehrere vernünftige Leute, etwa die eigne Familie, unter der Leitung eines Arztes, sich bemühte den Unglücklichen zur Vernunft zurückzuführen. Man könnte einwerfen, daß dies Alles mehrere Kosten noch verursachen würde, aber man bedenke nur daß die bloße Einrichtung dieser Anstalt Millionen kostet, und daß dies Alles dann nicht nöthig wäre. – Indessen so viel ist freilich wahr, daß die ganze Wohlthat dann nicht so viel Ansehen hätte. Daß doch immer auch Schatten sich zeigt, wo Licht ist!

d. 14t Septmbr.

Nirgends kann man den Grad der Cultur einer Stadt und überhaupt den Geist ihres herrschenden Geschmacks schneller und doch zugleich richtiger kennen lernen, als – in den Lesebibliotheken.

Höre was ich darin fand, und ich werde Dir ferner nichts mehr über den Ton von Wirzburg zu sagen brauchen.

»Wir wünschen ein Paar gute Bücher zu haben« – Hier steht die Sammlung zu Befehl – »Etwa von Wieland« – Ich zweifle fast – »Oder von Schiller, Göthe« – Die mögten hier schwerlich zu finden sein – »Wie? Sind alle diese Bücher vergriffen? Wird hier so stark gelesen?« – Das eben nicht – »Wer lies't denn hier eigentlich am meisten?« – Juristen, Kaufleute und verheirathete Damen. – »Und die unverheiratheten?« – Sie dürfen keine fordern. – »Und die Studenten?« – Wir haben Befehl ihnen keine zu geben. – »Aber sagen Sie uns, wenn so wenig gelesen wird, wo in aller Welt sind denn die Schriften Wielands, Göthes, Schillers?« – Halten zu Gnaden, diese Schriften werden hier gar nicht gelesen. – »Also Sie haben sie gar nicht in der Bibliothek?« – Wir dürfen nicht. – »Was stehn denn also eigentlich für Bücher hier an diesen Wänden?« – Rittergeschichten, lauter Rittergeschichten, rechts die Rittergeschichten **mit** Gespenstern, links **ohne** Gespenster, nach Belieben. – »So, so.« – –

Nach Vergnügungen fragt man hier vergebens. Man hat hier nichts im Sinn als die zukünftige himmlische Glückseeligkeit und vergißt darüber die gegenwärtige irrdische. Ein elender französischer Garten, der Huttensche, heißt hier ein Recreationsort. Man ist aber hier so still und fromm, wie auf einem Kirchhofe. Nirgends findet man ein Auge, das auf eine interessante Frage eine interessante Antwort verspräche. Auch hier erinnert das Läuten der Glocken unaufhörlich an die katholische Religion, wie das Geklirr der Ketten den Gefangnen an seine Sclaverei. Mitten in einem geselligen Gespräche sinken bei dem Schall des Geläuts alle Knie, alle Häupter neigen, alle Hände falten sich; und wer auf seinen Füßen stehen bleibt, ist ein Ketzer.

d. 15^{t} Septmbr.

Meine liebe, liebste Freundinn! Wie sehnt sich mein Herz nach einem Paar freundlicher Worte von Deiner Hand, nach einer kurzen Nachricht von Deinem Leben, von Deiner Gesundheit, von Deiner Liebe, von Deiner Ruhe! Wie viele Tage verlebten wir jetzt getrennt von einander und wie Manches wird Dir zugestoßen sein, das auch mich nahe angeht! Und warum erfahre ich nichts von Dir? Bist Du gar nicht mehr? Oder bist Du krank? Oder hast Du mich vergessen, mich, dem der Gedanke an Dich immer gegenwärtig blieb? Zürnst Du vielleicht auf den Geliebten, der sich so muthwillig von der Freundinn entfernte? Schiltst Du ihn leichtsinnig, den Reisenden, ihn, der auf dieser Reise Dein Glück mit unglaublichen Opfern erkauft und jetzt vielleicht – *vielleicht* schon gewonnen hat? Wirst Du mit Mißtrauen und Untreue dem lohnen, der vielleicht in Kurzem mit den Früchten seiner That zurückkehrt? Wird er Undank bei dem Mädchen finden, für deren Glück er *sein Leben* wagte? Wird ihm der Preis nicht werden, auf den er rechnete, *ewige innige zärtliche Dankbarkeit*? – Nein, nein – Du bist für den Undank nicht geschaffen. Ewig würde Dich die Reue quälen. Tausend Ursachen konnten verhindern, daß Briefe von Dir zu mir kamen. Ich halte mich fest an Deine Liebe. Mein Vertrauen zu Dir soll nicht wanken. Mich soll kein Anschein verführen. *Dir* will ich glauben und keinem Andern. Ich selbst habe ja auch bestellt, daß alle Briefe in *Baireuth* liegen bleiben sollten. Andere konnten zwar einen andern Weg über *Duderstadt* nehmen – indessen ich bin ruhig. Schon vor 4 Tagen habe ich nach Baireuth geschrieben, mir die Briefe nach Wirzburg zu senden – heute war noch nichts auf der hiesigen Post, aber morgen, morgen, – oder übermorgen, oder – –

Und was werde ich da Alles erfahren! Mit welchen Vorgefühlen werde ich das Couvert betrachten, das *kleine* Gefäß das so vieles in sich schließt! Ach, Wilhelmine, in sechs Worten kann alles liegen, was ich zu meiner Ruhe bedarf. Schreibe mir: ich bin gesund; ich liebe Dich, – und ich will weiter nichts mehr.

Aber doch – Nachrichten von Deinen redlichen Ältern und überhaupt von deinen Geschwistern. Ist alles wieder gesund in Eurem Hause? Schläft Mutter wieder unten? Hat Vater nicht nach mir gefragt? – Was spricht man überhaupt von mir in Frankfurt? – Doch das wirst Du wohl nicht hören. Nun, es sei! Mögen sie sprechen, was sie wollen, mögen sie mich immerhin verkennen! Wenn wir beide uns nur ganz verstehen, so kümmert mich weiter kein Urtheil, keine Meinung. Jedem will ich Mißtrauen verzeihen, nur Dir nicht; denn für Dich that ich Alles, um es Dir zu benehmen. – Verstehst Du die Inschrift der Tasse? Und befolgst Du sie? Dann erfüllst Du meinen innigsten Wunsch. Dann weißt Du, mich zu ehren.

Vielleicht erhalte ich auch den Aufsatz von Dir – oder ist er noch nicht fertig? Nun, übereile Dich nicht. Ein Frühlingssonnenstrahl reift die Orangenblüthe, aber ein Jahrhundert die Eiche. Ich mögte gern etwas Gutes, etwas Seltenes, etwas Nützliches von Dir erhalten das ich selbst gebrauchen kann; und das Gute bedarf Zeit, es zu bilden. Das Schnellgebildete stirbt schnell dahin. Zwei Frühlingstage – und die Orangenblüthe ist verwelkt, aber die Eiche durchlebt ein Jahrtausend. Was ich von Dir empfange soll mehr als auf zwei Augenblicke duften, ich will mich seiner erfreuen mein Lebenlang.

Ja, Wilhelmine, wenn Du mir könntest die Freude machen, immer fortzuschreiten in Deiner Bildung mit Geist und Herz, wenn Du es mir gelingen lassen könntest, mir an Dir eine Gattinn zu formen, wie ich sie für mich, eine Mutter, wie ich sie für meine Kinder wünsche, erleuchtet, aufgeklärt, vorurtheillos, immer der Vernunft gehorchend, gern dem Herzen sich hingebend – dann, ja dann könntest ⟨Du⟩ mir für eine That lohnen, für eine That –

Aber das Alles wären vergebliche Wünsche, wenn nicht in Dir die Anlage zu jedem Vortrefflichen vorhanden wäre. Hineinlegen kann ich nichts in Deine Seele; nur entwickeln, was die Natur hineinlegte. Auch das kann ich eigentlich nicht, kannst nur Du allein. Du selbst mußt Hand an Dir legen, Du selbst mußt Dir das Ziel stecken, ich kann nichts als Dir den kürzesten, zweckmäßigsten Weg zeigen; und wenn ich Dir jetzt ein Ziel aufstellen werde, so geschieht es nur in der Überzeugung, daß es von Dir längst anerkannt ist. Ich will nur deutlich darstellen, was vielleicht dunkel in Deiner Seele schlummert.

Alle ächte Aufklärung des Weibes besteht zuletzt darin, vernünftig über die Bestimmung ihres irdischen Lebens nachdenken zu können. Über den Zweck unseres ganzen ewigen Daseins nachzudenken, auszuforschen, ob der Genuß der Glückseeligkeit, wie Epikur meinte, oder die Erreichung der Vollkommenheit, wie Leibnitz glaubte, oder die Erfüllung der trocknen Pflicht, wie Kant versichert, der letzte Zweck des Menschen sei, das ist selbst für Männer unfruchtbar und oft verderblich. Wie können wir uns getrauen in den Plan einzugreifen, den die Natur für die Ewigkeit entworfen hat, da wir nur ein so unendlich kleines Stück von ihm, unser Erdeleben, übersehen? Also wage Dich mit Deinem Verstande nie über die Grenzen Deines Lebens hinaus. Sei ruhig über die Zukunft. Was Du für dieses Erdeleben thun sollst, das kannst Du begreifen, was Du für die Ewigkeit thun sollst, nicht; und so kann denn auch keine Gottheit mehr von Dir verlangen, als die Erfüllung Deiner Bestimmung auf dieser Erde. Schränke Dich also ganz für diese kurze Zeit ein. Kümmre Dich nicht um Deine Bestimmung nach dem Tode, weil Du darüber leicht Deine Bestimmung auf dieser Erde vernachlässigen könntest.

d. 18t Septmbr. 1800.

Als ich so weit gekommen war, fiel mir ein, daß wohl manche Erläuterungen nöthig sein mögten, um gegen Deine Religionsbegriffe nicht anzustoßen. Zugleich sah ich, daß dieser Gegenstand zu reichhaltig war für einen Brief und entschloß mich daher Dir einen eigen Aufsatz darüber zu liefern. Den Anfang davon macht der beifolgende dritte Bogen. Laß uns beide, liebe Wilhelmine, unsre Bestimmung ganz ins Auge fassen, um sie künftig einst ganz zu erfüllen. Dahin allein wollen wir unsre ganze Thätigkeit richten. Wir wollen alle unsre Fähigkeiten ausbilden, eben nur um diese Bestimmung zu erfüllen. Du wirst mich, ich werde Dich darin unterstützen, und daher künftig in diesem Aufsatze fortfahren.

Wie ich auf die Idee des Ganzen gekommen bin, das wirst Du in der Folge leicht errathen. – Wie ich auf den Gedanken gekommen bin, Dich vor religiösen Grübeleien zu warnen, das will ich Dir hiermit sagen. Nicht weil sie etwa von Dir sehr zu befürchten wären, sondern darum, weil ich eben grade in einer Stadt lebe, wo man über die Andacht die Thätigkeit ganz vergißt, und auch darum, weil Brokes mich umgiebt, der unaufhörlich mit der Natur im Streit ist, weil er, wie er sagt, seine ewige Bestimmung nicht herausfinden kann, und daher nichts für seine irrdische thut. Doch darüber in der Folge mehr.

Jetzt muß ich schließen. Ich wollte warten bis ich doch endlich von Dir einen Brief empfangen haben würde, um dies Dir zu melden, aber vergebens. Liebe Wilhelmine! – Sei ruhig. Ich bleibe Dir herzlich gut, in der festen Überzeugung, daß Du auch mir noch herzlich gut bist, – wenn Du noch lebst. – O meine Hoffnung! – Sei ruhig. Mache keine Anstalten wegen der Briefe. Wenn ich in 3 Tagen keinen erhalte, so schicke ich selbst einen Laufzettel zurück. Denn geschrieben hast Du gewiß. Lebe wohl.

Dein Heinrich.

⟨Beilage⟩

d. 16t Septmb. 1800 zu Wirzburg.

Alle ächte Aufklärung des Weibes besteht am Ende wohl nur darin, meine liebe Freundinn: über die Bestimmung seines **irrdischen** Lebens vernünftig nachdenken zu können.

Über die Bestimmung unseres ewigen Daseins nachzudenken, auszuforschen, ob der Genuß der Glückseeligkeit (wie Epikur meinte) oder die Erreichung der Vollkommenheit (wie Leibnitz glaubte) oder die Erfüllung der trocknen Pflicht (wie Kant versichert) der letzte Zweck des Menschen sei, das, liebe Freundinn, ist selbst für Männer unfruchtbar und oft verderblich. Solche Männer begehen die Unart, die ich begieng, als ich mich im Geiste von Frankfurt nach Stralsund, und von Stralsund wieder im Geiste nach Frankfurt versetzte. Sie leben in der Zukunft, und vergessen darüber was die Gegenwart von ihnen fordert.

Urtheile selbst, wie können wir beschränkte Wesen, die wir von der Ewigkeit nur ein so unendlich kleines Stück, unser spannenlanges Erdeleben übersehen, wie können wir uns getrauen, den Plan, den die Natur für die Ewigkeit entwarf, zu ergründen? Und wenn dies nicht möglich ist, wie kann irgend eine gerechte Gottheit von uns verlangen, in diesen ihren ewigen Plan einzugreifen, von uns, die wir nicht einmal im Stande sind, ihn zu denken?

Aber die Bestimmung unseres irrdischen Daseins, die können wir allerdings unzweifelhaft herausfinden, und diese zu erfüllen, das kann daher die Gottheit auch wohl mit Recht von uns fordern.

Es ist möglich, liebe Freundinn, daß mir Deine Religion hierin widerspricht und daß sie Dir gebietet, auch etwas für Dein künftiges Leben zu thun. Du wirst gewiß Gründe für Deinen Glauben haben, so wie ich Gründe für den meinigen; und so fürchte ich nicht, daß diese kleine Religionszwistigkeit unsrer Liebe eben großen Abbruch thun wird. Wo nur die Vernunft herrschend ist, da vertragen sich auch die Meinungen leicht; und da die Religionstoleranz schon eine Tugend ganzer Völker geworden ist, so wird es, denke ich, der Duldung nicht sehr schwer werden, in zwei liebenden Herzen zu herrschen.

Wenn Du Dich also durch die Einflüsse Deiner früheren Erziehung gedrungen fühltest, durch die Beobachtung religiöser Ceremonieen auch etwas für Dein ewiges Leben zu thun, so würde ich weiter nichts als Dich warnen, ja nicht darüber Dein irrdisches Leben zu vernachläßigen.

Denn nur gar zu leicht glaubt man, man habe Alles gethan, wenn man die ernsten Gebräuche der Religion beobachtet, wenn man fleißig in die Kirche geht, täglich betet, und jährlich 2mal das Abendmal nimmt.

Und doch sind dies Alles nur Zeichen eines Gefühls, das auch ganz anders sich ausdrücken kann. Denn mit demselben Gefühle, mit welchem Du bei dem Abendmahle das Brod nimmst aus der Hand des Priesters, mit demselben Gefühle, sage ich, erwürgt der Mexicaner seinen Bruder vor dem Altare seines Götzen.

Ich will Dich dadurch nur aufmerksam machen, daß alle diese religiösen Gebräuche nichts sind, als menschliche Vorschriften, die zu allen Zeiten verschieden waren und noch in diesem Augenblicke an allen Orten der Erde verschieden sind. Darin kann also das Wesen der Religion nicht liegen, weil es ja sonst höchst schwankend und ungewiß wäre. Wer steht uns dafür, daß nicht in Kurzem ein zweiter Luther unter uns aufsteht, und umwirft, was jener baute. Aber in uns flammt eine Vorschrift – und die muß göttlich sein, weil sie ewig und allgemein ist; sie heißt: erfülle Deine Pflicht; und dieser Satz enthält die Lehren aller Religionen.

Alle anderen Sätze folgen aus diesem und sind in ihm gegründet, oder sie sind nicht darin begriffen, und dann sind sie unfruchtbar und unnütz.

Daß ein Gott sei, daß es ein ewiges Leben, einen Lohn für die Tugend, eine Strafe für das Laster gebe, das alles sind Sätze, die in jenem nicht gegründet sind, und die wir also entbehren können. Denn gewiß sollen wir sie nach dem Willen der Gottheit selbst entbehren können, weil sie es uns selbst unmöglich gemacht hat, es einzusehen und zu begreifen. Würdest Du nicht mehr thun, was Recht ist, wenn der Gedanke an Gott und Unsterblichkeit nur ein Traum wäre? Ich nicht.

Daher bedarf ich zwar zu meiner Rechtschaffenheit dieser Sätze nicht; aber zuweilen, wenn ich meine Pflicht erfüllt habe, erlaube ich mir, mit stiller Hoffnung an einen Gott zu denken, der mich sieht und an eine frohe Ewigkeit, die meiner wartet; denn zu Beiden fühle ich mich doch mit meinem Glauben hingezogen, den mein Herz mir ganz zusichert und mein Verstand mehr bestätigt, als widerspricht.

Aber dieser Glaube sei irrig, oder nicht, – gleichviel! Es warte auf mich eine Zukunft, oder nicht – gleichviel! Ich erfülle für dieses Leben meine Pflicht, und wenn Du mich fragst: warum? so ist die Antwort leicht: eben weil es meine Pflicht ist.

Ich schränke mich daher mit meiner Thätigkeit ganz für dieses Erdeleben ein. Ich will mich nicht um meine Bestimmung nach dem Tode kümmern, aus Furcht darüber meine Bestimmung für dieses Leben zu vernachläßigen. Ich fürchte nicht die Höllenstrafe der Zukunft, weil ich mein eignes Gewissen fürchte, und rechne nicht auf einen Lohn jenseits des Grabes, weil ich ihn mir diesseits desselben schon erwerben kann.

Dabei bin ich überzeugt, gewiß in den großen ewigen Plan der Natur einzugreifen, wenn ich nur den Platz ganz erfülle, auf den sie mich in dieser Erde setzte. Nicht umsonst hat sie mir diesen gegenwärtigen Wirkungskreis angewiesen und gesetzt ich verträumte diesen und forschte dem zukünftigen nach – ist denn nicht die Zukunft eine kommende Gegenwart, und soll ich denn auch diese Gegenwart wieder verträumen?

Doch ich kehre zu meinem Gegenstande zurück. Ich habe Dir diese Gedanken bloß zur Prüfung vorgelegt. Ich fühle mich ruhiger und sicherer, wenn ich den Gedanken an die dunkle Bestimmung der Zukunft ganz von mir entferne, und mich allein an die gewisse und deutliche Bestimmung für dieses Erdeleben halte.

Ich will Dir nun meinen ersten Hauptgedanken erklären.

Bestimmung unseres irrdischen Lebens heißt Zweck desselben, oder die Absicht, zu welcher uns Gott auf diese Erde gesetzt hat. Vernünftig darüber nachdenken heißt nicht nur diesen Zweck selbst deutlich kennen, sondern auch in allen Verhältnissen unseres Lebens immer die zweckmäßigsten Mittel zu seiner Erreichung herausfinden.

Das, sagte ich, wäre die ganze wahre Aufklärung des Weibes und die einzige Philosophie, die ihr ansteht.

Deine Bestimmung, liebe Freundinn, oder überhaupt die Bestimmung des Weibes ist wohl unzweifelhaft und unverkennbar; denn welche andere kann es sein, als diese, Mutter zu werden, und der Erde tugendhafte Menschen zu erziehen?

Und wohl Euch, daß Eure Bestimmung so einfach und beschränkt ist! Durch Euch will die Natur nur ihre Zwecke erreichen, durch uns Männer auch der Staat noch die seinigen, und daraus entwickeln sich oft die unseeligsten Widersprüche.

(In der Folge mehr)

d. 18t Nachmittags.

Ich mögte gern diesen Brief noch zurückhalten bis morgen, denn morgen hoffe ich doch gewiß einen Brief zu erhalten. Aber ich habe schon seit 6 Tagen keinen Brief an Dich abgeschickt, und Deiner Ruhe ist doch wohl nicht recht zu trauen. – Mädchen! Mädchen!

Weißt Du was? Es ist möglich, daß grade über Baireuth die Briefe so unglücklich gehen. Schreibe mir geschwind einen, und addressire ihn über Duderstadt nach Wirzburg. Vielleicht glückt das besser.

Wenn ich denke, daß auch Du alle meine Briefe nicht erhalten haben könntest, und mich für untreu hieltest, indessen ich doch mit so inniger Treue an Dich hieng – o Gott!

Auch von Ulriken habe ich noch nichts empfangen. Sage ihr dies. Aber noch soll sie keinen Laufzettel schicken.

Und nun noch eine Neuigkeit. Der Waffenstillstand war gestern schon wieder verflossen. Hier erwartet man nun täglich die Franzosen. Es heißt aber, daß mehrere Kaiserliche heranrücken. Die Vestung soll nach wie vor behauptet werden. Sei Du aber ganz ruhig über mich. Diese Veränderung hat jetzt keinen Einfluß mehr auf die Erfüllung meines Plans, den ich fast schon erfüllt nennen kann. Doch muß ich noch einige Zeit hier bleiben und werde aber bei dem Kriege nichts als ein neutraler Zuschauer sein. Adieu. Ich küsse die liebe Hand, die ich einst mein nennen werde. Dein Freund H. K.

Abgeschickt.	
1^{t} Brief aus Berlin	5^{t} aus Leipzig
2 ——— Pasewalk	6 — Dreßden
3 ——— Berlin	7 — Reichenbach
4 ——— Berlin	8 — Baireuth
9^{t} aus Wirzburg	Empfangen
10^{t} aus Wirzburg	2 Briefe.
und diesen.	

22. An Wilhelmine von Zenge

Würzburg d. 19^{t} ⟨–23.⟩ Septmbr, 1800

Und immer noch keine Nachrichten von Dir, meine liebe Freundinn? Giebt es denn keinen Boten, der eine Zeile von

Dir zu mir herübertragen könnte? Giebt es denn keine Verbindung mehr zwischen uns, keine Wege, keine Brücken? Ist denn ein Abgrund zwischen uns eingesunken, daß sich die Länder nicht mehr ihre Arme, die Landstraßen, zureichen? Bist Du denn fortgeführt von dieser Erde, daß kein Gedanke mehr herüberkommt von Dir zu mir, wie aus einer andern Welt? – Oder ist doch irgend ein Unhold des Mißtrauens zwischen uns getreten, mich loszureißen von Deinem Herzen? Und ist es ihm geglückt, wirklich geglückt –? Wilhelmine! Bin ich Dir nichts mehr werth? Achtest Du mich nicht mehr? Hast Du sie schon verdammt, diese Reise, deren Zweck Du noch nicht kennst? – Ach, ich verzeihe es Dir. Du wirst genug leiden durch Deine Reue – ich will Dich durch meinen Unwillen nicht noch unglücklicher machen. Kehre um, liebes Mädchen! Hast Du dich aus Mißtrauen von mir losreißen wollen, so gieb es jetzt wieder auf, jetzt, wo bald eine Sonne über mich aufgehen wird. Wie würdest Du, in Kurzem, herüberblicken mit Wehmuth und Trauer zu mir, von dem Du Dich losgerissen hast grade da er Deiner Liebe am Würdigsten war? Wie würdest Du Dich selbst herabwürdigen, wenn ich heraufstiege vor Deinen Augen geschmückt mit den Lorbeern meiner That? Das würdest Du nicht ertragen – Kehre um, liebes Mädchen. Ich will Dir Alles verzeihen. Knüpfe Dich wieder an mich, thue es mit blinder Zuversicht. Noch weißt Du nicht ganz, wen Du mit Deinen Armen umstrikst – aber bald, bald! Und Dein Herz wird Dir beben, wenn Du in meines blicken wirst, das verspreche ich Dir.

Hast Du noch nie die Sonne aufgehen sehen über eine Gegend, zu welcher Du gekommen warst im Dunkel der Nacht? – Ich aber habe es. Es war vor 3 Jahren im Harze. Ich erstieg um Mitternacht den Stufenberg hinter Gernrode. Da stand ich, schauernd, unter den Nachtgestalten wie zwischen Leichensteinen, und kalt wehte mich die Nacht an, wie ein Geist, und öde schien mir der Berg, wie ein Kirchhof. Aber ich irrte nur, so lange die Finsterniß über mich waltete. Denn als die Sonne hinter den Bergen heraufstieg, und ihr Licht ausgoß über die freundlichen Fluren, und ihre Strahlen senkte in die grünenden Thäler, und ihren Schimmer heftete um die Häupter der Berge, und ihre Farben malte an die Blätter der Blumen und an die Blüten der Bäume – ja, da hob sich das Herz mir unter dem Busen, denn da sah ich und hörte, und fühlte, und empfand nun mit allen meinen Sinnen, daß ich ein Paradies vor mir hatte. – Etwas Ähnliches verspreche ich Dir, wenn die Sonne aufgehen wird über Deinen unbegreiflichen Freund.

Zuweilen – Ich weiß nicht, ob Dir je etwas Ähnliches glückte, und ob Du es folglich für wahr halten kannst. Aber ich höre zuweilen, wenn ich in der Dämmerung, einsam, dem wehenden Athem des Westwinds entgegen gehe, und besonders wenn ich dann die Augen schließe, ganze Concerte, vollständig, mit allen Instrumenten von der zärtlichen Flöte bis zum rauschenden Contra-Violon. So entsinne ich mich besonders einmal als Knabe vor 9 Jahren, als ich gegen den Rhein und gegen den Abendwind zugleich hinaufgieng, und so die Wellen der Luft und des Wassers zugleich mich umtönten, ein schmelzendes Adagio gehört habe, mit allem Zauber der Musik, mit allen melodischen Wendungen und der ganzen begleitenden Harmonie. Es war wie die Wirkung eines Orchesters, wie ein vollständiges Vaux-hall; ja, ich glaube sogar, daß Alles was die Weisen Griechenlands von der Harmonie der Sphären dichteten, nichts Weicheres, Schöneres, Himmlischeres gewesen sei, als diese seltsame Träumerei.

Und dieses Concert kann ich mir, ohne Capelle, wiederholen so oft ich will – aber so bald ein Gedanke daran sich regt, gleich ist alles fort, wie weggezaubert durch das magische: disparois!, Melodie, Harmonie, Klang, kurz die ganze Sphärenmusik.

So stehe ich nun auch zuweilen an meinem Fenster, wenn die Dämmerung in die Straße fällt, und öffne das Glas und die Brust dem einströmenden Abendhauche, und schließe die Augen, und lasse seinen Athem durch meine Haare spielen, und denke nichts, und horche – O wenn Du mir doch einen Laut von ihr herüberführen könntest, wehender Bote der Liebe! Wenn Du mir doch auf diese zwei Fragen: lebt sie? liebt sie? (mich) ein leises ja zuflüstern könntest! – Das denke ich – und fort ist das ganze tönende Orchester, nichts läßt sich hören als das Klingeln der Betglocke von den Thürmen der Cathedrale.

Morgen, denke ich dann, morgen wird ein treuerer Bote kommen, als du bist! Hat er gleich keine Flügel, um schnell zu sein, wie Du, so trägt er doch auf dem gelben Rocke den doppelten Adler des Kaisers, der ihn treu und pünctlich und sicher macht.

Aber der Morgen kommt zwar, doch mit ihm niemand, weder der Bote der Liebe, noch der Postknecht des Kaisers.

Gute Nacht. Morgen ein Mehreres. Dir will ich schreiben, und nicht eher aufhören, als bis Du mir wenigstens schreibst, Du wolltest meine Briefe nicht lesen.

Es ist 12 Uhr Nachts. Künftig will ich Dir sage⟨n⟩, warum ich so spät geschrieben habe. Gute Nacht, geliebtes Mädchen.

d. 20t Septbr.

Wenn ich nur wüßte, ob alle meine Briefe pünctlich in Deine und in keines andern Menschen Hände gekommen sind, und ob auch dieser in die Deinigen kommen wird, ohne vorher von irgend einem Neugierigen erbrochen worden zu sein, so könnte ich Dir schon Manches mittheilen, was Dir zwar eben noch keinen Aufschluß, aber doch Stof zu richtigen Vermuthungen geben würde. Immer bei jedem Briefe ist es mir, als ob ich ein Vorgefühl hätte, er werde umsonst geschrieben, er gehe verloren, ein Andrer erbreche ihn, und dergleichen; denn kann es nicht meinen Briefen gehen, wie den Deinigen? Und wie würdest Du dann zürnen über den Nachläßigen, Ungetreuen, der die Geliebte vergaß, so bald er aus ihren Mauern war, unwissend, daß er in jeder Stadt, an jedem Orte an Dich dachte, ja, daß seine ganze Reise nichts war als ein langer Gedanke an Dich? – Aber wenn ich denke, daß dieses Papier, auf das ich jetzt schreibe, das unter meinen Händen, vor meinen Augen liegt, einst in *Deinen* Händen, vor *Deinen* Augen sein wird, dann – küsse ich es, heimlich, damit es *Brokes* nicht sieht, – und küsse es wieder das liebe Papier, das Du vielleicht auch an Deine Lippen drücken wirst – und bilde mir ein, es wären wirklich schon Deine Lippen. – Denn wenn ich die Augen zu mache, so kann ich mir einbilden, was ich will.

Ich will Dir etwas von meinem hiesigen Leben schreiben, und wenn Du etwas daraus errathen solltest, so sei es – Denn ich schicke diesen Brief nicht eher ab, als bis ich Nachrichten von Dir empfangen habe, und folglich beurtheilen kann, ob Du diese Vertraulichkeit werth bist, oder nicht.

Zuerst muß ich Dir sagen, daß ich nicht während dieser ganzen Zeit in dem Gasthofe gewohnt habe, der mich bei meiner Ankunft empfieng. Sobald ich sicher war, nicht nach *Straßburg* reisen zu dürfen, so sah ich voraus, daß ich mich nun hier wohl einige Wochen würde aufhalten müssen, und miethete mir daher, mit *Brokes*, ein eignes Quartier, um dem theuren Gasthofe zu entgehen.

Denn ob ich gleich im Ganzen die Kosten dieser Reise nicht gescheut habe, ja selbst 10mal so viel, und noch mehr, ihrem Zwecke aufgeopfert haben würde, so suchen wir doch im Einzelnen unsre Absicht so wohlfeil als möglich zu erkaufen. Indessen ob wir gleich beide die Absicht haben, zu sparen, so verstehen wir es doch eigentlich nicht, weder Brokes, noch ich. Dazu gehört ein ewiges Abwägen des Vortheils, eine ewige Aufmerksamkeit auf das geprägte Metall, die jungen Leuten mit warmem Blute meistens fehlt, besonders wenn sie auf Reisen das große Gepräge der Natur vor sich sehen. Indessen jede Kleinigkeit, zu sehr verachtet, rächt sich, und daher bin ich doch fest entschlossen, mich an eine größere Aufmerksamkeit auf das Geld zu gewöhnen. Recht herzlich lieb ist es mir, an Dir ein ordnungsliebendes Mädchen gefunden zu haben, das auch diese kleine Aufmerksamkeit nicht scheut. Wir beide wollen uns darin theilen. Rechnungen sind doch in größern Ökonomien nothwendig. Im Großen muß sie der Mann führen, im Kleinen die Frau. Ordnung ist nicht ihr einziger Nutzen. Wenn man sich täglich die Summe seines wachsenden Glückes zieht, so mehrt sich die Lust, es zu mehren, und am Ende mehrt sich das Glück wirklich. Ich bin überzeugt, daß Mancher Tausende zurücklegte, weil ihm die Berechnung des ersten zurückgelegten Thalers, den er nicht brauchte, und der ihm nun wuchern soll, Freude machte.

Doch ich komme zurück. – Wir sind also aus unserm prächtigen Gasthofe ausgezogen, in ein kleines, verstecktes Häuschen, das Du gewiß nicht finden solltest, wenn ich es Dir nicht bezeichnete. Es ist ein Eckhaus, auf drei Seiten, ganz nahe, mit Häusern umgeben, die finster aussehen, wie die Köpfe, die sie bewohnen. Das möchte man, bis auf die Tonne des Diogenes, wohl überhaupt finden, daß das Äußere der Häuser den Charakter ihrer Bewohner ausdrückt. Hier z. B. hat jedes Haus eine Menge Thüren, und es könnte da Vieles einziehen; aber sie sind verschlossen bis auf eine, und auch diese steht nur dem Seelsorger (oder) und wenigen Andern offen. Eben so haben die Häuser einen Überfluß von Fenstern, ja, man könnte sagen, die ganze Façade sei nichts als ein großes Fenster, und da könnte denn freilich genug Tageslicht einfallen; aber dicht davor steht eine hohe Kirche oder ein Kloster, und es bleibt ewig Nacht. Grade ohngefähr wie bei den Besitzern. – Unser Zimmer ist indessen ziemlich hell. Wir haben das Eckzimmer mit 4 Fenstern von zwei Seiten. In Rom war ein Mann, der in Wänden von Glas wohnte, um die ganze Stadt zum Zeugen aller seiner Handlungen zu machen. Hier würde ganz Wirzburg ein Zeuge der unsrigen sein, wenn es hier nicht jene jesuitischen Jalousien gäbe, aus welchen man füglich hinaus sehen kann, ohne daß von außen hinein gesehen werden könnte.

Jetzt, da wir so ziemlich Alles gesehen haben in dieser Stadt, sind wir viel zu Hause, Brokes und ich, und lesen und schreiben, wobei mir meine wissenschaftlichen Bücher, die ich aus Frankfurt mit nahm, nicht wenig zu statten kommen. Von der Langenweile, die ich nie empfand, weiß ich also auch hier nichts. Langeweile ist nichts als die Abwesenheit aller Gedanken, oder vielmehr das Bewußtsein ohne beschäftigende Vorstellungen zu sein. Das kann aber einem denkenden Menschen nie begegnen, so lange es noch Dinge überhaupt für ihn auf der Welt giebt; denn an jeden Gegenstand, sei er auch noch so scheinbar geringfügig, lassen sich interessante Gedanken anknüpfen, und das ist eben das Talent der Dichter, welche eben so wenig wie wir in Arkadien leben, aber das Arkadische oder überhaupt Interessante auch an dem Gemeinsten, das uns umgiebt heraus finden können. Wenn wir weiter nichts zu thun wissen, so treten wir ans Fenster, und machen Glossen über die Vorbeigehenden, aber gutmüthige, denn wir vergessen nicht, daß, wenn wir auf der Straße gehn, die Rollen getauscht sind, und daß die kritisirten Schauspieler dann kritisirende Zuschauer geworden sind, und umgekehrt. Besonders der Markt an den Sonnabenden ist interessant, die Anstalten, die nöthig sind, den Menschen 8 Tage lang das Leben zu fristen, der Streit der Vortheile, indem jeder strebt, so wohlfeil zu kaufen und so theuer zu verkaufen als möglich, auch die Frau an der Ecke, mit einer Schaar von Gänsen, denen die Füße gebunden sind, um sich, wie eine französische Mamsell mit ihren gnädigen Fräulein, denen oft noch obenein die Hände gebunden sind, & &

Unser Wirth heißt übrigens Wirth, und wir befinden uns in diesem doppelten Wirthshause recht wohl. Uns bedient ein Mädchen, mit einer holden Freundlichkeit, und sorgt für uns, wie für Brüder, bringt uns Obst, ohne in allem Ernste Geld zu nehmen, u. s. f. Und wenn uns die Menschen gefallen, die uns grade umgeben, so gefällt uns die ganze Menschheit. Keine Tugend ist doch weiblicher, als Sorge für das Wohl Anderer, und nichts dagegen macht das Weib häßlicher und gleichsam der Katze ähnlicher als der schmutzige Eigennutz, das gierige Einhaschen für den eignen Genuß. Das läßt sich freilich verstecken; aber es giebt eine himmlische Güte des Weibes, **Alles**, was in ihre Nähe kommt, an sich zu schließen, und an ihrem Herzen zu hegen und zu pflegen mit Innigkeit und Liebe, wie die Sonne (die wir darum auch Königinn nennen, nicht König) alle Sterne, die in ihren Wirkungsraum schweben, an sich zieht mit sanften unsichtbaren Banden, und in frohen Kreisen um sich führt, Licht und Wärme und Leben ihnen gebend – aber das läßt sich nicht anlernen. – – – –

Gute Nacht, Wilhelmine. Es ist wieder 12 Uhr Nachts.

d. 23^{t} Septmbr.

Endlich, endlich – ja Du lebst, und liebst mich noch! Hier in diesem Briefe ist es enthalten, in dem ersten, den ich seit 3 Wochen von Dir erhielt. Es ist Deine Antwort auf meinen Dreßdner Brief:

Abgeschickt:

d. 1^{t} Brief aus	Berlin	d. 6^{t} aus	Dreßden
2 ———	Pasewalk	7^{t} ———	Reichenbach
3 ———	Berlin	8 ———	Bayreuth
4 ———	Berlin	9 ———	Würzburg
5 ———	Leipzig	10 ———	Würzburg
		11^{t} aus	Würzburg
		und diesen 12^{t}	

Empfangen
3 Briefe.

Deine Briefe aus Wien werden nun wohl auch bald eintreffen.

Daß Du nach Berlin gegangen bist, ist mir herzlich lieb, wenn Du dort mehr Beruhigung zu finden hoffst, als in Frankfurt; sei vergnügt, denn jetzt darf Dir der Erfolg meines Unternehmens keine Sorge mehr machen. Aber sei auch vernünftig, und kehre ohne Widerwillen nach dem Orte zurück, an dem Du doch noch lange ohne mich wirst leben müssen. Honig wohnt in jeder Blume, Freude an jedem Orte, man muß nur, wie die Biene, sie zu finden wissen. Und wo kann sie sichrer für Dich blühen, als da, wo einst der Schauplatz unsrer ersten Liebe war, und wo auch Deine und meine Familie wohnt? – Doch darüber werde ich Dir noch mehr schreiben. Jetzt nutze diese Veränderung Deines Wohnortes so gut Du kannst. Auf eine kurze Zeit kann Berlin gefallen, auf eine lange nicht, mich nicht – Du müßtest denn bei mir sein, denn das habe ich noch nicht versucht.

Adieu. Halte Dein Wort, und kehre zur bestimmten Zeit wieder nach Frankfurt zurück. Ich werde es auch thun. Lebe wohl und freue Dich auf den nächsten Brief, denn wenn nicht Alles mich täuscht, so – – H. K.

23. An Wilhelmine von Zenge

Würzburg, d. 10ᵗ ⟨und 11.⟩ Octobr, 1800.

Liebe Wilhelmine! Du denkst gewiß heute an mich, so wie ich den ganzen 18ᵗ August an Dich dachte, nicht wahr? – O mit welcher Innigkeit denke ich jetzt an Dich! Und welch' ein unbeschreiblicher Genuß ist mir diese Überzeugung, daß unsere Gedanken sich gewiß jetzt in diesem Augenblicke begegnen! Ja, mein Geburtstag ist heute, und mir ist, als hörte ich die Wünsche, die heute Dein Herz heimlich für mich bildet, als fühlte ich den Druck Deiner Hand, der mir alle diese Wünsche mit einemmale mittheilt. Ja sie werden erfüllt werden alle diese Wünsche, sei davon überzeugt, ich bin es. Wenn uns ein König ein Ordensband wünscht, heißt das nicht ihn uns versprechen? Er selbst hat die Erfüllung seines Wunsches in seiner Hand – Du auch, liebes Mädchen. Alles was ich Glück nenne, kann nur von Deiner Hand mir kommen, und wenn Du mir dieses Glück wünschest, ja dann kann ich wohl ganz ruhig in die Zukunft blicken, dann wird es mir gewiß zu Theil werden. Liebe und Bildung das ist alles, was ich begehre, und wie froh bin ich, daß die Erfüllung dieser beiden unerlaßlichen Bedürfnisse, ohne die ich jetzt nicht mehr glücklich sein könnte, nicht von dem Himmel abhangt, der, wie bekannt, die Wünsche der armen Menschen so oft unerfüllt läßt, sondern einzig und allein von Dir.

Du hast doch meinen letzten Brief, den ich am Anfange dieses Monats schrieb, und den ich einen Haupt-Brief nennen mögte, wenn nicht bald ein zweiter erschiene, der noch wichtiger sein wird – Du hast ihn doch erhalten? Vielleicht hast Du ihn in diesen Tagen empfangen, vielleicht empfängst Du ihn in diesem Augenblicke – O wenn ich jetzt neben Dir stehen könnte, wenn ich Dir diesen unverständlichen Brief erklären dürfte, wenn ich Dich vor Mißverständnisse sichern könnte, wenn ich jede unwillige Regung Deines Gefühls gleich in dem ersten Augenblick der Entstehung unterdrücken dürfte – – Zürne nicht, liebes Mädchen, ehe Du mich ganz verstehst! Wenn ich mich gegen Dich vergangen habe, so habe ich es auch durch die theuersten Opfer wieder gut gemacht. Laß mir die Hoffnung daß Du mir verzeihen wirst, so werde ich den Muth haben Dir Alles zu bekennen. Höre nur erst mein Bekenntniß an, und ich bin gewiß, daß Du dann nicht mehr zürnen wirst.

Ich versprach Dir in jenem Briefe, entweder in 8 Tagen von hier abzureisen, oder Dir zu schreiben. Diese Zeit ist verstrichen, und das erste war noch nicht möglich. Beunruhige Dich nicht – meine Abreise kann morgen oder übermorgen und an jedem Tage erfolgen, der mir etwas Nochzuerwartendes überbringt. In der Folge werde ich mich deutlicher darüber erklären, laß das jetzt ruhen. Jetzt will ich mein Versprechen erfüllen und Dir, statt meiner, wenigstens einen Brief schicken. Sei für jetzt zufrieden mit diesem Stellvertreter, bald wird die Post mich selbst zu Dir tragen.

Aber von unserm Hauptgegenstande kann ich Dir jetzt noch nicht mehr schreiben, denn ich muß erst wissen, wie Du jenen letzten Brief aufgenommen hast. Also von etwas Anderem.

In meiner Seele sieht es aus, wie in dem Schreibtische eines Philosophen, der ein neues System ersann, und einzelne Hauptgedanken auf zerstreute Papiere niederschrieb. Eine große Idee – für Dich, Wilhelmine, schwebt mir unaufhörlich vor der Seele! Ich habe Dir den Hauptgedanken schon am Schlusse meines letzten Briefes, auch schon vorher auf einem einzelnen Blatte mitgetheilt. Du hast ihn doch noch nicht vergessen? – –

Ich ersuchte Dich doch einst mir aufzuschreiben, was Du Dir denn eigentlich von dem Glücke einer künftigen Ehe versprächst? – Erräthst Du nicht, warum? Doch wie kannst Du das errathen! – Ich sehe mit Sehnsucht diesem Aufsatz entgegen, den ich immer noch nicht von Wien erhalten habe. Sein erstes Blat, das Du mir mittheiltest, und das mir eine unaussprechliche, aber bittersüße Freude gewährte, scheuchte mich aus Deinen Armen und beschleunigte meine Abreise. Weißt Du wohl noch mit welcher Bewegung ich es am Tage vor unsrer Trennung durchlas, und wie ich es unruhig mit mir nach Hause nahm – und weißt Du auch was ich da, als ich allein war mit diesem Blatte, alles empfand? Es zog mein ganzes Herz an Dich, aber es stieß mich zugleich unwiderruflich aus Deinen Armen – Wenn ich es jetzt wieder lesen werde, so wird es mich dahin zurückführen. Damals war ich Deiner nicht würdig, jetzt bin ich es. Damals weinte ich, daß Du so gut, so edel, so achtungswürdig, so werth des höchstens Glückes warst, jetzt wird es mein Stolz und mein Entzücken sein. Damals quälte mich das Bewußtsein, Deine heiligsten Ansprüche nicht erfüllen zu können, und jetzt, jetzt – – Doch still!

Jetzt, Wilhelmine, werde auch ich Dir mittheilen, was ich mir von dem Glücke einer künftigen Ehe verspreche. Ehemals durfte ich das nicht, aber jetzt – o Gott! Wie froh macht mich das! – Ich werde Dir die Gattin beschreiben, die mich jetzt glücklich machen kann – – und das ist die große Idee, die ich für Dich im Sinne habe. Das Unternehmen ist groß, aber der Zweck ist es auch. Ich werde jede Stunde, die mir meine künftige Lage übrig lassen wird, diesem Geschäfte widmen. Das wird meinem Leben neuen Reiz geben, und uns beide schneller durch die Prüfungszeit führen, die uns bevorsteht. In fünf Jahren, hoffe ich, wird das Werk fertig sein.

Fürchte nicht, daß die beschriebene Gattinn nicht von Erde sein wird, und daß ich sie erst in dem Himmel finden werde. Ich werde sie in 5 Jahren auf dieser Erde finden und mit meinen irrdischen Arme⟨n⟩ umschließen – Ich werde von der Lilie nicht verlangen, daß sie in die Höhe schießen soll, wie die Ceder, und der Taube kein Ziel stecken, wie dem Adler. Ich werde aus der Leinwand kein Bild hauen, und auf dem Marmor nicht mahlen. Ich kenne die Masse, die ich vor mir habe und weiß, wozu sie taugt. Es ist ein Erz mit gediegenem Golde und mir bleibt nichts übrig, als das Metall von dem Gestein zu scheiden. Klang und Gewicht und Unverletzbarkeit in der Feuerprobe hat es von der Natur erhalten, die Sonne der Liebe wird ihm Schimmer und Glanz geben, und ich habe nach der metallurgischen Scheidung nichts weiter zu thun, als mich zu wärmen und zu sonnen in den Strahlen, die seine Spiegelfläche auf mich zurückwirft.

Ich selbst fühle wie matt diese Bildersprache gegen den Sinn ist, der mich belebt – – O wenn ich Dir nur einen Strahl von dem Feuer mittheilen könnte, das in mir flammt! Wenn Du es ahnden könntest, wie der Gedanke, aus Dir einst ein vollkommnes Wesen zu bilden, jede Lebenskraft in mir erwärmt, jede Fähigkeit in mir bewegt, jede Kraft in mir in Leben und Thätigkeit setzt! – Du wirst es mir kaum glauben, aber ich sehe oft stundenlang aus dem Fenster und gehe in 10 Kirchen und besehe diese Stadt von allen Seiten, und sehe doch nichts, als ein einziges Bild – Dich, Wilhelmine, und zu Deinen Füßen zwei Kinder, und auf Deinem Schooße ein Drittes, und höre wie Du den kleinsten sprechen, den mittleren fühlen, den größten denken lehrst, und wie Du den Eigensinn des Einen zu Standhaftigkeit, den Trotz des Andern zu Freimüthigkeit, die Schüchternheit des Dritten zu Bescheidenheit, und die Neugierde Aller zu Wißbegierde umzubilden weißt, sehe, wie Du ohne viel zu plaudern, durch Beispiele Gutes lehrst und wie Du ihnen in Deinem eignen Bilde zeigst, was Tugend ist, und wie liebenswürdig sie ist – – Ist es ein Wunder, Wilhelmine, wenn ich für diese Empfindungen die Sprache nicht finden kann?

O lege den Gedanken wie einen diamantenen Schild um Deine Brust: ich bin zu einer Mutter gebohren! Jeder andere Gedanke, jeder andere Wunsch fahre zurück von diesem undurchdringlichen Harnisch. Was könnte Dir sonst die Erde für ein Ziel bieten, das nicht verachtungswürdig wäre? Sie hat nichts was Dir einen Werth geben kann, wenn es nicht die Bildung edler Menschen ist. Dahin richte Dein heiligstes Bestreben! Das ist das Einzige, was Dir die Erde einst verdanken kann. Gehe nicht von ihr, wenn sie sich schämen müßte, Dich nutzlos durch ein Menschen-Alter getragen zu haben! Verachte alle die niederen Zwecke des Lebens. Dieser einzige wird Dich über alle erheben. In ihm wirst Du Dein wahres Glück finden, alle andern können Dich nur auf Augenblicke vergnügen. Er wird Dir Achtung für Dich selbst einflößen, alles andere kann nur Deine Eitelkeit kitzeln; und wenn Du einst an seinem Ziele stehst, so wirst Du mit Selbstzufriedenheit auf Deine Jugend zurückblicken, und nicht wie Tausend andere unglückliche Geschöpfe Deines Geschlechts die versäumte Bestimmung und das versäumte Glück in bittern Stunden der Einsamkeit beweinen.

Liebe Wilhelmine, ich will nicht, daß Du aufhören sollst, Dich zu putzen, oder in frohe Gesellschaften zu gehen, oder zu tanzen; aber ich mögte Deiner Seele nur den Gedanken recht aneignen, daß es höhere Freuden giebt, als die uns aus dem Spiegel, oder aus dem Tanzsaale entgegen lächeln. Das Gefühl, im Innern schön zu sein, und das Bild das uns der Spiegel des Bewußtseins in den Stunden der Einsamkeit zurückwirft, das sind Genüsse, die allein unsere heiße Sehnsucht nach Glück ganz stillen können.

Dieser Gedanke möge Dich auf alle Deine Schritte begleiten, vor den Spiegel, in Gesellschaften, in den Tanzsaal. Bringe der Mode, oder vielmehr dem Geschmack die kleinen Opfer, die er nicht ganz mit Unrecht von jungen Mädchen fordert, arbeite an deinem Putze, frage den Spiegel, ob Dir die Arbeit gelungen ist – aber eile mit dem allen, und kehre so schnell als möglich zu Deinem höchsten Zwecke zurück. Besuche den Tanzsaal – aber sei froh, wenn Du von einem Vergnügen zurückkehrst, wobei nur die Füße ihre Rechnung fanden, das Herz aber und der Verstand den Pulsschlag ihres Lebens ganz aussetzten, und das Bewußtsein gleichsam ganz ausgelöscht war. Gehe in frohe Gesellschaften, aber suche Dir immer den Bessern, Edleren heraus, den, von dem Du etwas lernen kannst – denn das darfst Du in keinem Augenblicke Deines Lebens versäumen. Jede Minute, jeder Mensch, jeder Gegenstand kann Dir eine nützliche Lehre geben, wenn Du sie nur zu entwickeln verstehst – doch von diesem Gegenstande ein andermal mehr.

Und so laß uns denn beide, Hand in Hand, unserm Ziele entgegen gehen, jeder dem seinigen, der ihm zunächst liegt, und wir beide dem letzten, nach dem wir beide streben. Dein nächstes Ziel sei, Dich zu einer Mutter, das meinige, mich zu einem Staatsbürger zu bilden, und das fernere Ziel, nach dem wir beide streben, und das wir uns beide wechselseitig sichern können, sei das Glück der Liebe.

Gute Nacht, Wilhelmine, meine Braut, einst meine Gattinn, einst die Mutter meiner Kinder!

d. 11[t] Octobr.

Ich will aus diesem Briefe kein Buch machen, wie aus dem vorigen, und Dir daher nur kurz noch Einiges vor dem Abgange der Post mittheilen.

Ich finde jetzt die Gegend um diese Stadt weit angenehmer, als ich sie bei meinem Einzuge fand; ja ich mögte fast sagen, daß ich sie jetzt schön finde – und ich weiß nicht, ob sich die Gegend verändert hat, oder das Herz, das ihren Eindruck empfieng. Wenn ich jetzt auf der steinernen Mainbrücke stehe, die das Citadell von der Stadt trennt, und den gleitenden Strom betrachte, der durch Berge und Auen in tausend Krümmungen heran strömt und unter meinen Füßen weg fließt, so ist es mir, als ob ich über ein Leben erhaben stünde. Ich stehe daher gern am Abend auf diesem Gewölbe und lasse den Wasserstrom und den Luftstrom mir entgegen rauschen. Oder ich kehre mich um, und verfolge den Lauf des Flusses bis er sich in die Berge verliert, und verliere mich selbst dabei in stille Betrachtungen. Besonders ein Schauspiel ist mir sehr merkwürdig. Grade aus strömt der Main von der Brücke weg, und pfeilschnell, als hätte er sein Ziel schon im Auge, als sollte ihn nichts abhalten, es zu erreichen, als wollte er es, ungeduldig, auf dem kürzesten Wege ereilen – aber ein Rebenhügel beugt seinen stürmischen Lauf, sanft aber mit festem Sinn, wie eine Gattinn den stürmischen Willen ihres Mannes, und zeigt ihm mit edler Standhaftigkeit den Weg, der ihn ins Meer führen wird – – und er ehrt die bescheidne Warnung und folgt der freundlichen Weisung, und giebt sein voreiliges Ziel auf und durchbricht den Rebenhügel nicht, sondern umgeht ihn, mit beruhigtem Laufe, seine blumigen Füße ihm küssend –

Selbst von dem Berge aus, von dem ich Würzburg zuerst erblickte gefällt es mir jetzt, und ich mögte fast sagen, daß es von dieser Seite am Schönsten sei. Ich sahe es letzt⟨h⟩in von diesem Berge in der Abenddämmerung, nicht ohne inniges Vergnügen. Die Höhe senkt sich allmählig herab und in der Tiefe liegt die Stadt. Von beiden Seiten hinter ihr ziehen im halben Kreise Bergketten sich heran, und nähern sich freundlich, als wollten sie sich die Hände geben, wie ein Paar alte Freunde nach einer lange verflossenen Beleidigung – aber der Main trit zwischen sie, wie die bittere Erinnerung, und sie wanken, und keiner wagt es, zuerst hinüber zu schreiten, und folgen beide langsam dem scheidenden Strome, wehmüthige Blicke über die Scheidewand wechselnd –

In der Tiefe, sagte ich, liegt die Stadt, wie in der Mitte eines Amphiteaters. Die Terrassen der umschließenden Berge dienten statt der Logen, Wesen aller Art blickten als Zuschauer voll Freude herab und sangen und sprachen Beifall, oben in der Loge des Himmels stand Gott. Und aus dem Gewölbe des großen Schauspielhauses sank der Kronleuchter der Sonne herab, und versteckte sich hinter die Erde – denn es sollte ein Nachtstück aufgeführt werden. Ein blauer Schleier umhüllte die ganze Gegend, und es war, als wäre der azurne Himmel selbst hernieder gesunken auf die Erde. Die Häuser in der Tiefe lagen in dunkeln Massen da, wie das Gehäuse einer Schnecke, hoch empor in die Nachtluft ragten die Spitzen der Thürme, wie die Fühlhörner eines Insectes, und das Klingeln der Glocken klang wie der heisere Ruf des Heimchens – und hinten starb die Sonne, aber hochroth glühend vor Entzücken, wie ein Held, und das blasse Zodiakal-licht umschimmerte sie, wie eine Glorie das Haupt eines Heiligen – –

Vorgestern gieng ich aus, einen andern Berg von der Nordseite zu ersteigen. Es war ein Weinberg, und ein enger Pfad führte durch geseegnete Rebenstangen auf seinen Gipfel. Ich hatte nicht geglaubt, daß der Berg so hoch sei – und er war es vielleicht auch nicht, aber sie hatten aus den Weinbergen alle Steine rechts und links in diesen Weg geworfen, das Ersteigen zu erschweren – – grade wie das Schicksal oder die Menschen mir auf den Weg zu dem Ziele, das ich nun doch erreicht habe. Ich lachte über diese auffallende Ähnlichkeit – liebes Mädchen, Du weißt noch nicht Alles, was mir in Berlin, und in Dreßden, in Baireuth, ja selbst hier in Würzburg begegnet ist, das Alles wird noch einen langen Brief kosten. Damals ärgerte ich mich eben so über die Steine, die mir in den Weg geworfen wurden, ließ mich aber nicht stören, vergoß zwar heiße Schweißtropfen, aber erreichte doch, wie vorgestern, das Ziel. Das Ersteigen der Berge, wie der Weg zur Tugend, ist besonders wegen der Aussicht, die man eben vor sich hat, beschwerlich. Drei Schritte weit sieht man, weiter nicht, und nichts als die Stufen, die erstiegen werden müssen, und kaum ist ein Stein überschritten, gleich ist ein andrer da, und jeder Fehltritt schmerzt doppelt, und die ganze Mühseeligkeit wird gleichsam wiedergekaut – – aber man muß an die Aussicht denken, wenn man den Gipfel erstiegen hat. O wie herrlich war der Anblick des Mainthales von dieser Höhe! Hügel und Thäler und Wasser, und Städte und Dörfer, alles durcheinander wie ein gewirkter Fußteppich! Der Main wandte sich bald rechts bald links, und küßte bald den einen, bald den andern Rebenhügel, und wankte zwischen seinen beiden Ufern, die ihm gleich theuer schienen, wie ein Kind zwischen Vater und Mutter. Der Felsen mit der Citadelle sah ernst auf die Stadt herab, und bewachte sie, wie ein Riese sein Kleinod, und an den Außenwerken herum schlich ein Weg, wie ein Spion, und krümte sich in jede Bastion, als ob er recognosciren wollte, wagte aber nicht in die Stadt zu gehen, sondern verlor sich in die Berge –

Aber keine Erscheinung in der Natur kann mir eine so wehmüthige Freude abgewinnen, als ein Gewitter am Morgen, besonders wenn es ausgedonnert hat. Wir hatten hier vor einigen Tagen dies Schauspiel – o es war eine prächtige Scene! Im Westen stand das nächtliche Gewitter und wüthete, wie ein Tyrann, und von Osten her stieg die Sonne herauf, ruhig und schweigend, wie ein Held. Und seine Blitze warf ihm das Ungewitter zischend zu und schalt ihn laut mit der Stimme des Donners – er aber schwieg der göttliche Stern, und stieg herauf, und blickte mit Hoheit herab auf den unruhigen Nebel unter seinen Füßen, und sah sich tröstend um nach den andern Sonnen, die ihn umgaben, als ob er seine Freunde beruhigen wollte – Und einen letzten fürchterlichen Donnerschlag schleuderte ihm das Ungewitter entgegen, als ob es seinen ganzen Vorrath von Galle und Geifer in einem Funken ausspeien wollte – aber die Sonne wankte nicht in ihrer Bahn, und nahte sich unerschrocken, und bestieg den Thron des Himmels – – und blaß, wie vor Schreck, entfärbte sich die Nacht des Gewölks, und zerstob wie dünner Rauch, und sank unter den Horizont, wenige schwache Flüche murmelnd – –

Aber welch' ein Tag folgte diesem Morgen! Laue Luftzüge wehten mich an, leise flüsterte das Laub, große Tropfen fielen mit langen Pausen von den Bäumen, ein mattes Licht lag ausgegossen über die Gegend, und die ganze Natur schien ermattet nach dieser großen Anstrengung, wie ein Held nach der Arbeit des Kampfes – Doch ich wollte ja kein Buch machen und will nur kurz und gut schließen. Schreibe mir, *ob Du mir verzeihen kannst*, und schicke den Brief an *Carln*, damit ich ihn bei meiner Ankunft in Berlin gleich empfange. Dann sollst Du mehr hören.

H. K.

24. An Ulrike von Kleist

Berlin, d. 27t Octobr 1800

Mein liebes, beßtes Ulrickchen, wie freue ich mich wieder so nahe bei Dir zu sein, und so froh, o ich bin es nie in meinem Leben herzlich gewesen, ich *konnte* es nicht, jetzt erst öffnet sich mir etwas, das mich aus der Zukunft anlächelt, wie Erdenglück. *Mir*, mein edles Mädchen, hast Du mit Deiner Unterstützung das Leben gerettet – Du verstehst das wohl nicht? Laß das gut sein. Dir habe ich, nach Brokes, von meiner jetzigen innern Ruhe und Fröhlichkeit, das meiste zu danken, und ich werde das ewig nicht vergessen. Die Thoren! Ich war gestern in Potsdam, und alle Leute glaubten, ich wäre darum so seelenheiter, weil ich angestellt würde – o die Thoren!

Du mögtest wohl die Einzige sein auf dieser Erde, bei der ich zweifelhaft sein könnte, ob ich das Geheimniß aufdekken soll, oder nicht? Zweifelhaft, sagte ich; denn bei Jedem Andern bin ich entschieden, nie wird es aus meiner Seele kommen. Indessen die Erklärung wäre sehr weitläufig, auch bin ich noch nicht ganz entschieden. Ich weiß wohl, daß Du nicht neugierig bist, aber ohne Theilnahme bist Du auch nicht, und Deiner mögte ich am Wenigsten gern kalt begegnen. Also laß mich nur machen. Wir werden uns schon einst verstehen. Für jetzt und immer bleibe verschwiegen über Alles.

Nach Frankfurt mögte ich jetzt nicht gern kommen, um das unausstehliche Fragen zu vermeiden, da ich durchaus nicht antworten kann. Denn ob ich gleich das halbe Deutschland durchreiset bin, so habe ich doch im eigentlichsten Sinne nichts gesehen. Von Würzburg über Meinungen, Schmalkalden, Gotha, Erfurt, Naumburg, Merseburg, Halle, Dessau, Potsdam nach Berlin bin ich (47 Meilen) in 5 Tagen gereist, Tag und Nacht, um noch vor dem 1^t Novmbr hier zu sein.

Brokes ist nicht in Paris, sondern in Dreßden, und das darum, weil bis auf den heutigen Tag die 100 Ducaten von Wien nicht angekommen sind. Wir haben aber in Würzburg die nöthigen Anstalten getroffen. Sie werden nach Dreßden geschickt werden.

Sei so gut und gieb ⟨Carl v.⟩ Zengen, der auf Uhrlaub kommen wird, den versiegelten Schlüssel vom Büreau; er wird die Sorge übernehmen, alle meine Sachen herzuschaffen.

Ich werde auch etwas Geld in Frankfurt vom Vormunde übrig haben, das sei so gut und schicke mir gleich.

Ich sträube mich nach so vielen Bitten noch eine an Dich zu wagen, aber ich sehe mich wirklich gezwungen dazu, indem ich keinen andern Ausweg weiß. Hälst Du indessen diese Bitte für unbescheiden, so betrachte sie lieber als nicht geschehen und bleibe mir nur gut. Du hast genug für mich gethan, um mir wohl einmal etwas abzuschlagen, und ich ehre Dich zu herzlich, als daß das nur eine Ahndung von Unwillen bei mir erwecken könnte.

Die Reise und besonders der Zweck der Reise war zu kostbar für 300 Rth. Brokes hat mir mit fast 200 Rth. ausgeholfen. Ich muß diese Summe ihm jetzt nach Dreßden schicken. Er hat zu unaussprechlich viel für mich gethan, als daß ich daran denken dürfte, diese Verpflichtung nur einen Augenblick zu versäumen. Du weißt daß ich selbst über mein Vermögen nicht gebieten kann, und Du erräthst das Übrige. Ich bin in einem Jahre majorenn. Diese Summe zurückzuzahlen wird mich nie reuen, ich achte mein ganzes Vermögen nicht um das, was ich mir auf dieser Reise erworben habe. Also deswegen sei unbesorgt. Antworte mir bald hierauf. Wenn mir diese kleine Unbequemlichkeit abgenommen wird, so wird es mir Mühe kosten, zu erdenken, was mir wohl auf der ganzen Erde zu meiner Zufriedenheit fehlen könne. Das wird mir wohl thun nach einem Leiden von 24 Jahren.

Grüße Alles, alles und lebe wohl. Dein Bruder Heinrich.

N. S. Hast Du die Musik von ⟨Carl v.⟩ Zengen erhalten? Sie kostet 1 Rth. 8 Gr. Von Leopold ⟨v. Kleist⟩ habe ich 2 Fr.d'or empfangen, der Rest wäre also 11 Rth. Diese ziehe ab von dem Gelde, das Du mir schicken wirst, wenigstens von meinem eignen Gelde. Wegen des Agio auf die Louisdors wird Brokes noch schreiben.

N. S. Sollte Tante gern in mein Büreau wollen, wegen der Wäsche, so sorge doch auf eine gute Art dafür, daß der obere Theil, worin die Schreibereien, gar nicht geöffnet werde.

25. An Carl Gustav von Struensee

p p

Ew. Excellenz ersuche unterthänigst um die Erlaubniß, den Sitzungen der technischen Deputation beiwohnen zu dürfen, damit ich in den Stand gesetzt werde, aus dem Gegenstande der Verhandlungen selbst zu beurtheilen, ob ich mich getrauen darf, mich dem Commerz und Fabriken Fache zu widmen.

Der ich mit der vollkommensten Hochachtung verharre

Ew. Excellenz
unterthänigster
Kleist
ehemals Lieutenant im
Reg. Garde.

Berlin,
d. 1. November, 1800.

26. An Wilhelmine von Zenge

Berlin, d. 13^{t} Novmbr, 1800.

Liebe Wilhelmine, o Dein Brief hat mir eine ganz außerordentliche Freude gewährt. Dich so anzuschmiegen an meine Wünsche, so innig einzugreifen in mein Interesse – o es soll Dir gewiß einst belohnt werden! Grade auf diesem Lebenswege, wo Du Alles fahren läßt, was doch sonst die Weiber reizt, Ehre, Reichthum, Wohlleben, grade auf diesem Wege wirst Du um so gewisser etwas Anderes finden, das doch mehr werth ist als das Alles – Liebe. Denn wo es noch andere Genüsse giebt, da theilt sich das Herz, aber wo es nichts giebt als Liebe, da öffnet sich ihr das ganze Wesen, da umfaßt es ihr ganzes Glück, da werden alle ihre unendlichen Genüsse erschöpft – ja, gewiß, Wilhelmine, Du sollst einst glücklich sein.

Aber laß uns nicht bloß frohen Träumereien folgen – Es ist wahr, wenn ich mir das freundliche Thal denke, das einst unsre Hütte umgrenzen wird, und mich in dieser Hütte und Dich und die Wissenschaften, und weiter nichts – o dann sind mir alle Ehrenstellen und alle Reichthümer verächtlich, dann ist es mir, als könnte mich nichts glücklich machen, als die Erfüllung dieses Wunsches, und als müßte ich unverzüglich an seine Erreichung schreiten – – Aber die Vernunft muß doch auch mitsprechen, und wir wollen einmal hören, was sie sagt. Wir wollen einmal recht vernünftig diesen ganzen Schrit prüfen.

Ich will kein Amt nehmen. Warum will ich es nicht? – O wie viele Antworten liegen mir auf der Seele! Ich kann nicht eingreifen in ein Interesse, das ich mit meiner Vernunft nicht prüfen darf. Ich soll thun was der Staat von mir verlangt, und doch soll ich nicht untersuchen, ob das, was er von mir verlangt, gut ist. Zu seinen unbekannten Zwecken soll ich ein bloßes Werkzeug sein – ich kann es nicht. Ein eigner Zweck steht mir vor Augen, nach ihm würde ich handeln müssen, und wenn der Staat es anders will, dem Staate nicht gehorchen dürfen. Meinen Stolz würde ich darin suchen, die Aussprüche meiner Vernunft geltend zu machen gegen den Willen meiner Obern – nein, Wilhelmine, es geht nicht, ich passe mich für kein Amt. Ich bin auch wirklich zu ungeschickt, um es zu führen. Ordnung, Genauigkeit, Geduld, Unverdrossenheit, das sind Eigenschaften die bei einem Amte unentbehrlich sind, und die mir doch ganz fehlen. Ich arbeite nur für meine Bildung gern und da bin ich unüberwindlich geduldig und unverdrossen. Aber für die Amtsbesoldung Listen zu schreiben und Rechnungen zu führen – ach, ich würde eilen, eilen, daß sie nur fertig würden und zu meinen geliebten Wissenschaften zurückkehren. Ich würde die Zeit meinem Amte stehlen, um sie meiner Bildung zu widmen – nein, Wilhelmine, es geht nicht, es geht nicht. Ja ich bin selbst zu ungeschickt mir ein Amt zu erwerben. Denn zufrieden mir wirklich Kenntnisse zu erwerben, bekümmert es mich wenig, ob Andere sie in mir wahrnehmen. Sie zur Schau aufstellen, oder zum Kauf ausbieten, wäre mir ganz unmöglich – und würde man denjenigen wohl begünstigen, der den Stolz hat, jede Gunst zu entbehren, und der durch keine andere Fürsprache steigen will, als durch die Fürsprache seiner eignen Verdienste? – Aber das Entscheidendste ist dieses, daß selbst ein Amt, und wäre es eine Ministerstelle, mich nicht glücklich machen kann. Mich nicht, Wilhelmine – denn Eines ist gewiß, ich bin einmal in meinem Hause glücklich, oder niemals, nicht auf Bällen, nicht im Opernhause, nicht in Gesellschaften, und wären es die Gesellschaften der Fürsten, ja wäre es auch die Gesellschaft unsres eignen Königs – – und wollte ich darum Minister werden, um häußliches Glück zu genießen? Wollte ich darum mich in eine Hauptstadt begraben und mich in ein Chaos von verwickelten Verhältnissen stürzen, um still und ruhig bei meiner Frau zu leben? Wollte ich mir darum Ehrenstellen erwerben und mich darum mit Ordensbändern behängen, um Staat zu machen damit vor meinem Weibe und meinen Kindern? Ich will von der Freiheit nicht reden, weil Du mir schon einmal Einwürfe dagegen gemacht hast, ob Du zwar wohl gleich, wie alle Weiber, das nicht recht verstehen magst; aber Liebe und Bildung sind zwei unerlaßliche Bedingungen meines künftigen Glückes – – und was könnte mir in einem Amte davon zu Theil werden, als höchstens ein karger, sparsamer Theil von beiden? Wollte ich an die Wissenschaften gehen, so brächte mir der Secretair einen Stoß voll Akten, und wollte ich einen großen Gedanken verfolgen, so meldete mir der Kammerdiener, daß das Vorzimmer voll Fremden stehe. Wollte ich den Abend bei meinem Weibe zubringen, so ließe mich der König zu sich rufen und um mir auch die Nächte zu rauben, müßte ich in die Provinzen reisen und die Fabriken zählen. O wie würde ich den Orden und die Reichthümer und den ganzen Bettel der großen Welt verwünschen, wie würde ich bitterlich weinen, meine Bestimmung so unwiderbringlich verfehlt zu haben, wie würde ich mir mit heißer Sehnsucht trocknes Brod wünschen und mit ihm Liebe, Bildung und Freiheit – Nein, Wilhelmine, ich darf kein Amt wählen, weil ich das ganze Glück, das es gewähren kann, verachte.

Aber darf ich mich auch jedem Amte entziehen? – Ach, Wilhelmine, diese spitzfündige Frage haben mir schon so viele Menschen aufgeworfen. Man müsse seinen Mitbürgern nützlich sein, sagen sie, und darin haben sie Recht – und darum müsse man ein Amt nehmen, setzen sie hinzu, aber darin haben sie Unrecht. Kann man denn nicht Gutes wirken, wenn man auch nicht eben dafür besoldet wird? O ich darf nur an Brokes denken –! Wie vieles Gute, Vortreffliche, thut täglich dieser herrliche Mensch. – Und dann, wenn ich einmal auf Kosten der Bescheidenheit die Wahrheit reden will – habe ich nicht auch während meiner Anwesenheit in Frankfurt unter unsern Familien manches Gute gestiftet –? Durch untadelhaften Lebenswandel den Glauben an die Tugend bei Andern stärken, durch weise Freuden sie zur Nachahmung reizen, immer dem Nächsten, der es bedarf, helfen mit Wohlwollen und Güte – ist das nicht auch Gutes wirken? Dich, mein geliebtes Mädchen, ausbilden, ist das nicht etwas Vortreffliches? Und dann, mich selbst auf eine Stufe näher der Gottheit zu stellen – – o laß, mich, laß mich! Das Ziel ist gewiß hoch genug und erhaben, da giebt es gewiß Stoff genug zum Handeln – – und wenn ich auch auf dieser Erde nirgends meinen Platz finden sollte, so finde ich vielleicht auf einem andern Sterne einen um so bessern.

Aber kann ich jedes Amt ausschlagen? das heißt, ist es möglich? – Ach, Wilhelmine, wie gehe ich mit klopfendem Herzen an die Beantwortung dieser Frage! Weißt Du wohl noch am letzten Abend den Erfolg unsrer Berechnung –? – Aber ich glaube doch immer noch – ich habe doch noch nicht alle Hoffnung verloren – – Sieh, Mädchen, ich will Dir sagen, wie ich zuerst auf den Gedanken kam, daß es wohl möglich sein müsse. Ich dachte, Du lebst in Frankfurt, ich in Berlin, warum könnten wir denn nicht, ohne mehr zu verlangen, zusammen leben? Aber das Herkommen will, daß wir ein Haus bilden sollen und unsere Geburt, daß wir mit Anstand leben sollen – o über die unglückseeligen Vorurtheile! Wie viele Menschen genießen mit Wenigem, vielleicht mit einem Paar Hundert Thalern das Glück der Liebe – und wir sollten es entbehren, weil wir von Adel sind? Da dachte ich, weg mit allen Vorurtheilen, weg mit dem Adel, weg mit dem Stande – gute Menschen wollen wir sein und uns mit der Freude begnügen, die die Natur uns schenkt. Lieben wollen wir uns, und bilden und dazu gehört nicht viel Geld – aber doch etwas, doch etwas – und ist das, was wir haben, wohl hinreichend? Ja, das ist eben die große Frage. O wenn ich warten wollte, bis ich mir etwas erwerben kann, oder will, o dann bedürften wir weiter nichts als Geduld, denn das ist mir in der Folge gewiß. – Laß mich ganz aufrichtig sein, liebes Mädchen. Ich will von mir mit Dir reden, als spräche ich mit mir selbst. Gesetzt Du fändest die Rede eitel, was schadet es? Du bist nichts anders als ich, und vor Dir will ich nicht besser erscheinen, als vor mir selbst, auch Schwächen will ich vor Dir nicht verstecken. Also aufrichtig und ohne allen Rückhalt.

Ich bilde mir ein, daß ich Fähigkeiten habe, seltnere Fähigkeiten, meine ich – Ich glaube es, weil mir keine Wissenschaft zu schwer wird; weil ich rasch darin vorrücke, weil ich manches schon aus eigener Erfindung hinzugethan habe – und am Ende glaube ich es auch darum, weil alle Leute es mir sagen. Also kurz, ich glaube es. Da stünde mir nun für die Zukunft das ganze schriftstellerische Fach offen. Darin fühle ich, daß ich sehr gern arbeiten würde. – O da ist die Aussicht auf Erwerb äußerst vielseitig. Ich könnte nach Paris gehen und die neueste Philosophie in dieses neugierige Land verpflanzen – doch das siehst Du Alles so vollständig nicht ein, als ich. Da müßtest Du schon meiner bloßen Versicherung glauben und ich versichere Dir hiermit, daß wenn Du mir nur ein Paar Jahre, höchstens sechs, Spielraum giebst, ich dann gewiß Gelegenheit finden werde, mir Geld zu erwerben.

Aber so lange sollen wir noch getrennt sein –? Liebe Wilhelmine, ich will auch hierin ganz aufrichtig sein. Ich fühle, daß es mir nothwendig ist, *bald* ein Weib zu haben. Dir selbst wird meine Ungeduld nicht entgangen sein – ich muß diese unruhigen Wünsche, die mich unaufhörlich wie Schuldner mahnen, zu befriedigen suchen. Sie stören mich in meinen Beschäfftigungen – auch damit ich moralisch gut bleibe, ist es nöthig – Sei aber ganz ruhig, ich bleibe es *gewiß*. Nur kämpfen möchte ich nicht gern. Man muß sich die Tugend so leicht machen als möglich. Wenn ich nur erst ein Weib habe, so werde ich meinem Ziele ganz ruhig und ganz sicher entgegen gehen – aber bis dahin – o werde *bald*, *bald*, mein Weib.

Also ich wünsche es mit meiner ganzen Seele und entsage dem ganzen prächtigen Bettel von Adel und Stand und Ehre und Reichthum, wenn ich nur Liebe bei Dir finde. Wenn es nur möglich ist, daß wir so ohne Mangel beieinander leben können etwa sechs Jahre lang, nämlich bis so lange, wo ich mir etwas zu erwerben hoffe, o dann bin ich glücklich.

Aber ist dies möglich –? O du gutes, treffliches Mädchen! *Ist* es möglich, so ist es nur *durch Dich* möglich. Hätte mich mein Schicksaal zu einem andern Mädchen geführt, das nicht so anspruchslos und genügsam wäre, wie Du, ja dann müßte ich diesen innigsten Wunsch unfehlbar unterdrücken. Aber auch Du willst nichts, als Liebe und Bildung – o beides sollst Du von mir erhalten, von dem ersten mehr selbst als Du fordern wirst, von dem andern so viel ich geben kann, aber beides mit Freuden. Ich erwarte mit Sehnsucht Deine Berechnung. Du kannst das Alles besser prüfen als ich. Aber laß Dich nicht verführen von Deiner Liebe. Sei karg gegen mich, aber nicht gegen Dich. Nein, ich schwöre Dir, ich will Dich mit dieser scheinbaren Selbstverleugnung nicht an Edelmuth übertreffen. Setze also nicht vergeblich Edelmuth an Edelmuth, das würde unser beiderseitiges Interesse verwirren. Laß uns *wahr* sein, ohne geschraubte Tugend. Wenn ich weniger verlange, als Du, so ist das keine

Selbstverleugnung, die mir ein Opfer kostet. Ich fühle, daß ich wirklich wenig bedarf, und mit wahrer Freude würde ich selbst manches entbehren, um Dich damit froher zu machen. Das ist mein Ernst, Wilhelmine, also laß mir diese Freude. Überfluß wirst Du nicht verlangen, aber an dem Nothwendigen, darf es Dir niemals fehlen, o niemals, denn das würde mich selbst unglücklich machen. Also sei nicht karg gegen Dich in der Berechnung. Fordere lieber mehr als Du brauchst, als weniger. Es steht ja doch immer in der Folge bei Dir, mir zufließen zu lassen, was Du übrig hast, und dann werde ich es gewiß immer gern von Dir annehmen. Ist es unter diesen Bedingungen nicht möglich, daß wir uns bald vereinigen – nicht möglich, nun denn, so müssen wir auf günstigere Zeiten hoffen – aber dann ist die Aussicht dunkel, o sehr dunkel – und das Schrecklichste wäre mir, Dich betrogen zu haben, Dich, die mich so innig liebte – o weg mit dem abscheulichen Gedanken.

Indessen ich weiß doch noch ein Mittel, selbst wenn unser Vermögen Deiner Berechnung nicht entspräche. Es ist dieses, mir durch Unterricht wenigstens jährlich ein Paar Hundert Thaler zu erwerben. Lächle nicht und bemühe Dich nur ja, alle Vorurtheile zu bekämpfen. Ich bin sehr fest entschlossen, den ganzen Adel von mir abzuwerfen. Viele Männer haben geringfügig angefangen und königlich ihre Laufbahn beschlossen. Shakespeare war ein Pferdejunge und jetzt ist er die Bewunderung der Nachwelt. Wenn Dir auch die eine Art von Ehre entgeht, so wird Dir doch vielleicht einst eine andere zu Theil werden, die höher ist – Wilhelmine, warte zehen Jahre und Du wirst mich nicht ohne Stolz umarmen.

Mein Plan in diesem Falle wäre dieser. Wir hielten uns irgendwo in Frankreich auf, etwa in dem südlichen Theile, in der französischen Schweiz, in dem schönsten Erdstriche von Europa – und zwar aus diesem Grunde, um Unterricht dort in der deutschen Sprache zu geben. Du weißt, wie überhäuft mit Stunden hier bei uns die Emigrirten sind; das möchte in

Frankreich noch mehr der Fall sein, weil es da weniger Deutsche giebt, und doch von der Academie und von allen französischen Gelehrten unaufhörlich die Erlernung der deutschen Sprache anempfohlen wird, weil man wohl einsieht, daß jetzt von keinem Volke der Erde mehr zu lernen ist, als von den Deutschen. Dieser Aufenthalt in Frankreich wäre mir aus 3 Gründen lieb. Erstlich, weil es mir in dieser Entfernung leicht werden würde, ganz nach meiner Neigung zu leben, ohne die Rathschläge guter Freunde zu hören, die mich und was ich eigentlich begehre, ganz und gar nicht verstehen; zweitens, weil ich so ein Paar Jahre lang ganz unbekannt leben könnte und ganz vergessen werden würde, welches ich recht eigentlich wünsche; und drittens, welches der Hauptgrund ist, weil ich mir da recht die französische Sprache aneignen könnte, welches zu der entworfnen Verpflanzung der neuesten Philosophie in dieses Land, wo man von ihr noch gar nichts weiß, nothwendig ist. – Schreibe mir unverhohlen Deine Meinung über dieses. – Aber daß ja niemand etwas von diesem Plane erfährt. Wenn Du nicht mein künftiges Weib wärest, so hätte ihn vor der Ausführung kein Mensch von mir erfahren. – Lerne nur auf jeden Fall recht fleißig die französische Sprache. – Wie Vater zur Einwilligung zu bringen ist, davon ein andermal. – Ist das Alles nicht ausführbar, so bleibt uns, bis zum Tode, Eins gewiß, nämlich meine Liebe Dir, und Deine Liebe mir. Ich wenigstens gebe nie einem andern Mädchen meine Hand, als Dir.

Und nun muß ich schließen. Ich kann jetzt nicht mehr so lange Briefe schreiben, als auf der Reise, denn jetzt muß ich für Dich und mich arbeiten. Und doch habe ich Dir noch so vieles zu sagen, z. B. über Deine Bildung. O wenn ich bei Dir wäre, so wäre das Alles weit kürzer abgemacht. Ich wollte Dir bei meiner Anwesenheit in Frankfurt vorschlagen, ob Du Dir nicht ein Tagebuch halten wolltest, nämlich ob du nicht alle Abend aufschreiben wolltest, was Du am Tage sahst, dachtest, fühltest & Denke einmal darüber nach, ob das nicht gut wäre. Wir werden uns in diesem unruhigen Leben so selten unsrer bewußt – die Gedanken und die Empfindungen verhallen wie ein Flötenton im Orkane – so manche Erfahrung geht ungenutzt verloren – das Alles kann ein Tagebuch verhüten. Auch lernen wir dadurch Freude aus uns selbst entwickeln, und das möchte wohl gut sein für Dich, da Du von außen, außer von mir, wenige Freude empfangen wirst. Das könntest Du mir dann von Zeit zu Zeit mittheilen – aber Du müßtest Dich darum nicht weniger strenge prüfen – ich werde nicht hart sein – denke an Deine Verzeihung meines Fehltritts. – Ich werde Dir auch in meinen Briefen alles mittheilen, was mir begegnet. – Adieu. Ich küsse Dein Bild. H. K.

27. An Wilhelmine von Zenge

Berlin, d. 16t ⟨und 18.⟩ Novmbr, 1800.

Für Wilhelminen.

Man erzählt von Newton, es sei ihm, als er einst unter einer Allee von Fruchtbäumen spatzieren gieng, ein Apfel von einem Zweige vor die Füße gefallen. Wir beide würden bei dieser gleichgültigen und unbedeutenden Erscheinung nicht viel Interessantes gedacht haben. Er aber knüpfte an die Vorstellung der Kraft, welche den Apfel zur Erde trieb, eine Menge von folgenden Vorstellungen, bis er durch eine Reihe von Schlüssen zu dem Gesetze kam, nach welchem die Weltkörper sich schwebend in dem unendlichen Raume erhalten.

Galilei mußte zuweilen in die Kirche gehen. Da mogte ihm wohl das Geschwätz des Pfaffen auf der Kanzel ein wenig langweilig sein, und sein Auge fiel auf den Kronleuchter, der von der Berührung des Ansteckens noch in schwebender Bewegung war. Tausende von Menschen würden, wie das Kind, das die schwebende Bewegung der Wiege selbst fühlt, dabei vollends eingeschlafen sein. Ihm aber, dessen Geist immer schwanger war mit großen Gedanken, gieng plötzlich ein Licht auf, und er erfand das Gesetz des Pendels, das in der Naturwissenschaft vor der äußersten Wichtigkeit ist.

Es war, dünkt mich, Pilatre, der einst aus seinem Zimmer den Rauch betrachtete, der aus einer Feueresse wirbelnd in die Höhe stieg. Das mogten wohl viele Menschen vor ihm auch gesehen haben. Sie ließen es aber dabei bewenden. Ihm aber fiel der Gedanke ein, ob der Rauch, der doch mit einer gewissen Kraft in die Höhe stieg, nicht auch fähig wäre, mit sich eine gewisse Last in die Höhe zu nehmen. Er versuchte es und ward der Erfinder der Luftschiffarthskunst.

Colomb stand grade an der Küste von Portugal, als der Wind ein Stück Holz ans Ufer trieb. Ein Andrer, an seiner Stelle, würde dies vielleicht nicht wahrgenommen haben und wir wüßten vielleicht noch nichts von Amerika. Er aber, der immer aufmerksam war auf die Natur, dachte, in der Gegend, von welcher das Holz herschwamm, müsse wohl ein Land liegen, weil das Meer keine Bäume trägt, und er ward der Entdecker des 4^{t} Welttheiles.

In einer holländischen Grenzfestung saß seit langen Jahren ein Gefangener. In dem Gefängnisse, glaubt man, lassen sich nicht viele interessante Betrachtungen anstellen. Ihm aber war jede Erscheinung merkwürdig. Er bemerkte eine gewisse Übereinstimmung in dem verschiedenen Bau der Spinngewebe mit der bevorstehenden Witterung, so daß er untrüglich das Wetter vorhersagen konnte. Dadurch ward er der Urheber einer höchst wichtigen Begebenheit. Denn als in dem französischen Kriege Holland unter Wasser gesetzt worden war, und Pichegru im Winter mit einem Heere über das Eis bis an diese Festung vordrang, und nun plötzlich Thauwetter einfiel und der französische Feldherr, seine Armee vor dem Wassertode zu retten, mit der größten Eilfertigkeit zurückzukehren befahl, da trat dieser Gefangene auf und ließ dem General sagen, er könne ruhig stehen bleiben, in 2 Tagen falle wieder Frost ein, er stehe mit seinem Kopfe für die Erfüllung seiner Prophezeihung – – und Holland ward erobert. –

Diese Beispiele mögen hinreichend sein, Dir, mein liebes Mädchen, zu zeigen, daß nichts in der ganzen Natur unbedeutend und gleichgültig und jede Erscheinung der Aufmerksamkeit eines denkenden Menschen würdig ist.

Von Dir werde ich freilich nicht verlangen, daß Du durch Deine Beobachtungen die Wissenschaften mit Wahrheiten bereicherst, aber Deinen Verstand kannst Du damit bereichern und tausendfältig durch aufmerksame Wahrnehmung aller Erscheinungen üben.

Das ist es, liebes Mädchen, wozu ich Dir in diesem Bogen die Anleitung geben will.

Mir leuchtet es immer mehr und mehr ein, daß die Bücher schlechte Sittenlehrer sind. Was wahr ist sagen sie uns wohl, auch wohl, was gut ist, aber es dringt in die Seele nicht ein. Einen Lehrer giebt es, der ist vortrefflich, wenn wir ihn verstehen; es ist die Natur.

Ich will Dir das nicht durch ein langes Geschwätz beweisen, sondern lieber durch Beispiele zeigen, die wohl immer, besonders bei Weibern, die beßte Wirkung thun mögten.

Ich gieng an jenem Abend vor dem wichtigsten Tage meines Lebens in Würzburg spatzieren. Als die Sonne herabsank war es mir als ob mein Glück untergienge. Mich schauerte wenn ich dachte, daß ich vielleicht von Allem scheiden müßte, von Allem, was mir theuer ist.

Da gieng ich, in mich gekehrt, durch das gewölbte Thor, sinnend zurück in die Stadt. Warum, dachte ich, sinkt wohl das Gewölbe nicht ein, da es doch keine Stütze hat? Es steht, antwortete ich, weil alle Steine auf einmal einstürzen wollen – und ich zog aus diesem Gedanken einen unbeschreiblich erquickenden Trost, der mir bis zu dem entscheidenden Augenblicke immer mit der Hoffnung zur Seite stand, daß auch ich mich halten würde, wenn Alles mich sinken läßt.

Das, mein liebes Minchen, würde mir kein Buch gesagt haben, und das nenne ich recht eigentlich lernen von der Natur.

Einen ähnlichen Trost hatte ich schon auf der Hinreise nach W. Ich stand nämlich mit dem Rücken gegen die Sonne und blickte lange in einen lebhaften Regenbogen. So fällt doch, dachte ich, immer ein Strahl von Glück auf unser Leben, und wer der Sonne selbst den Rücken kehrt und in die trübe Wetterwolke schaut, dem wirft ihr schönres Bild der Regenbogen zu.

In jener herrlichen Nacht, als ich von Leipzig nach Dreßden reisete, dachte ich mit wehmüthiger Freude: am Tage sehn wir wohl die schöne Erde, doch wenn es Nacht ist sehn wir in die Sterne.

O es giebt Augenblicke, wo uns solche Winke der Natur, wie die freundliche Rede eines Lehrers, entzücken können.

d. 18t Novmbr.

Bemühe Dich also von jetzt an, recht aufmerksam zu sein, auf alle Erscheinungen, die Dich umgeben. Keine ist unwichtig, jede, auch die scheinbar-unbedeutendste, enthält doch etwas, das merkwürdig ist, wenn wir es nur wahrzunehmen wissen. Aber bestrebe Dich, nicht bloß die Erscheinungen wahrzunehmen, sondern auch etwas von ihnen zu lernen. Frage bei jeder Erscheinung entweder: worauf deutet das hin? und dann wird die Antwort Dich mit irgend einer nützlichen Lehre bereichern; oder frage wenigstens, wenn das nicht geht: womit hat das eine Ähnlichkeit?, und dann wird das Auffinden des Gleichnisses wenigstens Deinen Verstand schärfen.

Ich will Dir auch dieses durch einige anleitende Beispiele erläutern.

Daß Du nicht, wie das Thier, den Kopf zur Erde neigst, sondern aufrecht gebaut bist und in den Himmel sehen kannst – worauf deutet das hin? – beantworte mir einmal das.

Du hast zwei Ohren und doch nur einen Mund. Mit den Ohren sollst Du hören, mit dem Munde sollst Du reden. – Das hältst Du wohl für etwas sehr Gleichgültiges? Und doch läßt sich daraus eine höchst wichtige Lehre ziehen. Frage Dich einmal selbst, worauf das hindeutet, daß Du mehr Ohren hast als Münder? – Troschke könnte die Antwort gebrauchen.

Du allein singst nur einen Ton, ich allein singe auch nur einen Ton; wenn wir einen Accord hören wollen, so müssen wir beide zusammen singen. – Worauf deutet das hin?

Wenn Du spatzieren gehst und in die Sonne blickst, so wenden Dir alle Gegenstände ihre Schattenseite zu – Eine Lehre mögte sich daraus nicht ziehen lassen, aber ein sehr interessantes Gleichniß. Also frage Dich einmal: womit hat das eine Ähnlichkeit?

Ich gieng letzthin in der Nacht durch die Königsstraße. Ein Mann kam mir entgegen mit einer Laterne. Sich selbst leuchtete er auf den Weg, mir aber machte er es noch dunkler. – Mit welcher Eigenschaft des Menschen hat diese Blendlaterne Ähnlichkeit?

Ein Mädchen, das verliebt ist, und es vor der Welt verbergen will, spielt in Gegenwart ihres Geliebten gewöhnlich mit dem Fächer. Ich nenne einen solchen Fächer einen Telegraphen, (zu Deutsch: Fernschreiber) der Liebe. – Warum?

Der Sturm reißt den Baum um, aber nicht das Veilchen, der leiseste Abendwind bewegt das Veilchen, aber nicht den Baum. – Womit hat das eine vortreffliche Ähnlichkeit?

Solche und ähnliche Fragen wirf Dir, mein liebes Minchen, selbst recht oft auf und suche sie dann zu beantworten. An Stoff zu solchen Fragen kann es Dir niemals fehlen, wenn Du nur recht aufmerksam bist auf Alles, was Dich umgiebt. Kannst Du die Frage nicht gleich beantworten, so glaube nicht, daß die Antwort unmöglich sei; aber setze die Beantwortung aus, denn unangenehm darfst Du Dir diese Beschäftigung nicht machen, die unserm ganzen

Leben großen Reiz geben, die Wichtigkeit aller uns umgebenden Dinge erhöhen und eben dadurch für uns höchst angenehm werden kann. Das heißt recht eigentlich unsern Verstand *gebrauchen* – und dazu haben wir ihn doch?

Wenn Dir aber die Antwort gelingt, so zeichne den ganzen Gedanken gleich auf, in einem dazu bestimmten Hefte. Denn *festhalten* müssen wir, was wir uns selbst *erworben* haben – auch will ich Dir in der Folge noch einen andern Grund sagen warum es gut ist, wenn Du das aufschreibst.

Also von heute an mußt Du jeden Spatziergang bedauern oder vielmehr bereuen, der Dich nicht wenigstens um 1 Gedanken bereichert hätte; und wenn gar ein ganzer Tag ohne solche *moralische Revenüen* vergeht, und wenn gar ganze Wochen ohne solche Einkünfte verstreichen, – dann – dann – – Ja, mein liebes Minchen, *ein* Capital müssen wir haben, und wenn es kein *Geld* ist, so muß es *Bildung* sein, denn mit dem *Körper* können wir wohl darben, aber mit dem Geiste müssen wir es niemals, niemals – und wovon wollen wir leben, wenn wir nicht bei Zeiten sammeln?

Widme Dich also diesem Geschäft so oft als möglich, ja bei der Arbeit selbst. Dadurch wird recht eigentlich die Arbeit veredelt, wenn sie nicht nur unsern Körper sondern auch unsern Geist beschäfftigt. Daß dieses allerdings möglich sei, wirst Du bei einiger Betrachtung leicht finden.

Wenn Dir beim Stricken des Strumpfes eine Masche von der Nadel fällt, und Du, ehe Du weiter strikst, behutsam die Masche wieder aufnimmst, damit nicht der eine aufgelös'te Knoten alle die andern auflöse und so das ganze künstliche Gewebe zerstört werde – welche nützliche Lehre giebt Dir das für Deine Bildung, oder wohin deutet das?

Wenn Du in der Küche das kochend-heiße Wasser in das kühlere Gefäß gießest, und die sprudelnde Flüssigkeit, indem sie das Gefäß ein wenig erwärmt, selbst dadurch abgekühlt wird, bis die Temperaturen (Wärmegrade) in beiden sich ins Gleichgewicht gesetzt haben – welche vortreffliche

Hoffnung ist daraus für uns beide, und besonders für mich zu ziehen, oder worauf deutet das hin?

Ja, um Dir ein Beispiel von der gemeinsten Beschäftigung zu geben – wenn Du ein schmutziges Schnupftuch mit Wasser auswäschst, welches Buch kann Dir eine so hohe, erhabene Lehre geben, als diese Arbeit? Bedürfen wir mehr als bloß rein zu sein, um mit der schönsten Farbe der Unschuld zu glänzen?

Aber die beßte Anleitung, Dich im Selbstdenken zu üben, mögte doch wohl ein nützliches Buch sein, etwa Wünsch's kosmologische (weltbürgerliche) Unterhaltungen, das ich Dir geschenkt habe. Wenn Du das täglich ein Stündchen in die Hand nähmest, so würdest Du davon einen doppelten Nutzen haben. Erstens, die Natur selbst näher kennen zu lernen, und dann Stoff zu erhalten, um eigne Gedanken anzuknüpfen.

Nämlich so: Gesetzt Du fändest darin den Satz, daß die äußere (vordere) Seite des Spiegels nicht eigentlich bei dem Spiegel die Hauptsache sei, ja, daß diese eigentlich weiter nichts ist, als ein nothwendiges Übel, indem sie das eigentliche Bild nur verwirrt, daß es aber hingegen vorzüglich auf die Glätte und Politur der inneren (hinteren) Seite ankomme, wenn das Bild recht rein und treu sein soll – – welchen Wink giebt uns das für unsere eigne Politur, oder wohin deutet das?

Oder gesetzt Du fändest darin den Satz, daß zwei Marmorplatten nur dann unzertrennlich aneinander hangen, wenn sie sich in allen ihren Puncten berühren. Womit haben die Marmorplatten Ähnlichkeit?

Oder, daß die Pflanze ihre Nahrung mehr aus der Luft und dem Regen, also mehr aus dem Himmel ziehen muß, als aus der Erde, um zu gedeihen – welche zarte Pflanze des Herzens muß das auch?

Bei jedem solchen interessanten Gedanken müßtest Du also immer fragen, entweder: wohin deutet das, wenn man es auf den Menschen bezieht? oder: was hat das für eine

Ähnlichkeit, wenn man es mit dem Menschen vergleicht? Denn der Mensch und die Kenntniß seines ganzen Wesens muß Dein höchstes Augenmerk sein, weil es einst Dein Geschäft sein wird, Menschen zu bilden.

Gesetzt also, Du fändest in diesem Buche, daß die Luftsäure (eine Luftart) sich aus der Fäulniß entwickele und doch auch vor der Fäulniß sichere; so müßtest Du nun fragen, welche Ähnlichkeit hat das wohl, wenn man es in irgend einer Hinsicht mit dem Menschen vergleicht? Da wirst Du leicht finden, daß sich aus dem Laster des Menschen etwas entwickele, das davor sichert, nämlich die Reue.

Wenn Du liesest, daß die glänzende Sonne keine Flecken habe, wenn man sie nicht mühsam mit dem Teleskop aufsuche, um sie zu finden – welch' eine vortreffliche Lehre giebt uns das?

O letzthin ward ich plötzlich durch einen bloßen Anblick zurückgeführt im Geiste durch anderthalb Jahre in jene Zeit, wo wir noch unempfindlich neben einander wohnten, unbewußt, daß wir uns einst so nahe verwandt sein würden. Ich öffnete nämlich das Schubfach meines Tisches, in welchem mein Feuerzeug, Stahl und Stein lag. Da liegen sie nebeneinander, dachte ich, als ob sie zu einander nicht gehörten, und wenden einander ihre kalten Seiten zu, und noch läßt sich der Funke nicht ahnden, der doch in beiden schlummert – – Aber jetzt umschließe ich Dich innig mit meinem warmen Herzen, mein liebes, liebes Minchen – o der erste Funke fieng Feuer – vielleicht wäre er doch erloschen, aber Du hast es wohl verstanden, ihn zur Flamme anzufachen – o erhalte sie in der Glut, mein eignes Glück hängt daran, aber von Dir nur hängt es ab. O wache, wie die Vestalinnen, über die heilige Flamme, daß sie nicht erlösche, lege von Zeit zu Zeit etwa ein neues erworbenes Verdienst hinzu, und schlafe nie ein auf den Stufen – o dann wird die Flamme ewig lodern und beide, uns beide, erwärmen.

Und nun lebe wohl. – Doch ich wollte Dir ja noch einen andern Grund sagen, warum es gut wäre, Deine eigenen

Gedanken aufzuschreiben. Er ist dieser. Du weißt daß ich mich jetzt für das schriftstellerische Fach bilde. Ich selbst habe mir schon ein kleines Ideenmagazin angelegt, das ich Dir wohl einmal mittheilen und Deiner Beurtheilung unterwerfen mögte. Ich vergrößere es täglich. Wenn Du auch einen kleinen Beitrag dazu liefertest, so könntest Du den Stolz haben, zu einem künftigen Erwerb auch etwas beizutragen. – Verstehst Du mich? –

Und nun Adieu. Ich danke Dir für die 6 Fr.d'or. In Kurzem erhältst Du sie wieder. Schreibe mir bald, und besonders schicke mir bald die Berechnung. Adieu. H. K.

N. S. Weißt Du wohl, daß *Brokes* ganz unvermuthet angekommen ist, und den Winter bei uns wohnen wird? – O hättest Du auch bei Dir eine Freundinn, die Dir das wäre, was dieser Mensch mir! Ich bin sehr vergnügt, und muß Dich herzlich küssen. Adieu.

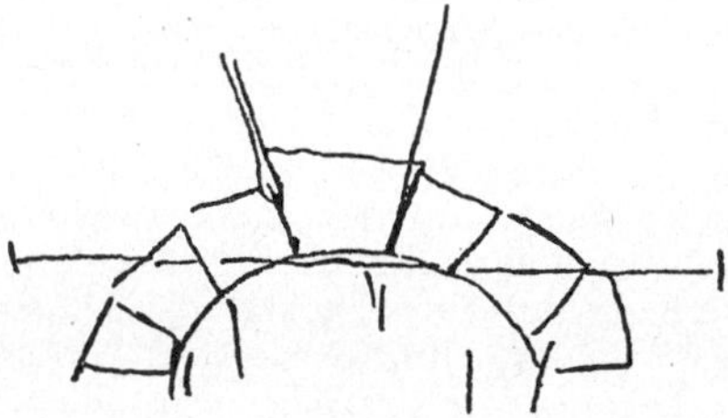

d. 30^{t} Xbr 1800
am vorletzten Tage im alten Jahrhundert.

28. An Wilhelmine von Zenge

Berlin, d. 22^{t} Novmbr, 1800.

Liebe Wilhelmine. Deinen Brief empfieng ich grade, als ich sinnend an dem Fenster stand und mit dem Auge in den trüben Himmel, mit der Seele in die trübe Zukunft sah. Ich war nicht recht froh, – da glaubte ich durch Deinen Brief aufgeheitert zu werden – aber Du schreibst mir, daß auch Dich die Zukunft beunruhigt, ja daß Dich diese Unruhe sogar krank macht – o da ward ich ganz traurig, da konnte ich es in dem engen Zimmer nicht mehr aushalten, da zog ich mich an, und lief, ob es gleich regnete, im Halbdunkel des Abends, durch die kothigen Straßen dieser Stadt, mich zu zerstreuen und mein Schicksaal zu vergessen.

Liebe Wilhelmine! Wenn diese Stimmung in uns herrschend wird, so werden wir die Zeit der Geduld, die uns das Schicksaal auferlegt, sehr unglücklich durchleben.

Wenn ich mir ein Glück dachte, das unsere Herzen, das meinige wenigstens, ganz ausfüllen könnte, wenn dieses Glück nicht ganz erreichbar ist, wenn die Vorschläge zu seiner Erreichung Dir unausführbar scheinen, ist denn darum Alles verloren? Noch habe ich die Laufbahn in dem Fabrik-Wesen nicht verlassen, ich wohne den Sitzungen der technischen Deputation bei, der Minister hat mich schriftlich eingeladen, mich anstellen zu lassen, und wenn Du darauf bestehst, so will ich nach zwei Jahren drei Jahre lang reisen und dann ein Amt übernehmen, das uns wohl Geld und Ehre, aber wenig häußliches Glück gewähren wird.

Liebe Wilhelmine, vergißt Du denn, daß ich nur darum so furchtsam bin, ein Amt zu nehmen, weil ich fürchte, daß wir beide darin nicht recht glücklich sein würden? Vergißt Du, daß mein ganzes Bestreben dahin geht, Dich und mich w a h r h a f t glücklich zu machen? Willst Du etwas Anderes, als bloß häußliches Glück? Und ist es nicht der einzige Gegenstand meiner Wünsche, Dir und mir dieses Glück, aber ganz uneingeschränkt, zu verschaffen?

Also sei ruhig. Bei Allem was ich unternehmen werde, wird mir immer jenes letzte Ziel vorschweben, ohne das ich auf dieser Erde niemals glücklich sein kann, nämlich, einst und zwar so bald als möglich, das Glück der Ehe zu genießen.

Glaubst Du nicht, daß ich bei so vielen Bewegungsgründen, mich zu einem brauchbaren Mann zu bilden, endlich brauchbar werden werde? Glaubst Du nicht, daß ich Kräfte genug sammeln werde, einst Dich und mich zu ernähren? Glaubst Du nicht, daß ich mir, bei der vereinten Richtung aller meiner Kräfte auf ein einziges Ziel, endlich ein so bescheidnes Glück, wie das häußliche, erwerben werde?

Daß Dir die Trennung von Deiner Familie so schmerzhaft scheint, ist natürlich und gut. Es entspricht zwar meinen Wünschen nicht, aber Du weißt, warum meine Wünsche gegen die Deinigen immer zurückstehen. Mein Glück ist freilich an Niemanden gebunden, als bloß an Dich – indessen daß es bei Dir anders ist, ist natürlich und ich verzeihe es Dir gern.

Aber der Auffenthalt bei T⟨ante⟩ M⟨assow⟩ und die Verknüpfung unsrer Wirthschaft mit der ihrigen, würde uns doch so abhängig machen, uns so in ein fremdes Interesse verflechten, und unsrer Ehe so ihr Eigenthümliches, nämlich eine eigne Familie zu bilden, rauben, daß ich Dich bloß an alle diese Übel erinnern zu brauchen glaube, um Dich zu bewegen, diesen Vorschlag aufzugeben.

Dagegen könnte ich bei meiner Majorennität das ganze Haus selbst übernehmen und bewirthschaften, woraus mancher Vortheil vielleicht entspringen könnte. Ich könnte auch in der Folge ein akademisches Lehr-Amt in Frankfurt übernehmen, welches noch das Einzige wäre, zu dem ich mich gern entschließen könnte. Du siehst also, daß noch Aussichten genug vorhanden sind, um ruhig zu sein.

Also sei es, liebes Mädchen. O inniger, heißer, kannst Du gewiß eine baldige Vereinigung nicht wünschen, als ich. Beruhige Dich mit diesen Wünschen, die gewiß Deine guten Fürsprecher sind. Sie werden meine Thätigkeit unaufhörlich spornen, sie werden meine Kräfte nie erschlaffen, meinen Muth nie sinken lassen, und endlich mich zu dem glücklichen Tage führen – o Wilhelmine! – –

Auf Weihnachten mögte ich wohl nach F. kommen – Du siehst es doch gern? Ich bringe Dir dann etwas mit. Adieu.

Dein ewig treuer Freund H. K.

29. An Ulrike von Kleist

Berlin, d. 25t Novmbr, 1800

Liebe Ulrike. Die überschickten 260 Rth. habe ich erhalten und wünsche statt des Dankes herzlich, für so viele mir erfüllten Wünsche, Dir auch einmal einen der Deinigen erfüllen zu können.

Ich habe jetzt Manches auf dem Herzen, das ich zwar Allen verschweigen muß, aber doch Dir gern mittheilen möchte, weil ich von Dir nicht fürchten darf, ganz misverstanden zu werden.

Indessen das würde, wenn ich ausführlich sein wollte, einen gar zu langen Brief kosten, und daher will ich Dir nur ganz kurz einige Hauptzüge meiner jetzigen Stimmung mittheilen.

Ich fühle mich nämlich mehr als jemals abgeneigt, ein Amt zu nehmen. Vor meiner Reise war das anders – jetzt hat sich die Sphäre für meinen Geist und für mein Herz ganz unendlich erweitert – das mußt Du mir glauben, liebes Mädchen.

So lange die Metallkugel noch kalt ist, so läßt sie sich wohl hineinschieben in das enge Gefäß, aber sie paßt nicht mehr dafür, wenn man sie glühet – fast so wie der Mensch nicht für das Gefäß eines Amtes, wenn ein höheres Feuer ihn erwärmt.

Ich fühle mich zu ungeschickt mir ein Amt zu erwerben, zu ungeschickt es zu führen und am Ende verachte ich den ganzen Bettel von Glück zu dem es führt.

Als ich diesmal in Potsdam war, waren zwar die Prinzen, besonders der jüngere, sehr freundlich gegen mich, aber der König war es nicht – und wenn er meiner nicht bedarf, so bedarf ich seiner noch weit weniger. Denn mir mögte es nicht schwer werden, einen andern König zu finden, ihm aber, sich andere Unterthanen aufzusuchen.

Am Hofe theilt man die Menschen ein, wie ehemals die Chemiker die Metalle, nämlich in solche, die sich dehnen und strecken lassen, und in solche, die dies nicht thun – Die ersten, werden dann fleißig mit dem Hammer der Wilkühr geklopft, die andern aber, wie die Halbmetalle, als unbrauchbar verworfen.

Denn selbst die beßten Könige entwickeln wohl gern das schlummernde Genie, aber das entwickelte drücken sie stets nieder; und sie sind wie der Blitz, der entzündliche Körper wohl entflammt, aber die Flamme ausschlägt.

Ich fühle wohl, daß es unschicklich ist, so etwas selbst zu sagen, indessen kann ich nicht leugnen, daß mir der Gedanke durch die Seele geflogen ist, ob es mir nicht einst so gehen könnte?

Wahr ist es, daß es mir schwer werden würde, in ein Interesse einzugreifen, das ich gar nicht prüfen darf – und das muß ich doch, wenn ich bezahlt werde?

Es wäre zwar wohl möglich, daß ich lernen könnte, es wie die Andern zu machen – aber Gott behüte mich davor.

Ja, wenn man den warmen Körper unter die kalten wirft, so kühlen sie ihn ab – und darum ist es wohl recht gut, wenn man fern von den Menschen bleibt.

Das wäre auch recht eigentlich mein Wunsch – aber wie ich das ausführen werde, weiß ich noch nicht, und nie ist mir die Zukunft dunkler gewesen als jetzt, obgleich ich nie heitrer hineingesehen habe als jetzt.

Das Amt, das ich annehmen soll, liegt ganz außer dem Kreise meiner Neigung. Es ist praktisch so gut wie die andern Finanzämter. Als der Minister mit mir von dem Effect einer Maschiene sprach, so verstand ich ganz natürlich darunter den mathematischen. Aber wie erstaunte ich, als sich der Minister deutlicher erklärte, er verstehe unter dem Effect einer Maschiene, nichts anders, als das Geld, das sie einbringt.

Übrigens ist, so viel ich einsehe, das ganze preußische Commerzsystem sehr militairisch – und ich zweifle, daß es an mir einen eifrigen Unterstützer finden würde. Die Industrie ist eine Dame und man hätte sie fein und höflich aber herzlich einladen sollen, das arme Land mit ihrem Eintrit zu beglücken. Aber da will man sie mit den Haaren herbei ziehn – ist es ein Wunder, wenn sie schmollt? Künste lassen sich nicht, wie die militairischen Handgriffe erzwingen. Aber da glaubt man, man habe Alles gethan, wenn man Messen zerstört, Fabriken baut, Werkstühle zu Haufen anlegt – Wem man eine Harmonika schenkt, ist der darum schon ein Künstler? Wenn er nur die Musik erst verstünde, so würde er sich schon selbst ein Instrument bauen. Denn Künste und Wissenschaften, wenn sie sich selbst nicht helfen, so hilft ihnen kein König auf. Wenn man sie in ihrem Gange nur nicht stört, das ist Alles, was sie von den Königen begehren. – Doch ich kehre zur Hauptsache zurück.

Ich werde daher wahrscheinlich diese Laufbahn nicht verfolgen. Doch mögte ich sie gern mit Ehren verlassen und wohne daher, während dieses Winters den Sessionen der technischen Deputation bei. Man wollte mir dies zwar anfänglich nicht gestatten, ohne angestellt zu sein, und der Minister drohte mir sogar schriftlich, daß wenn ich mich jetzt nicht gleich anstellen ließe, sich in der Folge für mich wenig Aussichten zeigen würden. Ich antwortete aber, daß ich mich nicht entschließen könnte, mich in ein Fach zu werfen, ohne es genau zu kennen, und bestand darauf, diesen Winter den Sessionen bloß beizuwohnen, ohne darin zu arbeiten. Das ward mir denn endlich, unter der Bedingung, das Gelübde der Verschwiegenheit abzulegen, gestattet. Im nächsten Frühjahr werde ich mich bestimmt erklären.

Bei mir ist es indessen doch schon so gut, wie gewiß, bestimmt, daß ich diese Laufbahn nicht verfolge. Wenn ich aber dieses Amt ausschlage, so giebt es für mich kein besseres, wenigstens kein praktisches. Die Reise war das einzige, das mich reizen konnte, so lange ich davon noch nicht genau unterrichtet war. Aber es kommt dabei hauptsächlich auf List und Verschmitztheit an, und darauf verstehe ich mich schlecht. Die Inhaber ausländischer Fabriken führen keinen Kenner in das Innere ihrer Werkstatt. Das einzige Mittel also, doch hinein zu kommen, ist Schmeichelei, Heuchelei, kurz Betrug – Ja, man hat mich in diese Kunst zu betrügen schon unterrichtet – nein, mein liebes Ulrikchen, das ist nichts für mich.

Was ich aber für einen Lebensweg einschlagen werde –? Noch weiß ich es nicht. Nach einem andern Amte mögte ich mich dann schwerlich umsehen. Unaufhörliches Fortschreiten in meiner Bildung, Unabhängigkeit und häußliche Freuden, das ist es, was ich unerlaßlich zu meinem Glücke bedarf. Das würde mir kein Amt geben, und daher will ich es mir auf irgend einem andern Wege erwerben und sollte ich mich auch mit Gewalt von allen Vorurtheilen losreißen müssen, die mich binden.

Aber behalte dies Alles für Dich. Niemand versteht es, das haben mir tausend Erfahrungen bestätigt.

»Wenn Du Dein Wissen nicht nutzen willst, warum strebst Du denn so nach Wahrheit?« So fragen mich viele Menschen, aber was soll man ihnen darauf antworten? Die einzige Antwort die es giebt, ist diese: weil es **Wahrheit** ist! – Aber wer versteht das?

Darum will ich jetzt so viel als möglich alle Vertrauten und Rathgeber vermeiden. Kann ich meine Wünsche nicht ganz erfüllen, so bleibt mir immer noch ein akademisches Lehramt übrig, das ich von allen Ämtern am liebsten nehmen würde.

Also sei auch Du so ruhig, mein liebes Ulrikchen, als ich es bin, und denke mit mir, daß wenn ich hier keinen Platz finden kann, ich vielleicht auf einem andern Sterne einen um so bessern finden werde.

Adieu. Lebe wohl und sei vergnügt auf dem Lande.

Dein treuer Bruder
Heinrich.

N. S. Sage Minetten, daß ich vergebens Löschbrandten täglich erwarte. Er hat nämlich versprochen zu mir zu kommen, wenn er sich mit seinem Advocaten berathschlagt hätte. Noch ist er aber nicht erschienen. Ich habe ihn bisher nicht aufsuchen wollen, um Minettens Sache nicht den Anschein zu geben, als ob sie dringend wäre. Indessen heute will ich es doch versuchen ihn aufzusuchen. In seinem Hause ist er niemals zu finden.

30. An Wilhelmine von Zenge

Berlin, d. 29^{t} ⟨und 30.⟩ *Novmbr*, 1800.

Liebe, beßte Wilhelmine, ich küsse Dich in Gedanken für Deinen lieben, trefflichen Brief. O wenn ich doch bei Dir wäre und Dich an meine Brust drücken könnte –! Ach, man sollte, um ruhig zu sein, daran gar nicht denken. Aber wer kann das –?

Ganz außerordentlich habe ich mich über Deinen Brief gefreut, und über tausend Dinge in ihm, theils über die Antworten auf meine Fragen, theils über Deine erb- und eigenthümlichen Gedanken, auch darum, daß Du meine Vorschläge zu Deiner Bildung so gern erfüllst, aber ganz besonders, daß Du diesen Vorschlag so gut *verstanden* hast. Nutzen und Vergnügen sind gewiß selten so innig verknüpft, als in dieser Beschäfftigung, wo man gleichsam mit der Natur selbst spricht, und sie zwingt, auf unsre Fragen zu antworten. Ihre *nützliche* Seite konnte Dir nicht entgehen, aber daß Du auch *Vergnügen* daran findest, das ist es, was mich besonders freut, weil es meine Hoffnung, daß in Dir mehr als das Gemeine enthalten sein mögte, immer mehr und mehr bestätigt. O auch mir sind es die liebsten Stunden, in welchen ich die Natur frage, was recht ist, und edel und gut und schön. Täglich widme ich, zur Erhohlung, ein Stündchen diesem Geschäfte, und denke niemals ohne Freude an den Augenblick (in Würzburg) wo ich zum erstenmal auf den Gedanken kam, auf diese Art bei der großen Lehrmeisterinn Natur in die Schule zu gehen.

Deine Antworten auf meine Fragen haben durchgängig den Sinn getroffen, und ich will nur, Deinem Wunsche gemäß, Deine erb- und eigenthümlichen Gedanken prüfen.

Zuerst freut es mich überhaupt, daß Du das Talent besitzest, wahrzunehmen. Das, mein liebes Kind, ist kein gemeines Talent. Sehen und hören & können alle Menschen, aber wahrnehmen, das heißt mit der Seele den Eindruck der Sinne auffassen und denken, das können bei Weitem nicht alle. Sie haben nichts als das todte Auge, und das nimmt das Bild der Natur so wenig wahr, wie die Spiegelfläche des Meeres das Bild des Himmels. Die Seele muß thätig sein, sonst sind doch alle Erscheinungen der Natur verloren, wenn sie auch auf alle Sinne wirkten – und es freut mich, daß diese erste Bedingung, von der Natur zu lernen, nämlich, jede ihrer Erscheinungen mit der Seele aufzufassen, so gut bei Dir erfüllt ist.

Ganz vortrefflich, besonders dem Sinne nach, ist der Gedanke, daß es bei dem Menschen, wie bei dem Spiegel, auf seine eigne Beschaffenheit ankommt, wie fremde Gegenstände auf ihn einwirken sollen. Das ist vielleicht der beßte Gedanke, den jemals ein Mädchen vor dem Spiegel gehabt hat. Aber nun, mein liebes Kind, müssen wir auch die Lehre nutzen, und fleißig an dem Spiegel unserer Seele schleifen, damit er glatt und klar werde, und treu das Bild der schönen Natur zurückwerfe. Wie mancher Mensch würde aufhören, über die Verderbtheit der Zeiten und der Sitten zu schelten, wenn ihm nur ein einzigesmal der Gedanke einfiele, ob nicht vielleicht bloß der Spiegel, in welchen das

Bild der Welt fällt, schief und schmutzig ist? Wie oft stand nicht vielleicht ein solcher Mensch schon vor dem Spiegel, der ihm die lehrreiche Warnung zurief, wenn er sie verstanden hätte – ja wenn er sie verstanden hätte!–!

Auch recht gut, dem Sinne nach, sind die beiden andern Gedanken, obschon nicht von einem so eingreifenden Interesse. Ich will Dir daher bloß Einiges über ihre Darstellung mittheilen.

Du fragst, warum das Thier so schnell, der Mensch so langsam sich ausbilde? Die Frage ist doch allerdings sehr interessant. Zur Antwort mögte überhaupt schon der allgemeine Grundsatz dienen, daß die Natur immer um so viel mehr Zeit braucht, ein Wesen zu bilden, je vollkomner es werden soll. Das findet sich selbst im Pflanzenreiche bestätigt. Die Gartenpflanze braucht ein Paar Frühlingsmorgen, die Eiche ein halbes Jahrhundert, um auszuwachsen. Du aber vergleichst, um die Antwort zu finden, den Menschen mit einer vollstimmigen Sonate, das Thier mit einer eintönigen Musik. Dadurch mögtest Du wohl nicht ausgedrückt haben, was Du Dir eigentlich gedacht hast. Eigentlich hast Du wohl nicht den Menschen, sondern seine Bestimmung mit der Sonate vergleichen wollen, und dann wird das Gleichniß allerdings richtig. Nämlich er ist bestimmt, mit allen Zügen seines künstlichen Instruments einst jene große Composition des Schöpfers auszuführen, indessen das Thier, auf seiner Rohrpfeife, nichts mehr als den einzigen Ton hören lassen soll, den sie enthält. Daher konnte dies freilich seine geringfügige Bestimmung früher erreichen, als der Mensch seine unendlich schwere und mannichfaltige – nicht wahr, das wolltest Du sagen?

Bei einem Bilde oder einem Gleichniß kommt es überhaupt auf möglichst genaue Übereinstimmung und Ähnlichkeit in allen Theilen der beiden verglichnen Gegenstände an. Alles, was von dem einen gilt, muß bei dem andern irgend eine Anwendung finden. Willst Du Dich einmal üben ein recht interessantes Gleichniß heraus zu finden, so vergleiche einmal den Menschen mit einem Clavier. Da müßtest Du dann Saiten, Stimmung, den Stimmer, Resonanzboden, Tasten, den Spieler die Noten & & in Erwägung ziehen, und zu jedem das Ähnliche bei dem Menschen herausfinden.

Auch giebt es noch verschiedene andere Mittel, auf eine leichte und angenehme Art Deinen Scharfsinn in dem Auffinden des Ähnlichen zu prüfen. Schreibe Dir z. B. auf verschiedene Blätter folgende Fragen auf, und wenn Du die Antwort gefunden hast, diese darunter. Z. B. Was ist lieblich? – Ein Maitag; eine Fürsichenblüthe; eine frohe Braut & &. – Was ist erhebend? Ein Sonnenaufgang; ein Choral am Morgen (ich denke an die schönen Morgen, wenn ich in unsrem Garten arbeitete, und der Choral der Hautboïsten aus dem eurigen zu mir herüberscholl) – Was ist furchtbar? Ein herannahendes Gewitter; das Kräuseln der Wellen für den Seemann & &. – Was ist rührend? Reden bei der Leiche; ein Sonnenuntergang; Unschuld und Einfalt; Fleiß und Dürftigkeit & & – Was ist schrecklich? Blitz und Schlag in einem Augenblick; des Nachbars Haus oder gar die eigne Treppe in Flammen & & Was ist niederschlagend? Regen am Morgen einer entworfnen Lustpartie; Kälte in der Antwort, wenn man herzlich und warm fragte; ein schlechtes Kleid, wenn die Gesellschaft es bemerkt; eine Grobheit, die uns aus Misverständniß zugefügt wird, & &. Was ist anbetungswürdig? Christus am Kreuz; eine Unschuld in Ketten, ohne Klagen und Thränen; ein unerschrocknes Wort vor dem Tribunal blutbegieriger Richter oder, wie Schiller sagt, Männerstolz vor Königsthronen & &. Was ist tröstend? In den Himmel zu sehen; ein herrenhuthischer Kirchhoff; eine Erbschaft für den traurenden Neffen; ein Licht in der Nacht für den Verirrten. Was ist lächerlich? Im Mondschein über den Schatten eines Laternenpfales zu springen, in der Meinung es sei ein Graben; die ersten Versuche eines Kindes zu gehen (aber auf weichem Grase) ein ungeschickter Landjunker, der aus Liebe tanzt.

Was ist unerträglich? Geschwätz für den Denker; Trostgründe für den Leidenden; Windstille unter der Linie & & – Was ist Erwartung erregend? Ein Pfeifen im Walde; ferne Kanonenschüsse im Kriege; das Klingeln zum Aufziehn des Vorhangs im Theater & & Was ist einladend? Eine reife Fürsiche; eine aufgeblühte Rose; ein Mund wie eine Kirsche & & Was ist verführerisch? Schmeicheleien, und zwar für jeden, denn wer sich auch nicht gern schmeicheln hört, der nimmt doch nicht übel, wenn man ihm dies sagt & & Was ist abschreckend? Keine Antwort; ein großer Hund, der uns in die Beine springt, wenn wir in ein Haus treten. Was ist Zutrauenerweckend? Keine Umstände; auch wenn man mir eine Pfeife Tabak anbietet & & Was ist majestätisch? Ein Sonnenaufgang über dem Meer; ein englisches Admiralsschif, das mit vollem Winde seegelt; ein Wasserfall; ein fernes Gebirge & & & & – – – – – Genug, genug, genug. Auf diese Art kannst du durch eine Menge von Antworten Deinen Verstand schärfen und üben. Das führt uns dann um so leichter ein Gleichniß herbei, wenn wir einmal grade eins brauchen.

O mein liebes Minchen, wie weitläufig ist es, dies Alles aufzuschreiben – o wenn wir einst vereint sein werden, und Du neben mir sitzest, und ich Dich unterrichte, und jede gute Lehre mir mit einem Kusse belohnt wird – – o weg, weg mit diesen Bildern – und doch ist es das Einzige was ich für diese Erde wünsche – und doch ist es ein so bescheidner Wunsch – und doch nicht zu erfüllen? und warum nicht? O ich mag gar nicht daran denken, sonst verwünsche ich Stand, Geburt und die ganze elende Last von Vorurtheilen – Aber ich hoffe. O meine Hoffnung ist das einzige, was mich jetzt froh macht – Gute Nacht, ich gehe zu Bette mit meiner Hoffnung. Ich küsse Dein Bild, gute Nacht, gute Nacht ____________

d. 30t *Novmbr;*

Guten Morgen, guten Morgen liebe, *liebe*, **liebe** Wilhelmine! Es ist recht heiterer, frischer Wintermorgen, und ich bin selbst sehr heiter und wäre *ganz* glücklich, wenn, wenn, wenn – – – Adieu. Ich küsse Dich von Herzen. Bleibe mir immer treu, und so lange uns auch das Schicksaal äfft, liebe mich doch nie kälter, als in dieser schönen Periode unsrer Liebe. Ach kalte Liebe ist so gut wie keine – Adieu, adieu. Schreibe mir bald wieder, und überhaupt *recht oft*, Du weißt nicht, wozu das gut ist. Adieu. Deine 6 Fr.d'or will ich Dir wiedergeben, bestimme nur ob ich sie Dir oder der Randow schicken soll. Sei herzlich für diese Gefälligkeit gedankt, und *rechne auf mich* in allen ähnlichen und nicht ähnlichen Fällen. Adieu, adieu, adieu.

31. An Ulrike von Kleist

〈Frankfurt a. d. O., Dezember 1800.〉

Mein liebes Ulrikchen, ich bin auf 8 Tage in Frankfurt, aber nicht so vergnügt, als wenn Du hier wärest. Ich mußte mir diese Zerstreuung machen, weil mich das Brüten über die schwangere Zukunft wieder ganz verstimmt hatte. In meinem Kopfe sieht es aus, wie in einem Lotteriebeutel, wo neben einem großen Loose 1000 Nieten liegen. Da ist es wohl zu verzeihen, wenn man ungewiß mit der Hand unter den Zetteln herumwühlt. Es hilft zwar zu nichts, aber es entfernt doch den furchtbaren Augenblick, der ein ganzes Lebens-Geschick unwiederruflich entscheidet. Mehr als einmal bin ich nahe gewesen mich endlich geduldig in ein Amt zu fügen, bei dem doch viele Männer, wie sie es sagen, froh sind; und am Ende könnte man sich selbst mit dem Apollo trösten, der auch verdammt ward, Knechtdienste auf Erden zu thun. Aber immer noch reizt mich mein früheres, höheres Ziel, und noch kann ich es nicht (wie viele es können) verächtlich als unerreichbar verwerfen, ohne vor mir selbst zu erröthen. Das Schlimmste bei dieser Ungewißheit ist, daß Niemand mir rathen kann, weil ich mich Niemandem ganz erklären kann. – Schreibe Du mir doch ein Paar Worte nach Berlin. Adieu. Grüße Schönfeld und Frau, Onkel und Tante Pannwitzens &

N. S. Kannst Du mir nicht Nachricht geben, wo sich wohl jetzt meine Culturgeschichte befindet?

32. An Wilhelmine von Zenge

Berlin, d. 11t ⟨und 12.⟩ Januar, 1801.

Liebe, theure Wilhelmine, ja wenn Du mir so aus Deinem Herzen zu meinem Herzen schreibst, so muß ich Dir gleich antworten und wenn ich noch 10mal mehr zu thun hätte. O wie schmerzt es mich, daß ich vorgestern in meiner übeln Laune jenen trüben Brief an Dich abschickte, den Du grade heute empfangen haben wirst, grade heute, wo ich den Deinigen empfing, der mir so herrlich den Muth und die Liebe von Neuem belebte. Verzeihe mir diesen letzten Ausbruch meiner Unzufriedenheit mit mir, antworte mir gar nicht auf diesen Brief, verbrenne ihn lieber ganz und ließ dafür diesen recht oft durch, den ich froh und heiter und mit Innigkeit für Dich niederschreibe.

– – Als ich so weit geschrieben hatte, klingelte Jemand; ich mache auf, und wer war es? Dein kleiner Bruder von den Cadetten, den ich noch nie sah und jetzt zu sehen mich sehr freute. Er wollte Carln ⟨v. Zenge⟩ besuchen, der aber nicht zu Hause war. Ich theilte ihm, an Carls Stelle, Nachrichten von seiner Familie mit, küßte dann den kleinen Schwager, (der Jettchen gleicht, und dessen Gesicht etwas Gutes verspricht) leuchtete dann dem armen Jungen durch die öden noch nicht bewohnten Zimmer und Treppen dieses Hauses und kehre nun wieder zu Dir zurück. –

Ja, liebes Mädchen, so oft ich Dir gleich nach Empfang Deines Briefes antworte, kannst Du immer überzeugt sein, daß er mir herzliche Freude gewährt hat; nicht etwa, weil er schön oder künstlich geschrieben ist – denn das achte ich wenig, und darum brauchst Du Dir wenig Mühe zu geben – sondern weil er Züge enthält, die mir Dein Herz liebenswürdiger und Deine Seele ehrwürdiger machen. Denn da ich Dich selbst nicht sehen und beurtheilen kann, was bleibt mir übrig, als aus Deinen Briefen auf Dich zu schließen? Denn das glaube ich thun zu dürfen, indem ich Deine Worte nicht bloß für Worte, sondern für Deinen Schattenriß halte. Daher ist mir jeder Gedanke, der Dich in ein schöneres Licht stellt, jede Empfindung, die Dich schmückt, theuer, wie das Unterpfand einer That, wie das Zeichen Deines moralischen Werthes; und ein solcher Brief, der mir irgend eine schönere Seite Deiner Seele zeigt und dadurch unwillkührlich, unerwartet, überraschend mir das Bewußtsein Dich zu besitzen plötzlich hell und froh macht, ein solcher Brief, sage ich, wirkt auf meine Liebe, wie ein Öltropfen auf die verlöschende Flamme, die von ihm benetzt plötzlich hell und lustig wieder herauflodert.

Ja, liebe Wilhelmine, wenn jemals die Erinnerung an Dich in mir immer kälter und kälter werden sollte, so bin ich in meinem heiligsten Innern überzeugt, daß es einzig Deine Schuld sein würde, nie die meinige. Nur dann könnte und müßte ich gleichgültig gegen Dich werden, wenn die Erfahrung mich lehrte, daß der Stein, den ich mit meiner ganzen Seele bearbeitete, den Glanz aus ihm hervorzulocken, kein Edelstein wäre – Ich würde Dich darum nicht verlaßen, – denn warum solltest Du den Irrthum büßen, den ich begieng? Aber unglücklich würde ich sein, und Du würdest nicht glücklich sein, weil ich es nicht sein kann; denn das Gemeine kann man nur brauchen, nur das Edlere kann man lieben, und nur die Liebe macht das Leben süß.

Aber sei der Liebe würdig und nie wird es Dir daran fehlen. Nicht als ein Geschenk fordre sie von mir, Du kannst sie Dir erwerben, Du kannst sie von mir erzwingen und nur so wird sie Dich und mich glücklich machen; denn das Herz ist das einzige Eigenthum, das wir uns lieber rauben lassen, als auf Bitten und Gesuche verschenken. Nie ist es einem Mädchen leichter gewesen, sich die Liebe ihres Geliebten zu erhalten als Dir, denn ganz unglücklich würde ich selbst sein, wenn ich sie Dir je entziehen müßte. Ich würde Dich dann nicht verlassen – denn meine Pflicht ist mir höher selbst als mein Glück; aber eben das würde mich ganz unglücklich machen.

Daher kann ein Wechsler die Ächtheit der Banknote, die sein Vermögen sichern soll, nicht ängstlicher untersuchen, als ich Deine Seele; und jeder schöne Zug, den ich an ihr entdecke, ist mir lieber, ja lieber selbst, als wenn ich ihn an mir selbst entdeckte. Manches Mädchen habe ich schon mit Dir verglichen, und bin ernst geworden, z. B. die Lettow, die Duhattois & manches ist auch hier in Berlin, das ich gegen Dich halte, und ernst macht mich jedesmal diese Vergleichung; aber Du hast eine jahrelange Bekanntschaft, die innigste Vertraulichkeit, eine beispiellose That und eben so beispiellose Verzeihung für Dich, und wenn Du nur ein Weniges noch, nur die Ähnlichkeit mit meinem Ideale, nur den ernsten Willen, es einst in Dir darzustellen, in Deine Wagschale legst, so sinkt die andere mit allen Mädchen und mit allen Schätzen der Erde.

E i n Gedanke, Wilhelmine, steht in Deinem Briefe, der mich mit unbeschreiblicher Freude und Hoffnung erfüllt; ein Gedanke, nach dem meine Seele dürstete, wie die Rose in der Mittagsglut nach dem Thau – den ich Dir aber nicht in die Seele zu pflanzen wagte, weil er, wie die Orange, keine Verpflanzung leidet und nur dann Früchte trägt, wenn ihn die Kraft des eignen Bodens hervortreibt –: Du schreibst mir, daß Dir jetzt ein Gefühl die Seele bewegte, als ob eine neue Epoche für Dich anheben würde. – Liebe Wilhelmine! Soll ich Dir gestehen, daß ich mich oft schon, sinnend, mit Ernst und Wehmuth fragte, warum sie nicht schon längst eingetreten war? So viele Erfahrungen hatten die Wahrheit in mir bestätigt, daß die Liebe immer unglaubliche Veränderungen in dem Menschen hervorbringt; ich habe schwache Jünglinge durch die Liebe stark werden sehen, rohe ganz weichherzig, unempfindliche ganz zärtlich; Jünglinge, die durch Erziehung und Schicksal ganz vernachläßigt waren, wurden fein, gesittet, edel, frei; ihr ganzes Wesen erlitt schnell eine große Reform und gewöhnlich fieng sie bei dem Anzuge an; sie kleideten sich sorgsamer, geschmackvoller, gewählter; dann kam die Reform an dem Körper, seine Haltung ward edler, sein Gang sichrer, seine Bewegungen zierlicher, offner, freimüthiger, und hierbei blieb es, wenn die Liebe nicht von der höheren Art war; aber war sie es, so kam nun auch die große Revolution an die Seele; Wünsche, Hoffnungen, Aussichten, alles wechselte; die alten rohen Vergnügungen wurden verworfen, feinere traten an ihre Stelle; die vorher nur in dem lauten Gewühl der Gesellschaft, bei Spiel und Wein, vergnügt waren, überließen sich jetzt gern in der Einsamkeit ihren stillen Gefühlen; statt der abendtheuerlichen Ritterromane, ward eine simple Erzählung von Lafontaine, oder ein erhebendes Lied von Hölty die Lieblingslectüre; nicht mehr wild mit dem Pferde strichen sie über die Landstraßen, still und einsam besuchten sie schattige Ufer, oder freie Hügel, und lernten Genüsse kennen, von deren Dasein sie sonst nichts ahndeten; tausend schlummernde Gefühle erwachten, unter ihnen die Wohlthätigkeit meistens am lebhaftesten; wo ein Hülfloser lag, da giengen sie, ihm zu helfen; wo ein Auge in Thränen stand, da eilten sie, sie zu trocknen; Alles was schön ist und edel und gut und groß, das faßten sie mit offner, empfänglicher Seele auf, es darzustellen in sich; ihr Herz erweiterte sich, die Seele hob sich ihnen unter der Brust, sie umfaßten irgend ein Ideal, dem sie sich verähnlichen wollten – Ich selbst hatte etwas Ähnliches an mir erfahren; und nun mußte ich mich wohl bei Dir fragen: Warum – warum –? Das war meine erste Frage; und die zweite: liebt sie mich etwa nicht? War doch meine erste

Ahndung, daß sie mich nur zu lieben glaubt, weil ich sie liebe, gegründet –?

Das, liebes Mädchen, war, im Vorbeigehn gesagt, die eigentliche Ursache meiner Traurigkeit an jenem Abende. Damals wollte und konnte ich sie Dir nicht sagen, und auch jetzt würde ich sie Dir verschwiegen haben, wenn Du mir den Gedanken nicht selbst aus der Seele genommen hättest. Du selbst fühlst nun, daß Dir eine Epoche bevorstehe, und ich ahnde mit unaussprechlicher Freude, daß es die Liebe ist, die sie Dir eröffnet.

Unsre Väter und Mütter und Lehrer schelten immer so erbittert auf die Ideale, und doch giebt es nichts, das den Menschen wahrhaft erheben kann, als sie allein. Würde wohl etwas Großes auf der Erde geschehen, wenn es nicht Menschen gäbe, denen ein hohes Bild vor der Seele steht, das sie sich anzueignen bestreben? Posa würde seinen Freund nicht gerettet, und Max nicht in die schwedischen Haufen geritten sein. Folge daher nie dem dunkeln Triebe, der immer nur zu dem Gemeinen führt. Frage Dich immer in jeder Lage Deines Lebens ehe Du handelst: wie könntest Du hier am Edelsten, am Schönsten, am Vortrefflichsten handeln? – und was Dein erstes Gefühl Dir antwortet, das thue. Das nenne ich das Ideal, das Dir immer vorschweben soll.

Aber wenn Deine Seele diese Gedanken bestätigt, so giebt es doch noch mehr für Dich zu thun – – Weißt Du, welchen Erfolg an jenem vorletzten Abend Dein guter, vernünftiger Rath hatte, doch zuweilen mit Deinem Vater ein wenig zu sprechen? Ich that es auf der Stelle.

Daß Du endlich auch jenen guten Rath mit dem Tagebuche befolgst, ſreut mich herzlich und ich verspreche Dir davon im Voraus viel Gutes. An dem meinigen arbeite ich auch fleißig und aufmerksam und gelegentlich können wir sie einmal, wenigstens stellenweise, austauschen.

Ich eile zum Schlusse, liebes Minchen, denn es ist spät, und morgen früh kann ich nicht schreiben.

Deine Gefühle auf dem Universitätsberge, Deine Erinnerung an mich, Deine Gedanken bei dem trocknen Fußsteige, der neben dem beschwerlichen Pfad unbetreten blieb, sind mir wie Perlen, die ich in Gold fassen mögte.

Hier noch einige Nüsse zum Knacken.

1. Wenn die Flamme sich selbst den Zugwind verschafft und so immer höher herauflodert, in wie fern ist sie mit der Leidenschaft zu vergleichen?
2. Wenn der Sturm kleine Flammen auslöscht, große aber noch größer macht, in wie fern ist er mit dem Unglück zu vergleichen?
3. Wenn du den Nebel siehst, der andere Gegenstände verhüllt, aber nicht den, der Dich selbst umgiebt, womit ist das zu vergleichen?

Schreibe bald und lang und oft, Du weißt, warum? H. K.

Nachschrift, d. 12t Januar, 1801.

Als ich eben diesen Brief einsiegeln wollte, reichte mir Carl das Versprochne. Liebe Wilhelmine, ich küsse Dich. Das Ideal, das Du für mich in Deiner Seele trägst, macht Dich dem ähnlich, das ich für Dich in der meinigen tragen. Wir werden glücklich sein, Wilhelmine – o fahre fort mir diese Hoffnung immer gewisser und gewisser zu machen. Schenke mir oft einen solchen, oder ähnlichen Aufsatz, der mir, wenn er so unverwartet kommt, wie dieser, das Vergnügen seiner Lesung verdoppelt. Es athmet in dieser Schrift, ein Ernst, eine Würde, eine Ruhe, eine Bescheidenheit, die mich mit unbeschreiblicher Freude erfüllt, wenn ich sie mir an Deinem Wesen denke. – Hat Carl vielleicht noch einen Aufsatz bei sich, den er mir erst heute Abend, oder morgen früh geben wird – –?

33. An Wilhelmine von Zenge

d. 21^{t} ⟨und 22.⟩ Januar, 1801, Berlin.

Liebe Wilhelmine, ich habe bei Clausius zu Mittag gespeiset und mich gegen Abend (jetzt ist es 7 Uhr) weggeschlichen, um ein Stündchen mit Dir zu plaudern. Wie froh macht mich die stille Einsamkeit meines Zimmers gegen das laute Gewühl jener Gesellschaft, der ich so eben entfloh! Ich saß bei Minna, und das war das einzige Vergnügen, das ich genoß – die andern waren lauter Menschen, die man sieht und wieder vergißt, sobald man die Thüre hinter sich zu gemacht hat. Eine magdeburgische Kaufmanns-familie waren die Haupt-Personen des Festes. Der Vater, ein Hypochonder, gesteht, er sei weit fröhlicher gewesen, als er ehemals nur 100000 Rth. besaß – – Mutter und Tochter tragen ganz Amerika an ihrem Leibe, die Mutter das nördliche, Labrador, die Tochter das südliche, Peru. Jene trägt auf ihrem Kopfe einen ganzen Himmel von Diamanten, Sonne, Mond und Sterne, und es scheint, als ob sie mit diesem Himmel zufrieden sei; diese hat ihren Busen in zehnfache Ketten von Gold geschlagen und es hat das Ansehn, als ob er, unter diesen Fesseln, nichts Höheres begehrte. Man wird, wenn man vor ihnen steht, ganz kalt, wie der Stein und das Metall, womit sie bepanzert sind. Leckerbissen sind es, die der Fischer über den Angelhacken zieht, damit der Fisch ihn nicht sehe – und auf gut Glück wirft er ihn aus in den Strom – aber wer den Betrug kennt, schaudert; denn so schön der Schmuck auch ist, so fürchte ich doch, daß er an ihnen das – Schönste ist.

Doch nichts mehr von ihnen – von Dir, liebes Minchen, laß mich sprechen; ihnen konnte ich aus meiner Seele kein Wort schenken – für Dich habe ich Tausende auf dem Herzen.

Ich muß Dir auf zwei Briefe antworten; aber ich kann es nur kurz – o über jeden Gedanken mögte ich tagelang mit Dir plaudern, aber Du kennst es, das Einzige, was ich höher achte – Nicht verloren nenne ich die Stunden, die ich Dir widme, aber ich sollte sie doch meinen, oder vielmehr unseren Zwecken nicht entziehen. Daher hatte ich auch zu Anfange nur etwa auf einen Brief für jede 14 Tage gerechnet; aber wie könnte ich schweigen, wenn Du mir so schreibst? Deinen ersten Brief (vom 15^{t}) empfing ⟨ich⟩ eine ¼ Stunde vorher, ehe Clausius Wagen vor meine Thüre fuhr, mich abzuholen zum Colonie-Ball – o wie gern hätte ich mich gleich niedergesetzt Dir zu antworten. So tief kannst Du empfinden, Mädchen –? Ich kenne die Erzählung vom las Casas nicht und weiß nicht, ob sie ein so inniges Interesse verdient, obschon es von einem Schriftsteller, wie Engel, zu erwarten ist. Aber das ist gleichviel – daß Du so tief und innig empfinden kannst, war mir eine neue, frohe Entdeckung. Große Empfindungen zeigen eine starke, umfassende Seele an. Wo der Wind das Meer nur flüchtig kräuselt, da ist es flach, aber wo er Wellen thürmt, da ist es tief – Ich umarme Dich mit Stolz, mein starkes Mädchen. Der Zweifel, der Dir bei der Lesung des Ätna einfiel, ob ich nämlich nicht gleichgültig gegen Dich werden würde, wenn mir Dein Besitz gewiß wäre, möge Dich nicht beunruhigen. Laß nur Deine Liebe immer für mich den Preis der Tugend sein, so wie es die meinige für Dich sein soll – dann wird es immer für uns Etwas geben, das des Bestrebens würdig ist, und wenn es nicht mehr das Geschenk der Liebe selbst ist, die wir schon besitzen, so ist es doch die Erhaltung derselben, da wir sie immer noch verlieren können.

Du hast ein gutes Vertrauen zu dem Strome, der die Eisscholle trug, ein Vertrauen, das wir Beide rechtfertigen können und wollen und werden. So weit auch die Klippe hervorragt in den Lauf des Stromes, die Scholle, die er trägt, scheiternd an sich zu ziehn – sein Lauf ist zu sicher, er führt sie, wenn sie auch die Klippe berührt, ruhig fort ins Meer – –

Ganz willige ich Deinen Vorschlag, ein oder ein Paar Wochen mit Schreiben zu pausiren, um mir dann desto mehr schreiben zu können. Sorge und Mühe muß Dir dieser Briefwechsel nie machen, der nur die Stelle eines Vergnügens, nämlich uns mündlich zu unterhalten, ersetzen soll.

Die älteste Schulz ist allerdings ein Mädchen, das mir sehr gefällt, und von dem Du viel lernen kannst. Sie hat Nutzen gezogen aus dem Umgange mit aufgeklärten Leuten und gute Bücher nicht bloß gelesen, sondern auch empfunden – Aber ich sehe nach der Uhr, es ist Zeit, daß ich wieder von Dir scheide. Ich muß wieder zu Clausius, so gern ich auch bei Dir bliebe. Wann werde ich mich nie von Dir trennen dürfen?

d. 22[t] Januar.

Ich komme nun zu Deinem andern Briefe.

Schmerzhaft ist es mir, wenn Du mir sagst, daß ich selbst an der Vernachläßigung Deines eignen Äußern Schuld bin – So freilich, wie Du diesen Gegenstand betrachtest, kannst Du Recht haben. Du verstehst unter dem Äußern nur Deine Kleidung, und daß diese nicht mehr so gewählt und preciös ist und nicht mehr so viel Geld und was noch schlimmer ist so viel Zeit kostet, daran mag ich freilich Schuld sein und es reut mich nicht. Ich bin immer in Wohnzimmern lieber als in den sogenannten Putzstuben, wo ich mich eng und gepreßt fühle, weil ich kaum auftreten und nichts anrühren darf. Fast auf eine ähnliche Art unterscheide ich die bloß angezognen, und die geschmückten Mädchen. Dieser künstliche Bau von Seide und Gold und Edelsteinen, die Sorge, die daraus hervorleuchtet, die vergangne für seine Aufführung, die gegenwärtige für seine Erhaltung, die hervorstechende Absicht, Augen auf sich zu ziehn, und in Ermangelung eignen Glanzes durch etwas zu glänzen, das ganz fremdartig ist und gar keinen innern Werth hat, das Alles führt die Seele auf einen Ideengang, der unmöglich den Mädchen günstig sein kann. Daher schaden sie sich meistens selbst durch den Staat – daß Du aber diesen abgelegt hast, das habe ich nie an Dir getadelt. Ich habe Dich nie ordnungs-

und geschmacklos angezogen gefunden, und das würde ich Dir gewiß haben merken lassen; denn eine einfache und gefällige Unterstützung ihrer natürlichen Reize ist den Mädchen mehr als bloß erlaubt und die gänzliche Vernachläßigung desselben ist gewiß tadelnswürdig. Aber, liebes Mädchen, an Deiner Kleidung habe ich ja nie etwas ausgesetzt, und wenn ich einmal stillschweigend Dich fühlen ließ, daß mir an Deinem Äußern etwas zu wünschen übrig blieb, so verstand ich darunter etwas ganz anderes. – – Doch dieses ist gar kein Gegenstand für die Sprache, noch weit weniger für die Belehrung. Dieses Äußere kann nicht zugeschnitten werden, wie ein Kleid, es gründet sich in der Seele, von ihr muß es ausgehen, und sie muß es der Haltung, der Bewegung mittheilen, weil es sonst bloß theatralisch ist.

Wenn Du mich nicht verstehen solltest, so halte darum diese unverständliche Sprache nicht für Geschwätz. Fahre nur fort Dich auszubilden, und wenn sich einst auch Dein Sinn für das Schöne erhöht und verfeinert hat, so lies dies einmal wieder. Dann wirst Du es verstehn.

Deine Übereilung in der Theegesellschaft bei Tante Massow darf ich nicht mehr richten; Du hast Dich schon selbst gerichtet. Fahre fort so aufmerksam auf Dich selbst zu sein, und wenn auch jetzt zuweilen Blicke in Dein Inneres Dich schmerzen, künftig werden sie Dich entzücken. – Keine Tugend ist weiblicher, als Duldsamkeit bei den Fehlern Andrer. Darüber will ich Dir künftig etwas schreiben. Erinnere mich daran. Adieu. Ich danke für das Geld, bald empfängst Du es wieder. H. K.

34. An Wilhelmine von Zenge

Berlin, d. 31t Januar, 1801.

Liebe Wilhelmine, nicht, weil mir etwa Dein Brief weniger lieb gewesen wäre, als die andern, nicht dieses, sage ich, war der Grund, daß ich Dir diesmal etwas später antworte, als auf Deine andern Briefe – Denn das habe ich mir zum Gesetz gemacht, jedes Schreiben, das mir irgend eine schönere Seite von Dir zeigt, und mir darum inniger an das Herz greift, gleich und ohne Aufschub zu beantworten. Aber diesmal war es mir doch ganz unmöglich. Leopold ⟨v. Kleist⟩ ist hier, Huth hat mich in sein Interesse gezogen und mich aus meiner Einsamkeit ein wenig in die gelehrte Welt von Berlin eingeführt, – worin es mir aber, im Vorbeigehn gesagt, so wenig gefällt, als in der ungelehrten. Allein Du selbst kannst daraus schließen, wie karg ich mit der Zeit sein mußte, um nothwendige Arbeiten nicht ganz zu versäumen. Gern mögte ich für Geld Stunden kaufen, wenn dies möglich wäre, und Manchem würde damit gedient sein, der daran einen Überfluß hat und nicht weiß, was er damit anfangen soll. Die wenigen Stunden, die mir nach so vielen Zerstreuungen übrig blieben, mußte ich ganz meinem Zwecke widmen – heute endlich hat mir der Himmel einen freien Abend geschenkt und Dir soll er gewidmet sein. – Aber ich hebe das Gesetz nicht auf, und künftig beantworte ich jeden Brief von Dir, wenn er so ist wie der letzte, sogleich – Du mußt dann nur zuweilen mit Wenigem zufrieden sein.

Besonders der Blick, den Du mir diesmal in Dein Herz voll Liebe hast werfen lassen, hat mir unaussprechliche Freude gewährt – obschon das Ganze, um mir Vertrauen zu der Wahrheit Deiner Neigung einzuflößen, eigentlich nicht nöthig war. Wenn Du mich nicht liebtest, so müßtest Du verachtungswürdig sein und ich, wenn ich es von Dir nicht glaubte. Ich habe Dir schon einmal gesagt, warum? – Also dieses ist ein für allemal abgethan. Wir lieben uns, hoffe ich, herzlich und innig genug, um es uns nicht mehr sagen zu dürfen, und die Geschichte unsrer Liebe macht alle Versicherungen durch Worte unnöthig.

Laß mich jetzt einmal ein Wort von meinem Freunde Brokes reden, von dem mein Herz ganz voll ist – Er hat mich verlassen, er ist nach Mecklenburg gegangen, dort ein Amt anzutreten, das seiner wartet – – und mit ihm habe ich den einzigen Menschen in dieser volkreichen Königsstadt verloren, der mein Freund war, den einzigen, den ich recht wahrhaft ehrte und liebte, den einzigen, für den ich in Berlin Herz und Gefühl haben konnte, den einzigen, dem ich es ganz geöffnet hatte und der jede, auch selbst seine geheimsten Falten kannte. Von keinem Andern kann ich dies letzte sagen, Niemand versteht mich ganz, Niemand kann mich ganz verstehen, als er und Du – ja selbst Du vielleicht, liebe Wilhelmine, wirst mich und meine künftigen Handlungen nie ganz verstehen, wenn Du nicht für das, was ich höher achte, als die Liebe, einen so hohen Sinn fassen kannst, als er.

Ich habe Dir schon oft versprochen, Dir etwas von diesem herrlichen Menschen mitzutheilen, der gewiß von den Wenigen, die die Würde ihrer Gattung behaupten, Einer ist, und nicht der schlechteste unter diesen Wenigen. – Eigentlich weiß ich jetzt gar nichts von ihm zu reden, als bloß sein Lob, und ob ich schon gleich mich entsinne, zuweilen auch an diesem den Charakter der Menschheit, nämlich nicht ganz vollkommen zu sein, entdeckt zu haben, so ist doch jetzt mein Gedächtniß für seine Fehler ganz ausgestorben und ich habe nur eines für seine Tugenden. Ich füge dieses hinzu, damit Du etwa nicht glaubst, daß mein Lob aus einer verblendeten Seele entsprang. Wahr ist es, daß die Menschen uns, wie die Sterne, bei ihrem Verschwinden höher erscheinen, als sie wirklich stehen; aber dieser ist in dem ganzen Zeitraume unsrer vertrauten Bekanntschaft nie von der Stufe herabgestiegen, auf welcher ich ihn Dir jetzt zeigen werde. Ich habe ihn anhaltend beobachtet und in den verschiedensten Lagen geprüft und mir das Bild dieses Menschen mit meiner ganzen Seele angeeignet, als ob es eine Erscheinung wäre, die man nur einmal, und nicht wieder sieht.

Ja wenn Du unter den Mädchen wärest, was dieser unter den Männern – – Zwar dann müßte ich freilich auch erschrecken. Denn müßte ich dann nicht auch sein, wie er, um von Dir geliebt zu werden?

Ich sage Dir nichts von seiner Gestalt, die nicht schön war, aber sehr edel. Er ist groß, nicht sehr stark, hat ein gelbbräunliches Haar, ein blaues Auge, viel Ruhe und Sanftmuth im Gesicht, und eben so im Betragen.

Eben so wenig kann ich Dir von seiner Geschichte sagen. Er hatte eine sehr gebildete und zärtlich liebende Mutter, seine Erziehung war ein wenig poetisch, und ganz dahin abzweckend, sein Herz weich und für alle Eindrücke des Schönen und Guten schnell empfänglich zu machen. Er studierte in Göttingen, lernte in Frankfurt am Main die Liebe kennen, die ihn nicht glücklich machte, gieng dann in dänische Militairdienste, wo es sein freier Geist nicht lange aushielt, nahm dann den Abschied, konnte sich nicht wieder entschließen, ein Amt zu nehmen, gieng, um doch Etwas Gutes zu stiften, mit einem jungen Manne zum zweitenmale auf die Universität, der sich dort unter seiner Anleitung bildete, dessen Eltern interessirten sich für ihn am mecklenburgschen Hofe, der ihm nun jetzt ein Amt anträgt, daß er freilich annehmen muß, weil es sein Schicksal so will.

Auch von seinen Tugenden kann ich Dir nur Weniges im Allgemeinen sagen, weil sonst dieser Bogen nicht hinreichen würde. Er war durchaus immer edel, nicht bloß der äußern Handlung nach, auch dem innersten Bewegungsgrunde nach. Ein tiefes Gefühl für Recht war immer in ihm herrschend, und wenn er es geltend machte, so zeigte er sich zu gleicher Zeit immer so stark und doch so sanft. Sanftheit war überhaupt die Basis seines ganzen Wesens. Dabei war er von einer ganz reinen, ganz unbefleckten Sittlichkeit und ein Mädchen könnte nicht reiner, nicht unbefleckter sein, als er. Frei war seine Seele und ohne Vorurtheil, voll Güte und Menschenliebe, und nie stand ein Mensch so unscheinbar unter den andern, über die er doch so unendlich erhaben war. Ein einziger Zug konnte ihn schnell für einen Menschen gewinnen, denn so wie es sein Bedürfniß war, Liebe zu finden, so war es auch sein Bedürfniß, Liebe zu geben. Nur zuweilen gegen Gelehrte war er hart, nicht seine Handlung, sondern sein Wort, indem er sie meistens Vielwisser nannte. Sein Grundsatz war: Handeln ist besser als Wissen. Daher sprach er selbst zuweilen verächtlich von der Wissenschaft, und nach seiner Rede zu urtheilen so schien es, als wäre er immer vor Allem geflohen, was ihr ähnlich sieht – – aber er meinte eigentlich bloß die Vielwisserei, und wenn er, statt dieser, wegwerfend von den Wissenschaften sprach, so bemerkte ich mitten in seiner Rede, daß er in keiner einzigen ganz fremd und in sehr vielen ganz zu Hause war. Von den meisten hatte er die Hauptzüge aufgefaßt und von den andern wenigstens doch diejenigen Züge, die in sein Ganzes paßten – denn dahin, nämlich Alles in sich immer in Einheit zu bringen und zu erhalten, dahin gieng sein unaufhörliches Bestreben. Daher stand sein Geist auf einer hohen Stufe von Bildung, ob gleich nur eigentlich, wie er sagte, die Ausbildung seines Herzens sein Geschäfft war. Denn zwischen diesen beiden Partheien in dem menschlichen Wesen, machte er einen scharfen, schneidenden Unterschied. Immer nannte er den Verstand kalt, und nur das Herz wirkend und schaffend. Daher hatte er ein unüberwindliches Mißtrauen gegen jenen, und hingegen ein eben so unerschütterliches Vertrauen zu diesem gefaßt. Immer seiner ersten Regung gab er sich ganz hin, das nannte er seinen Gefühlsblick, und ich selbst habe nie gefunden, daß dieser ihn getäuscht habe. Er sprach immer wegwerfend von dem Verstande, ob gleich er in einer solchen Rede selbst zeigte, daß er mehr habe, als Andere, die damit prahlen. Übrigens war das Sprechen über seinen innern Zustand eben nicht, wie es scheinen mögte, sein Bedürfniß, selten theilte er sich Einzelnen mit, Vielen nie. In Gesellschaften war er meist still und leidend, wie überhaupt in dem ganzen Leben, und dennoch war er in Gesellschaft immer gern gesehen. Ja ich habe nie einen Menschen gesehen, der so viel Liebe fand bei allen Wesen – und oft habe ich mich sinnend in Gedanken vertieft, wenn ich sah, daß sogar Deines Bruders Spitz, der gegen seinen Herrn und gegen mich nie recht zärtlich war, dagegen unbeschreiblich freudig um dieses Menschen Knie sprang, sobald er in die Stube trat. Aber er war von einem ganz liebenden, kindlichen Wesen, ein natürlicher Freund aller Geschöpfe – liebe Wilhelmine, es ist keine Sprache vorhanden, um das Bild dieses Menschen recht treu zu mahlen –

Ich will daher von seinem Wesen nur noch das ganz charakteristische herausheben – das war seine *Uneigennützigkeit*. – Liebe Wilhelmine! Bist Du wohl schon recht aufmerksam gewesen auf Dich und auf andere? Weißt Du wohl, was es heißt, *ganz uneigennützig* sein? Und weißt Du auch wohl, was es heißt, es *immer*, und aus der *innersten* Seele und mit *Freudigkeit* es zu sein? – Ach, es ist schwer – Wenn Du das nicht recht innig fühlst, so widme einmal einen einzigen Tag dem Geschäft, es an Dir und an Andern zu untersuchen. Sei einmal recht aufmerksam auf Dich und auf die Dich umgebenden Menschen, – Du wirst Dich und sie oft, o sehr oft, wenn auch nur in Kleinigkeiten, in Lagen sehen, wo das eigne Interesse mit fremdem streitet – dann prüfe einmal das Betragen, aber besonders den Grund, und oft wirst Du vor Andern oder vor Dir selbst erröthen müssen – Vielleicht hat die Natur Dir jene Klarheit, zu Deinem Glücke versagt, jene traurige Klarheit, die mir zu jeder Miene den Gedanken, zu jedem Worte den Sinn, zu jeder Handlung den Grund nennt. Sie zeigt mir Alles, was mich umgiebt, und mich selbst, in seiner ganzen armseligen Blöße, und der farbige Nebel verschwindet, und alle die gefällig geworfnen Schleier sinken und dem Herzen ekelt zuletzt vor dieser Nacktheit – O glücklich bist Du, wenn Du das nicht verstehst. Aber glaube mir, es ist *sehr schwer* **immer ganz** *uneigennützig* zu sein.

Und diese *schwerste* von allen Tugenden, o nie hat ihr Heiligenschein diesen Menschen verlassen, so lange ich ihn kannte auch nicht auf einen Augenblick. Immer von seiner liebenden Seele geführt, wählte er in jedem streitenden Falle nie sein eignes, immer das fremde Interesse; und das that er nicht nur in wichtigen Lagen, nicht nur in solchen Lagen, wo die Augen der Menschen auf ihn gerichtet waren, (denn da zeigt sich freilich mancher durch eine Anstrengung uneigennützig, der es ohne diese Anstrengung nicht wäre) – auch in den unscheinbarsten, unbemerktesten Fällen (und das ist bei Weitem mehr) zeigte sich seine Seele immer von derselben unbefleckten Uneigennützigkeit, selbst in solchen Augenblicken, wo wir im gemeinen Leben gern einen kleinen Eigennutz verzeihen, und das immer ganz im Stillen, ganz anspruchlos, ohne die mindeste Rechnung auf Dank, ja selbst dann, wenn es ohne meine, durch das Entzücken über diese nie erblickte Erscheinung, immer rege Aufmerksamkeit, gar nicht empfunden und verstanden worden wäre.

Ich kann Dir zu dem Allen Beispiele geben. – Als ich ihm in Pasewalk meine Lage eröffnete, besann er sich nicht einen Augenblick, mir nach Wien zu folgen. Er sollte schon damals ein Amt nehmen, er hieng innig an seiner Schwester und sie noch inniger an ihm. Ja es ist eine traurige Gewißheit, daß diese plötzliche, geheimnißvolle Abreise ihres Bruders, und das Gefühl, nun von ihrem einzigen Freunde verlassen zu sein, einzig und allein das arme Weib bewogen hat, einen Gatten sich zu wählen, mit dem sie jetzt doch nicht recht glücklich ist – So theuer, Wilhelmine, ward unser Glück erkauft. Werden wir nicht auch etwas thun müssen, es zu verdienen?

Doch ich kehre zurück. Er – ich brauche ihn doch nicht mehr zu nennen? Er vergaß sein ganzes eignes Interesse, und folgte mir. Um mir den Verdacht zu ersparen, als sei ich der eigentliche Zweck der Reise, und als hätte ich ihn nur bewegt mir zu folgen, welches meiner Absicht schaden konnte, gab er bei seiner Familie der ganzen Reise den Anstrich, als geschehe sie nur um seinetwillen. Er selbst hat nur ein kleines Capital, von mir wollte er sich die Kosten der Reise nicht vergüten lassen, er opferte 600 Rth. von seinem eignen Vermögen, mir zu folgen, und uns beide glücklich zu machen – Du liebst ihn doch auch?

Aber das ist doch noch nicht die Uneigennützigkeit, die ich meine. Es ist wahr, daß ich ihr die ganze glückliche Wendung meines Schicksaals verdanke, aber doch ist das nicht die Uneigennützigkeit, die mich entzückt. Das Alles, fühle ich, würde ich für ihn auch gethan haben – – aber er hat noch weit mehr gethan, o weit mehr! Es ist ganz unscheinbar, und Du wirst vielleicht darüber lächeln, wenn Du es nicht verstehst – aber mich hat es entzückt. Höre.

Wenn wir beide in den Postwagen stiegen, so nahm er sich immer den Platz, der am Wenigsten bequem war. – Von dem Stroh, das zuweilen in den Fußboden lag, nahm er sich nie etwas, wenn es nicht hinreichte, die Füße beider zu erwärmen. – Wenn ich in der Nacht zuweilen schlafend an seine Brust sank, so hielt er mich, ohne selbst zu schlafen – Wenn wir in ein Nachtquartier kamen, so wählte er für sich immer das schlechteste Bett. – Wenn wir zusammen Früchte aßen, blieben immer die schönsten, saftvollsten für mich übrig. – Wenn man uns in Würzburg Bücher aus der Lesegesellschaft brachte, so laß er nie in dem zuerst, das mir das liebste war – Als man uns zum erstenmale die französischen und deutschen Zeitungen brachte, hatte ich, ohne Absicht, zuerst die französischen ergriffen. So oft die Zeitungen nun wieder kamen gab er mir immer die französischen. Ich merkte das, und nahm mir einmal die deutschen. Seitdem gab er mir immer die deutschen. – Um die Zeit, in welcher mein Arzt mich besuchte, gieng er immer spatzieren. Ich hatte ihm nie etwas gesagt, aber es mogte schlechtes oder gutes Wetter sein, er verließ das Zimmer und gieng spatzieren. – Nie kam er in meine Kammer, auch darum hatte ich ihn nicht gebeten, aber er errieth es, und nie ließ er sich darin sehen. – Ich brannte während der Nacht Licht in meiner Kammer, und der Schein fiel durch die geöffnete Thür grade auf sein Bett. Nachher habe ich gelegentlich erfahren, daß er viele Nächte deswegen gar nicht geschlafen habe;

aber nie hatte er es mir gesagt. O noch einen Zug werde ich Dir einst erzählen, aber jetzt nicht – noch ein Opfer, das ihn nöthigte jede Nacht mit dem bloßen übergeworfnen Mantel über den kalten Flur zu gehen, und von dem ich auch nicht das Mindeste erfuhr, bis spät nachher –

Aber Du lächelst wohl über diese Kleinigkeiten. –? O Wilhelmine, wie schlecht verstehst Du Dich dann auf die Menschen! Große Opfer sind Kleinigkeiten, die kleinen sind es, die schwer sind; und es war leichter, mir nach Wien zu folgen, leichter mir 600 Rth. zu opfern, als mit nie ermüdendem Wohlwollen und mit immer stiller und anspruchloser Beeiferung meinen Vortheil mit dem seinigen zu erkaufen und in der unendlichen Mannigfaltigkeit von Lagen sich nie, auch nicht auf einen Augenblick, anders zu zeigen, als ganz uneigennützig.

Du glaubst doch wohl nicht von mir, daß ich nur darum dieser Uneigennützigkeit so lebhaft das Wort rede, weil sie grade meinem Vortheil schmeichelte –? O pfui. Ich gebe dir darauf kein Wort zur Antwort.

O wenn Du ahnden könntest, warum ich grade Dir das Alles schrieb! – Denke einmal an alle die Abscheulichkeiten, zu welchen der Eigennutz die Menschen treibt – denke Dir einmal die glückliche Welt, wenn jeder seinen eignen Vortheil, gegen den Vortheil des Andern vergäße – denke Dir wenigstens die glückliche Ehe, in welcher diese innige, herzliche Uneigennützigkeit immer herschend wäre – O Du ahndest gewiß die Absicht dieser Zeilen, die Du darum auch gewiß recht oft durchlesen wirst – nicht, als ob ich Dich für eigennützig hielte, o behüte, so wenig als mich selbst. Aber in mir selbst finde ich doch nicht ein so reines, so hohes Wohlwollen für den Andern, keine solche innige, unausgesetzte Beeiferung für seinen Vortheil, keine so gänzliche Vergessenheit meines eignen – und das ist jetzt das hohe Bild, das ich mit meiner ganzen Seele mir anzueignen strebe. O mögte es auch das Deinige werden – ja, Wilhelmine, sagte ich nicht, daß unser Glück theuer erkauft ward? Jetzt können wir es verdienen. Laß uns dem Beispiel jenes vortrefflichsten der Menschen folgen – mein heiligster Wille ist es. *Immer* und in *allen* Fällen will ich meines eignen Vortheils ganz vergessen, wie er, und nicht bloß gegen Dich, auch gegen Andere und wären es auch ganz Fremde *ganz uneigennützig* sein, wie er. O mache diesen herrlichen Vorsatz auch zu dem Deinen. Verachte nun immer Deinen eignen Vortheil, er sei groß oder klein, gegen jeden Andern, gegen Deine Schwestern, gegen Freunde, gegen Bekannte, gegen Diener, gegen Fremde, gegen Alle. Was ist der Genuß eines Vortheils gegen die Entzückung eines freiwilligen Opfers! Auch in dem geringfügigsten Falle erfülle diese schöne Pflicht, ja geize sogar begierig auf Gelegenheit, wo Du sie erfüllen kannst. Rechne aber dabei niemals auf Dank, niemals, wie er. Auch wenn Dein stilles bescheidnes Opfer gar nicht verstanden würde, ja selbst dann wenn Du vorher wüßtest, daß es von Keinem verstanden werden würde, so bringe es dennoch – Du selbst verstehst es, und Dein Selbstgefühl möge Dich belohnen. Verlange aber nie ein Gleiches von dem Andern, o niemals. Denn wahre Uneigennützigkeit zeigt sich in dem Talent, sich durch den Eigennutz Andrer nie gekränkt zu fühlen, eben so gut, ja selbst noch besser, als in dem Talent ihm immer zuvor zu kommen. Daher klage den Andern nie um dieser Untugend an. Wenn er Dein *freiwilliges* Opfer nicht versteht, so schweige und zürne nicht, und wenn er ein Opfer von Dir *verlangt*, vorausgesetzt daß es nur möglich ist, so thue es, und er mag es Dir danken, oder nicht, schweige wieder und zürne nicht. – O Wilhelmine! Giebt es etwas, das Dich mit so hohen Erwartungen in Deine *neue Epoche* einführen kann, als diese herrlichen Vorsätze? Ich freue mich darauf, daß ich Dich nicht wieder kennen werde, wenn ich Dich wiedersehe. Auch Du sollst besser mit mir zufrieden sein. Adieu. Dein *Geliebter* H. K.

35. An Ulrike von Kleist

Berlin, d. 5t Febr. 1801.

Mein liebes theures Ulrikchen, ich hatte, als ich Schönfeld im Schauspielhause sah, in dem ersten Augenblicke eine unbeschreiblich frohe Hoffnung, daß auch Du in der Nähe sein würdest – und noch jetzt weiß ich nicht recht, warum Du diese gute Gelegenheit, nach Berlin zu kommen, so ungenutzt gelassen hast. Recht herzlich würde ich mich darüber gefreut haben, und ob ich gleich weiß, daß Du daran nicht zweifelst, so schreibe ich es doch auf, weil ich mich noch weit mehr darüber gefreut haben würde, als Du glaubst. Denn hier in der ganzen volkreichen Königsstadt ist auch nicht ein Mensch, der mir etwas Ähnliches von dem sein könnte, was Du mir bist. Nie denke ich anders an Dich, als mit Stolz und Freude, denn Du bist die Einzige, oder überhaupt der Einzige Mensch von dem ich sagen kann, daß er mich ganz ohne ein eignes Interesse, ganz ohne eigne Absichten, kurz, daß er nur mich selbst liebt. Recht schmerzhaft ist es mir, daß ich nicht ein Gleiches von mir sagen kann, obgleich Du es gewiß weit mehr verdienst, als ich; denn Du hast zu viel für mich gethan, als daß meine Freundschaft, in welche sich schon die Dankbarkeit mischt, ganz rein sein könnte. Jetzt wieder bietest Du mir durch Schönfeld Deine Hülfe an, und mein unseeliges Verhältniß will, daß ich nie geben kann und immer annehmen muß. Kann Wackerbarth mir 200 Rth. geben, so denke ich damit und mit meiner Zulage den äußerst theuren Aufenthalt in Berlin (der mir eigentlich durch die vielen Besuche aus Potsdam theuer wird) bestreiten zu können. Besorge dies, und fürchte nicht, daß ich, wenn ich dankbarer sein muß, Dich weniger aus dem Innersten meiner Seele lieben und ehren werde. –

Ich habe lange mit mir selbst gekämpft, ob ich Schönfelds Vorschlag, ihm nach Werben zu folgen, annehmen sollte, oder nicht. Allein ich mußte mich für das letztere bestimmen, aus Gründen, die ich Dir kürzlich wohl angeben kann. Ich wünsche nämlich von ganzem Herzen diesen für mich traurigen Ort so bald als möglich wieder zu verlassen. So bald ich nach meinem Plan das Studium einiger Wissenschaften hier vollendet habe, so kehre ich ihm den Rücken. Daher wollte ich diesen ersehnten Zeitpunct nicht gern durch eine Reise weiter herausschieben, als er schon liegt, und daher versagte ich mir das Vergnügen Dich zu sehn – Ach, wie gern hätte ich Dich gesehen in dem stillen Werben, wie vieles hätte ich Dir mittheilen, wie Manches von Dir lernen können – Ach, Du weißt nicht, wie es in meinem Innersten aussieht. Aber es interessirt Dich doch? – O gewiß! Und gern möchte ich Dir Alles mittheilen, wenn es möglich wäre. Aber es ist nicht möglich, und wenn es auch kein weiteres Hinderniß gäbe, als dieses, daß es uns an einem Mittel zur Mittheilung fehlt. Selbst das einzige, das wir besitzen, die Sprache taugt nicht dazu, sie kann die Seele nicht mahlen und was sie uns giebt sind nur zerrissene Bruchstücke. Daher habe ich jedesmal eine Empfindung, wie ein Grauen, wenn ich jemandem mein Innerstes aufdecken soll; nicht eben weil es sich vor der Blöße scheut, aber weil ich ihm nicht Alles zeigen kann, nicht kann, und daher fürchten muß, aus den Bruchstücken falsch verstanden zu werden. Indessen: auf diese Gefahr will ich es bei Dir wagen und Dir so gut ich kann, in zerrissenen Gedanken mittheilen, was Interesse für Dich haben könnte.

Noch immer habe ich mich nicht für ein Amt entscheiden können und Du kennst die Gründe. Es giebt Gründe für das Gegentheil, und auch diese brauche ich Dir nicht zu sagen. Gern will ich immer thun, was recht ist, aber was soll man thun, wenn man dies nicht weiß? Dieser innere Zustand der Ungewißheit war mir unerträglich und ich grif um mich zu entscheiden zu jenem Mittel, durch welches jener Römer in dem Zelte Porsenna's diesen König, als er über die Friedensbedingungen zauderte, zur Entscheidung zwang. Er zog nämlich mit Kreide einen Kreis um sich und den König und erklärte, keiner von ihnen würde den Kreis überschreiten, ehe der Krieg oder der Friede entschieden wäre. Fast eben so machte ich es auch. Ich beschloß, nicht aus dem Zimmer zu gehen, bis ich über einen Lebensplan entschieden wäre; aber 8 Tage vergiengen, und ich mußte doch am Ende das Zimmer unentschlossen wieder verlassen. – Ach Du weißt nicht, Ulrike, wie mein Innerstes oft erschüttert ist – Du verstehst dies doch nicht falsch? Ach, es giebt kein Mittel, sich Andern g a n z verständlich zu machen und der Mensch hat von Natur keinen andren Vertrauten, als sich selbst.

Indessen sehe ich doch immer von Tage zu Tage mehr ein, daß ich ganz unfähig bin, ein Amt zu führen. Ich habe mich durchaus daran gewöhnt, eignen Zwecken zu folgen, und dagegen von der Befolgung fremder Zwecke ganz und gar entwöhnt. Letzthin hatte ich eine äußerst widerliche Empfindung. Ich war nämlich in einer Session, denen ich immer noch beiwohne, weil ich nicht recht weiß, wie ich mich davon loßmachen soll, ohne zu beleidigen. Da wird unter andern Berichten, auch immer im Kurzen Nachricht ertheilt von dem Inhalt gewisser Journale über Chemie, Mechanik & Eines der Mitglieder schlug einen großen Folianten auf, der der 5t Theil eines neu herausgekommenen französischen Werkes über Mechanik war. Er sagte in allgemeinen Ausdrücken, er habe das Buch freilich nur flüchtig durchblättern können, allein es scheine ihm, als ob es wohl allerdings manches enthalten könnte, was die Deputation und ihren Zweck interessirt. Darauf fragte ihn der Präsident, ob er glaubte, daß es nützlich wäre, wenn es von einem Mitgliede ganz durchstudirt würde; und als er dies bejahend beantwortete, so wandte sich der Präsident schnell zu mir und sagte: nun Herr v. K. das ist etwas für Sie, nehmen Sie dies Buch zu sich, lesen Sie es durch und statten Sie der Deputation darüber Bericht ab. – Was in diesem Augenblicke Alles in meiner Seele vorgieng kann ich Dir wieder nicht beschreiben. Ein solches Buch kostet wenigstens 1 Jahr Studium, ist neu, folglich sein Werth noch gar nicht entschieden, würde meinen ganzen Studienplan stören & & Ich hatte aber zum erstenmal in 2 Jahren wieder einen Obern vor mir und wußte in der Verlegenheit nichts zu thun, als mit dem Kopfe zu nicken. Das ärgerte mich aber nachher doppelt, ich erinnerte mich mit Freuden, daß ich noch frei war, und beschloß das Buch ungelesen zu lassen, es folge daraus, was da wolle. – Ich muß fürchten, daß auch dieses mißverstanden wird, weil ich wieder nicht Alles sagen konnte.

In Gesellschaften komme ich selten. Die jüdischen würden mir die liebsten sein, wenn sie nicht so pretiös mit ihrer Bildung thäten. An dem Juden Cohen habe ich eine interessante Bekanntschaft gemacht, nicht so wohl seinetwillen, als wegen seines prächtigen Cabinets von physikalischen Instrumenten, das er mir zu benutzen erlaubt hat. Zuweilen bin ich bei Clausius, wo die Gäste meistens interessanter sind, als die Wirthe. Einmal habe ich getanzt und war vergnügt, weil ich zerstreut war. Huth ist hier und hat mich in die gelehrte Welt eingeführt, worin ich mich aber so wenig wohl befinde, als in der ungelehrten. Diese Menschen sitzen sämmtlich wie die Raupe auf einem Blatte, jeder glaubt seines sei das Beßte, und um den Baum bekümmern sie sich nicht.

Ach, liebe Ulrike, ich passe mich nicht unter die Menschen, es ist eine traurige Wahrheit, aber eine Wahrheit; und wenn ich den Grund ohne Umschweif angeben soll, so ist es dieser: sie gefallen mir nicht. Ich weiß wohl, daß es bei dem Menschen, wie bei dem Spiegel, eigentlich auf die eigne Beschaffenheit beider ankommt, wie die äußern Gegenstände darauf einwirken sollen; und mancher würde aufhören über die Verderbtheit der Sitten zu schelten, wenn ihm der Gedanke einfiele, ob nicht vielleicht bloß der Spiegel, in welchen das Bild der Welt fällt, schief und schmutzig ist. Indessen wenn ich mich in Gesellschaften nicht wohl befinde, so geschieht dies weniger, weil Andere, als vielmehr weil ich mich selbst nicht zeige, wie ich es wünsche. Die Nothwendigkeit, eine Rolle zu spielen, und ein innerer Widerwillen dagegen machen mir jede Gesellschaft lästig, und froh kann ich nur in meiner eignen Gesellschaft sein, weil ich da ganz wahr sein darf. Das darf man unter Menschen nicht sein, und keiner ist es – Ach, es giebt eine traurige Klarheit, mit welcher die Natur viele Menschen, die an dem Dinge nur die Oberfläche sehen, zu ihrem Glücke verschont hat. Sie nennt mir zu jeder Miene den Gedanken, zu jedem Worte den Sinn, zu jeder Handlung den Grund – sie zeigt mir Alles, was mich umgiebt und mich selbst in seiner ganzen armseligen Blöße und dem Herzen ekelt zuletzt vor dieser Nacktheit – – Dazu kommt bei mir eine unerklärliche Verlegenheit, die unüberwindlich ist, weil sie wahrscheinlich eine ganz physische Ursache hat. Mit der größten Mühe nur kann ich sie so verstecken, daß sie nicht auffällt – o wie schmerzhaft ist es, in dem Äußern ganz stark und frei zu sein, indessen man im Innern ganz schwach ist, wie ein Kind, ganz gelähmt, als wären uns alle Glieder gebunden, wenn man sich nie zeigen kann, wie man wohl mögte, nie frei handeln kann, und selbst das Große versäumen muß, weil man vorausempfindet, daß man nicht Stand halten wird, indem man von jedem äußern Eindrucke abhangt und das albernste Mädchen oder der elendeste Schuft von élégant uns durch die matteste persifflage vernichten kann. – Das Alles verstehst Du vielleicht nicht, liebe Ulrike, es ist wieder kein Gegenstand für die Mittheilung und der Andere müßte das Alles aus sich selbst kennen, um es zu verstehen.

Selbst die Säule, an welcher ich mich sonst in dem Strudel des Lebens hielt, wankt – – Ich meine, die Liebe zu den Wissenschaften. – Aber wie werde ich mich hier wieder verständlich machen? – Liebe Ulrike, es ist ein bekannter Gemeinplatz, daß das Leben ein schweres Spiel sei; und warum ist es schwer? Weil man beständig und immer von Neuem eine Karte ziehen soll und doch nicht weiß, was Trumpf ist; ich meine darum, weil man beständig und immer von Neuem handeln soll und doch nicht weiß, was recht ist.

Wissen kann unmöglich das Höchste sein – handeln ist besser als wissen. Aber ein Talent bildet sich im Stillen, doch ein Charakter nur in dem Strome der Welt. Zwei ganz verschiedne Ziele sind es, zu denen zwei ganz verschiedne Wege führen. Kann man sie beide nicht vereinigen, welches soll man wählen? Das höchste, oder das, wozu uns unsre Natur treibt? – Aber auch selbst dann, wenn bloß Wahrheit mein Ziel wäre, – ach, es ist so traurig, weiter nichts, als gelehrt zu sein. Alle Männer, die mich kennen, rathen mir, mir irgend einen Gegenstand aus dem Reiche des Wissens auszuwählen und diesen zu bearbeiten – Ja freilich, das ist der Weg zum Ruhme, aber ist dieser mein Ziel? Mir ist es unmöglich, mich wie ein Maulwurf in ein Loch zu graben und Alles Andere zu vergessen. Mir ist keine Wissenschaft lieber als die andere, und wenn ich eine vorziehe, so ist es nur wie einem Vater immer derjenige von seinen Söhnen der liebste ist, den er eben bei sich sieht. – Aber soll ich immer von einer Wissenschaft zur andern gehen, und immer nur auf ihrer Oberfläche schwimmen und bei keiner in die Tiefe gehen? Das ist die Säule, welche schwankt.

Ich habe freilich einen Vorrath von Gedanken zur Antwort auf alle diese Zweifel. Indessen reif ist noch keiner. – – Göthe sagt, wo eine Entscheidung soll geschehen, da muß vieles zusammentreffen. – Aber ist es nicht eine Unart nie den Augenblick der Gegenwart ergreifen zu können, sondern immer in der Zukunft zu leben? – Und doch, wer wendet sein Herz nicht gern der Zukunft zu, wie die Blumen ihre Kelche der Sonne? – Lerne Du nur fleißig aus dem Gaspari, und vergiß nicht die Laute. Wer weiß ob wir es nicht früh oder spät brauchen. Gute Nacht, es ist spät. Grüße Deine liebe Wirthinn und alle Bekannte. H. K.

N. S. So eben erfahre ich, daß Minette und Gustel ⟨v. Kleist⟩ mit der Moltken und Emilien nach Berlin kommen. Heute werden sie ankommen und bei der Schlichting wohnen.

36. An Wilhelmine von Zenge

Berlin, d. 22^{t} März, 1801.

Liebe Herzens-Wilhelmine, diese Stunde ist seit unsrer Trennung eine von den wenigen, die ich vergnügt nennen kann, ja vielleicht die erste – Nach vielen unruhigen Tagen kam ich heute von einer Fußreise aus Potsdam zurück. Als ich zu Carln in das Zimmer trat, fragte ich nach Briefen von Dir, und als er mir den Deinigen gab, brach ich ihn nicht ganz ohne Besorgniß auf, indem ich fürchtete, er mögte voll Klagen und Scheltwörter über mein langes Stillschweigen sein. Aber Du hast mir einen Brief geschrieben, den ich in aller Hinsicht fast den *liebsten* nennen mögte – Es war mir fast als müßte ich stolz darauf sein; *denn*, sagte ich zu mir selbst, wenn W. Gefühl sich so verfeinert, ihr Verstand sich so berichtigt, ihre Sprache sich so veredelt hat, wer ist daran – – wem hat sie es zu – – – Kurz, ich konnte mir den Genuß nicht verweigern, den Brief, sobald ich ihn gelesen hatte, Carln zu überreichen, welches ich noch nie gethan habe – Ich küsse die Hand die ihn schrieb, und das Herz, das ihn dictirte. Fahre so fort nach dem Preise zu ringen, mein Bestreben soll es sein, ihn so beneidenswürdig zu machen, als möglich. Du sollst einst einen Mann an Deine Brust drücken, den *edle* Menschen *ehren*, und wenn jemals in Deinem Herzen sich eine Sehnsucht nach etwas regt, was ich Dir nicht leiste, so ist mein Ziel verfehlt, so wie das Deinige, wenn Du nicht immer dieses Bestreben wach in mir erhältst. Ja, Wilhelmine, meine Liebe ist ganz in Deiner Gewalt. Schmerzhaft würde es mir sein, wenn ich Dir jemals aus bloßer Pflicht treu sein müßte. Gern mögte ich meine Treue immer nur der Neigung verdanken. Ich bin nicht flatterhaft, nicht leichtsinnig, nicht jede Schürze reizt mich und ich verachte den Reichthum; wenn ich doch jemals mein Herz Dir entzöge, Dir selbst, nicht mir, würdest Du die Schuld zuzuschreiben haben. Denn so wie meine Liebe Dein Werk, nicht das meinige war, so ist auch die Erhaltung derselben nur Dein Werk, nicht das meinige. Meine Sorge ist nichts als Deine Gegenliebe, für meine eigne Neigung zu Dir kann ich nichts thun, gar nichts, Du aber Alles. Dich zu lieben wenn ich Dich nicht liebenswürdig fände, das wäre mir das Unmögliche. Die Hand könnte ich Dir geben, und so mein Wort erfüllen, aber das Herz nicht – denn Du weißt, daß es das seltsame Eigenthum ist, welches man sich nur rauben lassen darf, wenn es Zinsen tragen soll. Also sorge nie, daß ich gleichgültig gegen Dich werden mögte, sorge nur, daß Du mich nicht gleichgültig gegen Dich machst. Sei ruhig, so lange Du in Deinem Innersten fühlst, daß Du meiner Liebe werth bist, und wenn Du an jedem Abend nach einem heiter verflossenen Tage in Deinem Tagebuche die Summe Deiner Handlungen ziehest, und nach dem Abzuge ein Rest bleibt für die guten, und ein stilles, süßes, mächtig-schwellendes Gefühl Dir sagt, daß Du eine Stufe höher getreten bist als gestern, so – – so lege Dich ruhig auf Dein Lager, und denke mit Zuversicht an mich, der vielleicht in demselben Augenblicke mit derselben Zuversicht an Dich denkt, und **hoffe** – nicht zu heiß, aber auch nicht zu kalt – auf bessere Augenblicke, als die schönsten in der Vergangenheit – – auf bessere noch? – Ich sehe das Bild, und die Nadeln, und Vossens Luise und die Gartenlaube und die mondhellen Nächte, – und doch – – Still! – »Wer rief?« – Mir wars, als drücktest Du mir den Mund mit Küssen zu.

Ich wollte nun auf Deinen Brief, Punct vor Punct, antworten, und laß ihn darum zum zweitenmale durch (immer noch mit derselben Freude) – Aber du hast diesmal in jede Zeile ein besonderes Interesse gelegt, und jede verdiente einen eignen Bogen zur Antwort. Ich kann aber nur einen Gedanken herausheben, den, der mir der liebste ist. Über die andern muß ich kurz weg eilen.

Fahre fort, dem schönen Beispiel zu folgen, das Dir die Blume an Deinem Fenster giebt. So oft Du auf ein diner, oder souper oder Ball gehest, kehre sie um, und wenn sie bei Deiner Rückkehr doch wieder den Kelch der Sonne entgegenneigt, so laß Dich nicht von ihr beschämen, und thue ein Gleiches.

Ich wünsche Dir aus meinem Herzen Glück zu Deinem *weiblichen Brokes.* Nicht leicht würde ich in diese Vergleichung einstimmen aber diese muß ich doch billigen. Mir selbst hat das Mädchen sehr gefallen. Du hast mir ein Paar unbeschreiblich rührende Züge von ihr aufgezeichnet, und wenn gleich das Wesen, dem sie *eigen* sind, sehr viel werth ist, so ist doch auch das Wesen, das sie *verstand,* etwas werth. Denn immer ist es ein Zeichen der eignen Vortrefflichkeit, wenn die Seele auch aus den unscheinbarsten Zügen Andrer das Schöne herauszufinden weiß.

Es hätte sich nicht leicht ein Umstand ereignen können, der im Stande wäre, Dich so schnell auf eine höhere Stufe zu führen, als Deine Neigung für Rousseau. Ich finde in Deinem ganzen Briefe schon etwas von seinem Geiste – das zweite Geschenk, das ich Dir, von heute an gerechnet, machen werde, wird das Geschenk von Rousseaus sämmtlichen Werken sein. Ich werde Dir dann auch die Ordnung seiner Lesung bezeichnen – für jetzt laß Dich nicht stören, den Emil ganz zu beendigen. –

Ich komme jetzt zu dem Gedanken aus Deinem Briefe, der mir, in meiner Stimmung der theuerste sein mußte, und der meiner verwundeten Seele fast so wohl that, wie Balsam einer körperlichen Wunde.

Du schreibst: »Wie sieht es aus in Deinem Innern? Du würdest mir viele Freude machen, wenn Du mir etwas mehr davon mittheiltest, als bisher; glaube mir, ich kann leicht fassen, was Du mir sagst, und ich mögte gern Deine Hauptgedanken mit Dir theilen.«

Liebe Wilhelmine, ich erkenne an diesen fünf Zeilen mehr als an irgend etwas, daß Du wahrhaft meine Freundinn bist. Nur unsre äußern Schicksale interessiren die Menschen, die innern nur den Freund. Unsere äußere Lage kann ganz ruhig sein, indessen unser Innerstes ganz bewegt ist – Ach, ich kann Dir nicht beschreiben, wie wohl es mir thut, einmal jemandem, der mich versteht, mein Innerstes zu öffnen. Eine ängstliche Bangigkeit ergreift mich immer, wenn ich unter Menschen bin, die alle von dem Grundsatze ausgehen, daß man ein Narr sei, wenn man ohne Vermögen jedes Amt ausschlägt. Du wirst nicht so hart über mich urtheilen, – nicht wahr?

Ja, allerdings dreht sich mein Wesen jetzt um einen Hauptgedanken, der mein Innerstes ergriffen hat, er hat eine tiefe erschütternde Wirkung auf mich hervorgebracht – Ich weiß nur nicht, wie ich das, was seit 3 Wochen durch meine Seele flog, auf diesem Blatte zusammenpressen soll. Aber Du sagst ja, Du kannst mich fassen – also darf ich mich schon etwas kürzer fassen. Ich werde Dir den Ursprung und den ganzen Umfang dieses Gedankens, nebst allen seinen Folgerungen einst, wenn Du es wünschest, weitläufiger mittheilen. Also jetzt nur so viel.

Ich hatte schon als Knabe (mich dünkt am Rhein durch eine Schrift von Wieland) mir den Gedanken angeeignet, daß die Vervollkommnung der Zweck der Schöpfung wäre. Ich glaubte, daß wir einst nach dem Tode von der Stufe der Vervollkommnung, die wir auf diesem Sterne erreichten, auf einem andern weiter fortschreiten würden, und daß wir den Schatz von Wahrheiten, den wir hier sammelten, auch dort einst brauchen könnten. Aus diesen Gedanken bildete sich so nach und nach eine eigne Religion, und das Bestreben, nie auf einen Augenblick hieniden still zu stehen, und immer unaufhörlich einem höhern Grade von Bildung entgegenzuschreiten, ward bald das einzige Princip meiner Thätigkeit. Bildung schien mir das einzige Ziel, das des Bestrebens, Wahrheit der einzige Reichthum, der des Besitzes würdig ist. – Ich weiß nicht, liebe Wilhelmine, ob Du diese zwei Gedanken: **Wahrheit** und **Bildung**, mit einer solchen Heiligkeit denken kannst, als ich – Das freilich, würde doch nöthig sein, wenn Du den Verfolg dieser Geschichte meiner Seele verstehen willst. Mir waren sie so heilig, daß ich diesen beiden Zwecken, Wahrheit zu sammeln, und Bildung mir zu erwerben, die kostbarsten Opfer brachte – Du kennst sie. – Doch ich muß mich kurz fassen.

Vor Kurzem ward ich mit der neueren sogenannten Kantischen Philosophie bekannt – und Dir muß ich jetzt daraus einen Gedanken mittheilen, indem ich nicht fürchten darf, daß er Dich so tief, so schmerzhaft erschüttern wird, als mich. Auch kennst Du das Ganze nicht hinlänglich, um sein Interesse vollständig zu begreifen. Ich will indessen so deutlich sprechen, als möglich.

Wenn alle Menschen statt der Augen grüne Gläser hätten, so würden sie urtheilen müssen, die Gegenstände, welche sie dadurch erblicken, sind grün – und nie würden sie entscheiden können, ob ihr Auge ihnen die Dinge zeigt, wie sie sind, oder ob es nicht etwas zu ihnen hinzuthut, was nicht ihnen, sondern dem Auge gehört. So ist es mit dem Verstande. Wir können nicht entscheiden, ob das, was wir Wahrheit nennen, wahrhaft Wahrheit ist, oder ob es uns nur so scheint. Ist das letzte, so ist die Wahrheit, die wir hier sammeln, nach dem Tode nicht mehr – und alles Bestreben, ein Eigenthum sich zu erwerben, das uns auch in das Grab folgt, ist vergeblich –

Ach, Wilhelmine, wenn die Spitze dieses Gedankens Dein Herz nicht trifft, so lächle nicht über einen Andern, der sich tief in seinem heiligsten Innern davon verwundet fühlt. Mein einziges, mein höchstes Ziel ist gesunken, und ich habe nun keines mehr –

Seit diese Überzeugung, nämlich, daß hienieden keine Wahrheit zu finden ist, vor meine Seele trat, habe ich nicht wieder ein Buch angerührt. Ich bin unthätig in meinem Zimmer umhergegangen, ich habe mich an das offne Fenster gesetzt, ich bin hinausgelaufen ins Freie, eine innerliche Unruhe trieb mich zuletzt in Tabagien und Caffeehäuser, ich habe Schauspiele und Concerte besucht, um mich zu zerstreuen, ich habe sogar, um mich zu betäuben, eine Thorheit begangen, die Dir Carl lieber erzählen mag, als ich; und dennoch war der einzige Gedanke, den meine Seele in diesem äußeren Tummulte mit glühender Angst bearbeitete immer nur dieser: dein einziges, dein höchstes Ziel ist gesunken –

An einem Morgen wollte ich mich zur Arbeit zwingen, aber ein innerlicher Eckel überwältigte meinen Willen. Ich hatte eine unbeschreibliche Sehnsucht an Deinem Halse zu weinen, oder wenigstens einen Freund an die Brust zu drücken. Ich lief, so schlecht das Wetter auch war, nach Potsdam, ganz durchnäßt kam ich dort an, drückte Leopold ⟨v. Kleist⟩, Gleißenberg, Rühle ans Herz, und mir ward wohler – –

Rühle verstand mich am beßten. Ließ' doch, sagt er mir, den Kettenträger (ein Roman) Es herrscht in diesem Buche eine sanfte, freundliche Philosophie, die Dich gewiß aussöhnen wird, mit Allem, worüber Du zürnst. Es ist wahr, er selbst hatte aus diesem Buche einige Gedanken geschöpft, die ihn sichtbar ruhiger und weiser gemacht hatten. Ich faßte den Muth diesen Roman zu lesen.

Die Rede war von Dingen, die meine Seele längst schon selbst bearbeitet hatte. Was darin gesagt ward, war von mir schon längst im Voraus widerlegt. Ich fing schon an unruhig zu blättern, als der Verfasser nun gar von ganz fremdartigen politischen Händeln weitläufig zu raisonniren anfieng – Und das soll die Nahrung sein für meinen glühenden Durst? – Ich legte still und beklommen das Buch auf den Tisch, ich drückte mein Haupt auf das Kissen des Soppha, eine unaussprechliche Leere erfüllte mein Inneres, auch das letzte Mittel, mich zu heben, war fehlgeschlagen – Was sollst Du nun thun, rief ich? Nach Berlin zurückkehren ohne Entschluß? Ach, es ist der schmerzlichste Zustand ganz ohne ein Ziel zu sein, nach dem unser Inneres, frohbeschäfftigt, fortschreitet – und das war ich jetzt –

Du wirst mich doch nicht falsch verstehen, Wilhelmine? – Ich fürchte es nicht.

In dieser Angst fiel mir ein Gedanke ein.

Liebe Wilhelmine, laß mich reisen. Arbeiten kann ich nicht, das ist nicht möglich, ich weiß nicht zu welchem Zwecke. Ich müßte, wenn ich zu Hause bliebe, die Hände in den Schoß legen, und denken. So will ich lieber spatzieren gehen, und denken. Die Bewegung auf der Reise wird mir zuträglicher sein, als dieses Brüten auf einem Flecke. Ist es eine Verirrung, so läßt sie sich vergüten, und schützt mich vor einer andern, die vielleicht unwiderruflich wäre. Sobald ich einen Gedanken ersonnen habe, der mich tröstet, sobald ich einen Zweck gefaßt habe, nach dem ich wieder streben kann, so kehre ich um, ich schwöre es Dir. Mein Bild schicke ich Dir, und Deines nehme ich mit mir. Willst Du es mir unter diesen Bedingungen erlauben? Antworte bald darauf Deinem treuen Freunde Heinrich.

N. S. Heute schreibe ich Ulriken, daß ich wahrscheinlich, wenn Du es mir erlaubst, nach Frankreich reisen würde. Ich habe ihr versprochen, nicht das Vaterland zu verlassen, ohne es ihr vorher zu sagen. Will sie mitreisen, so muß ich es mir gefallen lassen. Ich zweifle aber, daß sie die Bedingungen annehmen wird. Denn ich kehre um, sobald ich weiß, was ich thun soll. Sei ruhig. Es muß etwas Gutes aus diesem innern Kampfe hervorgehn.

37. An Ulrike von Kleist

Berlin, d. 23[t] März, 1801.

Mein liebes Ulrikchen, ich kann Dir jetzt nicht so weitläufig schreiben, warum ich mich entschlossen habe, Berlin sobald als möglich zu verlassen und ins Ausland zu reisen. Es scheint, als ob ich eines von den Opfern der Thorheit werden würde, deren die Kantische Philosophie so viele auf das Gewissen hat. Mich eckelt vor dieser Gesellschaft und doch kann ich mich nicht losringen aus ihren Banden. Der Gedanke, daß wir hienieden von der Wahrheit nichts, gar nichts, wissen, daß das, was wir hier Wahrheit nennen, nach dem Tode ganz anders heißt, und daß folglich das Bestreben, sich ein Eigenthum zu erwerben, das uns auch in das Grab folgt, ganz vergeblich und fruchtlos ist, dieser Gedanke hat mich in dem Heiligthum meiner Seele erschüttert – Mein einziges und höchstes Ziel ist gesunken, ich habe keines mehr. Seitdem eckelt mich vor den Büchern, ich lege die Hände in den Schoß, und suche ein neues Ziel, dem mein Geist, froh-beschäfftigt, von Neuem entgegenschreiten könnte. Aber ich finde es nicht, und eine innerliche Unruhe treibt mich umher, ich laufe auf Caffeehäuser und Tabagien, in Concerte und Schauspiele, ich begehe, um mich zu zerstreuen und zu betäuben, Thorheiten, die ich mich schäme aufzuschreiben, und doch ist der einzige Gedanke, den in diesem äußern Tumult meine Seele unaufhörlich mit glühender Angst bearbeitet, dieser: dein einziges, und höchstes Ziel ist gesunken – – Ich habe mich zwingen wollen zur Arbeit, aber mich eckelt vor Allem, was Wissen heißt. Ich kann nicht einen Schrit thun, ohne mir deutlich bewußt zu sein, wohin ich will? – Mein Wille ist zu reisen. Verloren ist die Zeit nicht, denn arbeiten könnte ich doch nicht, ich wüßte nicht, zu welchem Zwecke? Ich will mir einen Zweck suchen, wenn es einen giebt. Wenn ich zu Hause bliebe, so müßte ich die Hände in den Schooß legen und denken; so will ich lieber spatzieren gehen, und denken. Ich kehre um, so bald ich weiß, was ich thun soll. Ist es eine Verirrung, so läßt sie sich vergüten und schützt mich vielleicht vor einer andern, die unwiderruflich wäre. Ich habe Dir versprochen, das Vaterland nicht zu verlassen, ohne Dich davon zu benachrichtigen und ich erfülle mein Wort. Willst Du mitreisen, so steht es in Deiner Willkühr. Einen frohen Gesellschafter wirst Du nicht finden, auch würden die Kosten nicht gering sein, denn mein Zuschuß kann nicht mehr sein, als 1 Rth. für jeden Tag. Willst du aber dennoch, so mache ich Dir gleich einige Vorschläge. Das Wohlfeilste würde sein, mit eigner Equipage zu reisen. Den Wagen könntest Du hier kaufen, eben so ein Paar alte ausrangirte pohlnische

Husarenpferde, welche zu diesem Zwecke am beßten tauglich sein mögten. Unser hiesiger Bedienter, ein brauchbarer guter Mensch, geht gern mit. Doch auf diesen Fall wäre zu viel zu verabreden, als daß es sich schriftlich leicht thun ließe. Das Beßte wäre daher, Du führest bis Eggersdorf, und schriebst mir, wann ich Dich dort abholen sollte. Kommt Dir dies alles aber zu rasch, so bleibe ruhig, unsre Reise aufs künftige Jahr bleibt Dir doch unverloren. In diesem Falle hilf mir doch (wenn Du nicht kannst, durch Minetten) mit 300 Rth. Aber so bald als möglich, denn die Unthätigkeit macht mich unglücklich. Ich mögte gern mit dem 1[t] Aprill abreisen, das heißt also schon in 8 Tagen. Mein Wille ist durch Frankreich (Paris) die Schweiz und Deutschland zu reisen. Ich kehre vielleicht in kurzem zurück, vielleicht auch nicht, doch gewiß noch vor Weihnachten. Heinrich.

N. S. Dieser Brief ist verspätet worden, und wenn ich nun auch nicht den ersten Aprill reisen kann, so möchte ich doch gern in den ersten Tagen dieses Monats reisen.

Sage doch Tante Massow sie möchte mir sobald als möglich meine Zulage schicken. Auch außer dieser Zulage von 75 Rth. erhält sie noch 140 Rth. vom Vormund, (worüber sie quittiren muß,) die ich zugleich zu erhalten wünschte.

38. An Wilhelmine von Zenge

Berlin, d. 28[t] März, 1801

Liebes Mädchen, ich antworte Dir, nach Deinem Wunsche, sogleich auf Deinen Brief, ob ich gleich voraussehe, daß diese Antwort nicht lang werden kann, indem ich schon in einer Stunde zu dem Maler gehen und dann Leopold ⟨v. Kleist⟩ und ein Paar Freunde empfangen muß, die heute aus Potsdam hier ankommen werden, um mich vor meiner Abreise noch einmal zu sehen.

Liebe Wilhelmine, ich ehre Dein Herz, und Deine Bemühung, mich zu beruhigen, und die Kühnheit, mit welcher Du Dich einer eignen Meinung nicht schämst, wenn sie auch einem berühmten System widerspräche – Aber der Irrthum liegt nicht im Herzen, er liegt im Verstande und nur der Verstand kann ihn heben. Ich habe mich unbeschreiblich über den Aufwand von Scharfsinn gefreut, den Du bei dem Gegenstande der Kristallinse anwendest; ich habe Dich besser verstanden, als Du Dich selbst ausdrückst, und Alles, was Du darüber sagst, ist wahr. Aber ich habe mich nur des Auges in meinem Briefe als eines erklärenden Beispiels bedient, weil ich Dir selbst die trockne Sprache der Philosophie nicht vortragen konnte. Alles, was Du mir nun dagegen einwendest, kann wahr sein, ohne daß der Zweifel gehoben würde – Liebe Wilhelmine, ich bin durch mich selbst in einen Irrthum gefallen, ich kann mich auch nur durch mich selbst wieder heben. Diese Verirrung, wenn es eine ist, wird unsre Liebe nicht den Sturz drohen, sei darüber ganz ruhig. Wenn ich ewig in diesem räthselhaften Zustand bleiben müßte, mit einem innerlich heftigen Trieb zur Thätigkeit, und doch ohne Ziel – ja dann freilich, dann wäre ich ewig unglücklich, und selbst Deine Liebe könnte mich dann nur zerstreuen, nicht mit Bewußtsein beglücken. Aber ich werde das Wort, welches das Räthsel löset, schon finden, sei davon überzeugt – nur ruhig kann ich jetzt nicht sein, in der Stube darf ich nicht darüber brüten, ohne vor den Folgen zu erschrecken. Im Freien werde ich freier denken können. Hier in Berlin finde ich nichts, das mich auch nur auf einen Augenblick erfreuen könnte. In der Natur wird das besser sein. Auch werde ich mich unter Fremden wohler befinden, als unter Einheimischen, die mich für verrückt halten, wenn ich es wage mein Innerstes zu zeigen. Lebe wohl. Dieser Zettel gilt für keinen Brief. Bald, wenn ich Antwort von Ulrike habe, schreibe ich Dir wieder. Bleibe mir so treu, wie ich Dir bleiben werde. H. K.

39. An Ulrike von Kleist

Berlin, d. 1^{t} Aprill 1801.

Mein liebes Ulrikchen, Du kannst bei der Glogern, verlorne Straße, Nmr. 22, absteigen.

Ich schreibe Dir hier folgende Berechnung auf, welche Du während Deiner Herreise prüfen kannst.

1. Die Pferde sind, da das Frühjahr und der Marsch (denn es rücken von hier einige Regimenter ins Feld) zusammenkommen sehr theuer und wir können rechnen, daß 2 Pferde jetzt wenigstens 10 Fr.d'or mehr kosten, als sie unter günstigeren Umständen gekostet haben würden. Sie sind bei unsrer Rückkehr, wo der Winter (und vielleicht auch der Friede) eintrit, sehr wohlfeil, überdieß auch nach der Wahrscheinlichkeit schlechter geworden; also kann man rechnen, daß wir wenigstens bei ihrem Verkauf 20 Fr.d'or daran verlieren.

2. Sie kosten uns monatlich (mit dem Kutscher) wenigstens 6 Fr.d'or, macht für 6 Monate 36 Fr.d'or.

3. Man kann Unfälle nach der Wahrscheinlichkeit in Anschlag bringen und etwa annehmen, daß von 10 Reisen durch Krankwerden und Fallen der Pferde eine verunglückt. Man müßte also für jede Reise den 10^{t} Theil des Pferdepreises in Anschlag bringen, macht, die Pferde zu 50 Fr.d'or gerechnet, 5 Fr.d'or. Also 20 Fr.d'or.

36 –
5 –
―――――
Summa 61 Fr.d'or.

4. Dagegen kann man rechnen, daß man zwar, durch die Chikane der Postbedienten, der Wagen mag noch so leicht sein, nach der Regel 3 Extra-Post-Pferde zu nehmen gezwungen ist; es muß aber durch Geschicklichkeit oft gelingen, (besonders in Frankreich, wo man, wie ich häufig höre, sehr wohlfeil reisen soll,) mit 2 Pferden wegzukommen; auch kann man gelegentlich mit Bauernpferden reisen. Ge-

setzt nun, man müßte die Hälfte der ganzen Reise nach Paris, das heißt 60 Meilen, 3 Pferde bezahlen, macht (in preuß. Staaten à 12 gr., in Frankreich aber weit wohlfeiler à 8 gr., also das Mittel à 10 gr.) 60x30 = 1800 gr., zweimal genommen (nämlich hin und zurück) 3600 gr. = 150 Rth. Gesetzt ferner, man könnte nur ¼ der ganzen Reise, also 30 Meilen, mit 2 Pferden wegkommen, macht 30x20x2 = 1200 gr. = 50 Rth. Gesetzt endlich, man könnte nur das letzte Viertel der Reise mit Bauernpferden à 6 gr. fahren, macht 30x12x2 = 720 gr. = 30 Rth.

Also 150 Rht.
50 –
30 –
―――――
230 Rth.

Gesetzt, da Alles wohlfeil gerechnet, auch das Biergeld für Postillione vergessen ist, die ganze Reise kostete 70 Rth. mehr, als dieser Anschlag, so würde doch der Betrag nicht größer sein, als 300 Rth.

Dazu kommt, daß wir schneller nach Paris kommen, wo wir uns wohlfeil einmiethen können, also in den Wirthshäusern nicht so viel ausgeben.

Endlich ist auch das Betrügen des Kutschers in einem fremden Lande und der Ärger, dem man auf diese Art ausweicht, in Anschlag zu bringen.

Willst Du doch nicht ohne Bedienung reisen (indem wir, wenn wir auf der Hinreise den Brocken besteigen, oder die herrliche Wasserfarth von Mainz nach Coblenz machen, doch Jemanden bei dem Wagen und den Sachen zurücklassen auch in Paris Einen haben müssen, der uns die Stube und Kleider reinigt, Essen holt & &) so will ich die Hälfte hinzuthun, macht etwa 6 Fr.d'or für jeden, wobei wir, bei der Ersparung der Biergelder, nicht viel mehr verlieren, als etwa die Hälfte.

Zu einem dritten Reisegesellschafter bin ich weder sehr

geneigt, noch ist er leicht zu finden. Brokes und Rühle wären die einzigen, beide sind durch Ämter gefesselt.

Adieu. Ich erwarte Dich Sonnabend. Bringe mir mein Huthfutral mit.

Heinrich.

40. An Wilhelmine von Zenge

Berlin, d. 9t Aprill, 1801

Liebe Wilhelmine! Meine theure, meine einzige Freundinn! Ich nehme Abschied von Dir! – Ach, mir ist es, als wäre es auf ewig! Ich habe mich wie ein spielendes Kind auf die Mitte der See gewagt, es erheben sich heftige Winde, gefährlich schaukelt das Fahrzeug über den Wellen, das Getöse übertönt alle Besinnung, ich kenne nicht einmal die Himmelsgegend, nach welcher ich steuern soll, und mir flüstert eine Ahndung zu, daß mir mein Untergang bevorsteht –

Ach, ich weiß es, diese Zeilen sind nicht dazu gemacht, Dir den Abschied zu erleichtern. Aber willst Du nicht mitempfinden, wenn ich leide? O gewiß! Wärst Du sonst meine **Freundinn**?

Ich will Dir erzählen, wie in diesen Tagen das Schicksal mit mir gespielt hat.

Du kennst die erste Veranlassung zu meiner bevorstehenden Reise. Es war im Grunde nichts, als ein innerlicher Eckel vor aller wissenschaftlichen Arbeit. Ich wollte nur nicht müßig die Hände in den Schooß legen und brüten, sondern mir lieber unter der Bewegung einer Fußreise ein neues Ziel suchen, da ich das alte verloren hatte, und zurückkehren, sobald ich es gefunden hätte. Die ganze Idee der Reise war also eigentlich nichts, als ein großer Spaziergang. Ich hatte aber Ulriken versprochen, nicht über die Grenzen des Vaterlandes zu reisen, ohne sie mitzunehmen. Ich kündigte ihr daher meinen Entschluß an. Als ich dies aber that, hoffte ich zum Theil, daß sie ihn wegen der großen Schnelligkeit und der außerordentlichen Kosten nicht annehmen würde, theils fürchtete ich auch nicht, daß, wenn sie ihn annähme, dieser Umstand die eigentliche Absicht meiner Reise verändern könnte. Doch höre wie das blinde Verhängniß mit mir spielte. Ich erkundigte mich bei verschiedenen Männern, ob ich Pässe zur Reise haben müßte. Sie sagten mir, daß wenn ich allein auf der Post reisete, ich mit meiner Studenten-Matrikel wohl durchkommen würde; in Gesellschaft meiner Schwester aber und eines Bedienten müßte ich durchaus einen Paß haben, weil sonst diese Reise eines Studenten mit seiner unverheiratheten Schwester gewiß auffallen würde, wie ich selbst fürchte. Pässe waren aber nicht anders zu bekommen, als bei dem Minister der auswärtigen Angelegenheiten, H. v. Alvensleben, und auch bei diesem nicht anders, als wenn man einen hinreichenden Zweck zur Reise angeben kann. Welchen Zweck sollte ich aber angeben? Den wahren? konnte ich das? Einen falschen? durfte ich das? – Ich wußte nun gar nicht, was ich thun sollte. Ich war schon im Begriff, Ulriken die ganze Reise abzuschreiben, als ich einen Brief bekam, daß sie in 3 Tagen hier schon eintreffen würde. Vielleicht, dachte ich nun, läßt sie sich mit einer kleineren Reise begnügen, und war schon halb und halb willends ihr dies vorzuschlagen; aber Carl hatte schon an so viele Leute so viel von meiner Reise nach Paris erzählt, und ich selbst war damit nicht ganz verschwiegen gewesen, so daß nun die Leute schon anfiengen, mir Aufträge zu geben – – sollte sich nun mein Entschluß auf einmal wie ein Wetterhahn drehen? – Ach, Wilhelmine, wir dünken uns frei, und der Zufall führt uns allgewaltig an tausend feingesponnenen Fäden fort. Ich mußte also nun reisen, ich mogte wollen oder nicht, und zwar nach Paris, ich mogte wollen oder nicht. Ich erzählte Carln diese ganze seltsame Veränderung meiner Lage, er tröstete mich, und sagte, ich mögte mich jetzt nur in die Verhältnisse fügen, er hoffte, es würde vielleicht recht gut werden, und besser, als ich es glaubte.

Denn das ist sein Glaube, daß wenn uns das Schicksal einen Strich durch die Rechnung macht, dies grade oft zu unserm Beßten ausfalle. Darf ich es hoffen –? – Ich mußte also nun auch Pässe fordern. Aber welchen Zweck sollte ich angeben? – Ach, meine liebe Freundinn, kann man nicht in Lagen kommen, wo man selbst mit dem beßten Willen doch etwas thun muß, was nicht ganz recht ist? Wenn ich nicht reisete, hätte ich da nicht Ulriken angeführt? Und wenn ich reisete, und also Pässe haben mußte, mußte ich da nicht etwas Unwahres zum Zwecke angeben? – Ich gab also denjenigen Zweck an, der wenigstens nicht ganz unwahr ist, nämlich auf der Reise zu lernen (welches eigentlich in meinem Sinne ganz wahr ist) oder wie ich mich ausdrückte: in Paris zu studieren, und zwar Mathematik und Naturwissenschaft – – Ach, Wilhelmine, ich studieren? In dieser Stimmung? – – Doch es mußte so sein. Der Minister, und alle Professoren und alle Bekannten wünschen mir Glück – am Hofe wird es ohne Zweifel bekannt – soll ich nun zurückkehren über den Rhein, so wie ich hinübergieng? Habe ich nicht selbst die Erwartung der Menschen gereizt? Werde ich nun nicht in Paris im Ernste etwas lernen müssen? Ach, Wilhelmine, in meiner Seele ziehen die Gedanken durcheinander, wie Wolken im Ungewitter. Ich weiß nicht, was ich thun und lassen soll – Alles, was die Menschen von meinem Verstande erwarten, ich kann es nicht leisten. Die Mathematiker glauben, ich werde dort Mathematik studieren, die Chemiker ich werde von Paris große chemische Kenntnisse zurückbringen – und doch wollte ich eigentlich nichts, als allem Wissen entfliehen. Ja ich habe mir sogar Adressen an französische Gelehrte müssen mitgeben lassen, und so komme ich denn wieder in jenen Kreis von kalten, trocknen, einseitigen Menschen, in deren Gesellschaft ich mich nie wohl befand. – Ach liebe Freundinn, ehemals dachte ich mit so großer Entzückung an eine Reise – jetzt nicht. Ich versprach mir sonst so viel davon – jetzt nicht. Ich ahnde nichts gutes – Ich hatte eine unbeschreibliche Sehnsucht Dich noch einmal zu sehen, und war schon im Begrif Dir selbst zu Fuße das Bild zu bringen. Aber immer ein neues Verhältniß und wieder ein neues machte es mir unmöglich. Ja, hätte mir Carl sein Pferd gegeben, ich hätte Dich doch noch einmal umarmt; aber er wollte und konnte auch nicht.

Und so lebe denn wohl! – Ach, Wilhelmine, schenkte mir der Himmel ein grünes Haus, ich gäbe alle Reisen, und alle Wissenschaft, und allen Ehrgeiz auf immer auf! Denn nichts als Schmerzen gewährt mir dieses ewig bewegte Herz, das wie ein Planet unaufhörlich in seiner Bahn zur Rechten und zur Linken wankt, und von ganzer Seele sehne ich mich, wonach die ganze Schöpfung und alle immer langsamer und langsamer rollenden Weltkörper streben, nach Ruhe!

Liebe Wilhelmine, Deine Eltern werden die Köpfe schütteln, Ahlemann wird besorgt sein, die Mädchen werden flüstern – wirst Du irgend Jemandem jemals mehr Glauben beimessen, als mir? O dann, dann wärest Du meiner nicht werth! Denn diesen ganzen innerlichen Kampf, der eigentlich unsre Liebe gar nichts angeht, hat unaufhörlich der Wunsch, einst in Deinen Armen davon auszuruhen, unterbrochen; und hell und lebendig ist in mir das Bewußtsein, daß ich schnell lieber den Tod wählen mögte, als durch das ganze Leben das Gefühl, Dich betrogen zu haben, mit mir herum zu schleppen.

Ich werde Dir oft schreiben. Aber es mögen Briefe ausbleiben so lange sie wollen, Du wirst immer überzeugt sein, daß ich alle Abend und alle Morgen, wenn nicht öfter, an Dich denke. Dasselbe werde ich von Dir glauben. Also niemals Mißtraun oder Bangigkeit. Vertrauen auf uns, Einigkeit unter uns!

Und nun noch ein Paar Aufträge. Beifolgendes Bild konnte ich, wegen Mangel an Geld, das ich sehr nöthig brauche, nicht einfassen lassen. Thue Du es auf meine Kosten. Einst ersetze ich sie Dir. Mögtest Du es ähnlicher finden, als ich. Es liegt etwas Spöttisches darin, das mir nicht gefällt, ich wollte er hätte mich e h r l i c h e r gemalt – Dir zu gefallen, habe ich fleißig während des Malens gelächelt, und so wenig ich auch dazu gestimmt war, so gelang es mir doch, wenn ich an Dich dachte. Du hast mir so oft mit der Hand die Runzeln von der Stirn gestrichen, darum habe ich in dem Gemälde wo es nicht möglich war dafür gesorgt, daß es auch nicht nöthig war. So, ich meine so f r e u n d l i c h, werde ich immer aussehen, wenn wenn – – o Gott! **Wann**? – Küsse das Bild auf der Stirn, da küsse ich es jetzt auch.

Der zweite Auftrag ist dieser, mir anzukündigen, ob ich Dir 73 Rth., oder etwas weniger schuldig bin. Carl meint, ich hätte Dir schon etwas bezahlt, aber ich weiß von nichts. Schreibe mir dies, auch ob ich das Geld der Randow oder Carl geben oder Dir selbst überschicken soll.

Und nun lebe wohl. – Wenn Du mir g l e i c h antwortest, so trifft mich Dein Brief noch in Berlin. Dann werde ich Dir zwar nicht mehr von hier, aber doch vielleicht schon von Potsdam schreiben.

Lebe wohl – Grüße Alles, wenigstens Louise, der Du alle meine Briefe zeigen kannst. Mache wenn Du willst überhaupt gar kein Geheimniß mehr aus unsrer Liebe, trage das Bild öffentlich, ich selbst habe es hier bei Clausius, der Glogern, Ulrike & & gezeigt, und Alle wissen, für w e n es bestimmt war. Nenne mich Deinen Geliebten, denn ich b i n es – und lebe wohl, lebe wohl – lebe wohl – Behalte mich lieb in Deinem i n n e r s t e n Herzen, bleibe treu, traue fest auf mich – lebe wohl – lebe wohl – Heinrich.

(Schicke mir doch das Bild-Futteral sogleich zurück, denn es gehört zu D e i n e m Bilde.)

41. An Gottlob Johann Christian Kunth

Wohlgebohrner Herr,
Hochzuverehrender Herr Geheimrath,

Das Wohlwollen, mit welchem Ew. Wohlgeb. meine erste Bitte, nämlich den Sitzungen der hochlöbl. techn. Deputation beiwohnen zu dürfen, unterstützten, macht mich schüchtern bei einer Erklärung, die ich doch, von höheren Rücksichten bestimmt, nicht unterdrücken darf; bei der Erklärung, daß ich nach einer ernstlichen Prüfung meiner Kräfte, die Laufbahn, die ich betreten hatte, nicht verfolgen darf, weil sich meine Neigung für das Rein-Wissenschaftliche ganz entschieden hat. Bloß die Erinnerung daß Ew. Wohlgeb. selbst, schon bei Ihrem ersten Urtheile über meine Kräfte, die Wahl eines praktischen Wirkungskreises für mich nicht billigten, giebt mir den Muth, diesen Irrthum selbst offenherzig zu gestehen. Ich danke Ihnen herzlich für diesen einzigen aufrichtigen Rath, den ich in Berlin empfieng, und den ich gewiß nicht anders, als zu meinem Beßten, nutzen werde, bitte ferner, mich der hochlöbl. technischen Deputation, zu deren Zweck ich auf meiner bevorstehenden Reise nach Paris bei jeder vorkommenden Gelegenheit mitzuwirken bereit bin, gehorsamst zu empfehlen, und verbleibe in der Hoffnung, fortdauernd Ihres Wohlwollens zu genießen, mit der herzlichsten und vollkommensten Hochachtung

Ew. Wohlgeb.

Berlin, d. 12^t Aprill 1801. ergebenster

Kleist,

ehemals Lieut. im Regt. Garde

42. An Wilhelmine von Zenge

Berlin, d. 14t Aprill, 1801.

Liebe Freundinn, die Paar Zeilen, die Du mir geschrieben hast, athmen zugleich so viel Wehmuth und Würde, daß selbst Dein Anblick mich kaum inniger hätte rühren können. Wenn ich mir Dich denke, wie Du in Deinem Zimmer sitzest, mein Bild vor Dir, das Haupt auf die Arme gedrückt, die Augen voll Thränen – ach, Wilhelmine, dann kommt dieser Gedanke noch zu meinem eignen Kummer, ihn zu verdoppeln. Dir hat die Liebe wenig von ihren Freuden, doch viel von ihrem Kummer zugetheilt, und Dir schon zwei Trennungen zugemessen, deren jede gleich gefährlich war. Du hättest ein so ruhiges Schicksal verdient, warum mußte der Himmel Dein Loos an einen Jüngling knüpfen, den seine seltsamgespannte Seele ewig-unruhig bewegt? Ach, Wilhelmine, Du bist so vielen Glückes würdig, ich bin es Dir schuldig, Du hast mir durch so vielen Edelmuth die Schuld auferlegt – warum kann ich sie nicht bezahlen? Warum kann ich Dir nichts geben zum Lohne, als Thränen? – O Gott gebe mir nur die Möglichkeit diese Thränen einst wieder mit Freuden vergüten zu können! – Liebe, theure Freundinn, ich fordre nicht von Dir, daß Du mir den Kummer verheimlichst, wenn Du ihn fühlst, so wie ich selbst immer das süßeste Recht der Freundschaft, nämlich das schwere Herz auszuschütten, übe; aber laß uns beide uns bemühen, so ruhig und so heiter unter der Gewitterwolke zu stehen, als es nur immer möglich ist. Verzeihe mir diese Reise – ja verzeihen, ich habe mich nicht in dem Ausdrucke vergriffen, denn ich fühle nun selbst, daß die erste Veranlassung dazu wohl nichts, als eine Übereilung war. Lies' doch meine Briefe von dieser Zeit an noch einmal durch und frage Carln recht über mich aus – Mir ist diese Periode in meinem Leben und dieses gewaltsame Fortziehen der Verhältnisse zu einer Handlung, mit deren Gedanken man sich bloß zu spielen erlaubt hatte, äußerst merkwürdig. Aber nun ist es unabänderlich geschehen und ich muß reisen – Ach, Wilhelmine, wie hätte sich mir noch vor drei Jahren die Brust gehoben unter der Vorempfindung einer solchen Reise! Und jetzt –! Ach, Gott weiß, daß mir das Herz blutet! Frage nur Carln, der mich alle Augenblicke einmal fragt: was seufzest Du denn? – Aber nun will ich doch so viel Nutzen ziehn aus dieser Reise, wie ich kann, und auch in Paris etwas lernen, wenn es mir möglich sein wird. Vielleicht geht doch noch etwas Gutes aus dieser verwickelten Begebenheit meines Lebens hervor – liebe Wilhelmine, soll ich Dir sagen, daß ich es fast hoffe? Ach, ich sehne mich unaussprechlich nach Ruhe! Alles ist dunkel in meiner Zukunft, ich weiß nicht, was ich wünschen und hoffen und fürchten soll, ich fühle daß mich weder die Ehre, noch der Reichthum, noch selbst die Wissenschaften allein ganz befriedigen können; nur ein einziger Wunsch ist mir ganz deutlich, Du bist es, Wilhelmine – O Gott, wenn mir einst das bescheidne Loos fallen sollte, das ich begehre, ein Weib, ein eignes Haus und Freiheit – o dann wäre es nicht zu theuer erkauft mit allen Thränen, die ich, und mit allen die Du vergießest, denn mit Entzückungen wollte ich sie Dir vergüten. Ja, laß uns hoffen – Was ich begehre, genießen Millionen, der Himmel gewährt Wünsche gern, die in seinen Zweck eingreifen, warum sollte er grade uns beide von seiner Güte ausschließen? Also Hoffnung und Vertrauen auf den Himmel und auf uns! Ich will mich bemühen, die ganze unseelige Spitzfündigkeit zu vergessen, die Schuld an dieser innern Verwirrung ist. Vielleicht giebt es dann doch Augenblicke auf dieser Reise, in welchen ich vergnügt bin. O mögten sie auch Dir werden! Fahre nur fort, Dich immer auszubilden, ich müßte unsinnig sein mit den Füßen von mir zu stoßen, was sich zu meinem eignen Genuß von Tage zu Tage veredelt. Gewinne Deinen Rousseau so lieb wie es Dir immer möglich ist, auf diesen Nebenbuhler werde ich nie zürnen. Ich werde Dir oft schreiben, das nächste mal von Dreßden, etwa in 8 Tagen. Dahin schreibe mir, aber gleich, und scheue Dich nicht mit eigner Hand die Adresse zu schreiben, unsre Liebe soll kein Geheimniß mehr sein. Den 28t Aprill treffe ich ohngefähr in Leipzig ein, da kannst Du an Minna Clausius schreiben, die mit ihrem Vater dort zur Messe ist, und wieder einen Brief einlegen. Wohin Du auf der ganzen Reise schreibst, mußt Du aber immer den Brief bezeichnen, selbst abzuholen (in Frankreich französisch) – Und nun Adieu. Die 73 Rth., wovon Du vergessen hast mir zu schreiben, habe ich Carln gegeben, in der Meinung, daß es Dir so recht sein wird. Adieu, adieu, sei mein starkes Mädchen. Heinrich K.

43. An Wilhelmine von Zenge

Dreßden, d. 4t Mai, 1801.

Liebe Wilhelmine, heute lag ich auf den Brühlschen Terrassen, ich hatte ein Buch mitgenommen, darin zu lesen, aber ich war zerstreut und legte es weg. Ich blickte von dem hohen Ufer herab über das herrliche Elbthal, es lag da wie ein Gemälde von Claude Lorrain unter meinen Füßen – es schien mir wie eine Landschaft auf einen Teppich gestickt, grüne Fluren, Dörfer, ein breiter Strom, der sich schnell wendet, Dreßden zu küssen und hat er es geküßt, schnell wieder flieht – und der prächtige Kranz von Bergen, der den Teppich wie eine Arabeskenborde umschließt – und der reine blaue italische Himmel, der über die ganze Gegend schwebte – Mich dünkte, als schmeckte süß die Luft, holde Gerüche streuten mir die Fruchtbäume zu, und überall Knospen und Blüthen, die ganze Natur sah aus wie ein funfzehnjähriges Mädchen – Ach, Wilhelmine, ich hatte eine unaussprechliche Sehnsucht, nur einen Tropfen von Freude zu empfangen, es schien ein ganzes Meer davon über die Schöpfung ausgegossen, nur ich allein gieng leer aus – Ich wünschte mir nur so viel Heiterkeit, und auch diese nur auf eine so kurze Zeit als nöthig wäre, Dir einen heitern kurzen

Brief zu schreiben. Aber der Himmel läßt auch meine bescheidensten Wünsche unerfüllt. Ich beschloß, auch für diesen Tag noch zu schweigen – Da sah ich Dich im Geiste, wie Du täglich auf Nachrichten harrest, täglich sie erwartest und täglich getäuscht wirst, ich dachte mir, wie Du Dich härmst und Dich mit falschen Vorstellungen quälst, vielleicht mich krank glaubst, oder wohl gar – Da stand ich schnell auf, rief Ulriken, die lesend hinter mir saß, mir zu folgen, gieng in mein Zimmer, und sitze nun am Tische, Dir wenigstens zu schreiben, daß ich noch immer lebe und noch immer Dich liebe.

Liebe, theure Freundinn, erlaß mir eine weitläufigere Mittheilung, ich kann Dir nichts Frohes schreiben und der Kummer ist eine Last, die noch schwerer drückt, wenn mehrere daran tragen. Noch habe ich seit meiner Abreise von Berlin keine wahrhaft vergnügte Stunde genossen, zerstreut bin ich wohl gewesen, aber nicht vergnügt – Meine heitersten Augenblicke sind solche, wo ich mich selbst vergesse – und doch, giebt es Freude, ohne ruhiges Selbstbewußtsein? Ach, Wilhelmine, Du bist glücklich gegen mich, weil Du eine Freundinn hast – ich kann Ulriken Alles mittheilen, nur nicht, was mir das Theuerste ist. Du glaubst auch nicht, wie ihr lustiges, zu allem Abendtheuerlichen aufgewecktes Wesen, gegen mein Bedürfniß absticht – Ach, könnte ich vier Monate aus meinem Leben zurücknehmen! Adieu, adieu, ich will vergessen, was nicht mehr zu ändern ist – Lebe wohl, mit dem ersten frohen Augenblick erhältst Du einen recht langen Brief von mir. Bis dahin laß mich schweigen – wenn Du fürchtest, daß ich Dich kälter lieben werde, so quälst Du Dich vergeblich. O Gott, wenn mir ein einziger Wunsch erfüllt würde, mich aus diesem Labyrinthe zu retten – Liebe Wilhelmine, schreibe mir doch gleich nach Leipzig. Umstände haben uns verhindert, bereits dort zu sein. Du wirst aber wahrscheinlich einen Brief für mich an Minna Clausius geschickt haben, den sie nun, da sie mich nicht in Leipzig gesprochen hat, wieder nach

Berlin zurückgenommen haben wird. Also würde ich jetzt, wenn Du nicht gleich schreibst, keinen Brief von Dir in Leipzig finden, wo ich ohngefähr in 10 Tagen einzutreffen denke. Schreibe also doch gleich, wenn Du kannst, und es Dir nicht auch so schwer wird wie mir – Adieu, grüße Louisen ⟨v. Zenge⟩, und denke nur ein halb mal so oft an mich, wie ich an Dich denke, und zur bestimmten Zeit – Du weißt sie doch noch? Vielleicht erhältst Du noch von Dreßden aus einen Brief von mir. H. K.

44. An Wilhelmine von Zenge

Leipzig, d. 21t Mai, 1801.

Liebe Wilhelmine, ich bin bei meiner Ankunft in dieser Stadt in einer recht großen Hoffnung getäuscht worden. Ich hatte nämlich Dir, und außer Dir noch Leopold, Rühle, Gleißenberg, & & theils schriftlich, theils mündlich gesagt, daß sie ihre Briefe an mich nach Leipzig addressiren mögten, weil ich die Messe hier besuchen würde. Da ich mich aber in Dreßden so lange aufhielt, daß die Messe während dieser Zeit vorübergieng, so würde ich nun diesen Umweg über Leipzig nicht gemacht haben, wenn ich nicht gehofft hätte, hier eine ganze Menge von Briefen vorzufinden, besonders da ich in Dreßden keinen einzigen, außer vor 4 Wochen den Deinigen empfieng. Nun aber denke Dir mein Erstaunen als ich auf der hiesigen Post auch nicht einen einzigen Brief fand, auch für Ulriken nicht, so daß es fast scheint, als wären wir aus dem Gedächtniß unsrer Freunde und Verwandten ganz ausgelöscht – – Liebe Wilhelmine, bin ich es auch aus dem Deinigen? Zürnst Du auf mich, weil ich von Dreßden aus nur einmal, und nur so wenige Zeilen an Dich schrieb? Willst Du Dich darum mit Gleichem an mir rächen? Ach, laß diese Rache fahren – Wenn Du Dir einbildest, daß Du mir nicht mehr lieb und werth bist, so irrst Du Dich, und wenn Du die Kürze meines einzigen

Briefes für ein Zeichen davon hältst, so verstehst Du Dich ganz falsch auf meine Seele – Sonst, ja sonst war es meine Freude, mir selbst oder Dir mein Herz zu öffnen, und meine Gedanken und Gefühle dem Papier anzuvertrauen; aber das ist nicht mehr so – Ich habe selbst mein eignes Tagebuch vernachläßigt, weil mich vor allem Schreiben ekelt. Sonst waren die Augenblicke, wo ich mich meiner selbst bewußt ward, meine schönsten – jetzt muß ich sie vermeiden, weil ich mich und meine Lage fast nicht ohne Schaudern denken kann – Doch nichts in diesem Tone. Auch dieses war ein Grund, warum ich Dir so selten schrieb, weil ich voraussah, daß ich Dir doch nichts von mir schreiben könnte, was Dir Freude machen würde. In den letzten Tagen meines Aufenthaltes in Dreßden hatte ich schon einen Brief an Dich bis zur Hälfte vollendet, als ich einsah, daß es besser war, ihn ganz zurückzuhalten, weil er Dir doch nichts, als Kummer gewährt haben würde. Ach, warum kann ich dem Wesen, das ich glücklich machen sollte, nichts gewähren, als Thränen? Warum bin ich, wie Tankred, verdammt, das, was ich liebe, mit jeder Handlung zu verletzen? – Doch davon laß mich ein für allemal schweigen. Das Bewußtsein Dich durch meine Briefe, statt zu erfreuen, zu betrüben, macht sie mir selbst so verhaßt, daß ich bei diesen letzten Zeilen schon halb und halb willends war, auch dieses Schreiben zu zerreißen – Doch Eines muß vollendet werden – und ich will Dir darum nur kürzlich die Geschichte meines Aufenthaltes in Dreßden mittheilen, die Dich nicht betrüben wird, wenn ich Dir bloß erzähle, was ich sah und hörte, nicht was ich dachte und empfand.

Ich zweifle, daß ich auf meiner ganzen bevorstehenden Reise, selbst Paris nicht ausgenommen, eine Stadt finden werde, in welcher die Zerstreuung so leicht und angenehm ist, als Dreßden. Nichts war so fähig mich so ganz ohne alle Erinnerung wegzuführen von dem traurigen Felde der Wissenschaft, als diese in dieser Stadt gehäuften Werke der Kunst. Die Bildergallerie, die Gipsabgüsse, das Antikencabinet, die Kupferstichsammlung, die Kirchen-Musik in der katholischen Kirche, das Alles waren Gegenstände bei deren Genuß man den Verstand nicht braucht, die nur allein auf Sinn und Herz wirken. Mir war so wohl bei diesem ersten Eintrit in diese für mich ganz neue Welt voll Schönheit. Täglich habe ich die griechischen Ideale und die italienischen Meisterstücke besucht, und jedesmal, wenn ich in die Gallerie trat, stundenlang vor dem einzigen Raphael dieser Sammlung, vor jener Mutter Gottes gestanden, mit dem hohen Ernste, mit der stillen Größe, ach Wilhelmine, und mit Umrissen, die mich zugleich an zwei geliebte Wesen erinnerten – Wie oft, wenn ich auf meinen Spaziergängen junge Künstler sitzen fand, mit dem Bret auf dem Schoß, den Stift in der Hand, beschäftigt die schöne Natur zu copieren, o wie oft habe ich diese glücklichen Menschen beneidet, welche kein Zweifel um das Wahre, das sich nirgends findet, bekümmert, die nur in dem Schönen leben, das sich doch zuweilen, wenn auch nur als Ideal, ihnen zeigt. Den Einen fragte ich einst, ob man, wenn man sonst nicht ohne Talent sei, sich wohl im 24[t] Jahre noch mit Erfolg der Kunst widmen könnte? Er antwortete mir, daß Wouvermann, einer der größten Landschaftsmaler, erst im 40[t] ein Künstler geworden sei. – Nirgends fand ich mich aber tiefer in meinem Innersten gerührt, als in der katholischen Kirche, wo die größte, erhebenste Musik noch zu den andern Künsten trit, das Herz gewaltsam zu bewegen. Ach, Wilhelmine, unser Gottesdienst ist keiner. Er spricht nur zu dem kalten Verstande, aber zu allen Sinnen ein katholisches Fest. Mitten vor dem Altar, an seinen untersten Stufen, kniete jedesmal, ganz isolirt von den Andern, ein gemeiner Mensch, das Haupt auf die höheren Stufen gebückt, betend mit Innbrunst. Ihn quälte kein Zweifel, er g l a u b t – Ich hatte eine unbeschreibliche Sehnsucht mich neben ihn niederzuwerfen, und zu weinen – Ach, nur einen Tropfen Vergessenheit, und mit Wollust würde ich katholisch werden –. Doch davon wollte ich ja eben schweigen. – Dreßden hat eine große, feierliche Lage, in der Mitte der umkränzenden Elbhöhen, die in einiger Entfernung, als ob sie aus Ehrfurcht nicht näher zu treten wagten, es umlagern. Der Strom verläßt plötzlich sein rechtes Ufer, und wendet sich schnell nach Dreßden, seinen Liebling zu küssen. Von der Höhe des Zwingers kann man seinen Lauf fast bis nach Meißen verfolgen. Er wendet sich bald zu dem rechten bald zu dem linken Ufer, als würde die Wahl ihm schwer, und wankt, wie vor Entzücken, und schlängelt sich spielend in tausend Umwegen durch das freundliche Thal, als wollte er nicht in das Meer – Wir haben von Dreßden aus Morizburg, Pillnitz, Tharandt, das Du schon kennst, und Freiberg besucht. In Freiberg sind wir beide in das Bergwerk gestiegen. Ich mußte es, damit ich, wenn man mich fragt: sind Sie dort gewesen? doch antworten kann: ja. Ein weiteres Interesse hatte ich jetzt nicht dabei, so sehr mich die Kenntniß, die man sich hier erwerben kann, auch sonst interessirt hätte. Denn wenn das Herz ein Bedürfniß hat, so ist es kalt gegen Alles, was es nicht befriedigt, und nur mit halbem Ohre habe ich gehört, wie tief der Schacht ist, wohin der Gang streicht, wieviel Ausbeute er giebt, u. s. w. – Ich hatte ein Paar Adressen nach Dreßden mit, von denen ich aber nur Eine gebrauchte und die Andern verbrannt habe. Denn für ein Herz, das sich gern jedem Eindruck hingiebt, ist nichts gefährlicher, als Bekanntschaften, weil sie durch neue Verhältnisse das Leben immer noch verwickelter machen, das schon verwickelt genug ist. Doch diese Verstandesregel war es eigentlich nicht, die mich davon abhielt. Ich fand aber in Dreßden ein Paar so liebe Leute, daß ich über sie alle Andern vergaß. Denn ob ich gleich Menschen, die ich kennen lerne, leicht lieb gewinne und dann gern unter ihnen bin, so habe ich doch kein Bedürfniß, viele kennen zu lernen. Diese lieben Leute waren zuerst der Hauptmann v. Zanthier, Gouverneur bei dem jungen Grafen v. Stollberg und Prinzen v. Pleß, ein Mann, dem das Herz an einer guten Stelle sitzt. Er machte uns zuerst mit Dreßden bekannt und hat viel zu unserm Vergnügen beigetragen. Außer ihm fanden wir noch in Dreßden ein Paar Verwandte, den Lieut. v. Einsiedel und seine Frau, welche uns auch mit dem weiblichen Theil von Dreßden bekannt machten. Unter diesen waren besonders zwei Fräulein v. Schlieben, arm und freundlich und gut, die Eigenschaften die zusammengenommen mit zu dem Rührendsten gehören, das ich kenne. Wir sind gern in ihrer Gesellschaft gewesen, und zuletzt waren die Mädchen auch so gern in der unsrigen, daß die Eine am Abend bei unserem Abschied aus vollem Herzen weinte. – Von Dreßden aus machten wir auch noch eine große Streiferei nach Töplitz, 8 Meilen, eine herrliche Gegend, besonders von dem nahegelegenen Schloßberge aus, wo das ganze Land aussieht, wie ein bewegtes Meer von Erde, die Berge, wie collossalische Pyramiden, in den schönsten Linien geformt, als hätten die Engel im Sande gespielt – Von Töplitz fuhren wir tiefer in Böhmen nach Lowositz, das am südlichen Fuße des Erzgebirges liegt, da, wo die Elbe hineintrit. Wie eine Jungfrau unter Männern erscheint, so trit sie schlank und klar unter die Felsen – Leise mit schüchternem Wanken naht sie sich – das rohe Geschlecht drängt sich, den Weg ihr versperrend, um sie herum, der Glänzend-Reinen ins Antlitz zu schauen – sie aber ohne zu harren, windet sich, flüchtig, erröthend, hindurch – In Aussig ließen wir den Wagen zu Lande fahren, und fuhren noch 10 Meilen auf der Elbe nach Dreßden. Ach, Wilhelmine, es war einer von jenen lauen, süßen, halb dämmernden Tagen, die jede Sehnsucht, und alle Wünsche des Herzens ins Leben rufen – Es war so still auf der Fläche des Wassers, so ernst zwischen den hohen, dunkeln Felsenufern, die der Strom durchschnitt. Einzelne Häuser waren hie und da an den Felsen gelehnt, wo ein Fischer oder ein Weinbauer sich angesiedelt hatte. Mir schien ihr Loos unbeschreiblich rührend und reizend – das kleine einsame Hüttchen unter dem schützenden Felsen, der Strom, der Kühlung und Nahrung zugleich herbeiführt, Freuden, die keine Idylle mahlen kann, Wünsche, die nicht über die Gipfel der umschließenden Berge fliegen – ach, liebe Wilhelmine, ist Dir das nicht auch alles so rührend und reizend wie mir? Könntest Du bei diesem Glück nicht auch Alles aufgeben, was jenseits der Berge liegt? Ich könnte es – ach, ich sehne mich unaussprechlich nach Ruhe. Für die Zukunft leben zu wollen – ach, es ist ein Knabentraum, und nur wer für den Augenblick lebt, lebt für die Zukunft. Ja wer erfüllt eigentlich getreuer seine Bestimmung nach dem Willen der Natur, als der Hausvater, der Landmann? – Ich malte mir ein ganzes künftiges Schicksal aus – ach, Wilhelmine, mit Freuden wollte ich um dieses Glück allen Ruhm und allen Ehrgeiz aufgeben – Zwei Fischer ruderten gegen den Strom, und trieften von Schweiß. Ich nahm unserm Schiffer das Ruder und fieng aus Leibeskräften zu arbeiten ⟨an⟩. Ja, fiel mir ein, das ist ein Scherz, wie aber wenn es Ernst wäre –? Auch das, antwortete ich mir, und beschloß eine ganze Meile lang unaufhörlich zu arbeiten. Es gelang mir doch nicht ohne Anstrengung und Mühe – aber es gelang mir. Ich wischte mir den Schweiß ab, und setzte mich neben Ulriken, und faßte ihre Hand – sie war kalt – ich dachte an den Lohn, an Dich – –

Adieu, adieu. Schreibe mir nach Göttingen, aber gleich, und Dein ganzes Schicksal während der verflossnen Zeit, Deine Verhältnisse, auch etwas von meiner Familie. Wenn es mir so leicht wird, wie heute, so schreibe ich bald wieder. Dein treuer Freund Heinrich.

45. An Wilhelmine von Zenge

Göttingen, d. 3t Juni, 1801.

Mein liebes Minchen, ich habe Deinen Brief, der mir aus mehr als einer Rücksicht herzlich wohl that, gestern hier erhalten und eile ihn zu beantworten. – Du bist nicht zufrieden, daß ich Dir das Äußere meiner Lage beschreibe, ich soll Dir auch etwas aus meinem Innern mittheilen? Ach, liebe Wilhelmine, leicht ist das, wenn Alles in der Seele klar und hell ist, wenn man nur in sich selbst zu blicken braucht, um deutlich darin zu lesen. Aber wo Gedanken mit Gedanken, Gefühle mit Gefühlen kämpfen, da ist es schwer zu nennen, was in der Seele herrscht, weil noch der Sieg unentschieden ist. Alles liegt in mir verworren, wie die Werchfasern im Spinnrocken, durcheinander, und ich bin vergebens bemüht mit der Hand des Verstandes den Faden der Wahrheit, den das Rad der Erfahrung hinaus ziehen soll, um die Spule des Gedächtnisses zu ordnen. Ja selbst meine Wünsche wechseln, und bald trit der eine, bald der andere ins Dunkle, wie die Gegenstände einer Landschaft, wenn die Wolken drüber hinziehn. – Was Du mir zum Troste sagst, ist wirklich das Tröstlichste, das ich kenne. Ich selbst fange an, zu glauben, daß der Mensch zu etwas mehr da ist, als bloß zu d e n k e n – A r b e i t, fühle ich, wird das Einzige sein, was mich ruhiger machen kann. Alles was mich beunruhigt ist die Unmöglichkeit, mir ein Ziel des Bestrebens zu setzen, und die Besorgniß, wenn ich zu schnell ein falsches ergriffe, die Bestimmung zu verfehlen und so ein ganzes Leben zu verpfuschen – Aber sei ruhig, ich werde das r e c h t e schon finden. Falsch ist jedes Ziel, das nicht die reine Natur dem Menschen steckt. Ich habe fast eine Ahndung von dem rechten – wirst Du, Wilhelmine, mir dahin folgen, wenn Du Dich überzeugen kannst, daß es das rechte ist –? Doch laß mich lieber schweigen von dem, was selbst in mir noch ganz undeutlich ist. Die Geschichte Deines Lebens während der Abwesenheit Deiner Eltern, und besonders die Art von Freude, welche Du da genossen hast, hat mich ganz unbeschreiblich gerührt – D i e s e Freude, Wilhelmine, ist Dir gewiß; aber wirst Du Dich mit dieser e i n z i g e n begnügen können –? K a n n es ein Mädchen von Deinem Stande, so bist Du es, und dieser Gedanke stärkt mich ganz unbeschreiblich. – Sei zufrieden mit diesen wenigen Zügen aus meinem Innern. Es ist darin so wenig bestimmt, daß ich mich fürchten muß etwas aufzuschreiben, weil es dadurch in gewisser Art bestimmt wird. Errathe daraus was Du willst – gewiß ist es, daß ich kein andres Erdenglück wünsche, als durch Dich. Fahre fort, liebes Mädchen, Dich immer fähiger zu machen, zu beglücken. Rousseau ist mir der liebste durch den ich Dich bilden lassen mag, da ich es selbst nicht mehr unmittelbar, wie sonst, kann. Ach, Wilhelmine, Du hast mich an frohe Zeiten erinnert, und Alles ist mir dabei eingefallen, auch das, woran Du mich nicht erinnert hast. Glaubst Du wohl, daß ein Tag vergeht, ohne daß ich an Dich dächte –? Dein Bild darf ich so oft nicht betrachten als ich wohl mögte, weil mir jeder unbescheidner Zeuge zuwider ist. Mehr als einmal habe ich gewünscht, meinem ersten Entschluß, allein zu reisen, treu geblieben zu sein – Ich ehre Ulrike ganz unbeschreiblich, sie trägt in ihrer Seele Alles, was achtungswürdig und bewundrungswerth ist, vieles mag sie besitzen, vieles geben können, aber es läßt sich, wie Göthe sagt, nicht an ihrem Busen ruhen – Doch dies bleibt, wie Alles, unter uns – Von unsrer Reise kann ich Dir auch Manches wieder erzählen. Wir reisen, wie Du vielleicht noch nicht weißt, mit eignen Pferden, die wir in Dreßden gekauft haben. Johann leistet uns dabei treffliche Dienste, wir sind sehr mit ihm zufrieden, und denken oft mit Dankbarkeit an Carln, der ihn uns freiwillig abtrat. – Carl ist wohl jetzt in Frankfurt? Oder ist er in Magdeburg? Wenn Du ihn siehst oder schreibst, so sage ihm doch auch ein Wörtchen von mir. Ich hatte versprochen, ihm auch zuweilen zu schreiben, aber das Schreiben wird mir jetzt so schwer, daß ich oft selbst die nothwendigsten Briefe vernachläßige. Gestern endlich habe ich zum erstenmale an meine Familie nach Pommern geschrieben – sollte man wohl glauben, daß ein Mensch, der in seiner Familie Alles fand, was ein Herz binden kann, Liebe, Vertrauen, Schonung, Unterstützung mit Rath und That, sein Vaterland verlassen kann, ohne selbst einmal schriftlich Abschied zu nehmen von seinen Verwandten? – Und doch sind sie mir die liebsten und theuersten Menschen auf der

Welt! So wiedersprechen sich in mir Handlung und Gefühl – Ach, es ist ekelhaft, zu leben – Schreibe also Carln, er solle nicht zürnen, wenn Briefe von mir ausblieben, großmüthig sein, und zuweilen etwas von sich hören lassen, Neuigkeiten schreiben und dergleichen. Bitte ihn doch auch, er mögte sich einmal bei Rühle erkundigen, ob dieser denn gar keine Briefe von mir erhalten hat, auch nicht die große Schrift, die ich ihm von Berlin aus schickte? Er mögte ihn doch antreiben, einmal an mich zu schreiben, da mir sehr viel daran gelegen wäre, wenigstens zu wissen, ob die Schrift nicht verloren gegangen ist. – Ich will Dich doch von Leipzig nach Göttingen führen, aber ein wenig schneller, als wir reiseten. Denn wir wandern, wie die alten Ritter, von Burg zu Burg, halten uns auf und wechseln gern ein freundliches Wort mit den Leuten. Wir suchen uns in jeder Stadt immer die Würdigsten auf, in Leipzig Plattner, Hindenburg, in Halle Klügel, in Göttingen Blumenbach, Wrisberg & & Aber Du kennst wohl diese Namen nicht? Es sind die Lehrer der Menschheit. – In Leipzig fand endlich Ulrike Gelegenheit zu einem Abendtheuer, und hörte verkleidet einer öffentlichen Vorlesung Plattners zu. Das geschah aber mit Vorwissen des Hofraths, indem er selbst wünschte, daß sie, Störung zu vermeiden, lieber in Mannskleidern kommen mögte, als in Weiberröcken. Alles lief glücklich ab, der Hofrath und ich, wir waren die einzigen in dem Saale, die um das Geheimniß wußten. – In Halberstadt besuchten wir Gleim, den bekannten Dichter, einen der rührendsten und interessantesten Greise, die ich kenne. An ihn waren wir zwar durch nichts addressirt, als durch unsern Namen; aber es giebt keine bessere Addresse als diesen. Er war nämlich einst ein vertrauter Freund Ewald Kleists, der bei Frankfurt fiel. Kurz vor seinem Tode hatte dieser ihm noch einen Neffen Kleist empfohlen, für den jedoch Gleim niemals hatte etwas thun können, weil er ihn niemals sah. Nun glaubte er, als ich mich melden ließ, ich sei es, und die Freude mit der er uns entgegen kam war unbeschreiblich. Doch ließ er es uns nicht empfinden, als er sich getäuscht, denn Alles, was Kleist heißt, ist ihm theuer. Er führte uns in sein Cabinet, geschmückt mit Gemälden seiner Freunde. Da ist keiner, sagte er, der nicht ein schönes Werk schrieb, oder eine große That begieng. Kleist that beides und Kleist steht oben an – Wehmüthig nannte er uns die Namen der vorangegangnen Freunde, trauernd, daß er noch zurück sei. Aber er ist 83 Jahr und so die Reihe wohl auch bald an ihn – Er besitzt einige hundert Briefe von Kleist, auch sein erstes Gedicht. Gleim war es eigentlich, der ihm zuerst die Aussicht nach dem Parnaß zeigte, und die Veranlassung ist seltsam und merkwürdig genug. Kleist war nämlich in einem Duell blessirt, und lag krank im Bette zu Potsdam. Gleim war damals Regiments Quartirmeister und besuchte den Kranken, ohne ihn weiter genau zu kennen. Ach, sagte Kleist, ich habe die größte Langeweile, denn ich kann nicht lesen. Wissen Sie was, antwortete Gleim, ich will zuweilen herkommen und Ihnen etwas vorlesen. Damals eben hatte Gleim scherzhafte Gedichte gemacht, im Geschmack Anakreons, und las ihm unter andern eine Ode an den Tod vor, die ohngefähr so lautet: Tod, warum entführst Du mir mein Mädchen? Kannst Du Dich auch verlieben? – – Und so geht es fort. Am Ende heißt es: Was willst Du mit ihr machen? Kannst du doch mit Zähnen ohne Lippen, wohl die Mädchen beißen, doch nicht küssen – Über diese Vorstellung, wie der Tod mit seinen nackten, eckigen Zähnen, vergebens sich in die weichen Rosenlippen drückt, einen Kuß zu versuchen, geräth Kleist so ins Lachen, daß ihm bei der Erschütterung, das Band von der Wunde an der Hand abspringt. Man ruft einen Feldscheer. Es ist ein Glück, sagt dieser, daß Sie mich rufen lassen, denn unbemerkt ist der kalte Brand im Entstehen und morgen wäre es zu spät gewesen. – Aus Dankbarkeit widmete Kleist der Dichtkunst das Leben, das sie ihm gerettet hatte. – In Wernigerode lernten wir eine sehr liebenswürdige Familie kennen, die stollbergsche. – In Goßlar fuhren wir in den Rammelsberg, wo in großen Höhlen die

Erze mit angezündeten Holzstößen abgebrannt werden, und Alles vor Hitze nackend arbeitet. Man glaubt in der Hölle, oder doch wenigstens in der Werkstatt der Cyklopen zu sein. – Von Ilsenburg aus bestiegen wir am Nachmittage des 31^{t} den Brocken, den Du schon aus meiner früheren Reisebeschreibung kennst. Ich habe auch Quedlinburg lange wieder, aber nur von Weitem, angesehen – In Ilsenburg habe ich den Teich gesehen, auf welchem die Knobelsdorf als Kind herumgefahren ist. Schreibe doch Carl, der alte Otto ließe die Knobelsdorf grüßen. – Und nun lebe wohl. Heute sind wir hier auf einem Balle, wo die Füße springen werden, indessen das Herz weint. Dann geht der Körper immer weiter und weiter von Dir, indessen die Seele immer zu Dir zurück strebt. Bald an diesen, bald an jenen Ort treibt mich das wilde Geschick, indessen ich kein innigeres Bedürfniß habe, als Ruhe – Können so viele Wiedersprüche in meinem engen Herzen wohnen? –? Lebe wohl. Hier hast Du meine Reiseroute. Morgen geht es nach Frankfurt, Mainz, Mannheim; dahin schreibe mir, und theile diese Adresse Carln mit. Wir werden dann unsre Tour über die Schweiz und Südfrankreich nehmen – Südfrankreich! Du kennst doch noch das Land? Und das alte Project –? In Paris werde ich schon das Studium der Naturwissenschaft fortsetzen müssen und so werde ich wohl am Ende noch wieder in das alte Gleis kommen, vielleicht auch nicht, wer kann es wissen – Ich bin an lauter Pariser Gelehrten addressirt, und die lassen Einen nicht fort, ohne daß man etwas von ihnen lernt. Lebe wohl, grüße die goldne Schwester, Carln, und Alle die es gern hören, daß ich mich ihrer erinnere. Heinrich Kleist.

46. An Wilhelmine von Zenge

Straßburg, d. 28t Juni, 1801.

Liebe Wilhelmine, ich habe wieder in Mannheim und in Straßburg vergebens nach Briefen von Dir gefragt, und weiß nun seit 5 Wochen nicht wie Du Dich befindest, wie Du lebst, was Du thust, nichts, als daß Du mich liebst. Diese Nachricht bleibt treuen Liebenden nie aus, und ich hoffe, Du wirst sie auch von mir empfangen haben. Täglich habe ich mit der alten Innigkeit an Dich gedacht, und jede einsame Stunde benutzt, meine Wünsche im Traume zu erfüllen – Im Traume – denn in der Wirklichkeit – – Ach Wilhelmine, wird es nicht einst einen Augenblick geben, wo wir uns in die Arme drücken und rufen werden: endlich – endlich sind wir glücklich –? –

– Ich muß von andern Dingen reden. – Ich wollte Dir heute von Straßburg aus einen recht langen Brief schreiben, wozu ich auch so ziemlich gestimmt war. Aber höre, auf welche Art Du um diesen langen Brief gekommen bist. Man hat uns hier so viel von den Friedensfesten die am 14t Juli in Paris gefeiert werden sollen vorerzählt, daß wir uns entschlossen haben, die Schweiz im Stiche zu lassen, und direct nach Paris zu gehen. Nun aber dürfen wir keinen Tag verlieren, um zur rechten Zeit hin zu kommen. Wir reisen also in einer Stunde schon ab, und ich nutze diese Frist bloß, um Dir im Kurzen einige Nachricht von mir zu geben. Sobald in Paris das Friedensfest vorbei ist, schreibe ich Dir gleich, und zwar einen langen Brief – Ach, Wilhelmine; von der einen Seite ist es mir lieb, endlich einmal wieder ein wenig zur Ruhe zu kommen, von der andern ist es mir, als ob sich mein Herz vor der Stadt, die ich betreten soll, sträubte – Noch habe ich von den Franzosen nichts, als ihre Gräuel und ihre Laster kenengelernt – Und die Thoren werden denken, man komme nach Paris, um ihre Sitten abzulernen! Als ich in Halberstadt bei Gleim war, trauerte er, daß ich nach Frankreich gienge. Auf meine Frage: warum? antwortete er: weil ich ein Franzose werden würde. Ich versprach ihm aber, als ein Deutscher zurück zu kehren. – Doch ich muß eilen, der Koffer ist eingepackt. Schreibe mir sogleich nach Paris: A Mons. de Kleist, ci-devant lieut. au reg. des gardes prussiennes, poste-restante recht viel von Dir, aber auch etwas von den Freunden. Du bist die Einzige, von der ich Briefe empfange aus meinem Vaterlande. Adieu, Dein treuer Heinrich.

47. An Karoline von Schlieben

Paris, d. 18^t Juli, 1801.

Liebe Freundinn. Entsinnen Sie sich wohl noch eines armen kleinen Menschen, der vor einigen Monaten an einem etwas stürmischen Tage, als die See ein wenig hoch gieng, mit dem Schiffchen seines Lebens in Dreßden einlief, und Anker warf in diesem lieben Örtchen, weil der Boden ihm so wohl gefiel, und die Lüfte da so warm wehten, und die Menschen so freundlich waren? Entsinnen Sie sich des Jünglings wohl noch, der zuweilen an kühlen Abenden unter den dunkeln Linden des Schloßgartens, frohe Worte wechselnd, an Ihrer Seite gieng, oder schweigend neben Ihnen stand auf der hohen Elbbrücke, wenn die Sonne hinter den blauen Bergen untergieng? Entsinnen Sie sich dessen wohl noch, der Sie zuweilen durch den Olymp der Griechen voll Göttern und Heroen führte, und oft mit Ihnen vor der Mutter Gottes stand, vor jener hohen Gestalt, mit der stillen Größe, mit dem hohen Ernste, mit der Engelreinheit? Der Ihnen einst, am Abhange der Terrasse an jenem schönen Morgen die Halme hielt, aus welchen Sie den Glücks-kranz flochten, der Ihre Wünsche erfüllen soll? Dem Sie ein wenig von Ihrem Wohlwollen schenkten und Ihr Andenken für immer versprachen? Blättern Sie in Ihrem Stammbuch nach – und wenn Sie ein Wort finden, das warm ist, wie ein Herz, und einen Namen, der hold klingt, wie ein Dichternamen, so können Sie nicht fehlen; denn kurz, es ist Heinrich Kleist.

Ja, liebe Freundinn, aus einem fernen fremden Lande fliegt der Geist eines Freundes zu Ihnen zurück, und versetzt sich in das holde, freundliche Thal von Dreßden, das mehr seine Heimath ist, als das stolze, ungezügelte, ungeheure Paris. Da fand er Wohlwollen bei guten Menschen, und es ist nichts, was ihn inniger rühren, nichts was ihn tiefer bewegen kann, als dieses. O mögte das Gefühl, es mir geschenkt zu haben, Sie nur halb so glücklich machen, als mich, es von Ihnen empfangen zu haben. Von Ihnen – denn ach, es bricht durch die kalte Kruste der Convenienz, die von Jugend auf unsre Herzen überzieht, so selten, besonders bei den Weibern so selten, ein warmes Gefühl hervor – Sie dürfen nur immer so viel fühlen, als der Hof erlaubt, und keinen Menschen mehr lieben, als die französischen Gouvernanten vorschreiben. Und doch – den Mann erkennt man an seinem Verstande; aber wenn man das Weib nicht an ihrem Herzen erkennt, woran erkennt man es sonst? Ja, es giebt eine gewisse himmlische Güte, womit die Natur das Weib bezeichnet hat, und die ihm allein eigen ist, Alles, was sich ihr mit einem Herzen nähert, an sich zu schließen mit Innigkeit und Liebe: so wie die Sonne, die wir darum auch Königinn, nicht König nennen, alle Weltkörper, die in ihrem Wirkungsraum schweben, an sich zieht mit sanften unsichtbaren Banden, und in frohen Kreisen um sich führt, Licht und Wärme und Leben ihnen gebend, bis sie am Ende ihrer spiralförmigen Bahn an ihrem glühenden Busen liegen –

Das ist die Einrichtung der Natur, und nur ein Thor oder ein Bösewicht kann es wagen, daran etwas verändern zu wollen. Die Tugend hat ihren eignen Wohlstand, und wo die Sittlichkeit im Herzen herrscht, da bedarf man ihres Zeichens nicht mehr.* Lassen Sie sich also nicht irren, was auch

* Wozu wollte man das Gold vergolden?

der Herold der Etikette dagegen einwendet. Das ist die Weisheit des Staubes; was Ihnen Ihr Herz sagt, ist Goldklang, und der spricht es selbst aus, daß er ächt sei. Alle diese Vorschriften für Mienen und Gebährden und Worten und Handlungen, sie sind nicht für den, dem ein Gott in seinem Innern heimlich anvertraut, was recht ist. Sie sind nur Zeichen der Sittlichkeit, die oft nicht vorhanden ist, und mancher hüllt sein Herz nur darum in diesen klösterlichen Schleier, die Blößen zu verstecken, die es sonst verrathen würden. Ihr Herz aber, liebe Freundinn, hat keine – warum wollten Sie es nicht zeigen? Ach, es ist so menschlich zu fühlen und zu lieben – O folgen Sie immer diesem schönsten der Triebe; aber lieben Sie dann auch mit edlerer Liebe, Alles was edel und gut ist und schön.

Ob Sie dabei glücklich sein werden – Ach, liebe Freundinn, wer ist glücklich? –? Der kalte Mensch, dem nie ein Gefühl die Brust erwärmte, der nie empfand, wie süß eine Thräne, wie süß ein Händedruck ist, der stumpf bei dem Schmerze, stumpf bei der Freude ist, er ist nicht glücklich; aber das warme, weiche Herz, das unaufhörlich sich sehnt, immer wünscht und hofft, und niemals genießen kann, das etwas ahndet, was es nirgends findet, das von jedem Eindrucke bewegt wird, jedem Gefühle sich hingiebt, mit seiner Liebe alle Wesen umfaßt, an Alles sich knüpft, wo es mit Wohlwollen empfangen wird, sei es die Brust eines Freundes, die ihm Trost, oder der Schatten eines Baumes, der ihm Kühlung gab – – ist es glücklich –?

Ich habe auf meiner Reise so viele guten lieben Menschen gefunden, in Leipzig einen Mann (Hindenburg) der mir wie ein Vater so ehrwürdig war, in Halberstadt Gleim, der ein Freund von Allen ist, die Kleist heißen, in Wernigerode eine treffliche Familie (die stollbergsche) in Rödelheim bei Frankfurt am Main einen Menschen, den ich fast den beßten nennen mögte, in Straßburg eine Frau, die ein fast so weiches fühlbares Herz hat, wie Henriette, – – Aber zu schnell wechseln die Erscheinungen im Leben und zu eng ist das Herz, sie alle zu umfassen, und immer die vergangnen schwinden, Platz zu machen den neuen – Zuletzt ekelt dem Herzen vor den neuen, und matt giebt es sich Eindrücken hin, deren Vergänglichkeit es vorempfindet – Ach, es muß öde und leer und traurig sein, später zu sterben, als das Herz –

Aber noch lebt es – Zwar hier in Paris ist es so gut, als todt. Wenn ich das Fenster öffne, so sehe ich nichts, als die blasse, matte, fade Stadt, mit ihren hohen, grauen Schieferdächern und ihren ungestalteten Schornsteinen, ein wenig von den Spitzen der Thuillerieen, und lauter Menschen, die man vergißt, wenn sie um die Ecke sind. Noch kenne ich wenige von ihnen, ich liebe noch keinen, und weiß nicht, ob ich einen lieben werde. Denn in den Hauptstädten sind die Menschen zu gewitzigt, um offen, zu zierlich, um wahr zu sein. Schauspieler sind sie, die einander wechselseitig betrügen, und dabei thun, als ob sie es nicht merkten. Man geht kalt an einander vorüber; man windet sich in den Straßen durch einen Haufen von Menschen, denen nichts gleichgültiger ist, als ihres Gleichen; ehe man eine Erscheinung gefaßt hat, ist sie von zehn andern verdrängt; dabei knüpft man sich an keinen, keiner knüpft sich an uns; man grüßt einander höflich, aber das Herz ist hier so unbrauchbar, wie eine Lunge unter der luftleeren Campane, und wenn ihm einmal ein Gefühl entschlüpft, so verhallt es, wie ein Flötenton im Orkan. Darum schließe ich zuweilen die Augen und denke an Dreßden – Ach, ich zähle diesen Aufenthalt zu den frohsten Stunden meines Lebens. Die schöne, große edle, erhabene Natur, die Schätze von Kunstwerken, die Frühlingssonne, und so viel Wohlwollen – Was macht Ihre würdige Frau Mutter? Und Ihre Tante? Und Einsiedels? Und Ihre liebe Schwester? Wenn ein fremder Maler eine Deutsche malen wollte, und fragte mich nach der Gestalt, nach den Zügen, nach der Farbe der Augen, der Wangen, der Haare, so würde ich ihn zu Ihrer Schwester führen und sagen, das ist ein ächtes deutsches Mädchen. Was macht auch mein liebes Dreßden? Ich sehe es noch vor mir liegen in der Tiefe der Berge, wie der Schauplatz in der Mitte eines Amphitheaters – ich sehe die Elbhöhen, die in einiger Entfernung, als ob sie aus Ehrfurcht nicht näher zu rücken wagten, gelagert sind, und gleichsam von Bewunderung angewurzelt scheinen – und die Felsen im Hintergrunde von Königstein, die wie ein bewegtes Meer von Erde aussehen, und in den schönsten Linien geformt sind, als hätten da die Engel im Sande gespielt – und die Elbe, die schnell ihr rechtes Ufer verläßt, ihren Liebling Dreßden zu küssen, die bald zu dem einen, bald zu dem andern Ufer flieht, als würde ihr die Wahl schwer, und in tausend Umwegen, wie *vor Entzücken*, durch die freundlichen Fluren wankt, als wollte sie nicht ins Meer – und Lokowitz, das versteckt hinter den Bergen liegt, als ob es sich schämte – und die Weißritz, die sich aus den Tiefen des plauenschen Grundes losringt wie ein verstohlnes Gefühl aus der Tiefe der Brust, die, immer an Felsen wie an Vorurtheilen sich stoßend, nicht zornig, aber doch ein wenig unwillig murmelt, sich unermüdet durch alle Hindernisse windet, bis sie an die Freiheit des Tages trit und sich ausbreitet in dem offnen Felde und frei und ruhig ihrer Bestimmung gemäß ins Meer fließt –

Einige große Naturscenen, die freilich wohl mit der dreßdenschen wetteifern dürfen, habe ich doch auch auf meiner Reise kennen gelernt. Ich habe den Harz bereiset und den Brocken bestiegen. Zwar war an diesem Tage die Sonne in Regenwolken gehüllt, und wenn die Könige trauren, so trauert das Land. Über das ganze Gebirge war ein Nebelflor geschlagen und wir standen vor der Natur, wie vor einem Meisterstücke, das der Künstler aus Bescheidenheit mit einem Schleier verhüllt hat. Aber zuweilen ließ er uns durch die zerrißnen Wolken einen Blick des Entzückens thun, denn er fiel auf ein Parradies –

Doch der schönste Landstrich von Deutschland, an welchem unser großer Gärtner sichtbar con amore gearbeitet hat, sind die Ufer des Rheins von Mainz bis Coblenz, die wir auf dem Strome selbst bereiset haben. Das ist eine Gegend wie ein Dichtertraum, und die üppigste Phantasie kann nichts schöneres erdenken, als dieses Thal, das sich bald öffnet, bald schließt, bald blüht, bald öde ist, bald lacht, bald schreckt. Pfeilschnell strömt der Rhein heran von Mainz und gradaus, als hätte er sein Ziel schon im Auge, als sollte ihn nichts abhalten, es zu erreichen, als wollte er es ungeduldig auf dem kürzesten Wege ereilen. Aber ein Rebenhügel (der Rheingau) trit ihm in den Weg und beugt seinen stürmischen Lauf, sanft aber mit festem Sinn, wie eine Gattinn den stürmischen Willen ihres Mannes, und zeigt ihm mit stiller Standhaftigkeit den Weg, der ihn ins Meer führen wird – – und er ehrt die edle Warnung und giebt, der freundlichen Weisung folgend, sein voreiliges Ziel auf, und durchbricht den Rebenhügel nicht, sondern umgeht ihn, mit beruhigtem Laufe dankbar seine blumigen Füße ihm küssend –

Aber still und breit und majestätisch strömt er bei Bingen heran, und sicher, wie ein Held zum Siege, und langsam, als ob er seine Bahn wohl vollenden würde – und ein Gebirge (der Hundsrück) wirft sich ihm in den Weg, wie die Verläumdung der unbescholtenen Tugend. Er aber durchbricht es, und wankt nicht, und die Felsen weichen ihm aus, und blicken mit Bewunderung und Erstaunen auf ihn hinab – doch er eilt verächtlich bei ihnen vorüber, aber ohne zu frohlocken, und die einzige Rache, die er sich erlaubt, ist diese, ihnen in seinem klaren Spiegel ihr schwarzes Bild zu zeigen –

Ich wäre auf dieser einsamen Reise, die ich mit meiner Schwester machte, sehr glücklich gewesen, wenn, – wenn – – Ach, liebe Freundinn, Ulrike ist ein edles, weises, vortreffliches, großmüthiges Mädchen, und ich müßte von allem diesen nichts sein, wenn ich das nicht fühlen wollte. Aber – so viel sie auch besitzen, so viel sie auch geben kann, an ihrem Busen läßt sich doch nicht ruhen – Sie ist eine weibliche Heldenseele, die von ihrem Geschlechte nichts hat, als die Hüften, ein Mädchen, das orthographisch schreibt und handelt, nach dem Takte spielt und denkt – – Doch still davon. Auch der leiseste Tadel ist zu bitter für ein Wesen, das keinen Fehler hat, als diesen zu groß zu sein für ihr Geschlecht.

Seit 8 Tagen sind wir nun hier in Paris, und wenn ich Ihnen Alles schreiben wollte, was ich in diesen Tagen sah und hörte und dachte und empfand, so würde das Papier nicht hinreichen, das auf meinem Tische liegt. Ich habe dem 14^{t} Juli, dem Jahrestage der Zerstörung der Bastille beigewohnt, an welchem zugleich das Fest der wiedererrungenen Freiheit und das Friedensfest gefeiert ward. Wie solche Tage würdig begangen werden könnten, weiß ich nicht bestimmt; doch dies weiß ich, daß sie fast nicht unwürdiger begangen werden können, als dieser. Nicht als ob es an Obelisken und Triumphbogen und Dekorationen, und Illuminationen, und Feuerwerken und Luftbällen und Canonaden gefehlt hätte, o behüte. Aber keine von allen Anstalten erinnerte an die Hauptgedanken, die Absicht, den Geist des Volks durch eine bis zum Ekel gehäufte Menge von Vergnügen zu zerstreuen, war überall herrschend, und wenn die Regierung einem Manne von Ehre hätte zumuthen wollen, durch die mâts de cocagne, und die jeux de caroussels, und die theatres forains und die escamoteurs, und die danseurs de corde mit Heiligkeit an die Göttergaben Freiheit und Frieden erinnert zu werden, so wäre dies beleidigender, als ein Faustschlag in sein Antlitz. – Rousseau ist immer das 4^{t} Wort der Franzosen; und wie würde er sich schämen, wenn man ihm sagte, daß dies sein Werk sei? –

Doch ich muß schließen – Diesen Brief nimmt Alexander von Humboldt, der morgen früh mit seiner Familie von Paris abreiset, mit sich bis Weimar; und jetzt ist es 9 Uhr Abends. – Von mir kann ich ihnen nur so viel sagen, daß ich wenigstens ein Jahr hier bleiben werde, das Studium der Naturwissenschaft auf dieser Schule der Welt fortzusetzen. Wohin ich dann mich wenden werde, und ob der Wind des

Schicksals noch einmal mein Lebensschiff nach Dreßden treiben wird ? Ach, ich zweifle daran. Es ist wahrscheinlich, daß ich nie in mein Vaterland zurückkehre. In welchem Welttheile ich einst das Pflänzchen des Glückes pflücken werde, und ob es überhaupt irgendwo für mich blüht –? Ach, dunkel, dunkel ist das Alles. – Ich hoffe auf etwas Gutes, doch bin ich auf das Schlimmste gefaßt. Freude giebt es ja doch auf jedem Lebenswege, selbst das Bitterste ist doch auf kurze Augenblicke süß. Wenn nur der Grund recht dunkel ist, so sind auch matte Farben hell. Der helle Sonnenschein des Glücks, der uns verblendet, ist auch nicht einmal für unser schwaches Auge gemacht. Am Tage sehn wir wohl die schöne Erde, doch wenn es Nacht ist, sehn wir in die Sterne – –

Und soll ich diesen Brief schließen, ohne Sie mit meiner ganzen Seele zu begrüßen? O mögte Ihnen der Himmel nur ein wenig von dem Glücke schenken, von dem Sie so viel, so viel verdienen. Auf die Erfüllung Ihrer liebsten Wünsche zu hoffen, zu hoffen –? Ja, immerhin. Aber sie zu erwarten –? Ach, liebe Freundinn, wenn Sie sich Thränen ersparen wollen, so erwarten Sie wenig von dieser Erde. Sie kann nichts geben, was ein reines Herz wahrhaft glücklich machen könnte. Blicken Sie zuweilen, wenn es Nacht ist, in den Himmel. Wenn Sie auf diesem Sterne keinen Platz finden können, der Ihrer würdig ist, so finden Sie vielleicht auf einem andern einen um so bessern.

Und nun leben Sie wohl – der Himmel schenke Ihnen einen heitern, frischen Morgen – einen Regenschauer in der Mittagshitze, – und einen stillen, kühlen sternenklaren Abend, an welchem sich leicht und sanft einschlafen läßt.
Heinrich Kleist.

N. S. Ich habe vergessen, Sie um eine Antwort zu bitten; war diese Bitte nöthig, oder würden Sie von selbst meinem Wunsche zuvorgekommen sein? – Noch Eines. Ich wollte auch Einsiedeln mit dieser Gelegenheit schreiben, aber ich weiß seinen Wohnort nicht, auch ist es jetzt wegen Mangel an Zeit nicht mehr möglich. Er hat mir so viele Gefälligkeiten erzeigt, und ich fühle, daß ich ihm Dank schuldig bin. Wollen Sie es wohl übernehmen, ihm dies einmal gelegentlich mitzutheilen? Es wird ihn sehr interessiren, zu wissen, wie wir mit unsern Pferden, die er uns gekauft hat, zufrieden gewesen sind. Schreiben Sie ihm, daß es keine gesündern, dienstfertigern und fleißigern Thiere gab, als diese zwei Pferde. Wir haben sie unaufhörlich gebraucht, sie haben uns nie im Stiche gelassen, und wenn wir 14 Stunden an einem Tage gemacht hatten, so brauchten wir sie nur vollauf mit Haber zu füttern und ein wenig schmeichelnd hinter den Ohren zu kitzeln, so zogen sie uns am folgenden Tage noch 2 Stunden weiter. In 8 Tagen haben wir ohne auszuruhn von Straßburg bis Paris 120 Poststunden gemacht – Hier nun haben wir sie verkauft, und nie ist mir das Geld so verächtlich gewesen, als der Preis für diese Thiere, die wir gleichgültig der Peitsche des Philisters übergeben mußten, nachdem sie uns mit allen ihren Kräften gedient hatten. Übrigens war dieser Preis 13 französische Louis d'or, circa 87 Rth., also nur 2 Thaler Verlust. – Ein einziges Mal waren wir ein wenig böse auf sie, und das mit Recht, denke ich. Wir hatten ihnen nämlich in Butzbach, bei Frankfurt am Main, die Zügel abnehmen lassen vor einem Wirthshause, sie zu tränken und mit Heu zu futtern. Dabei war Ulrike so wie ich in dem Wagen sitzen geblieben, als mit einemmal ein Esel hinter uns ein so abscheuliches Geschrei erhob, daß wir wirklich grade so vernünftig sein mußten, wie wir sind, um dabei nicht scheu zu werden. Die armen Pferde aber, die das Unglück haben keine Vernunft zu besitzen, hoben sich hoch in die Höhe und giengen spornstreichs mit uns in vollem Carriere über das Steinpflaster der Stadt durch. Ich grif nach dem Zügel, aber die hiengen ihnen, aufgelöset, über der Brust, und ehe ich Zeit hatte, an die Größe der Gefahr zu denken, schlug schon der Wagen mit uns um, und wir stürzten – Und an einem Eselsgeschrei hieng ein Menschenleben? Und wenn es nun in dieser Minute geschlossen gewesen wäre, darum also hätte ich gelebt? Darum? Das hätte der Himmel mit diesem dunkeln, räthselhaften, irrdischen Leben gewollt, und weiter nichts –? Doch für diesmal war es noch nicht geschlossen, – wofür er uns das Leben gefristet hat, wer kann es wissen? Kurz, wir standen beide ganz frisch und gesund von dem Steinpflaster auf und umarmten uns. Der Wagen lag ganz umgestürzt, daß die Räder zu oberst standen, ein Rad war ganz zerschmettert, die Deichsel zerbrochen, die Geschirre zerrissen, das Alles kostete uns 3 Louis d'or und 24 Stunden, am andern Morgen gieng es weiter – Wann wird der letzte sein?

Grüßen Sie Alles, was mich ein wenig liebt, auch Ihren Bruder.

48. An Wilhelmine von Zenge

Paris, d. 21t Juli, 1801.

Mein liebes Minchen, recht mit herzlicher Liebe erinnere ich mich in diesem Augenblicke Deiner – O sage, bist Du mir wohl noch mit so vieler Innigkeit, mit so vielem Vertrauen ergeben, als sonst? Meine schnelle Abreise von Berlin, ohne Abschied von Dir zu nehmen, der seltsame Dir halbunverständliche Grund, meine kurzen, trüben, verwirrten und dabei sparsamen Briefe – o sage, hat Dir nicht zuweilen eine Ahndung von Mißtrauen ein wenig das Herz berührt? Ach, ich verzeihe es Dir, und bin in meiner innersten Seele froh durch das Bewußtsein, besser zu sein, als ich scheine. Ja, meine liebe Freundinn, wenn mein Betragen Dich ein wenig beängstigt hat, so war doch nicht mein Herz, sondern bloß meine Lage Schuld daran. Verwirrt durch die Sätze einer traurigen Philosophie, unfähig mich zu beschäfftigen, unfähig, irgend etwas zu unternehmen, unfähig, mich um ein Amt zu bewerben, hatte ich Berlin verlassen, bloß weil ich mich vor der Ruhe fürchtete, in welcher ich Ruhe grade am Wenigsten fand; und nun sehe ich mich auf einer Reise ins Ausland begriffen, ohne Ziel und Zweck, ohne begreifen zu können, wohin das mich führen würde – Mir war es zuweilen auf dieser Reise, als ob ich meinem Abgrunde entgegen gienge – Und nur das Gefühl, auch Dich mit mir hinabzuziehen, Dich, mein gutes, treues, unschuldiges Mädchen, Dich, die sich mir ganz hingegeben hat, weil sie ihr Glück von mir erwartet – Ach, Wilhelmine, ich habe oft mit mir gekämpft, – und warum soll ich nicht das Herz haben, Dir zu sagen, was ich mich nicht schäme, mir selbst zu gestehen? Ich habe oft mit mir gekämpft, ob es nicht meine Pflicht sei, Dich zu verlassen? Ob es nicht meine Pflicht sei, Dich von den zu trennen, der sichtbar seinem Abgrunde entgegen eilt? – Doch höre, was ich mir antwortete. Wenn Du sie verlässest, sagte ich mir, wird sie dann wohl glücklicher sein? Ist sie nicht doch auch dann um die Bestimmung ihres Lebens betrogen? Wird sich ein andrer Mann um ein Mädchen bewerben, dessen Verbindung weltbekannt ist? Und wird sie einen andern Mann lieben können, wie mich –? Doch nicht Dein Glück allein, auch das meinige trat mir vor die Seele – ach, liebe Freundinn, wer kann sich erwehren, ein wenig eigennützig zu sein? Soll ich mir denn, so fragte ich mich, die einzige Aussicht in der Zukunft zerstören, die mich noch ein wenig mit Lebenskraft erwärmt? Soll ich auch den einzigen Wunsch meiner Seele fahren lassen, den Wunsch, Dich mein Weib zu nennen? Soll ich denn ohne Ziel, ohne Wunsch, ohne Kraft, ohne Lebensreiz umherwandeln auf diesem Sterne, mit dem Bewußtsein, niemals ein Örtchen zu finden, wo das Glück für mich blüht – Ach, Wilhelmine, es war mir nicht möglich, allen Ansprüchen auf Freude zu entsagen, und wenn ich sie auch nur in der entferntesten Zukunft fände. Und dann – ist es denn auch so gewiß, daß ich meinem Abgrund entgegen eile? Wer kann die Wendungen des Schicksals errathen? Giebt es eine Nacht, die ewig dauert? So wie eine unbegreifliche Fügung mich schnell unglücklich machte, kann nicht eine eben so unbegreifliche Fügung mich eben so schnell glücklich machen? Und wenn auch das nicht wäre, wenn auch der Himmel kein Wunder thäte, worauf man in unsern Tagen nicht eben sehr hoffen darf, habe ich denn nicht auch Hülfsmittel in mir selbst? Habe ich nicht Talent, und Herz und Geist, und ist meine gesunkene Kraft denn für immer gesunken? Ist diese Schwäche mehr als eine vorübergehende Krankheit, auf welcher Gesundheit und Stärke folgen? Kann ich denn nicht arbeiten? Schäme ich mich der Arbeit? Bin ich stolz, eitel, voll Vorurtheile? Ist mir nicht jede ehrliche Arbeit willkommen, und will ich einen größern Preis, als Freiheit, ein eignes Haus und Dich?

Küsse mein Bild, Wilhelmine, so wie ich so eben das Deinige geküßt habe – Doch höre. Eines muß ich Dir noch sagen, ich bin es Dir schuldig. Es ist gewiß, daß früh oder spät, aber doch gewiß einmal ein heitrer Morgen für mich anbricht. Ich verdiene nicht unglücklich zu sein, und werde es nicht immer bleiben. Aber – es kann ein Weilchen dauern, und dazu gehört Treue. Auch werde ich die Blüthe des Glückes pflücken müssen, wo ich sie finde, überall, gleichviel in welchem Lande, und dazu gehört Liebe – Was sagst Du dazu? Frage Dein Herz. Täusche mich nicht, so wie ich fest beschlossen habe, Dich niemals zu täuschen.

Jetzt muß ich Dir doch auch etwas von meiner Reise schreiben. – Weißt Du wohl, daß Dein Freund einmal dem Tode recht nahe war? Erschrick nicht, bloß nahe, und noch steht er mit allen seinen Füßen im Leben: Am folgenden Tage, nachdem ich meinen Brief an Dich in Göttingen auf die Post gegeben hatte, reiseten wir von dieser Stadt ab nach Frankfurt am Mayn. Fünf Meilen vor diesem Orte, in Butzbach, einem kleinen Städtchen, hielten wir an einem Morgen vor einem Wirthshause an, den Pferden Heu vorzulegen, wobei Johann ihnen die Zügel abnahm und wir beide sorglos sitzen blieben. Während Johann in dem Hause war, kommt ein Zug von Steineseln hinter uns her, und Einer von ihnen erhebt ein so gräßliches Geschrei, daß wir selbst, wenn wir nicht so vernünftig wären, scheu geworden wären. Unsere Pferde aber, die das Unglück haben, keine Vernunft zu besitzen, hoben sich kerzengrade in die Höhe, und giengen dann spornstreichs mit uns über dem Steinpflaster durch. Ich grif nach der Leine – aber die Zügel lagen den Pferden, aufgelöset, über der Brust, und ehe wir Zeit hatten, an die Größe der Gefahr zu denken, schlug unser leichter Wagen schon um, und wir stürzten – Also an ein Eselsgeschrei hieng ein Menschenleben? Und wenn es geschlossen gewesen wäre, darum hätte ich gelebt? Das wäre die Absicht des Schöpfers gewesen bei diesem dunkeln, räthselhaften irrdischen Leben? Das hätte ich darin lernen und thun sollen, und weiter nichts –? Doch, noch war es nicht geschlossen. Wozu der Himmel es mir gefristet hat, wer kann es wissen? – Kurz, wir standen beide, frisch und gesund von dem Steinpflaster auf, und umarmten uns. Der Wagen lag ganz umgestürzt, die Räder zu oberst, ein Rad war ganz zertrümmert, die Deichsel zerbrochen, die Geschirre zerrissen. Das kostete uns 3 Louis d'or und 24 Stunden; dann gieng es weiter – wohin? Gott weiß es.

Von Mainz aus machten wir eine Rheinreise nach Bonn. – Ach, Wilhelmine, das ist eine Gegend, wie ein Dichtertraum, und die üppigste Phantasie kann nichts Schöneres erdenken, als dieses Thal, das sich bald öffnet, bald schließt, bald blüht, bald öde ist, bald lacht, bald schreckt. Am ersten Tag, bis Coblenz, hatten wir gutes Wetter. Am zweiten, wo wir bis Cölln fahren wollten, erhob sich schon bei der Abfahrt ein so starker Sturm, in widriger Richtung, daß die Schiffer mit dem großen Postschiff, das ganz bedeckt ist, nicht weiter fahren wollten, und in einem trierischen Dorfe am Ufer landeten. Da blieben wir von 10 Uhr Morgends den ganzen übrigen Tag, immer hoffend, daß sich der Sturm legen würde. Endlich um 11 Uhr in der Nacht schien es, ein wenig ruhiger zu werden, und wir schifften uns mit der ganzen Gesellschaft wieder ein.

Aber kaum waren wir auf die Mitte des Rheins, als wieder ein so unerhörter Sturm loßbrach, daß die Schiffer das Fahrzeug gar nicht mehr regieren konnten. Die Wellen, die auf diesem breiten, mächtigen Strome, nicht so unbedeutend sind, als die Wellen der Oder, ergriffen das Schiff an seiner Fläche, und schleuderten es so gewaltig, daß es durch sein höchst gefährliches Schwanken, die ganze Gesellschaft in Schrecken setzte. Ein Jeder klammerte sich alle Andern vergessend an einen Balken an, ich selbst, mich zu halten – Ach, es ist nichts ekelhafter, als diese Furcht vor dem Tode. Das Leben ist das einzige Eigenthum, das nur dann etwas werth ist, wenn wir es nicht achten. Verächtlich ist es, wenn wir es nicht leicht fallen lassen können, und nur der kann es zu großen Zwecken nutzen, der es leicht und freudig wegwerfen könnte. Wer es mit Sorgfalt liebt, moralisch todt ist er schon, denn seine höchste Lebenskraft, nämlich es opfern zu können, modert, indessen er es pflegt. Und doch – o wie unbegreiflich ist der Wille, der über uns waltet! – dieses räthselhafte Ding, das wir besitzen, wir wissen nicht von wem, das uns fortführt, wir wissen nicht wohin, das unser Eigenthum ist, wir wissen nicht, ob wir darüber schalten dürfen, eine Habe, die nichts werth ist, wenn sie uns etwas werth ist, ein Ding, wie ein Wiederspruch, flach und tief, öde und reich, würdig und verächtlich, vieldeutig und unergründlich, ein Ding, das jeder wegwerfen mögte, wie ein unverständliches Buch, sind wir nicht durch ein Naturgesetz gezwungen es zu lieben? Wir müssen vor der Vernichtung beben, die doch nicht so qualvoll sein kann, als oft das Dasein, und indessen Mancher das traurige Geschenk des Lebens beweint, muß er es durch Essen und Trinken ernähren und die Flamme vor dem Erlöschen hüten, die ihn weder erleuchtet, noch erwärmt.

Das klang ja wohl recht finster? Geduld – Es wird nicht immer so sein, und ich sehne mich nach einem Tage, wie der

Hirsch in der Mittagshitze nach dem Strome, sich hineinzustürzen – Aber Geduld! – Geduld –? Kann der Himmel die von seinen Menschen verlangen, da er ihnen selbst ein Herz voll Sehnsucht gab? Zerstreuung! Zerstreuung! – O wenn mir die Wahrheit des Forschens noch so würdig schiene, wie sonst, da wäre Beschäfftigung hier in diesem Orte vollauf – Gott gebe mir nur Kraft! Ich will es versuchen. Ich habe hier schon durch Humboldt und Luchesini einige Bekanntschaften französischer Gelehrter gemacht, auch schon einige Vorlesungen besucht – Ach, Wilhelmine, die Menschen sprechen mir von Alkalien und Säuren, indessen mir ein allgewaltiges Bedürfniß die Lippe trocknet – Lebe wohl, wohl, schreibe mir bald, zum Troste. Dein H. K.

(künftig etwas von Paris)

49. An Adolphine von Werdeck

Paris, d. 28t ⟨und 29.⟩ Juli, 1801.

Gnädigste Frau,

Erkennen Sie an diesen Zügen wohl noch die Schrift eines Jünglings, die seit sechs Jahren nicht mehr vor Ihren Augen erschien? Können Sie aus ihrer Form wohl noch, wie sonst, den Namen des Schriftstellers errathen, und regt sich dabei in Ihrer Seele wohl noch ein wenig von dem Wohlwollen, von dem sie ihm einst so viel schenkten? Oder ist diese Hand Ihnen unbekannt geworden? Hat sie sich mit dem Herzen verändert? Ist sie alt geworden mit ihm, und muß sie sein Schicksal theilen, weniger Theilnahme zu finden, als in der Blüthenzeit der Jugend? – Ach, was ist das Leben eines Menschen für ein farbenwechselndes Ding! Sechs Jahre! Wie viele Gedanken, wie viele Gefühle, wie viele Wünsche, wie viele Hoffnungen, wie viele Täuschungen, wie viele Freuden, wie viele Leiden schließen sechs Jünglingsjahre ein! Wie der Felsen, dessen drohender Gipfel, wenn wir unter seinen Füßen stehen, Erstaunen und Verwunderung in unsrer Seele erregt, nach und nach, wenn wir uns von ihm entfernen, immer kleiner und kleiner wird, und endlich zu einem dämmernden Pünctchen schwindet, das wir mühsam suchen müssen, um es zu finden, so werden auch die großen Momente der Vergangenheit immer kleiner und kleiner – Selbst Gefühle an deren Ewigkeit wir nicht zweifelten, schwinden ganz aus dem Gedächtniß. Es war eine Zeit, wo ich nicht glaubte, daß diese Seele jemals einen andern Gedanken bearbeiten würde, als einen einzigen, jemals ein anderes Gefühl lieb gewinnen könnte, als ein einziges; und jetzt muß eine Zeitung mir in die Hände fallen, oder ein Comet über die Erde ziehen, um mich seiner zu erinnern –? Ach, die Liebe entwöhnt uns von ihren Freuden, wie die Mutter das Kind von der Milch, indem sie sich Wehrmuth auf die Brust legt – Und doch ist die Erinnerung selbst an das Bitterste noch süß. Ja, es ist kein Unglück, das Glück verloren zu haben, das erst ist ein Unglück, sich seiner nicht mehr zu erinnern. So lange wir noch die Trümmern der Vergangenheit besuchen können, so lange hat das Leben auch immer noch eine Farbe. Aber wenn ein unruhiges Schicksal uns zerstreut, wenn die rohen Bedürfnisse des Daseins die leiseren übertäuben, wenn die Nothwendigkeit uns zu denken, zu streben, zu handeln zwingt, wenn neue Gedanken sich zeigen und wieder verschwinden, neue Wünsche sich regen und wieder sinken, neue Bande sich knüpfen, und wieder zerreißen, wenn wir dann zuweilen, flüchtig, mit ermatteter Seele, die geliebten Ruinen besteigen, das Blümchen der Erinnerung zu pflücken, und dann auch hier Alles leer und öde finden, die schönsten Blöcke in Staub und Asche gesunken, die letzten Säulen dem Sturze nah, bis zuletzt das ganze Monument matt und flach ist, wie die Ebene, die es trägt, dann erst verwelkt das Leben, dann bleicht es aus, dann verliert es alle seine bunten Farben – Wie viele Freuden habe ich auf dieser Reise genossen, wie viel Schönes gesehen, wie viele Freunde gefunden, wie viele großen Augenblicke durchlebt, – Aber zu schnell wechseln die Erscheinungen im Leben, zu eng ist das Herz sie alle zu umfassen, und immer die vergangnen schwinden, Platz zu machen den neuen – Zuletzt ekelt dem Herzen vor den neuen, und matt giebt es sich Eindrücken hin, deren Vergänglichkeit es vorempfindet – Ach, es muß leer und öde und traurig sein, später zu sterben, als das Herz –

Mit welchen Empfindungen ich Mainz wiedererblickte, das ich schon als Knabe einmal sah – wie ließe sich das beschreiben? Das war damals die üppigste Secunde in der Minute meines Lebens! Sechzehn Jahre, der Frühling, die Rheinhöhen, der erste Freund, den ich so eben gefunden hatte, und ein Lehrer wie Wieland, dessen Sympathien ich damals laß – War die Anlage nicht günstig, einen großen Eindruck tief zu begründen?

Warum ist die Jugend die üppigste Zeit des Lebens? Weil kein Ziel so hoch und so fern ist, das sie sich nicht einst zu erreichen getraute. Vor ihr liegt eine Unendlichkeit – Noch ist nichts bestimmt, und Alles möglich – Noch spielt die Hand, muthwillig zögernd, mit den Loosen in der Urne des Schicksals, welche auch das große enthält – warum sollte sie es nicht fassen können? Sie säumt und säumt, indem schon die bloße Möglichkeit fast eben so wollüstig ist, wie die Wirklichkeit – Indessen spielt ihr das Schicksal einen Zettel unter die Finger – es ist nicht das große Loos, es ist keine Niete, es ist ein Loos, wie es Tausende schon getroffen hat, und Millionen noch treffen wird.

Damals entwickelten sich meine ersten Gedanken und Gefühle. In meinem Innern sah es so poetisch aus, wie in der Natur, die mich umgab. Mein Herz schmolz unter so vielen begeisternden Eindrücken, mein Geist flatterte wollüstig, wie ein Schmetterling über honigduftende Blumen, mein ganzes Wesen ward fortgeführt von einer unsichtbaren Gewalt, wie eine Fürsichblüthe von der Morgenluft – Mir war's, als ob ich vorher ein todtes Instrument gewesen wäre, und nun, plötzlich mit dem Sinn des Gehörs beschenkt, entzückt würde über die eignen Harmonieen. –

Wir standen damals in B i e b e r i c h in Cantonnirungsquartieren. Vor mir blühte der Lustgarten der Natur – eine concave Wölbung, wie von der Hand der Gottheit eingedrückt. Durch ihre Mitte fließt der Rhein, zwei Paradiese aus einem zu machen. In der Tiefe liegt M a i n z, wie der Schauplatz in der Mitte eines Amphitheaters. Der Krieg war aus dieser Gegend geflohen, der Friede spielte sein allegorisches Stück. Die Terrassen der umschließenden Berge dienten statt der Logen, Wesen aller Art blickten als Zuschauer voll Freude herab, und sangen und sprachen Beifall – Oben in der Himmelsloge stand Gott. Hoch an dem Gewölbe des großen Schauspielhauses strahlte die Girandole der Frühlingssonne, die entzückende Vorstellung zu beleuchten. Holde Düfte stiegen, wie Dämpfe aus Opferschalen, aus den Kelchen der Blumen und Kräuter empor. Ein blauer Schleier, wie in Italien gewebt, umhüllte die Gegend, und es war, als ob der Himmel selbst hernieder gesunken wäre auf die Erde –

Ach, ich entsinne mich, daß ich in meiner Entzückung zuweilen, wenn ich die Augen schloß, besonders einmal, als ich an dem Rhein spatzieren gieng, und so zugleich die Wellen der Luft und des Stromes mich umtönten, eine ganze vollständige Sinfonie gehört habe, die Melodie und alle begleitenden Accorde, von der zärtlichen Flöte bis zu dem rauschenden Contra-Violon. Das klang mir wie eine Kirchenmusik, und ich glaube, daß Alles, was uns die Dichter von der Sphärenmusik erzählen, nichts Reizenderes gewesen ist, als diese seltsame Träumerei.

Zuweilen stieg ich allein in einen Nachen und stieß mich bis auf die Mitte des Rheins. Dann legte ich mich nieder auf den Boden des Fahrzeugs, und vergaß, sanft von dem Strome hinabgeführt, die ganze Erde, und sah nichts, als den Himmel –

Wie diese Fahrt, so war mein ganzes damaliges Leben – Und jetzt! – Ach, das Leben des Menschen ist, wie jeder Strom, bei seinem Ursprunge am höchsten. Es fließt nur fort, indem es fällt – In das Meer müssen wir alle – Wir sinken und sinken, bis wir so niedrig stehen, wie die Andern, und das Schicksal zwingt uns, so zu sein, wie die, die wir verachten –

Ich habe in der Gegend von Mainz jeden Ort besucht, der mir durch irgend eine Erinnerung heilig war, die Insel bei Bieberich, die ich mit Müllern, oft im größten Sturm, umschiffte – das Ufer zwischen Bieberich und Schierstein, an welchem Gleißenberg mich einmal mitten in der Nacht, als der Schiffer schelmisch aus unserm Kahn gesprungen war, hinanstieß – das Lager bei Marienborn, wo ich noch Spuren einer Höhle fand, die ich einmal mit Barßen, uns vor der Sonne zu schützen, in die Erde gegraben hatte –

Von Mainz aus fuhr ich mit Ulriken auf dem Rheine nach Coblentz – Ach, das ist eine Gegend, wie ein Dichtertraum, und die üppigste Phantasie kann nichts Schöneres erdenken, als dieses Thal, das sich bald öffnet, bald schließt, bald blüht, bald öde ist, bald lacht, bald schreckt. Pfeilschnell strömt der Rhein heran von Mainz, als hätte er sein Ziel schon im Auge, als sollte ihn nichts abhalten, es zu erreichen, als wollte er es, ungeduldig, auf dem kürzesten Wege ereilen. Aber ein Rebenhügel (der Rheingau) beugt seinen stürmischen Lauf, sanft aber mit festem Sinn, wie eine Gattinn den stürmischen Willen ihres Mannes, und zeigt ihm mit stiller Standhaftigkeit den Weg, der ihn ins Meer führen wird – Und er ehrt die edle Warnung und giebt sein voreiliges Ziel auf, und durchbricht, der freundlichen Weisung folgend, den Rebenhügel nicht, sondern umgeht ihn, mit beruhigtem Laufe seine blumigen Füße ihm küssend –

Aber still und breit und majestätisch strömt er bei Bingen heran, und sicher, wie ein Held zum Siege, und langsam, als ob er seine Bahn doch wohl vollenden würde – Und ein Gebirge (der Hundsrück) wirft sich ihm in den Weg, wie die Verläumdung der unbescholtenen Tugend. Er aber durchbricht es, und wankt nicht, und die Felsen weichen ihm aus, und blicken mit Bewunderung und Erstaunen auf ihn hinab – doch er eilt verächtlich bei ihnen vorüber, aber ohne zu frohlocken, und die einzige Rache, die er sich erlaubt, ist diese, ihnen in seinem klaren Spiegel ihr schwarzes Bild zu zeigen –

Und hier in diesem Thale, wo der Geist des Friedens und der Liebe zu dem Menschen spricht, wo Alles, was Schönes und Gutes in unsrer Seele schlummert, lebendig wird, und Alles, was niedrig ist, schweigt, wo jeder Luftzug und jede Welle, freundlich-geschwätzig, unsere Leidenschaften beruhigt, und die ganze Natur gleichsam den Menschen einladet, vortrefflich zu sein – o war es möglich, daß dieses Thal ein Schauplatz werden konnte für den Krieg? Zerstörte Felder, zertretene Weinberge, ganze Dörfer in Asche, Festen, die unüberwindlich schienen, in den Rhein gestürzt – Ach, wenn ein einziger Mensch so viele Frevel auf seinem Gewissen tragen sollte, er müßte niedersinken, erdrückt von der Last – Aber eine ganze Nation erröthet niemals. Sie dividirt die Schuld mit 30 000 000, da kömmt ein kleiner Theil auf jeden, den ein Franzose ohne Mühe trägt. – Gleim in Halberstadt nahm mir das Versprechen ab, als ein Deutscher zurückzukehren in mein Vaterland. Es wird mir nicht schwer werden, dieses Versprechen zu halten.

Ich wäre auf dieser Rheinreise sehr glücklich gewesen, wenn – wenn – – Ach, gnädigste Frau, es giebt wohl nichts Großes in der Welt, wozu Ulrike nicht fähig wäre, ein edles, weises, großmüthiges Mädchen, eine Heldenseele in einem Weiberkörper, und ich müßte von Allem diesen nichts sein, wenn ich das nicht innig fühlen wollte. Aber – ein Mensch kann viel besitzen, vieles geben, es läßt sich doch nicht immer, wie Göthe sagt, an seinem Busen ruhen – Sie ist ein Mädchen, das orthographisch schreibt und handelt, nach dem Tacte spielt und denkt, ein Wesen, das von dem Weibe nichts hat, als die Hüften, und nie hat sie gefühlt, wie süß ein Händedruck ist – Aber sie mißverstehen mich doch nicht –? O es giebt kein Wesen in der Welt, das ich so ehre, wie meine Schwester. Aber welchen Mißgrif hat die Natur begangen, als sie ein Wesen bildete, das weder Mann noch Weib ist, und gleichsam wie eine Amphibie zwischen zwei Gattungen schwankt? Auffallend ist in diesem Geschöpf der Widerstreit zwischen Wille und Kraft. Auf einer Fußreise in dem schlesischen Gebirge aß und trank sie nicht vor Ermüdung, ward bei dem Sonnenaufgang auf der Riesenkoppe ohnmächtig, und antwortete doch immer, so oft man sie fragte, sie befinde sich wohl. Vor Töplitz fuhren wir mit einem andern beladenen Wagen so zusammen, daß wir weder vor- noch rückwärts konnten, weil auf der andern Seite ein Zaun war. Der Zaun, rief sie, muß abgetragen werden – Es gab wirklich kein anderes Mittel, und der Vorschlag war eines Mannes würdig. Sie aber gieng weiter, und legte, ihr Geschlecht vergessend, die schwache Hand an den Balken, der sich nicht rührte – Mitten in einer großen Gefahr auf einem See bei Fürstenwalde, wo die ganze Familie im Nachen dem Sturme ausgesetzt war, und Alles weinte und schrie, und selbst die Männer die Besinnung verloren, sagte sie: kommen wir doch in die Zeitungen – Mit Kälte und Besonnenheit geht sie jeder Gefahr entgegen, erscheint aber unvermuthet ein Hund oder ein Stier, so zittert sie an allen Gliedern – Wo ein Anderer überlegt, da entschließt sie sich, und wo er spricht, da handelt sie. Als wir auf der Ostsee zwischen Rügen und dem festen Lande im Sturme auf einem Bote mit Pferden und Wagen dem Untergange nahe waren, und der Schiffer schnell das Steuer verließ, die Segel zu fällen, sprang sie an seinen Platz und hielt das Ruder – Unerschütterte Ruhe scheint ihr das glücklichste Loos auf Erden. Von Bahrdten hörte sie einst, er habe den Tod seiner geliebten Tochter am Spieltische erfahren, ohne aufzustehen. Der Mann schien ihr beneidens- und nachahmungswürdig. – Wo ein andrer fühlt, da denkt sie, und wo er genießt, da will sie sich unterrichten. In Cassel spielte ein steinerner Satyr durch die Bewegung des Wassers die Flöte. Es war ein angenehmes Lied, ich schwieg und horchte. Sie fragte: wie geht das zu? – Einst sagte sie, sie könne nicht begreifen, wie üppige Gedichte, oder Mahlereien reizen könnten –? Doch still davon. Das klingt ja fast wie ein Tadel – und selbst der leiseste ist zu bitter für ein Wesen, das keinen andern Fehler hat, als diesen, zu groß zu sein für ihr Geschlecht.

d. 29[t] Juli.

Seit dem 3[t] bin ich nun (über Straßburg) in Paris. – Werde ich Ihnen nicht auch etwas von dieser Stadt schreiben müssen? Herzlich gern, wenn ich nur mehr zum Beobachten gemacht wäre. Aber – kehren uns nicht alle irrdischen Gegenstände ihre Schattenseite zu, wenn wir in die Sonne sehen –? Wer die Welt in seinem Innern kennen lernen will, der darf nur flüchtig die Dinge außer ihm mustern. Ach, es ist meine angebohrne Unart, nie den Augenblick ergreifen zu können, und immer an einem Orte zu leben, an welchem ich nicht bin, und in einer Zeit, die vorbei, oder noch nicht da ist. – Als ich in mein Vaterland war, war ich oft in Paris, und nun ich in Paris bin, bin ich fast immer in mein Vaterland. Zuweilen gehe ich, mit offnen Augen durch die Stadt, und sehe – viel Lächerliches, noch mehr Abscheuliches, und hin und wieder etwas Schönes. Ich gehe durch die langen, krummen, engen, mit Koth oder Staub überdeckten, von tausend widerlichen Gerüchen duftenden Straßen, an den schmalen, aber hohen Häusern entlang, die sechsfache Stockwerke tragen, gleichsam den Ort zu vervielfachen, ich winde mich durch einen Haufen von Menschen, welche schreien, laufen, keuchen, einander schieben, stoßen und umdrehen, ohne es übelzunehmen, ich sehe jemanden an, er sieht mich wieder an, ich frage ihn ein Paar Worte, er antwortet mir höflich, ich werde warm, er ennuyirt sich, wir sind einander herzlich satt, er empfiehlt sich, ich verbeuge mich, und wir haben uns beide vergessen, so bald wir um die Ecke sind – Geschwind gehe ich nach dem Louvre und erwärme mich an dem Marmor, an dem Apoll vom Belvedere, an der mediceischen Venus, oder trete vor das herrliche niederländische Tableau, wo der Sauhirt den Ulysses ausschimpft – Auf dem Rückwege gehe ich durch das palais royal, wo man ganz Paris kennen lernen kann, mit allen seinen Gräueln und sogenannten Freuden – Es ist kein sinnliches Bedürfniß, das hier nicht bis zum Ekel befriedigt, keine Tugend, die hier nicht mit Frechheit verspottet, keine Infamie, die hier nicht nach Principien begangen würde – Noch schrecklicher ist der Anblick des Platzes an der halle au bléd, wo auch der letzte Zügel gesunken ist – Dann ist es Abend, dann habe ich ein brennendes Bedürfniß, das Alles aus den Augen zu verlieren, alle diese Dächer und Schornsteine und alle diese Abscheulichkeiten und nichts zu sehen, als rundum den Himmel – aber giebt es einen Ort in dieser Stadt, wo man ihrer nicht gewahr würde?

Luchesini und Humboldt haben mich vorläufig bei einigen französischen Gelehrten eingeführt. Ich soll nämlich hier studieren, ich soll es, so will es ein jahrelang entworfener Plan, dem ich folgen muß, wie ein Jüngling einem Hofmeister, von dem er sich noch nicht loß machen kann. Ich habe auch schon einigen Vorlesungen beigewohnt – Ach, diese Menschen sprechen von Säuren und Alkalien, indessen mir ein allgewaltiges Bedürfniß die Lippe trocknet – Liebe Freundinn, sagen Sie mir, sind wir da, die Höhe der Sonne zu ermessen, oder uns an ihren Strahlen zu wärmen? Genießen! Genießen! Wo genießen wir? Mit dem Verstande oder mit dem Herzen? Ich will es nicht mehr binden und rädern, frei soll es die Flügel bewegen, ungezügelt um seine Sonne soll es fliegen, flöge es auch gefährlich, wie die Mücke um das Licht – Ach, daß wir ein Leben bedürfen, zu lernen, wie wir leben müßten, daß wir im Tode erst ahnden, was der Himmel mit uns will! – Wohin wird dieser schwankende Geist mich führen, der nach Allem strebt, und berührt er es, gleichgültig es fahren läßt – Und doch, wenn die Jugend von jedem Eindrucke bewegt wird, und ein heftiger sie stürzt, so ist das nicht, weil sie keinen, sondern weil sie starken Wiederstand leistet. Die abgestorbene Eiche, sie steht unerschüttert im Sturm, aber die blühende stürzt er, weil er in ihre Krone greifen kann – Ich entsinne mich, daß mir ein Buch zuerst den Gedanken einflößte, ob es nicht möglich sei, ein hohes wissenschaftliches Ziel noch zu erreichen? Ich versuchte es, und auf der Mitte der Bahn hält mich jetzt ein Gedanke zurück – Ach, ich trage mein Herz mit mir herum, wie ein nördliches Land den Keim einer Südfrucht. Es treibt und treibt, und es kann nicht reifen – Denn Menschen lassen sich, wie Metalle, zwar formen so lange sie warm sind; aber jede Berührung wirkt wieder anders auf sie ein, und nur wenn sie erkalten, wird ihre Gestalt bleibend. Ich mögte so gern in einer rein-menschlichen Bildung fortschreiten, aber das Wissen macht uns weder besser, noch glücklicher. Ja, wenn wir den ganzen Zusammenhang der Dinge einsehen könnten! Aber ist nicht der Anfang und das Ende jeder Wissenschaft in Dunkel gehüllt? Oder soll ich alle diese Fähigkeiten, und alle diese Kräfte und dieses ganze Leben nur dazu anwenden, eine Insectengattung kennen zu lernen, oder einer Pflanze ihren Platz in der Reihe der Dinge anzuweisen? Ach, mich ekelt vor dieser Einseitigkeit! Ich glaube, daß Newton an dem Busen eines Mädchens nichts anderes sah, als seine krumme Linie, und daß ihm an ihrem Herzen nichts merkwürdig war, als sein Cubikinhalt. Bei den Küssen seines Weibes denkt ein ächter Chemiker nichts, als daß ihr Athem Stickgas und Kohlenstoffgas ist. Wenn die Sonne glühend über den Horizont heraufsteigt, so fällt ihm weiter nichts ein, als daß sie eigentlich noch nicht da ist – Er sieht bloß das Insect, nicht die Erde, die es trägt, und wenn der bunte Holzspecht an die Fichte klopft, oder im Wipfel der Eiche die wilde Taube zärtlich girrt, so fällt ihm bloß ein, wie gut sie sich ausnehmen würden, wenn sie ausgestopft wären. Die ganze Erde ist dem Botaniker nur ein großes Herbarium, und an der wehmüthigen Trauerbirke, wie an dem Veilchen, das unter ihrem Schatten blüht, ist ihm nichts merkwürdig, als ihr linnéischer Name. Dagegen ist die Gegend dem Mineralogen nur schön, wenn sie steinig ist, und wenn der alpinische Granit von ihm bis in die Wolken strebt, so thut es ihm nur leid, daß er ihn nicht in die Tasche stecken kann, um ihn in den Glasschrank neben die andern Fossile zu setzen – O wie traurig ist diese cyklopische Einseitigkeit! – Doch genug. Ich habe Ihnen so viel aus meinem Innern mitgetheilt; werden Sie mir diese kindische Neigung zur Vertraulichkeit verzeihen? Ich hoffe es. Ihre Antwort wird mir eine frohe Stunde schenken. Was macht Werdeck? O mögte der Würdigste unter den Menschen doch nicht zugleich der Unglücklichste sein! Grüßen Sie Fr. Schlegel, und wenn in der Tafel Ihres Gedächtnisses noch ein Plätzchen übrig ist, so heben Sie es auf für den Namen Ihres Freundes Heinrich Kleist.

50. An Wilhelmine von Zenge

Paris, d. 15t August, 1801.

Mein liebes Minchen, Dein Brief, und die paar Zeilen von Carln und Louisen haben mir außerordentlich viele Freude gemacht. Es waren seit 10 Wochen wieder die ersten Zeilen, die ich von Deiner Hand laß; denn die Briefe, die Du mir, wie Du sagst, während dieser Zeit geschrieben hast, müssen verloren gegangen sein, weil ich sie nicht empfangen habe. Desto größer war meine Freude, als ich heute auf der Post meine Adresse und Deine Hand erkannte – Aber denke Dir meinen Schreck, als der Postmeister meinen Paß zu sehen verlangte, und ich gewahr ward, daß ich ihn unglücklicherweise vergessen hatte –? Was war zu thun? Die Post ist eine starke halbe Meile von meiner Wohnung entfernt – Sollte ich zurücklaufen, sollte ich noch zwei Stunden warten, einen Brief zu erbrechen, den ich schon in meiner Hand hielt? – Ich bat den Postmeister, er mögte einmal eine Ausnahme von der Regel machen, ich stellte ihm die Unbequemlichkeit des Zurücklaufens vor, ich vertraute ihm an, wie viele

Freude es mir machen würde, wenn ich den Brief mit mir zurücknehmen könnte, ich schwor ihm zu, daß ich Kleist sei und ihn nicht betrüge – Umsonst! Der Mann war unerbittlich. Schwarz auf weiß wollte er sehen, Mienen konnte er nicht lesen – Tausendfältig betrogen, glaubte er nicht mehr, daß in Paris jemand ehrlich sein könnte. Ich verachtete, oder vielmehr ich bemitleidete ihn, hohlte meinen Paß, und vergab ihm, als er mir Deinen Brief überlieferte. Ganz ermüdet lief ich in ein Caffehaus und laß ihn – und der Ernst, der in Deinem Briefe herrscht, Deine stille Bemühung, Dich immer mehr und mehr zu bilden, die Beschreibung Deines Zustandes, in welchem Du Dich, so sehr ich Dich auch betrübe, doch noch so ziemlich glücklich fühlst, das Alles rührte mich so innig, daß ich es in dem Schauspielhause, in welches ich gegangen war, ein großes Stück zu sehen, gar nicht aushalten konnte, noch vor dem Anfang der Vorstellung wieder herauslief, und jetzt, noch mit aller Wärme der ersten Empfindung, mich niedersetze, Dir zu antworten.

Du willst, ich soll Dir etwas von meiner Seele mittheilen? Mein liebes Mädchen, wie gern thue ich das, wenn ich hoffen kann, daß es Dich erfreuen wird. Ja, seit einigen Wochen scheint es mir, als hätte sich der Sturm ein wenig gelegt – Kannst Du Dir wohl vorstellen, wie leicht, wie wehmüthig froh dem Schiffer zu Muthe sein mag, dessen Fahrzeug in einer langen finstern stürmenden Nacht, gefährlich-wankend, umhergetrieben ward, wenn er nun an der sanftern Bewegung fühlt, daß ein stiller, heitrer Tag anbrechen wird? Etwas Ähnliches empfinde ich in meiner Seele – O mögtest Du auch ein wenig von der Ruhe genießen, die mir seit einiger Zeit zu Theil geworden ist, mögtest Du, wenn Du diesen Brief liesest auch einmal ein wenig froh sein, so wie ich es jetzt bin, da ich ihn schreibe. Ja, vielleicht werde ich diese Reise nach Paris, von welcher ich keinem Menschen, ja sogar mir selbst nicht Rechenschaft geben kann, doch noch segnen. Nicht wegen der Freuden, die ich genoß, denn sparsam waren sie mir zugemessen; aber alle Sinne bestätigen mir hier, was längst mein Gefühl mir sagte, nämlich daß uns die Wissenschaften weder besser noch glücklicher machen, und ich hoffe daß mich das zu einer Entschließung führen wird. O ich kann Dir nicht beschreiben, welchen Eindruck der erste Anblick dieser höchsten Sittenlosigkeit bei der höchsten Wissenschaft auf mich machte. Wohin das Schicksal diese Nation führen wird –? Gott weiß es. Sie ist reifer zum Untergange als irgend eine andere europäische Nation. Zuweilen, wenn ich die Bibliotheken ansehe, wo in prächtigen Sälen und in prächtigen Bänden die Werke Rousseaus, Helvetius, Voltaires stehen, so denke ich, was haben sie genutzt? Hat ein einziges seinen Zweck erreicht? Haben sie das Rad aufhalten können; das unaufhaltsam stürzend seinem Abgrund entgegeneilt? O hätten alle, die gute Werke geschrieben haben, die Hälfte von diesem Guten gethan, es stünde besser um die Welt. Ja selbst dieses Studium der Naturwissenschaft, auf welches der ganze Geist der französischen Nation mit fast vereinten Kräften gefallen ist, wohin wird es führen? Warum verschwendet der Staat Millionen an alle diese Anstalten zur Ausbreitung der Gelehrsamkeit? Ist es ihm um Wahrheit zu thun? Dem Staate? Ein Staat kennt keinen andern Vortheil, als den er nach Procenten berechnen kann. Er will die Wahrheit anwenden, – Und worauf? Auf Künste und Gewerbe. Er will das Bequeme noch bequemer machen, das Sinnliche noch versinnlichen, den raffinirtesten Luxus noch raffiniren. – Und wenn am Ende auch das üppigste und verwöhnteste Bedürfniß keinen Wunsch mehr ersinnen kann, was ist dann –? O wie unbegreiflich ist der Wille, der über die Menschengattung waltet! Ohne Wissenschaft zittern wir vor jeder Lufterscheinung, unser Leben ist jedem Raubthier ausgesetzt, eine Giftpflanze kann uns tödten – und sobald wir in das Reich des Wissens treten, so bald wir unsre Kenntnisse anwenden, uns zu sichern und zu schützen, gleich ist der erste Schrit zu dem Luxus und mit ihm zu allen Lastern der Sinnlichkeit gethan. Denn wenn wir zum

Beispiel die Wissenschaften nutzen, uns vor dem Genuß giftiger Pflanzen zu hüten, warum sollen wir sie nicht auch nutzen, wohlschmeckende zu sammeln, und wo ist nun die Grenze hinter welcher die poulets à la suprême und alle diese raffinements der französischen Kochkunst liegen? Und doch – gesetzt, Rousseau hätte in der Beantwortung der Frage, ob die Wissenschaften den Menschen glücklicher gemacht haben, recht, wenn er sie mit nein beantwortet, welche seltsamen Widersprüche würden aus dieser Wahrheit folgen! Denn es mußten viele Jahrtausende vergehen, ehe so viele Kenntnisse gesammelt werden konnten, wie nöthig waren, einzusehen, daß man keine haben müßte. Nun also müßte man alle Kenntnisse vergessen, den Fehler wieder gut zu machen; und somit fienge das Elend wieder von vorn an. Denn der Mensch hat ein unwidersprechliches Bedürfniß sich aufzuklären. Ohne Aufklärung ist er nicht viel mehr als ein Thier. Sein moralisches Bedürfniß treibt ihn zu den Wissenschaften an, wenn dies auch kein physisches thäte. Er wäre also, wie Ixion, verdammt, ein Rad auf einen Berg zu wälzen, das halb erhoben, immer wieder in den Abgrund stürzt. Auch ist immer Licht, wo Schatten ist, und umgekehrt. Wenn die Unwissenheit unsre Einfalt, unsre Unschuld und alle Genüsse der friedlichen Natur sichert, so öffnet sie dagegen allen Gräueln des Aberglaubens die Thore – Wenn dagegen die Wissenschaften uns in das Labyrinth des Luxus führen, so schützen sie uns vor allen Gräueln des Aberglaubens. Jede reicht uns Tugenden und Laster, und wir mögen am Ende aufgeklärt oder unwissend sein, so haben wir dabei so viel verloren, als gewonnen. – Und so mögen wir denn vielleicht am Ende thun, was wir wollen, wir thun recht – Ja, wahrlich, wenn man überlegt, daß wir ein Leben bedürfen, um zu lernen, wie wir leben müßten, daß wir selbst im Tode noch nicht ahnden, was der Himmel mit uns will, wenn niemand den Zweck seines Daseins und seine Bestimmung kennt, wenn die menschliche Vernunft nicht hinreicht, sich und die Seele und das Leben und die Dinge um sich zu begreifen, wenn man seit Jahrtausenden noch zweifelt, ob es ein Recht giebt – – kann Gott von solchen Wesen Verantwortlichkeit fordern? Man sage nicht, daß eine Stimme im Innern uns heimlich und deutlich anvertraue, was Recht sei. Dieselbe Stimme, die dem Christen zuruft, seinem Feinde zu vergeben, ruft dem Seeländer zu, ihn zu braten und mit Andacht ißt er ihn auf – Wenn die Überzeugung solche Thaten rechtfertigen kann, darf man ihr trauen? – Was heißt das auch, etwas Böses thun, der Wirkung nach? Was ist böse? **Absolut böse?** Tausendfältig verknüpft und verschlungen sind die Dinge der Welt, jede Handlung ist die Mutter von Millionen andern, und oft die schlechteste erzeugt die beßten – Sage mir, wer auf dieser Erde hat schon etwas Böses gethan? Etwas, das böse wäre in alle Ewigkeit fort –? Und was uns auch die Geschichte von Nero, und Attila, und Cartouche, von den Hunnen, und den Kreuzzügen, und der spanischen Inquisition erzählt, so rollt doch dieser Planet immer noch freundlich durch den Himmelsraum, und die Frühlinge wiederholen sich, und die Menschen leben, genießen, und sterben nach wie vor. – Ja, thun, was der Himmel sichtbar, unzweifelhaft von uns fordert, das ist genug – Leben, so lange die Brust sich hebt, genießen, was rundum blüht, hin und wieder etwas Gutes thun, weil das auch ein Genuß ist, arbeiten, damit man genießen und wirken könne, Andern das Leben geben, damit sie es wieder so machen und die Gattung erhalten werde – und dann sterben – Dem hat der Himmel ein Geheimniß eröffnet, der das thut und weiter nichts. Freiheit, ein eignes Haus, und ein Weib, meine drei Wünsche, die ich mir beim Auf und Untergange der Sonne wiederhole, wie ein Mönch seine drei Gelübde! O um diesen Preis will ich allen Ehrgeiz fahren lassen und alle Pracht der Reichen und allen Ruhm der Gelehrten – Nachruhm! Was ist das für ein seltsames Ding, das man erst genießen kann, wenn man nicht mehr ist? O über den Irrthum, der die Menschen um zwei Leben betrügt, der sie selbst nach dem Tode noch äfft! Denn wer kennt die Namen der Magier und ihre Weisheit? Wer wird nach Jahrtausenden von uns und unserm Ruhme reden? Was wissen Asien, und Afrika und Amerika von unsern Genien? Und nun die Planeten –? Und die Sonne –? Und die Milchstraße –? Und die Nebelflecke –? Ja, unsinnig ist es, wenn wir nicht grade für die Quadratruthe leben, auf welcher, und für den Augenblick, in welchem wir uns befinden. Genießen! Das ist der Preis des Lebens! Ja, wahrlich, wenn wir seiner niemals froh werden, können wir nicht mit Recht den Schöpfer fragen, warum gabst Du es mir? Lebensgenuß seinen Geschöpfen zu geben, das ist die Verpflichtung des Himmels; die Verpflichtung des Menschen ist es, ihn zu verdienen. Ja, es liegt eine Schuld auf den Menschen, etwas Gutes zu thun, verstehe mich recht, ohne figürlich zu reden, schlechthin zu thun – Ich werde das immer deutlicher und deutlicher einsehen, immer lebhafter und lebhafter fühlen lernen, bis Vernunft und Herz mit aller Gewalt meiner Seele einen Entschluß bewirken – Sei ruhig, bis dahin. Ich bedarf Zeit, denn ich bedarf Gewißheit und Sicherheit in der Seele, zu dem Schritte, der die ganze Bahn der Zukunft bestimmen soll. Ich will mich nicht mehr übereilen – thue ich es noch einmal, so ist es das letztemal – denn ich verachte entweder alsdann meine Seele oder die Erde, und trenne sie. Aber sei ruhig, ich werde mich nicht übereilen. Dürfte ich auf meine eigne Bildung keine Kräfte verschwenden, so würde ich vielleicht jetzt schon wählen. Aber noch fühle ich meine eigne Blößen. Ich habe den Lauf meiner Studien plötzlich unterbrochen, und werde das Versäumte hier nachholen, aber nicht mehr bloß um der Wahrheit willen, sondern für meinen menschenfreundlicheren Zweck – Erlaß es mir, mich deutlicher zu erklären. Ich bin noch nicht bestimmt und ein geschriebenes Wort ist ewig. Aber hoffe das Beßte – Ich werde Dich endlich einmal erfreuen können, Wilhelmine, und Deine Sorge sei es, mir die Innigkeit Deiner Liebe aufzubewahren, ohne welche ich in Deinen Armen niemals glücklich sein würde. Kein Tag möge vergehen, ohne mich zu *sehen* – Du kannst mich leicht finden, wenn Du in die Gartenlaube, oder in Carls Zimmer, oder an den Bach gehst, der aus den Linden in die Oder fließt – So möge die Vergangenheit und die Zukunft Dir die Gegenwart versüßen, so mögest Du *träumend* glücklich sein, bis – bis – – – Ja, wer könnte das aussprechen –?

Lebe wohl. Ich drücke Dir einen *langen* Kuß auf die Lippen – – Adieu Adieu –

N. S. Gieb das folgende Blat Louisen, das Billet schicke Carln. Grüße Deine Eltern – sage mir, warum bin ich unruhig so oft ich an sie denke, und doch nicht, wenn ich an Dich denke? – Das macht, weil *wir uns verstehen* – O mögte doch die ganze Welt in mein Herz sehen! Ja, grüße sie, und sage ihnen daß ich sie ehre, sie mögen auch von mir denken, was sie wollen. – Schreibe bald (Ich habe Dir schon von Paris aus einmal geschrieben) – aber nicht mehr poste restante, sondern dans la rue Noyer, No 21.

51. An Louise von Zenge

Paris, d. 16^{t} *August*, 1801.

Empfangen Sie, *goldnes* Louischen, zum Lohne für Ihre lieben, in Carls Schreiben eingeschloßnen, Worte diesen Brief aus Paris. Sie beneiden mich, wie es scheint, um meinen Aufenthalt und wünschen an meiner Stelle zu sein. Wenn Sie mir folgen wollen, so will ich Ihren Geist in die Nähe der Coulissen führen, die aus der Ferne betrachtet, so reizend scheinen. Aber erschrecken müssen Sie nicht, wenn Sie die Gestalten ein wenig mit Farben überladen und ein wenig grob gezeichnet finden.

Denken Sie sich in der Mitte zwischen drei Hügeln, auf einem Flächenraum von ohngefähr einer Quadratmeile, einen Haufen von übereinandergeschobenen Häusern, welche schmal in die Höhe wachsen, gleichsam den Boden zu vervielfachen, denken Sie sich alle diese Häuser durchgängig von jener blassen, matten Modefarbe, welche man weder gelb noch grau nennen kann, und unter ihnen einige schöne, edle, aber einzeln in der Stadt zerstreut, denken Sie sich enge, krumme, stinkende Straßen, in welchen oft an einem Tage Koth mit Staub und Staub mit Koth abwechseln, denken Sie sich endlich einen Strom, der, wie mancher fremde Jüngling, rein und klar in diese Stadt trit, aber schmutzig und mit tausend Unrath geschwängert, sie verläßt, und der in fast grader Linie sie durchschneidet, als wollte er den ekelhaften Ort, in welchen er sich verirrte, schnell auf dem kürzesten Wege durcheilen – denken Sie sich alle diese Züge in einem Bilde, und Sie haben ohngefähr das Bild von einer Stadt, deren Aufenthalt Ihnen so reizend scheint.

Verrath, Mord und Diebstahl sind hier ganz unbedeutende Dinge, deren Nachricht niemanden afficirt. Ein Ehebruch des Vaters mit der Tochter, des Sohnes mit der Mutter, ein Todtschlag unter Freunden und Anverwandten sind Dinge, dont on a eu d'exemple, und die der Nachbar kaum des Anhörens würdigt. Kürzlich wurden einer Frau 50 000 Rth. gestohlen, fast täglich fallen Mordthaten vor, ja vor einigen Tagen starb eine ganze Familie an der Vergiftung; aber das Alles ist das langweiligste Ding von der Welt, bei deren Erzählung sich jedermann ennuyirt. Auch ist es etwas ganz Gewöhnliches, einen todten Körper in der Seine oder auf der Straße zu finden. Ein solcher wird dann in einem an dem pont St. Michel dazu bestimmten Gewölbe geworfen, wo immer ein ganzer Haufe übereinander liegt, damit die Anverwandten, wenn ein Mitglied aus ihrer Mitte fehlt, hinkommen und es finden mögen. Jedes Nationalfest kostet im Durchschnitt zehn Menschen das Leben. Das sieht man oft mit Gewißheit vorher, ohne darum dem Unglück vorzubeugen. Bei dem Friedensfest am 14[t] Juli stieg in der Nacht ein Ballon mit einem eisernen Reifen in die Höhe, an welchem ein Feuerwerk befestigt war, das in der

Luft abbrennen, und dann den Ballon entzünden sollte. Das Schauspiel war schön, aber es war voraus zu sehen, daß wenn der Ballon in Feuer aufgegangen war, der Reifen auf ein Feld fallen würde, das vollgepfropft von Menschen war. Aber ein Menschenleben ist hier ein Ding, von welchem man 800000 Exemplare hat – der Ballon stieg, der Reifen fiel, ein Paar schlug er todt, weiter war es nichts.

Zwei Antipoden können einander nicht fremder und unbekannter sein, als zwei Nachbarn von Paris, und ein armer Fremdling kann sich gar an niemanden knüpfen, niemand knüpft sich an ihn – zuweilen gehe ich durch die langen, krummen, engen, schmutzigen, stinkenden Straßen, ich winde mich durch einen Haufen von Menschen, welche schreien, laufen, keuchen, einander schieben, stoßen, umdrehen, ohne es übel zu nehmen, ich sehe Einen fragend an, er sieht mich wieder an, ich frage ihn ein Paar Worte, er antwortet mir höflich, ich werde warm, er ennuyirt sich, wir sind einander herzlich satt, er empfiehlt sich, ich verbeuge mich, und wir haben einander vergessen, so bald wir um die Ecke sind – Geschwind laufe ich nach dem Louvre, und erwärme mich an dem Marmor, an dem Apoll von Belvedere, an der mediceischen Venus, oder trete unter die italienischen Tableaus, wo Menschen auf Leinwand gemahlt sind –

Übrigens muß man gestehen, daß es vielleicht nirgends Unterhaltung giebt, als unter den Franzosen. Man nenne einem Deutschen ein Wort, oder zeige ihm ein Ding, darauf wird er kleben bleiben, er wird es tausendmal mit seinem Geiste anfassen, drehen und wenden, bis er es von allen Seiten kennt, und Alles, was sich davon sagen läßt erschöpft hat. Dagegen ist der zweite Gedanke über ein und dasselbe Ding dem Franzosen langweilig. Er springt von dem Wetter auf die Mode, von der Mode auf das Herz, von dem Herzen auf die Kunst, gewinnt jedem Dinge die interessante Seite ab, spricht mit Ernst von dem Lächerlichen, lachend von dem Ernsthaften, und wenn man dem eine Viertelstunde zugehört hat, so ist es, als ob man in einen Kuckkasten gesehen hätte. Man versucht es, seinen Geist zwei Minuten lang an einem heiligen Gegenstand zu fesseln: er wird das Gespräch kurzweg mit einem ah ba! abbrechen. Der Deutsche spricht mit Verstand, der Franzose mit Witz. Das Gespräch des Erstern ist wie eine Reise zum Nutzen, das Gespräch des Andern wie ein Spaziergang zum Vergnügen. Der Deutsche geht um das Ding herum, der Franzose fängt den Lichtstrahl auf, den es ihm zuwirft und geht vorüber.

Zwei Reisende, die zu zwei verschiednen Zeiten nach Paris kommen, sehen zwei ganz verschiedene Menschenarten. Ein Aprillmonat kann kaum so schnell mit der Witterung wechseln, als die Franzosen mit der Kleidung. Bald ist ein Rock zu eng für Einen, bald ist er groß genug für zwei, und ein Kleid, das sie heute einen Schlafrock nennen, tragen sie morgen zum Tanze, und umgekehrt. Dabei sitzt ihnen der Hintere bald unter dem Kopfe, bald über den Hacken, bald haben sie kurze Ärme, bald keine Hände, die Füße scheinen bald einem Hottentotten, bald einem Sineser anzugehören, und die Philosophen mögen uns von der Menschengattung erzählen, was sie wollen, in Frankreich gleicht jede Generation weder der, von welcher sie abstammt, noch der, welche ihr folgt.

Seltsam ist die Verachtung, in welcher der französische Soldat bei dem französischen Bürger steht. Wenn man die Sieger von Marengo mit den Siegern von Maraton, und selbst mit den Überwundenen von Cannä vergleicht, so muß man gestehen, daß ihnen ein trauriges Schicksal geworden ist. Von allen Gesellschaften, die man hier du ton nennt, sind die französischen Helden ausgeschlossen – warum? Weil sie nicht artig genug sind. Denn dem Franzosen ist es nicht genug, daß ein Mensch eine große, starke, erhabene Seele zeige, er will auch, daß er sich zierlich betrage, und ein Officier möge eine That begangen haben, die Bayards oder Turenne's würdig wäre, so ist das hinreichend, von ihm zu sprechen, ihn zu loben und zu rühmen, nicht aber mit ihm in Gesellschaften zu sein. Tanzen soll er, er soll wenigstens die 4 französischen Positionen und die 15 Formeln kennen, die man hier Höflichkeiten nennt, und selbst Achilles und Hektor würden hier kalt empfangen werden, weil sie keine éducation hatten, und nicht amusant genug waren.

Eine ganz rasende Sucht nach Vergnügungen verfolgt die Franzosen und treibt sie von einem Orte zum andern. Sie ziehen den ganzen Tag mit allen ihren Sinnen auf die Jagd, den Genuß zu fangen, und kehren nicht eher heim, als bis die Jagdtasche bis zum Ekel angefüllt ist. Ganze Haufen von Affischen laden überall den Einwohner und den Fremdling zu Festen ein. An allen Ecken der Straßen und auf allen öffentlichen Plätzen schreit irgend ein Possenreißer seine Künste aus, und lockt die Vorübergehenden vor seinen Kuckkasten oder fesselt sie, wenigstens auf ein Paar Minuten, durch seine Sprünge und Faxen. Selbst mit dem Schauspiele oder mit der Oper, die um 11 Uhr schließt, ist die Jagd noch nicht beendigt. Alles strömt nun nach öffentlichen Orten, der gemeinere Theil in das palais royal, und in die Caffeehäuser, wo entweder ein Concert von Blinden, oder ein Bauchredner oder irgend ein andrer Harlekin die Gesellschaft auf Kosten des Wirthes vergnügt, der vornehmere Theil nach Frascati oder dem pavillon d'Hannovre, zwei fürstlichen Hotels, welche seit der Emigration ihrer Besitzer das Eigenthum ihrer Köche geworden sind. Da wird dann der letzte Tropfen aus dem Becher der Freude wollüstig eingeschlürft: eine prächtige Gruppe von Gemächern, die luxuriösesten Getränke, ein schöner Garten, eine Illumination und ein Feuerwerk – Denn nichts hat der Franzose lieber, als wenn man ihm die Augen verblendet.

Das, goldnes Louischen, sind die Vergnügen dieser Stadt. Ist es nicht entzückend, ist es nicht beneidenswürdig, so viel zu genießen? –? Ach, zuweilen wenn ich dem Fluge einer Rakete nachsehe, oder in den Schein einer Lampe blicke oder ein künstliches Eis auf meiner Zunge zergehen lasse, wenn ich mich dann frage: genießest Du –? O dann fühle ich mich so leer, so arm, dann bewegen sich die Wünsche so unruhig, dann treibt es mich fort aus dem Getümmel unter den Himmel der Nacht, wo die Milchstraße und die Nebelflecke dämmern –

Ja, zuweilen, wenn ich einmal einen Tag widmete mit dem Haufen auf diese Jagd zu ziehen, die man doch auch kennen lernen muß, wenn ich dann, ohne Beute, ermüdet zurückkehre, und still stehe auf dem pont-neuf, über dem Seine-strom, diesem einzigen schmalen Streifen Natur, der sich in diese unnatürliche Stadt verirrte, o dann habe ich eine unaussprechliche Sehnsucht, hinzufliegen nach jener Höhe, welche bläulich in der Ferne dämmert, und alle diese Dächer und Schornsteine aus dem Auge zu verlieren, und nichts zu sehen, als rundum den Himmel – Aber giebt es einen Ort in der Gegend dieser Stadt, wo man ihrer nicht gewahr würde?

Überdrüßig aller dieser Feuerwerke und Illuminationen und Schauspiele und Possenreißereien hat ein Franzose den Einfall gehabt, den Einwohnern von Paris ein Vergnügen von einer ganzen neuen Art zu bereiten, nämlich das Vergnügen an der Natur. Der Landgraf von Hessen Kassel hat sich auf der Wilhelmshöhe eine gothische Ritterburg, und der Kurfürst von der Pfalz in Schwetzingen eine türkische Moschee erbaut. Sie besuchen zuweilen diese Orte, beobachten die fremden Gebräuche und versetzen sich so in Verhältnisse, von welchen sie durch Zeit und Raum getrennt sind. Auf eine ähnliche Art hat man hier in Paris die Natur nachgeahmt, von welcher die Franzosen weiter, als der Landgraf von der Ritterzeit und der Kurfürst von der Türkei, entfernt sind. Von Zeit zu Zeit verläßt man die matte, fade, stinkende Stadt, und geht in die – Vorstadt, die große, einfältige, rührende Natur zu genießen. Man bezahlt (im hameau de Chantilly) am Eingange 20 sols für die Erlaubniß, einen Tag in patriarchalischer Simplicität zu durchleben. Arm in Arm wandert man, so natürlich wie möglich, über Wiesen, an dem Ufer der Seen, unter dem Schatten der Erlen, hundert Schritte lang, bis an die Mauer, wo die Unnatur anfängt – dann kehrt man wieder um. Gegen die Mittagszeit (das heißt um 5 Uhr) sucht jeder sich eine Hütte, der Eine die Hütte eines Fischers, der Andere die eines Jägers, Schiffers, Schäfers & & jede mit den Insignien der Arbeit und einem Namen bezeichnet, welchen der Bewohner führt, so lange er sich darin aufhält. Fünfzig Laquaien, aber ganz natürlich gekleidet, springen umher, die Schäfer- oder die Fischer-Familie zu bedienen. Die raffinirtesten Speisen und die feinsten Weine werden aufgetragen, aber in hölzernen Näpfen und in irdenen Gefäßen; und damit nichts der Täuschung fehle, so ißt man mit Löffeln von Zinn. Gegen Abend schifft man sich zu zwei und zwei ein, und fährt, unter ländlicher Musik, eine Stunde lang spatzieren auf einem See, welcher 20 Schritte im Durchmesser hat. Dann ist es Nacht, ein Ball unter freiem Himmel beschließt das romantische Fest, und jeder eilt nun aus der Natur wieder in die Unnatur hinein –

Große, stille, feierliche Natur, Du, die Cathedrale der Gottheit, deren Gewölbe der Himmel, deren Säulen die Alpen, deren Kronleuchter die Sterne, deren Chorknaben die Jahreszeiten sind, welche Düfte schwingen in den Rauchfässern der Blumen gegen die Altäre der Felder, an welchen Gott Messe lieset und Freuden austheilt zum Abendmahl unter der Kirchenmusik, welche die Ströme und die Gewitter rauschen, indessen die Seelen entzückt ihre Genüsse an dem Rosenkranze der Erinnerung zählen – so spielt man mit Dir –?

Zwei waren doch an diesem Abend in dem hameau de Chantilly, welche genossen; nämlich ein Jüngling und ein Mädchen, welche, ohne zu tanzen, dem Spiele in einiger Entfernung zusahen. Sie saßen unter dem Dunkel der Bäume, nur matt von den Lampen des Tanzplatzes erleuchtet – nebeneinander, versteht sich; und ob sie gleich niemals lachten, so schienen sie doch so vergnügt, daß ich mich selbst an ihrer Freude erfreute, und mich hinter sie setzte in der Ferne, wo sie mich nicht sahen. Sie hatten beide die nachbarlichen Ärme auf ein Geländer gelehnt, das ihren Rücken halb deckte. Das geschah aber bloß, um sich zu stützen. Die Kante war schmal, und die warmen Hände mußten zuweilen einander berühren. Das geschah aber so unmerklich, daß es niemand sah. Sie sahen sich meistens an, und sprachen wenig, oder viel, wie man will. Wenn sie mit eigentlichen Worten sprachen, so war es ein Laut, wie wenn eine Silberpappel im Winde zittert. Dabei neigten sie einander mehr die Wangen, als das Ohr zu, und es schien, als ob es ihnen mehr um den Athem, als um den Laut zu thun wäre. Ihr Antlitz glühte wie ein Wunsch – – Zuweilen sahen sie, mit feuchten Blicken, träumend in den Schein der Lampen – Es schien, als folgten sie der Musik in ein unbekanntes Land – Dann, schüchtern, mit einemmale zählten sie die Menschen und wogen ihre Mienen – Als sie mich erblickten, warfen sie ihre Augen auf den Boden, als ob sie ihn suchten – Da stand ich auf, und gieng weg –

Wohin? Fragen Sie das –? Nach Frankfurt gieng ich –

Ich wüßte nichts mehr hinzuzusetzen. Leben Sie wohl und behalten Sie lieb Ihren Freund H. K.

N. S. Weil doch kein Blat unbeschrieben die Reise von Paris nach Frankfurt machen soll, so schreibe ich Ihnen noch ein Paar Moden. Das ist Ihnen doch lieb? Binden Sie die Bänder Ihrer Haube so, von dem Ohre an die Kante der Wangen entlang, daß die Schleife grade die Mitte des Kinns schmückt – oder werfen Sie, wenn Sie ausgehen, den Schleier, der an Ihrem Haupte befestigt ist, so um das Haupt Ihrer Schwester, daß er, à l'inséparable, beide bedeckt – und Sie sehen aus wie eine Pariser Dame au dernier gôut.

52. An Wilhelmine von Zenge

Paris, d. 10ᵗ Octobr, 1801.

Liebe Wilhelmine. Also mein letzter Brief hat Dir so viele Freude gemacht? O mögte Dir auch dieser, unter so vielen trüben Tagen, ein Paar froher Stunden schenken! Andere beglücken, es ist das reinste Glück auf dieser Erde. – Nur schwer ist es, wenn wir selbst nicht glücklich sind, und Andere doch grade in unserm Glücke das ihrige setzen. – Indessen fühle ich mich doch wirklich von Tage zu Tage immer heiterer und heiterer, und hoffe, daß endlich die Natur auch mir einmal das Maas von Glück zumessen wird, das sie allen ihren Wesen schuldig ist. Auf welchem Wege ich es suchen soll, darüber bin ich freilich noch nicht recht einig, obgleich sich mein Herz fast überwiegend immer zu einem neigt – Aber ob auch Dein Herz sich dazu neigen wird? –? Ach, Wilhelmine, da bin ich fast schüchtern in der Mittheilung. Aber wenn ich denke, daß Du meine Freundinn bist, so schwindet alle Zurückhaltung, und darum will ich Dir die mancherlei Gedanken, die meine Seele jetzt für die Zukunft bearbeitet, mittheilen.

Ein großes Bedürfniß ist in mir rege geworden, ohne dessen Befriedigung ich niemals glücklich sein werde; es ist dieses, etwas Gutes zu thun. Ja, ich glaube fast, daß dieses Bedürfniß bis jetzt immer meiner Trauer dunkel zum Grunde lag, und daß ich mich jetzt seiner bloß deutlich bewußt geworden bin. Es liegt eine Schuld auf dem Menschen, die, wie eine Ehrenschuld jeden, der Ehrgefühl hat, unaufhörlich mahnt. Vielleicht kannst Du Dir, wie dringend dieses Bedürfniß ist, nicht lebhaft vorstellen. Aber das kommt, weil Dein Geschlecht ein leidendes ist – Besonders seitdem mich die Wissenschaften gar nicht mehr befriedigen, ist dieses Bedürfniß in mir rege geworden. Kurz, es steht fest beschlossen in meiner Seele: ich will diese Schuld abtragen.

Wenn ich mich nun aber umsehe in der Welt, und frage: wo giebt es denn wohl etwas Gutes zu thun? – ach, Wilhelmine, darauf weiß ich nur eine einzige Antwort. Es scheint allerdings für ein thatenlechzendes Herz zunächst rathsam, sich einen großen Wirkungskreis zu suchen; aber – Liebes Mädchen, Du mußt, was ich Dir auch sagen werde, mich nicht mehr nach dem Maßstabe der Welt beurtheilen. Eine

Reihe von Jahren, in welchen ich über die Welt im Großen frei denken konnte, hat mich dem, was die Menschen Welt nennen, sehr unähnlich gemacht. Manches, was die Menschen ehrwürdig nennen, ist es mir nicht, vieles, was ihnen verächtlich scheint, ist es mir nicht. Ich trage eine innere Vorschrift in meiner Brust, gegen welche alle äußern, und wenn sie ein König unterschrieben hätte, nichtswürdig sind. Daher fühle ich mich ganz unfähig, mich in irgend ein conventionelles Verhältniß der Welt zu passen. Ich finde viele ihrer Einrichtungen so wenig meinem Sinn gemäß, daß es mir unmöglich wäre, zu ihrer Erhaltung oder Ausbildung mitzuwirken. Dabei wüßte ich doch oft nichts Besseres an ihre Stelle zu setzen – Ach, es ist so schwer, zu bestimmen, was gut ist, der Wirkung nach. Selbst manche von jenen Thaten, welche die Geschichte bewundert, waren sie wohl gut in diesem reinen Sinne? Ist nicht oft ein Mann, der einem Volke nützlich ist, verderblich für zehn andere? – Ach, ich kann Dir das Alles gar nicht aufschreiben, denn das ist ein endloses Thema. – Ich wäre auch in einer solchen Lage nicht glücklich, o gar nicht glücklich. Doch das sollte mich noch nicht abhalten, hineinzutreten, wüßte ich nur etwas wahrhaft Gutes, etwas, das mit meinen innern Forderungen übereinstimmt, zu leisten. – Dazu kommt, daß mir auch, vielleicht durch meine eigne Schuld, die Möglichkeit, eine neue Laufbahn in meinem Vaterlande zu betreten, benommen. Wenigstens würde ich ohne Erniedrigung kaum, nachdem ich zweimal Ehrenstellen ausgeschlagen habe, wieder selbst darum anhalten können. Und doch würde ich auch dieses saure Mittel nicht scheuen, wenn es mich nur auch, zum Lohne, an meinen Zweck führte. – Die Wissenschaften habe ich ganz aufgegeben. Ich kann Dir nicht beschreiben, wie ekelhaft mir ein wissender Mensch ist, wenn ich ihn mit einem handelnden vergleiche. Kenntnisse, wenn sie noch einen Werth haben, so ist es nur, in so fern sie vorbereiten zum Handeln Aber unsere Gelehrten, kommen sie wohl, vor allem Vorbereiten, jemals zum Zweck? Sie schleifen unaufhörlich die Klinge, ohne sie jemals zu brauchen, sie lernen und lernen, und haben niemals Zeit, die Hauptsache zu thun. – Unter diesen Umständen in mein Vaterland zurück zu kehren, kann unmöglich rathsam sein. Ja, wenn ich mich über alle Urtheile hinweg setzen könnte, wenn mir ein grünes Häuschen bescheert wäre, das mich und Dich empfienge – Du wirst mich, wegen dieser Abhängigkeit von dem Urtheile Anderer, schwach nennen, und ich muß Dir darin Recht geben, so unerträglich mir das Gefühl auch ist. Ich selbst habe freilich durch einige seltsamen Schritte die Erwartung der Menschen gereizt; und was soll ich nun antworten, wenn sie die Erfüllung von mir fordern? Und warum soll ich denn grade ihre Erwartung erfüllen? O es ist mir zur Last – Es mag wahr sein, daß ich so eine Art von verunglücktem Genie bin, wenn auch nicht in ihrem Sinne verunglückt, doch in dem meinen. Kenntnisse, was sind sie? Und wenn Tausende mich darin überträfen, übertreffen sie mein Herz? Aber davon halten sie nicht viel – Ohne ein Amt in meinem Vaterlande zu leben, könnte ich jetzt auch wegen meiner Vermögensumstände fast nicht mehr. Ach, Wilhelmine, wie viele traurige Vorstellungen ängstigen mich unaufhörlich, und Du willst, ich soll Dir vergnügt schreiben? Und doch – habe noch ein wenig Geduld. Vielleicht, wenn der Anfang dieses Briefes nicht erfreulich ist, so ist es sein Ende. – Nahrungssorgen, für mich allein, sind es doch nicht eigentlich, die mich sehr ängstigen, denn wenn ich mich an das Bücherschreiben machen wollte, so könnte ich mehr, als ich bedarf, verdienen. Aber Bücherschreiben für Geld – o nichts davon. Ich habe mir, da ich unter den Menschen in dieser Stadt so wenig für mein Bedürfniß finde, in einsamer Stunde (denn ich gehe wenig aus) ein Ideal ausgearbeitet; aber ich begreife nicht, wie ein Dichter das Kind seiner Liebe einem so rohen Haufen, wie die Menschen sind, übergeben kann. Bastarde nennen sie es. Dich wollte ich wohl in das Gewölbe führen, wo ich mein Kind, wie eine vestalische Priesterinn das ihrige, heimlich aufbewahre bei dem Schein der Lampe. – Also aus diesem Erwerbszweige wird nichts. Ich verachte ihn aus vielen Gründen, das ist genug. Denn nie in meinem Leben, und wenn das Schicksal noch so sehr drängte, werde ich etwas thun, das meinen innern Forderungen, sei es auch noch so leise, widerspräche. – Nun, liebe Wilhelmine, komme ich auf das Erfreuliche. Fasse Muth, sieh mein Bild an, und küsse es. – Da schwebt mir unaufhörlich ein Gedanke vor die Seele – aber wie werde ich ihn aussprechen, damit er Dir heiliger Ernst, und nicht kindisch-träumerisch erscheine? Ein Ausweg bleibt mir übrig, zu dem mich zugleich Neigung und Nothwendigkeit führen. – Weißt Du, was die alten Männer thun, wenn sie 50 Jahre lang um Reichthümer und Ehrenstellen gebuhlt haben? Sie lassen sich auf einen Heerd nieder, und bebauen ein Feld. Dann, und dann erst, nennen sie sich weise. – Sage mir, könnte man nicht klüger sein, als sie, und früher dahin gehen, wohin man am Ende doch soll? – Unter den persischen Magiern gab es ein religiöses Gesetz: ein Mensch könne nichts der Gottheit wohlgefälligeres thun, als dieses, ein Feld zu bebauen, einen Baum zu pflanzen, und ein Kind zu zeugen. – Das nenne ich Weisheit, und keine Wahrheit hat noch so tief in meine Seele gegriffen, als diese. Das soll ich thun, das weiß ich bestimmt – Ach, Wilhelmine, welch ein unsägliches Glück mag in dem Bewußtsein liegen, seine Bestimmung ganz nach dem Willen der Natur zu erfüllen! Ruhe vor den Leidenschaften!! Ach, der unseelige Ehrgeiz, er ist ein Gift für alle Freuden. – Darum will ich mich losreißen, von allen Verhältnissen, die mich unaufhörlich zwingen zu streben, zu beneiden, zu wetteifern. Denn nur in der Welt ist es schmerzhaft, wenig zu sein, außer ihr nicht. – Was meinst Du, Wilhelmine, ich habe noch etwas von meinem Vermögen, wenig zwar, doch wird es hinreichen mir etwa in der Schweiz einen Bauerhof zu kaufen, der mich ernähren kann, wenn ich selbst arbeite. Ich habe Dir das so trocken hingeschrieben, weil ich Dich durch Deine Phantasie nicht bestechen wollte. Denn sonst giebt es wohl keine Lage, die für ein reines Herz so unüberschwenglich reich an Genüssen wäre, als diese. – Die Romane haben unsern Sinn verdorben. Denn durch sie hat das Heilige aufgehört, heilig zu sein, und das reinste, menschlichste, einfältigste Glück ist zu einer bloßen Träumerei herabgewürdigt worden. – Doch wie gesagt, ich will Deine Phantasie nicht bestechen. Ich will die schöne Seite dieses Standes gar nicht berühren, und dies einem künftigen Briefe aufbewahren, wenn Du Geschmack an diesem Gedanken finden kannst. Für jetzt prüfe bloß mit Deiner Vernunft. Ich will im eigentlichsten Verstande ein Bauer werden, mit einem etwas wohlklingenderen Worte, ein Landmann. – Was meine Familie und die Welt dagegen einwenden mögte, wird mich nicht irre führen. Ein jeder hat seine eigne Art, glücklich zu sein, und niemand darf verlangen, daß man es in der seinigen sein soll. Was ich thue, ist nichts Böses, und die Menschen mögen über mich spötteln so viel sie wollen, heimlich in ihrem Herzen werden sie mich ehren müssen. – Doch wenn auch das nicht wäre, ich selbst ehre mich. Meine Vernunft will es so, und das ist genug.

Aber nun, Wilhelmine, wenn ich diese Forderung meiner Vernunft erfülle, wenn ich mir ein Landgut kaufe, bleibt mir dann kein Wunsch übrig? Fehlt mir dann nichts mehr? Fehlt mir nicht noch ein Weib? Und giebt es ein anderes für mich, als Du? Ach, Wilhelmine, wenn es möglich wäre, wenn Deine Begriffe von Glück hier mit den meinigen zusammenfielen! Denke an die heiligen Augenblicke, die wir durchleben könnten! Doch nichts davon, für jetzt – Denke jetzt vielmehr nur an das, was Dir in dieser Lage vielleicht weniger reizend scheinen mögte. Denke an das Geschäfft, das Dir anheimfiele – aber dann denke auch an die Liebe, die es belohnen wird. – Wilhelmine! – Ach, viele Hindernisse schrecken mich fast zurück; Aber wenn es möglich wäre, sie zu übersteigen! – Wilhelmine! Ich fühle, daß es unbescheiden ist, ein solches Opfer von Dir zu verlangen. Aber wenn Du es mir bringen könntest! Deine Erziehung,

Deine Seele, Dein ganzes bisheriges Leben ist von der Art, daß es einen solchen Schrit nicht unmöglich macht. – Indessen, vielleicht ist es doch anders. Ängstige Dich darum nicht. Ich habe kein Recht auf solche Aufopferungen, und wenn Du dieses mir verweigerst, so werde ich darum an Deiner Liebe nicht zweifeln. – Indessen, liebes Mädchen, weiß ich nur fast keinen andern Ausweg. Ich habe mit Ulriken häufig meine Lage und die Zukunft überlegt, und das Mädchen thut Alles Mögliche, mich, wie sie meint, auf den rechten Weg zurückzuführen. Aber das ist eben das Übel, daß jeder seinen Weg für den rechten hält. – Wenn Du einstimmen könntest in meinen innigsten Wunsch, dann, Wilhelmine, dann will ich Dir zeigen, welch' ein Glück uns bevorsteht, an das kein anderes reicht. Dann erwarte einen froheren Brief von mir – Wenn ein solcher Schrit wirklich Dein Glück begründen könnte, so wird auch Dein Vater nichts dagegen einwenden. – Antworte mir bald. Mein Plan ist, den Winter noch in dieser traurigen Stadt zuzubringen, dann auf das Frühjahr nach der Schweiz zu reisen, und mir ein Örtchen auszusuchen, wo es Dir und mir und unsern Kindern einst wohlgefallen könnte. – Ich muß diesen Brief auf die Post tragen, denn mit Sehnsucht sehe ich Deiner Antwort entgegen. H. K.

53. An Wilhelmine von Zenge

Paris, d. 27^{t} Octobr 1801.

Liebe Wilhelmine, Du wirst ohne Zweifel schon meinen letzten Brief, in welchem ich Dir meinen Plan für die Zukunft mittheilte, nämlich mich in der Schweiz anzukaufen, empfangen haben. Was sagst Du dazu? Freiheit, die edelste Art der Arbeit, ein Eigenthum, ein Weib – ach, liebes Mädchen, für mich ist kein Loos wünschenswerther, als dieses. Aber auch für Dich? Stelle Dir Deine Lage nicht so reizlos vor. Sie ist es freilich für jeden dem der rechte Sinn fehlt.

Aber darf ich das von Dir fürchten? Bist Du an Pracht und Verschwendung gewöhnt? Sind die Vergnügungen des Stadtlebens nicht auch flache Freuden für Dich? Kann Deine Seele sie genießen? Und bleibt nicht immer noch ein Wunsch unerfüllt, den nur allein eine solche Zukunft, wie ich sie Dir bereite, erfüllen kann? – Liebe Wilhelmine, ich habe, Deine Einbildungskraft nicht zu bestechen, in meinem letzten Briefe Dich gebeten, für die erste Zeit meinen Plan nur an seiner weniger reizenden Seite zu prüfen. Aber nun stelle Dir auch einmal seine reizende vor, und wenn Du mit dem rechten Sinn Vortheile und Nachtheile abwägst, o tief, tief sinkt die Schaale des Glückes. Höre mich einmal an, oder vielmehr beantworte mir diese eine Frage: Welches ist das höchste Bedürfniß des Weibes? Ich müßte mich sehr irren, wenn Du anders antworten könntest, als: die Liebe ihres Mannes. Und nun sage mir, ob irgend eine Lage alle Genüsse der Liebe so erhöhen, ob irgend ein Verhältniß zwei Herzen so fähig machen kann, Liebe zu geben und Liebe zu empfangen, als ein stilles Landleben? – Glaubst Du daß sich die Leute in der Stadt lieben? Ja, ich glaube es, aber nur in der Zeit, wo sie nichts Besseres zu thun wissen. Der Mann hat ein Amt, er strebt nach Reichthum und Ehre, das kostet ihm Zeit. Indessen würde ihm doch noch einige für die Liebe übrig bleiben. Aber er hat Freunde, er liebt Vergnügungen, das kostet ihm Zeit. Indessen würde ihm doch noch einige für die Liebe übrig bleiben. Aber wenn er in seinem Hause ist, so ist sein zerstreuter Geist außer demselben, und so bleiben nur ein Paar Stunden übrig, in welchen er seinem Weibe ein Paar karge Opfer bringt – Etwas Ähnliches gilt von dem Weibe, und das ist ein Grund, warum ich das Stadtleben fürchte. Aber nun das Landleben! Der Mann arbeitet; für wen? Für sein Weib. Er ruht aus; wo? bei seinem Weibe. Er geht in die Einsamkeit; wohin? zu seinem Weibe. Er geht in Gesellschaften; wohin? zu seinem Weibe. Er trauert; wo? bei seinem Weibe. Er vergnügt sich; wo? bei seinem Weibe. Das

Weib ist ihm Alles – und wenn ein Mädchen ein solches Loos ziehen kann, wird sie säumen? – Ich sehe mit Sehnsucht einem Briefe von Dir entgegen. Deine Antwort auf meinen letzten Brief wird mich schwerlich noch in Paris treffen. Ich habe überlegt, daß es sowohl meines Vermögens, als der Zeit wegen nothwendig sei, mit der Ausführung meines Planes zu eilen. Überdies fesselt mich Paris durch gar nichts, und ich werde daher noch vor dem Winter nach der Schweiz reisen, um den Winter selbst für Erkundigungen und Anstalten zu nutzen. – Sei nicht unruhig. Deine Einstimmung ist ein Hauptererforderniß. Ich werde nichts Entscheidendes unternehmen, bis ich Nachricht von Dir erhalten habe. Auch wenn aus der Ausführung dieses Planes nichts werden sollte, ist es mir doch lieb aus dieser Stadt zu kommen, von der ich fast sagen mögte, daß sie mir eckelhaft ist. – Schreibe mir also sogleich nach Bern, und solltest Du mir auch schon nach Paris geschrieben haben. Ich werde mir diesen Brief nachschicken lassen. – Mit Ulriken hat es mir große Kämpfe gekostet. Sie hält die Ausführung meines Planes nicht für möglich, und glaubt auch nicht einmal, daß er mich glücklich machen wird. Aber ich hoffe sie von beiden durch die Erfahrung zu überzeugen. – So gern sie auch die Schweiz sehen mögte, so ist es doch im Winter nicht rathsam. Sie geht also nach Frankfurt zurück, ich begleite sie bis Frankfurt am Main. – Aber dies Alles, liebe Wilhelmine, mußt Du aufs Sorgfältigste verschweigen; sage auch noch Deinem Vater nichts von meinem Plane, er soll ihn erst erfahren, wenn er ausgeführt ist. Auch bei uns sage nichts, von dem ganzen Inhalt dieses Briefes. Sie mögten sich seltsame Dinge vorstellen, und es ist genug, daß Du im Voraus von Allem unterrichtet bist. Ulrike wird sie überraschen, und es ihnen beibringen. – Lebe wohl, und wünsche mir Glück. Ich kann nicht länger schreiben, denn der Brief muß auf die Post. – Schreibe Carln, daß er sich gefaßt machen mögte, seinen Johann wieder aufzunehmen. Ende Novembers ist er in Frankfurt a/Oder. H. K.

54. An Adolphine von Werdeck

⟨Paris, zwischen Ende September und Mitte November und Frankfurt a. M., 29. November 1801.⟩

[. . .]

Sie es nicht auch –? Doch nichts davon. Es giebt unschuldige Gestalten, welche erröthen, wenn zwei Menschen sie ansehen. Einem zeigen sie sich gern. –

– Also an dem Arminiusberge standen Sie, an jener Wiege der deutschen Freiheit, die nun ihr Grab gefunden hat? Ach, wie ungleich sind zwei Augenblicke, die ein Jahrtausend trennt! Ordentlich ist heute die Welt; sagen Sie mir, ist sie noch schön? Die armen lechzenden Herzen! Schönes und Großes mögten sie thun, aber niemand bedarf ihrer, Alles geschieht jetzt ohne ihr Zuthun. Denn seitdem man die Ordnung erfunden hat, sind alle großen Tugenden unnöthig geworden. Wenn uns ein Armer um eine Gabe anspricht, so befiehlt uns ein Policeiedict, daß wir ihn in ein Arbeitshaus abliefern sollen. Wenn ein Ungeduldiger den Greis, der an dem Fenster eines brennenden Hauses um Hilfe schreit, retten will, so weiset ihn die Wache, die am Eingange steht, zurück, und bedeutet ihn, daß die gehörigen Verfügungen bereits getroffen sind. Wenn ein Jüngling gegen den Feind, der sein Vaterland bedroht, muthig zu den Waffen greifen will, so belehrt man ihn, daß der König ein Heer besolde, welches für Geld den Staat beschützt. – Wohl dem Arminius, daß er einen großen Augenblick fand. Denn was bliebe ihm heut zu Tage übrig, als etwa Lieutenant zu werden in einem preußischen Regiment?

– Sie scheinen mit Göthens Person nicht so zufrieden zu sein, wie mit seinen Schriften. – Aber ums Himmels willen, gnädigste Frau, wenn wir von den Dichtern verlangen wollen, daß sie so idealisch sein sollen, wie ihre Helden, wird es noch Dichter geben? Und wenn die Menschen Alles thun sollen, was sie in ihren Büchern lehren, wird uns jemand wohl noch Bücher schreiben?

– Ich soll Ihnen etwas von den hiesigen Kunstwerken mittheilen? Herzlich gern, so gut das nämlich durch die Sprache angeht. – Es ist seltsam, daß ich unter den hiesigen Bildern nicht das Vergnügen empfinde, das ich in der dreßdenschen Gallerie genoß. Es sind hier in drei großen Sälen eine ganz erstaunliche Menge von Gemälden, aus allen Schulen Europas und zwar fast bloß Meisterstücke vorhanden; aber ein Stück kann sehr gelehrt sein, ohne daß es darum gefällt.

[...]

oben herab [...], und die, die ihn von unten empfangen, berühren ihn so wehmüthig sanft, als wollten sie ihm noch im Tode Schmerzen ersparen. Dann zähle ich noch zu meinen Lieblingsstücken einen Guido, die Vereinigung der Zeichnung mit dem Colorit, höchst sinnreich und gedankenvoll, ein Stück, das keinen andern Fehler hat, als diesen, daß es eine Allegorie ist. Zuletzt ist noch unter den wenigen aufgestellten Raphaelen ein Erzengel, von dem man recht sagen kann, daß er heranwettert, einen Teufel niederzuschmettern. Aber – Ach, in Dreßden war eine Gestalt, die mich wie ein geliebtes, angebetetes Wesen in der Gallerie fesselte – und ich kann mir jetzt die Schwärmerei der alten Chevallerie, Traumgestalten wie Lebende anzubeten, sehr wohl erklären. – Ich sprach von Raphaels Mutter Gottes. Mußte ich das noch hinzusetzen –? Sie sind ja, wie ich aus Ihrem Briefe sehe, in Cassel gewesen. Da werden Sie nicht versäumt haben, in dem Zimmer des Directors Tischbein zwei seinem hannövrischen Bruder gehörigen Stücke zu sehen, die alle landgräflichen Tableaus aufwiegen: nämlich der heilge Johannes von Raphael und ein Engel des Friedens von Guido. Das sind ein Paar Bilder, die man stundenlang mit immer beschäftigter Seele betrachten kann. Man steht vor einer solchen Gestalt, wie vor einem Schatze von Gedanken, die in üppiger Mannichfaltigkeit auf den Ruf einer Seele heraufsteigen. Wie schlecht verstehn sich die Künstler auf die Kunst, wenn sie, wie Lebrun ganze Wände mit einer zehnfach complicirten Handlung bemahlen. Eine Empfindung, aber mit ihrer ganzen Kraft darzustellen, das ist die höchste Aufgabe für die Kunst, und darum ist Raphael auch mir ein Liebling. In dem Antlitz eines einzigen Raphaels liegen mehr Gedanken, als in allen Tableaus der französischen Schule zusammengenommen, und während man kalt vor den Schlachtstücken, deren Anordnung das Auge kaum fassen kann, vorübergeht, steht man still vor einem Antlitz und denkt. – Viele der schönsten Tableaus aus der italienischen Schule sind hier noch nicht aufgestellt, und es ist verboten, Fremde in den Saal zu führen, wo sie auf dem Boden übereinander liegen. Ein freundliches Wort aber und ein kleiner Thaler vermögen Alles bei dem Franzosen, und der Aufseher ließ mich heimlich in den Saal schlüpfen, wo Raphaels Verklärung zu sehen war   Unwürdig ist es, wie man hier mit den eroberten Kunstwerken umgeht. Nicht genug, daß einige Tableaus ganz verschwunden sind, niemand weiß, wohin? und daß eine Menge von Gemmen, statt in dem Antikencabinet aufbewahrt zu werden, die Hälse der Weiber französischer Generale schmücken; auch die vorhandnen Kunstwerke werden nicht sorgsam genug aufbewahrt, und besonders in dem noch nicht vollendeten Saale liegen die Blätter, die das Entzücken der Seele sind, wild und bestaubt und mit Kreide beschrieben übereinander. Ja selbst die vollendeten Säle sind bei Weitem nicht prächtig genug, um würdig solche Werke aufzubewahren. Der große, wenigstens 200 Schritt lange, aber sehr schmale Saal im Louvre, in welchem mit schlechten hölzernen Rahmen die Tableaus in ungleicher, übergehender Richtung aufgehängt sind, sieht aus wie eine Polterkammer. Der Saal, in welchem die Götter und Heroen der Griechen versammelt sind, ist, statt mit Marmor, mit Holz gefüttert, das den Zuschauer mit der Farbe des ewigen Steines betrügen soll. Recht traurig ist der Anblick dieser Gestalten, die an diesem Orte wie Emigrirte aussehen – Der Himmel von Frankreich scheint schwer auf ihnen zu liegen, sie scheinen sich nach ihrem Vaterlande, nach dem klassischen Boden zu sehnen, der sie erzeugte, oder doch wenigstens als Waisen hoher Abkunft würdig ihrer pflegte. – Ja, warlich, kann man weniger thun, als den Diamanten in Gold fassen? Und wenn man für diese ganze Sammlung von Kunstwerken, die kein König bezahlen kann, ein Gebäude aufführte nach allen Forderungen der Pracht und des Geschmacks, hieße das mehr thun, als wenn man ein einziges Tableau in einen vergoldeten Rahm hängt? – Sie können leicht denken, daß diese Säle immer dichtgedrängt voll Menschen sind. Selbst der Wasserträger setzt an dem Eingange seine Eimer nieder, um ein Weilchen den Apoll vom Bellvedere zu betrachten. Ein solcher Mensch denkt, er vertriebe sich die Zeit, indessen ihn der Gott große Dinge lehrt. – Viel freilich muß der Franzose noch lernen. Kürzlich stand Einer neben mir und fragte: tout cela, est il fait à Paris? – In der Bildergallerie zu Versailles kann ein Künstler die französische Schule ganz vollständig studieren. Da ist doch ein Genie, vor dem sich eine Frau, wie Sie, beugen muß. Le Sueur ist sein unbekannter Name. Nahe dem Raphael ist er getreten, und wer weiß wohin er gestiegen wäre, wenn nicht der Neid seines Nebenbuhlers Lebrun ihn aus dem Wege geräumt hätte. Man sagt, daß er, noch ein Jüngling, an der Vergiftung starb. – Noch ein Museum ist hier vorhanden, das ich auch selbst in Hinsicht der äußern Einrichtung vortrefflich nennen mögte. Es ist einzig in seiner Art. Man hat nämlich alle französischen, in den Zeiten des Vandalismus ihrem Untergange nahe, Kunstwerke des Alterthums aus Kirchen und Kirchhöfen nach Paris gebracht, und hier in einem Kloster, in seinem Kreuzgange, und in seinem Garten, aufgestellt; und so ist eine Sammlung entstanden, welche den Kunstgeschichtsforscher über den ganzen Gang der Kunst in Frankreich, aufklären kann. Immer den Producten eines jeden Jahrhunderts ist ein eigner, seinem Geiste entsprechender Saal gewidmet – In dem Garten stehen hier und dort Urnen voll heiliger Asche. Sie würde ich zuerst in einen Winkel des

Gartens führen. Da steht unter einer dunkeln Platane ein altes, gothisches Gefäß. Das Gefäß enthält die Asche Abälards und Heloïsens. – Es wird Ihnen wohl auch interessant sein, etwas von den neuern Kunstwerken zu hören, die während der 5 Ergänzungstage, welche das französische Jahr beschließen, in dem Louvre aufgestellt waren. Erwarten Sie aber nicht viel davon – Erwarten Sie überhaupt nicht viel von der neuern Kunst. Kunstwerke sind Producte der Phantasie, und der ganze Gang unsrer heutigen Cultur geht dahin, das Gebiet des Verstandes immer mehr und mehr zu erweitern, das heißt, das Gebiet der Einbildungskraft immer mehr und mehr zu verengen.

Frankfurt am Main, d. 29[t] Novmbr, 1801.

Liebe Freundinn, wie soll ich Ihnen so vieles, das Ihnen bei dieser Überschrift auffallen wird, erklären? Ach, das Leben wird immer verwickelter und das Vertrauen immer schwerer. – Ich habe mit Ulriken Paris verlassen und sie bis Frft. am Mayn begleitet. Von hier aus geht sie allein in ihr Vaterland zurück. Ich gehe nach der Schweiz. – Beim Einpacken fand ich diesen unvollendeten Brief. Halten Sie, wenn es möglich ist, bei dieser Verzögerung meiner seltsamen Stimmung, die Sie nicht kennen, etwas zu gute. Ich weiß es, daß Sie auch den Werth, den das Unvollkommene hat, empfinden. – Wenn Sie mir ein Paar freundliche Worte nach Bern schreiben wollten, so wird es mir herzlich lieb sein. Könnten Sie nicht auch Leopold ⟨v. Kleist⟩ dazu aufmuntern, von dem ich seit unsrer Trennung nicht eine Zeile gesehen habe? – Wenn es noch Zeit ist, das Capital von 500 Rth. an Werdeck für Weihnachten auszuzahlen, so ersuche ich ihn, ein Paar Worte darüber an Wilhelm Pannwitz zu schreiben, der alle meine Geldgeschäfte besorgt. Wie geht es ihm? Ist er gesund? Und heiter? – Grüßen Sie Fr. Schlegel und Brause, und schenken Sie immer Ihr Wohlwollen Ihrem Freunde Heinrich Kleist.

55. An Wilhelmine von Zenge

Frankfurt am Main, d. 2t Decmbr 1801

Liebe Wilhelmine, ich fürchte nicht, daß Dich Ulrikens Ankunft ohne mich schmerzhaft überraschen wird, da ich Dich bereits von Paris aus darauf vorbereitet, und Dir meinen Plan, noch in diesem Winter nach der Schweiz zu reisen, darin mitgetheilt habe.

Deinen Brief habe ich noch in Paris, noch an dem Morgen meiner Abreise, fast kaum eine Stunde ehe ich mich in den Wagen setzte, erhalten – Ob er mir Freude gemacht hat –?

Liebe Freundinn, ich mögte nicht gern an Deiner Liebe zweifeln müssen, und noch wankt mein Glaube nicht – Wenn es auch keine hohe Neigung ist, innig ist sie doch immer, und noch immer, trotz Deines Briefes, kann sie mich glücklich machen.

Ich wüßte kein besseres, herzlicheres Mittel, uns beide wieder auf die alte Bahn zu führen, als dieses: laß uns beide Deinen letzten Brief vergessen.

Herzlich lieb ist es mir, daß ich ihn nicht gleich in der ersten Stimmung beantwortete, und daß ich auf einer Reise von 15 Tagen Zeit genug gehabt habe, Dich zu entschuldigen. Ich fühle nun, daß ich doch immer noch auf Deine Liebe rechnen kann, und daß Deine Weigerung, mir nach der Schweiz zu folgen, auf vielen Gründen beruhen kann, die unsrer Vereinigung gar keinen Abbruch thun.

Deine Anhänglichkeit an Dein väterliches Haus ist mir so ehrwürdig, und wird mir doch, wenn Du mich nur wahrhaft liebst, so wenig schaden, daß es gar nicht nöthig ist, das Mindeste dagegen einzuwenden. Sind nicht fast alle Töchter in demselben Falle, und folgen sie nicht doch, so schwer es ihnen auch scheint, dem weisen Spruche aus der Bibel: Du sollst Vater und Mutter verlassen und Deinem Manne anhangen?

Wenn Du mich nur wahrhaft liebst, wenn Du nur wahrhaft bei mir glücklich zu werden hoffst – Und da mogte freilich in meiner ersten Einladung, aus Furcht Dich bloß zu überreden, zu wenig Überzeugendes, zu wenig Einladendes liegen.

Deine ganze Weigerung scheint daher mehr ein Mißverständniß, als die Frucht einer ruhigen Prüfung zu sein. Du schreibst Dein Körper sei zu schwach für die Pflichten einer Bauersfrau – und dabei hast Du Dir wahrscheinlich die niedrigsten ekelhaftesten gedacht. Aber denke Dir die besseren, angenehmeren, denke daß Dir in einer solchen Wirthschaft, wie ich sie unternehmen werde, wenigstens 2 oder 3 Mägde zur Seite gehen – wirst Du auch jetzt noch zu schwach sein?

Liebe Wilhelmine, wenn Du Dich jetzt nicht recht gesund fühlst, so denke, daß vielleicht Dein städtisches Leben an manchem Schuld sei, und daß gewiß die Art der Arbeit, die ich Dir vorschlage, statt Deine Kräfte zu übersteigen, sie vielmehr stärken wird. Aufblühn wirst Du vielleicht – Doch ich verschweige Alles, was nur irgend einer Überredung ähnlich sehen könnte. Freiwillig und gern mußt Du mir folgen können, wenn nicht jeder trübe Blick mir ein Vorwurf sein soll. – Dennoch würde ich mehr hinzusetzen, wenn ich nur mit voller Überzeugung wüßte, daß Du mich nicht weniger innig liebst, als ich es doch nothwendig bedarf. Manche Deiner Gründe der Weigerung sind so seltsam – Du schreibst, Kopfschmerzen bekämst Du im Sonnenschein – Doch nichts davon. Alles ist vergessen, wenn Du Dich noch mit Fröhlichkeit und Heiterkeit entschließen kannst. Ich habe Dir kurz vor meiner Abreise von Paris Alles gezeigt, was auf dem Wege, den ich Dich führen will, Herrliches und Vortreffliches für Dich liegt. Die Antwort auf diesen Brief soll entscheidend sein. Du wirst ihn wahrscheinlich schon nach Bern geschickt haben, und ich ihn dort bei meiner Durchreise empfangen. Es wird der Augenblick sein, der über das Glück der Zukunft entscheidet.

Heinrich Kleist.

N. S. Louisens Vorschlag ist mir um des Wohlwollens willen, das ihn gebildet hat innig rührend. Aber wenn ich auch, als ich Deinen Brief erhielt, meinen Koffer noch nicht durch die Post nach Bern geschickt gehabt hätte, so würde ich doch nicht haben nach Frkft. zurückkehren können, wenigstens jetzt noch nicht. Denn ob ich gleich alle die falschen Urtheile, die von Gelehrten und Ungelehrten über mich ergehen werden, in der Ferne ertragen kann, so wäre es mir doch unerträglich gewesen, sie anzuhören, oder aus Mienen zu lesen. Ich kann nicht ohne Kränkung an alle die Hoffnungen denken, die ich erst geweckt, dann getäuscht habe – und ich sollte nach Frft. zurückkehren? Ja, wenn Frft. nicht größer wäre, als der Nonnenwinkel – Küsse Louisen, und bitte sie ein gutes Wort für mich bei Dir einzulegen. Sage ihr, daß wenn mir keine Jugendfreundinn zur Gattinn würde, ich nie eine besitzen würde. Das wird sie bewegen –

Carln hätte ich eigentlich nothwendig schreiben müssen wegen Johann. Es ist mir aber unmöglich und ich bitte Dich, ihn zu benachrichtigen, daß dieser Mensch mich auf eine unwürdige Art, 2 Tage vor der Abreise, da schon die Pferde gekauft waren, in Paris verlassen hat. Wäre er mir nur halb so gut gewesen, als ich ihm, er wäre bei mir geblieben – Giebt es denn nirgends Treue? – – Ach, Wilhelmine –!

56. An Ulrike von Kleist

Basel, d. 16t Decmbr 1801

Mein liebes, theures Ulrikchen, mögtest Du doch das Ziel Deiner Reise so glücklich erreicht haben, wie ich das Ziel der meinigen! Ich kann nicht ohne Besorgniß an Deine einsame Fahrt denken. Niemals habe ich meine Trennung von Dir gebilligt, aber niemals weniger als jetzt. Aber Gott weiß, daß oft dem Menschen nichts anders übrig bleibt, als unrecht zu thun. – Vielleicht bist Du in diesem Augenblick damit beschäfftigt, mir aus Frankfurt zu schreiben, daß Du mir Alles verzeihst. Denn Deine unbezwungene Tugend ist es, ich weiß es – Ach, Ulrike, Alles, was ich nach dem Trennungstage von Dir denken würde, habe ich monatelang vorhergesehen. Doch ich weiß, daß Du es nicht gerne hörst.

Ich habe auf meiner Reise oft Gelegenheit gefunden, mich Deiner zu erinnern, und wehmüthiger, als Du glaubst. Denn immer sah ich Dich, so wie Du Dich in den letzten Tagen, ja auf der ganzen Fahrt von Paris nach Frankfurt mir zeigtest. Da warst Du so sanft – Deine erste Tagereise gieng wahrscheinlich bis Hanau, die meinige bis Darmstadt. Das war ein recht trauriger Tag, der gar kein Ende nehmen wollte. Am andern Morgen, als wir über die schöne Bergstraße nach Heidelberg giengen, ward unsre Wanderung heiterer. Denn da war Alles so weit, so groß, so weit, und die Lüfte wehten da so warm, wie damals auf dem Kienast in Schlesien. – Vergiß nicht Leopold zu sagen, daß er Gleißenberg von mir grüßen soll. – In Heidelberg bestieg ich wieder die schöne Ruine, die Du kennst. Daran haben wir damals nicht gedacht, daß Clairant und Clara wirklich einander bei dem tiefen Brunnen, der hier in den Felsen gehauen ist, zuerst wiedersahen, und daß doch etwas Wahres an dieser Geschichte ist. – Bei Durlach saßen wir einmal beide auf dem Thurnberg, und sahen die Sonne jenseits des Rheins über den Vogesen untergehen. Entsinnst Du Dich wohl noch unsers Gesprächs? Mir war das Alles wieder lebendig, als ich diesmal dicht an dem Fuße dieses Berges vorbeigieng. – Ich bin diesmal auch in Carlsruhe gewesen, und es ist Schade, daß Du diese Stadt, die wie ein Stern gebaut ist, nicht gesehen hast. Sie ist klar und lichtvoll wie eine Regel, und wenn man hineintrit, so ist es, als ob ein geordneter Verstand uns anspräche. – Bei Straßburg gieng ich mit meinem Reisegefährten über den Rhein. Das ist wohl ein guter Mensch, den man recht lieb haben kann. Seine Rede ist etwas rauh, doch seine That ist sanft. – Wir rechneten ohngefähr, daß Du an diesem Tage in Leipzig sein könntest. Hast

Du Hindenburg wieder gesprochen? Auch die jüngste Schlieben? Ich habe in Straßburg niemanden besucht, vorzüglich darum, weil die Zeit zu kurz war. Denn der schlechte Weg und die kurzen Wintertage hatten uns außerordentlich verspätet. Das Wetter für diese Reise war aber so ziemlich erträglich, fast eben so erträglich wie auf der Lebensreise, ein Wechsel von trüben Tagen und heitern Stunden. Manche Augenblicke waren herrlich und hätten im Frühlinge nicht schöner sein können. – Von hier aus giengen wir durch das französische Elsaß nach Basel. Es war eine finstre Nacht als ich in das neue Vaterland trat. Ein stiller Landregen fiel überall nieder. Ich suchte Sterne in den Wolken und dachte mancherlei. Denn Nahes und Fernes, Alles war so dunkel. Mir war's, wie ein Eintrit in ein anderes Leben. – Ich bin schon seit einigen Tagen hier, und hätte Dir freilich ein wenig früher schreiben können. Aber als ich mich am Morgen nach meiner Ankunft niedersetzte, war es mir ganz unmöglich. – Diese Stadt ist sehr still, man könnte fast sagen öde. Der Schnee liegt überall auf den Bergen, und die Natur sieht hier aus wie eine 80jährige Frau. Doch sieht man ihr an, daß sie in ihrer Jugend wohl schön gewesen sein mag. – Zuweilen stehe ich auf der Rheinbrücke und es ist erfreulich zu sehen, wie dieser Strom schon an seinem Beginnen so mächtig anfängt. Aber man sagt, er verliert sich im Sande. – Heinrich Zschokke ist nicht mehr hier. Er hat seinen Abschied genommen und ist jetzt in Bern. Er hat einen guten Ruf und viele Liebe zurückgelassen. Man sagt, er sei mit der jetzigen Regierung nicht recht zufrieden. Ach, Ulrike, ein unglückseeliger Geist geht durch die Schweiz. Es feinden sich die Bürger untereinander an. O Gott, wenn ich doch nicht fände, auch hier nicht fände, was ich suche, und doch nothwendiger bedarf, als das Leben! – Ich wollte, Du wärest bei mir geblieben. – Sind wir nicht wie Körper und Seele, die auch oft im Widerspruche stehen und doch ungern scheiden? – Lebe wohl, schreibe mir nach Bern. Wenn mein liebes, bestes Tantchen ein freundliches Wort in Deinem Brief schreiben wollte, wenn auch Minette, Gustel, Leopold, Julchen das thun wollten, so würde mich das unbeschreiblich freun.

Heinrich Kleist.

57. An Friedrich Lose

Liechsthal, d. 23^{t} ⟨– Bern, 29.⟩ Decmbr, 1801.

Mein lieber Lohse, Du empfängst durch einen Boten diesen eingeschloßnen Schlüssel, den ich nicht, wie ich gestern versprach, selbst nach Basel bringen kann, weil ich mich krankhaft ermattet fühle am Leibe und an der Seele. Sondre Dein Eigenthum von dem meinigen ab, schicke den Schlüssel mir zurück, und bedeute unsre lieben Wirthsleute, daß sie meine *beiden* Coffer zurückbehalten sollen bis auf weitere Nachricht.

Und weiter hätte ich Dir nichts zu sagen? O doch, noch etwas. Aber sei unbesorgt. Du sollst keine Vorwürfe von mir hören. Ich will Abschied von Dir nehmen auf ewig, und dabei fühle ich mich so friedliebend, so liebreich, wie in der Nähe einer Todesstunde.

Ich bitte um Deine Verzeihung! Ich weiß, daß eine Schuld auch auf meiner Seele haftet, keine häßliche zwar, aber doch eine, diese, daß ich Dein Gutes nicht nach seiner Würde ehrte, weil es nicht das Beßte war. O verzeihe mir! Es ist mein thörigt überspanntes Gemüth, das sich nie an dem, was ist, sondern nur an dem, was nicht ist, erfreuen kann. Sage nicht, daß Gott mir verzeihen solle. Thue Du es, es wird *Dir* göttlich stehen.

Ich verzeihe Dir Alles, o *Alles*. Ich weiß jetzt nicht einmal, ja kaum weiß ich noch, was mich gestern so heftig gegen Dich erzürnt hat, und wenn ich mich in diesem öden Zimmer so traurig einsam sehe, so kann ich mir gar nicht Rechenschaft geben, gar nicht deutlich, warum Du nicht bei mir bist?

Und ich sollte Dich nicht lieben? Ach, wie wirst Du jemals einen Menschen überzeugen können, daß ich Dich nicht liebte! – Du hast wohl selten daran gedacht, was ich schon für Dich gethan habe? Und es war doch so viel, so viel, ich hätte für meinen Bruder nicht mehr thun können. Denke nun zuweilen daran zurück, auch an Metz, ich muß Dich nur daran erinnern. Ach es ist nicht möglich, nicht möglich, es muß Dich doch immer rühren, so oft Du daran denkst.

Und doch konntest Du von mir scheiden? So schnell? So leicht –? Ach, Lohse, wenn Caroline Dich einst fragen wird, wie konntest Du so schnell, so leicht von einem Menschen scheiden, der Dir doch so viel Liebes, so viel Gutes that, wie wirst Du Dich getrauen können zu antworten, es sei geschehen, weil er immer recht haben wollte –?

O weg von dem verhaßten Gegenstande. Du fühlst gewiß nicht einmal, was mich daran schmerzt. Ich habe mich in den vergangnen Tagen vergebens bemüht, auch mir diese Empfindlichkeit zu stumpffen. Aber noch die bloße Erinnerung erregt mir die Leidenschaft. – Was suchten wir wohl auf unserm schönen Wege? War es nicht Ruhe vor der Leidenschaft? Warum grade, grade Du –? Es war mir doch Alles in der Welt so gleichgültig, selbst das Höchste so gleichgültig; wie gieng es zu, daß ich mich oft an das Nichtswürdige setzen konnte, als gälte es Tod und Leben? Ach, es ist abscheulich, abscheulich, ich fühle mich jetzt wieder so bitter, so feindseelig, so häßlich – Und doch hättest Du alle holden Töne aus dem Instrumente locken können, das Du nun bloß zerrissen hast –

Doch das ist geschehen. Ich will kurz sein. Unsere Lebenswege scheiden sich, lebe wohl – Und wir sollten uns nicht wiedersehen –? O wenn Gott diesmal mein krankhaftes Gefühl nicht betrügen wollte, wenn er mich sterben ließe! Denn niemals, niemals hier werde ich glücklich sein, auch nicht wenn Du wiederkehrst – Und Du glaubst, ich würde eine Geliebte finden? Und kann mir nicht einmal einen Freund erwerben? O geht, geht, ihr habt alle keine Herzen – – Wenn mir geholfen ist, wie ich es wünsche, so ist es auch Dir. Ich weiß wohl noch etwas, worüber Du Thränen des Entzückens weinen sollst. Dann wird auch Caroline Dir etwas von mir erzählen – O Gott, Caroline! – Wirst Du sie denn auch glücklich machen? – O verschmähe nicht eine Warnung. Es ist die letzte, die pflegt aus reiner Quelle zu kommen. Traue nicht dem Gefühl, das Dir sagt, an Dir sei nichts mehr zu ändern. Vieles *solltest* Du ändern, manches auch *könntest* Du. Lerne auch mit dem Zarten umzugehen. – Wenn aber die Lebensreise noch nicht am Ende wäre, dann weiß ich noch nichts Bestimmtes. Bei Heinrich Zschokke wirst Du aber immer erfahren können, wo ich bin. Schreibe mir, in ein Paar Monaten, wo Du bist, dann will ich mein Versprechen halten, und Dir die Hälfte von Allem überschicken, was mein ist.

Und nun, was ich noch sagen wollte – es wird mir so schwer das letzte Wort zu schreiben – wir waren uns doch in Paris so gut, o so gut – Bist Du nicht auch unsäglich traurig? Ach, höre, willst Du mich nicht noch einmal umarmen? Nichts, nichts gedacht, frage Dein *erstes* Gefühl, dem folge – – Und wenn es *doch* das letzte Wort wäre – O Gott, so sage ich Dir und allen Freuden das Lebewohl Lebewohl Lebewohl Heinrich Kleist.

Bern, d. 27^{t} Decmbr

Also Du bist nicht nach Basel gegangen? Ei der Tausend! Wie man doch die dummen Leute anführen kann! Denn ich habe Dich wirklich überall voll Betrübniß gesucht, und die ganze Scene von Metz wiederholt – Also Du bist frisch und gesund in Bern? Nun, das freut mich, freut mich doch – Aber Gott weiß, ich habe jetzt einen innerlichen Widerwillen vor Dir und könnte Dich niemals wieder herzlich umarmen. Ich nehme also das Obengesagte zurück. – Empfange Dein Eigenthum in der Krone, schicke mir die Charte, Pantoffeln & & und lebe recht wohl.

d. 29ᵗ, Mittags.

Mein lieber Lohse, ich muß Dir jetzt doch mein unverständliches Betragen erklären! – Ich schrieb diesen Brief in Liechsthal und empfieng ihn in Basel zurück. – Als ich in Bern erfuhr, daß Du hier seyst, schrieb ich die Nachschrift. Denn damals schien es mir noch süß, Dir wehe zu thun. – Am andern Tage dachte ich wieder, es ⟨sei⟩ so besser Dir das zu ersparen. Darum schickte ich Dir bloß die Sachen ohne den Brief. – Heute Morgen als ich Dich unter den Arkaden begegnete, Gott weiß, ich hatte das Alles vergessen und mir war es wie vor 6 oder 8 Wochen. Aber das war doch wohl nur bloß ein vorübergehendes Gefühl – Prüfe selbst ruhig, ob wir wohl für einander passen – Du wirst wie ich, die Unmöglichkeit einsehen – Aber komm noch einmal zu mir, wir wollen ohne Groll scheiden.

58. An Ulrike von Kleist

Bern, d. 12ᵗ Januar, 1802
(Adressire die Briefe nach Bern)

Mein liebes Ulrikchen, der Tag, an welchem ich Deinen Brief empfieng, wird Einer der traurigsten meines Lebens bleiben. Die vergangne Nacht ist die dritte, die ich schlaflos zugebracht habe, weil mir immer das entsetzliche Bild vorschwebt – So unglücklich mußte diese Reise enden, die Dir niemals viele Freude gemacht hat? – Ich war in der ersten Überraschung ganz außer mir. Mir wars, als geschähe das Unglück indem ich es laß, und es dauerte lange, ehe mir zum Troste einfiel, daß es ja schon seit drei Wochen vorbei war. – Wie werden mich die Verwandten von allen Seiten mit Vorwürfen überschüttet haben! Werden sie es mir verzeihen können, daß ich Dich so einsam reisen ließ? Und doch, hätte meine Gegenwart Dir zu etwas Anderm dienen können, als bloß den Unfall mit Dir zu theilen?

Die andere Hälfte Deines Briefes, welche mich betrifft, ist auch nicht sehr erfreulich – Mein liebes Ulrikchen, zurückkehren zu Euch ist, so unaussprechlich ich Euch auch liebe, doch unmöglich, unmöglich. Ich will lieber das Äußerste ertragen – Laß mich. Erinnre mich nicht mehr daran. Wenn ich auch zurückkehrte, so würde ich doch gewiß, gewiß ein Amt nicht nehmen. Das ist nun einmal abgethan. Dir selbst wird es einleuchten, daß ich für die üblichen Verhältnisse gar nicht mehr passe. Sie beschränken mich nicht mehr, so wenig wie das Ufer einen anschwellenden Strom. Laß das also für immer gut sein. – Und dann, ich will ja, wohlverstanden, Deinen Willen thun, will ja hineintreten in das bürgerliche Leben, will ein Amt nehmen, Eines, das für bescheidne Bedürfnisse gewiß hinreicht, und das noch dazu vor allen andern den Vorzug hat, daß es mir gefällt – Ja, wenn auch wirklich mein Vermögen so tief herabgeschmolzen ist, wie Du schreibst, so kann ich doch immer noch meinen stillen, anspruchlosen Wunsch, ein Feld mit eignen Händen zu bebauen, ausführen. Ja zuletzt bleibt mir, bei meinem äußern und innern Zustand, kaum etwas anderes übrig, und es ist mir lieb, daß Nothwendigkeit und Neigung hier einmal so freundlich zusammenfallen. Denn immer von meiner Kindheit an, ist mein Geist auf diesem Lebenswege vorangegangen. Ich bin so sichtbar dazu gebohren, ein stilles, dunkles, unscheinbares Leben zu führen, daß mich schon die zehn oder zwölf Augen, die auf mich sehen, ängstigen. Darum eben sträube ich mich so gegen die Rückkehr, denn unmöglich wäre es mir, hinzutreten vor jene Menschen, die mit Hoffnungen auf mich sahen, unmöglich ihnen zu antworten, wenn sie mich fragen: wie hast Du sie erfüllt? Ich bin nicht, was die Menschen von mir halten, mich drücken ihre Erwartungen – Ach, es ist unverantwortlich, den Ehrgeiz in uns zu erwecken, einer Furie zum Raube sind wir hingegeben – Aber nur in der Welt wenig zu sein, ist schmerzhaft, außer ihr nicht. Ach, das ist ein häßlicher Gegenstand. Von etwas Anderm. – Ja, was ich sagen wollte, ich bin nun einmal so verliebt in den Gedanken, ein Feld zu bauen, daß es wohl wird geschehen müssen: Betrachte mein Herz wie einen Kranken, diesen Wunsch wie eine kleine Lüsternheit, die man, wenn sie unschädlich ist, immerhin gewähren kann. – Und im Ernste, wenn ich mein letztes Jahr überdenke, wenn ich erwäge, wie ich so seltsam erbittert gewesen bin gegen mich und Alles, was mich umgab, so glaube ich fast, daß ich wirklich krank bin. Dich, zum Beispiel, mein liebes, beßtes Ulrikchen, wie konnte ich Dich, oft in demselben Augenblicke, so innig lieben und doch so empfindlich beleidigen? O verzeih' mir! Ich habe es mit mir selbst nicht besser gemacht. – Du riethest mir einmal in Paris, ich mögte, um heitrer zu werden, doch kein Bier mehr trinken, und sehr empfindlich war mir diese materialistische Erklärung meiner Trauer – jetzt kann ich darüber lachen, und ich glaube, daß ich auf dem Wege zur Genesung bin. Ach, Ulrike, es muß irgendwo einen Balsam für mich geben, denn der bloße Glaube an sein Dasein stärkt mich schon. – Ich will Dir wohl sagen, wie ich mir das letzte Jahr erkläre. Ich glaube, daß ich mich in Frankfurt zu übermäßig angestrengt habe, denn wirklich ist auch seit dieser Zeit mein Geist seltsam abgespannt. Darum soll er für jetzt ruhen, wie ein erschöpftes Feld, desto mehr will ich arbeiten mit Händen und Füßen, und eine Lust soll mir die Mühe sein. Ich glaube nun einmal mit Sicherheit, daß mich diese körperliche Beschäftigung wieder ganz herstellen wird. Denn zuletzt mögte alles Empfinden nur von dem Körper herrühren, und selbst die Tugend durch nichts anderes froh machen, als bloß durch eine, noch unerklärte, Beförderung der Gesundheit – Wie, was war das? So hätte ich ja wohl nicht krank sein müssen, oder –? Wie Du willst, nur keine Untersuchung! In der Bibel steht, arbeite so wird es Dir wohl gehen – ich bilde mir ein, es sei wahr, und will es auf die Gefahr hin wagen.

Und nun einen Schritt näher zum Ziele. Ich will, daß von dem Wackerbarthschen Capitale Du, die Tante, Stojentin und Werdeck so gleich bezahlt werden. Jeder Andere, der irgend mit einer Forderung an mich auftreten könnte, wird vor der Hand abgewiesen, weil ich hier nicht genau die Größe der Schuld weiß, und mir zu diesem Behufe erst Papiere aus Berlin schicken lassen muß.* Auch bin ich von ihnen mehr oder weniger betrogen worden, und will nicht allein leiden, was ich nicht allein verbrach. Ich ersuche also Pannwitz mir zu schreiben, wie viel sie von mir fordern, worauf ich selbst bestimmen werde, wie viel ihnen zu bezahlen ist. Die Schuld soll sodann mit diesem Theile von Seiten der Interessenten als gelöscht angesehen werden. Von mir selbst aber soll sie das nicht, und ich lege mir die Pflicht auf, auch den noch übrigen Theil einst zu bezahlen. Das soll Pannwitz ihnen sagen zu ihrer Ruhe, wenn etwas anderes sie beruhigen kann, als schwarz auf weiß. Das nun, was von meinem gesammten Capital übrig bleibt, wenn meine Schulden bezahlt sind, darüber will ich nun so bald als möglich frei disponiren können, und ich will Dir jetzt sagen, was ich damit anzufangen denke.

Mir ist es allerdings Ernst gewesen, mein liebes Ulrikchen, mich in der Schweiz anzukaufen, und ich habe mich bereits häufig nach Gütern umgesehen, oft mehr in der Absicht, um dabei vorläufig mancherlei zu lernen, als bestimmt zu handeln. Auf meiner Reise durch dieses Land habe ich fleißig die Landleute durch Fragen gelockt, mir Nützliches und Gescheutes zu antworten. Auch habe ich einige landwirthschaftliche Lehrbücher gelesen und lese noch dergleichen, kurz, ich weiß soviel von der Sache, als nur immer in so kurzer Zeit in einen offnen Kopf hineingehen mag. Dazu

* Du kannst Leopold sagen oder schreiben, er mögte einmal in Berlin bei ⟨Carl v.⟩ Zengen in meinem Büreau, oder in der Kiste ein blau geheftetes Rechenbuch in octav aufsuchen. Da werden auf der vorletzten Seite sämmtliche Posten stehen, die ich schuldig bin. – Das Buch kann er nur Pannwitzen schicken.

kommt, daß ich durch Heinrich Zschokke einige lehrreiche Bekanntschaften gemacht habe, und nun mehrere mit Landmännern machen werde. Überall vertraue ich mich mit ziemlicher Offenheit an, und finde Wohlwollen und Unterstützung durch Rath und That. Zschokke selbst will sich ankaufen, sogar in meiner Nähe, auch spricht er zuweilen von dem Schweizerbürgerrecht, das er mir verschaffen könne, und sieht dabei sehr herzlich aus; aber ich weiß noch nicht, ob ich recht lese. – Kurz, Du siehst, daß ich, ob ich gleich verliebt bin, mich doch nicht planlos, in blinder Begierde, über den geliebten Gegenstand hinstürze. Vielmehr gehe ich so vorsichtig zu Werke, wie es der Vernunft bei der Liebe nur immer möglich ist. – Ich habe also unter sehr vielen beurtheilten Landgütern endlich am Thuner See Eines gefunden, das mir selbst wohl gefällt, und, was Dir mehr gelten wird, auch von meinen hiesigen Freunden für das schicklichste gehalten wird. – Die Güter sind jetzt im Durchschnitt alle im Preise ein wenig gesunken, weil mancher, seiner politischen Meinungen wegen, entweder verdrängt wird, oder freiwillig weicht. Ich selbst aber, der ich gar keine politische Meinung habe, brauche nichts zu fürchten und zu fliehen. – Das Gut also von dem die Rede war, hat ein kleines Haus, ziemlich viel Land, ist während der Unruhen ein wenig verfallen und kostet circa 3500 Rth. Das ist in Vergleichung der Güte mit dem Preise das beßte das ich fand. Dazu kommt ein Vortheil, der mir besonders wichtig ist, nämlich daß der jetzige Besitzer das erste Jahr lang in dem Hause wohnen bleiben, und das Gut gegen Pacht übernehmen will, wodurch ich mit dem Praktischen der Landwirthschaft hinlänglich bekannt zu werden hoffe, um mich sodann allein weiter forthelfen zu können. – Auch wird Lohse, den seine Kunst ernährt, bei mir wohnen, und mir mit Hülfe an die Hand gehen. – Wenn ich also, wie Du schreibst, auf Deine Unterstützung rechnen kann, wenn Du mir eine – wie nenne ich es? W o h l t h a t erzeigen willst, die mir m e h r als das Leben retten kann, so lege mir zu meinem übriggebliebenen Capital so viel hinzu, daß ich das Gut bezahlen kann. Das schicke mir dann so bald als möglich, und wenn Du mir auch nur einen Theil gleich, das Übrige etwa in einigen Monaten schicken könntest, so würde ich gleich aus dieser Stadt gehen, wo meine Verhältnisse mir immer noch den Aufenthalt sehr theuer machen. Alles, was Du mir zulegst, lasse ich so gleich auf die erste Hypothek eintragen, und verlieren kannst Du in keinem Falle, auch in dem schlimmsten nicht.

Ob Du aber nicht etwas gewinnen wirst, ich meine, außer den Procenten –? Mein liebes Ulrikchen, bei Dir muß ich von gewissen Dingen immer schweigen, denn ich schäme mich zu reden, gegen Einen, der handelt. – Aber Du sollst doch noch einmal Deine Freude an mir haben, wenn ich Dich auch jetzt ein wenig betrübe. – Auch Tante und die Geschwister sollen mir wieder gut werden, o gewiß! Denn erzürnt sind sie auf mich, ich fühle es wohl, nicht einmal einen Gruß schenken sie dem Entfernten. Ich aber drücke mich an ihre Brust und weine, daß das Schicksal, oder mein Gemüth – und ist das nicht mein Schicksal? eine Kluft wirft zwischen mich und sie. H. K.

59. An Heinrich Zschokke

Thun, d. 1t Februar, 1802.

Mein lieber Zschokke, suchen Sie nur gleich das Ende des Briefes, wenn Sie nicht Zeit haben, mehr als das Wesentliche des selben zu lesen. Da will ich Alles, was ich für Sie (oder eigentlich für mich) auf dem Herzen trage, registerartig unter Nummern bringen. Vorher aber noch ein Paar Worte Geschwätz, wie unter Liebenden.

Ich kann erst in etwa zwei Wochen aufs Land ziehen, wegen eines Mißverständnisses, das zu weitläufig und zu nichtbedeutend wäre, um Sie damit zu unterhalten. Ich wohne also in Thun, nahe am Thore – übrigens kann man hier nicht wohl anders wohnen. Ich gehe häufig aufs Land, besehe noch mehrere Güter, mache es aber, nach Ihrem Rathe, in allen Stücken wie der berühmte Cunctator. Indessen gestehe ich, daß mich mancherlei an dem Ihnen schon beschriebenen Gute zu Gwat reizt, besonders der Umstand, daß es kein Haus hat, welches mir die Freiheit giebt, mir eines a priori zu bauen. Auch ist es so gut wie gewiß daß der Besitzer mit 24000 ₶ zufrieden sein wird. Leute, unpartheiische, meinen, unter diesen Umständen sei das Gut weder zu theuer, noch besonders wohlfeil, und grade das könnte den Kauf beschleunigen, denn es flößt mir Vertrauen ein. Überdies hat der Mann eines von den Gesichtern, denen ich zu trauen pflege, man mag die Physiognomik schelten, so viel man will. Damit will ich sagen, daß ich so ziemlich gesinnt sei, fortan dem eignen Lichte zu folgen. Denn zuletzt muß man doch in der Welt an Rechtschaffenheit glauben, und alles Fragen um Meinung und Rath kann uns davon nicht erlösen, weil wir doch wenigstens an die Rechtschaffenheit dessen glauben müssen, den wir um Rath fragen. – Wie stehts mit Ihrer Lust zum Landleben? Wie stehts mit der Schweizer-Regierung? Denn das hängt zusammen, und inniger als Sie mir gesagt haben. Immer hoffe ich noch, Sie einmal irgendwo im Staate wieder an der Spitze zu sehen, und nirgends, dünkt mich, wären Sie mehr an Ihrer Stelle, als da. – Was mich betrifft, wie die Bauern schreiben, so bin ich, ernsthaft gesprochen, recht vergnügt, denn ich habe die alte Lust zur Arbeit wiederbekommen. Wenn Sie mir einmal mit Geßnern die Freude Ihres Besuchs schenken werden, so geben Sie wohl Acht auf ein Haus an der Straße, an dem folgender Vers steht: »Ich komme, ich weiß nicht, von wo? Ich bin, ich weiß nicht, was? Ich fahre, ich weiß nicht, wohin? Mich wundert, daß ich so fröhlich bin.« – Der Vers gefällt mir ungemein, und ich kann ihn nicht ohne Freude denken, wenn ich spatzieren gehe. Und das thue ich oft und weit, denn die Natur ist hier, wie Sie wissen, mit Geist gearbeitet, und das ist ein erfreuliches

Schauspiel für einen armen Kauz aus Brandenburg, wo, wie Sie auch wissen, der Künstler bei der Arbeit eingeschlummert zu sein scheint. Jetzt zwar sieht auch hier unter den Schneeflocken die Natur wie eine 80jährige Frau aus, aber man sieht es ihr doch an, daß sie in ihrer Jugend schön gewesen sein mag. – Ihre Gesellschaft vermisse ich hier sehr, denn außer den Güterverkäufern kenne ich nur Wenige, etwa den Hauptm. Muelinen und seinen Hofmeister, angenehme Männer. Die Leute glauben hier durchgängig, daß ich verliebt sei. Bis jetzt aber bin ich es noch in keiner Jungfrau, als etwa höchstens in die, deren Stirne mir den Abendstrahl der Sonne zurückwirft, wenn ich am Ufer des Thuner See's stehe. – Nun genug des Geschwätzes. Hier folgen die Bitten.

I Ich bitte dem Überbringer dieses, Fuhrmann Becher, den Koffer aus Basel, wenn er im Kaufhause angelangt sein sollte, zu übergeben.

II Ihn in meine ehemalige Wohnung zu schicken, wo er noch einen Koffer, einen Rock, und einige Wäsche in Empfang nehmen soll.

III Ihn zu Geßnern zu schicken, wo er die bestellten Bücher übernehmen soll.

IIII Dem Knaben, der mir aufwartete, zu sagen, daß er sich bei dem Huthmacher, der Geßnern gegenüber wohnt, meinen alten von mir dort abgelegten Huth hohlen soll.

V Mich unaufhörlich herzlich zu lieben, wie in der ersten Stunde unsres Wiedersehens. Heinrich Kleist.

60. An Ulrike von Kleist

Thun, d. 19t Februar 1802.

Meine liebe Freundinn meine einzige – Ich bin fast gewiß, daß Du mir meine Bitte um den Vorschuß zum Ankauf nicht abgeschlagen hast, so groß das Opfer bei Deiner

Kenntniß meines Charakters auch war. – Wenn Du es noch nicht abgeschickt hast, so schicke es nicht ab. Wundere Dich nicht, diesmal ist das Schicksal wankelmüthig, nicht ich. Es hatte allen Anschein, daß die Schweiz sowie Cisalpinien, französisch werden wird, und mich ekelt vor dem bloßen Gedanken. – So leicht indessen wird es dem Aller-Welts-Consul mit der Schweiz nicht gelingen. Zwar thut er sein Mögliches, dieses arme Land durch innere Unruhen immer schwach zu erhalten, und jetzt in diesem Augenblicke noch ist Zürich im Aufstande; indessen gewiß, wenn er sich deutlich erklärt, vereinigt sich Alles gegen den allgemeinen Wolf. – Jetzt also, wie Du siehst, und wie alle Männer meiner Bekanntschaft mir rathen, ist es höchst gewagt, sich in der Schweiz anzukaufen, obschon die Güter sehr wohlfeil sind. Besonders mögte ich Dein Eigenthum nicht so auf's Spiel setzen – kurz, vor der Hand thu' ich es nicht. – Ich weiß, in welche unangenehme Lage Dich diese neue Zumuthung setzen kann, doch trage ich jeden Schaden, der Dir dadurch zufließen könnte. – Sollte uns der Himmel einmal wieder zusammen führen, auf Händen will ich Dich Mädchen, tragen, im physischen und moralischen Sinne – Ich bin jetzt bei weitem heitrer, und kann zuweilen wie ein Dritter über mich urtheilen. Hab' ich jemals Gewissensbisse gefühlt, so ist es bei der Erinnerung an mein Betragen gegen Dich auf unsrer Reise. Ich werde nicht aufhören Dich um Verzeihung zu bitten, und wenn Du in der Sterbestunde bei mir bist, so will ich es noch thun. – Ich gebe indessen den Plan nicht auf, und werde das nächste Jahr in der Schweiz bleiben. Ich wohne in diesem Örtchen, so wohlfeil, als Du es nur erdenken könntest. – Wenn ich Dir nur Deine Sorge für mich nehmen könnte, so hätte ich manchen frohen Augenblick mehr. In Hinsicht des Geldes, kann ich Dir versichern, ist in der Zukunft für mich, zur Nothdurft gesorgt. Du kannst es errathen, ich mag darüber nichts sagen. – Nur vor der Hand brauche ich noch von meinem eigenen Gelde. Darum will ich doch, daß Du mir nun, oder vielmehr Pannwitz, Alles schickest, was an baarem Gelde noch mein ist. Mit dem Hause mag es vor der Hand dahin gestellt bleiben. Das mußt Du mir aber gleich schicken, und wäre nichts da, so bitte ich Dich um 50 Louisdor, wofür Du meinen Antheil an Interessen des Hauses nehmen könntest, nach Maßgabe.

Lebe wohl, und grüße die Unsrigen von Herzen. Schreib mir doch recht viel von neuen Verhältnissen im Hause durch Gustels Heirath.

– Den Brief adressire künftig immer nach Thun.

Heinrich Kleist.

61. An Heinrich Zschokke

Thun, d. 2t März, 1802

Mein lieber Zschokke, ich habe Ihren Brief aus Aarau erhalten, und mit Freude zugleich, und mit Erstaunen, vernommen, daß Sie wirklich mit sichrer Hand das Schiff Ihres Lebens fort von den Küsten der politischen Welt in den Hafen der philosophischen Ruhe führen. Denn niemals (ich darf es Ihnen selbst frei gestehn) habe ich an den Ernst Ihres Wunsches geglaubt, und erst jetzt fühle ich in Ihrer Seele, wie gegründet er sein mag, da eine Nacht der Verwirrung über Ihr unglückliches Vaterland hereinzubrechen droht. Es bedarf wohl nicht der Erklärung, daß ich hierbei an den Aller-Welts-Consul, an den Cousin de la Suisse (weil er sich so hoch mit der Verwandschaft rühmt) denke. Mich erschreckt die bloße Möglichkeit, statt eines Schweizerbürgers durch einen Taschenspielerskunstgriff ein Franzose zu werden. Sie werden von den Unruhen im Simmethal gehört haben, es sind bereits Franzosen hier eingerückt, und nicht ohne Bitterkeit habe ich ihrem Einzuge beigewohnt. Ist es denn wahr, daß sie auch das pays de vaud in Besitz genommen? – Unter diesen Umständen denke ich nicht einmal daran, mich in der Schweiz anzukaufen. Ich habe mir eine

Insel in der Aare gemiethet, mit einem wohleingerichteten Häuschen, das ich in diesem Jahre bewohnen werde, um abzuwarten, wie sich die Dissonanz der Dinge auflösen wird. Ich werde in einigen Wochen einziehen, vorher aber noch, Geschäffte halber, auf ein Paar Tage nach Bern kommen. Schreiben Sie mir doch ja, ich bitte Sie, wie weit Sie mit Ihrem Kaufe in Richtigkeit sind. Jetzt denke ich mehr als jemals an eine Zukunft in Ihrer Nachbarschafft, wenn überhaupt das Schicksal mir eine Freystätte in der Schweiz bereitet. Nächstens mündlich mehr davon. Leben Sie recht wohl, und grüßen Sie das Geßnersche Haus, das ich sehr ehre und liebe. Heinrich Kleist.

N. S. Hierbei erfolgen 7 schuldige Batzen. – Wenn Sie doch gelegentlich einmal im Hôtel de Musique das letzte Mittagsessen bezahlen wollten, nur Eines, das ich dort schuldig geblieben bin.

62. An Ulrike von Kleist

Thun d. 18t März, 1802.

Mein beßtes Ulrickchen, ich habe das Geld empfangen und bin untröstlich, daß mein Brief zu spät angelangt ist. Ich dachte immer, daß Du doch auf jeden Fall aus den Zeitungen die Lage der Schweiz kennen und daraus ersehen würdest, daß es jetzt gar nicht einmal möglich sei, sich mit Sicherheit anzukaufen. Denn kaum hatte ich meinen letzten Brief, in welchem ich Dir von den Züricher Unruhen schrieb, abgeschickt, so entstand sogar 1½ Stunde von hier, im Simmethal, ein Aufruhr unter den Bauern, worauf sogleich ein französischer General mit Truppen in Thun selbst einrückte. Es ist fast so gut wie ausgemacht, daß dies unglückliche Land auf irgend eine Art ein Opfer der französischen Brutalität wird, und ich weiß aus sichern Händen, daß die Schweizer-Regierung, die bisher immer noch laviert hat, auf dem Puncte ist, sich ganz unzweideutig gegen die Franzosen zu erklären. Die Erbitterung der Schweizer gegen diese Affen der Vernunft ist so groß, daß jede andere Leidenschaft weicht, und daß die heftigsten Köpfe der Partheien durch den Würfel entscheiden lassen, wer sich in die Meinung des andern fügen soll, bloß um, wie schmollende Eheleute, sich gegen den Dieb zu wehren, der einbricht. Ein Krieg also steht wahrscheinlicher Weise diesem Lande schon in diesem Sommer bevor – doch ich habe Dir meine Gründe schon weitläufiger in meinem letzten Briefe entwickelt. Jetzt nur davon, was soll ich mit dem Gelde anfangen? Ich bin so beschämt durch meine Übereilung und Deine unendliche Güte, daß ich gar nicht weiß, was ich Dir sagen soll. In Deinem Briefe ist so unendlich viel und mancherlei zu lesen, ob es gleich darin nicht geschrieben steht, daß ich immer wechselnd bald mit Entzücken* an Dich, bald mit Widerwillen an mich denke. Nun, von der einen Seite, mein beßtes Mädchen, kann ich jetzt Dich beruhigen, denn wenn mein kleines Vermögen gleich verschwunden ist, so weiß ich jetzt doch wie ich mich ernähren kann. Erlass' mir das Vertrauen über diesen Gegenstand, Du weißt, warum? – Kurz, ich brauche nichts mehr, als Gesundheit, die mir eben auf ein Paar Tage gefehlt hat. – Schreibe mir nur, wie ich es mit dem Gelde halten soll, und ob Du Dich auf irgend eine Art an dem Hause schadlos halten kannst. Noch habe ich den Wechsel nicht eingelöset, werde heute nach Bern, und läßt es sich machen, so bleibt das Geld fern von meinen unsichern Händen, bis Du bestimmst, was damit geschehen soll. – Kannst Du Dich an dem Hause schadlos halten, so ist mir's auf jeden Fall lieb das Geld zu besitzen, das ich auf diese Art zu jeder Zeit und Gelegenheit brauchen kann. Schreibe mir bald, grüße die lieben Verwandten, und bald erhältst Du einen recht frohen Brief von Deinem Dir herzlich guten Bruder Heinrich.

* Entzücken? – Fällt Dir nichts ein? – – – Mir ist das ganze

vergangne Jahr wie ein Sommernachtstraum. – Schreibe mir doch, ob sich Johann eingefunden? Hat auch die Lalande geschrieben?

63. An Ulrike von Kleist

Auf der Aarinsel bei Thun, d. 1t Mai, 1802.

Mein liebes Ulrikchen, ich muß meiner Arbeit einmal einen halben Tag stehlen, um dir Rechenschaft zu geben von meinem Leben; denn ich habe immer eine undeutliche Vorstellung, als ob ich dir das schuldig wäre, gleichsam als ob ich von deinem Eigenthume zehrte.

Deinen letzten Brief mit Inschriften und Einlagen von den Geliebten, habe ich zu großer Freude in Bern empfangen, wo ich eben ein Geschäft hatte bei dem Buchhändler Geßner, Sohn des berühmten, der eine Wieland, Tochter des berühmten, zur Frau, und Kinder, wie die lebendigen Idyllen hat: ein Haus, in welchem sich gern verweilen läßt. Drauf machte ich mit Zschokke und Wieland, Schwager des Geßner, eine kleine Streiferei durch den Aargau – Doch das wäre zu weitläufig, ich muß dich überhaupt doch von manchen andern Wunderdingen unterhalten, wenn wir einmal wieder beisammen sein werden. – Jetzt leb' ich auf einer Insel in der Aare, am Ausfluß des Thunersees, recht eingeschlossen von Alpen, ¼ Meile von der Stadt. Ein kleines Häuschen an der Spitze, das wegen seiner Entlegenheit sehr wohlfeil war, habe ich für sechs Monate gemiethet und bewohne es ganz allein. Auf der Insel wohnt auch weiter niemand, als nur an der andern Spitze eine kleine Fischerfamilie, mit der ich schon einmal um Mitternacht auf den See gefahren bin, wenn sie Netze einzieht und auswirft. Der Vater hat mir von zwei Töchtern eine in mein Haus gegeben, die mir die Wirthschaft führt: ein freundlich-liebliches Mädchen, das sich ausnimmt, wie ihr Taufname: Mädeli. Mit der Sonne stehn wir auf, sie pflanzt mir Blumen in den Garten, bereitet mir die Küche, während ich arbeite für die Rückkehr zu euch; dann essen wir zusammen; Sonntags zieht sie ihre schöne Schwyzertracht an, ein Geschenk von mir, wir schiffen uns über, sie geht in die Kirche nach Thun, ich besteige das Schreckhorn, und nach der Andacht kehren wir beide zurück. Weiter weiß ich von der ganzen Welt nichts mehr. Ich würde ganz ohne alle widrigen Gefühle sein, wenn ich nicht, durch mein ganzes Leben daran gewöhnt, sie mir selbst erschaffen müßte. So habe ich zum Beispiel jetzt eine seltsame Furcht, ich mögte sterben, ehe ich meine Arbeit vollendet habe. Von allen Sorgen vor dem Hungertod bin ich aber, Gott sei dank, befreit, obschon Alles, was ich erwerbe, so grade wieder drauf geht. Denn, du weißt, daß mir das Sparen auf keine Art gelingt. Kürzlich fiel es mir einmal ein, und ich sagte dem Mädeli: sie sollte sparen. Das Mädchen verstand aber das Wort nicht, ich war nicht im Stande ihr das Ding begreiflich zu machen, wir lachten beide, und es muß nun beim Alten bleiben. – Übrigens muß ich hier wohlfeil leben, ich komme selten von der Insel, sehe niemand, lese keine Bücher, Zeitungen, kurz, brauche nichts, als mich selbst. Zuweilen doch kommen Geßner, oder Zschokke oder Wieland aus Bern, hören etwas von meiner Arbeit, und schmeicheln mir – kurz, ich habe keinen andern Wunsch, als zu sterben, wenn mir drei Dinge gelungen sind: ein Kind, ein schön Gedicht, und eine große That. Denn das Leben hat doch immer nichts Erhabneres, als nur dieses, daß man es erhaben wegwerfen kann. – Mit einem Worte, diese außerordentlichen Verhältnisse thun mir erstaunlich wohl, und ich bin von allem Gemeinen so entwöhnt, daß ich gar nicht mehr hinüber mögte an die andern Ufer, wenn ihr nicht da wohntet. Aber ich arbeite unaufhörlich um Befreiung von der Verbannung – du verstehst mich. Vielleicht bin ich in einem Jahre wieder bei euch. – Gelingt es mir nicht, so bleibe ich in der Schweiz, und dann kommst du zu mir. Denn wenn sich mein Leben würdig beschließen soll, so muß es doch in deinen Armen sein. – Adieu. Grüße, küsse, danke Alle. Heinrich Kleist.

N. S. Ich war vor etwa 4 Wochen, ehe ich hier einzog, im Begrif nach Wien zu gehen, weil es mir hier an Büchern fehlt; doch es geht so auch und vielleicht noch besser. Auf den Winter aber werde ich dorthin – oder vielleicht gar schon nach Berlin. – Bitte doch nur Leopold, daß er nicht böse wird, weil ich nicht schreibe, denn es ist mir wirklich immer eine erstaunliche Zerstreuung, die ich vermeiden muß. In etwa 6 Wochen werde ich wenigstens ein Dutzend Briefe schreiben. –

64. An Wilhelmine von Zenge

Auf der Aarinsel bei Thun, d. 20[t] Mai, 1802.

Liebe Wilhelmine, um die Zeit des Jahreswechsels erhielt ich den letzten Brief von Dir, in welchem Du noch einmal mit vieler Herzlichkeit auf mich einstürmst, zurückzukehren ins Vaterland, mich dann mit vieler Zartheit an Dein Vaterhaus und die Schwächlichkeit Deines Körpers erinnerst, als Gründe, die es Dir unmöglich machen, mir in die Schweiz zu folgen, dann mit diesen Worten schließest: wenn Du dies Alles gelesen hast, so thue was Du willst. Nun hatte ich es wirklich in der Absicht mich in diesem Lande anzukaufen, in einer Menge von vorhergehenden Briefen an Bitten und Erklärungen von meiner Seite nicht fehlen lassen, so daß von einem neuen Briefe kein bessrer Erfolg zu erwarten war; und da mir eben aus jenen Worten einzuleuchten schien, Du selbst erwartetest keine weiteren Bestürmungen, so ersparte ich mir und Dir das Widrige einer schriftlichen Erklärung, die mir nun aber Dein jüngst empfangner Brief doch nothwendig macht.

Ich werde wahrscheinlicher Weise niemals in mein Vaterland zurückkehren. Ihr Weiber versteht in der Regel ein

Wort in der deutschen Sprache nicht, es heißt Ehrgeiz. Es ist nur ein einziger Fall in welchem ich zurückkehre, wenn ich der Erwartung der Menschen, die ich thörigter Weise durch eine Menge von prahlerischen Schritten gereizt habe, entsprechen kann. Der Fall ist möglich, aber nicht wahrscheinlich. Kurz, kann ich nicht mit Ruhm im Vaterlande erscheinen, geschieht es nie. Das ist entschieden, wie die Natur meiner Seele.

Ich war im Begriff mir ein kleines Gut in der Schweiz zu kaufen, und Pannwitz hatte mir schon den Rest meines ganzen Vermögens dazu überschickt, als ein abscheulicher Volksaufstand mich plötzlich, acht Tage ehe ich das Geld empfieng davon abschreckte. Ich fieng es nun an für ein Glück anzusehn, daß Du mir nicht hattest in die Schweiz folgen wollen, zog in ein ganz einsames Häuschen auf einer Insel in der Aare, wo ich mich nun mit Lust oder Unlust, gleichviel, an die Schriftstellerei machen muß.

Indessen geht, bis mir dieses glückt, wenn es mir überhaupt glückt, mein kleines Vermögen gänzlich drauf, und ich bin wahrscheinlicher Weise in einem Jahre ganz arm. – Und in dieser Lage, da ich noch außer dem Kummer, den ich mit Dir theile, ganz andre Sorgen habe, die Du gar nicht kennst, kommt Dein Brief, und weckt wieder die Erinnerung an Dich, die glücklicher, glücklicher Weise ein wenig ins Dunkel getreten war –

– Liebes Mädchen, schreibe mir nicht mehr. Ich habe keinen andern Wunsch als bald zu sterben. H. K.

65. An Wilhelm von Pannwitz

Bern, im August, 1802

Mein lieber Pannwitz, ich liege seit zwei Monaten krank in Bern, und bin um 70 französische Louisd'ors gekommen, worunter 30, die ich mir durch eigne Arbeit verdient hatte. Ich bitte Gott um den Tod und dich um Geld, das du auf mein Hausantheil erheben mußt. Ich kann und mag nichts weiter schreiben, als dies Allernothwendigste. Schicke zur Sicherheit das Geld an den Doctor und Apotheker Wyttenbach, meinem Arzt, einem ehrlichen Mann, der es euch zurückschicken wird, wenn ich es nicht brauche. Lebet wohl, lebet wohl, lebet wohl.

Heinrich Kleist.

66. An Ulrike von Kleist

Weimar, im Novmbr 1802.

Mein liebes Ulrickchen, ich bin sehr beunruhigt, über das Ausbleiben aller Nachrichten von dir. Wenn ich nicht irre, so solltest du nach unsrer Verabredung zuerst schreiben –? Sollte ich es, so verzeih mir; und dem Himmel sei Dank, daß er mir in diesem Augenblick zufällig die Lust zum Schreiben gab. Denn du weißt, was ein Brief von mir bedeutet. Es könnte eine Zeit kommen, wo du ein leeres Blatt von mir mit Freudenthränen benetztest – Ich wohne hier zur Miethe, und hätte allerdings die Geschirre & brauchen können; bin aber oft ganze Tage in Osmannstädt, wo mir ein Zimmer eingeräumt worden ist; denn Wieland hat sich nicht entschließen können, das Haus, in dem es spukt, zu beziehen. Wirklich, im Ernste, wegen seiner Bedienung, die er sonst hätte abschaffen müssen. – Mögte dich der Himmel doch nur glücklich in die Arme der Deinigen geführt haben! Warum sage ich nicht, der Unsrigen? Und wenn es die Meinigen nicht sind, wessen ist die Schuld, als meine? Ach, ich habe die Augen zusammengekniffen, indem ich dies schrieb – – Wenn du nur glücklich von Werben nach Gurow gekommen bist, für das Andre bin ich nicht besorgt. – Jetzt eben fällt mir etwas ein, was wohl der Grund deines langen Stillschweigens sein könnte; nämlich die Arbeit an meinen Hemden. Ich mögte auf jede Hand weinen, die einen Stich daran thut – Lebe wohl. Schreibe doch recht bald, poste restante. Und die Hemden werden mir allerdings wohlthun. Heinrich.

Auch brauche ich immer noch chemisets.

67. An Ulrike von Kleist

Weimar, d. 9t Decmbr, 1802.

Mein liebes Ulrikchen, der Anfang meines Gedichtes, das der Welt deine Liebe zu mir erklären soll, erregt die Bewunderung aller Menschen, denen ich es mittheile. O Jesus! Wenn ich es doch vollenden könnte! Diesen einz'gen Wunsch soll mir der Himmel erfüllen; und dann, mag er thun, was er will. Zur Hauptsache! Ich brauche schon wieder Geld; und kann dir weiter nichts sagen. Ich habe Andern geborgt. Es ist verrückt, ich weiß es. Heinrich Kleist. – Schicke mir doch, wenn es sein kann, den ganzen Rest.

Dein Geschenk habe ich empfangen, und würde es mit noch größerer Freude tragen, wenn ich wüßte, ob du es mit eignen lieben Händen verfertigt hast? – Das Weihnachtsfest bringe ich in Osmanstädt zu. Wieland, der alte, auch der junge, grüßen dich; und ich alle Unsrigen.

68. An Ulrike von Kleist

⟨Weimar, Anfang Januar 1803.⟩

Mein liebes Ulrikchen,

Da ich heute ungewöhnlich hoffnungsreich bin, so habe ich mich entschließen können, das böse Geschäfft an Tantchen zu vollbringen. Ich habe die Feiertage in Osmanstädt zugebracht, und mich nun (trotz einer sehr hübschen Tochter Wielands) entschlossen, ganz hinauszuziehen. Ich warte nur auf das Geld, um welches ich dich gebeten habe, um nun zuletzt auf den Platz hinzugehen, an welchem sich mein Schicksal endlich, unausbleiblich, und wahrscheinlich glücklich entscheiden wird; denn ich setze meinen Fuß nicht aus diesem Orte, wenn es nicht auf den Weg nach Frankfurt sein kann. – Die Geßnern ist allerdings endlich niedergekommen; und gesund. Er aber (denke dir!) hat deine Koffer Louis ⟨Wieland⟩, bei welchem deine Mäntel in Bern zurückblieben, noch nicht geschickt! – Schreibe mir doch auch einige Neuigkeiten; denn ich fange wieder an, Antheil an die Welt zu nehmen. H. K.

69. An Ulrike von Kleist

Meine vortreffliche Schwester,

Ich hatte gleich nach Empfang deines Schreibens einige sehr leidenschaftliche Zeilen für Dich aufgesetzt; hielt sie aber aus leicht begreiflichen Gründen lieber zurück. Ich melde dir daher jetzt bloß, daß ich das Geld empfangen habe. In Kurzem werde ich dir viel Frohes zu schreiben haben; denn ich nähere mich allem Erdenglück.

Osmanstädt, d. Januar, 1803: Heinrich Kleist.

N. S. Ich wohne schon geraume Zeit hier, und es freut mich, daß du das gern siehst. Ich habe aber mehr Liebe gefunden, als recht ist, und muß über kurz oder lang wieder fort; mein seltsames Schicksal! – Wenigstens bis zum Frühjahr mögte ich hier bleiben. Wieland erzählt mir seine Lebensgeschichte; und ich schreibe sie auf. Er läßt dich grüßen. Er hat nicht gewußt, daß **du** es bist, der ihn besucht hat. Jetzt weiß er es. – Herr Gott! Was macht denn Gustchen? Schreibe mir bald, viel und ruhig. Verhehle mir deine Besorgnisse nicht. – Grüße Alles.

70. An Ulrike von Kleist

Leipzig, d. 13t ⟨und 14.⟩ März, 1803.

Ich habe deinen Brief vom 18t Febr. empfangen, und eile ihn zu beantworten. – Vielen Dank für alle deine guten Nachrichten. Wie mag doch das kleine Ding aussehen, das Gustel gebohren hat? Ich denke, wie die Mäuse, die man aus Apfelkernen schneidet. –

Merkels unbekannter Correspondent bin ich nicht. –

Du bist doch immer noch die alte reiselustige Ulrike! Die Mara hat anderthalb Meilen von mir gesungen (in Weimar) und wahrhaftig, sie hätte in dem Kruge zu Osmanstädt singen können; es ist noch die Frage, ob ich mich gerührt hätte. Aber der Himmel behüte mich, dir diese Reiselustigkeit zu bespötteln. Denn das wäre, als ob Einer, der mit sinkenden Kräften gegen einen Fluß kämpfte, die Leute, die auf sein Schreien ans Ufer stürzten, der Neugierde zeihen wollte. –

Das Verzeichniß der Sachen, die ich bei Carl Zenge zurückließ, kann ich nicht geben. –

Und dich begleitet auf allen Schritten Freude auf meinen nächsten Brief? O du Vortreffliche! Und o du Unglückliche! Wann werde ich den Brief schreiben, der dir so viele Freude macht, als ich dir schuldig bin? –

Ich weiß nicht, was ich dir über mich unaussprechlichen Menschen sagen soll. – Ich wollte ich könnte mir das Herz aus dem Leibe reißen, in diesen Brief packen, und dir zuschicken. – Dummer Gedanke!

Kurz, ich habe Osmanstädt wieder verlassen. Zürne nicht! Ich mußte fort, und kann dir nicht sagen, warum? Ich habe das Haus mit Thränen verlassen, wo ich mehr Liebe gefunden habe, als die ganze Welt zusammen aufbringen kann; außer du! –! Aber ich mußte fort! O Himmel, was ist das für eine Welt!

Ich brachte die ersten folgenden Tage in einem Wirthshause zu Weimar zu, und wußte gar nicht, wohin ich mich wenden sollte. Es waren recht traurige Tage! Und ich hatte eine recht große Sehnsucht nach dir, o du meine Freundinn!

Endlich entschloß ich mich nach Leipzig zu gehen. Ich weiß wahrhaftig kaum anzugeben, warum? – Kurz, ich bin hier.

Ich nehme hier Unterricht in der Declamation bei einem gewissen Kerndörffer. Ich lerne meine eigne Tragödie bei ihm declamiren. Sie müßte, gut declamirt, eine bessere Wirkung thun, als schlecht vorgestellt. Sie würde mit vollkommner Declamation vorgetragen, eine ganz ungewöhnliche Wirkung thun. Als ich sie dem alten Wieland mit großem Feuer vorlas, war es mir gelungen, ihn so zu entflammen, daß mir, über seine innerlichen Bewegungen, vor Freude die Sprache vergieng, und ich zu seinen Füßen niederstürzte, seine Hände mit heißen Küssen überströmend.

Vorgestern faßte ich ein Herz, und gieng zu Hindenburg. Da war große Freude. »Nun, wie steht's in Paris um die Mathematik?« – Eine alberne Antwort von meiner Seite, und ein trauriger Blick zur Erde von der seinigen. – »So sind Sie bloß so herum-gereiset?« – Ja, herum gereiset. – Er schüttelte wehmüthig den Kopf. Endlich erhorchte er von mir, daß ich doch an etwas arbeite. »Woran arbeiten Sie denn? Nun! Kann ich es denn nicht wissen? Sie brachten diesen Winter bei Wieland zu; gewiß! gewiß!« – Und nun fiel ich ihm um den Hals, und herzte und küßte ihn so lange, bis er lachend mit mir überein kam: der Mensch müsse das Talent anbauen, das er in sich vorherrschend fühle.

Ob ich nicht auch mit Wünschen so fertig werden könnte? Und Huth? Und Hüllmann? & & & & &

Hindenburg erzählte mir, du habest von der Gräfin Genlis einen Ruf als Erzieherinn in ihr Institut zu Paris erhalten. Was verstehst du davon? Ich, nichts.

Wieland hat Osmanstädt verkauft, und zieht auf 1ᵗ Mai nach Weimar. Der 3ᵗ Mai wird zu seiner Ehre mit einem großen Feste gefeiert werden. Ich bin eingeladen; und Alles, was süß ist, lockt mich. Was soll ich thun?
Wenn ihr mich in Ruhe ein Paar Monate bei euch arbeiten lassen wolltet, ohne mich mit Angst, was aus mir werden werde, rasend zu machen, so würde ich – ja, ich würde!

Leset doch einmal im 34 oder 36ᵗ Blat des Freimüthigen den Aufsatz: Erscheinung eines neuen Dichters. Und ich schwöre euch, daß ich noch viel mehr von mir weiß, als der alberne Kauz, der Kotzebue. Aber ich muß Zeit haben, Zeit muß ich haben – O ihr Erynnien mit eurer Liebe!

Frage aber mit Behutsamkeit nach diesem Blatte, damit der litterarische Spürhund, der Merkel, nicht rieche, wer der neue Dichter sei? Es darf es überhaupt niemand als etwa meine allernächsten Verwandten erfahren; und auch unter diesen nur die verschwiegenen. – Auch thut mir den Gefallen und leset das Buch nicht. Ich bitte euch darum. Kurz, thut es nicht. Hört ihr?

Und nun küsse in meinem Namen jeden Finger meiner ewig verehrungswürdigen Tante! Und, wie sie, den Orgelpfeifen gleich, stehen, küsse sie Alle von der Obersten bis zur Letzten, der kleinen Maus aus dem Apfelkern geschnitzt! Ein einziges Wort von euch, und ehe ihrs euch versieht, wälze ich mich vor Freude in der Mittelstube. Adieu! Adieu! Adieu! O du meine Allertheuerste!

Leipzig, d. 14[t] März 1803. Heinrich.

71. An Friedrich Lose

⟨Dresden, Frühjahr 1803.⟩

Mein lieber Lohse, ich bin seit einigen Tagen in Dreßden, und habe das ganze Schl⟨iebensche⟩ Haus voller Besorgnisse um dein Schicksal gefunden, weil du seit so vielen Monaten nicht geschrieben hast. Es ist kein Übel der Erde, unter welchem dich C⟨aroline⟩ im Geiste nicht seufzen und erliegen sieht. Bald ist es ihr am wahrscheinlichsten, daß du krank, bald, daß du ihr untreu seist & Möglich ist, daß die Wahrheit auf eine gewisse Art zwischen inne liegt. Es kann sein, daß du in einem Augenblick der Hoffnungslosigkeit dich entschlossen hast, dein Schicksal von dem Schicksal dieses armen Mädchens zu trennen. Sollte dies der Fall sein, und sollte Trennung von ihr ein Mittel sein, um mit freierer Bewegung deiner Kräfte wenigstens dir allein ein erträgliches Loos zu erringen (du verstehst mich) so setze, wie du es angefangen hast, dein Stillschweigen fort, und ich will, während meines Hierseins, alles Mögliche thun, um den großen Schmerz, der dieses arme Mädchen dann allerdings träfe, zu mildern. Wenn du aber zu deinen Kräften noch ein klein wenig Muth spürst, o mein lieber Lohse, so laß dir sagen, daß keine Arbeit dich schrecken muß, die dies Vortrefflichste der Mädchen dir gewinnen kann. Nach meiner (allerdings unvollständigen) Ansicht der Dinge scheint mir die Schweiz immer noch der Ort zu sein, an welchem du dein

Talent am frühesten und sichersten gelten machen kannst. C⟨aroline⟩ ist überdies auf dem Wege eine ächte Künstlerinn zu werden und wird einst mehr als dich unterstützen können. Solltest du aber nicht dir zutrauen, die Schweizermaler zu verdrängen (welches du allerdings darfst und kannst), so kannst du wahrhaftig nichts beßres thun, als in dein Vaterland zurückzukehren, unter Menschen, die dich lieben, mit dir verwandt sind, oder wenigstens deine Sprache verstehn. Deine Pläne mögen aber sein, welche sie wollen, so theile sie deinem Freunde mit, und scheue dich nicht, jede Hülfe von ihm zu fordern, die er dir leisten kann. Ich werde noch einige Zeit, vielleicht einen Theil des Sommers, in Dreßden bleiben und hier wird mich auf jeden Fall dein Brief finden. Mein Schicksal nähert sich einer Krise, ist sie glücklich, so werden mir Mittel genug zu Gebote stehen, um dir zu helfen. H. K.

72. An Ulrike von Kleist

Meine theuerste Freundinn,

Der Rest meines Vermögens ist aufgezehrt, und ich soll das Anerbieten eines Freundes annehmen, von seinem Gelde so lange zu leben, bis ich eine gewisse Entdeckung im Gebiete der Kunst, die ihn sehr interessirt, völlig ins Licht gestellt habe. Ich soll in spätestens zwölf Tagen mit ihm nach der Schweiz gehen, wo ich diese meine litterarische Arbeit, die sich allerdings über meine Erwartung hinaus verzögert, unter seinen Augen vollenden soll. Nicht gern aber mögte ich dich, meine Verehrungswürdige, vorübergehen, wenn ich eine Unterstützung anzunehmen habe; mögte dir nicht gern einen Freund vorziehen, dessen Börse, in Verhältniß mit seinem guten Willen, noch weniger weit reicht, als die deinige. Ich erbitte mir also von dir, meine Theure, so viele Fristung meines Lebens, als nöthig ist, seiner großen Bestimmung völlig genug zu thun. Du wirst mir gern zu dem einzigen Vergnügen helfen, das, sei es noch so spät, gewiß in der Zukunft meiner wartet, ich meine, mir den Kranz der Unsterblichkeit zusammen zu pflücken. Dein Freund wird es, die Kunst und die Welt wird es dir einst danken.

Das liebste wäre mir, wenn du statt aller Antwort selber kämest. Ich würde dir mündlich manchen Aufschluß geben, den aufzuschreiben völlig außer meinem Vermögen liegt. In eilf Tagen würdest du mich noch hier, die nächstfolgenden in Leipzig finden. Da würdest du auch meinen Freund kennen lernen, diesen vortrefflichen Jungen. Es ist Pfuel, von Königs Regiment. – Doch auch dein Brief wird mir genug sein. Adieu.

Dreßden, d. 3[t] Juli, 1803. Heinrich v Kleist.

N. S. Grüße Alles, und gieb mir Nachrichten.

73. An Ulrike von Kleist

Meine theuerste Ulrike,

Pfuels eigner Vortheil bei meiner Begleitung in die Schweiz ist zu groß, als daß ich jetzt zurücknehmen sollte, was ich unter andern Umständen versprach. Er würde immer noch die Reisekosten für mich bezahlen, um mich nur bei sich zu sehen; und da ich doch einmal in meinem Vaterlande nicht, nicht an deiner Seite leben kann, so gestehe ich, daß mir selber für jetzt kein Platz auf der Erde lieber, und auch nützlicher ist, als der an der seinigen. Laß mich also nur mit ihm gehen.

Ich bin wirklich immer, eurer Rückreise wegen, in Sorgen gewesen, und werde es auch bleiben, bis ich Nachrichten von dir empfange. Das kann aber doch nicht eher sein, als in Bern, und dahin adressire deinen Brief. Ich selber werde jetzt oft, und mit Vergnügen an euch schreiben. Seit ich euch in Dreßden sah, scheint mir das leicht, da es mir doch, ich schwöre es dir, vorher unmöglich war. Ich weiß nicht, welche seltsame Vorstellung von einer unvernünftigen Angst meiner Verwandten über mich, in meinem Hirn Wurzel gefaßt hatte. Zum Theil war ich überdrüßig euch mit Hoffnungen hinzuhalten, zum Theil schien es mir auch unmöglich, bei euch noch welche zu erregen. Es ist also einerlei, dachte ich, ob du schreibst oder nicht.

Lies' doch inliegenden Brief von Wieland, dem Alten, den ich, auf ein kurzes Empfehlungsschreiben das ich Werdecks mitgab, am Abend eurer Abreise empfieng. Ich sehe sein Antlitz vor Eifer glühen, indem ich ihn lese. – Die beiden letzten Zeilen sind mir die rührendsten. Du kannst sie, wenn du willst, verstehen.

Schliebens lassen euch noch tausendmal grüßen. Die jüngste hat mir zum Andenken ein Halbhemdchen gestickt, das ausnehmend schön ist. Ich habe die beiden Mädchen immer die niedlichsten Sachen verfertigen sehen, Kleider, Tücher, Schleier & und bemerkte doch niemals, daß sie sie selber trugen. Am Tage vor meiner Abreise erfuhr ich, daß die armen Kinder diese Arbeit ihrer Hände verkaufen. Eine Freundinn bezahlt sie ihnen, und sucht sie selber dann wieder bei Kaufleuten abzusetzen. Das ist aber doch immer nur ein sehr ungewisser Absatz, und die armen Mädchen müssen, weil sie so heimlich zu Werke gehen, ihre Waare oft um ein Spottgeld hingeben. Könnte man ihnen nicht helfen? Ließen sich ihre Sachen nicht etwa bei einem der Kaufleute absetzen, die in Gulben auf den Markt kommen? Wenn du irgend ein Mittel weißt, wie sich dies mit Anstand und Verschweigung des Namens thun läßt, so nimm dich doch der Sache an. Du kannst in diesem Falle nur grade zu mit ihnen darüber in Correspondenz treten. (Sie wissen aber davon nichts, daß ich dir diesen Vorschlag mache.)

Die inliegenden Noten sind für mein neues Cousinchen, Emilie Schätzel. Die Arie ist hier für's Clavier gesetzt, kann aber von ihrem Lehrer leicht für die Zither angeordnet werden.

Gleißenberg, wie du wissen wirst, ist Gouverneur bei der école militaire geworden, als Capitain. Rühle lös't ihn in

Schlesien ab. – Ich gratulire von Herzen Carolinen; denn, so wahr ich lebe, sie wird einen Mann heirathen.

Und nun lebe wohl, ich gehe heut Mittag von hier ab. Ich küsse Tantchens Hand, und alle meine Geschwister, auch Ottilien ⟨v. Pannwitz⟩.

Leipzig, d. 20t Juli, 1803. Heinrich.

74. An Ulrike von Kleist

Der Himmel weiß, meine theuerste Ulrike, (und ich will umkommen, wenn es nicht wörtlich wahr ist) wie gern ich einen Blutstropfen aus meinem Herzen für jeden Buchstaben eines Briefes gäbe, der so anfangen könnte: »mein Gedicht ist fertig.« Aber, du weißt, wer, nach dem Sprüchwort, mehr thut, als er kann. Ich habe nun ein Halbtausend hinter einander folgender Tage, die Nächte der meisten mit eingerechnet, an den Versuch gesetzt, zu so vielen Kränzen noch einen auf unsere Familie herabzuringen: jetzt ruft mir unsere heilige Schutzgöttinn zu, daß es genug sei. Sie küßt mir gerührt den Schweiß von der Stirne, und tröstet mich »wenn Jeder ihrer lieben Söhne nur eben so viel thäte, so würde unserm Namen ein Platz in den Sternen nicht fehlen.« Und so sei es denn genug. Das Schicksal, das den Völkern jeden Zuschuß zu ihrer Bildung zumißt, will, denke ich, die Kunst in diesem nördlichen Himmelsstrich noch nicht reifen lassen. Thörigt wäre es wenigstens, wenn ich meine Kräfte länger an ein Werk setzen wollte, das, wie ich mich endlich überzeugen muß, für mich zu schwer ist. Ich trete vor Einem zurück, der noch nicht da ist, und beuge mich, ein Jahrtausend im Voraus, vor seinem Geiste. Denn in der Reihe der menschlichen Erfindungen ist diejenige, die ich gedacht habe, unfehlbar ein Glied, und es wächst irgendwo ein Stein schon für den, der sie einst ausspricht.

Und so soll ich denn niemals zu euch, meine theuersten Menschen, zurückkehren? O niemals! Rede mir nicht zu.

Wenn du es thust, so kennst du das gefährliche Ding nicht, das man Ehrgeiz nennt. Ich kann jetzt darüber lachen, wenn ich mir einen Prätendenten mit Ansprüchen unter einem Haufen von Menschen denke, die sein Geburtsrecht zur Krone nicht anerkennen; aber die Folgen für ein empfindliches Gemüth, sie sind, ich schwöre es dir, nicht zu berechnen. Mich entsetzt die Vorstellung.

Ist es aber nicht unwürdig, wenn sich das Schicksal herabläßt, ein so hülfloses Ding, wie der Mensch ist, bei der Nase herum zu führen? Und sollte man es nicht fast so nennen, wenn es uns gleichsam Kuxe auf Goldminen giebt, die, wenn wir nachgraben, überall kein ächtes Metall enthalten? Die Hölle gab mir meine halben Talente, der Himmel schenkt dem Menschen ein ganzes, oder gar keins.

Ich kann dir nicht sagen, wie groß mein Schmerz ist. Ich würde vom Herzen gern hingehen, wo ewig kein Mensch hinkommt. Es hat sich eine gewisse ungerechte Erbitterung meiner gegen sie bemeistert, ich komme mir fast vor wie Minette, wenn sie in einem Streite recht hat, und sich nicht aussprechen kann.

Ich bin jetzt auf dem Wege nach Paris sehr entschlossen, ohne große Wahl zuzugreifen, wo sich etwas finden wird. Geßner hat mich nicht bezahlt, meine unseelige Stimmung hat mir viel Geld gekostet, und wenn du mich noch einmal unterstützen willst, so kann es mir nur helfen, wenn es bald geschieht. Kann sein, auch, wenn es gar nicht geschieht.

Lebe wohl, grüße Alles – ich kann nicht mehr.

Genf, d. 5ᵗ October, 1803. Heinrich.

N. S. Schicke mir doch Wielands Brief. Du mußt poste restante nach Paris schreiben.

75. An Ulrike von Kleist

Meine theure Ulrike, sei mein starkes Mädchen! Was ich dir schreiben werde, kann dir vielleicht das Leben kosten; aber ich muß, ich muß, ich muß es vollbringen. Ich habe in Paris mein Werk, so weit es fertig war, durchlesen, verworfen, und verbrannt: und nun ist es aus. Der Himmel versagt mir den Ruhm, das größte der Güter der Erde; ich werfe ihm, wie ein eigensinniges Kind, alle übrigen hin. Ich kann mich deiner Freundschaft nicht würdig zeigen, ich kann ohne diese Freundschaft doch nicht leben: ich stürze mich in den Tod. Sei ruhig, du Erhabene, ich werde den schönen Tod der Schlachten sterben. Ich habe die Hauptstadt dieses Landes verlassen, ich bin an seine Nordküste gewandert, ich werde französische Kriegsdienste nehmen, das Heer wird bald nach England hinüber rudern, unser aller Verderben lauert über den Meeren, ich frohlocke bei der Aussicht auf das unendlich-prächtige Grab. O du Geliebte, du wirst mein letzter Gedanke sein!

St. Omer, d. 26t October, 1803. Heinrich von Kleist.

76. An Ulrike von Kleist

Mein liebstes Rickchen,

laß dir einige Nachrichten über den Erfolg meiner Reise mittheilen, ein Hundsfott giebt sie besser, als er kann.

Ich kam Dienstags Morgens mit Ernst ⟨v. Pfuel⟩ und Gleißenberg hier an, mußte, weil der König abwesend war, den Mittwoch und Donnerstag versäumen, fuhr dann am Freitag nach Charlottenburg, wo ich Kökritzen endlich im Schlosse fand. Er empfieng mich mit einem finstern Gesichte, und antwortete auf meine Frage, ob ich die Ehre hätte von ihm gekannt zu sein, mit einem kurzen: ja. Ich käme, fuhr ich fort, ihn in meiner wunderlichen Angelegenheit um Rath zu fragen. Der Marquis von Lucchesini hätte einen sonderbaren Brief, den ich ihm aus St. Omer zugeschickt, dem Könige vorgelegt. Dieser Brief müsse unverkennbare Zeichen einer Gemüthskrankheit enthalten, und ich unterstünde mich, von Sr. Majestät Gerechtigkeit zu hoffen, daß er vor keinen politischen Richterstuhl gezogen werden würde. Ob diese Hoffnung gegründet wäre? Und ob ich, wiederhergestellt, wie ich mich fühlte, auf die Erfüllung einer Bitte um Anstellung rechnen dürfte, wenn ich wagte, sie Sr. Majestät vorzutragen? Darauf versetzte er nach einer Weile: »sind Sie wirklich jetzt hergestellt? Ganz, verstehn Sie mich, hergestellt? – Ich meine«, fuhr er, da ich ihn befremdet ansah, mit Heftigkeit fort, »ob Sie von allen Ideen und Schwindeln, die vor Kurzem im Schwange waren, (er gebrauchte diese Wörter) völlig hergestellt sind?« – Ich verstünde ihn nicht, antwortete ich mit so vieler Ruhe als ich zusammenfassen konnte; ich wäre körperlich krank gewesen, und fühlte mich, bis auf eine gewisse Schwäche, die das Bad vielleicht heben würde, so ziemlich wieder hergestellt. – Er nahm das Schnupftuch aus der Tasche und schnaubte sich. »Wenn er mir die Wahrheit gestehen solle«, fieng er an, und zeigte mir jetzt ein weit besseres Gesicht, als vorher, »so könne er mir nicht verhehlen, daß er sehr ungünstig von mir denke. Ich hätte das Militair verlassen, dem Civil den Rücken gekehrt, das Ausland durchstreift, mich in der Schweiz ankaufen wollen, Versche gemacht (o meine theure Ulrike!) die Landung mitmachen wollen, & & & Überdies sei des Königs Grundsatz, Männer, die aus dem Militair in's Civil übergiengen, nicht besonders zu protegiren. Er könne nichts für mich thun.« – Mir traten wirklich die Thränen in die Augen. Ich sagte, ich wäre im Stande, ihm eine ganz andere Erklärung aller dieser Schritte zu geben, eine ganz andere gewiß, als er vermuthete. Jene Einschiffungsgeschichte z. B. hätte gar keine politischen Motive gehabt, sie gehöre vor das Forum eines Arztes weit eher, als des Cabinets. Ich hätte bei einer fixen Idee einen gewissen

Schmerz im Kopfe empfunden, der unerträglich heftig steigernd, mir das Bedürfniß nach Zerstreuung so dringend gemacht hätte, daß ich zuletzt in die Verwechslung der Erdaxe gewilligt haben würde, ihn los zu werden. Es wäre doch grausam, wenn man einen Kranken verantwortlich machen wolle für Handlungen, die er im Anfalle der Schmerzen begieng. – Er schien mich nicht ganz ohne Theilnahme anzuhören. – Was jenen Grundsatz des Königs beträfe, fuhr ich fort, so könne er des Königs Grundsatz nicht immer gewesen sein. Denn Sr. Majestät hätten die Gnade gehabt, mich mit dem Versprechen einer Wiederanstellung zu entlassen; ein Versprechen, an dessen Nichterfüllung ich nicht glauben könne, so lange ich mich seiner noch nicht völlig unwürdig gemacht hätte. – Er schien wirklich auf einen Augenblick unschlüßig. Doch die zwangvolle Wendung die er jetzt plötzlich nahm, zeigte nur zu gut, was man bereits am Hofe über mich beschlossen hatte. Denn er hohlte mit Einemmale das alte Gesicht wieder hervor, und sagte: »Es wird Ihnen zu nichts helfen. Der König hat eine vorgefaßte Meinung gegen Sie; ich zweifle daß Sie sie ihm benehmen werden. Versuchen Sie es, und schreiben Sie an ihn; doch vergessen Sie nicht die Bitte um Erlaubniß gleich hinzuzufügen, im Fall einer abschlägigen Antwort Ihr Glück im Auslande suchen zu dürfen.« – Was sagst du dazu, mein liebes Ulrickchen? – Ich antwortete, daß ich mir die Erlaubniß ausbäte, in meinem Vaterlande bleiben zu dürfen. Ich hätte Lust meinem Könige zu dienen, keinem Andern; wenn er mich nicht gebrauchen könne, so wäre mein Wunsch im Stillen mir und den Meinigen leben zu dürfen. – »Richten Sie Ihren Brief«, fiel er ein wenig betroffen ein, »wie Sie wollen. Es ist möglich, daß der König seine Meinung von Ihnen ändert; und wenn Sie ihn zu einer Anstellung geneigt machen können, so verspreche ich, Ihnen nicht entgegen zu wirken.« – Ich ersuchte ihn jetzt förmlich um diese Gnade, und wir brachen das Gespräch ab. Er bat mich noch, auf eine recht herzliche Art, um Verzeihung, wenn er mich beleidigt haben sollte, verwünschte seinen Posten, der ihm den Unwillen aller Menschen zuzöge, denen er es nicht recht machte: ich versicherte ihn, daß ich ihn mit Verehrung verließe, und fuhr nach Berlin zurück. – Ich laß auf dem Wege Wielands Brief, den du mir geschickt hast, und erhob mich, mit einem tiefen Seufzer, ein wenig wieder aus der Demüthigung, die ich so eben erfahren hatte. – Jetzt habe ich dem Könige nun wirklich geschrieben; doch weil das Anerbieten meiner Dienste wahrscheinlich fruchtlos bleiben wird, so habe ich es wenigstens in einer Sprache gethan, welche geführt zu haben, mich nicht gereuen wird. Du selbst hast es mir zur Pflicht gemacht, mich nicht zu erniedrigen; und lieber die Gunst der ganzen Welt verscherzt, als die deinige. – Ich habe jetzt die Wahl unter einer Menge von sauren Schritten, zu deren Einem ich zuletzt fähig sein werde, weil ich es muß. Zu deinen Füßen werfe ich mich aber, mein großes Mädchen; mögte der Wunsch doch dein Herz rühren, den ich nicht aussprechen kann.

Berlin, den 24^t Juni, 1804. Dein Heinrich.

N. S. Antworte mir doch bald. Ich will deinen Brief hier erwarten. Grüße Alles.

77. An Ulrike von Kleist

⟨Berlin, 27. Juni 1804.⟩

Meine theure Ulrike,

ob ich dir gleich vor einigen Tagen einen ziemlich hoffnungslosen Brief überschickt habe, so kann ich dir doch jetzt etwas über eine Art von Aussicht mittheilen, die sich, wunderlich genug für die Zukunft, mir auf einer ganz unerwarteten Seite eröffnet. – Du wirst dich noch eines Major's Gualtieri erinnern, welchen ich dir, wenn ich nicht irre, bei deiner Anwesenheit in Berlin vor drei Jahren im Schauspielhause vorstellte. Dieser, noch ziemlich junge, Mann, ein Bruder der Kleisten von Königs Regiment, geht jetzt in wenig Monden als Gesandter nach Spanien, und will, es ist ganz sein eigner Einfall, mich als seinen Legations-Rath, oder vor der Hand, als einen vom König angestellten Attaché bei seiner Gesandschafft mitnehmen. Ihm sei, sagt er, ein Legations Rath aufgedrungen worden, von welchem er sich, wenn es möglich sei, noch hier, auf jeden Fall aber in Madrid losmachen werde. In diesem letztern Falle müßte ich etwa ein Jahr noch aus eignen Kosten bestreiten, ich hätte jedoch Station auf der Reise, Wohnung und Tisch bei ihm in Madrid frei. Er wisse kein besseres Mittel, mich im Dienste des Königs wieder festen Fuß fassen zu machen, und er wolle, wenn ich auch gleich auf meine erste Bitte um Anstellung eine abschlägige Antwort erhielte (welches sich morgen oder übermorgen entscheiden wird) die Ausführung dieses ganzen Projekts bei Hofe übernehmen. Ich erwarte jetzt von dir, meine theure Schwester, die Bestimmung, ob ich mich in diesen Vorschlag einlassen soll, oder nicht. Zu einem Amte wird er mir verhelfen, zum Glücke aber nicht. Doch davon soll ich dir nicht sprechen. Adieu. Adieu.

Dein treuer Bruder Heinrich.

N. S. Im Fall du mich nach Spanien – verbannen willst, (wer weiß ob ich dich jemals wiedersehe!) so muß ich wohl noch einige Zeit hier verweilen, die Sache einzuleiten, und mir zu diesem Aufenthalte, wenn du es auftreiben kannst, einiges Geld ausbitten.

– Hast du die Wiese* noch nicht wieder besucht?

* die Wiese an der Oder bei Greiser's.

Gleißenberg läßt sich empfehlen. – Verzeih diesen liederlichen Brief, er ist in Eile geschrieben, um mit Fritzen zu reden. Ich muß so eben wieder zu Gualtieri kommen, der mich in große Affection genommen hat. Er hält die ganze Sache schon für ausgemacht und ich esse schon alle Tage bei ihm in der Stadt Paris.

78. An Ulrike von Kleist

Mein liebes Ulrickchen,

der Major Gualtieri, welcher in einiger Zeit als Gesandter nach Spanien gehen wird, ein Freund meiner Jugend, welcher mir schon in Potsdam, als er noch Flügeladjutant des Königs war, viel Wohlwollen bezeugte, nimmt sich meiner jetzt mit großer Lebhaftigkeit an, und verspricht mir, wenn ich seinem Rathe folgen will, mich mit der Zeit zu einem einträglichen und ehrenvollen Posten zu verhelfen. Er will, daß ich mit ihm nach Spanien gehen soll, wohin ich die Reise, dort auch Tisch, vielleicht, nach den Umständen, auch Wohnung frei haben werde, und giebt mir die Versicherung, mir für diesen Fall die Anstellung als Attaché bei seiner Gesandschaft, in einem Jahr dort (vielleicht) eine kleine Zulage vom König, und in (höchstens) 3 Jahren den Legationsrathsposten selber auszuwirken. Ich habe dir dies Alles schon vor mehr als 14 Tagen geschrieben, auch um deinen Rath gebeten, aber keine Antwort erhalten, und daher, (weil deine Antwort auf meinen ersten Brief mir doch keinen andern Ausweg hoffen ließ) mich bereits darauf eingelassen, so daß diese Sache durch den Cabinetsrath Lombard schon völlig im Gange ist. – Was diese deine Antwort betrift, so weiß ich nicht, welcher Ausdruck in meinem Schreiben dich wegen meines Briefes an den König so beunruhigt haben kann. Denn wenn ich fühle, was ich mir selbst, so weiß ich, was ich dem Könige schuldig bin; welches keiner Rede mehr bedürfen sollte. Auch weiß ich bereits durch Lombard daß der König zwar eine abschlägige Resolution gegeben hat, aber bloß, weil man für mich keinen bezahlten Posten weiß, und mir den Dienst von unten auf nicht anbieten will. Diese königliche Antwort selber habe ich aber bis auf den heutigen Tag (es sind nun 3 Wochen) noch nicht erhalten, bin daher schon einigemal (vergebens) bei Haugwitz und Hardenberg, heute endlich wieder in Charlottenburg bei Kökritz gewesen, der sich darüber sehr wunderte, in meiner Gegenwart zu Kleisten schickte, und da heraus kam, daß eine Unordnung bei Hardenberg oder Haugwitz vorgefallen war, mir rieth, die Sache fallen zu lassen, und einen neuen Brief an den König zu schreiben. Dadurch habe ich diesen Mann einigermaßen in mein Interesse gezogen, und bin fast willends, ihm meinen neuen Brief an den König zur Einhändigung zu überreichen. – Übrigens fürchte ich dennoch, daß mir mein erstes Gesuch immer abgeschlagen werden wird; mein zweites aber gewiß nicht, man sieht gar nicht ein, warum? Gualtieri will mich in diesem Fall mitnehmen nach Landeck in Schlesien, wohin Lombard auch gegangen ist, um mir dort die nähere Bekanntschaft dieses Mannes zu verschaffen, der sein specieller Freund ist. Ich bin dazu sehr geneigt, besonders da ich irgend eines Bades schlechterdings bedarf; wenn du nur mich von der Geldseite darin unterstützen willst. – Schicke, wenn du etwas für mich erübrigen kannst, dies doch sobald als möglich nach Berlin an Gleißenberg; sobald ich drei oder vier Tage von hier abwesend sein kann, so nutze ich sie, um nach Frankfurt zu reisen, und dir nähere Auskunft zu geben über diese Reise nach Spanien, die ihre gewissen Vortheile zwar hat, aber ungeheure Folgen haben kann. Adieu, grüße Alles.

Berlin, d. 11t Juli, 1804. Dein Heinrich.

N. S. Du bist doch nicht krank, daß du mir nicht geantwortet hast?

79. An Ulrike von Kleist

Mein liebes Ulrikchen,

die Antwort des Königs auf meine Zuschrift, bleibt auf eine mir ganz unverständliche Weise, zum zweitenmale aus. Ich habe nicht wagen dürfen, mich bei Kökritzen nach der Ursach dieses sonderbaren Aufschub's zu erkundigen, da jeder nächste Tag mir immer die Resolution noch bringen konnte. Übermorgen aber geht meine Hoffnung zu Ende, und ich will zum viertenmale nach Charlottenburg hinaus. Denn dieser ungewisse Zustand wird mir nach gerade völlig zum Eckel. – Jene bewußten 20 Rth. sind, weil die Adresse nicht bestimmt genug war, an den Obristen ⟨Georg Friedrich Otto v.⟩ Kleist, Directeur der Militair-Akademie abgegeben worden. Ich habe Geld und Brief, leider nicht mehr uneröffnet, empfangen, und mich nur betrübt, daß ich diesem Manne nicht jetzt auch deine früheren Briefe mittheilen konnte. – Ach, Ulrikchen, wie unglücklich wäre ich, wenn ich nicht mehr stolz sein könnte! – Werde nicht irre an mir, mein beßtes Mädchen! Laß mir den Trost, daß Einer in der Welt sei, der fest auf mir vertraut! Wenn ich in deinen Augen nichts mehr werth bin, so bin ich wirklich nichts mehr werth! – Sei standhaft! Sei standhaft! Gualtieri reiset in einigen Tagen nach Schlesien, um einen Handel in Gang zu bringen, der nach Spanien unternommen werden soll. Er wartet wirklich bloß auf die Entscheidung meines Schicksals, um sich mich sogleich vom Könige auszubitten. Er will mich unentgeldlich mitnehmen, und ich brauche nichts, als jene 25 Rth., die ihr mir monatlich ausgesetzt habt, um eine kleine Börse bei mir zu führen. Besorge mir also doch dies Geld, wenn es sein kann, unverzüglich hierher. Wir reisen wahrscheinlich über Frankfurt, und es sollte mir lieb sein, wenn sich Gelegenheit fände, Euch diesen Menschen vorzustellen, an welchem mir selber Alles, bis auf seine Liebe zu mir, so unbegreiflich ist. – Adieu. Viele Grüße an Tanten und die Geschwister.

Berlin, d. ⟨27.⟩ Freitag, Juli 1804, Heinrich Kleist.

N. S. Ich wohne in der Spandauer Straße, Nmr. 53.

80. An Henriette von Schlieben

Meine theure Freundinn Henriette,

ich will diese Reise des Hauptmanns von Gleißenberg, meines Jugendfreundes, nicht unbenutzt lassen, Ihnen ein Paar flüchtige Zeilen von Ihrem immer treuen Heinrich Kleist in die Hände zu schanzen. Verzeihen Sie, wenn ich alle Versprechungen, mit welchen ich in Dreßden von Ihnen schied, so gänzlich unerfüllt gelassen habe. Wenn uns das Schicksal so unerbittlich grimmig auf der Ferse folgt, so haben wir alle Besinnung nöthig, um uns nur vor seinen Schlägen einigermaßen zu retten. Doch es bedarf nur einer kurzen Ruhe, um uns alle frohen Augenblicke der Vergangenheit, und mit ihnen alle gute Menschen in's Gedächtniß zu rufen, denen wir sie schuldig sind.

Wie ist es Ihnen denn dieses ganze lange Jahr über, das wir uns nicht gesehen haben, gegangen? Wie befindet sich Ihre würdige Frau Mutter? Und Ihre Tante? Was macht unsre liebenswürdige Freundinn Caroline? Ist Wilhelm ⟨v. Schlieben⟩ in Dreßden gewesen? Und ist ihm sein Wunsch erfüllt, und ihm eine Laufbahn im Civil eröffnet worden? Schreibt Lohse öfter als sonst? Und geht es ihm gut? Wo ist er denn jetzt? Dürfen wir hoffen, unsre liebe Caroline durch ihn bald glücklich zu sehen? – Auf alle diese Fragen, mein theuerstes Cousinchen, wird Ihnen Ihr Herz sagen, daß Sie mir die Antwort schuldig sind.

Ich habe Lohsen auf einige Zeit in Varese gesehen, wo ich einen der frohsten Tage meines Lebens verlebt habe. Wir fuhren, Werdecks, Pfuel, er, und ich, zusammen nach Madonna del monte, einem ehemaligen Kloster an dem südlichen Fuße der Alpen; und war es diese Gesellschaft, und dieser Ort, dieser wunderschöne Ort, vielleicht auch der Genuß der gewürzreichen Weine, und der noch gewürzreicheren Lüfte dieses Landes: ich weiß es nicht; aber Freude habe ich an diesem Tage so lebhaft empfunden, daß mir diese Erscheinung noch jetzt, bei dem Kummer, der mir zugleich damals fressend an's Herz nagte, ganz verwundrungswürdig ist. – Übrigens hatte ich, bei der Gesellschaft, die uns immer umgab, nur selten Gelegenheit, mich ihm vertraulich zu nähern. Seine Verhältnisse schienen in dieser Stadt sehr mannichfaltig, selbst ein wenig verwickelt, er selber gegen mich etwas geheimnißvoll, so daß ich Ihnen keine ganz sichere Nachricht über ihn zu geben im Stande war; sonst hätte ich wirklich gleich von dort aus an Sie geschrieben. – Auch hatte er eben einen Brief an Caroline angefangen, so daß ich einen Aufschub wagen zu dürfen glaubte, und späterhin durch eine zunehmende Gemüthskrankheit immer unfähiger ward, die Feder zu einem Briefe an Sie anzusetzen.

Von dort aus bin ich, wie von der Furie getrieben, Frankreich von Neuem mit blinder Unruhe in zwei Richtungen durchreiset, über Genf, Lyon, Paris nach Boulogne sur Mer gegangen, wo ich, wenn Bonaparte sich damals wirklich nach England mit dem Heere eingeschifft hätte, aus Lebensüberdruß einen rasenden Streich begangen haben würde; sodann von da wieder zurück über Paris nach Mainz, wo ich endlich krank niedersank, und nahe an fünf Monaten abwechselnd das Bett oder das Zimmer gehütet habe. Ich bin nicht im Stande vernünftigen Menschen einigen Aufschluß über diese seltsame Reise zu geben. Ich selber habe seit meiner Krankheit die Einsicht in ihre Motiven verloren, und begreife nicht mehr, wie gewisse Dinge auf andere erfolgen konnten. – Jetzt werde ich in meinem Vaterlande bei dem Departement der auswärtigen Angelegenheiten angestellt werden, und mich vielleicht in Kurzem wieder zu einer neuen Reise rüsten müssen. Denn ich soll mit einer Gesandtschafft nach Spanien gehen, und werde auf diese Art wohl Verzicht leisten müssen, jemals auf diesem Sterne zur Ruhe zu kommen. – Wie lieb sollte es mir aber sein, wenn mich diese Reise über Dreßden führte, und ich an Ihrer Seite, meine liebenswürdigen Freundinnen, einige der schönen Tage der Vergangenheit wiederholen könnte! Bis dahin erfreuen Sie mich gütigst mit einem Paar Zeilen von Ihrer Hand, und vergessen Sie meine Bitte nicht um Nachricht über Alles, Frohes und Trauriges, was Ihr Haus betroffen haben könnte; denn Alles, was Sie, geht auch mich an.

Berlin, d. 29t Juli, 1804. Heinrich Kleist.

N. S. Diesen Brief gebe ich dem Hauptmann v Gleißenberg mit, der nach Gulben bei Cottbus zu seiner Braut, meiner Cousine, dem Fräulein v Pannwitz, und vielleicht von dort, in Geschäfften seines künftigen Schwiegervaters, nach Dreßden geht. In diesem Falle, denk' ich, werden Sie ihm wohl, als meinem Freunde, vorläufig ein freundliches Gesicht schenken, bis er Zeit gewonnen hat, es sich bei Ihnen zu verdienen. Er wird sich auch meinen Koffer ausbitten, für dessen gütige Aufbewahrung ich Ihnen allerseits ergebenst danke. – Sollten Hinderniße ihn abhalten, nach Dreßden zu gehen, so wird er Ihnen diesen Brief mit der Post schicken; und in diesem Falle mögte ich wohl wissen, ob sich Gelegenheit fände, diesen Koffer mit einem Frachtwagen nach Gulben bei Cottbus an den Herrn Hauptmann ⟨Wilhelm⟩ v Pannwitz zu schicken? Wenn dies nicht möglich ist, so bitte ich ihn gradezu dorthin auf die Post zu geben.

81. An Ulrike von Kleist

Meine beßte Ulrike,

ich kann Dir jetzt die sichere Nachricht geben, daß der König mein Gesuch günstig aufgenommen hat, obschon ich noch keine officielle Resolution darüber erhalten habe. Mir hat es Kökritz vorgestern mit einer großen Ermahnung, die Gnade des Königs nicht zum drittenmal auf's Spiel zu setzen, auf eine sehr gütige Art angekündigt, und mir gerathen zu Beym zu gehen, und die Beschleunigung der Resolution bei diesem zu betreiben. Der ganze Aufschub derselben scheint bloß daran zu liegen, daß man den Fond zu einer kleinen Besoldung für mich erst eröffnen muß. Beym war gestern nicht zu Hause, und ich habe jetzt einen Brief an ihn entworfen, der vielleicht geschickt ist, ihn ein wenig für meine Sache zu interessiren. – Nach Spanien werde ich nun wohl nicht gehen, so wenig wie nach Schlesien. Gualtieri zwar glaubt es immer noch vortheilhaft für mich, allein er glaubt nicht, daß es der König jetzt bewilligen werde, indem er, wenn er mich bezahlt, auch wohl wird haben wollen, daß ich unmittelbar für ihn arbeite, nicht, daß ich Gualtierin einen Theil seiner Geschäffte in Spanien abnehme. – In diesem Falle wirst du gewiß dein Wort halten, und zu mir nach Berlin kommen, das Einzige, um dessentwillen mich der glückliche Erfolg meines Gesuches wahrhaft freut. Auch wird deine Sorge für mich nöthig sein, wenn ich mit einer kleinen Besoldung, die doch gewiß 300 Rth. nicht übersteigen wird, meine Bedürfnisse bestreiten soll. Es kann möglich sein, mit dieser Summe auszukommen, aber es ist eine Kunst, und man kann ihre Ausübung von einem Menschen, der dazu einmal nicht taugt, kaum verlangen, so wenig als das Seiltanzen, oder irgend eine andere Kunst. Für jetzt wenigstens, da meine ganze Lebensweise noch so wenig geordnet sein kann, geht es mit 25 Rth. monatlich nicht, und ihr müßt ein Einsehen haben. Schickt mir nur vor der Hand meine Betten, wenn es sein kann; und wenn ich meine Paar Möbeln wieder zusammenfinden könnte, so würde ich auch 3 oder 4 Rth. monatlich wohlfeiler wohnen. Adieu. Adieu. Bald ein Mehreres und, ich hoffe, ganz Bestimmtes.

Berlin, d. 2t August, 1804. Dein Heinrich.

Antworte bald. Spandauer Straße, N. 53.

82. An Ulrike von Kleist

Mein vortreffliches Mädchen,

wie überraschest du mich mit deinem Antrage, mit diesem neuen Beweis deiner Sorgfalt für mich, die immer noch im Stillen dein Herz beschäfftigt! Komm, meine Freundinn, komm doch gleich zu mir! Gualtieri reiset wirklich in der Mitte künftigen Monats ab, er will immer noch, daß ich ihn nach Spanien begleite, lerne doch diesen Menschen selbst kennen, und die Verhältnisse, und *sage* mir, was ich thun soll. In dem Hause, in welchem ich wohne, ist ein Zimmer noch, neben dem meinigen, zu vermiethen, sehr angenehm, ein wenig theuer; opfre dies für einen Monat! Wenn ich nach Spanien gehe, so gehst du zu deiner Tante zurück, oder zu Leopolden; und wenn wir zusammen in Berlin uns etabliren können, so kann ich unter deinen Augen die Anstalten treffen, die du für zweckmäßig hältst. Wie glücklich könnten wir leben! Es würde nicht wie in Paris sein –! Adieu, adieu! Antworte mir sogleich. Ich küsse Tanten, Minetten, und Allen die Hände, die deiner Liebe zu mir wieder einmal ihre freie Bewegung gelassen haben. Adieu. – Auf baldiges Wiedersehn!

Berlin, d. 24^{t} August, 1804.

Dein treuer Bruder Heinrich.

N. S. Ich habe gestern einen Brief an euch abgeschickt, doch die Quittung vergessen. Hier erfolgt sie für meine liebe Minette. – Pannwitzens Koffer ist mit Gleißenberg nach Gulben gegangen, um ihn dort abzugeben. Ich glaubte Wilhelm ⟨v. Pannwitz⟩ würde hingehen. – Gleißenberg bringt mir den meinigen von Dreßden mit. – – Schreibe mir genau *wann* du eintriffst, ich komme dir entgegen.

83. An Ulrike von Kleist

Meine liebste Ulrike,

ich warte von Tage zu Tage auf eine Entscheidung vom Minister, ob ich vorläufig noch in Berlin bleiben, oder sogleich nach Franken gehen soll. Dieser Umstand ist Schuld, daß ich noch immer angestanden habe, mich einzuquartieren, und während dieser Zeit in einem theuren Gasthofe gewohnt habe, wo ich nun Mühe haben werde, heraus zu kommen. Du mußt es schon bei Minetten ausmachen, daß sie für diese außerordentliche Ausgabe etwas auftreibt, ich arbeite ja aus allen Kräften darauf los, es wieder zu bezahlen. Wenn du dich mit solchen Dingen nicht befassen willst, so ersuche ich Leopold ihr eine vernünftige Vorstellung zu machen. Ich werde ja überdies dieser Vorschüsse nicht drei Jahre lang bedürftig sein, und so wird es im Ganzen nicht mehr ausmachen, wenn man es auf die letzten Monate abrechnet. – Wie wäre es auch, wenn du zu mir herüber kämest? Ich bin sehr traurig. Du hast zwar nicht mehr viel Mitleiden mit mir, ich leide aber doch wirklich erstaunlich. Komm also nur herüber, und tröste mich ein wenig. Ich weiß doch, daß du mir gut bist, und daß du mein Glück willst, du weißt nur nicht, was mein Glück wäre. Nach Potsdam kehr ich auch nicht zurück, wie ich zu Anfange glaubte; wozu also noch länger getrennt sein? Ich sehe hier keinen Menschen, und bedarf deiner lieben Gesellschaft. Es wird uns selbst eine förmliche Einrichtung nicht viel mehr kosten, als der Aufenthalt in diesem heillosen Gasthofe. Ich hoffe also auf die Erfüllung meiner Bitte. Ich werde noch heute zur Kamken gehen, und sie auffordern, uns eine Wohnung auszumitteln. Chambre garnie, und du läßt das Mädchen aus Frankfurt kommen. Wie gern würde ich dich abholen! Doch ich muß schlechterdings in Berlin bleiben. Richte dich also nur selbst ein. Vielleicht kömmst du mit der Kleisten, die ja auch nach Berlin wollte. – Das würde mich sehr freuen! Adieu.

Dein Heinrich.

Berlin, d. Dcber 1804. (Im goldnen Stern)

84. An Ernst von Pfuel

Du übst, du guter, lieber Junge, mit deiner Beredsamkeit eine wunderliche Gewalt über mein Herz aus, und ob ich dir gleich die ganze Einsicht in meinen Zustand selber gegeben habe, so rückst du mir doch zuweilen mein Bild so nahe vor die Seele, daß ich darüber, wie vor der neuesten Erscheinung von der Welt, zusammenfahre. Ich werde jener feierlichen Nacht niemals vergessen, da du mich in dem schlechtesten Loche von Frankreich auf eine wahrhaft erhabene Art, beinahe wie der Erzengel seinen gefallnen Bruder in der Messiade, ausgescholten hast. Warum kann ich dich nicht mehr als meinen Meister verehren, o du, den ich immer noch über Alles liebe? – Wie flogen wir vor einem Jahre einander, in Dreßden, in die Arme! Wie öffnete sich die Welt unermeßlich, gleich einer Rennbahn, vor unsern in der Begierde des Wettkampfs erzitternden Gemüthern! Und nun liegen wir, übereinander gestürzt, mit unsern Blicken den Lauf zum Ziele vollendend, das uns nie so glänzend erschien, als jetzt, im Staube unsres Sturzes eingehüllt! Mein, **mein** ist die Schuld, **ich** habe dich verwickelt, ach, ich kann dir dies nicht so sagen, wie ich es empfinde. – Was soll ich, liebster Pfuël, mit allen diesen Thränen anfangen? Ich mögte mir, zum Zeitvertreib, wie jener nackte König Richard, mit ihrem minutenweisen Falle eine Gruft aushöhlen, mich und dich und unsern unendlichen Schmerz darin zu versenken. So umarmen wir uns nicht wieder! So nicht, wenn wir einst, von unserm Sturze erholt, denn wovon heilte der Mensch nicht! einander, auf Krücken, wieder begegnen. Damals liebten wir ineinander das Höchste in der

Menschheit; denn wir liebten die ganze Ausbildung unsrer Naturen, ach! in ein Paar glücklichen Anlagen, die sich eben entwickelten. Wir empfanden, ich wenigstens, den lieblichen Enthusiasmus der Freundschafft! Du stelltest das Zeitalter der Griechen in meinem Herzen wieder her, ich hätte bei dir schlafen können, du lieber Junge; so umarmte dich meine ganze Seele! Ich habe deinen schönen Leib oft, wenn du in Thun vor meinen Augen in den See stiegest, mit wahrhaft mädchenhaften Gefühlen betrachtet. Er könnte wirklich einem Künstler zur Studie dienen. Ich hätte, wenn ich Einer gewesen wäre, vielleicht die Idee eines Gottes durch ihn empfangen. Dein kleiner, krauser Kopf, einem feisten Halse aufgesetzt, zwei breite Schultern, ein nerviger Leib, das Ganze ein musterhaftes Bild der Stärke, als ob du dem schönsten jungen Stier, der jemals dem Zevs geblutet, nachgebildet wärest. Mir ist die ganze Gesetzgebung des Lykurgus, und sein Begriff von der Liebe der Jünglinge, durch die Empfindung, die du mir geweckt hast, klar geworden. Komm zu mir! Höre, ich will dir was sagen. Ich habe mir diesen Altenstein lieb gewonnen, mir sind die Abfassung einiger Rescripte übertragen worden, ich zweifle nicht mehr, daß ich die ganze Probe, nach jeder vernünftigen Erwartung bestehen werde. Ich kann ein Differentiale finden, und einen Vers machen; sind das nicht die beiden Enden der menschlichen Fähigkeit? Man wird mich gewiß, und bald, und mit Gehalt anstellen, geh mit mir nach Anspach, und laß uns der süßen Freundschafft genießen. Laß mich mit allen diesen Kämpfen etwas erworben haben, das mir das Leben wenigstens erträglich macht. Du hast in Leipzig mit mir getheilt, oder hast es doch gewollt, welches gleichviel ist; nimm von mir ein Gleiches an! Ich heirathe niemals, sei du die Frau mir, die Kinder, und die Enkel! Geh nicht weiter auf dem Wege, den du betreten hast. Wirf dich dem Schicksal nicht unter die Füße, es ist ungroßmüthig, und zertrit dich. Laß es an Einem Opfer genug sein. Erhalte dir die Ruinen deiner Seele, sie sollen uns ewig mit

Lust an die romantische Zeit unsres Lebens erinnern. Und wenn dich einst ein guter Krieg in's Schlachtfeld ruft, deiner Heimath, so geh, man wird deinen Werth empfinden, wenn die Noth drängt. – Nimm meinen Vorschlag an. Wenn du dies nicht thust, so fühl ich, daß mich niemand auf der Welt liebt. Ich mögte dir noch mehr sagen, aber es taugt nicht für das Briefformat. Adieu. Mündlich ein Mehreres.

Berlin, d 7^{t} Januar, 1805 Heinrich v Kleist.

85. An Christian von Massenbach

Verehrungswürdigster Herr Obrist,
Sie thun meinem guten, redlichen, vortrefflichen Freunde Altenstein recht Unrecht, und ich würde recht böse auf Sie sein, wenn der Verdacht, den Sie auf ihn geworfen haben, nicht von der Innigkeit Ihrer Güte für mich, und Ihrer immer regen Besorgniß für mein Wohl herrührte. Es ist so wenig die Rede davon, mich durch einen Kunstgriff von dem Hardenbergschen Departement zu entfernen, daß vielmehr dieser Altenstein, der mit großen Plänen für sein Vaterland (Franken) umgeht, das lebhafteste Interesse zeigt, mich für seine Zwecke zu gewinnen. Die Absicht, die man bei dieser meiner Sendung nach Königsberg hat, ist wirklich keine andere, als mich zu einem tüchtigen Geschäfftsmann auszubilden, und die musterhafte Einrichtung der preußischen Kammern, durch meine Beihülfe einst, wenn ich angestellt sein werde, auf die fränkischen überzutragen. Ich werde vielleicht Gelegenheit haben, Ihnen dies Alles durch die Mittheilung einer schriftlichen Instruction, die ich von dem Minister über meine Geschäffte in Königsberg zu erhalten habe, ganz deutlich und augenscheinlich dar⟨zu⟩thun, und dadurch unzweifelhaft die Unruhe Ihres so väterlich für mich gesinnten Herzens zerstreuen. Nehmen Sie inzwischen die Versicherung meiner innigsten Dankbarkeit, Ver-

ehrungswürdigster! für Ihre gütige Empfehlung an Hardenberg an, der dadurch, daß er mich an Altenstein verwieß, mir zwar die einzige, aber auch die ganze Wohlthat erzeigte, deren ich bedurfte. Wenn Thätigkeit im Felde der Staatswirthschaft wirklich mein Beruf ist, so habe ich an Altenstein denjenigen gefunden, der mich auf den Gipfel derselben führen wird; ob sie aber mein Beruf ist, ist eine andere Frage, über die jedoch mein Herz jetzt keine Stimme mehr hat. – Ich hoffe noch, Ihnen in Potsdam meine Aufwartung zu machen, und mir die Empfehlung nach Königsberg auszubitten, die Sie mir so gütig gewesen sind, anzubieten. Schließlich erfolgt d. Krug.

Berlin, d. 23t Aprill 1805. H. v. Kleist.

86. An Karl von Stein zum Altenstein

Hochwohlgebohrner Freyherr,
Hochzuverehrender Herr Geheimer-Finanz-Rath,

Ew. Hochwohlgebohren verfehle ich nicht, von meiner, am 6t dieses erfolgten, glücklichen Ankunft in Königsberg gehorsamst zu benachrichtigen. Ich würde schon den 4t dieses hier eingetroffen sein, wenn mein, in Frankfurt aufgefundner, Wagen nicht einer gänzlichen Herstellung bedurft hätte, und ich sonach zu einem Aufenthalte daselbst von zwei Tagen genöthigt worden wäre. Von hier aus gieng es inzwischen in ununterbrochener Reise, Tag und Nacht, weiter, und ich glaube mich um so mehr wegen jener kleinen Versäumniß für entschuldigt halten zu dürfen, da ich den Kriegsrath Müller, mit welchem ich von Berlin abzugehen bestimmt war, schon in Marienwerder wieder einholte. Bei dieser großen Schnelligkeit meiner Reise, und dem an Erscheinungen eben nicht reichen Lande, durch welches sie mich führte, blieb meinem Wunsche, mich überall zu unterrichten, kaum mehr, als eine oder die andere flüchtige Wahrnehmung übrig. Wie viel würden nichts desto weniger Sie, oder irgend ein geübterer Statistiker, wer es auch sei an meiner Stelle gesehen haben. Denn es kommt überall nicht auf den Gegenstand, sondern auf das Auge an, das ihn betrachtet, und unter den Sinnen eines Denkers wird alles zum Stoff. – Ich gieng, Ihrem Befehl gemäß, gleich am folgenden Tage zu dem Herrn Kammer-Präs. v. Auerswald, um mich bei ihm zu melden. Er empfieng mich mit vieler Güte, und sagte mir, daß er bereits officiel sowohl, als auch durch den HE. v. Schöne, seinen Schwiegersohn, von dem Zweck meiner Ankunft in Königsberg unterrichtet wäre. Er ertheilte mir die Versicherung, daß er mir zu allen Geschäfften, die zu meiner Instruction dienen könnten, Gelegenheit machen würde, und befahl mir zuvörderst, Freitag, Morgends, auf der Kammer zu erscheinen. Mein zweiter Gang war zu dem HE. Kammer-Dir. v. Salis. Dieser gewiß, wenn mir ein Urtheil über ihn erlaubt ist, vortreffliche Mann, hat mich auf das Empfehlungsschreiben, womit mich der HE. Geh. Fin. Rath Nagler zu Berlin beehrte, auf das Freundschafftlichste aufgenommen. Er kam mir nicht nur sogleich mit den gefälligsten Anerbietungen entgegen, sondern flößte mir auch, was noch mehr werth war, das Vertrauen ein, davon Gebrauch zu machen. Ihm verdanke ich zum Theil die Anordnung meiner kleinen Ökonomie, er hat mir die Bekantschafft mehrerer der hiesigen Professoren verschafft, mich bei der Kammer, und in alle Büreaus derselben, eingeführt, und eben jetzt komme ich von einer Unterredung mit ihm, in welcher er mir einen sehr zweckmäßigen Plan über die Folgereihe meiner Studien und Geschäffte, zur Erfüllung der ganzen Absicht meiner Reise nach Königsberg, mitgetheilt hat. Ich unterstehe mich, Ew. Hochwohlgb. ergebenst zu bitten, den HE. Geh. Fin. Rath Nagler für jene gütige Empfehlung, der ich ohne Zweifel alle diese Gefälligkeiten verdanke, meinen gehorsamsten und herzlichsten Dank abzustatten. – Am Freitag habe ich nun wirklich der ersten Session des Collegiums beigewohnt. Ich habe das Gelübde der Verschwiegenheit mit einem Handschlag bekräfftigen, und sodann an einem abgesonderten Tische, unter mehreren Officieren der hiesigen Garnison, Platz nehmen müssen. Mein ganzes Geschäfft bestand, nach meinem eignen Wunsche, an diesem Tage im Hören und Sehen, doch glaube ich, in einiger Zeit zur Übernahme der Acten, und zu den Vorträgen selbst, schreiten zu dürfen. Ich werde, nach dem Vorschlage des HE. v. Salis, den Anfang mit den Steuersachen machen, und zwar mit den ländlichen, und dann zu den städtischen übergehen. Zuletzt dürfte ein Jahr eine zu kurze Zeit sein, um mich in allen Fächern dieser weitläufigen Kammeral-Verwaltung, besonders wenn ich, wie es Ihr Befehl war, ⟨mich⟩ mit so vielem Ernste in das Domainen-Fach werfen sollte, umzusehen; doch werde ich gewiß nichts unterlassen, um die Strafe einer inconsequent verlebten Jugend, so sehr sie durch Ihre Güte auch gemildert wird, nicht mehr, als ich es verdiene, zu verlängern. – Vorgestern habe ich nun auch einer finanz-wissenschaftlichen Vorlesung des Professors Krause beigewohnt: ein kleiner, unansehnlich gebildeter Mann, der mit fest geschlossenen Augen, unter Gebährden, als ob er im Kreisen begriffen wäre, auf dem Katheder sitzt; aber wirklich Ideen, mit Hand und Fuß, wie man sagt, zur Welt bringt. Er streut Gedanken, wie ein Reicher Geld aus, mit vollen Händen, und führt keine Bücher bei sich, die sonst gewöhnlich, ein Nothpfennig, den öffentlichen Lehrern zur Seite liegen. In seiner dies-halbjährigen Vorlesung ist er schon ziemlich weit vorgerückt, doch wird mir Gelegenheit werden, das Vorgetragene noch nachzuholen. Gewerbkunde und Staatswirthschafft, seine Hauptcollegia, lies't er inzwischen erst im Winter, und ich werde den Sommer benutzen können, Institutionen oder Pandekten, vielleicht auch die Chemie bei Hagen zu hören, um mich auch in dieser Wissenschafft ein wenig herzustellen. – Doch ich werde zu weitläufig. Meine Voraussetzung, daß Sie an manchen dieser kleinen, nicht sowohl mein Geschäfft, als m i c h, betreffenden Umständen, einigen Antheil nehmen, ist vielleicht noch zu voreilig; doch werde ich das Geschäfft meines Lebens daraus machen, mich darum zu bewerben.

Noch muß ich inzwischen Ew. Hochwohlgeb. melden, daß ich das Dekret vom 28[t] Aprill erhalten – auch, daß ich mich, nach Ew. Hochwohlgb. Rathe, bei des HE. Staatsministers v. Schrötters Excll. schriftlich bedankt habe. – Werd' ich meine Diäten von Berlin aus, oder vielleicht eine Anweisung zur Erhebung derselben in Königsberg erhalten?

Ich beharre mit der innigsten und ehrfurchtsvollesten Hochachtung

Ew. Hochwohlgebohr.

Königsberg, d. 13[t] Mai, 1805. ergebenster

H. v. Kleist.

87. An Ernst von Pfuel

⟨Königsberg, 2. und 4. Juli 1805.⟩

Mein liebster Pfuel,

inliegende 20 Fr.d'or sind ein Geschenk von der K⟨önigin⟩, die die Kleisten schon lange Zeit für dich in ihrem Büreau aufbewahrt hat, und nun bei ihrer Abreise von Potsdam nach Dobran, da sie gar keine Nachricht von dir bekömmt, mir zuschickt, um sie dir zu übermachen. Du bist, mein armer Junge, wahrscheinlich krank, (wie ich) daß du die Kleisten noch bis auf diese Stunde nicht mit einem Paar Zeilen erfreut hast. Du warst schon als du hier auf die Post stiegest, unpäßlich, benachrichtige mich doch mit einem Paar Worte (aus dem Bette, wie ich) ob meine Besorgniß gegründet ist. Laß dieses angenehme kleine Geschenk (angenehm wirklich durch die Geberinn) etwas zu deiner Herstellung beitragen. Du wirst jährlich 12 Fr.d'or auf diesem Wege erhalten. Du mögtest, schreibt die Kleisten, dich in kleinen niedlichen Briefe (franz.) bedanken, sie würde die Bestellung dieses Briefes übernehmen. Übrigens versteht sich von selbst, daß das größte Stillschweigen über die ganze Sache beobachtet werden muß. Adieu, ich bin auch bettlägrig, und leide schon seit 14 Tagen an rheumatischen Zufällen, und einem Wechselfieber, das mich, um mit dir zu reden, ganz auf den Hund bringt. – Was macht denn der Hydrostat?

Königsberg, d. 2[t] July, 1805. H. v. Kleist.

(An den 20 Fr.d'or fehlt das Postgeld, das sie mir von Potsd. bis Köngsbg. gekostet haben!)

N. S. Diesen Brief schickte ich vorgestern auf die Post, und bekam ihn zurück mit der Weisung, daß er erst morgen (als am Posttage nach Johannisburg) angenommen werden könne. So eben erhalte ich nun deinen Brief; und erbreche den meinigen noch einmal, um dir zu antworten. Zuvörderst sehe ich zwar daraus, daß du nicht krank bist, begreife aber jetzt um so weniger, wie es zugeht, daß du der Kleisten noch nicht geschrieben hast. Es sei nun wirklich Nachläßigkeit, oder Rache, so ist es das Unwürdigste von der Welt, und nicht werth, daß ich ein Wort darüber verliere. – Was deine hydrostatische Weisheit betrifft, so muß ich dich zweierlei bitten, 1) nichts zu schreiben, was du nicht gut überlegt hast, 2) dich so bestimmt auszudrücken, als es die Sprache überhaupt zuläßt; weil sonst des Schreibens und Wiederschreibens kein Ende wird. Auf 120′ Tiefe (Siehe A, deines Briefes) ist die Luft nicht 6 · 8 (soll doch heißen 6 bis 8 mal) zusammengedrückt, auf **128′** Tiefe ist sie genau 8 mal zusammengedrückt; d. h. wenn ihre Zusammendrückung über dem Meere = 1 so ist sie 128′ unter demselben = 8. Daß sich zweitens, (B deines Briefes) die Luft 24 mal verdichten lasse, ist eine sonderbare Annahme, da sie sich bekantermaßen in der Kolbe der schlechtesten Windbüchse 300 mal zusammenpressen läßt. Daß übrigens beim Sinken des Hydrostaten das Luftpumpengeschäfft immer successiv schwerer vor sich geht, indem zusammengedrückte Luft zusammengedrückt werden muß, ist ein Umstand, den wir schon hier in Königsberg erwogen haben. Wenn sich die Luft, über dem Meere, 400 mal zusammenpressen läßt* so läßt sie sich

32′	unter dem Meere	200 mal
64′	〃 〃 〃	nur 100 mal
128′	〃 〃 〃	nur 50 mal
256′	〃 〃 〃	nur 25 mal
512′	〃 〃 〃	nur 12½mal u. s. f. zu-

sammenpressen. In dieser Tiefe also allerdings ist (oder wird doch wenigstens in einer noch größern Tiefe) das Luftpumpengeschäfft von ungeheurer Schwierigkeit. Es muß vielleicht hier ganz und gar wegfallen. Doch überall kann man es entbehren, da man an den Gewichten ein Surrogat hat, das, was die vertikale Bewegung betrifft, ganz und gar statt der Luftpumpe dienen kann. – Nach dieser Berechnung fällt der Cubik-Inhalt für die Magaziene auch weit geringer aus. Ein ganz mit Wasser gefülltes Gefäß von 31 250 K. F. braucht

32′ unter Wasser	2 · 31 250 K. F.	Luft, um das Wasser daraus zu vertreiben
64′ unter Wasser	4 · 31 250 K. F.	Luft . . .
128′ unter W– –	8 · 31 250 K. F.	Luft
256′ – – – –	16 · 31 250 K. F.	Luft –

Also, um deinen Fall zu nehmen, braucht dein Gefäß von 31 250 Kubikfuß Inhalt, 128′ unter dem Wasser, gesetzt es wäre alsdann ganz voll Wasser, und man wollte es statt dessen mit Luft füllen, nur 8 · 31 250 = 250 000 Kubikfuß Luft, welche, um mitgenommen zu werden nur eines Raumes von $\frac{250\,000}{400}$ = 625 Kubikfuß bedürfen. – Endlich verstehe ich

* welches gar keine übertriebene Annahme ist.

gar nicht, was du bei den Schaufeln des Rades für ein Bedenken hast. Wenn das Wasser bis a'a' steht, so werden die Schaufeln von selbst bis b, b, b, im Wasser stehn, ohne im Mindesten über die Basis unten hervorragen zu müßen. Übrigens find' ich selbst die Erfindung des Rades noch sehr roh, aber bloß wegen der Mittheilung der Bewegung, indem mir ein Ziehen sowohl, als ein Stoßen (der oberen Glocke an die untere) ungeschickt scheint. – Zum Schluße noch eine Nachricht, die dir sehr interessant sein müßte, wenn du wirklich mit Eifer an die Ausbildung der Erfindung arbeitest: nämlich, Rigolet (Rigolet) in Lyon, Vorsteher der dortigen Landstraßen und Brücken, hat ein Fernrohr erfunden, durch welches er den Grund der Flüsse und Seen sehen, und die Grundlage der Wasserbauten untersuchen kann. – Schreibe mir bald ob du richtig das Geld empfangen hast. Adieu. H. K.

88. An Marie von Kleist

Ich hoffe, meine gnädigste Frau, daß *dieser* Brief endlich, den ich mir die Freiheit nehme, an die Fr. Gräfinn von Voß zu adressiren, in Ihre Hände kommen wird. Es ist der dritte zu zweien, die, so völlig unbegreiflich dies auch ist, durch die Post verloren gegangen sind. Den einen schickte ich vor etwa 4 Wochen nach Perleberg, den andern vor etwa 14 Tagen nach Dobberan; und wenn ich gleich h[o]ffen darf, daß vielleicht der letzte Ihnen noch zukommt, so habe ich doch, was [den e]rsten betrifft, nunmehr alle Hoffnungen dazu aufgegeben. – Was sind dies für Anstalten, meine Freundinn, für Handel und Wandel, und für die Freundschafft! Zuletzt sind die Posten an allem Unheil Schuld, Schuld, wenn es wahr ist, was die Leute sagen, daß Treu und Glauben von der Welt verschwinden.

Also Pierre ist, der gute Pierre ist todt? Nun, Friede mit seiner Asche! Nichts heilsameres für ihn als das Grab, alle Höfe der Welt nicht ausgenommen. – Sie aber hätten mir wohl etwas mehr von ihm sagen können. Ich erfahre nichts über die Art seines Todes, nicht wann, nicht einmal wo er sein Grab gefunden hat. Und doch wissen Sie, daß ich mich mehr vielleicht als irgend Einer, seine Verwandten selbst nicht ausgenommen für ihn interessirte. Der gute Pierre! Der liebe, gute, wunderliche Pierre! – Ich liebte ihn wirklich, obschon er mich, wie alle Übrigen, verachtete. Denn ich wußte, er verachtete in mir nichts, als die Menschheit, nichts, was er nicht in sich auch verachtet hätte. Ich weiß, Sie lächeln; ich aber lächle auch. Ich habe diese Erfahrung unter denjenigen Bedingungen gemacht, unter denen sie sich wirklich machen ließ, in der vertrauten Einsamkeit eines täglichen und tagelangen Umgangs vieler Monden. Ein Theil seiner war verliebt in den andern, und der verachtete jenen tiefer, als er den Schlechtesten unter uns. Mir war er eine rührende Erscheinung, dieser Mensch. Eine von den vielen Anlagen, die die Natur zertrit, weil sie deren zu viel hat. So viel Stoff zum Glücke, und so wenig Fähigkeit des Genusses! Ich hätte oft weinen mögen auf unsern Spaziergängen. Unser ewiges, und immer wieder durchblättertes Gespräch war, wie in den Youngschen Nachtgedanken, wo er auch auf jeder Seite steht, der Tod. Nun, er ruhe sanft. Er wäre auf jedem Wege in sein Verderben geeilt. Sein Verstand war aller Grundsätze mächtig geworden, er gieng, und wußte es, ohne Stab, an dem er sich halten könnte, auf dem schmalen Rücken eines schroffen Felsens, durchs Leben hin. Jedweder Windstoß hätte ihn gestürzt.

– Ich bin auch in diesen Tagen krank gewesen, wiewohl nicht zum Sterben, obschon es mich gezwungen hat, mehrere Wochen das Zimmer zu hüten. Ein häßliches kaltes Fieber, das mich wie der Winter zusammenschüttelte. Fürchten Sie inzwischen nichts, und besonders sein Sie ruhig wegen der Schillerschen Todesart. Es hat damit seine guten Wege. Ich habe nichts mehr von einem so grausamen Anfall der Begeisterung zu besorgen. Wenn er inzwischen käme, so sollte es mir ziemlich gleichgültig sein, ob er mir während der Umarmung, die Eingeweide ein wenig zusammenknäuelte, oder nicht. Jede Arbeit nutzt ihr Werkzeug ab, das Glasschleifen die Augen, die Kohlengräberei die Lungen, u. s. f. Und bei dem Dichten schrumpft das Herz ein. Eins ist des Andern werth. Sollen wir unsre Kräfte einbalsamiren, und lebendig mit uns begraben? Keinesweges. Wir sollen sie brauchen. Wenn sie totd sind, so haben sie ihre Schuldigkeit gethan.

»Das Leben ist nichts werth, wenn man es achtet.«

Es ist schon todt, wenn wir, es aufzuopfern, nicht stets bereit sind. – Nun, der Himmel gebe, daß dieser Brief endlich in Ihre Hände komme! Und der Himmel senke seine beßten Heilkräfte in das Seebad bei Dobberan!

Ihr

K⟨önigsberg⟩ d. 20^t July 1805. treuer Vetter HvK.

/: Inliegenden Brief, meine theuerste Cousine, bitte ich mit einer Adresse von Ihrer Hand zu versehen: an die Frau Professorin Krug zu Frkfurt/Oder; und ihn auf die bewußte Art zu besorgen. Sie sind doch nicht böse über die Wiederholung dieses wunderlichen Auftrags? /

/: das Geld habe ich richtig empfangen, welches auch schon abgeschickt ist, wie ich überhaupt alle Ihre Briefe richtig empfangen habe :/

89. An Ernst von Pfuel

⟨Königsberg, zwischen Ende Juli und August 1805.⟩

Hier bekömmst du den Pope, und einen alten verrosteten Schlüssel von Lexicon zu ihm; zusammen 1 Rth. 8 gr. Ich hatte außerdem noch die Wahl zwischen Thomson und Young; ich denke aber, ich werde es mit der Iliade am Beßten getroffen haben, ungerechnet, daß sie am Wohlfeilsten war.

Was du mir von der Verschiedenheit von dem Räderwerk in einer Uhr, und von dem Räderwerk in dem Hydrostaten sagst, ist ganz richtig, war mir auch schon selbst eingefallen. Inzwischen brauchen wir das Schaufelrad noch gar nicht aufzugeben. Allerdings ist die Geschwindigkeit, die sich aus meiner Rechnung ergeben hat, sehr gering; allein wir haben aus der Acht gelassen, daß das Resultat auch nur die Geschwindigkeit des ersten Moments angab. Dieselbe Kraft, die nöthig war, diese ungeheure Masse zu bewegen, würde auch hinwiederum, wenn sie einmal bewegt ist, nöthig sein, sie aufzuhalten. Das heißt, sie hat ein Beharrungsvermögen, sowohl in der Bewegung, als in der Ruhe zu verbleiben. Mithin kommt mit jedem folgenden Momente, da die Kraft immer die Geschwindigkeit C hat, wenn die Geschwindigkeit der ganzen Masse in dem vorhergehenden Momente c heißt, eine neue Geschwindigkeit C–c hinzu. Setze, ein Kauffahrthei-Schiff wiege eine Million Pfund: so wird es gleichwohl doch häufig bei windstillen Tagen von einem Ruderbote gezogen. Das Ruderboot kann aber unmöglich von der Efficacität sein, als ein gut erfundenes Räderwerk. Es muß also schlechthin möglich sein, den Hydrostaten durch wenigstens 6–8 Seemeilen täglich zu führen.

Mit Gualtieri muß es irgend einen Hacken haben. Es hat in einem öffentlichen Blatt gestanden, ein Gesandter einer großen nordischen Macht habe sich Schulden halber von Madrid eklypsirt. Dazu nun dieser sonderbare Todesfall, fast um die nämliche Zeit! Überdies übergeht die Kleist alles mit Stillschweigen, und noch weiß ich so oft ich sie auch darum gefragt habe, weder wie, noch wann, nicht einmal wo er gestorben ist.

Rühle ist in der That ein trefflicher Junge! Er hat mir einen Aufsatz geschickt, in welchem sich eine ganz schöne Natur ausgesprochen hat. Mit Verstand gearbeitet, aber so viel Empfindung darin, als Verstand. Und aus einem Stück einer Übersetzung des Racine, sehe ich, daß er die Sprache (sie ist in Jamben geschrieben) völlig in seiner Gewalt hat. Er kann, wie ein ächter Redekünstler, sagen, was er will, ja er hat die ganze Finesse, die den Dichter ausmacht, und kann auch das sagen, was er nicht sagt. Es ist besonders welche Kräfte sich zuweilen im Menschen entwickeln, während er seine Bemühung auf ganz andere gerichtet hat. Was hat der Junge nicht über die Elemente der Mathematik gebrütet, wie hat er sich nicht den Kopf zerbrochen, uns in einem unsterblichen Werk begreiflich zu machen, daß zwei mal zwei vier ist; und siehe da, während dessen hat er gelernt, ein Trauerspiel zu schreiben, und wird in der That eins schreiben, das uns gefällt.

Das Ende deines Briefes, und deine Wehmuth, daß aus unserm Plane nach Neuholland zu gehen nichts geworden ist, würde mir rührend sein, wenn ich mir einbilden könnte, daß du wirklich etwas dabei empfunden hättest. Aber unter uns allen ist keiner, der in der That resignirt, als ich allein. Warum sollten wir drei, te duce, nicht ein Schiff auf der Ostsee nehmen können? Doch es wird uns kein großer Gedanke mehr ergreifen, so lange wir nicht beisammen sind. Dahin also vor allen Dingen sollten wir streben, und brauchen auch, um es zu erreichen, allerdings nichts, wie du sehr richtig bemerkst, als es zu wollen; aber da eben liegt der Hund begraben. – Doch ich muß schließen, weil die Post abgeht. Adieu, den Smith brauche ich selbst. H. v. Kl.

90. An Karl von Stein zum Altenstein

Hochwohlgebohrner Freiherr,
Hochzuverehrender Herr geheimer Finanzrath,
Verzeihen Sie mir, wenn ich es wage, mich Ihnen auf eine kurze Stunde wieder in ehrerbietiger Herzlichkeit zu nahn. Vielleicht wäre es meine Pflicht, vor dem zudringlichen Augenblick, in welchem wir leben, zurückzutreten, und von meinem eignen Schicksal zu schweigen, während das Schicksal Ihres ganzen Vaterlandes Sie in Anspruch nimt. Doch die Zeit ist, bis zu meiner Abreise, ein wenig dringend, und ich mögte so gern noch, was meine künftige Bestimmung betrifft, einige Anweisungen von Ihnen erhalten.

Ich habe diesen ganzen Herbst wieder gekränkelt: ewige Beschwerden im Unterleibe, die mein Brownischer Arzt wohl dämpfen, aber nicht überwinden kann. Diese wunderbare Verknüpfung eines Geistes mit einem Convolut von Gedärmen und Eingeweiden. Es ist, als ob ich von der Uhr abhängig wäre, die ich in meiner Tasche trage. Nun, die Welt ist groß, man kann sich darin wohl vergessen. Es giebt eine gute Arznei, sie heißt Versenkung, grundlose, in Beschäfftigung und Wissenschafft. Wer nur erst die ganze Schule, aber nicht ohne etwas gethan zu haben, durchgangen wäre. Denn es ist doch nicht, um etwas zu erwerben, daß wir hier leben: Ruhm und alle Güter der Welt, sie bleiben ja bei unserem Staube.

Doch ich komme zu meinem Gegenstand. Ich habe mich nun im Domainenfach ein wenig umgesehen, auch im Fache der Gewerkssachen, und würde es auch in Militairsachen gethan haben, wenn nicht diese Geschäffte jetzt einer eignen Commission übergeben wären, zu der mir der Zutritt versagt war. Nun werde ich dies zwar nicht versäumen, sobald mit dem Austritt der Truppen aus der Provinz diese Commission wieder zu dem Collegium zurückkehren wird. Allein ich wünschte, mein verehrungswürdigster Freund, zu wissen, für welche specielle Branche der Geschäffte ich vorzugsweise in Franken bestimmt sein dürfte. Denn da es in einer so kurzen Zeit wohl kaum möglich war, mich in der ganzen Mannichfaltigkeit kameralistischer Arbeiten gehörig zu versuchen, so ist der Wunsch wohl verzeihlich, mich für die letzten Monate meines Hierseins ausschließlich auf eine Geschäfftsart legen zu dürfen, um bei einer künftigen Anstellung wenigstens nicht ohne Beifall debütiren zu können. Wenn mir die Wahl gelassen würde, so würde ich mir zwar das Gewerksfach wählen; aber auch jede andere Bestimmung ist mir willkommen, und ich erwarte bloß Ihre Befehle.

Dies, und daß ich Ihren schätzbaren Auftrag an den Doctor Kelch richtig vollzogen habe, war es, was ich Ihnen gehorsamst zu melden hatte. Er hat Ihren schriftlichen Dank für den Elendskopf empfangen, und ist noch, wie er sagte, im Besitz mehrerer Fossile, mit welchen er Ihr Cabinet bereichern würde, wenn er Gelegenheit hätte, sie Ihnen zuzufertigen.

Erfreuen Sie mich bald mit Ihren gütigen Befehlen, und überzeugen Sie sich von der innigsten Verehrung, mit welcher ich beharre,

Ew. Hochwohlgebohren

ergebenster

Königsberg, d. 13^{t} Novmbr, 1805. H. v. Kleist.

91. An Otto August Rühle von Lilienstern

⟨Königsberg, erste Hälfte Dezember 1805.⟩

Mein lieber, trefflicher Rühle. Ich drücke dich von ganzem Herzen an meine Brust. Du hast mir mit deinem letzten Briefe, den du mir unverdient (weil ich dir auf den vorletzten nicht geantwortet) geschrieben, eine recht innige Freude gemacht. Warum können wir nicht immer bei einander sein? Was ist das für ein seltsamer Zustand, sich immer an eine Brust hinsehnen, und doch keinen Fuß rühren, um daran niederzusinken. Ich wollte, ich wäre eine Säure oder ein Alkali, so hätt' es doch ein Ende, wenn man aus dem Salze geschieden wäre. Du bist mir noch immer so werth, als nur irgend etwas in der Welt, und solche Zuschriften, wie die deinige, sie wecken dies Gefühl so lebhaft, als ob es neugebohren würde; aber eine immer wiederkehrende Empfindung sagt mir, daß diese Brief-Freundschafft für uns nicht ist, und nur in so fern, als du auch etwas von der Sehnsucht fühlst, die ich nach dir, d. h. nach der innigen Ergreifung deiner mit allen Sinnen, inneren und äußeren, spüre, kann ich mich von deinen Schriftzügen, schwarz auf weiß, in leiser Umschlingung ein wenig berührt fühlen. Wie sehr hat mich die Nachricht erfreut, die du mir von unserm Freunde Pfuël gibst, die Nachricht, daß das Corps, bei welchem er steht, vor die Stadt rückt, in welcher zugleich der Feind und sein Mädchen wohnt! Er ist nicht das erste, ruhmlechzende Herz, das in ein stummes Grab gesunken ist; aber wenn der Zufall die ersten Kugeln gut lenkt, so sieht er mir wohl so aus, (und seine Lage fordert ihn ziemlich dringend dazu auf) als ob er die ertränkte Ehre, wie Shakespear sagt, bei den Locken heraufziehen würde. Dir, mein trefflicher Rühle, hängt sie noch an den Sternen; und du wirst den Moment nicht versäumen, sie mit einem dreisten Griff herunter zu reißen, schlüge dich ihr prächtigschmetternder Fall auch zu Boden. Denn so wie die Dinge stehn, kann man kaum auf viel mehr rechnen, als auf einen schönen Untergang. Was ist das für eine Maasregel, den Krieg mit einem Winterquartier und der langmüthigen Einschließung einer Festung anzufangen! Bist du nicht mit mir überzeugt, daß die Franzosen uns angreifen werden, in diesem Winter noch angreifen werden, wenn wir noch vier Wochen fortfahren, mit den Waffen in der Hand drohend an der Pforte ihres Rückzuges aus Östreich zu stehen. Wie kann man außerordentlichen Kräften mit einer so gemeinen und alltäglichen Reaction begegnen? Warum hat der König nicht gleich, bei Gelegenheit des Durchbruchs der Franzosen durch das Fränkische, seine Stände zusammenberufen, warum ihnen nicht, in einer rührenden Rede (der bloße Schmerz hätte ihn rührend gemacht) seine Lage eröffnet. Wenn er es bloß ihrem eignen Ehrgefühl anheim gestellt hätte, ob sie von einem gemißhandelten Könige regiert sein wollen, oder nicht, würde sich nicht etwas von Nationalgeist bei ihnen geregt haben. Und wenn sich diese Regung gezeigt hätte, wäre dies nicht die Gelegenheit gewesen, ihnen zu erklären, daß es hier gar nicht auf einen gemeinen Krieg ankomme. Es gelte Sein, oder Nichtsein; und wenn er seine Armee nicht um 300 000 Mann vermehren könne, so bliebe ihm nichts übrig, als bloß ehrenvoll zu sterben. Meinst du nicht, daß eine solche Erschaffung hätte zu Stande kommen können? Wenn er alle seine goldnen und silbernen Geschirre hätte prägen lassen, seine Kammerherrn und seine Pferde abgeschafft hätte, seine ganze Familie ihm darin gefolgt wäre, und er, nach diesem Beispiel, gefragt hätte, was die Nation zu thun willends sei. Ich weiß nicht, wie gut oder schlecht es ihm jetzt von seinen silbernen Tellern schmecken mag; aber dem Kaiser in Ollmütz, bin ich gewiß, schmeckt es schlecht. – Ja, mein guter Rühle, was ist dabei zu thun. Die Zeit scheint eine neue Ordnung der Dinge herbeiführen zu wollen, und wir werden davon nichts, als bloß den Umsturz der alten erleben. Es wird sich aus dem ganzen cultivirten Theil von Europa ein einziges, großes System von Reichen bilden, und die Throne mit neuen, von Frankreich abhängigen, Fürsten-Dynastien besetzt werden. Aus dem Östreichschen, bin ich gewiß, geht dieser glückgekrönte Abendtheurer, falls ihm nur das Glück treu bleibt, nicht wieder heraus, in kurzer Zeit werden wir in Zeitungen lesen: »man spricht von großen Veränderungen in der deutschen Reichs-Verfassung«; und späterhin: »es heißt, daß ein großer, deutscher (südlicher) Fürst an ⟨die⟩ Spitze der Geschäffte treten werde«. Kurz, in Zeit von einem Jahre, ist der Kurfürst von Bayern, König von Deutschland. – Warum sich nur nicht Einer findet, der diesem bösen Geiste der Welt die Kugel durch den Kopf jagt. Ich mögte wissen, was so ein Emigrant zu thun hat. – Für die Kunst, siehst du wohl ein, war vielleicht der Zeitpunct noch niemals günstig; man hat immer gesagt, daß sie betteln geht; aber jetzt läßt sie die Zeit verhungern. Wo soll die Unbefangenheit des Gemüths herkommen, die schlechthin zu ihrem Genuß nöthig ist, in Augenblicken, wo das Elend jeden, wie Pfuël sagen würde, in den Nacken schlägt. Übrigens versichre ich dich, bei meiner Wahrheit, daß ich auf dich für die Kunst rechne, wenn die Welt einmal wieder, früh oder spät, frei athmet. Schreibe bald wieder, und viel. H. K.

92. An Karl von Stein zum Altenstein

Hochwohlgebohrner Freiherr,

Hochzuverehrender Herr Geheimer Ober-Finanz-Rath, Ew. Hochwohlgebohren unterstehe ich mich, mit diesem wiederhohlentlichen Schreiben zu behelligen, so vielfach auch, und schmerzhaft vielleicht die Geschäffte sein mögen, die Ihnen in diesen unseeligen Augenblicken obliegen.

Ich hoffe immer noch, daß das seit jenem letzten Friedensschluß ausgesprengte Gerücht, wegen Abtretung unsrer fränkischen Provinzen, zu den ungegründeten gehört. Wenigstens wird man, so lange es sich thun läßt, zweifeln müssen, daß unser vortrefflicher König auf einen Vertauschungs-Plan eingehen werde, der offenbar darauf abzweckt, das geheiligte Band zwischen Fürst und Volk aufzulösen. Jene schönen, herrlichen Länder, sie sind nicht mein Vaterland; aber manche Rücksicht, und der Gedanke, einst wohlthätig zu ihrer Entwickelung mitwirken zu sollen, hat sie mir werth gemacht: kurz, schmerzen, innig fast, wie Ihnen, würd' es mich, wenn sie um einen Kaufwerth geschätst, und einer fremden Regierung dafür preißgegeben werden sollten.

Was in diesem Falle Ihre Bestimmung sein würde, ist mir unbekannt. Das aber weiß ich, daß ich Ihnen folgen mögte, wohin Sie sich auch wenden, und ich bitte Sie, Verehrungswürdigster: veranlassen Sie, daß ich in der Provinz angestellt werde, die unter Ihre Verwaltung gestellt werden wird.

Die Zeit, welche ich in Königsberg zubringen sollte, um mir die nöthige kameralistische Ausbildung zu verschaffen, geht nun zu Ende. Eine fortwährende Unpäßlichkeit aber in den ersten Monaten, und späterhin eine Störung des natürlichen Geschäfftsganges, durch die Truppenmärsche, haben meine Entwickelung zurückgehalten, und ich nähre den Wunsch, noch das nächste Sommerhalbejahr hier verweilen zu dürfen, um das Versäumte völlig nachzuhohlen. Dazu kömmt die jetzige Verwirrung der Dinge, die überdies meine Anstellung schwierig machen dürfte.

Ich ersuche daher Ew. Hochwohlgeb., mich zu belehren, ob ich deshalb meinen besonderen Antrag an das Departement zu richten habe, oder ob sich diese Sache vielleicht durch Ihre gütige Verwendung, ohne weitere Einreichung von meiner Seite abmachen läßt. Meine Schwester würde in diesem Falle zu meinem Schwager, dem HE. v. Stojentin bei Danzig reisen, von wo ich ihr das Versprechen zu geben wünschte, sie auf den Herbst abhohlen zu können. Inzwischen bitte ich um eine möglichst baldige Entscheidung hierüber, theils weil diese Reise manche Veranstaltungen nothwendig macht, theils weil ich, wegen nur auf ein Jahr gemietheter Wohnung, mir eine neue werde besorgen müssen.

Wenn es mir vergönnt wird, noch diese Zeit über bei der hiesigen Kammer zu arbeiten, so werde ich das Befreiungs-Geschäfft der Zünfte (mein Lieblings-Gegenstand) völlig auslernen. Bisher ist man nur mit Hinwegschaffung der Misbräuche, und Befreiung der Gewerbe innerhalb der Zunft-Schranken, beschäfftigt gewesen; vor wenig Tagen ist aber ein Rescript eingegangen, das die völlige Auskaufung der Zunft-Gerechtsame, und gänzliche Wiederherstellung der natürlichen Gewerbsfreiheit eingeleitet hat.

Ich verharre mit der innigsten Hochachtung und Verehrung

Ew. Hochwohlgebohren,

gehorsamster

Königsberg, d. 10 Feb. ⟨180⟩6. H. v. Kleist.

93. An Karl von Stein zum Altenstein

Hochwohlgebohrner Freiherr,

Hochzuverehrender Herr Geheimer Ober-Finanzrath!

Es ist mit der innigsten Betrübniß, und nach einem Kampf voll unsäglicher Schmerzen, daß ich die Feder ergreife, um Sie zu bitten, Verehrungswürdigster! mich von der Verpflichtung, die mir obliegt, alle Ihre gütigen Schritten für mich durch Weihung meiner Kräfte für den Dienst des Staats zu rechtfertigen – eine Verpflichtung, die nicht heiliger, als in meiner Brust empfunden werden kann, – wieder loszusprechen.

Ein Gram, über den ich nicht Meister zu werden vermag, zerrüttet meine Gesundheit. Ich sitze, wie an einem Abgrund, mein edelmüthiger Freund, das Gemüth immer starr über die Tiefe geneigt, in welcher die Hoffnung meines Lebens untergegangen ist: jetzt wie beflügelt von der Begierde, sie bei den Locken noch heraufzuziehen, jetzt niedergeschlagen von dem Gefühl unüberwindlichen Unvermögens. – Erlassen Sie mir, mich deutlicher darüber zu erklären. Stünd' ich vor Ihren Augen, so würd' ich Sprache finden, Ihnen deutlicher zu sein, Ihnen! Obschon ich es Niemandem in der Welt bin –

Vergebens habe ich mich bemüht, mich aus diesem unglücklichen Zustand, der die ganze Wiederholung eines früheren ist, den ich schon einmal in Frankreich erlebte, emporzuarbeiten. Es ist, als ob das, was auf mich einwirkt, in eben dem Maaße wächst, als mein Widerstand; wie die Gewalt des Windes in dem Maaße, als die Pflanzen, die sich ihm entgegensetzen. Ich bin seit mehreren Monden schon mit den hartnäckigsten Verstopfungen geplagt. Nicht genug, daß ich bei der Unruhe, in welche sie mich versetzen, unfähig zu jedem Geschäfft bin, das Anstrengung erfordert: kaum, daß ich dazu tauge, die Seite eines Buches zu überlesen. Ich bin schüchtern gewesen, schon durch den ganzen Winter, wenn die Reihe des Vortrags mich traf: der Gegenstand, über den ich berichten soll, verschwindet aus meiner Vorstellung; es ist, als ob ich ein leeres Blatt vor Augen hätte. Doch jetzt würde ich zittern, wenn ich vor dem Collegio auftreten sollte. Es ist eine große Unordnung der Natur, ich weiß es; aber es ist so.

Die wenigen Arbeiten, die ich bei diesem Zustande zu Hause zu übernehmen im Stande bin, reichen nicht hin, mir die Masse von Unterricht über die Verhältnisse des bürgerlichen Lebens zu geben, deren ich nach meinem Gefühl noch bedürftig bin. Meine außerordentliche Unbekanntschafft damit verführt mich zu Misgriffen, die nur die Güte eines so vortrefflichen Chefs, als der Herr Geh. Ob. Fin. Rath v. Auerswald ist, ungetadelt lassen kann. Und eine Bitte um noch längeren Aufenthalt in Königsberg, da Sie die Güte gehabt haben, mir eine solche Bitte schon einmal zu erfüllen, wäre, bei so wenig Hoffnung, mich ihrer würdig zu bezeigen, zu unbescheiden, als daß ich sie wagen sollte.

Überzeugen Sie sich, Verehrungswürdigster, daß es nur das Gefühl der Unmöglichkeit ist, Ihren Erwartungen ganz zu entsprechen, und ein unüberwindlicher Widerwille, es halb und unvollständig zu thun, was mich zu einem Schritte bewegen kann, der mich in eine ganz zweideutige Zukunft führt.

Erlauben Sie mir, daß ich zu meinem Schwager Stojentin in der Gegend von Danzig aufs Land gehen darf, wohin meine Schwester schon zu Anfange dieses Frühjahrs vorangegangen ist, und wo sie sich auch vielleicht ankaufen wird. Ich halte diese Versetzung meiner aus meinem hiesigen isolirten Zustande unter meine Verwandte für nothwendig zu meiner Wiederherstellung. Ich nehme Ihre Güte auf gar keine andre Art in Anspruch: fern sei auch nur der Gedanke von mir!

Würdigen Sie mich, Verehrungswürdigster, bald, und einer unstrafenden, Antwort. – Ich neige mich auf Ihre Hand, und küsse sie, und weine! – Und so lang' ich lebe bin ich mit der innigsten Ehrfurcht und Liebe,

Verehrungswürdiger Herr Geheimer Ob. Fin. Rath,

Ihr ergebenster

Königsberg, d. 30t Juni, 1806. H. v. Kleist.

94. An Hans von Auerswald

Hochwohlgebohrner Herr,

Hochzuverehrender Herr Geheimer Ober Finanzrath,

Ein fortdauernd kränklicher Zustand meines Unterleibes, der mein Gemüth angreift, und mich bei allen Geschäfften, zu denen ich gezogen zu werden, das Glück habe, auf die sonderbarste Art ängstlich macht, macht mich, zu meiner innigsten Betrübniß, unfähig, mich denselben fernerhin zu unterziehen. Ich bitte Ew. Hochwohlgebohren unterthänigst, mich fortdauernd gütigst von den Arbeiten zu dispensiren, bis ich von dem HE. Geh. Ob. Fin. Rath v. Altenstein, dem ich meine Lage, und den Wunsch, gänzlich davon befreit zu werden, eröffnet habe, näher beschieden sein werde. Niemand kann den Schmerz, mich der Gewogenheit, mit welcher ich von Ew. Hochwohlgebohren sowohl, als von einem verehrungswürdigen Collegio aufgenommen zu werden, das Glück hatte, so wenig würdig gezeigt zu haben, lebhafter empfinden, als ich. Nur die Unmöglichkeit, ihr so, wie ich es wünschte, zu entsprechen, und der Widerwille, es halb und unvollständig zu thun, können diesen

Umstand entschuldigen. Ich statte Ew. Hochwohlgebohren meinen innigsten und unterthänigsten Dank ab für jede Gnade, deren ich hier theilhaftig geworden bin, und werde die erste Gelegenheit, da es mir mein Zustand erlaubt, benutzen, Ew. Hochwohlgebohren von meiner unauslöschlichen Dankbarkeit, und der Ehrfurcht zu überzeugen, mit welcher ich die Ehre habe, zu sein

Ew. Hochwohlgebohren,
gehorsamster
Königsberg, d. 10t Juli, 1806. Heinrich v Kleist.

95. An Karl von Stein zum Altenstein

Ich küsse Ihnen voll der innigsten Rührung und Liebe die Hände, mein verehrungswürdigster Herr Geheimer Ober Finanzrath! Wie empfindlich für fremde Leiden macht das eigene! Wie sehr haben Sie dies in Ihrem mir ewig theuren Briefe gezeigt, wie sehr ich es, als ich ihn las, gefühlt! Ach, was ist dies für eine Welt! Wie kann ein edles Wesen, ein denkendes und empfindendes, wie der Mensch, hier glücklich sein! Wie kann er es nur wollen, hier, wo Alles mit dem Tode endigt! Wir begegnen uns, drei Frühlinge lieben wir uns, und eine Ewigkeit fliehen wir wieder auseinander! Und was ist des Strebens werth, wenn es die Liebe nicht ist! O es muß noch etwas Anderes geben, als Liebe, Ruhm, Glück &, x, y, z, wovon unsre Seelen nichts träumen. Nur darum ist dieses Gewimmel von Erscheinungen angeordnet, damit der Mensch an keiner hafte. Es kann kein böser Geist sein, der an der Spitze der Welt steht: es ist ein bloß unbegriffener! Lächeln wir nicht auch, wenn die Kinder weinen? Denken Sie nur, diese unendliche Fortdauer! Millionen von Zeiträumen, jedweder ein Leben, und für jedweden eine Erscheinung, wie diese Welt! Wie doch der kleine Stern heißen mag, den man auf dem Syrius, wenn der Himmel klar ist, sieht? Und dieses ganze ungeheure Firmament, das die Phantasie nicht ermessen kann, nur ein Stäubchen gegen den unendlichen Raum! O mein edler Freund, ist dies ein Traum? Zwischen je zwei Lindenblättern, Abends, wenn wir auf dem Rücken liegen, eine Aussicht, an Ahndungen reicher, als Gedanken fassen, und Worte sagen können! – Wenn ich doch nur Einen Nachmittag an Ihrer Seite sein könnte! Denn – wo soll ich anfangen? Wie soll ich es möglich machen, in einem Briefe etwas so Zartes, als ein Gedanke ist, auszuprägen? Ja, wenn man Thränen schreiben könnte – doch so – – Ich gieng mit dem Entschluß – Wunsch wenigstens (denn so etwas läßt sich nicht beschließen) zum HE. Gh. Ob. Fin. Rath v. Schön: ich wollte mich ihm anvertrauen. Denn wer hätte ein größeres Recht darauf, als derjenige, auf den Sie mich als Ihren Freund zu verweisen, würdigen? Doch – es theilten sich so viele Andere, die ihm aufwarten wollten, in seine Aufmerksamkeit; und mein unbescheidnes Herz wäre mit seiner doppelten kaum zufrieden gewesen – Wären Sie doch selbst gekommen! Ich höre, daß Sie nahe dabei gewesen sind, diesen Entschluß zu fassen! – Mein verehrungswürdigster Herr Geheimer Ob. Fin. Rath! Ich mache von Ihrem gütigen Anerbieten, mir Urlaub zu bewilligen, Gebrauch! Ich sende heute einen Brief an den HE. Staats-Minister v. Hardenberg ab, in welchem ich mir einen sechsmonatlichen Urlaub erbitte. Ist diese Bitte zu unbescheiden, so bin ich mit einem fünf- auch viermonatlichen zufrieden. Ich wünsche im Innersten meiner Seele, mich Ihrer Güte einst noch würdig zeigen zu können. Nur jetzt bin ich dazu unfähig. Daß ich auf Diäten, während dieser Zeit, keine Ansprüche mache, glaube ich, mein verehrungswürdigster Freund! gar nicht erklären zu müssen. Auch selbst, ob ich die rückständigen noch empfangen soll, wird ganz von Ihrer Güte abhängen. – Übrigens befinde ich mich jetzt allerdings weit besser, und genieße sehr oft, und mit Heiterkeit, des Vergnügens, im Hause des HE. Präsidenten eingeladen zu werden. Die Frau Präsidentinn, diese vortreffliche Dame, zeigt eine Güte für mich, die mir auf eine unbeschreibliche Art wohl thut. Wie viel bin ich Ihnen schuldig! – Ihre Verfügungen über alle diese Bitten werde ich noch hier erwarten, und verharre inzwischen mit der innigsten Ehrfurcht und Liebe, Ew. Hochwohlgeb. ergebenster

Königsberg, d. 4[t] August ⟨1806⟩. H. v. Kleist.

96. An Otto August Rühle von Lilienstern

Mein liebster Rühle,

Wenn ich bisher mit meinen Antworten über die Maaßen zögerte, so thatest du wohl ein Übriges, und ergriffst von selbst die Feder, um den auseinander gehenden Kranz unsrer Freundschafft zu umwickeln, auch wohl ein neues Blümchen noch obenein hinzuzuthun; doch diesmal läßt du gewähren, und deinethalben, scheint es, könnt' er auf immer auseinander schlottern. Nun, mein guter Junge, es hat nichts zu sagen, und ich küsse dich. Dieser Kranz, er ward beim Anfang der Dinge gut gewunden, und das Band wird schon, auch ohne weiteres Zuthun, so lange aushalten, als die Blumen. Wenn du dich im Innern so wenig veränderst, als ich, so können wir einmal, wenn wir uns früh oder spät wiedersehen, zu einander: guten Tag! sagen, und: wie hast du geschlafen? und unsere Gespräche von vor einem Jahre, als wären sie von gestern, fortsetzen. Ich habe durch die Kleisten den letzten Theil deiner Liebens- und Lebensgeschichte erhalten. Liebe, mein Herzensjunge, so lange du lebest; doch liebe nicht, wie der Mohr die Sonne, daß du schwarz wirst! Wirf, wenn sie auf oder untergeht, einen freudigen Blick zu ihr hinauf, und laß dich in der übrigen Zeit von ihr in deinen guten Thaten bescheinen, und stärken zu ihnen, und vergiß sie. Der Gedanke will mir noch nicht aus dem Kopf, daß wir noch einmal zusammen etwas thun müssen. Wer wollte auf dieser Welt glücklich sein. Pfui, schäme dich, mögt' ich fast sagen, wenn du es willst! Welch eine Kurzsichtigkeit, o du edler Mensch, gehört dazu, hier, wo Alles mit dem Tode endigt, nach etwas zu streben. Wir begegnen uns, drei Frühlinge lieben wir uns: und eine Ewigkeit fliehen wir wieder auseinander. Und was ist des Strebens würdig, wenn es die Liebe nicht ist! Ach, es muß noch etwas Anderes geben, als Liebe, Glück, Ruhm & x, y, z, wovon unsre Seelen nichts träumen.

Es kann kein böser Geist sein, der an der Spitze der Welt steht; es ist ein bloß unbegriffener! Lächeln wir nicht auch, wenn die Kinder weinen? Denke nur, diese unendliche Fortdauer! Myriaden von Zeiträumen, jedweder ein Leben, und für jedweden eine Erscheinung, wie diese Welt! Wie doch das kleine Sternchen heißen mag, das man auf dem Syrius, wenn der Himmel klar ist, sieht? Und dieses ganze ungeheure Firmament nur ein Stäubchen gegen die Unendlichkeit! O Rühle, sage mir, ist dies ein Traum? Zwischen je zwei Lindenblättern, wenn wir Abends auf dem Rücken liegen, eine Aussicht, an Ahndungen reicher, als Gedanken fassen, und Worte sagen können. Komm, laß uns etwas Gutes thun, und dabei sterben! Einen der Millionen Tode, die wir schon gestorben sind, und noch sterben werden. Es ist, als ob wir aus einem Zimmer in das andere gehen. Sieh, die Welt kommt mir vor, wie eingeschachtelt; das kleine ist dem großen ähnlich. So wie der Schlaf, in dem wir uns erholen, etwa ein Viertel oder Drittel der Zeit dauert, da wir uns, im Wachen, ermüden, so wird, denke ich, der Tod, und aus einem ähnlichen Grunde, ein Viertel oder Drittel des Lebens dauern. Und grade so lange braucht ein menschlicher Körper, zu verwesen. Und vielleicht giebt es für eine ganze Gruppe von Leben noch einen eignen Tod, wie hier für eine Gruppe von Durchwachungen (Tagen) einen. – Nun wieder zurück zum Leben! So lange das dauert, werd ich jetzt Trauerspiele und Lustspiele machen. Ich habe der Kleisten eben wieder gestern Eins geschickt, wovon du die erste Scene schon in Dresden gesehen hast. Es ist der zerbrochene Krug. Sage mir dreist, als ein Freund, deine Meinung, und fürchte nichts von meiner Eitelkeit. Meine Vorstellung von meiner Fähigkeit ist nur noch der Schatten von jener ehemaligen in Dresden. Die Wahrheit ist, daß ich das, was ich mir vorstelle, schön finde, nicht das, was ich leiste. Wär ich zu etwas Anderem brauchbar, so würde ich es von Herzen gern ergreifen: ich dichte bloß, weil ich es nicht lassen kann. Du weißt, daß ich meine Carriere wieder verlassen habe. Altenstein, der nicht weiß, wie das zusammenhängt, hat mir zwar Uhrlaub angeboten, und ich habe ihn angenommen; doch bloß um mich sanfter aus der Affaire zu ziehen. Ich will mich jetzt durch meine dramatische Arbeiten ernähren; und nur, wenn du meinst, daß sie auch dazu nicht taugen, würde mich dein Urtheil schmerzen, und auch das nur bloß weil ich verhungern müßte. Sonst magst du aber über ihren Werth urtheilen, wie du willst. In drei bis vier Monaten kann ich immer ein solches Stück schreiben; und bringe ich es nur à 40 Frid. d'or, so kann ich davon leben. Auch muß ich mich im Mechanischen verbessern, an Übung zunehmen, und in kürzern Zeiten, besseres liefern lernen. Jetzt habe ich ein Trauerspiel unter der Feder. – Ich höre, du, mein lieber Junge, beschäfftigst dich auch mit der Kunst? Es giebt nichts Göttlicheres, als sie! Und nichts Leichteres zugleich; und doch, warum ist es so schwer? Jede erste Bewegung, alles Unwillkührliche, ist schön; und schief und verschroben Alles, so bald es sich selbst begreift. O der Verstand! Der unglückseelige Verstand! Studiere nicht zu viel, mein lieber Junge. Deine Übersetzung des Racine hatte treffliche Stellen. Folge deinem Gefühl. Was dir schön dünkt, das gieb uns, auf gut Glück. Es ist ein Wurf, wie mit dem Würfel; aber es giebt nichts Anderes. – Und nun noch eine Commission. Ich verliere jetzt meine Diäten. Die rückständigen sollen mir aber noch ausgezahlt werden. Sei doch so gut, und gehe auf die fränkische Salarien-Kasse, bei Hardenberg, und erinnere, daß man sie schickt. Aber thu es gleich. Adieu. Grüße Schlotheim. Was macht der Pfuel?

H. K. ⟨Königsberg,⟩ d. 31. ⟨August 1806.⟩

97. An Ulrike von Kleist

Meine theuerste Ulrike,
Wie schrecklich sind diese Zeiten! Wie gern mögt' ich, daß du an meinem Bette säßest, und daß ich deine Hand hielte; ich fühle mich schon gestärkt, wenn ich an dich denke! Werdet Ihr flüchten? Es heißt ja, daß der Kaiser den Franzosen alle Hauptstädte zur Plünderung versprochen habe. Man kann kaum an eine solche Raserei der Bosheit glauben. Wie sehr hat sich Alles bestätigt, was wir vor einem Jahre schon voraussahen. Man hätte das ganze Zeitungsblatt von heute damals schon schreiben können. Habt Ihr Nachrichten von Leopold und Pannwitz? Vom Regiment Möllendorff sollen ja nur drei Officiere übrig geblieben sein. Vierzig tausend Mann auf dem Schlachtfelde, und doch kein Sieg! Es ist entsetzlich. Pfuel war, kurze Zeit vor dem Ausbruch des Krieges, Adjudant bei dem General Schmettau geworden, der bei Saalfeld geblieben ist. Was aus ihm geworden ist, weiß ich nicht. Auch von Rühlen habe ich seit drei Wochen keine Nachrichten erhalten. Sie standen beide bei dem Corps des Prinzen Hohenlohe, das, wie es heißt, eingeschlossen und von der Elbe abgeschnitten ist. Man kann nicht ohne Thränen daran denken. Denn wenn sie alle denken, wie Rühle und Pfuel, so ergiebt sich keiner. Ich war vor einiger Zeit willends, nach Berlin zu gehen. Doch mein immer krankhafter Zustand macht es mir ganz unmöglich. Ich leide an Verstopfungen, Beängstigungen, schwitze und phantasiere, und muß unter drei Tagen immer zwei das Bette hüten. Mein Nervensystem ist zerstört. Ich war zu Ende des Sommers fünf Wochen in Pillau, um dort das Seebad zu gebrauchen; doch auch dort war ich bettlägrig, und bin kaum fünf oder sechsmal ins Wasser gestiegen. Die Präsidentinn hat mir noch ganz kürzlich etwas für dich aufgetragen, mein Kopf ist aber so schwer, daß ich dir nicht sagen kann, was? Es wird wohl nicht mehr, als ein Gruß gewesen sein. Sie hat durch den Kriegsrath Schäffner etwas von dir erfahren, von

dem du, glaub' ich, eine Anverwandte gesehen und gesprochen hast. Übrigens geht es mir gut. Wenn ich nur an dir nicht Unrecht gethan hätte, mein theuerstes Mädchen! Ich bin so gerührt, wenn ich das denke, daß ich es nicht beschreiben kann. Schreibe mir doch, wenn Ihr, wie ich fast glaube, nach Schorin gehen solltet. Denn Minette wird doch schwerlich die Franzosen in Frankfurt abwarten. Vielleicht käme ich alsdann auch dahin. Kein besserer Augenblick für mich, euch wiederzusehen, als dieser. Wir sänken uns, im Gefühl des allgemeinen Elends, an die Brust, vergäßen, und verziehen einander, und liebten uns, der letzte Trost, in der That, der dem Menschen in so fürchterlichen Augenblicken übrig bleibt. Es wäre schrecklich, wenn dieser Wütherich sein Reich gründete. Nur ein sehr kleiner Theil der Menschen begreift, was für ein Verderben es ist, unter seine Herrschafft zu kommen. Wir sind die unterjochten Völker der Römer. Es ist auf eine Ausplünderung von Europa abgesehen, um Frankreich reich zu machen. Doch, wer weiß, wie es die Vorsicht lenkt. Adieu, meine theuerste Ulrike, ich küsse dir die Hand. Zweifle niemals an meiner Liebe und Verehrung. Empfiehl mich allen meinen theuren Anverwandten, und antworte mir bald auf diesen Brief. H. v. Kleist. ⟨Königsberg,⟩ d. 24ᵗ ⟨Oktober 1806.⟩

98. An Marie von Kleist

Mögte doch der Genius der Freundschafft diese wenigen Zeilen glücklich durch das Getümmel begleiten, das der Krieg so fürchterlich plötzlich zwischen uns eingewälzt hat! O meine theuerste Freundinn! Leben Sie noch? Haben Sie so viele Schrecknisse, gleichzeitig auf Sie einstürzend, ertragen können? Ich schrieb Ihnen zweimal, um die Zeit des Ausbruchs des Krieges etwa, doch ohne von Ihnen Antwort zu erhalten. Darunter ist mir besonders der erste Brief wichtig, in welchem eine Einlage an Fr. v. N. war. Ihr letzter

Brief war noch nach Pillau adressirt, traf mich aber schon in Königsberg. Gleich darauf war ich willends, nach Berlin abzureisen, traf auch schon alle Anstalten dazu; doch als ich auf die Post kam, war der Cours schon unterbrochen. Wie glücklich wären wir schon gewesen, wenn wir so viel Unglück nur hätten miteinander empfinden, und uns wechselseitig trösten können. Was haben Sie denn für Nachrichten von unsern unglücklichen Freunden? Von Kleist? Rühle? Pfuel? Und meinem Bruder? Und den Übrigen? Pfuel ist von Brause, der sich hier befindet, in Cüstrin noch gesehen worden, von wo er sich zum Hohenlohischen Corps begeben, und bei Prenzlow wahrscheinlich das Schicksal des Ganzen gehabt hat. Von Rühle, Kleist, und den Andern, weiß er nichts. Schlotheim, der mit dem Münzcabinet nach Stettin gegangen war, schrieb mir von dort, daß er nicht müßig sein könne, und bei den Fußjägern des Hohenlohischen Corps Dienste suchen wolle, das gleich darauf gefangen ward. Ob er das Unglück gehabt hat, anzukommen, weiß ich nicht. Ach, meine theuerste Freundinn! Was ist dies für eine Welt? Jammer und Elend so darin verwebt, daß der menschliche Geist sie nicht einmal in Gedanken davon befreien kann. Ich bin diese Zeit über noch immer krank gewesen, litt am Fieber, Verstopfungen & und empfand die Wahrheit des Dalembertschen Grundsatzes, daß zwei Übel, zusammengenommen, zu einer Tröstung werden können; denn Eines zerstreute mich vom Andern. Eine Zeitlang gab ich der Hoffnung Raum, daß ich das unsägliche Glück haben würde, Sie hier zu sehen; ich glaubte, weil Alles flüchtet, Sie würden vielleicht der K⟨önigin⟩ folgen; doch ein Tag vergieng nach dem andern, ohne Erfüllung. Morgen ist nun der allerletzte Termin; denn morgen kommen er und sie hier an. Versuchen Sie doch auch einen Brief, meine liebe Freundinn, es läßt sich nicht denken, wer dabei ein Interesse haben sollte, das bürgerliche Leben, und die stillen, unfeindseeligen Verbindungen desselben zu stören. Ich mögte so gern einige Nachrichten von meinen Freunden haben, in einer solchen Ungewißheit gelten sie mir für halbtodt, und ich leide soviel, als wären sie es ganz. Auch wenn Sie es möglich machen können, mir das Geld, das Sie noch für mich im Vorrath haben, zuzuschicken, soll es mir lieb sein, denn der meinige geht nachgerade aus. Doch empfehle ich Vorsicht deshalb, und schlage einen Wechsel, oder eine Anweisung vor. Adieu, Adieu tausendmal, bis auf bessere Zeiten, lassen Sie bald etwas Erfreuliches von sich hören. H. v. Kl. ⟨Königsberg,⟩ d. 24. Nov. ⟨1806.⟩

99. An Ulrike von Kleist

Königsberg d. 6 Decb. ⟨180⟩6.

Meine liebe, vortreffliche, Ulrike,

dein Brief vom 9^{t} Novbr. den ich erst, Gott weiß, wie es zugeht, heute erhalten habe,* hat mir, so isolirt wie ich von allen meinen Freunden lebe, gleich, als ob sie alle untergegangen wären, ganz unendliche Freude gemacht. Liebe, Verehrung, und Treue, wallten wieder so lebhaft in mir auf, wie in den gefühltesten Augenblicken meines Lebens. Es liegt eine unsägliche Lust für mich darin, mir Unrecht von dir vergeben zu lassen; der Schmerz über mich wird ganz überwältigt von der Freude über dich. Mit meinem körperlichen Zustand weiß ich nicht, ob es besser wird, oder ob das Gefühl desselben bloß vor der ungeheuren Erscheinung des Augenblicks zurücktrit. Ich fühle mich leichter und angenehmer, als sonst. Es scheint mir, als ob das allgemeine Unglück die Menschen erzöge, ich finde sie weiser und wärmer, und ihre Ansicht von der Welt großherziger. Ich machte noch heute diese Bemerkung an Altenstein, diesem vortrefflichen Mann, vor dem sich meine Seele erst jetzt, mit völliger Freiheit, entwickeln

* Es stand darauf: ist gefangen genommen; zurückgeschickt. – Du mußt das Quartier bezeichnen Löb. Langg. 81.

kann. Ich habe ihn schon, da ich mich unpäßlich fühlte, bei mir gesehen; wir können wie zwei Freunde mit einander reden. An unsere Königinn kann ich gar nicht ohne Rührung denken. In diesem Kriege, den sie einen unglücklichen nennt, macht sie einen größeren Gewinn, als sie in einem ganzen Leben voll Frieden und Freuden gemacht haben würde. Man sieht sie einen wahrhaft königlichen Charakter entwickeln. Sie hat den ganzen großen Gegenstand, auf den es jetzt ankommt, umfaßt; sie, deren Seele noch vor Kurzem mit nichts beschäfftigt schien, als wie sie beim Tanzen, oder beim Reiten, gefalle. Sie versammelt alle unsere großen Männer, die der K⟨önig⟩ vernachläßigt, und von denen uns doch nur allein Rettung kommen kann, um sich; ja sie ist es, die das, was noch nicht zusammengestürzt ist, hält. Von dem, was man sonst hier hoffen mag, oder nicht; und was man für Anstalten trifft; kann ich dir, weil es verboten sein mag, nichts schreiben. Der Gen. Kalkreuth nimt den Abschied. Der Gen. Rüchel, der dem Könige, daß er hergestellt sei, angekündigt, und seine Dienste angeboten hat, hat seit acht Tagen noch keine Antwort erhalten. Auch Hardenberg, hör ich, will dimittiren. Altenstein weiß noch nicht, ob er wieder in fremde Dienste gehen, oder sich, mit einem kleinen Vermögen, in den Privatstand zurückziehen soll. Brause habe ich zu meiner größten Freude hier gesprochen. Pfuel hat er in Cüstrin noch gesprochen, von Rühle weiß er nichts, Leopold ⟨v. Kleist⟩ war nicht unter den Todten und Bleßirten, die er mir nannte. Deine Nachrichten wären mir noch weit interessanter gewesen, wenn ich sie nicht so spät erhalten hätte. Versäume nicht, mir, sobald du etwas von den Unsrigen erfährst, es mitzutheilen. Besonders lieb wäre es mir, wenn du mir etwas von der Kleisten sagen könntest, die ich für todt halten muß, weil sie mir nicht schreibt. Nach Schorin komme ich, so bald es mir möglich sein wird. Vielleicht habe ich doch den beßten Weg eingeschlagen, und es gelingt mir, Dir noch Freude zu machen. Das ist einer meiner größten Wünsche! Lebe wohl und grüße Alles.

H. v Kleist.

100. An Ulrike von Kleist

Ich muß dich bitten, meine theuerste Ulrike, sogleich an die Kleisten zu schreiben. Ich schicke Briefe ohne Ende an sie ab, und weiß nicht mehr, ob sie lebt, oder todt ist. Die Kleisten besitzt 30 Louisd'or von mir, Pension von der K⟨önigin⟩, für die verflossenen Monate Aprill bis Septbr. Hiervon hat sie zwar 10 Louisd'or, wie sie mir kurz vor dem Kriege schrieb, an Rühlen geliehen; doch diese 10 Louid'or sind einkassirt, oder es sind doch wenigstens 20 Louisd'or bei ihr in Cassa. Ich brauchte dies Geld bisher nicht, theils, weil ich im Frühjahr von ihr 20, vom Decmbr. vorigen Jahres bis März gesammelte, Louisd'or erhielt, theils auch, weil ich noch einige Monate lang Diäten vom fr⟨änkischen⟩ Departement zog. Nun aber setzt mich dieser Krieg, der uns auf eine so unglaubliche Art unglücklich überrascht, in große Verlegenheit. Nicht sowohl dadurch, daß nun vom October aus wahrscheinlich diese Pension ganz aufhören wird: denn ich hatte nicht so darauf gerechnet, daß sie zu meinem Fortkommen ganz unerlaßlich gewesen wäre. Da sie mich ein Jahr lang durchgeholfen hat, so hat sie gewissermaßen ihre Wirkung gethan. Aber dadurch, daß der Postencurs gestört ist, und ich weder dies Geld, noch auch Manuscripte, die ich nach Berlin geschickt hatte, oder ihren Werth, erhalten kann. Ich bitte dich also, der Kleisten zu sagen (wenn sie noch lebt! ich weiß nicht, was ich für eine unglückliche Ahndung habe) – daß sie mir dies Geld, durch Anweisung oder durch einen Wechsel, in die Hände schaffe. Wie wäre es, wenn sie es nach Schorin schickte? Oder nach Frankfurt? Sollte Stojentin nicht dort eine Zahlung haben? Könnte er nicht das Geld in Stolpe, oder in Danzig, zahlen? Oder in

Falkenburg, da Borks aus Falkenburg hier sind, und sie vielleicht eine Anweisung von ihm, aus Gefälligkeit, respektiren würden? Oder giebt es irgend eine andere Art, mir dazu zu verhelfen, da die directe Überschickung auf der Post unmöglich ist? Interessire dich ein wenig für diese Sache mein liebstes Ulrikchen. Ich habe auf das Äußerste angestanden, dich damit zu beunruhigen, indem ich von Tage zu Tage auf Nachrichten von der Kleisten wartete; doch die Noth ist jetzt dringend, und dieser Schritt nicht mehr auszuweichen. Wenn ich inzwischen das Geld nicht in vier bis sechs Wochen spätestens erhalten kann, so ist es mir lieber, wenn es bleibt, wo es ist, indem ich mich alsdann schon hier durch den Buchhandel werde geholfen haben: obschon dies auch, bei seinem jetzigen Zustande, nicht anders, als mit Aufopferungen geschehen kann. Mache dir nur keine Sorgen, es wäre zu weitläufig, dir auseinander zu setzen, warum du ruhig sein darfst, ich versichre dich, daß ohne diese zufälligen Umstände, meine Lage gut wäre, und daß ich dir, wenn der Krieg nicht gekommen wäre, in Kurzem Freude gemacht haben würde. Ich gebe es auch jetzt noch nicht auf, und bin dein treuer Bruder Heinrich. ⟨Königsberg,⟩ d. 31t Decbr. ⟨1806.⟩

Schicke diesen ganzen Brief der Kleisten, damit sie doch endlich einmal wieder etwas von meiner Hand sieht.

101. An Ulrike von Kleist

Meine theuerste Ulrike,

du wirst zwar schon durch Gleißenberg, oder auf welchem Wege es sei, mein Schicksal erfahren haben, ich muß es dir aber doch selbst schreiben, damit du mit Genauigkeit und Bestimmtheit davon unterrichtet wirst. Ich werde mit Gauvain und Ehrenberg, auf Befehl des Generals Clarke, nach Joux in Frankreich (über Mainz, Straßburg, und Besançon) transportirt, um daselbst bis zum

Frieden aufbewahrt zu werden. Dir den Grund dieser gewaltsamen Maasregel anzugeben, bin ich nicht im Stande, auch scheint es, als ob uns nichts zur Last gelegt würde, als bloß der Umstand, daß wir von Königsberg kamen. Ich hatte, mit einem Paß, den ich mir in Cöslin verschafft, und in Damm und Stettin, wo ich zuerst französische Truppen fand, hatte visiren lassen, glücklich Berlin erreicht. Gauvain und ich waren vorangereis't, Ehrenberg kam den andern Tag nach, unsre übrige Reisegesellschafft hatte sich von uns getrennt. Wir wollten auch hier unsre Pässe beim Gouvernement unterzeichnen lassen, hier aber machte man uns die sonderbarsten Schwierigkeiten, verhörte uns, verwarf unsre Dimissionen als falsch, und erklärte uns endlich am dritten Tage, daß wir als Kriegsgefangne nach Frankreich transportirt werden würden. Vergebens beriefen wir uns auf unsre Unschuld, und daß eine ganze Menge der angesehensten Männer unsre Aussage bekräftigen könnten; ohne uns anzuhören, wurden wir arretirt, und am andern Morgen schon, durch die Gensd'armerie, nach Wustermark abgeführt. Du kannst dir unsern Schreck und unsre bösen Aussichten für die Zukunft denken, als wir hier, den gemeinsten Verbrechern gleich, in ein unterirrdisches Gefängniß eingesperrt wurden, das wirklich nicht abscheulicher gefunden werden kann. Es gelang uns glücklich, am folgenden Tage, Einen der Gensd'armen, die uns begleiteten, von der Ungerechtigkeit, die uns betroffen, zu überzeugen; er mußte seiner Ordre gehorchen, versicherte aber, daß er uns von Station zu Station empfehlen würde, und wirklich werden wir auch jetzt an den meisten Orten, unter einer Bewachung vor den Zimmern, einquartiert. Kann man sich aber etwas Übereilteres, als diese Maasregel denken? Man vermißt ganz das gute Urtheil der Franzosen darin. Vielleicht giebt es nicht drei Menschen in der Welt, die ihnen gleichgültiger sein konnten, als wir, in jenem Augenblick. Die Reise geht, wie ich dir schon gesagt habe, nach Joux, einem Schloß bei Pontarlier, auf der Straße von Neufchatel nach Paris. Was uns dort bevorsteht, ist wahrscheinlich in einem verschloßnen Briefe enthalten, der uns begleitet, und schwerlich etwas Besseres, als Staats-Gefangenschafft. Ich hoffe immer noch von Tage zu Tage, daß die Versuche, die wir schriftlich beim Gen. Clarke gemacht haben, diesen überall als vortrefflich bekannten Mann von unsrer Unschuld überzeugen werden. Wäre dies nicht, so würde ich mir ewig Vorwürfe machen, die Gelegenheiten, die sich mir täglich und stündlich zur Wiedererlangung meiner Freiheit anbieten, nicht benutzt zu haben. Ob mich gleich jetzt die Zukunft unruhig macht, so bin ich doch derjenige von meinen beiden Reisegefährten, der diese Gewaltthat am Leichtesten verschmerzen kann; denn wenn nur dort meine Lage einigermaßen erträglich ist, so kann ich daselbst meine litterarischen Projecte eben so gut ausführen, als anderswo. Bekümmre dich also meinetwegen nicht übermäßig, ich bin gesunder als jemals, und das Leben ist noch reich genug, um zwei oder drei unbequeme Monate aufzuwiegen. Lebe wohl, grüße Alles, ich werde dir bald wieder schreiben, und Briefe von dir in Joux erwarten.

H. v. Kleist, Marburg, d. 17. Feb. ⟨180⟩7.

102. An Christoph Martin Wieland

Mein verehrungswürdigster Freund,
Ich küsse Ihnen voll Rührung und Ehrfurcht die Hände. Verzeihen Sie, daß ich, seit nun fast zwei Jahren, nichts von mir hören ließ. Ich war im Begriff, in Weimar so, wie es meine Seele wünscht, wieder vor Ihnen zu erscheinen; doch der sonderbarste Zufall hat mich daran verhindert.

Ich bin auf meiner Durchreise durch Berlin mit noch zwei jungen Landsleuten, auf Befehl des General-Gouverneurs Clark, arretirt und, als ein Staatsgefangener, nach diesem festen Schloße abgeführt worden. Erschrecken Sie nicht, es muß ein Misverständniß dieser Sache zu Grunde liegen, denn auch nicht in Gedanken, wie Sie sich leicht überzeugen werden, mischt' ich mich in den Streit der Welt. Unsre Ordre lautet auch auf weiter nichts, als Gefangenschaft bis zum Frieden, und wenn wir unsre Gefängnisse nur mit Zimmern verwechseln dürfen, wie wir auszuwirken hoffen so sind wir völlig zufrieden. Die ganze Veränderung mindestens, die ich dadurch erleide, besteht darin, daß ich nunmehr in Joux, statt in Dresden oder Weimar dichte; und wenn es nur gute Verse sind, was gilt das Uebrige?

Die Absicht dieses Schreibens ist, Ihnen, mein würdigster Freund, zu melden, dass Sie von einer Freundin, der Frau von Kleist, zu Potsdam, ein Paar Manuscripte erhalten werden, die ich im vergangenen Sommer zu Königsberg dichtete. Würdigen Sie sie gefälligst Ihrer Durchsicht. Ich würde seelig gewesen sein, wenn ich, wie in jenem mir ewig unvergesslichen Winter vor 5 Jahren, einen Augenblick hätte finden können, Sie Ihnen vorzutragen. Wenn Sie sie für die öffentliche Erscheinung geeignet finden und der Zeitpunkt nicht ganz ungünstig ist, so führen Sie mich gütigst bei einem Buchhändler ein; ich habe mich schon mit Gessner deshalb in Correspondenz gesetzt, und wenn er mit Cotta verbunden ist, so würd' ich mit Niemandem lieber, für die ganze Zukunft, Geschäfte dieser Art betreiben, als mit ihm.

Erfreuen Sie mich, in meiner einsamen Wohnung, mit einem Paar Zeilen von Ihrer Hand. Ich bin ein Kaiser, wenn Sie mir sagen, daß ich Ihnen etwas werth bin. Ihr Brief geht am Sichersten, adressirt an Commandant du Château de Joux (Doubs) Ms. v. Bureau. Grüßen Sie alle die Ihrigen, Madame Schorch Louise – auch Louis – er soll mir schreiben, wie es ihm geht, und was er für die Zukunft für Pläne hat.

Möge Frieden und Heiterkeit den Rest Ihrer Tage krönen, wie der Ruhm ihn krönt!

Ihr ergebenster

Heinrich von Kleist ehemals pr Officier.

Im Château de Joux (Doubs) Den 10 März 1807.

103. An den Festungskommandanten Nicolas Sigisbert Bureau

Monsieur,

Mon camerade, Msr. d'Ehrenberg, me chargé, de Vous rendre grace, de ce que Vous avès eu la bonté, de lui envoyer le voyage en Italie, d'Archenholz. C'est un compatriote, qu'il retrouve [à] l'étranger. Je Vous remercie de même, Monsieur, moi et Msr. de Gauvain, du Dictionaire et de la Grammaire française, que Vous avès bien voulu nous prêter; nous en ferons le meilleur usage que possible.

J'ai l'honneur de Vous saluer.

Au fort de Joux, Kleist.
ce 31 Mars, 1807

104. An Ulrike von Kleist

Chalons sur Marne,
d. 23^{t} Aprill, 1807.

Meine theuerste Ulrike,

Wenn du meinen Brief von ohngefähr dem 8^{t} oder 10^{t} Febr. erhalten hast, so wirst du wissen, was für eine sonderbare Veranlassung mich, als einen Staatsgefangnen, nach Frankreich gesprengt hat. Ich setze voraus, daß dir dieser Brief richtig durch Schlotheim zugekommen ist, und so fahre ich fort, dir von dem Verlauf meiner Schicksale Nachricht zu geben. Nachdem wir noch mehrere Male in die Gefängnisse geworfen worden waren, und an Orten, wo dies nicht geschah, Schritte thun mußten, die fast eben so peinlich waren als das Gefängniß, kamen wir endlich den 5^{t} März im fort de Joux an. Nichts kann öder sein, als der Anblick dieses, auf einem nackten Felsen liegenden, Schlosses, das zu keinem andern Zweck, als zur Aufbewahrung der Gefangenen, noch unterhalten wird. Wir mußten aussteigen, und zu Fuße hinauf gehn; das Wetter war entsetzlich, und der Sturm drohte uns, auf diesem schmalen, eisbedeckten Wege, in den Abgrund hinunter zu wehen. Im Elsaß, und auf der Straße weiter hin, gieng der Frühling schon auf, wir hatten in Besançon schon Rosen gesehen; doch hier, auf diesem Schlosse an dem nördlichen Abhang des Jura, lag noch drei Fuß hoher Schnee. Man fieng damit an, meinen beiden Reisegefährten alles Geld abzunehmen, wobei man mich als Dollmetscher gebrauchte; mir konnte man keins abnehmen, denn ich hatte nichts. Hierauf versicherte man uns, daß wir es recht gut haben würden, und fieng damit an, uns, jeden abgesondert, in ein Gewölbe zu führen, das zum Theil in den Felsen gehauen, zum Theil von großen Quadersteinen aufgeführt, ohne Licht und ohne Luft war. Nichts geht über die Beredsamkeit der Franzosen. Gauvain kam in das Gefängniß zu sitzen, in welchem Toussaint Louverture gestorben war; unsre Fenster waren mit dreifachen Gittern versehen, und wie viele Thüren hinter uns verschlossen wurden, das weiß ich gar nicht; und doch hießen diese Behältnisse anständige und erträgliche Wohnungen. Wenn man uns Essen brachte, war ein Officier dabei gegenwärtig, kaum daß man uns, aus Furcht vor staatsgefährlichen Anschlägen, Messer und Gabeln zugestand. Das Sonderbarste war, daß man uns in dieser hülflosen Lage nichts aussetzte; aber da man nicht wußte, ob wir Staatsgefangne oder Kriegsgefangne waren (ein Umstand, den unsre Ordre zweifelhaft gelassen hatte): auf welchem Fuß sollte man uns bezahlen? Der Franzose stirbt eher, und läßt die ganze Welt umkommen, ehe er gegen seine Gesetze verfährt. Diese Lage war inzwischen zu qualvoll, als daß sie meine beiden Gefährten, die von Natur krankhaft sind, lange hätten aushalten können. Sie verlangten Ärzte, ich schrieb an den Commendanten, und dieser, der ein edelmüthiger Mann schien, und das Misverständniß, das bei dieser Sache obwalten mußte, schon voraussah, verwandte sich bei dem Gouverneur in Besançon, worauf man uns andere Behältnisse anwies, die wenigstens den Nahmen der Wohnungen verdienen konnten. Jetzt konnten wir, auf unser Ehrenwort, auf den Wällen spatzieren gehen, das Wetter war schön, die Gegend umher romantisch, und da meine Freunde mir, für den Augenblick, aus der Noth halfen, und mein Zimmer mir Bequemlichkeiten genug zum Arbeiten anbot, so war ich auch schon wieder vergnügt, und über meiner Lage ziemlich getröstet. Inzwischen hatten wir, gleich bei unsrer Ankunft, unsre Memoriale an den Kriegsminister eingereicht, und die Abschriften davon an den Prinzen August geschickt. Da unsre Arretirung in Berlin in der That ein bloßes Misverständniß war, und uns, wegen unseres Betragens, gar kein bestimmter Vorwurf gemacht werden konnte, so befahl der Kriegsminister, daß wir aus dem Fort entlassen, und, den andern Kriegsgefangnen gleich, nach Chalons Sur Marne geschickt werden sollten. Hier sitzen wir nun, mit völliger Freiheit zwar, auf unser Ehrenwort, doch du kannst denken, in welcher Lage, bei so ungeheuren Kosten, die uns alle diese Reisen verursacht haben, und bei der hartnäckigen Verweigerung des Soldes, den die andern Kriegsgefangnen ziehn. Ich habe von Neuem an den Kriegsminister und an den Prinzen August geschrieben, und da es ganz unerhört ist, einen Bürger, der die Waffen im Felde nicht getragen hat, zum Kriegsgefangnen zu machen, so hoffe ich auf meine Befreiung, oder wenigstens auf gänzliche Gleichschätzung mit den übrigen Officieren. Daß übrigens alle diese Übel mich wenig angreifen, kannst du von einem Herzen hoffen, das mit größeren und mit den größesten auf das Innigste vertraut ist. Schreibe mir nur, wie es dir und den Schorinschen geht, denn dies ist der eigentliche Zweck dieses Briefes, da die Kriegsunruhen, die sich bald nach meiner Entfernung aus Pommern dahin zogen, mich mit der lebhaftesten Sorge für euch erfüllt haben. Lebe wohl und grüße Alles, sobald sich mein Schicksal ändert schreib' ich dir wieder, wenn ich nur deine Adresse weiß. Dein Heinrich v. Kleist.

105. An Ulrike von Kleist

Wie frohlocke ich, meine theuerste Ulrike, wenn ich Alles denke, was du mir bist, und welch' eine Freundinn mir der Himmel an dir geschenkt hat! Ich höre, daß du dich in Berlin aufhältst, um bei dem Gen. Clarke meine Befreiung zu betreiben. Von Tage zu Tage habe ich auf die Erfüllung des Versprechens gewartet, das er dir und der Kl. darüber gegeben haben soll, und angestanden, dir zu schreiben, um dich nicht zu neuen, allzufrühzeitigen Vorstellungen zu verleiten. Man hätte dir die Antwort geben können, daß der Befehl darüber noch nicht an den hiesigen Commendanten angekommen wäre. Doch jetzt, nach einer fast vierwöchentlichen vergeblichen Erwartung, scheint es mir wahrscheinlich, daß gar keiner ausgefertigt worden ist, und daß man dich, mein vortreffliches Mädchen, bloß mit Vorgespiegelungen abgefertigt hat. Ich weiß sogar aus einer sicheren Quelle, daß der hiesige Commendant wegen meiner Instructionen hat, die mit dem guten Willen, mich loszulassen, nicht in der beßten Verbindung stehn. Inzwischen ist meine Lage hier, unter Menschen, die von Schmach und Elend niedergedrückt sind, wie du dir leicht denken kannst, die widerwärtigste; ob ein Frieden überhaupt sein wird, wissen die Götter; und ich sehne mich in mein Vaterland zurück. Es wäre vielleicht noch ein neuer Versuch bei dem Gen. Clarke zu wagen. Vielleicht, daß er immer noch geglaubt hat, etwas herauszubringen, wo nichts herauszubringen ist, daß er mit diesem Verfahren hat Zeit gewinnen wollen und sich jetzt endlich von der Nutzlosigkeit meiner Gefangenschaft überzeugt hat. Wie gern mögte ich dir, zu so vielem Andern, auch noch diese Befreiung daraus verdanken! Wie willkommen ist mir der Wechsel gewesen, den du mir durch Schlotheim überschickt hast. Es wird dir unerhört scheinen, wenn ich dir versichere, daß ich während der ganzen zwei ersten Monate meiner Gefangenschaft keinen Sol erhalten habe; daß ich von einem Ort zum andern verwiesen worden bin; daß mir auch noch jetzt alle Reklamationen nichts helfen, und kurz, daß ich darum förmlich betrogen worden bin. Der allgemeine Grund war immer der, daß man nicht wüßte, ob man mich als Staatsgefangnen oder Kriegsgefangnen behandeln sollte; und ob ich während dieses Streits verhungerte, oder nicht, war einerlei. Jetzt endlich hat es der hiesige Commendant durchgesetzt, daß ich das gewöhnliche Tractament der kriegsgefangenen Officiere von 37 Franken monatlich erhalte. Dies und dein Wechsel schützt mich nun vor der Hand vor Noth; und wenn jetzt nur bald ein Befehl zu meiner Befreiung ankäme, so würde ich, mit den Indemnitäten, die die reisenden Officiere erhalten, meine Rückreise noch bestreiten können. Zwar, wenn der Friede nicht bald eintrit, so weiß ich kaum, was ich dort soll. Glück kann, unter diesen Umständen, niemandem blühen; doch mir am wenigsten. Rühle hat ein Manuscript, das mir unter andern Verhältnissen das Dreifache werth gewesen wäre, für 24 Louisd'or verkaufen müssen. Ich habe deren noch in diesem Augenblick zwei fertig; doch sie sind die Arbeit eines Jahres, von deren Einkommen ich zwei hätte leben sollen, und nun kaum ein halbes bestreiten kann. Inzwischen bleibt es immer das Vortheilhafteste für mich, zurückzukehren, und mich irgendwo in der Nähe des Buchhandels aufzuhalten, wo er am Wenigsten daniederliegt. – Doch genug jetzt von mir. Es ist widerwärtig, unter Verhältnissen, wie die bestehenden sind, von seiner eignen Noth zu reden. Menschen, von unsrer Art, sollten immer nur die Welt denken. Was sind dies für Zeiten! Und das Hülfloseste daran ist, daß man nicht einmal davon reden darf. – Schreibe mir bald, daß ich nach Berlin zurückkehren kann. Angern und die Kleisten sind jetzt nicht mehr da; meine ganze Hoffnung beruht auf dich. Adieu.

Chalons sur Marne, d. 8^{t} Juni, 1807.

Heinrich von Kleist.

106. An Marie von Kleist

⟨Châlons-sur-Marne, Juni 1807.⟩

[...]

Was soll jetzt aus meiner Sache werden, da wie ich höre auch U⟨lrike⟩ B⟨e⟩rlin verlaßen wird nachdem A⟨ngern⟩ es längst verlaßen hat. Sie sehen, d⟨a⟩ß alle Ihre Bemühungen für mich gänzlich überflüßig gewesen sind. Von Tage zu Tage habe ich immer noch dem Versprechen gemäs, das Ihnen der General Clarke gegeben hat, auf eine Ordre zu meiner Befreiung gewartet. Doch statt deßen sind ganz andre Verfügungen wegen unsrer angekommen, die mir vielmehr alle Hoff⟨n⟩u⟨n⟩g dazu benehmen. Welch ein unbegreifliches Mißverständniß muß in diser Sache obwalten. Wenn sich niemand für mich intereßirte, weder Sie, noch U⟨lrike⟩ noch A⟨ngern⟩ so bliebe mir noch ein Ausweg übrig. Doch so werde ich mich wohl mit dem Gedanken bekannt machen müßen, bis ans Ende des Kriegs in diser Gefangenschaft aushalten zu müßen. Und wie lange kann dieser Krieg noch dauern, diser unglükliche Krieg den vielleicht gar nicht mal ein Friede beendigen wird! Was sind dies für Zeiten. Sie haben mich immer in der Zurückgezogenheit meiner Lebensart für isolirt von der Welt gehalten, und doch ist vielleicht niemand inniger damit verbunden als ich. Wie trostlos ist die Aussicht, die sich uns eröffnet. Zerstreuung, und nicht mehr Bewustsein ist der Zustand der mir wohl thut. Wo ist der Platz den man jetzt in der Welt einzunehmen sich bestreben könnte, in Augenblikken, wo alles sein Platz in verwirrter Bewegung verwechselt. Kann man auch nur den Gedanken wagen glüklich zu sein, wenn alles in Elend darnider liegt? Ich arbeite, wie Sie wohl denken können, doch ohne Lust und Liebe zur Sache. Wenn ich die Zeitungen gelesen habe, und jetzt mit einem Herzen voll Kummer die Feder wieder ergreife, so frage ich mich, wie Hamlet den Schauspieler, was mir Hekuba sei? Ernst schreiben Sie mir ist nach K⟨önigsberg⟩ zurükgegangen. Es freut mich weil es das einzige war, was ihm in dieser Lage übrig blieb⟨,⟩ doch unersetzlich ist es, da⟨ß⟩ wir uns nicht, Er und R⟨ühle⟩, in Dresden haben sprechen können. Der Augenblik war so gemacht uns in der schönsten Begeisterung zu umarmen: wenn wir noch zwei Menschen Alter lebten kömt es nicht so wieder. Hier in Chalons lebe ich wieder so einsam wie in K⟨önigsberg⟩. Kaum merke ich, d⟨a⟩ß ich in einem fremden Lande bin, und oft ist es mir ein Traum 100 Meilen gereiset zu sein ohne meine Lage verändert zu haben. Es ist hier niemand dem ich mich anschließen mögte: unter den Franzosen nicht weil mich ein natürlicher Widerwille schon von ihnen entfernt, der noch durch die Behandlung die wir jetzt erfahren vermehrt wird, und unter den Deutschen auch nicht. Und doch sehnt sich mein Herz so nach Mittheilung. Letzthin saß ich auf einer Bank im Jard, einer öffentlichen aber wenig besuchten Promenade, und es fing schon an finster zu werden, als mich jem⟨a⟩nd den ich nicht kannte mit einer Stimme anredete, als ob sie P.. aus der Brust genommen gewesen wäre. Ich kann Ihnen die Wehmuth nicht beschreiben die mich in disem Augenblik ergriff. Und sein Gespräch war auch ganz so tief und innig, wie ich es nur, einzig auf der Welt, kennen gelernt habe. Es war mir als ob er bei mir säße wie in jenem Sommer vor 3 Jahren wo wir in jeder Unteredung immer wieder auf den Tod, als das ewige Refrain des Lebens zurük kamen. Ach es ist ein ermüdender Zustand dises Leben, recht wie Sie sagten eine Fatigue. Erscheinungen rings, d⟨a⟩ß man eine Ewigkeit brauchte um sie zu würdigen, und kaum wahrgenommen schon wieder von andern verdrengt, die eben so unbegriffen verschwinden. In einer der hiesigen Kirchen ist ein Gemälde, schlecht gezeichnet zwar, doch von der schönsten Erfindung die man sich denken kann, und Erfindung ist es überall was ein Werk der Kunst ausmacht. Denn nicht das was den Sinn⟨en⟩ dargestellt ist, sondern das was das Gemüth, durch diese Wahrnehmung erregt, sich denkt, ist das Kunstwerk. Es sind ein Paar geflügelte Engel, die aus den

Wohnungen himmlischer Freude niederschweben um eine Seele zu empfangen⟨.⟩ Sie liegt mit Bläße des Todes übergoßen auf den Knien, der Leib sterbend in die Arme der Engel zurükgesunken. Wie zart sie das zarte berühren. Mit den äußersten Spitzen ihrer rosenrothen Finger nur das liebliche Wesen, das der Hand des Schiksals jetzt entflohen ist. Und einen Blik aus sterbenden Augen wirft sie auf sie, als ob sie in Gefilde unendlicher Seligkeit hinaussähe: Ich habe nie etwas Rührenderes und Erhebenderes gesehen. [...]

107. An Otto August Rühle von Lilienstern

Mein liebster Rühle,

ich schreibe dir nur ganz kurz, um dir folgende Notizen zu geben. Soeben ist, von dem Gen. Clarke, der Befehl zu meiner Loslassung angekommen. Ich bin aber ganz ohne Geld, und nicht im Stande, zu reisen, wenn du mir nicht unverzüglich das Geld von Arnold schickst. Ich zweifle auch gar nicht daran, daß du diese Sache schon, auf meinen Brief, vom Ende vorigen Monats, (glaub ich) abgemacht hast, und daß das Geld schon unterweges ist. Sollte es aber doch, unvorhergesehener Hindernisse wegen, unmöglich gewesen sein: so mußt du es entweder noch möglich machen, und zwar ohne allen Verzug (müßtest du auch einen Theil der Summe dafür aufopfern) oder aber wenigstens meiner Schwester Ulrike davon Nachricht geben, so höchst unangenehm mir auch dieser Schritt wäre. Ich muß dir sagen, daß es mir äußerst niederschlagend sein würde, wenn ich mir mit allen meinen Bemühungen nicht so viel erstrebt hätte, als nöthig ist, mich aus einer Noth, wie die jetzige ist, heraus zu reißen. Arnold hat das Buch, wie du mir geschrieben hast, schon vor 10 Wochen gedruckt; es läßt sich also gar kein billiger Grund denken, warum er so lange mit der Bezahlung zögert. Ich glaube auch nicht, daß er es gethan hat; ich glaube auch nicht, daß deinem Eifer irgend etwas vorzuwerfen sei; die Möglichkeit nur, daß das Geld doch, trotz dem Allen ausbleiben könnte, macht mich unruhig. Auf jeden Fall erwarte ich deine Antwort hier, auf meinen vorigen Brief, die spätestens in 14 Tagen, wenn du geschrieben hast, hier eintreffen muß. Ich muß auf Befehl des Gen. Clarke, nach Berlin gehen, und mich dort bei ihm melden. Es ist ungeheuer, jemanden so durch die Welt zu jagen, ohne zu fragen, wo er das Geld dazu hernehme? Bis diese Stunde verweigert man mir noch die Reise-Entschädigungen, die sonst einem gefangenen Officier zukommen; und ob ich mich gleich an das Kriegs-Gouvernement in Paris wenden werde, so ist doch sehr zweifelhaft, ob ich etwas damit ausrichte. Doch die Post drängt, ich muß schließen. Sobald ich in Berlin bin schreibe ich dir; und eile in deine Arme, sobald ich dort meinen Paß habe. Denn ein Verhör werde ich doch wohl noch dort auszustehen haben. Lebe wohl, und bleibe treu

Chalons sur Marne, Deinem H. Kleist
d. 13[t] Juli, 1807.

N. S. Antworte mir unverzüglich auf diesen Brief. Solltest du den Wechsel schon abgeschickt haben, so kannst du genau berechnen, wann ich in Berlin bin. Laß mich auch dort einen Brief vorfinden, der mich genau von deinen Entschlüssen für die Zukunft unterrichtet. Adieu.

108. An Ulrike von Kleist

Endlich, meine vortreffliche Ulrike, ist, wahrscheinlich auf deine wiederholte Verwendung, der Befehl vom Gen. Clarke zu meiner Loslassung angekommen. Ich küsse dir die Stirn und die Hand. Der Befehl lautet, daß ich, auf Ehrenwort, eine vorgeschriebene Straße befolgen, und mich in Berlin beim Gen. Clarke melden soll, der mich sprechen will. So mancherlei Gedanken mir dies auch erregt, so würde ich doch sogleich meine Reise antreten, wenn ich nicht unpäßlich wäre; wenn man nicht die Unedelmüthigkeit hätte, mir die Diäten zu verweigern, die ich mir jedoch noch auszuwirken hoffe; und wenn ich nicht einen Wechsel vom Buchhändler Arnold aus Dreßden erwarten müßte, für ein Manuscript, das Rühle daselbst verkauft hat, und von dem er mir geschrieben hat, daß er um diese Zeit abgehen würde. Alle diese Gründe sind Schuld daran, daß sich meine Abreise vielleicht noch 14 Tage oder 3 Wochen verspäten wird; doch da sich der Frieden jetzt abschließt, und nach dem Abschluß auch die Auswechselung der Gefangenen sogleich vor sich gehen muß, so ergiebt sich vielleicht alsdann eine so viel wohlfeilere Gelegenheit, abzureisen, wenn gleich der Aufenthalt bis dahin hier so viel kostspieliger wird, da ich keinen Sold mehr beziehe.

Die Absicht dieses Briefes ist, dir, nach der Mittheilung dieser Nachricht einen Vorschlag zu machen. Die Kl. hat mich versichert, daß die Pension von der K⟨önigin⟩ nach dem Abschluß des Friedens wieder ihren Fortgang nehmen würde. Da jedoch hierin wenig Sicherheit liegt: denn wer steht uns für einen neuen Krieg? so ist der Plan, diese Pension, bei der nächsten Gelegenheit, in eine Präbende zu verwandeln; und hierin läge dann schon mehr Sicherheit. Wir wollen einmal annehmen, daß uns das Glück auf diese Art günstig wäre; daß ich vor der Hand die Pension, und in einiger Zeit, statt ihrer, die Präbende erhielte: was ließe sich wohl damit anfangen?

Ich versichre dich, meine theuerste Ulrike, daß mir deine Lage, und das Schmerzhafte, das darin liegen mag, so gegenwärtig ist, als dir selbst. Ich weiß zwar, daß du dich in jedem Verhältniß, auch in dem abhängigsten, würdig betragen würdest; doch die Forderungen, die dein innerstes Gefühl an dich macht, kannst du nicht erfüllen, so lange du nicht frei bist. Ich selbst kann in keiner Lage glücklich sein, so lange ich es dich nicht, in der deinigen, weiß. Ohne mich würdest du unabhängig sein; und so mußt du (ich fühle die

Verpflichtung auf mich, was du auch dagegen einwenden mögest) du mußt es auch wieder durch mich werden. Wenn ich mit Äußerungen dieser Art immer sparsam gewesen bin, so hatte das einen doppelten Grund: einmal, weil es mir zukam, zu glauben, daß du solche Gefühle bei mir voraussetzest, und dann, weil ich dem Übel nicht abhelfen konnte.

Doch jetzt, dünkt mich, zeigt sich, ein Mittel ihm abzuhelfen; und wenn du nicht willst, daß ich mich schämen soll, unaufhörlich von dir angenommen zu haben, so mußt du auch jetzt etwas von mir annehmen. Ich will dir die Pension, und das, was in der Folge an ihre Stelle treten könnte, es sei nun eine Präbende, oder etwas Anderes, abtreten. Es muß, mit dem Rest deines Vermögens, für ein Mädchen, wie du bist, hinreichen, einen kleinen Haushalt zu bestreiten. Laß dich damit, unabhängig von mir, nieder; wo, gleichviel; ich weiß doch, daß wir uns über den Ort vereinigen werden. Ich will mich mit dem, was ich mir durch meine Kunst erwerbe, bei dir in die Kost geben. Ich kann dir darüber keine Berechnung anstellen; ich versichre dich aber, und du wirst die Erfahrung machen, daß es mich, wenn nur erst der Frieden hergestellt ist, völlig ernährt. Willst du auf diese Versicherung hin nichts thun, so lebe die erste Zeit noch bei Schönfeld, oder in Frankfurt, oder wo du willst; doch wenn du siehst, daß es damit seine Richtigkeit hat, alsdann, mein liebstes Mädchen, versuche es noch einmal mit mir. Du liesest den Rousseau noch einmal durch, und den Helvetius, oder suchst Flecken und Städte auf Landkarten auf; und ich schreibe. Vielleicht erfährst du noch einmal, in einer schönen Stunde, was du eigentlich auf der Welt sollst. Wir werden glücklich sein! Das Gefühl, mit einander zu leben, muß dir ein Bedürfniß sein, wie mir. Denn ich fühle, daß du mir die Freundinn bist, du Einzige auf der Welt! Vergleiche mich nicht mit dem, was ich dir in Königsberg war. Das Unglück macht mich heftig, wild, und ungerecht; doch nichts Sanfteres, und Liebenswürdigeres, als dein Bruder, wenn er vergnügt ist. Und vergnügt werde ich sein, und bin es schon, da ich den ersten Forderungen, die meine Vernunft an mich macht, nachkommen kann. Denke über Alles dies nach, meine theuerste Ulrike; in Berlin, wo ich dich noch zu finden hoffe, wollen wir weitläufiger mit einander darüber reden. In drei Wochen spätstens muß ich hier abgehen können; und in der fünften bin ich dann in deinen Armen. Adieu, grüße Gleißenberg. Dein Heinrich, Chalon d. 14 Juli ⟨1807⟩.

N. S.

Ich muß dir sagen, meine theuerste Ulrike, daß ich mich Anders entschlossen habe. Man hat mir die Reise-Entschädigung bewilligt; und da ich mir den Wechsel von Rühlen, gesetzt er wäre schon von Dreßden abgegangen, nach Berlin nachschicken lassen, und dort immer Handlungs-Häuser sein müssen, die hier Forderungen haben, und bei denen er folglich geltend gemacht werden kann: so will ich mich, auf jene Ungewißheit hin, nicht länger aufhalten, sondern sogleich abgehen. Ich habe Rühlen geschrieben, daß wenn der Wechsel noch nicht abgegangen ist, er jetzt zu dir nach Berlin geschickt werden soll. Thue mir doch den Gefallen, und wiederhole schriftlich diese Bestimmung an ihn, wenn du irgend seine Wohnung in Dreßden genau erfahren kannst; denn da ich zwischen zwei unglücklichen Hausnummern immer geschwankt habe, so fürchte ich noch obenein, daß ihn mein Brief verfehlt. Auch inliegenden Brief an die Kleisten bitte ich mit der Adresse zu versehen, weil ich lange nichts von ihr gesehen habe, und nicht weiß, ob sie noch in Leuthen ist. In drei, spätstens vier Tagen gehe ich hier, und wenn ich es irgend möglich machen kann, mit dem Courier, ab, reise Tag und Nacht, und bin in 14 höchstens 16 Tage, bei dir. Adieu. Ich drücke dich im Voraus schon an meine Brust. Grüße Gl⟨eißenbergs⟩ und Alles, was mir ein wenig gut ist. H. K.

109. An Otto August Rühle von Lilienstern

Mein liebster Rühle,

du mußt mir verzeihen, daß ich dir, in meiner Sache, mit Briefen so oft beschwerlich falle. Doch meine Lage hat so viele Seiten, daß ein Rathschluß immer den anderen verdrängt; und du weißt, daß es überhaupt nicht meine Kunst ist, zu handeln. Ich habe mich jetzt wieder anders entschlossen. Man hat mir die Reise-Diäten bewilligt, und da ich auf die Ungewißheit hin, ob dein Wechsel schon unterweges ist, mich hier nicht länger aufhalten mag, so raffe ich mein Geld zusammen, und gehe, ohne weiteren Verzug, mit dem Courier von hier ab. Die Haupt-Rücksicht, die mich dazu bewogen hat, ist diese, daß dein Wechsel mir ja, wenn er schon abgeschickt sein sollte, nach Berlin nachgeschickt, und dort eben so gut geltend gemacht werden kann, als hier. Denn es müssen dort immer Handlungs-Häuser sein, welche Forderungen in der Stadt Frankreichs haben, in welcher der Wechsel zahlbar ausgestellt ist; und wäre dies nicht, so stellen sie es à conto, auf eine zukünftige Forderung. Solltest du aber den Wechsel noch nicht abgeschickt haben, so wäre es mir allerdings jetzt um so viel lieber. In diesem Falle müßtest du ihn aber doch unverzüglich nach Berlin an meine Schwester Ulrike, bei Gleißenbergs, schicken, indem ich ganz ohne Geld ankomme, und davon sowohl dort leben, als auch meine Reise zu dir nach Dreßden bestreiten muß. Thue dein Möglichstes, daß es sich einigermaßen in der Ordnung fügt, damit ich meiner Schwester Ulrike nicht zur Last zu fallen brauche, und ihr einige Hoffnungen für die Zukunft geben kann. In vier höchstens sechs Tagen, denk' ich mit dem Courier hier abzugehen, Tag und Nacht, wenn ich es irgend aushalten kann, zu reisen, und in vierzehn Tagen von hier spätestens in Berlin zu sein. Nur wenige Tage halte ich mich dort auf, und fliege dann zu dir, wo du mir auch vorläufig ein wohlfeiles Quartier ausmachen mußt. Adieu. Dieser Brief ist von dreien, die ich dir seit kurzem geschrieben habe, der letzte. Solltest du, durch einen Zufall, jene später erhalten, oder von Schlotheim und der Kleisten Aufträge erhalten, die diesem jetzigen Briefe wiedersprechen, so denke, daß die Willensmeinung in *diesem* meine eigentliche und kathegorische ist.

Chalons sur Marne, d. 15^{t} Juli, 1807. H. v. Kleist.

110. An Otto August Rühle von Lilienstern

Mein liebster, beßter Rühle,

Ich habe dir nur drei Dinge zu sagen, und setze mich bei Massenbachs geschwind hin, um sie dir aufzusetzen, weil die Post eilt, und ich den Brief auf dem [...]

[...] Wechsel erhalten habe, und [...] herzlich danke.

Alsdann, daß ich über Cottbus, wo ich meine Verwandte sehen will, zu dir nach Dreßden kommen werde. Ein Bette mußt du mir vor der Hand miethen. Siehe zu, daß Pfuel auch hinkömt.

Drittens endlich beschwöre ich dich (*wenn* du dieses Entschlusses sein solltest) Allem, was in den Zeitungen über und gegen dich gesagt werden mag, öffentlich auch nicht einer Silbe zur Antwort zu würdigen. Thue grade, als ob es gar nicht gedruckt worden wäre, und stellt man dich persönlich zur Rede, so sage, du wüßtest davon nichts & du läsest nicht, du schriebst bloß & & Über die Gründe wollen wir weitläufiger sprechen.

Adieu. In 14 Tagen spätestens, von heut an gerechnet, bin ich bei dir. Mögte in den ersten 14 Jahren von keiner Trennung die Rede sein! Am 14^{t} August 1821 wollen wir weiter davon sprechen.

Berlin, d. 14^{t} August, 1807. H. v. Kleist.

111. An Ulrike von Kleist

Ich habe versucht, meine theuerste Ulrike, dir zu schreiben; doch meine Lage ist so reich, und mein Herz so voll des Wunsches, sich dir ganz mitzutheilen, daß ich nicht weiß, wo ich anfangen und enden soll. Schreibe mir doch, ob ich nach Wormlage kommen darf, um dich zu sprechen? Oder ob wir uns nicht, auf halbem Wege irgendwo ein Rendezvous geben können? Ich sollte denken, dies letztere müßte möglich sein. Ich will dich zu bewegen suchen, zu einer Buch- Karten- und Kunst-Handlung, wozu das Privilegium erkauft werden muß, 500 Rth. zu 5 p. C. auf 1 Jahr herzugeben. Adam Müller (ein junger Gelehrter, der hier im Winter, mit ausgezeichnetem Beifall, öffentliche Vorlesungen hält) Rühle und Pfuel (dem sein Bruder das Geld dazu hergiebt) sind die Interessenten. Dir alle Gründe darzuthun, aus welchen die Zweckmäßigkeit und Nützlichkeit dieser Unternehmung hervorgeht, ist schriftlich unmöglich. Rühle, der mit dem Prinzen jetzt hier ist, und der Pfueln, durch den Unterricht, den dieser dem Prinzen giebt, eine Pension von 600 Rth. verschafft hat, ist von einer praktischen Geschicklichkeit, alles um sich herum geltend zu machen, die bewundrungswürdig und selten ist. Der Herzog würde ihm sehr gern, nach Verlauf der Erziehungsperiode, einen Posten in seinem Lande geben; doch da sein unerlaßliches Bedürfniß ist, frei zu sein, so will er Alles an dieses Jahr setzen, um es für die übrige Lebenszeit zu werden. Er ist es daher auch eigentlich, der an die Spitze des ganzen Geschäffts treten wird; ein Umstand, der, dünkt mich, nicht wenig für die Sicherheit seines Erfolgs spricht. Er sowohl, als ich, haben jeder ein Werk drucken lassen, das unsern Buchhändlern 6 mal so viel eingebracht hat, als uns. Vier neue Werke liegen fast zum Druck bereit; sollen wir auch hiervon den Gewinn Andern überlassen, wenn es nichts als die Hand danach auszustrecken kostet, um ihn zu ergreifen? Die 1200 Rth., die das Privilegium kostet, können nie verloren gehen; denn misglückt die Unternehmung, so wird es wieder verkauft; und die Zeiten müßten völlig eisern sein, wenn es nicht, auch im schlimmsten Fall, einen größeren Werth haben sollte, als jetzt. Die ganze Idee ist, klein, und nach lieberalen Grundsätzen, anzufangen, und das Glück zu prüfen; aber, nach dem Vorbild der Fugger und Medicis, Alles hineinzuwerfen, was man auftreiben kann, wenn sich das Glück deutlich erklärt. Erwäge also die Sache, mein theuerstes Mädchen, und wenn du dich einigermaßen in diesen Plan, der noch eine weit höhere Tendenz hat, als die merkantilische, hineindenken kannst, so sei mir zu seiner Ausführung behülflich. Ich kann dir, wie schon erwähnt, nicht Alles sagen, was ich auf dem Herzen habe, du müßtest selbst hier sein, und die Stellung, die wir hier einnehmen, kennen, um beurtheilen zu können, wie günstig sie einer solchen Unternehmung ist. Fast mögte ich dich dazu einladen! Ich würde dich in die vortrefflichsten Häuser führen können, bei Haza's, beim Baron Buol (Kaisl. Östr. Gesandten) beim App. Rath Körner u. s. w. Häuser, in deren jedem ich fast, wie bei der Kl⟨eisten⟩ in Potsdam, bin. Zwei meiner Lustspiele (das Eine gedruckt, das Andere im Manuscript) sind schon mehrere Male in öffentlichen Gesellschaften, und immer mit wiederholtem Beifall, vorgelesen worden. Jetzt wird der Gesandte sogar, auf einem hiesigen Liebhaber-Theater, eine Aufführung veranstalten, und Fitt (den du kennst) die Hauptrolle übernehmen. Auch in Weimar läßt Göthe das Eine aufführen. Kurz, es geht Alles gut*, meine liebste Ulrike, ich wünsche bloß, daß du hier wärest, und es mit eignen Augen sehen könntest. Schreibe mir auf welche Art wir es machen, daß wir uns auf einen Tag sprechen, und sei versichert, daß ich ewig dein treuer Bruder b⟨in⟩, H. v. Kl.

Dßd., d. 17^t Septb. ⟨180⟩7.

* Kürzlich war ich mit dem östr. Gesandten in Töplitz: bei Genz, wo ich eine Menge großer Bekanntschaften machte. –

Was würdest du wohl sagen, wenn ich eine Directions-Stelle beim Wiener Theater bekäme? – Grüße Alles in Wormlage.

112. An Johann Friedrich Cotta

Ew. Wohlgebohren

haben durch den HE. v. Rühle, während meiner Abwesenheit aus Deutschland, eine Erzählung erhalten, unter dem Titel, Jeronimo und Josephe, und diese Erzählung für das Morgenblatt bestimmt. So lieb und angenehm mir dies auch, wenn ich einen längeren Aufenthalt in Frankreich gemacht hätte, gewesen sein würde, so muß ich doch jetzt, da ich zurückgekehrt bin, wünschen, darüber auf eine andre Art verfügen zu können. Wenn daher mit dem Abdruck noch nicht vorgegangen ist, so bitte ich Ew. Wohlgebohren ergebenst, mir das Manuscript, unter nachstehender Adresse, gefälligst wieder zurückzusenden. Ich setze voraus, daß dieser Wunsch Ew. Wohlgebohren in keine Art der Verlegenheit setzt, und bin mit der vorzüglichsten Hochachtung

Ew. Wohlgebohren

ergebenster

Dreßden, d. 17[t] Sept. 1807. Heinrich von Kleist, Pirnsche Vorstadt, Rammsche Gasse N. 123.

113. An Ulrike von Kleist

Ich setze mich nur auf ein Paar Augenblicke hin, meine theuerste Ulrike, um dich zu fragen, ob du nicht einen Brief erhalten hast, den ich schon vor drei Wochen von hier abgesendet habe? In diesem Briefe ließ ich mich weitläufig über meine Lage, über die Zukunft, und über ein Project aus;

Dinge, deren keines ich berühren kann, ohne mich auf bogenlanges Schreiben gefaßt zu machen. Ich weiß zwar, daß Briefe von hier in die Lausitz sehr langsam gehen, Lamprecht, den ich hier gesprochen habe, ist einer 19 Tage unterweges gewesen; doch sollte überhaupt vielleicht die Adresse bei Alt-Döbern falsch sein? Und doch weiß ich keine andere zu setzen. – Antworte mir sobald wie möglich hierauf. Denn, wie gesagt, wenn du diesen Brief nicht erhalten hast, so muß ich ihn noch einmal schreiben; und du weißt, wie ungern ich an solche weitläufigen Erörterungen gehe. – Ich wollte, du wärest hier, um dich mit mir zu freuen, und Alles mit eignen Augen selbst zu sehen. Schriftlich, kann ich dir kaum etwas Anderes sagen, als nur im Allgemeinen, daß es mir gut geht. Es erfüllt sich mir Alles, ohne Ausnahme, worauf ich gehofft habe – gieb mir nur erst, wie gesagt, Nachricht von dir, so sollst du mehr hören. Es wäre sonderbar, wenn grade der erste Brief, der dir Freude zu machen bestimmt war, hätte verloren gehen müssen. Grüße Alles, lebe wohl und schreibe bald deinem

treuen Bruder

Dreßden, d. 3[t] Oct. ⟨180⟩7 H. v. Kleist.
Pirnsche Vorstadt, Rammsche Gasse
N. 123.

114. An Ulrike von Kleist

Dein Unlust am Schreiben, meine theuerste Ulrike, theile ich nicht mehr mit dir, seitdem es mir vergönnt ist, dich von frohen Dingen unterhalten zu können. Es geht mir in jedem Sinne so, wie ich es wünsche, und in dem Maaße, als der Erfolg jetzt meine Schritte rechtfertigt, geht mir ein ganzer Stoff zu einer, die Vergangenheit erklärenden, Correspondenz auf, mit der ich dir noch verschuldet bin. Ich wußte wohl, daß du mir in einem Falle, wo es in der That darauf ankommt, mir ein Vermögen zu verschaffen, nach so vielen

Aufopferungen die letzte nicht verweigern würdest, die ihre ganze schöne Reihe schließt. Wenn es möglich gewesen wäre, rascher zu sein, so hätten wir schon, bei der gegenwärtigen Leipziger-Messe, in den Buchhandel eintreten können; doch so hat diese Verzögerung andere nach sich gezogen, so, daß wir uns jetzt nicht eher, als bei der nächstfolgenden, werden darin zeigen können. Inzwischen hat dieser Aufschub, doch auch sein Gutes gehabt. Denn statt des Privilegii, das nun verkauft ist, hat uns der HE. v. Carlowitz, einer der reichsten Particuliers des Landes, ein unentgeldliches Privilegium in seiner Immediatstadt Liebstadt angeboten; ein ganz vortrefflicher Umstand, da wir dadurch das Recht bekommen, hier in Dreßden ein Waarenlager zu halten, und somit aller Vortheile eines städtischen Privilegii theilhaftig werden. Ferner ist während dessen, durch den hiesigen französischen Gesandten, der sich schon während meiner Gefangenschafft für mich interessirt hatte, und dessen nähere Bekanntschafft mir nun geworden ist, an Clarke in Paris geschrieben worden. Es ist nicht unmöglich, daß wir den Kodex Napoleon zum Verlag bekommen, und daß unsere Buchhandlung überhaupt von der französischen Regierung erwählt wird, ihre Publicationen in Deutschland zu verbreiten; wodurch, wie du leicht denken kannst, die Assiette des ganzen Instituts mit einem Male gegründet wäre. Du wirst nicht voreilig sein, politische Folgerungen aus diesem Schritte zu ziehn, über dessen eigentliche Bedeutung ich mich hier nicht weitläufiger auslassen kann. – Was nun, zur Antwort auf deinen Brief, den Termin anbetrifft, an welchem ich das Geld erhalten müßte, so kann ich dir diesen jetzt genau nicht sagen, indem sich, wie gesagt, das Geschäfft ein wenig in die Länge gezogen hat; inzwischen würdest du es doch zu Neujahr in Bereitschafft halten müssen, da von diesem Zeitpunct an für die kommende Messe vorgearbeitet werden muß. Übrigens muß es Conventionsgeld sein, d. h. der Werth davon, gleichviel in welcher Münzart, wenn nur nicht preußisch. Wenn es uns mit dem Kodex Napoleon glücken sollte (ich bitte dich, nichts von dieser Sache zu sagen) so würde es vielleicht nöthig sein, so schnell und so viel Geld herbei zu schaffen, daß ich noch nicht recht weiß, wie wir uns aus dieser Verlegenheit ziehen werden. 2000 Rth. haben wir in Allem zusammen; doch du kannst leicht denken, daß eine solche Unternehmung mehr erfordert, als dies. Ich nehme hier Gelegenheit zu einem andern Gegenstand überzugehen. Mein Auskommen wird mir in der Folge, wenn Alles gut geht, aus einer doppelten Quelle zufließen; einmal aus der Schriftstellerei: und dann aus der Buchhandlung. Da ich die Manuscripte, die ich jetzt fertig habe, zum eignen Verlag aufbewahre, so ernähre ich mich jetzt bloß, durch fragmentarisches Einrücken derselben in Zeitschriften, und Verkauf zum Aufführen an ausländische Bühnen; und doch hat mir dies schon nahe an 300 Rth. eingebracht (der östr. Gesandte hat mir 30 Louid'or von der Wiener Bühne verschafft) woraus du leicht schließen kannst, daß die Schriftstellerei allein schon hinreicht, mich zu erhalten. Wie wär's also, mein theuerstes Mädchen, wenn *du*, statt meiner, als Actionair in den Buchhandel trätest, der von jener Schriftstellerei ganz abgesondert ist? Du hast immer gewünscht, dein Vermögen in einer Unternehmung geltend zu machen; und eine günstigere Gelegenheit ist kaum möglich, da der Vortheil, nach einem mäßigen mittleren Durchschnitt 22 p. C. ist. Ich verlange gar nicht, daß du dich hierüber kathegorisch erklärst, du mußt nothwendig selbst hier sein, um dich von dem innern Zusammenhang der Sache, und der Solidität derselben, zu überzeugen. Es kömt gar nicht darauf an, dich gleich mit deinem ganzen Vermögen hineinzuwerfen, sondern nur mit einer etwas größeren Summe, als jene 500 Rth., und den Augenblick, wo das Übrige zu wagen wäre, von der Zeit zu erwarten. Allerdings müßtest du, in diesem Falle, jene Erklärung, die du mir auf unsrer Reise von Gulben nach Wormlage gemacht hast, zurücknehmen und dich entschließen können, mit mir zusammen zu leben. Und dies würde doch nicht schlechterdings unmöglich sein? Wenn du vor der Hand auf dies Alles noch nicht eingehen willst, so bleibt es beim Alten, d. h. bei der Verzinsung und Zurückzahlung des Capitals. Ich sagte es nur, weil ich wünsche, dir einen Vortheil verschaffen zu können, und weil eine Art von Ungerechtigkeit darin liegt, dir das Geld zu 5 p. C. zu verinteressiren, während es mir 4 mal so viel abwirft. Nichts ist mir unangenehmer, als daß du ganz abgesondert bist von der litterarischen Welt, in dem Augenblick, da dein Bruder zum zweitenmale darin auftrit. Ich wüßte nicht, was ich darum gäbe, wenn du hier wärst. Eben jetzt wird in der Behausung des östr. Gesandten, der selbst mitspielt, ein Stück von mir, das noch im Manuscript ist, gegeben, und du kannst wohl denken, daß es in den Gesellschafften, die der Proben wegen, zusammenkommen, Momente giebt, die ich dir, meine theuerste Ulrike, gönne; warum? läßt sich besser fühlen, als angeben. Auch bist du schon völlig in diesen Gesellschaften eingeführt, und es braucht nichts, als deine Erscheinung, um wie unter Bekannten darin zu leben. Leopold und Gustel ⟨v. Kleist⟩ stehen in deinem Briefe auf eine sonderbare Art neben einander. Man könnte sie beide gratuliren – auch beide bedauern; doch dies ist zu hamletisch für diesen Augenblick: ich küsse sie, und schweige. Adieu, lebe wohl, meine liebste Ulrike, grüße Alles, und antworte mir bald. Wer hat denn die Hemden gemacht?

Dreßden, d. 25^t Oct. ⟨180⟩7 H. v. Kleist.

N. S. d. 10^t Oct. bin ich bei dem östr. Gesandten an der Tafel mit einem Lorbeer gekrönt worden; und das von zwei niedlichsten kleinen Händen, die in Dreßden sind. Den Kranz habe ich noch bei mir. In solchen Augenblicken denke ich immer an dich. Adieu, Adieu, Adieu – du wirst mich wieder lieb bekommen.

N. S. Die Quittungen erfolgen hierbei. Aber mit denen vom Jan. und Febr. 1806 hat es nicht seine Richtigkeit. Wann hörten denn die Vorschüsse auf? –

115. An Adolphine von Werdeck

Seien Sie nicht böse, meine gnädigste Frau, daß ich so viele Jahre habe vorübergehen lassen, ohne Ihnen ein Wort von mir zu sagen. Ich bin, was das Gedächtniß meiner Freunde anbetrifft, mit einer ewigen Jugend begabt, und dies seltsame Bewußtsein ist allein Schuld an der Unart, nicht zu schreiben. Eben weil Alles, über alle Zweideutigkeit hinaus, so *ist*, wie es sein *soll*, glaube ich mich der Verpflichtung überhoben, es zu sagen. Die verschiednen Momente in der Zeit, da mir ein Freund erscheint, kann ich so zusammenknüpfen, daß sie wie *ein Leben* aussehen, und die fremden Zeiträume, die zwischen ihnen sind, ganz verschwinden. So ist mir der Abend, da ich von Boulogne zurückkehrte, und Sie, mir zu Liebe, die Oper aufopferten, gegenwärtig, als wär' er von gestern; und wenn ich Sie wiedersehe, wird mir grade sein, als ob Sie mit Bertuch, von wo? weiß ich nicht, wieder kämen; denn Sie stiegen grade ein, als ich Paris verließ. Nach Dittersbach konnte ich nicht kommen, weil ich in der That krank war; und noch jetzt ist mein mittlerer Zustand (der Durchschnitt desselben) krankhaft: meine Nerven sind zerrüttet, und ich bin nur periodenweise gesund. Für Leopolds, mir mitgetheilten, Brief danke ich. Sein Entschluß, wieder in Dienste zu gehen, hat eine doppelte Seite. Wenn er es um des Königs willen thut, so muß man ihn loben; doch thut er es um seinetwillen, bedauern. Was sagen Sie zur Welt, d. h. zur Phisiognomie des Augenblicks? Ich finde, daß mitten in seiner Verzerrung etwas Komisches liegt. Es ist, als ob sie im Walzen, gleich einer alten Frau, plötzlich nachgäbe (sie wäre zu Tode getanzt worden, wenn sie fest gehalten hätte); und Sie wissen, was dies auf den Walzer für einen Effect macht. Ich lache darüber, wenn ich es denke. Wissen Sie denn, daß ich auch einen Schleifer mitgemacht habe, nach dem Fort de Joux, über Chalons und wieder zurück? Es scheint fast, nein: doch dies ist Stoff für die Winterabende, wenn Sie nach Dreßden kommen. Wie lange bleiben Sie denn noch aus? Wollen Sie in Dittersbach einschneen? Denn hier hat es schon gestöbert. Grüßen Sie Werdeck, Pfuel empfiehlt sich ihm und Ihnen, auch dem Kleinen, so wie ich, auf den ich mich unmäßig freue.

Dreßd. 30ᵗ Oct. ⟨180⟩7 H v Kleist.

116. An Johann Friedrich Cotta

Auf Ew. Wohlgebohren gefällige Zuschrift vom 2ᵗ v. M. nehme ich mir die Ehre zu erwiedern, daß ich in diesem Augenblick nichts, das einen fragmentarischen Abdruck verstattete, für das Morgenblatt vorräthig habe; es müßten denn 1 oder 2 Acte eines Lustspiels sein, das, weil es der Wiener Bühne zum Aufführen überlassen worden ist, noch nicht füglich im Ganzen erscheinen kann. In diesem Falle würden Ew. Wohlgeb. mich jedoch besonders beauftragen müssen. – Das Honorar bitte ergebenst, wenn es sein kann, hier zu assigniren. – Der ich mit der vorzüglichsten Hochachtung mich nenne

Ew. Wohlgeb.
ergebenster
Dreßden, d. 8ᵗ Nov. ⟨180⟩7. H v Kleist,
Pirnsche Vorstadt, Rammsche Gasse
N. 123.

117. An Marie von Kleist

⟨Dresden, Spätherbst 1807.⟩

[...]

Ich habe die Penthesilea geendigt, von der ich Ihnen damals, als ich den Gedanken zuerst faßte, wenn Sie sich d⟨e⟩ßen noch erinnern einen so begeisterten Brief schrieb. Sie hat ihn wirklich aufgegeßen den Achill vor Liebe. Erschrekken

Sie nicht, es läßt sich lesen; vielleicht hätten Sie es unter ähnlichen Umständen vielleicht eben so gemacht. Es ist hier schon zweimal in Gesellschaft vorgelesen worden, und es sind Thränen gefloßen; so viel als das Entsetzen, das unvermeidlich dabei war zuließ. Ich werde einige Blatter aus der Handschrift vom Schluß zusammenraffen, und diesem Brief einlegen. Für Frauen scheint es im Durchschnitt weniger gemacht als für Männer, und auch unter den Männern kann es nur einer Auswahl gefallen⟨.⟩ Pfuëls kriegerisches Gemüth ist es eigentlich auf das es durch und durch berechnet ist. Als ich aus meiner Stube mit der Pfeife in der Hand in seine trat, und ihm sagte: jetzt ist sie todt, traten ihm zwei große Thränen in d⟨i⟩e Augen. Sie kenn⟨en⟩ sein⟨e⟩ antike⟨n⟩ Mienen: wenn er die letzten Scenen liest, so sieht man den Tod auf seinem Antlitz⟨.⟩ Er ist mir so lieb dadurch geworden, diser Mensch. Ob es, bei den Forderungen, die das Publikum an die Bühne macht, gegeben werden wird, ist eine Frage, die die Zeit entscheiden muß. Ich glaube es nicht, und wünsche es auch nicht, so lange die Kräfte unsrer Schauspieler auf nichts geübt als Naturen wie die Kotzebuschen und Iffl⟨and⟩schen sind, nachzuahmen. Wenn man es recht unter sucht, so sind zuletzt die Frauen an dem ganzen Verfall unsrer Bühne schuld und sie sollten entweder gar nicht ins Schauspiel gehen, oder es müßten eigne Bühnen für sie, abgesondert von den Männern errichtet werden. Ihre Anforderungen an Sittlichkeit und Moral vernichten das ganze Wesen des Drama, und niemals hätte sich das Wesen des griechischen Theaters entwikelt, wenn sie nicht ganz davon ausgeschloßen gew⟨e⟩sen wären. [. . .]

118. An Marie von Kleist

⟨Dresden, Spätherbst 1807.⟩

[. . .]

Daß Ihnen, wie Sie in R⟨ühle⟩s Brief sagen das letzte in seiner abgerißnen Form höchst barbarische Fragment der Penthesilea, worin sie den Achill todt schlägt, gleichwohl Thränen entlokt hat, ist mir, weil es beweiset, d⟨a⟩ß Sie die Möglichkeit einer dramatischen Motivirung denken können, selbst etwas so Rührendes, d⟨a⟩ß ich Ihnen gleich das Fragment schiken muß, worin sie ihn küßt und wodurch jenes aller erst rührend wird. Diese Ihre Neigung sich auf die Parthei des Dichters zu werfen, und durch Ihre eigne Einbildung geltend zu machen, was nur halb gesagt ist, bestimmt mich, mir öfter das Vergnügen zu machen, Ihnen im Laufe meiner Arbeiten abgerißne Stükke derselben zuzusenden. Um alles in der Welt mögt ich kein so von caßirten Varianten strotzendes Manuscript einem Andern mittheilen, der nicht von dem Grundsatz ausginge, d⟨a⟩ß alles seinen guten Grund hat. Doch Sie, die sich den Text mitten aus allen Correkturen in voller Autorität, als wäre er groß Fraktur gedrukt, herausklauben macht es mir Vergnügen zu zeigen, wo mein Gefühl geschwankt hat. Und auch wozu vor Ihnen Geheimniße haben, Sie, die mir gut sind, ich mag sein wie ich will. Das Gefühl ist ein Unendliches und ein ganzes Zeitalter, vor mir auf Knien, würde mir nicht halb das sein, was eine einzige Regung von Ihnen. [. . .]

119. An Marie von Kleist

⟨Dresden, Spätherbst 1807.⟩

[. . .]

Unbeschreiblich rührend ist mir alles, was Sie mir über die Penthesilea schreiben. Es ist wahr, mein innerstes Wesen liegt darin, und Sie haben es wie eine Seherin aufgefaßt: der ganze Schmutz zugleich und Glanz meiner Seele. Jetzt bin ich nur neugierig was Sie zu dem Kätchen von Heilbronn sagen werden denn das ist die Kehrseite der Penthesilea ihr andrer Pol, ein Wesen das eben so mächtig ist durch gänzliche Hingebung als jene durch Handeln. [. . .]

120. An Christoph Martin Wieland

Dreßden, d. 17t Dec. ⟨180⟩7.
Pirnsche Vorstadt, Rammsche Gasse, N. 123.

Mein verehrungswürdigster Freund,

Mein Herz ist, wie ich eben jetzt, da ich die Feder ergreife, empfinde, bei dem Gedanken an Sie noch eben so gerührt, als ob ich, von Beweisen Ihrer Güte überschüttet, Osmanstädt gestern oder vorgestern verlassen hätte. Sie können mich, und die Empfindung meiner innigsten Verehrung Ihrer, noch viel weniger aus dem Gedächtniß verloren haben, da Ihnen die göttliche Eigenschafft, nicht älter zu werden, mehr als irgend einem andern Menschen zu Theil geworden ist. Im März dieses Jahres schrieb ich Ihnen zweimal vom Fort de Joux, einem festen Schloß bei Neufchâtel, wohin ich durch ein unglückliches, aber bald wieder aufgeklärtes, Misverständniß, als ein Staatsgefangener abgeführt worden war. Der Gegenstand meines Briefes war, wenn ich nicht irre, der Amphitryon, eine Umarbeitung des Molierischen, die Ihnen vielleicht jetzt durch den Druck bekannt sein wird, und von der Ihnen damals das Manuscript, zur gütigen Empfehlung an einen Buchhändler, zugeschickt werden sollte. Doch alle Schreiben, die ich von jenem unglücklichen Fort erließ, scheinen von dem Commendanten unterdrückt worden zu sein; und so gieng die Sache einen ganz anderen Gang. Jetzt bin ich willends, mit Adam Müller, dem Lehrer des Gegensatzes, der hier, während mehrerer Winter schon, ästhetische, von dem Publico sehr gut aufgenommene, Vorlesungen gehalten hat, ein Kunstjournal herauszugeben, monatsweise, unter dem Titel, weil doch einer gewählt werden muß: Phöbus. Ich bin im Besitz dreier Manuscripte, mit denen ich, für das kommende Jahr, fragmentarisch darin aufzutreten hoffe; einem Trauerspiel, Penthesilea; einem Lustspiel, der zerbrochne Krug (wovon der GhRth v. Göthe eine Abschrift besitzt, die Sie leicht, wenn die Erscheinung Sie interessirt, von ihm erhalten könnten); und einer Erzählung, die Marquise von O.. Adam Müller wird seine ästh. und phil. Vorlesungen geben; und durch günstige Verhältnisse sind wir in den Besitz einiger noch ungedruckter Schriften des Novalis gekommen, die gleichfalls in den ersten Heften erscheinen sollen. Ich bitte Sie, mein verehrungswürdigster Freund, um die Erlaubniß, Sie in der Anzeige als Einen der Beitragliefernden nennen zu dürfen; Einmal, in der Reihe der Jahre, da Sie der Erde noch, und nicht den Sternen angehören, werden Sie schon einen Aufsatz für meinen Phöbus erübrigen können; wenn Sie gleich Ihrem eigenen Merkur damit karg sind. Ferner wünsche ich, daß Sie den HE. Hoffrath Böttiger für das Institut interessiren mögten; es sei nun, daß Sie ihn bewegten, uns unmittelbar mit Beiträgen zu beschenken (wir zahlen 30 Rth. p⟨ro⟩ B⟨ogen⟩)* oder auch nur, diese junge litterarische Erscheinung im Allgemeinen unter seinen kritischen Schutz zu nehmen. Ich werde zwar selbst deshalb meinen Antrag bei ihm machen; doch ein Wort von Ihnen dürfte mich leicht besser empfehlen, als alle meine Dramen und Erzählungen. Ich wollte, ich könnte Ihnen die Penthesilea so, bei dem Kamin, aus dem Stegreif vortragen, wie damals den Robert Guiskard. Entsinnen Sie sich dessen wohl noch? Das war der stolzeste Augenblick meines Lebens. Soviel ist gewiß: ich habe eine Tragödie (Sie wissen, wie ich mich damit gequält habe) von der Brust heruntergehustet; und fühle mich wieder ganz frei! In Kurzem soll auch der Robert Guiskard folgen; und ich überlasse es Ihnen, mir als-

* wir verlegen selbst.

dann zu sagen, welches von beiden besser sei; denn ich weiß es nicht. – Wo ist denn Louis? Was macht Ihre vortreffliche Tochter Louise? und die übrigen Ihrigen? – Vielleicht, daß ich in Kurzem mit Rühle, dem Gouverneur des Prinzen Bernhard, zu Ihnen komme, und mich völlig wieder in Ihrem Gedächtniß auffrische, wenn die Zeit doch mein Bild bei Ihnen ein wenig verlöscht haben sollte. Erfreuen und beehren Sie bald mit einer Antwort Ihren treuen und gehorsamen

Heinrich von Kleist.

121. An Ulrike von Kleist

Ich habe gewagt, meine theuerste Ulrike, auf die 500 Rth., die du mir versprachst, zu rechnen, und in der Hoffnung, daß sie mit Weihnachten eingehen werden, den Verlag eines Kunstjournals, Phöbus, mit Adam Müller, anzufangen. Die Verlagskosten, für den ganzen Jahrgang, betragen 2500 Rth., wozu Rühle 700 und Pfuel 900 Rth. hergeben, macht mit meinen 500 Rth. in Allem 2100 Rth., der Rest kann von dem, was monatlich eingeht, schon bestritten werden. Es ist noch nie eine Buchhandlung unter so günstigen Aussichten eröffnet worden; eben weil wir die Manuscripte selbst verfertigen, die wir drucken und verlegen. Rühle's Buch über den Feldzug hat die zweite Auflage erlebt; er bekömmt zum zweitenmal von Cotta 300 Rth. Und hätte er es selbst verlegt, so wären 2000 Rth. das Mindeste, was es ihm eingebracht hätte. Das erste Heft des Phöbus wird Ende Januars erscheinen; Wieland auch (der alte) und Johannes Müller, vielleicht auch Göthe, werden Beiträge liefern. Sobald die Anzeigen gedruckt sind, werde ich dir eine schikken. Ich wünsche nichts, als daß du hier wärst, um dich von dem innersten Wesen der Sache besser überzeugen zu können. Ich bin im Besitz dreier völlig fertigen Manuscripte, deren jedes mir denselben Gewinn verschaffen würde, den wir von dem Journal erwarten, und das ich nur bloß nicht drucken lassen kann, weil mir das Geld dazu fehlt. Inzwischen denken wir doch, daß wir zu Ostern schon so viel zusammengebracht haben, um Eines davon: Penthesilea, ein Trauerspiel, zu verlegen. Wenn du dich entschließen könntest, hierher zu ziehen, so wären folgende Sachen gewiß, 1) ich würde dir im ersten Jahre nichts kosten 2) im zweiten würd' ich dich unterstützen können 3) du würdest mit eignen Augen sehen können, ob die Sache glückt oder nicht 4) du würdest dich, wenn sie glückt, mit deinem ganzen Vermögen hinein werfen können, 5) dadurch würde die Sache, die sich vielleicht sonst nur langsam entwickelt, ganz schnell reifen, und 6) und letztens, wir würden uns einander lieben können. Was willst du gegen so viel Gründe einwenden? – Überlege dir die Sache und schreibe mir. Ich muß schließen, ich bin wieder ein Geschäftsmann geworden, doch in einer angenehmeren Sphäre, als in Königsberg. – Was wäre doch wohl in Königsberg aus mir geworden? – Adieu, grüß Alles, was mir gut ist, vielleicht komme ich im Frühjahr auf ein Paar Tage, und sehe, was ihr macht. Dein Heinrich

Dreßden, d. 17 Dec ⟨180⟩7

122. An Johann Friedrich Cotta

Ew. Wohlgebohren

habe ich das Vergnügen zu melden, daß HE. Adam Müller und ich, durch den Capital-Vorschuß eines Kunstfreundes, in den Stand gesetzt worden sind, ein Kunstjournal, unter dem Titel: Phöbus, monatsweise, nach dem erweiterten Plane der Horen, zu redigiren und zu verlegen. Die Herren & Wieland, Böttiger, Joh. Müller, wie wir hoffen, auch HE. v. Göthe, ohne andere würdige Namen zu nennen, werden die Güte haben, uns mit Beiträgen zu unterstützen, und HE. Mahler Hartmann, da es mit Zeichnungen erscheinen soll, die Redaction der Kupferstiche übernehmen. Da der Fortgang dieses, einzig zur Festhaltung deutscher Kunst und Wissenschafft, gegründeten Instituts schlechthin nicht anders, als unter Ew. Wohlgeb. Schutz möglich ist, so haben wir, im ganz unumstößlichen Vertrauen auf Ihre Beförderung, gewagt, Sie in der Anzeige, als Commissionair für Tübingen, zu nennen. Wir empfehlen Ew. Wohlgeb. den Phöbus, sowohl was die Einsammlung der Bestellungen, als den Vertrieb selbst betrifft, auf das Angelegentlichste und Dringendste, damit er, trotz seiner Verspätung, seines Namens noch würdig, in unserm Vaterlande erscheine. Aus inliegender Anzeige, der eine größere noch folgen wird, werden Sie den Plan dieser, in diesem Augenblick mit keiner andern ihrer Art wetteifernden, Zeitschrift übersehen. Ew. Wohlgeb. übersende ich zugleich einen Aufsatz für das Morgenblatt, in welchem ich nicht, wenn es mir vergönnt ist, unterlassen werde, von Zeit zu Zeit aufzutreten. Ich ersuche Sie, den Abdruck der überschickten Anzeigen gefälligst dafür in das Morgenblatt und die allgemeine Zeitung einrücken zu lassen (möglichst **bald beides**) und mir die Differenz der Werthe, falls ich der Schuldner bliebe, gütigst zur Erstattung anzuzeigen. In sichrer Hoffnung, in allen diesen Stücken keine Fehlbitte zu thun, habe ich die Ehre, mit der vorzüglichsten Hochachtung zu sein Ew Wohlgebohren

ergebenster

Dreßden, d. 21t Dec. ⟨180⟩7 Heinrich v. Kleist.

Pirnsche Vorst. Rammsche Gasse, N. 123.

123. An Karl von Stein zum Altenstein

Verehrungswürdigster Herr Geheimer-Ober-Finanzrath, Indem ich Ihnen, in der Anlage, die Anzeige eines Kunstjournals überschicke, das ich, unterstützt von Göthe und Wieland, für das Jahr 1808 herauszugeben denke, mache ich den Anfang damit, einer sehr heiligen Forderung meiner Seele ein Genüge zu thun. Denn niemals wird das Bestreben in mir erlöschen, der Welt zu zeigen, daß ich der Güte und Gewogenheit, deren Sie mich, bei meiner Anstellung in Berlin, würdigten, wenn auch nicht in dem Sinn, in dem ich es damals versprach, doch in einem anderen, würdig war. Sie wissen wohl nicht, mein verehrungswürdigster Freund, welch' ein sonderbares Schicksal mich, auf meiner Reise von Königsberg nach Dreßden getroffen hat? Ich ward, gleich nach meiner Ankunft in Berlin, durch den Gen. Clarke, kein Mensch weiß, warum? arretirt, und als ein Staatsgefangener, durch die Gensd'armerie, nach dem fort de Joux (bei Neufchâtel) abgeführt. Hier saß ich, in einem abscheulichen Gefängniß, fünf Wochen lang, hinter Gitter und Riegel, bis ich späterhin nach Châlons zu den übrigen Kriegsgefangenen gebracht, und endlich, auf die dringende Fürsprache meiner Verwandten, wieder in Freiheit gesetzt ward. Doch es ist dahin gekommen, daß man, wie Rosse im Macbeth sagt, beim Klang der Sterbeglocke nicht mehr fragt, wen es gilt? Das Unglück der vergangenen Stunde ist was Altes. – Jetzt lebe ich in Dreßden, als dem günstigsten Ort in dieser, für die Kunst, höchst ungünstigen Zeit, um einige Pläne, die ich gefaßt habe, auszuführen. Mögten wir uns recht bald in Berlin wiedersehen! Denn niemals, wohin ich mich auch, durch die Umstände gedrängt, wenden muß, wird mein Herz ein anderes Vaterland wählen, als das, worin ich gebohren bin. Erhalten Sie mir in Ihrer Brust die Gefühle, auf die ich stolz bin, niemals wird die innigste Verehrung und Dankbarkeit in mir erlöschen, und wenn Sie jemals eines Freundes und einer That, bedürfen, so finden Sie keinen, der sich mit treuerem und heißerem Bestreben für Sie hingeben wird, als mich. Ich sterbe mit der Liebe, mit welcher ich mich nenne,

Verehrungswürdigster Herr Geheim-Ob. Finanzrath,

Ihr
ergebenster
Heinrich von Kleist.

Dreßden, d. 22t Dec. ⟨180⟩7.
Pirnsche Vorstadt, Rammsche Gasse, N. 123.

124. An Hans von Auerswald

Hochwohlgebohrner Herr,

Hochzuverehrender Herr Geheime Ober Finanzrath,

Ew. Hochwohlgebohren nehme ich mir die Freiheit, in der Anlage die Anzeige eines Kunstjournals zu überschicken, das ich, unterstützt von den HE. & Wieland, Göthe, für das Jahr 1808 herauszugeben denke. Mir werden die vielfältigen Beweise von Gewogenheit, die ich, während meiner Anstellung bei der Kammer, in Ew. Hochwohlgebohren Hause empfieng, ewig unvergeßlich sein. Durch den HE. Grafen von Dohna, den ich die Ehre hatte, in Töplitz zu sprechen, werden Ew. Hochwohlgebohren vielleicht schon wissen, daß ich das Unglück hatte, auf meiner Rückreise von Königsberg in Berlin arretirt, und als ein Staatsgefangener nach dem fort de Joux (bei Neufchâtel) abgeführt zu werden. Über diesen großen Umweg erst ist es mir geglückt, nach Dreßden zu kommen, um einen, der Politik in jeder Hinsicht gleichgültigen, litterarischen Plan auszuführen, an dem ich arbeitete. Ich empfehle den Phöbus Ew. Hochwohlgebohren Schutz und Beförderung, erneuere mich damit in dem Angedenken Ihrer sowohl, als Ihrer verehrungswürdigen Frau Gemahlinn, Fr. und Frl. Tochter, und habe die Ehre, mit der innigsten Hochachtung und Ehrfurcht zu sein,

Ew. Hochwohlgebohren,
unterthänigster
Heinrich von Kleist.

Dreßden, d. 22[t] Dec. ⟨180⟩7.
Pirnsche Vorstadt, Rammsche Gasse, N. 123.

N. S. So eben lese ich, in den öffentlichen Blättern, daß S. M. der König nach Elbing gegangen sind. Da HE. v. Altenstein ihm wahrscheinlich, wohin er auch gegangen ist, gefolgt sein wird, dies aber Ew. Hochwohlgbh. bekannt sein muß, so bitte ich unterthänigst, inliegenden Brief gnädigst für ihn auf die Post geben zu lassen. H. v. K.

125. An Ulrike von Kleist

Dreßden, d. 5t Jan. 1808.

Es sind nun schon wieder nahe an drei Monaten, meine theuerste Ulrike, daß ich keine Zeile von deiner Hand gesehen habe. Dieses Wormlage liegt in einem solchen Winkel der Erde, daß die Post es gar nicht kennt, und der Eine sagt, die Briefe giengen über Berlin, der Andere, über Cottbus. Ich schicke dir also diesen Boten, als eine Art von Execution, die nicht eher von dir gehe, als bis du dich zu einer Antwort entschlossen hast. Setze dich sogleich hin, mein liebstes Mädchen, und schreibe mir, warum das Geld, das du mir zu Weihnachten versprochen hast, ausgeblieben ist? Jeder Grund ist zu verschmerzen, nur nicht der, daß du mir böse bist. Wenn du es nicht auftreiben kannst, was sehr wohl möglich ist, so muß ich dies wenigstens wissen, damit irgend ein andrer Rath geschafft werden kann. Denn unsere litterarische Unternehmung, die den beßten Fortgang verspricht, ist in vollem Laufe, Dreßden allein bringt 50 Subscribenten auf, woraus du das Resultat des Ganzen berechnen magst, wenn du auch nur annimst, daß von den übrigen Städten in Deutschland, jede 1 nimt. Die Horen setzten 3000 Exemplare ab; und schwerlich konnte man sich, bei ihrer Erscheinung, lebhafter dafür interessiren, als für den Phöbus. Durch alle drei Hauptgesandten dieser Residenz (den franz. östr. und russischen, welcher letztere sogar (Gr. Kanikow) Aufsätze hergiebt) circulieren Subscriptionslisten, und wir werden das erste Heft auf Velin durch sie an alle Fürsten Deutschlands senden. Es kömt Alles darauf an, daß wir die Unternehmung, in den drei ersten Monaten, aus eigner Casse bestreiten können, um nachher in jeder Rücksicht völlig gedeckt zu sein. Schreibe mir also unverzüglich, ob du mir mit einem Vorschuß zu Hülfe kommen kannst, oder nicht; und wenn es bloß daran liegt, daß du das Ganze, das du versprachst, nicht auftreiben kannst, so schicke den Theil, den du vorräthig hattest, und zwar gleich, durch meinen Boten, welches ein, zum Postamt gehöriger, Portechaisen-Träger, und völlig sicher. Ich schicke dir eine Handvoll Anzeigen, damit du auch, oder wer es sei, eine Subscription, wo sich die Gelegenheit findet, veranlassen kannst. Julchen kann Eine oder zwei an Martini nach Frankfurt schicken, wo ja auch Lesegesellschaften sein müssen. Adieu, grüße Alles, und schreibe mir, was du willst, nur nicht, daß du mir nicht mehr so gut bist, als sonst –

Dein Heinrich.

N. S. Der Bote ist bezahlt. (Pirnsche Vorstadt, Rammsche Gasse N. 123.)

126. An Johann Wolfgang Goethe

Hochwohlgebohrner Herr,
Hochzuverehrender Herr Geheimerath,

Ew. Excellenz habe ich die Ehre, in der Anlage gehorsamst das 1t Heft des Phöbus zu überschicken. Es ist auf den »Knieen meines Herzens« daß ich damit vor Ihnen erscheine; mögte das Gefühl, das meine Hände ungewiß macht, den Werth dessen ersetzen, was sie darbringen.

Ich war zu furchtsam, das Trauerspiel, von welchem Ew. Excellenz hier ein Fragment finden werden, dem Publicum im Ganzen vorzulegen. So, wie es hier steht, wird man vielleicht die Prämissen, als möglich, zugeben müssen, und nachher nicht erschrecken, wenn die Folgerung gezogen wird.

Es ist übrigens eben so wenig für die Bühne geschrieben, als jenes frühere Drama: der Zerbrochne Krug, und ich kann es nur Ew. Excellenz gutem Willen zuschreiben, mich aufzumuntern, wenn dies letztere gleichwohl in Weimar gegeben wird. Unsre übrigen Bühnen sind weder vor noch hinter dem Vorhang so beschaffen, daß ich auf diese Auszeichnung rechnen dürfte, und so sehr ich auch sonst in jedem Sinne gern dem Augenblick angehörte, so muß ich doch in diesem Fall auf die Zukunft hinaussehen, weil die Rücksichten gar zu niederschlagend wären.

Herr Adam Müller und ich, wir wiederholen unsre inständigste Bitte, unser Journal gütigst mit einem Beitrag zu beschenken, damit es ihm nicht ganz an dem Glanze fehle, den sein, ein wenig dreist gewählter, Titel verspricht. Wir glauben nicht erst erwähnen zu dürfen, daß die, bei diesem Werke zum Grunde gelegten Abschätzungsregeln der Aufsätze, in einem Falle keine Anwendung leiden können, der schlechthin für uns unschätzbar sein würde. Gestützt auf Ew. Excellenz gütige Äußerungen hierüber, wagen wir, auf eine Mittheilung zu hoffen, mit der wir schon das 2[t] Heft dieses Journals ausschmücken könnten. Sollten Umstände, die wir nicht übersehen können, dies unmöglich machen, so werden wir auch eine verzuglose, wenn es sein kann, mit umgehender Post gegebene, Erklärung hierüber als eine Gunstbezeugung aufnehmen, indem diese uns in den Stand setzen würde, wenigstens mit dem Druck der ersten, bis dahin für Sie offenen, Bogen vorzugehn.

Der ich mich mit der innigsten Verehrung und Liebe nenne

Ew. Excellenz
gehorsamster
Heinrich von Kleist.

Dreßden. d. 24[t] Jan. 1808
Pirnsche Vorstadt, Rammsche Gasse, N. 123.

127. An Heinrich Dieterich

Ew. Wohlgebohren
haben wir die Ehre anbeygehend 20. Exemplare unsers Journals Phöbus zum Debit zu übersenden. Wir bitten uns den dafür eingehenden Betrag nach Abzug von 33⅓ pCt Rabatt auf nächster Ostermesse zu berechnen. Die Herren

Perthes, Cotta, Bertuch, Nicolovius, das Industriecomptoir in Wien, in Leipzig Breitkopf, die Realschulbuchh. in Berlin und Ew. Wohlgebohren haben den Debit ganz ausschließend und niemanden weiter wird unmittelbar zugesendet. Wir bitten Ew. Wohlgebohren um geneigte Beförderung des beikommenden Se. Majestät von Westphalen addressirten Pakets und wünschen daß Sie Sich so viel als möglich für unsre Unternehmung interessiren mögen.

Dresden. 29. Januar ⟨180⟩8.

H. v. Kleist Adam Müller

128. An Ulrike von Kleist

Meine theuerste Ulrike,

ich schicke dir das 1t Heft des Phöbus, es wird dir doch Vergnügen machen, es zu lesen. Grüße Alles, ich habe heute keine Zeit, zu schreiben, und bin

Dein treuer Bruder

Dreßden, d. 1t Feb. ⟨180⟩8. Heinrich.

129. An Joseph Thaddäus von Sumerau

Hoch und Wohlgebohrner Freyherr!

Höchst zu verehrender Herr StaatsMinister!

Wir verdanken Ew. Excellenz gnädiger Verwendung die Gewährung unsres allerunterthänigsten Gesuchs, Seiner Majestät dem Kaiser unser Kunstjournal Phöbus überreichen zu dürfen, und so wagen wir es Hochdenenselben unser Dankgefühl auszudrücken. Die mannichfachen Schwierigkeiten womit ein wohlgemeintes Unternehmen, wie das unserige, in der gegenwärtigen Zeit zu kämpfen hat, sind nichts gegen die Genugthuung, welche wir empfinden, indem uns die Gunst eines erleuchteten Staatsmannes und die

Aussicht auf das Wohlwollen des erhabensten Souverains gewährt wird.

Ew. Excellenz gnädiger Empfehlung unsre Arbeiten würdig zu machen und in einem Geiste zu schreiben, der Hochdenenselben gefallen könne, wird unter allen Rüksichten, welche sowohl unser Stoff als die Zeit und das deutsche Vaterland uns auflegen, allezeit die erste und theuerste seyn.

Unter Gefühlen der tiefsten Verehrung und Dankbarkeit haben wir die Ehre zu seyn

Dresden den 4. Februar. 1808.

Ew. Excellenz
unterthänigst
H. v. Kleist Adam Müller

130. An Ulrike von Kleist

Mein liebes Herzens-Rickchen, ich danke dir. Du hast mich gerührt dadurch, daß du mich um Verzeihung bittest, daß es nicht mehr sei. Es ist kein Zweifel, daß wir, was den Verlag des Phöbus betrifft, damit auskommen werden. Auf den 1^{t} Jan. 1809, wenn irgend die Sache gut geht, kriegst du dein Geld wieder. Hier in Dreßden interessirt sich Alles, was uns kennt, für unsre Unternehmung. Stelle dir vor, daß wir von der Regierung, als eine Gesellschaft von Gelehrten, höchstwahrscheinlich (die Sache ist schon so gut, als gewiß) eine kostenfreie Concession zum Buchhandel erhalten werden; die vier Buchhändler, die hier sind, treten allzusammt dagegen auf, doch man ist festentschlossen, die Concurrenz zu vergrößern. Es kann uns, bei unsern litterarischen und politischen Connexionen gar nicht fehlen, daß wir den ganzen Handel an uns reißen. Dazu giebt noch obenein keiner von uns den Namen her, sondern die Handlung wird heißen: Phönix-Buchhandlung. Ferner: die Familie Hardenberg hat uns beauftragt, die gesammten Schriften des Novalis (Hardenberg-Novalis, von dem du mir nicht sagen wirst, daß du ihn nicht kennst) zu verlegen, und verlangt nichts, als die Veranstaltung einer Prachtausgabe. Wenn die Sache klug, auf dem Wege der Subscription, angefangen wird, so kann dieser einzige Artikel (da so viel seiner Schriften noch ungedruckt waren) unsern Buchhandel heraufbringen; und wir wagen, im schlimmsten Fall, nicht das Allermindeste dabei. Auch Göthe und Wieland haben geschrieben, und werden an unserm Journal Antheil nehmen. Der zerbrochene Krug (ein Lustspiel von mir) wird im Februar zu Weimar aufgeführt, wozu ich wahrscheinlich mit Rühle (der Major und Kammerherr geworden ist), wenn der Prinz dahingeht, mitreisen werde. Kurz, Alles geht gut, und es fehlt nichts, als daß ich noch ein Jahr älter bin, um dich von einer Menge von Dingen zu überzeugen, an die du noch zweifeln magst. Aber sei nur nicht so karg mit Briefen! Was mir verzeihlich war, zu seiner Zeit, ist es darum noch dir nicht; und wenn du nicht antwortest, so denk' ich, du machst dir nichts daraus, wenn ich dir was Gutes melde. Adieu, grüße Alles, auf's Frühjahr bin ich gewiß bei euch – was ist denn das für ein Comet, den mir Caroline Schönfeld zeigen will? Bald ein Mehreres.

⟨Dresden,⟩ d. 8^{t} ⟨Februar 1808⟩. H. v. Kleist.

131. An Heinrich Joseph von Collin

Ew. Wohlgebohren

uns, mit so vieler Herzlichkeit gegebene, Versicherung, unser Kunstjournal, einer eignen Unternehmung gleich, zu unterstützen, hat mir sowohl, als HE. Adam Müller, die größte Freude gemacht. Es geschieht, Ihnen einen Beweis zu geben, wie sehr wir jetzt auf Sie rechnen, daß wir unser Gesuch, uns mit einem Beitrag zu beschenken, gleich nach Empfang Ihres Schreibens noch einmal wiederholen. Es könnte uns, bei dem Ziel, das wir uns gesteckt haben, keine Verbindung lieber sein, als mit Ihnen, und so wenig es uns an Manuscripten fehlt: es liegt uns daran, daß Ihr Name bald im Phöbus erscheine. Da das Institut vorzüglich auch dazu bestimmt ist, von großen dramatischen Arbeiten, die unter der Feder sind, Proben zu geben, so würden uns Scenen aus Werken, die unter der Ihrigen sind, ganz vorzüglich willkommen sein. Doch auch für alles Andere, was Sie uns geben wollen, werden wir dankbar sein; schicken Sie es nur gradezu an die hiesige Kaisl. Königl. Gesandschafft, welche alle unsere wechselseitige Mittheilungen zu besorgen die Güte haben wird. Ich bin, außer der Penthesilea, von welcher ein Fragment im ersten Hefte steht, im Besitz noch zweier Tragödien, von deren Einen Sie eine Probe im dritten oder vierten Heft sehen werden. Diese Bestrebungen, ernsthaft gemeint, müssen dem Phöbus seinen Charakter geben, und auf der Welt ist niemand, der in diese Idee eingreifen kann, als Sie. Das erste Werk, womit ich wieder auftreten werde, ist Robert Guiskart, Herzog der Normänner. Der Stoff ist, mit den Leuten zu reden, noch ungeheurer; doch in der Kunst kommt es überall auf die Form an, und Alles, was eine Gestalt hat, ist meine Sache. Außerdem habe ich noch ein Lustspiel liegen, wovon ich Ihnen eine, zum Behuf einer hiesigen Privat-Vorstellung (aus der nichts ward) genommene Abschrift schicke. HE. v. Göthe läßt es in Weimar einstudieren. Ob es für das Wiener Publicum sein wird? weiß ich nicht; wenn der Erfolg nicht gewiß ist (wahrscheinlich, wir verstehen uns) so erbitte ich es mir lieber wieder zurück. Es ist durch den Baron v. Buol (K. K. Chargé d'Affaires) der es sehr in Affection genommen hatte, mehreremal dem HE. Grafen v. Palfy empfohlen worden, (nicht zugeschickt) – aber niemals darauf eine entscheidende Antwort erfolgt. – Von der Penthesilea, die im Druck ist, sollen Sie ein Exemplar haben, sobald sie fertig sein wird. – Sagen Sie mir, um's Himmelswillen, ist denn das 1[t] Phöbusheft bei Ihnen noch nicht erschienen? Und wenn nicht, warum nicht? Wir sind sehr betreten darüber, von dem Industrie-Comtoir in Wien, dem wir es in Commission gegeben haben, gar nichts, diesen Gegenstand betreffend, erfahren zu haben. Würden Sie wohl einmal gelegentlich die Gefälligkeit haben, sich danach zu erkundigen? Das zweite Heft ist fertig; und noch nicht einmal die Ankündigung ist in Wien erschienen! – Ich hätte noch dies und das Andere, das ich Ihnen schreiben, und worum ich Sie bitten mögte, doch man muß seine Freunde nicht zu sehr quälen, leben Sie also wohl, und überzeugen Sie sich von der Liebe und Verehrung dessen, der sich nennt, Ihr H. v. Kleist.

Dreßden, d. 14^{t} Feb. ⟨180⟩8. Pirnsche Vorstadt. N. 123.

N. S. Der zerbrochne Krug (mein Lustspiel) kann diesmal, wegen des Formats der Abschrift, nicht mit der Depesche abgehen. Sie sollen ihn jedoch in diesen Tagen erhalten.

H v K.

132. An Otto August Rühle von Lilienstern

Mein liebster Rühle,

du mußt mir gleich etwas Geld schicken, um einige nothwendige Ausgaben zu bestreiten. Laß es, wenn es sein kann, 30 Rth. sein; du kannst es dir ja, nach der Verabredung von gestern, ersetzen.

Sonnabd, d. – April ⟨180⟩8 H. v. K.

133. An Otto August Rühle von Lilienstern

Mein liebster Rühle,

ich muß dich nur noch über einen Punct instruiren, in Betreff des Ph⟨öbus⟩, der bei unsrer letzten Zusammenkunft nicht hinlänglich ausgemacht worden ist. Der Ph. muß *schlechterdings* verkauft werden, es ist an gar keine Commission zu denken, weil wir die

V⟨er⟩l⟨a⟩gskosten nicht aufbringen können. Wir müssen uns daher zu jedwedem Opfer verstehen. Weil das Capital, das wir hineingesteckt, doch verloren sein würde, wenn er aufhört, so muß es lieber in die Schanze geschlagen ⟨werden⟩ zu einer Zeit, da dies noch ein Mittel werden kann, ihn (für künftige Jahre) aufrecht zu erhalten. Ja, um dem Skandal zu entgehen, müssen wir uns noch obenein, wenn man uns nur Credit geben will, für das Risico verschreiben – ich weiß, daß du mit dieser Maasregel nicht voreilig sein wirst. – Adieu

Dreßd d. 4[t] Mai, 1808. H. v. Kl.

134. An Georg Joachim Göschen

Ew. Wohlgebohren

nehme ich mir die Freiheit, gestützt auf eine eben erhaltene Zuschrift des HE. v. Rühle, und auf die eigene Bekanntschafft, die ich mit Denselben vor einigen Jahren zu machen das Glück hatte, in Betreff des Phöbus folgenden Vorschlag zu machen. – Es war die gutgemeinte, aber etwas voreilige, Hoffnung, die uns der HE. App. Rath Körner zur Erlangung einer Buchhandlung machte, die uns verführte, den Verlag dieses Kunstjournals auf eigne Kosten zu übernehmen. Die Verweigerung derselben setzt uns außer Stand, den Vertrieb desselben gehörig zu besorgen, und hat zugleich unser Verhältniß mit den hiesigen Buchhändlern so gestellt, daß an eine Näherung nicht wohl zu denken ist. Da wir auf jeden andern Vortheil, als diesen, das Werk aufrecht zu erhalten und ihm die Allgemeinheit zu geben, deren es würdig ist, Verzicht leisten: so bieten wir Ew. Wohlgebohren denselben gegen Übernahme der Total-Kosten (wovon die Berechnung hier einliegt) von Ihrer Seite – und von unsrer, gänzlich unentgeldliche Lieferung der Manuscripte, und Credit, was die schon vorhandenen Kosten betrifft, bis zur Ostermesse 1809 an. Für den künftigen Jahrgang müßte ein neuer Contract geschlossen werden. Ich sende Ew. Wohlgebohren das Verzeichniß des 4^t und 5^t Heftes, und einige, bereits fertige, Sachen davon, woraus sich das Ansehn dieser, zur Messe noch erscheinenden, Lieferung einigermaßen wird beurtheilen lassen. – Indem ich nur noch hinzusetze, daß der Druck nothwendig nach wie vor hier würde vor sich gehen müssen, versichre ich, daß wir gefällig sein werden, in jedem andern noch nicht berührten Punct, und habe die Ehre, mit der vorzüglichsten Hochachtung zu sein,

Ew. Wohlgebohren
ergebenster
Dreßden, d. 7^t Mai, 1808. Heinrich v. Kleist.

135. An Johann Friedrich Cotta

Ew. Wohlgebohren

nehme ich mir die Freiheit, in Betreff einiger Manuscripte, die ich vorräthig liegen habe, folgende Vorschläge zu machen.

1) Ob dieselben das Trauerspiel: Penthesilea, in Verlag nehmen wollen, wovon, um Ursachen, die hier zu weitläufig auseinander zu setzen sind, bereits 7 Bogen gedruckt sind. Dieser Druck der ersten Bogen schreckt die HE. Buchhändler ab, das Werk anders, als in Commission, zu übernehmen, und gleichwohl setzen mich die großen Kosten, die mir der Phöbus verursacht, außer Stand, im Druck dieses Werks fortzufahren. Da die verspätete Erscheinung der Dramen, wovon der Phöbus Fragmente liefert, diesem Journal in letzter Instanz tödtlich sein würde (indem es nur darauf berechnet ist) so muß ich mich, in dieser Lage, an jemand wenden, dem das Interesse der Kunst selbst am Herzen liegt. Ich bin erbötig, Ew. Wohlgeb. die Bestimmung des Honorars gänzlich zu überlassen und Credit darauf zu geben, bis Ostern 1809, wenn dieselben nur die Druck-

kosten, nach dem inliegenden Anschlag, übernehmen, und mir, zur Fortsetzung des Werkes, übersenden wollen. Wenn es nicht anders, als in Commission genommen werden kann, so bin ich bereit, auf die Berechnung bis Ostern 1810 Credit zu geben, falls Dieselben mich, durch einen Vorschuß von 150 Rth. in den Stand setzen wollen, Ihnen das Werk unverzüglich zu liefern. – Ich erbitte mir auf einen dieser Puncte eine gefällige Antwort.

2) Ob Ew. Wohlgeb. den Verlag eines Taschenbuchs übernehmen wollen, wozu ich Denselben jährlich ein Drama im Manuscript, und Zeichnungen von HE. Hartmann, der Scenen daraus darstellen will, überliefern würde. Ich würde, in diesem Jahre, das Käthchen von Heilbronn dazu bestimmen, ein Stück, das mehr in die romantische Gattung schlägt, als die übrigen. – Doch auch Eines der andern Stücke, wovon im Phöbus Fragmente erschienen, stehen Ew. Wohlgebohren zu Diensten. – Es wird nächstens noch Eins erscheinen, vielleicht, daß dies Denenselben zusagt. Ich erbitte mir über diesen Punct, wenn er angenommen wird, gefällige Vorschläge.

3) Erbitten wir uns, HE. Ad. Müller und ich, da Sie außer Stand sind, den Phöbus in diesem Jahr zu übernehmen, wenigstens alle Gefälligkeiten, die nöthig sind, ihn zu halten. Wir werden Denenselben eine Kritik (wir hoffen, von HE. Fr. Schlegel, oder wenn dies nicht sein kann, von HE. Doct. Wetzel) der fünf erschienenen Hefte, und eine Inhaltsanzeige des sechsten (in welchem Beiträge von Fr. v. Staël und Fr. Schlegel erscheinen werden) zuschicken und bitten, dieselben gefälligst im Morgenblatt zu verbreiten.

Ich habe die Ehre, mit der vorzüglichsten Hochachtung zu sein,

Ew. Wohlgebohren

ergebenster

Dreßden, d. 7t Juni 1808. Heinrich v. Kleist

Pirnsche Vorstadt, 123.

⟨Druckkostenanschlag von Adam Müllers Hand⟩

die gesammten Kosten des Druks
der Penthesilea betragen

1. Holl. Schreibepapier 12 Bogen in einer Auflage von 750 Exemplaren circa 19 Ries à Ries 6 rh 5 gr ——	118 rh 23 gr
2. Druk à 5 Rthlr 16 gr der Bogen ——	68 rh —
3. Censurgebühren ——	1 rh —
4. Buchbinder fürs Heften à 6 Pf das Stük ——	15 rh 15 gr
Summa ——	203 rh 14 gr

136. An Johann Friedrich Cotta

Ew. Wohlgebohren

haben sich wirklich, durch die Übernahme der Penthesilea, einen Anspruch auf meine herzliche und unauslöschliche Ergebenheit erworben. Ich fühle, mit völlig lebhafter Überzeugung, daß diesem Ankauf, unter den jetzigen Umständen, kein anderes Motiv zum Grunde liegen kann, als der gute Wille, einen Schriftsteller nicht untergehen zu lassen, den die Zeit nicht tragen kann; und wenn es mir nun gelingt, mich, ihr zum Trotz, aufrecht zu erhalten, so werd' ich in der That sagen müssen, daß ich es Ihnen zu verdanken habe. Ew. Wohlgebohren erhalten hierbei ein Exmpl. dieses Werks. 300 andere sind bereits an HE. Böhme in Leipzig abgegangen; 50 hat Arnold erhalten. Ich bitte nur,

1) den 13^{t} Druckbogen (da das Werk nur c. 12 enthält) gelegentlich, von den mir überschickten 353 Rth., in Abrechnung zu stellen;

2) mir schleunigst den Ladenpreis zu bestimmen, damit HE. Arnold hier mit dem Verkauf vorgehen kann; und

3) zu disponiren, wohin die übrigen Exemplare versandt werden sollen?

Was das Taschenbuch betrifft, so übergebe ich mich damit nunmehr, so wie mit Allem, was ich schreibe, ganz und gar in Ew. Wohlgebohren Hände. Wenn ich dichten kann, d. h. wenn ich mich mit jedem Werke, das ich schreibe, so viel erwerben kann, als ich nothdürftig brauche, um ein zweites zu schreiben; so sind alle meine Ansprüche an dieses Leben erfüllt. Das Schauspiel, das für das Taschenbuch bestimmt ist, wird hoff' ich, in Wien aufgeführt werden. Da bisher noch von keinem Honorar die Rede war, so hindert dies die Erscheinung des Werkes nicht; inzwischen wünschte ich doch, daß es so spät erschiene, als es Ihr Interesse zuläßt. Ich bitte also, mir gefälligst

1) den äußersten Zeitpunct vor Michaeli zu bestimmen, da Sie das Manuscript zum Druck in Händen haben müssen.

Ich habe die Ehre mit der herzlichsten und innigsten Verehrung zu sein,

Ew. Wohlgebohren

Dreßden, d. 24t Juli, ⟨180⟩8, ergebenster
Pirnsche Vorstadt, H. v. Kleist.
Rammsche Gasse, Nr. 123.

137. An Karl August Böttiger

Ew. Wohlgebohren

habe ich die Ehre, als ein Zeichen meiner vorzüglichen Hochachtung die Penthesilea zu überschicken. HE. Cotta hat dies Werk in Verlag genommen. Da es mir Vergnügen macht, zu glauben, Ew. Wohlgebohren mittelbarer oder unmittelbarer Empfehlung diesen Umstand schuldig zu sein, so statte ich Ihnen hiermit meinen wärmsten Dank dafür ab. Ich habe die Ehre, mit der innigsten Hochachtung zu sein,

Ew. Wohlgebohren

ergebenster

Dreßden, d. 27t Juli, 1808. HvKleist.

138. An Ulrike von Kleist

Meine theuerste Ulrike,

Ich hätte dich so gern diesen Sommer einmal gesehen, um dir über so manche Dinge Auskunft zu geben und abzufordern, die sich in Briefen nicht anders, als auf eine unvollkommene Art, abthun lassen. Doch mancherlei Ursachen, die gleichfalls zu weitläufig sind, um aus einander gesetzt zu werden, verhindern mich, bis noch auf diese Stunde, Dreßden zu verlassen. Der Phöbus hat sich, trotz des gänzlich danieder liegenden Buchhandels, noch bis jetzt erhalten; doch was jetzt, wenn der Krieg ausbricht, daraus werden soll, weiß ich nicht. Es würde mir leicht sein, dich zu überzeugen, wie gut meine Lage wäre, und wie hoffnungsreich die Aussichten, die sich mir in die Zukunft eröffnen: wenn diese verderbliche Zeit nicht den Erfolg aller ruhigen Bemühungen zerstörte. Gleichwohl ist die Bedingung, unter der ich hier lebe, noch erträglich, und ich fürchte sehr, daß es euch Allen nicht besser geht. Ich habe jetzt wieder ein Stück, durch den hiesigen Maître de plaisir, Grf. Vizthum, an die Sächsische Hauptbühne verkauft, und denke dies, wenn mich der Krieg nicht stört, auch nach Wien zu thun; doch nach Berlin geht es nicht, weil dort nur Übersetzungen kleiner französischer Stücke gegeben werden; und in Cassel ist gar das deutsche Theater ganz abgeschafft und ein französisches an die Stelle gesetzt worden. So wird es wohl, wenn Gott nicht hilft, überall werden. Wer weiß, ob jemand noch, nach hundert Jahren, in dieser Gegend deutsch spricht. Ich bitte dich, nicht böse zu werden, wenn ich dir vor der Hand die Interessen der 500 Rth. nicht auszahlen kann, ich versichre dich, daß es ganz unmöglich ist, indem die meisten Buchhändler bis auf Ostern 1809 unsre Schuldner sind. Die eigentliche Absicht dieses Briefes ist, bestimmt zu erfahren, wo du bist, und dich zu fragen, ob du wohl einen reitenden Boten, den ich von hier aus nach Wormlage abfertigen würde, von dort aus weiter nach Fürstenwalde besorgen kannst? Man wünscht jemanden, der in der Mark wohnt (es ist der G. P.) schnell von der Entbindung einer Dame, die in Töplitz ist, zu benachrichtigen. Schreibe mir nur bestimmt: ja, weiter brauch' ich nichts; ich überlasse es dir, ob du den Boten, den du in Wormlage aufbringst, wegen etwa allzu großer Weite, erst nach Gulben schicken, und dort einen neuen beitreiben lassen – oder jenen gleich nach Fürstenwalde abgehen lassen willst. Schnelligkeit wird sehr gewünscht. Auch mir antworte sogleich auf diesen Punct. Vielleicht komme ich in etwa drei Wochen selbst zu euch, sehe, was ihr macht, und berichtige meine, oder vielmehr die Schuld eines Freundes. Lebe inzwischen wohl, schreibe mir, was unsre theuerste Tante macht, und die übrigen, und zweifle nie an der unauslöschlichen Liebe deines

Drßd d. Aug 1808 H. v. K.

139. An Ulrike von Kleist

Meine theuerste Ulrike,

Ich hatte mir, in der That, schon einen Paß besorgt, um nach Wormlage zu kommen, weil ich dich in einer wichtigen Sache zu sprechen wünschte. Doch ein heftiges Zahngeschwür hält mich davon ab. Da die Sache keinen Aufschub leidet, so bitte ich dich, dich auf einen Wagen zu setzen und zu mir her zu kommen. Ich weiß wohl, daß man keiner andern Schwester so etwas zumuthen könnte; doch grade weil du es bist, so thue ich es. Der Überbringer ist mein Bedienter, in dessen Begleitung du so sicher, wie in Abrahams Schooß, reisen kannst. Auch kannst du, wenn du vorlieb nehmen willst, bei mir wohnen. Es soll mir lieb sein, wenn du länger bleiben willst, doch ich brauche dich nur auf einen Tag, und du kannst, wenn du willst, mit demselben Wagen wieder zurückreisen. Ich gebe dir alsdann meinen Bedienten wieder mit. Entschließe dich, meine liebste Ulrike, schürz' und schwinge dich, das Wetter ist gut, und in drei Tagen ist Alles, als wär' es nicht geschehen.

Dreßden, d. 30^{t} Sept. ⟨180⟩8. H. v. Kleist.

140. An Heinrich Joseph von Collin

Ew. Hochwohlgebohren

habe ich die Ehre, hiermit die Penthesilea, als ein Zeichen meiner innigsten und herzlichsten Verehrung, zu überschicken, und damit ein Versprechen zu lösen, das ich Denenselben zu Anfange des laufenden Jahres gegeben habe.

Herr Hofrath Müller sowohl, als ich, wiederholen die Bitte uns, wenn die öffentlichen Verhältnisse ruhig bleiben sollten, gefälligst mit einem Beitrag für den Phöbus zu versehen.

Das Käthchen von Heilbronn, das ich für die Bühne bearbeitet habe, lege ich Ew. Hochwohlgeb. hiermit ergebenst, zur Durchsicht und Prüfung, ob es zu diesem Zweck tauglich sei, bei.

Indem ich noch bitte, mir, wenn es Ihren Beifall haben, und die Bühne es an sich zu bringen wünschen sollte, diesen Umstand gefälligst bald anzuzeigen, damit mit dem Druck, in Tübingen bei Cotta, der das Werk in Verlag nimmt, nicht vorgegangen werde, habe ich die Ehre mit der vorzüglichsten Hochachtung zu sein,

Ew. Hochwohlgebohren

ergebenster

Dreßden, d. 2^{t} Oct. ⟨180⟩8, Heinrich v Kleist.

Pirnsche Vorst. Rammsche Gasse, N. 123.

141. An Karl August Varnhagen von Ense.

⟨Dresden, 6. Oktober 1808.⟩

Lieber Varnhagen,

Ich bin zweimal im goldnen Engel gewesen, ohne Sie zu treffen. Heute bin ich krank. Wollen Sie Nachmittag eine Tasse Caffe bei mir trinken? Sie werden damit sehr erfreuen,

Ihren
ergebensten
H. v. Kleist,
Donnerstag;

142. An Ulrike von Kleist

Meine liebste, theuerste Ulrike,

Ich reise, in diesem Augenblick, in der Sache der Fr. v. Haza, von welcher ich dich, bei deinem Hiersein in Dreßden, einigermaßen unterrichtet habe, nach Lewitz, in der Gegend von Posen ab. Da ich wieder durch die Lausitz gehe, so glaubte ich, bei dieser Gelegenheit, meine Schuld an Pannwitz, abtragen zu können; doch die Ausgaben wachsen mir so über den Kopf, daß ich es nicht bestreiten kann. Thue mir den Gefallen, und decke die 20 Rth., die ich ihm schuldig; ihm schuldig zu sein, quält mich nicht, doch unsrer Minette, die sie ihm vorgeschossen hat. Ich lege dir den Brief bei, den du, in diesem Fall, zuzusiegeln, und an ihn abzuschicken hast. Fr. v. Haza ist eine liebenswürdige und vortreffliche Dame, und die ersten Schritte, die ich für sie gethan habe, machen es ganz nothwendig, daß ich die letzten auch thue. Das Allerersternal, daß ich Geld kriege, will ich, so wahr ich bin, gleich an dich denken. Adieu, vor 14 Tagen bin ich nicht hier zurück

Dein Heinrich
Dreßd. d. 2ᵗ Nov. ⟨180⟩8.

N. S. Der Buchhändler Walter hat den Phöbus übernommen, und alle Ausgaben sind gedeckt.

143. An Heinrich Joseph von Collin

Theuerster Herr von Collin,

Das Käthchen von Heilbronn, das, wie ich selbst einsehe, nothwendig verkürzt werden muß, konnte unter keine Hände fallen, denen ich dies Geschäfft lieber anvertraute, als den Ihrigen. Verfahren Sie ganz damit, wie es der Zweck Ihrer Bühne erheischt. Auch die Berliner Bühne, die es aufführt, verkürzt es; und ich selbst werde vielleicht noch, für andere Bühnen, ein Gleiches damit vornehmen. – Wie gern hätte ich das Wort von Ihnen gehört, das Ihnen, die Penthesilea betreffend, auf der Zunge zu schweben schien! Wäre es auch gleich ein wenig streng gewesen! Denn wer das Käthchen liebt, dem kann die Penthesilea nicht ganz unbegreiflich sein, sie gehören ja wie das + und – der Algebra zusammen, und sind Ein und dasselbe Wesen, nur unter entgegengesetzten Beziehungen gedacht. – Sagen Sie mir dreist, wenn Sie Zeit und Lust haben, was Sie darüber denken; gewiß! es kann mir nicht anders, als lehrreich und angenehm sein. – Hier erfolgt zugleich die Quittung an die K. K. Theaterkasse. Ich schicke sie Ihnen, theuerster Herr von Collin, weil es mir an Bekanntschafften in Wien fehlt, und die Güte, die Sie für mich zeigen, mich zu dieser Freiheit aufmuntert. Besorgen Sie gefälligst die Einziehung des Honorars, und senden Sie es mir, da es Papiere sind, nur mit der Post zu, wenn sich keine andre sichre und prompte Gelegenheit findet. – Schlagen Sie es doch in ein Couvert ein, an den Baron v. Buol, hiesigen K. K. Chargé d'affaire, so ersparen wir das Postgeld. – Ich verharre mit der innigsten Hochachtung,

Herr von Collin,

Dreßden, d. 8t Decmbr. 1808. Ihr
Pirnsche Vorstadt, Rammsche Gasse, ergebenster
N. 123. Heinrich von Kleist.

144. An Otto August Rühle von Lilienstern

⟨Dresden, 1808.⟩

Mein liebster Rühle, schenke mir oder leihe mir, auf mein ehrliches Gesicht, zehn Thaler, zum Lohn für das, was ich dir gestern gethan habe. Wenn ich auf dich böse bin, so überlebt diese Regung nie eine Nacht, und schon als du mir die Hand reichtest, beim Weggehen, kam die ganze Empfindung meiner Mutter über mich, und machte mich wieder gut.

H. v. K.

145. An Heinrich Joseph von Collin

Verehrungswürdigster Herr von Collin,

Sie erhalten, in der Anlage, ein neues Drama, betitelt: die Herrmannsschlacht, von dem ich wünsche, daß es Ihnen gleichfalls, wie das Käthchen von Heilbronn, ein wenig gefallen möge. Schlagen Sie es gefälligst der K. K. Theater-Direction zur Aufführung vor. Wenn dieselbe es annehmen sollte, so wünsche ich fast (falls dies noch möglich wäre) das es früher auf die Bühne käme, als das Käthchen; es ist um nichts besser, und doch scheint es mir seines Erfolges sichrer zu sein.

Ich hoffe, daß Sie den, das Käthchen betreffenden, Brief, in welchem auch die Quittung enthalten war, durch HE. v. Genz, der ihn, von Prag aus, dem HE. Pr. von Rohan nach Wien mitgegeben hat, empfangen haben werden.

In Erwartung einer gütigen Antwort verharre ich mit der innigsten und lebhaftesten Hochachtung,

Herr von Collin
Ihr
ergebenster
Heinrich v. Kleist,

Dreßden, d. 1^{t} Januar 1809
Pirnsche Vorstadt, Rammsche Gasse, N. 123.

146. An Karl von Stein zum Altenstein

Hochwohlgebohrner Freiherr,
Hochzuverehrender Herr Finanzminister,

Ich mögte Ihre Hand ergreifen, mein großer und erhabener Freund, und einen langen und heißen Kuß darauf drücken! Denn was soll ich Ihnen, so wie die Verhältnisse stehn, sagen, in dem Tumult freudiger Empfindungen, durch den Inhalt der letzten Berliner Zeitungsblätter erregt? Mögte jedes Herz nur, wie das meinige, Ihnen zufliegen, das Vaterland müßte, wie jener Sohn der Erde, von seinem Fall erstehn: mächtiger, blühender, glücklicher und herrlicher, als jemals!

Ew. Excellenz Ankunft in Berlin erwarte ich bloß (denn darauf dürfen wir doch hoffen?) um Denenselben die Abschrift einer Herrmannsschlacht zuzustellen, die ich eben jetzt nach Wien geschickt habe. Schon aus dem Titel sehen Sie, daß dies Drama auf keinem so entfernten Standpunct gedichtet ist, als ein früheres, das jetzt daselbst auf die Bühne kommt. Und wenn der Tag uns nur völlig erscheint, von welchem Sie uns die Morgenröthe heraufführen, so will ich lauter Werke schreiben, die in die Mitte der Zeit hineinfallen.

Ich kann diesen Augenblick, in welchem Ew. Excellenz gewiß, mehr als jemals, bemüht sind, alle Kräfte um sich zu versammeln, nicht vorübergehen lassen, ohne Sie auf einen Freund, den Herzogl. Weimarisch. Hofr. Adam Müller (einen Preußen von Geburt) aufmerksam zu machen. Ew. Excellenz wird vielleicht schon, aus öffentlichen Blättern, bekannt sein, daß dieser außerordentliche Geist, im Laufe dieses Winters, vor einer geschlossenen Gesellschafft, einen Cursus politisch-ökonomischer Vorlesungen angefangen hat; es ist fast das ganze diplomatische Corps, (mit Ausnahme des HE. v. Bourgoing) das sich, zweimal in der Woche, in der Wohnung des Pr⟨inzen⟩ Bernh⟨ard⟩ v. Weimar, mit einem in der That seltenen Beifall, um ihn versammelt. Ich nehme mir die Freiheit, Ew. Excellenz die zehnte Vorlesung, die ich ihm halb im Scherz, halb im Ernst, entrissen habe, als eine Probe, auf eine wie weltumfassende Art er seinen Gegenstand behandelt, mitzutheilen. Da ihn das Leben eigentlich mehr, als das Studium, innerhalb der Gränzen der Bücher, erzogen hat, und sein Gemüth, wie gewiß jeder anerkennen wird, von einer großen praktischen Fähigkeit ist, so wüßte ich nicht, wie ich das unauslöschliche Bestreben, dem Vaterlande, auch außer dem Dichterkreise, der mir verzeichnet ist, noch nützlich zu sein, besser bethätigen könnte, als dadurch, daß ich Ew. Excellenz diesen Mann zu empfehlen wage. Seine Lage ist zwar hier, als öffentlicher sowohl, als auch als Lehrer des Pr⟨inzen⟩ Bernhard von Weimar, so, daß ich nicht weiß, wie die Bedingungen beschaffen sein müßten, die ihn reizten: der Herzog v. Weimar will ihn, nach vollendeter Erziehung seines Sohnes, in seine Dienste nehmen; doch der große, innige und begeisterte Antheil, den er an die Wiedergeburt des Vaterlandes nimt, und die gänzliche Versenkung seines Geistes in die Zeitungsblätter, die davon handeln, verstatten keinen Zweifel, daß er nicht, selbst auch mit Hintansetzung pekuniairer Vortheile, einem Rufe folgen sollte, wenn nur sonst der Wirkungskreis, in welchen er dadurch versetzt würde, seinen Kräften angemessen wäre. Er weiß von diesem Schreiben nichts, obschon er im Allgemeinen wohl ahndet, zu welchem Zweck ich jene Vorlesung an mich genommen habe. Wie glücklich wäre ich, wenn in Ew. Excellenz gütigem Antwortschreiben, auf das ich zu hoffen wage, eine Äußerung enthalten wäre, auf die gestützt ich ihn aufmuntern könnte, sich selbst bei Höchstdenselben um einen Platz in dem Geschäfftskreise zu bewerben, in dessen Mitte Sie stehn! – Gänzliche Vergessenheit, mein erhabner Freund, über diese Zeilen, wenn sie etwas Unbescheidnes enthalten!

Ich verharre in der innigsten und tiefsten Verehrung,

Ew. Excellenz

gehorsamster

Dreßden, d. 1t Januar, 1809. H. v. Kleist.

Pirnsche Vorstadt, Rammsche Gasse,

N. 123.

147. An Heinrich Joseph von Collin

Ew. Hochwohlgebohren

habe ich, zu Anfang Decmbrs. v. Jahres, durch eine Gelegenheit, die Quittung über die bewußten 300 Guld. Banknoten, für das Manuscript: das Käthchen von Heilbronn, und bald darauf die Abschrift eines zweiten Dramas: die Herrmannsschlacht, durch eine andere Gelegenheit, ergebenst zugesandt. Da ich nicht das Glück gehabt habe, seitdem mit einer Zuschrift Ew. Hochwohlgeb. beehrt zu werden, so bitte ich Dieselben inständigst, mir, wenn es sein kann, mit nächster Post, gefälligst anzuzeigen, ob diese beiden Adressen richtig in Ihre Hände gekommen sind? Es würde mir, besonders um dieser letzten Willen, leid thun, wenn die Überlieferung derselben, durch irgend ein Versehn, vernachläßigt worden wäre, indem dies Stück mehr, als irgend ein anderes, für den Augenblick berechnet war, und ich fast wünschen muß, es ganz und gar wieder zurückzunehmen, wenn die Verhältnisse, wie leicht möglich ist, nicht gestatten sollten, es im Laufe dieser Zeit aufzuführen.

Ich habe die Ehre, mit der vorzüglichsten Hochachtung zu sein,

Ew. Hochwohlgeb.

ergebenster

Dreßden, d. 22^{t} Feb. ⟨180⟩9. Heinrich v. Kleist.

Rammsche Gasse, Pirnsche Vorst. N. 123.

148. An Georg Moritz Walther

Ew. Wohlgebohren

sehe ich mich genöthigt, zu melden, daß der Contract, in welchem der Hofr. Müller die Forderung der Phöbus-Redaction, in Pausch und Bogen, für 136 Rth. an Sie abgetreten hat, gänzlich ohne mein Vorwissen abgeschlossen worden ist.

Ich zweifle nicht, daß Ew. Wohlgeb. dieser Umstand unbekannt war, und daß der Hofr. Müller Ihnen die Versicherung gegeben hat: ich wäre von diesem Schritte unterrichtet.

Inzwischen ist, durch ein so wenig freundschaftliches Verfahren, wozu noch andere Schritte kommen, die nicht hierher gehören, das gute Vernehmen gestört worden, das bisher unter uns obwaltete.

Wenn also Dieselben, wie mir der Hofrath versichert, den Phöbus, für das nächste Jahr, in Verlag nehmen wollen: so trete ich entweder von der Redaction zurück, oder suche mir einen andern Corredacteur, als den Hofr. Müller.

Indem ich Ew. Wohlgebohren gefällige Erklärung über diese Puncte erwarte, habe ich die Ehre, zu sein,

Ew. Wohlgebohren

Dreßden, d. 5t Aprill ⟨180⟩9. ergebenster

Willsche Gasse, Löwen-Apotheke, Heinrich v. Kleist

4 Treppen hoch.

149. An Ulrike von Kleist

Meine theuerste Ulrike,

Ich werde mit der Kaiserl. Gesandschafft, wenn sie von hier abgeht, nach Wien reisen. Nur wünsche ich lebhaft, dich vorher noch einmal zu sprechen; und doch ist es mir unmöglich, Dreßden auf mehrere Tage zu verlassen, eben weil die Gesandschafft jede Stunde den Befehl zum Aufbruch erhalten kann. Könntest du mir nicht auf den halben Weg bis – – wie heißt der Ort 4 Meilen von Wormlage und 3 Meilen von Dreßden? – entgegenkommen? Wenn du es möglich machen kannst: so schreibe mir den Tag und den Namen dieses Orts; und verlaß dich darauf daß ich alsdann mit dir zugleich dort eintreffe. Auch wünsche ich, zum Behuf dieser Reise, einiges Geld von der kleinen Erbschafft, die ich gemacht habe, voraus zu empfangen. Könntest du mir nicht, auf irgend eine Art, dazu verhelfen und es mir mitbringen? Wenn es auch nur 50 oder 30 Rth. wären. Schreibe mir ein Paar bestimmte Worte, *wann* und *wohin* du kommen willst; und noch einmal verlaß dich darauf, daß ich alsdann dort bin.

Dein
Heinrich v. Kleist
Dreßden, d. 8^{t} Aprill 1809.
Willsche Gasse, Löwenapotheke.

N. S. Sieh doch zu, daß wir spätestens *Mittwoch* oder *Donnerstag* (allerspätestens) zusammentreffen können. Wir müssen zu Mittag ankommen, den Nachmittag und Abend zusammen bleiben, und die Nacht dort zubringen.

150. An das Stadtgericht zu Frankfurt a. d. O.

Daß ich das Testament vom 20^{t} Januar 1790, Testament vom 5^{t} Aprill 1803, Codicill vom 28^{t} Januar und 7^{t} März 1808 und Publications-Protokoll vom 18^{t} Januar 1809 gelesen, und gegen die Verfügungen meiner geliebten und verewigten Tante, Fr. Maj. v. Massow, nichts einzuwenden habe, erkläre und bescheinige ich hiermit, mit meiner Namensunterschrift und Pettschafft.

Dreßden, d. 14^{t} Aprill, 1809. Heinrich von Kleist.

151. An Heinrich Joseph von Collin

Theuerster Herr von Collin,

Die 300 fl. Banknoten sind in Berlin angekommen. Ich habe sie zwar noch nicht erhalten; doch kann ich Ihnen die Quittung darüber, nebst meinem ergebensten Dank, zustellen.

Ihre muthigen Lieder östr. Wehrmänner haben wir auch hier gelesen. Meine Freude darüber, Ihren Namen auf dem Titel zu sehen (der Verleger hat es nicht gewagt, sich zu nennen) war unbeschreiblich. Ich auch finde, man muß sich mit seinem ganzen Gewicht, so schwer oder leicht es sein mag, in die Waage der Zeit werfen; Sie werden inliegend mein Scherflein dazu finden. Geben Sie die Gedichte, wenn sie Ihnen gefallen, Degen oder wem Sie wollen, in öffentliche Blätter zu rücken, oder auch einzeln (nur nicht zusammenhängend, weil ich eine größere Sammlung herausgeben will) zu drucken; ich wollte, ich hätte eine Stimme von Erz, und könnte sie, vom Harz herab, den Deutschen absingen.

Vor der Hand sind wir der Franzosen hier los. Auf die erste Nachricht der Siege, die die Österreicher erfochten, hat Bernadotte sogleich, mit der sächsischen Armee, Dreßden verlassen, mit einer Eilfertigkeit, als ob der Feind auf seiner Ferse wäre. Man hat Kanonen und Munitionswagen zertrümmert, die man nicht fortschaffen konnte. Der Marsch, den das Corps genommen hat, geht auf Altenburg, um sich mit Davoust zu verbinden; doch wenn die Österreicher einige Fortschritte machen, so ist es abgeschnitten. Der König und die Königinn haben laut geweint, da sie in den Wagen stiegen. Überhaupt spricht man sehr zweideutig von dieser Abreise. Es sollen die heftigsten Auftritte zwischen dem König und Bernadotte vorgefallen sein, und der König nur, auf die ungeheuersten Drohungen, Dreßden verlassen haben. Jetzt ist Alles darauf gespannt, was geschehen wird, wenn die Armee über die Gränze rücken soll. Der König soll entschlossen sein, dies nicht zu thun; und der Geist der Truppen ist in der That so, daß es kaum möglich ist. Ob er alsdann, den Franzosen so nahe, noch frei sein wird? – ist eine andere Frage. – Vielleicht erhalten wir einen Pendant zur Geschichte von Spanien. – Wenn nur die Österreicher erst hier wären!

Doch, wie steht's, mein theuerster Freund, mit der Herrmannsschlacht? Sie können leicht denken, wie sehr mir die Aufführung dieses Stücks, das einzig und allein auf diesen Augenblick berechnet war, am Herzen liegt. Schreiben Sie mir bald: es wird gegeben; jede Bedingung ist mir gleichgültig, ich schenke es den Deutschen; machen Sie nur, daß es gegeben wird.

Mit herzlicher Liebe und Hochachtung,

Dreßden, d. 20[t] Aprill 1809. Ihr
Willsche Gasse, Löwenapotheke. Heinrich v. Kleist.

N. S. Das sächsische Corps ist auf Wägen plötzlich nach Plauen und von da, wie es heißt, nach Zwickau aufgebrochen. Was dies bedeuten soll, begreift niemand. – Im Preußischen ist, mit der größten Schnelligkeit, Alles auf den Kriegsfuß gesetzt worden. d. 23[t] ⟨April 1809.⟩

152. An Ulrike von Kleist

Meine theuerste Ulrike,

Ich schreibe dir nur ganz kurz, um dir einige flüchtige Nachrichten und Aufträge zu geben. Den 29[t] Aprill habe ich Dreßden verlassen. B⟨uol⟩, mit dem ich, wie ich dir sagte, reisen wollte, war schon fort; und auch hier in Töplitz, habe ich ihn nicht mehr angetroffen. Alles stand damals so gut, daß ich in Dreßden bleiben zu können glaubte; doch die letzten Begebenheiten haben mich gezwungen, von dort hinwegzugehen. Was ich nun eigentlich in diesem Lande thun werde, das weiß ich noch nicht; die Zeit wird es mir an die Hand geben, und du es alsdann, hoffe ich, auch erfahren. Für jetzt gehe ich über Prag nach Wien.

Inzwischen habe ich von Dreßden nicht weggehen können, ohne einige Schulden daselbst zurückzulassen, die zu Johanny zahlbar sind. Nur die Gewißheit, daß mir die Erbschafft alsdann ausgezahlt werden wird, hat diesen Schritt überhaupt möglich gemacht. Ich beschwöre dich also, meine theuerste Ulrike, für diesmal noch mit deiner Forderung zurückzustehen, und mir das Geld, zu Bezahlung jener Schuld zukommen zu lassen. Noch weiß ich nicht, ob ich nicht vielleicht in Kurzem wieder nach Dreßden zurückkehre. Sollte dies nicht geschehen, so bitte ich Gusten, dir die Zahlung zu machen; und dich bitte ich, das Geld dem Kaufmann Salomon Ascher, Dreßden große Büttelgasse, N. 472, gegen Rückgabe der Schuldverschreibungen, zuzustellen. Um den Kaufmann, wegen dieses Umstands, sicher zu stellen, hast du wohl die Gefälligkeit, ihm, mit wenig Worten, kurz, unter der besagten Adresse, zu melden, daß dies zu Johanny geschehen werde. Versäume dies ja nicht, meine theuerste Ulrike, damit keine, mir auf das Äußerste empfindliche, Irrungen daraus entstehen. Lebe inzwischen wohl, wir mögen uns wiedersehn oder nicht, dein Name wird das letzte Wort sein, das über meine Lippen geht, und mein erster Gedanke, (wenn es erlaubt ist) von jenseits wieder zu dir zurückkehren! Adieu, Adieu! Grüße Alles.

Dein

Töplitz, d. 3t Mai, 1809. H. v. Kleist.

153. An Joseph von Buol

Hier, mein theuerster Freund, schicke ich Ihnen, was ich so eben, feucht aus der Presse kommend, aus den Händen des Gen. Grf. Radetzky, erhalten habe. Fast hätte ich es Ihnen durch eine Estafette zugeschickt, um es desto früher an Knesebeck zu spediren. Nun zweifle ich keinen Augenblick mehr daß der König v. Preußen und mit ihm das ganze Norddeutschland losbricht, und so ein Krieg entsteht, wie er der großen Sache, die es gilt, würdig ist.

Der Gen. Caulincourt und zwei andre fr. Brigade Generale sind gefangen.

Leider werden Sie meinen zweiten Brief von vorgestern nicht empfangen haben, weil mir jemand, der aus Znaym kam, sagte, Sie wären von dort abgereis't. Der Brief, mit der ganzen Beschreibung dessen, was ich am 22t in Enzersdorf selbst sah, ist nach Prag gegangen, an den Grf. Collowrath.

Schreiben Sie doch Knesebeck, daß er ihn abholen lasse, und erbreche. Manches darin wird ihm interessant sein.

Wir gehen heute, Dahlmann und ich, auf das Schlachtfeld, nach Kakeran und Aspern, um Alles zu betrachten, und uns von dem Gang der Begebenheiten zu unterrichten. – Es heißt der Erzh. Carl sei die Nacht vom 23 zum 24 über die Donau gegangen.

Schreiben Sie mir doch einmal nach Langen-Enzersdorf poste restante, wo ich von heut an wahrscheinlich mein Quartier aufschlagen werde. Wie steht es denn mit Ihren Plänen auf Sachsen?

Adieu,

Ihr

Stockerau, d. 25t Mai, 1809. Heinrich v. Kleist

N. S. In dem Briefe, der für Sie nach Prag gegangen ist, liegt ein Brief an Hartmann. Wenn Knesebeck den Brief erbrechen soll, so müssen Sie ihn erinnern, daß er den Brief an Hartmann nicht etwa auf die Post gebe. Der Brief muß durch Eichler gehn. – Die Einlage an Hartmann, die in diesem Briefe liegt, besorgen Sie doch möglichst schnell.

154. An Friedrich Schlegel

Theuerster Herr v. Schlegel,

Durch den Obristburggrafen, HE. Grf. v. Wallis, ist ein Gesuch, das HE. v. Dahlmann und ich, um die Erlaubniß, ein Journal, oder eigentlich ein Wochenblatt, unter dem Titel: Germania, herausgeben zu dürfen, bei der Regierung eingereicht hatten, Sr. Exc. dem HE. Grf. v. Stadion vorgelegt worden. Was dieses Blatt enthalten soll, können Sie leicht denken; es ist nur ein Gegenstand, über den der Deutsche jetzt zu reden hat. Wir vereinigen uns beide, HE. v. Dahlmann und ich, Sie zu bitten, bei dem HE. Grafen, durch

Ihre gütige Verwendung, das, was etwa nöthig sein mögte, zu thun, um die in Rede stehende Erlaubniß, und zwar so geschwind, als es die Umstände verstatten, zu erhalten. Diesem Gesuch fügen wir noch ein anderes bei, das uns fast eben so wichtig ist: nähmlich uns gefälligst mit Beiträgen, oder wenigstens mit *einem* vorläufig zu beschenken, indem wir durch die Anerbietungen des Buchhändlers ziemlich im Stand sein werden, sie so gut, wie ein Anderer, zu honoriren. Es versteht sich von selbst, daß wir (falls die Einsendung nicht zu stark wäre) sogleich Eines der ersten Blätter damit ausschmücken würden; weniger um Sie zu ehren, was Sie nicht bedürfen, als uns und unser Institut. Überhaupt will ich mit der Eröffnung desselben weiter nichts – (denn ihm persönlich vorzustehen, fühle ich mich nur, in Ermangelung eines Besseren, gewachsen) als unsern Schriftstellern, und besonders den norddeutschen, eine Gelegenheit zu verschaffen, das, was sie dem Volke zu sagen haben, gefahrlos in meine Blätter rücken zu lassen. Wir selber nennen uns nicht; und mithin auch keinen anderen, wenn es nicht ausdrücklich verlangt wird. Indem wir bald einer gütigen Antwort entgegensehen, schließe ich mit der Versicherung meiner innigen Verehrung und Liebe, und bin,

Herr von Schlegel,

Ihr

gehorsamster

Prag, d. 13^{t} Juni, 1809. Heinrich v. Kleist.

Kleine Seite, Brückengasse, N. 39.

Nachschrift. Das Hauptquartier des östr. Corps, das in Sachsen eingerückt ist, ist am 10^{t} d. in *Dippoldiswalde* gewesen. *Thielmann*, der in Dreßden commandirt, hat eine fulminante Prokl. an die Sachsen erlassen. Auch das Braunschweigsche Corps ist in Sachsen, und Nostitz, mit seinem Haufen, in Bayreuth eingefallen. Diese Bewegungen können Schill vielleicht retten. Schill hat sich vor dem fr.

Gen. Gratien nach Stralsund zurückgezogen, und Schiffe genommen, um nach Rügen zu gehen. 900 Dänen (was sagen Sie dazu?) haben sich mit dem Gn. Gratien vereinigt.

155. An Ulrike von Kleist

Noch niemals, meine theuerste Ulrike, bin ich so erschüttert gewesen, wie jetzt. Nicht sowohl über die Zeit – denn das, was eingetreten ist, ließ sich, auf gewisse Weise, vorhersehen; als darüber, daß ich bestimmt war, es zu überleben. Ich gieng aus D⟨resden⟩ weg, wie du weißt, in der Absicht, mich mittelbar oder unmittelbar, in den Strom der Begebenheiten hinein zu werfen; doch in allen Schritten, die ich dazu that, auf die seltsamste Weise, contrecarrirt, war ich genöthigt, hier in Prag, wohin meine Wünsche gar nicht giengen, meinen Aufenthalt zu nehmen. Gleichwohl schien sich hier, durch B⟨uol⟩, und durch die Bekanntschafften, die er mir verschaffte, ein Wirkungskreis für mich eröffnen zu wollen. Es war die schöne Zeit nach dem 21ᵗ und 22ᵗ Mai, und ich fand Gelegenheit, einige Aufsätze, die ich für ein patriotisches Wochenblatt bestimmt hatte, im Hause des Grf. v. Kollowrat, vorzulesen. Man faßte die Idee, dieses Wochenblatt zu Stande zu bringen, lebhaft auf, Andere übernahmen es, statt meiner, den Verleger herbeizuschaffen, und nichts fehlte, als eine höhere Bewilligung, wegen welcher man geglaubt hatte, einkommen zu müssen. So lange ich lebe, vereinigte sich noch nicht soviel, um mir eine frohe Zukunft hoffen zu lassen; und nun vernichten die letzten Vorfälle nicht nur diese Unternehmung – sie vernichten meine ganze Thätigkeit überhaupt.

Ich bin gänzlich außer Stand zu sagen, wie ich mich jetzt fassen werde. Ich habe Gleißenberg geschrieben, ein Paar ältere Manuscripte zu verkaufen; doch das eine wird, wegen seiner Beziehung auf die Zeit, schwerlich einen Verleger, und das andere, weil es keine solche Beziehung hat, wenig

Interesse finden. Kurz, meine theuerste Ulrike, das ganze Geschäfft des Dichtens ist mir gelegt; denn ich bin, wie ich mich auch stelle, in der Alternative, die ich dir so eben angegeben habe.

Die große Noth, in der ich mich nun befinde, zwingt mich, so ungern ich es thue, den Kaufmann Ascher in Dreßden, dem ich zu Johanny mit einer Schuld verfallen bin, um Prolongation des Termins zu bitten. Es bleibt mir nichts Anderes übrig, wenn ich mir auch nur, bis ich wieder etwas ergriffen habe, meine Existenz fristen will. In Verfolg dieser Maasregel bitte ich dich, mir die 272 Rth., oder was aus den Pfandbriefen der Tante Massow herauskommen mag, in Conv. Münze, nach Prag zu schicken. Ich bitte dich, es sobald als möglich ist, zu thun, um mich aus Prag, wo ich sonst gar nicht fort könnte, frei zu machen. Was ich ergreifen werde, wie gesagt, weiß ich nicht; denn wenn es auch ein Handwerk wäre, so würde, bei dem, was nun die Welt erfahren wird, nichts herauskommen. Aber Hoffnung muß bei den Lebenden sein. – Vielleicht, daß die Bekanntschafften, die ich hier habe, mir zu irgend etwas behülflich sein können. – Adieu, lebe wohl, und erfreue bald mit einer Antwort
deinen Bruder

Prag, d. 17^{t} Juli, 1809.
Heinrich v. Kl.

Kleine Seite, Brückengasse,
Nmr. 39.

156. An George Friedrich Dames

Abschrift.

Verehrungswürdigster Herr Syndicus,

Bei meiner Abreise von hier will ich noch folgende Verfügungen hiermit schriftlich bei Ihnen niederlegen.

Zuerst bitte ich, dem HE. Kaufm. Wöllmitz, für das mir geliehene Capital von 500 Rth., à 6 p. C., messentlich 10 Rth. zu entrichten.

2) Den Rest der auf mich fallenden Zinsen bitte ich, nach wie vor, meiner Schwester Ulrike von Kleist, einzuhändigen.

3) Sollte das Haus verkauft werden, so bitte ich gleichfalls, den auf mich fallenden Theil des Kaufpreises, er sei so groß er wolle, meiner Schwester Ulrike zu übermachen, die ihn, auf Abschlag dessen, was ich ihr schuldig bin, als ihr Eigenthum zu betrachten hat.

Frankfurt a/Oder, d. 23ᵗ Nov. ⟨180⟩9.

Heinrich v Kleist.

157. An Ulrike von Kleist

Meine theuerste Ulrike,

Aus inliegender Abschrift meines Schreibens an den Syndicus Dames, wirst du ersehen, was ich, meinen Antheil an das hiesige Haus betreffend, für Verfügungen getroffen habe.

Die Veranlassung dazu ist nicht gemacht, dir in einem Briefe mitgetheilt zu werden.

Ich glaubte dich in dieser Gegend zu finden, und mein Wille war, mich unmittelbar, wegen Aufnahme des Geldes, an dich zu wenden; doch diese Hoffnung ward, durch deine Abreise nach Pommern, vereitelt.

Adieu, mein theuerstes Mädchen; ich gehe nach dem Österreichischen zurück, und hoffe, daß du bald etwas Frohes von mir erfahren wirst.

Frankfurt a/Oder, d. 23ᵗ Nov. ⟨180⟩9.

Heinrich v. Kleist.

158. An Johann Friedrich Cotta

Ew. Wohlgebohren

habe ich die Ehre, Ihrem Brief vom 1ᵗ Juli, ⟨180⟩8, gemäß, das Käthchen von Heilbronn zu überschicken. Mehrere Reisen, die ich gemacht, sind Schuld, daß ich das Versprechen, es zum Druck zu liefern, erst in diesem Jahre nachkomme. Ich erhielt einen Brief von HE. v. Collin, kurz vor dem Ausbruch des Kriegs, worin er mir schreibt: die Rollen wären ausgetheilt, und es sollte unmittelbar, auf dem Theater zu Wien, gegeben werden. Weiter weiß ich von seinem Schicksal nichts. Es steht nun in Ew. Wohlg. Willen, ob es in Taschenformat, oder auf andere Weise, erscheinen soll: obschon mir Ersteres, wie die Verabredung war, lieber wäre. Ich würde, wenn es Glück macht, jährlich Eins, von der romantischen Gattung, liefern können. Ew. Wohlgeb. Brief, den ich bei der Hand habe, enthält, daß Dieselben sich erst, nach Verlauf eines Jahrs, über das Honorar zu entscheiden wünschen. Die Reise, die ich gemacht habe, setzt mich gleichwohl in einige Verlegenheit, und ich stelle es Ihrer Güte anheim, ob Sie der Bitte, mir, irgend was es auch sei, **gleich** zu überschicken, gefälligst willfahren wollen. Es wäre nicht das Erstemal, daß Sie sich meine Dankbarkeit lebhaft verpflichtet hätten. In diesem Falle bitte ich, es nach Berlin, poste restante, zu senden, wohin ich in einigen Tagen abgehen werde. Ich habe die Ehre, mit der vorzüglichsten Hochachtung zu sein,

Ew. Wohlgeb.
ergebenster
Heinrich v Kleist.

Frankfurt am Main,
d. 12^{t} Januar, 1810

159. An Heinrich Joseph von Collin

Theuerster Herr von Collin,

Kurz vor dem Ausbruch des Krieges erhielt ich ein Schreiben von Ihnen, worin Sie mir sagten, daß Sie das Drama: die Herrmansschlacht, das ich Ihnen zugeschickt hatte, der K. K. Theater-Direction, zur Prüfung und höheren Entscheidung, vorgelegt hätten. Natürlich machten die Vorfälle, die bald darauf eintraten, unmöglich, daß es aufgeführt werden konnte. Jetzt aber, da sich die Verhältnisse wieder glücklich geändert haben, interessirt es mich, zu wissen: ob sich das Manuscript noch vorfindet? ob daran zu denken ist, es auf die Bühne zu bringen? und wenn nicht, ob ich es nicht nach Berlin zurück erhalten kann? – Eben so lebhaft interessirt mich das Käthchen von Heilbronn, das Sie die Güte hatten, für die Bühne zu bearbeiten. In demselben, schon erwähnten Briefe schrieben Sie: die Rollen seien ausgetheilt, und Alles zur Aufführung bereit. Ist es aufgeführt? Oder nicht? Und wird es noch werden? – Alle diese Fragen, die mir, wie Sie begreifen, nahe gehen, bitte ich, in einem freien Augenblick, wenn Sie ihn Ihren Geschäfften abmüßigen können, freundschaftlich zu beantworten. – Wie herzlich haben uns Ihre schönen Kriegslieder erfreut; und wie herzlich erfreut uns der Dank, den der Kaiser, Ihr Herr, Ihnen kürzlich öffentlich dafür ausgedrückt hat! Nehmen Sie die Versicherung meiner innigsten Liebe und Hochachtung an, und erhalten Sie ferner Ihr Wohlwollen demjenigen, der sich nennt

Ihr
ergebenster
Gotha, d. 28t Jan 1810. Heinrich v. Kleist

N. S. Ich war nur auf kurze Zeit hier, und gehe morgen nach Berlin zurück, wohin ich poste restante zu antworten bitte.

160. An Johann Friedrich Cotta

Ew. Wohlgebohren

bitte ich ganz ergebenst, mir zu melden, ob Sie aus Frankfurt am Main, durch die Buchhandlung, in der Mainzer Gasse daselbst, die Ihre Commissionen besorgt (ich habe den Namen vergessen) das Schauspiel: das Käthchen von Heilbronn erhalten haben, das ich Ihnen, einer früheren Verabredung gemäß, von dort zuschickte. Da bereits nah an sieben Wochen, seit meiner Durchreise daselbst, verflossen sind, so befremdet mich der Umstand, deshalb von Ew. Wohlgeb. keine Nachricht erhalten zu haben, und ich fürchte fast, daß durch irgend ein Misverständniß, die Ablieferung in Frankfurt versäumt worden ist. Indem ich Ew. Wohlgeb. ganz ergebenst bitte, mir über das Schicksal dieses Manuscripts, das mir sehr am Herzen liegt, einige Zeilen zu schreiben, habe ich die Ehre, mit der vorzüglichsten Hochachtung zu sein,

Ew. Wohlgebohren

ergebenster

Berlin, d. 4t März 1810. Heinrich v Kleist.

Mauerstraße, N. 53.

161. An Ulrike von Kleist.

Berlin 19t März ⟨18⟩10.
Mauerstraße, N. 53.

Meine theuerste Ulrike,

Denkst du nicht daran, in einiger Zeit wieder, in diese Gegend zurückzukehren? Und wenn du es thust: könntest du dich nicht entschließen, auf ein oder ein Paar Monate, nach Berlin zu kommen, und mir, als ein reines Geschenk, deine Gegenwart zu gönnen? Du müßtest es nicht begreifen, als ein Zusammenziehen mit mir, sondern als einen freien, unabhängigen Aufenthalt, zu deinem Vergnügen; Gleißenberg, der, zu Anfang Aprills, auf drei Monate nach Gulben geht, bietet dir dazu seine Wohnung an. Du würdest täglich in Altensteins Hause sein können, dem die Schwester die Wirthschaft führt, und der seine Mutter bei sich hat; würdige und angenehme Damen, in deren Gesellschaft du dich sehr wohl befinden würdest. Sie sehen mich nicht, ohne mich zu fragen: was macht Ihre Schwester? Und warum kömmt sie nicht her? Meine Antwort an den Minister ist: es ist mir nicht so gut gegangen, als Ihnen; und ich kann sie nicht, wie Sie, in meinem Hause bei mir sehn. Auch in andre Häuser, als z. B. beim geh. Staatsrath Staegemann, würde ich dich einführen können, dessen du dich vielleicht, von Königsberg her, erinnerst. Ich habe der Königinn, an ihrem Geburtstag, ein Gedicht überreicht, das sie, vor den Augen des ganzen Hofes, zu Thränen gerührt hat; ich kann ihrer Gnade, und ihres guten Willens, etwas für mich zu thun, gewiß sein. Jetzt wird ein Stück von mir, das aus der Brandenburgischen Geschichte genommen ist, auf dem Privattheater des Prinzen Radziwil gegeben, und soll nachher auf die Nationalbühne kommen, und, wenn es gedruckt ist, der Königinn übergeben werden. Was sich aus allem diesen machen läßt, weiß ich noch nicht; ich glaube es ist eine Hofcharge; das aber weiß ich, daß du mir von großem Nutzen sein könntest. Denn wie manches könntest du, bei den Altensteinschen Damen, zur Sprache bringen, was mir, dem Minister zu sagen, schwer, ja unmöglich fällt. Doch ich verlange gar nicht, daß du auf diese Hoffnungen etwas giebst; du müßtest auf nichts, als das Vergnügen rechnen, einmal wieder mit mir, auf einige Monate, zusammen zu sein. Aber freilich müßte die Frage, ob du überhaupt Pommern verlassen willst, erst abgemacht sein, ehe davon, ob du nach Berlin kommen willst, die Rede sein kann. Wie glücklich wäre ich, wenn du einen solchen Entschluß fassen könntest! Wie glücklich, wenn ich deine Hand küssen, und dir über tausend Dinge Rechenschafft geben könnte, über die ich jetzt dich bitten muß, zu schweigen.

Adieu, grüße Fritzen und Stojentin, und antworte bald deinem

H. v. Kl.

162. An Johann Friedrich Cotta

Aus Ew. Wohlgebohren Schreiben vom 22t Feb. d. ersehe ich, daß Dieselben das Käthchen von Heilbronn, im Laufe dieses Jahres, nicht drucken können. Da mir eine so lange Verspätung nicht zweckmäßig scheint, so muß ich mich um einen anderen Verleger bemühen, und ich bitte Ew. Wohlgeb. ergebenst, mir das Manuscript mit der Post zuzuschicken.

Berlin, d. 1t Aprill, 1810. Heinrich v Kleist.
Mauerstraße, N. 53.

163. An Wilhelm Reuter

Ew. Wohlgebohren

muß ich bemerken, daß Herr von Schlotheim nunmehr unfehlbar geschrieben haben würde, wenn er es für nöthig gehalten hätte. Ich bitte also ganz ergebenst, wegen Auszahlung der 22 Pränumerationsscheine, in deren Besitz ich bin, keine Schwierigkeiten zu machen. Ew. Wohlgebohren bitte ich zu erwägen, daß, da die Pränumerationsscheine auf den Vorzeiger lauten, der Umstand, von wem ich sie habe, eigentlich ganz gleichgültig ist, und daß es mithin gar keiner Anweisung, von Seiten des Herrn von Schlotheim, bedarf.

Ew. Wohlgebohren

ergebenster

Berlin, d. 8t Aprill, 1810 H. v. Kleist
Mauerstraße, N. 53.

164. An Wilhelm Reuter

Ew. Wohlgebohren

muß ich ergebenst bitten, den Brief an H. von Schlotheim selbst zu bestellen, indem ich in diesem Augenblick keine Gelegenheit weiß, die ihn nach Gotha mitnehmen könnte. Überdies ist es nicht wahrscheinlich, daß derselbe, auf irgend eine Weise, in Ihrer Schuld stehen wird, zu einer Zeit, da er mir zu wiederholten Malen, eine Forderung an Sie überläßt. Ist er es gleichwohl, so wird es bei der anerkannten Rechtschaffenheit desselben, nichts bedürfen, als einer Darlegung Ihrer Ansprüche, um sie erfüllt zu sehen, ohne daß es nöthig wäre, diese Sache mit den Pränumerationsscheinen, in deren Besitz ich stehe, zu vermischen.

Ew. Wohlgebohren bitte ich daher ganz ergebenst um eine bestimmte und unumwundene Erklärung, ob Dieselben die Pränumerationsscheine honoriren wollen oder nicht?

Mit der vorzüglichsten Hochachtung

Ew. Wohlgebohren

Berlin, d. 16t Aprill 1810 ergebenster

Mauerstraße N. 53. H. v. Kleist

165. An Georg Andreas Reimer

30 Rth. habe ich auf Abschlag eines Honorars von 50 Rth. für einen Band von Erzählungen, der in drei Monaten à dato abzuliefern ist, von HE. Buchhändler Reimer, empfangen. Welches ich hiermit bescheinige.

Berlin, d. 30t Aprill 1810. Heinrich v. Kleist

166. An Wilhelm Reuter

Ew. Wohlgebohren

überschicke ich einen Brief des H. v. Schlotheim, und bitte Dieselben, mich gefälligst von dem, was Sie darauf beschließen, zu benachrichtigen.

Berlin, d. 8t Mai, 1810. Mauerstraße N. 53.

Dero
ergebenster
H. v. Kleist.

167. An Rahel Levin

Liebe, warum sind Sie so repandirt? Eine Frau, die sich auf ihren Vortheil versteht, geht nicht aus dem Hause; da erst gilt sie Alles, was sie kann und soll. Doch, machen Sie das mit Ihrem Gewissen aus. Ein Freund vom Hause läßt sich nicht abschrecken, und ich bin Sonnabend, noch vor Sonnabend, vielleicht noch heute, bei Ihnen.

⟨Berlin,⟩ d. 16t ⟨Mai 1810⟩. H. v. Kleist

168. An Georg Andreas Reimer

⟨Berlin, Mai 1810.⟩

Lieber Herr Reimer,

Ich schicke Ihnen das Fragment vom Kohlhaas, und denke, wenn der Druck nicht zu rasch vor sich geht, den Rest, zu rechter Zeit, nachliefern zu können.

Es würde mir lieb sein, wenn der Druck so wohl ins Auge fiele, als es sich, ohne weiteren Kostenaufwand, thun läßt, und schlage etwa den Persiles vor.

Der Titel ist: Moralische Erzählungen von Heinrich von Kleist.

Ihr
treuer und ergebener
H. v. Kl.

169. An Sophie Sander

⟨Berlin, Frühjahr 1810.⟩

Meine liebste Freundinn,

Nun werde ich einmal Ihre Freundschafft auf die Probe stellen und sehen ob Sie mir böse werden, wenn ich heute Abend nicht komme. Ich werde morgen herankommen, und Ihnen sagen, welch' ein ganz *unvermeidliches* Geschäfft, dem Sie selbst dies Beiwort zugestehen werden, mich davon abgehalten hat; und wenn Sie mir, liebste, beßte Freundinn, ein krauses Gesicht ziehn und mir böse sind, so erinnere ich Sie an den Vertrag, den wir beide miteinander abgeschlossen haben

H. v. Kleist.

170. An Georg Andreas Reimer

Lieber Herr Reimer,

Wollen Sie mein Drama, das Käthchen von Heilbronn, zum Druck übernehmen? Es ist den 17^{t} 18^{t} und 19^{t} März, auf dem Theater an der Wien, während der Vermählungsfeierlichkeiten, zum Erstenmal gegeben, und auch seitdem häufig, wie mir Freunde sagen, wiederholt worden. Ich lege Ihnen ein Stück, das, glaube ich, aus der Nürnberger Zeitung ist, vor, worin dessen Erwähnung geschieht. Auch der Moniteur und mehrere andere Blätter, haben darüber Bericht erstattet. Die hiesige Zeitungsredaction hat den inliegenden Artikel abgedruckt, und von ihr ist es, daß ich ihn erhalten habe.

Ihr gehorsamster
H. v. Kleist, Berlin
d. 10^{t} August ⟨18⟩10.

171. An August Wilhelm Iffland

Wohlgebohrner Herr,
Hochzuverehrender Herr Director,

Ew. Wohlgebohren ersuche ich ganz ergebenst, mir das Stück, das Käthchen von Heilbronn, das ich Denenselben, durch HE. Hofrath Römer, zur Beurtheilung habe vorlegen lassen, gefälligst, auf ein Paar Tage, zurückzuschicken, indem ich es, in einem Kreis von Freunden, der es kennen zu lernen wünscht, vorzulesen versprochen habe. Und indem ich mir ein Vergnügen daraus machen werde, es Ihnen wieder zurückzusenden, wenn Dieselben noch nicht sollten Zeit gehabt haben, es Ihrer Prüfung, behufs einer Darstellung auf der Bühne, zu unterwerfen, habe ich die Ehre, mit der vorzüglichsten Hochachtung zu sein,

Ew. Wohlgebohren,

ergebenster

Berlin, d. 10t Aug. ⟨18⟩10. Heinrich v. Kleist.

Mauerstraße, N. 53.

172. An Georg Andreas Reimer

⟨Berlin, 11. August 1810.⟩

p. p.

Hier erfolgt das Käthchen von Heilbronn. Ich wünsche,

1) zu Montag früh Bescheid,
2) hübschen Druck und daß es auf die Messe kömmt;
3) Honorar überlasse ich Ihnen, wenn es nur gleich gezahlt wird.

H. v. Kl.

173. An August Wilhelm Iffland

Wohlgebohrner Herr,
Hochzuverehrender Herr Director!

Ew. Wohlgebohren haben mir, durch HE. Hofrath Römer, das, auf dem Wiener Theater, bei Gelegenheit der Vermählungsfeierlichkeiten, zur Aufführung gebrachte Stück, das Käthchen von Heilbronn, mit der Äußerung zurückgeben lassen: es gefiele Ihnen nicht. Es thut mir Leid, die Wahrheit zu sagen, daß es ein Mädchen ist; wenn es ein Junge gewesen wäre, so würde es Ew. Wohlgebohren wahrscheinlich besser gefallen haben. Ich bin mit der vorzüglichsten Hochachtung,

Ew. Wohlgebohren,
ergebenster
Heinrich von Kleist.

Berlin, d. 12t August, 1810.
Mauerstraße N. 53.

174. An Georg Andreas Reimer

Mein lieber Freund,

Die Zeiten sind schlecht, ich weiß, daß Sie nicht viel geben können, geben Sie, was Sie wollen, ich bin mit Allem zufrieden, nur geben Sie es gleich. – Ihre Erinnerungen sollen mir von Herzen willkommen sein.

⟨Berlin,⟩ d. 13t August 1810. H. v. Kleist.

175. An Johann Daniel Sander

Können Sie mir, lieber Freund, sagen, wann ich das Honorar empfangen kann? Und ob ich es gleich empfangen kann, welches mir allerdings das Liebste wäre? Schicken Sie mir so viel, oder so wenig, als Sie wollen; es soll mir Alles recht sein.

Ihr gehorsamster
Berlin, d. 15t August 1810. H. v. Kleist.

176. An Georg Andreas Reimer

⟨Berlin, 16. August 1810.⟩

In den Heften, liebster Reimer, die Sie mir geschickt haben, finde ich die Erzählung nicht. Es ist mir höchst unangenehm, daß Ihnen diese Sache so viel Mühe macht. Hierbei erfolgt inzwischen die Marquise von O .... – Was das Käthchen betrifft, so habe ich, meines Wissens, gar keine Forderung gethan; und wenn ich wiederhole, daß ich es ganz und gar Ihrem Gutbefinden überlasse: so ist das keine bloße Redensart, durch welche, auf verdeckte Weise, etwas Unbescheidenes gefordert wird; sondern, da ich gar wohl weiß, wie es mit dem Buchhandel steht, so bin ich mit 80, ich bin mit 60 Thalern völlig zufrieden. Wenn es nur für diese Messe gedruckt wird.

Ihr H. v. Kleist.

177. An Friedrich de la Motte Fouqué

Mein liebster Fouqué,
Ihr Erndtelied und Ihr Gespräch im Hausfreund, das mir, in eben diesem Augenblick, Hitzig gegeben hat, ist das Liebste und Zärtlichste, mit einem Wort, Hübscheste, was ich über den Tod der Königinn gelesen. Es ist, um Alles zu sagen, trefflicher, als das, was Müller geschrieben hat; rührender und die Thränen lockender (die guten Thränen) ohne allen Zweifel, wenn gleich jenes vielleicht, nach seiner Absicht, größer und erhabener. – Mit dem 1ten Oct. kommen nun

meine Abendblätter heraus oder was sag' ich, meine? Unsere, mein lieber Freund; Ihre auch. Denn gewiß unterstützen Sie den patriotischen Zweck (lassen Sie ihn sich nur von Robert auseinanderlegen) den wir uns dabei gesetzt haben. Wie glücklich wäre ich, wenn Sie es nicht bei einem oder ein Paar Aufsätzen bewenden ließen, sondern Ihre ganze eigenthümliche poetische Natur (nach den Bedingungen dieses Blattes, das, wie Sie leicht begreifen, populär sein muß, und den Augenblick zu ergreifen, bestimmt ist, modificirt) als ein Element darin verweben wollten! Rufen Sie mich in das Andenken Ihrer theuren Frau zurück, leben Sie wohl [und er]freuen Sie bald, mit einer gütigen Äußerung hierüber,

Ihren

Berlin, d 2^t Sept. ⟨18⟩10. Hv Kleist.
Mauerstraße N. 53.

178. An Georg Andreas Reimer

Mein lieber Freund Reimer,
Ich bitte um Geld, wenn Sie es entbehren können; denn meine Casse ist leer. – Die Nummern vom Morgenblatt sind 217 bis 221, Septb. 1807.

⟨Berlin,⟩ d. 4^t Sept. ⟨18⟩10. H. v. Kleist

179. An Georg Andreas Reimer

Mein lieber Reimer,
Wenn Sie bei der Revision des Käthchens, Anstoß nehmen bei ganzen Worten und Wendungen, so bitte ich mir den Revisionsbogen gefälligst noch einmal zurück. – Hier ist das Morgenblatt schicken Sie es ja dem Seydel bald wieder,

denn es liegt ihm am Herzen wie ein Werk in usum Delphini.

⟨Berlin,⟩ d. 8t Sept. ⟨1810.⟩ H. v. Kleist

180. An Julius Eduard Hitzig

Ich habe schon längst gebeten, dem Kriegsrath Pequillhen ein Exemplar des Abendblatts zu besorgen; sein Sie doch so gefällig, und richten diese Sache ein.

⟨Berlin,⟩ d. 2t Oct. 1810. Hv Kleist

181. An Achim von Arnim

Machen Sie doch den Brentano wieder gut, liebster Arnim, und bedeuten Sie ihm, wie unpassend und unfreundlich es ist, zu so vielen Widerwärtigkeiten, mit welchen die Herausgabe eines solchen Blattes verknüpft ist, noch eine zu häufen. Ich erinnere mich genau, daß ich Sie, während meiner Unpäßlichkeit, um einer undeutlichen Stelle willen, die Einer Ihrer Aufsätze enthielt, zu mir rufen ließ, und daß Sie, in seiner Gegenwart, gesagt haben: Freund, mit dem, was wir Euch schicken, macht, was Ihr wollt; dergestalt, daß ich noch einen rechten Respekt vor Euch bekam, wegen des tüchtigen Vertrauens, daß das, was Ihr schreibt, nicht zu verderben, oder Euer Ruhm mindestens, falls es doch geschähe, dadurch nicht zu verletzen sei. Wie ich mit dem verfahre, worunter Ihr Euren Namen setzt, das wißt Ihr; was soll ich aber mit Euren anderen Aufsätzen machen, die es Euch leicht wird, lustig und angenehm hinzuwerfen, ohne daß Ihr immer die nothwendige Bedingung, daß es kurz sei, in Erwägung zieht? Hab' ich denn einen bösen Willen dabei gehabt? Und wenn ich aus Irrthum gefehlt habe, ist es, bei einem solchen Gegenstande, werth, daß Freunde Worte deshalb wechseln? – Und nun zum Schluß: werd' ich die Composition von Fräul. Bettine erhalten? Weder daran, noch sonst an irgend etwas, das mir jemals wieder ein Mensch zuschickt, werde ich eine Silbe ändern. Guten Morgen!

⟨Berlin,⟩ d. 14^{t} Oct. ⟨1810.⟩ H. v. Kleist

182. An Eduard Prinz von Lichnowsky

Mein gnädigster Herr,

Durch die Theilnahme, die Sie dem Abendblatt schenken, fühle ich mich zu gleicher Zeit auf's Lebhafteste geschmeichelt und gerührt.

Was aber die beiden Artikel betrifft, wegen welcher Sie mir freundschaftliche Vorstellungen machen, so führe ich zu meiner Entschuldigung an,

1) daß das Blatt, in welchem sie stehen, ein Volksblatt d. h. (weil es kein Centrum der Nation giebt) ein Blatt für alle Stände des Volks sein soll.

2) daß Aufsätze, wie der vom Tambour (der Beobachter an der Spree hat ihn schon abgedruckt) das Volk vergnügen und dasselbe reizen, auch wohl die anderen Aufsätze, die nicht unmittelbar für dasselbe geschrieben sind, zu überlesen.

3) daß der Kerl, nach meinem innersten Gefühl, verglichen mit dem, was bei Jena vorgefallen, eine so herrliche und göttliche Erscheinung ist, daß mich dünkt, das Unschickliche, was in seiner That liegt, verschwinde ganz und gar, und die Geschichte könnte, so wie ich sie aufgeschrieben, in Erz gegraben werden.

Gleichwohl, mein theuerster, gnädigster Herr, kann man auch des Guten zu viel thun; und auf Ihre freundliche Warnung aufmerksam (denn mit der guten Gesellschaft mögt' ich es keineswegs gern verderben) soll wenigstens vor der Hand nichts dem Ähnliches erfolgen.

Ihr gehorsamster
⟨Berlin,⟩ d. 23t Oct. 1810. H. v. Kleist

183. An Christian von Ompteda

Ew. Hochwohlgebohren Aufsatz: Über die neueste Lage von Großbrittannien, sende ich Denenselben gedruckt und von der Censur durchstrichen zurück. Diese zwei Striche kommen mir vor, wie zwei Schwerdter, kreuzweis durch unsre theuerste und heiligsten Interessen gelegt. Es würde vergeblich sein, Ihnen den Zustand von triumphirender Freude und Rührung zu schildern, in welchen die Lesung dieses ganz meisterhaften Aufsatzes, und besonders sein erhabener Schluß, mich und all die Meinigen (denn es coursiren schon mehrere Abschriften davon) versetzt hat. Und indem ich Ew. Hochwohlgebohren ganz gehorsamst bitte, mir eine Gelegenheit zu verschaffen, Denenselben die Gefühle von Hochachtung und Freundschafft, die ich für Sie empfinde, mündlich äußern zu können, unterschreibe ich mich,

Ew. Hochwohlgebohren
Berlin, d. 24t Nov. ⟨18⟩10. ergebenster
Mauerstraße N. 53. H. v. Kleist.

N. S. Die Druckbögen gehen zur Censur, bevor sie in die Correktur kommen. – Im Namen des Druckers, der diese Censurbögen braucht, erbitte ich mir dieselben gehorsamst zurück.

184. An Christian von Ompteda

Ew. Hochwohlgebohren

habe ich, in Erwiederung auf Ihr gefälliges Schreiben vom 1t d. die Ehre anzuzeigen, daß HE. A. Müller nicht der Verfasser der Bemerkungen & ist. Dieser Aufsatz ist mir, gleich nach Erscheinung Ihrer Fragmente, zugestellt worden, und nur der außerordentliche Andrang von Manuscripten verhinderte, ihn aufzunehmen. Der Verfasser ist mir, und allen meinen Freunden, gänzlich unbekannt; er unterschreibt sich mit einem W. – Demnach, Ihrem bestimmt ausgesprochnen Wunsche gemäß, sende ich Ihnen den Aufsatz: Einige Worte & zurück; zu jeder Erklärung, die Sie für gut finden werden, stehen Ihnen die Abendblätter offen – auch haben sich schon Freunde von meiner Bekanntschafft daran gemacht, für Sie in die Schranken zu treten. – Was den Aufsatz: Fragment eines Schreibens, betrifft, so hat derselbe meinen vollkommenen Beifall, wird auch, sobald es sich irgend thun läßt, nach einigen Erläuterungen, die ich mir von Ihnen selbst persönlich auszubitten, die Freiheit nehmen werde, eingerückt werden.

Mit der innigsten und vollkommensten Hochachtung,

Ew. Hochwohlgeb.

ergebenster

Berlin, d. 2t Dec. ⟨18⟩10. H. v. Kleist.

185. An Karl August von Hardenberg

Hoch und Wohlgebohrner Freiherr,

Höchstgebietender Herr Staatskanzler,

Ew. Excellenz haben, nach den Eröffnungen, die mir der Präsident der Polizei, HE. Gruner, gemacht hat, die Gnade gehabt, in Bezug auf die von mir redigirten Berliner Abendblätter, zu äußern, daß Höchstdieselben nicht abgeneigt wären, diesem Institut, dessen Zweck Beförderung der, durch

Ew. Excellenz, in diesem Augenblick, in einer so glücklichen Wendung begriffenen, vaterländischen Angelegenheiten ist, irgend eine zweckmäßige höhere Unterstützung angedeihen zu lassen. Die deshalb von mir bei dem Pol. Präsidenten, HE. Gruner, gehorsamst eingereichten Vorschläge, werden ohne Zweifel Rücksprachen mannichfacher Art, mit den Chefs der dabei interessirten höheren Behörden, veranlassen. Da gleichwohl der Zeitpunct heranrückt, in welchem, für den Lauf des nächsten Quartals, eine erneuerte Ankündigung dieses Journals erscheinen muß, und, falls Ew. Excellenz meinem Unternehmen günstig gestimmt sind, eben dies der Augenblick ist, in welchem Höchstdieselben dies vorzugsweise huldreich bethätigen können: so unterstehe ich mich Ew. Excellenz unterthänigst um die Erlaubniß zu bitten, beifolgende kurze Anzeige, in welcher ich mich auf Ew. Excellenz ehrfurchtsvoll zu beziehen wage, in die öffentlichen Blätter einrücken zu lassen. Diese Gnade wird meinen sowohl, als den Eifer mehrerer der vorzüglichsten Köpfe dieser Stadt, mit welchen ich, zu dem besagten Zweck, verbunden zu sein die Ehre habe, auf das Lebhafteste befeuern; und mit der Versicherung, daß wir nur auf den Augenblick warten, da wir, durch Ew. Excellenz nähere Andeutungen oder Befehle, in den Stand gesetzt sein werden, die Weisheit der von Ew. Excellenz ergriffenen Maasregeln gründlich und vollständig dem Publico auseinander zu legen, habe ich, in der unbegränztesten Hochachtung, die Ehre zu sein,

Ew. Excellenz,

Berlin, d. 3^{t} Dec. 1810 unterthänigster
Mauerstraße N. 53. Heinrich von Kleist.

⟨Beilage⟩

Ankündigung.

Durch die Gnade Sr. Excellenz des HE. Staatskanzlers Freiherrn von Hardenberg, werden die zur Erhebung und Belebung des Antheils an den vaterländischen Angelegenheiten unternommenen, und mit dem Beifall des Publicums auf unerwartete Weise beehrten

Berliner Abendblätter

von nun an officielle Mittheilungen, über alle bedeutenden, das Gemeinwohl und die öffentliche Sicherheit betreffenden Ereignisse in dem ganzen Umfange der Monarchie enthalten. Pränumerationen für das nächstfolgende Quartal müssen vor dem 1t Jan. 1811 in der Expedition der Abendblätter eingehen, indem nur diejenige Zahl von Exemplaren, auf welche sich die Bestellung beläuft, gedruckt werden wird.

186. An Georg Andreas Reimer

Mein liebster Reimer,

Können Sie nicht die Gefälligkeit für mich haben, mir, für den z⟨erbrochnen⟩ K⟨rug⟩ das Honorar, das Sie mir zugedacht haben, zu überschicken? Ich bin, wegen der Lage meines Abendblatts, in mancherlei Bedrängniß; die indirecte Zerstörung desselben ist völlig organisirt, man hat mir sogar angekündigt, daß man mir ein für allemal das Zeitungsbülletin, das ich darin aufnahm, streichen würde. Ich bin im Begriff, mich unmittelbar an den König zu wenden – doch davon denke ich Sie mündlich weitläufiger zu unterhalten. – Der Brief ist doch besorgt?

Ihr

⟨Berlin,⟩ d. 12t D⟨ez.⟩ ⟨18⟩10. H. v. Kleist

187. An Friedrich von Raumer

Ew. Hochwohlgebohren habe ich die Ehre ganz gehorsamst anzuzeigen, daß Sr. Excellenz im Verlauf der heutigen Audienz die Gnade gehabt haben, mir huldreich eine schriftliche Privatempfehlung, wegen zweckmäßiger Unterstützung der Abendblätter durch officielle Beiträge, sowohl bei Ihren Excellenzen, den HE. Graf v. Golz und HE. v. Kircheisen, als auch bei dem HE. Geh. Staatsrath Sack, anzugeloben. Die Verabredung ist getroffen, daß ich mich, in Verfolg dieser gnädigsten Verwendung, selbst zu den resp. HE. Ministern und Geh. Staatsräthen begeben, und das Wohlwollen und die Gefälligkeit derselben, in Betreff der Abendblätter, (grade so, wie, zu Anfang des Instituts, die Unterstützung des Pol. Präsidenten, HE. Gruner) in Anspruch nehmen soll. Durch diese, die Interessen Sr. Excellenz sowohl, als die meinigen, auf's Glücklichste verbindende Maasregel, sind vorläufig alle meine Wünsche für die Abendblätter erfüllt; ich begehre nichts, als eine unabhängige Stellung zu behaupten, deren ich, zu meiner innerlichen Freude an dem Geschäfft, dem ich mich unterzogen habe, bedarf. Ew. Hochwohlgeb. ersuche ich nur ganz ergebenst, zur möglichst raschen Betreibung der Sache, mir irgend eine kurze, gütige Anzeige davon, sobald jene Empfehlungen an ihre Adresse erlassen sind, zukommen zu lassen. Und indem ich Sr. Excellenz das Versprechen anzunehmen bitte, daß ich nunmehr mit meiner Ehre für den Geist der Abendblätter, und für den Umstand, daß kein andrer Aufsatz, als der in Sr. Excellenz Interessen geschrieben ist, darin aufgenommen werden soll, hafte, behalte ich mir bevor, Ew. Hochwohlgebohren mündlich wegen der, zwischen uns im Drang mancher wiederwärtigen Umstände, stattgehabten Misverständnisse innigst und herzlichst um Verzeihung zu bitten, und habe die Ehre zu sein,

Ew. Hochwohlgebohren

ergebenster

Berlin, d. 13t Dec. ⟨18⟩10. H. v. Kleist.

188. An Friedrich von Raumer

Ew. Hochwohlgebohren sage ich – unter gehorsamster Zurückschickung des Schreibens vom Präs. Gruner – für alle mir in Ihrem letzten Schreiben ertheilten gütigen Nachrichten meinen verbindlichsten Dank. Ich wußte wohl, daß die Strenge, die ich bei der Polizei erfuhr, von einem Misverständniß, herrührte, indem ich dieselbe, bei meinem guten und völlig reinen Willen, auf keine Weise verschuldet hatte.

Ew. Hochwohlgebohren lege ich folgenden für die Abendblätter bestimmten Aufsatz gehorsamst vor. Ich bitte mir überhaupt die Erlaubniß aus, alle, die Maasregeln Sr. Excellenz betreffenden Aufsätze, Ew. Hochwohlgebohren zur vorläufigen Durchsicht mittheilen zu dürfen.

Auch bringe ich hier noch einmal eine Bitte gehorsamst zur Sprache, deren Gewährung mir alle andern Wünsche, die, unter dem Drang der Verhältnisse haben unerfüllt bleiben müssen, vergütigen und ersetzen kann: nämlich Ew. Hochwohlgebohren persönliche Theilnahme an dem Journal, und Beschenkung der Abendblätter mit Dero vortrefflichen Aufsätzen, welche Dieselben bisher in die Zeitungen haben einrücken lassen.

Ew. Hochwohlgebohren denke ich, zur Erörterung sowohl dieses als mancher andern Puncte, heute zwischen 2 und 4 Uhr aufzuwarten.

⟨Berlin,⟩ d. 15^{t} D⟨ez.⟩ ⟨18⟩10. H. v. Kleist

N. S.

So eben erhalte ich folgendes Schreiben von HE. A. Müller. Er will, daß der Aufsatz, der darin enthalten ist, noch heute gedruckt werde; aber zum Theil ist dies unmöglich, zum Theil auch habe ich mir vorgenommen, alle dergleichen Aufsätze Ew. Hochwohlgeb. vorzulegen. Demnach thue ich etwas, was ich vielleicht bei meinem Freunde nicht verantworten kann: ich schicke Ew. Hochwohlgebohren das Schreiben originaliter zu, obschon es sein bestimmt ausgesprochner Wille ist, daß sein Name verschwiegen bleibe. Meine Absicht ist, Ew. Hochwohlgeb. mit der innerlichen Stellung seines Gemüths, gegen die Maasregeln sowohl als die Person Sr. Exc. bekannt zu machen; das Ganze ist, wie Sie sehen, eine bloß freundschafftliche Ergießung, die keineswegs bestimmt war, zu officieller Wissenschafft zu gelangen. – Ew. Hochwohlgeb. brauche ich nicht um immerwährendes Stillschweigen über diesen Punct zu bitten.

H. v. Kl.

189. An August Friedrich Ferdinand Graf von der Goltz

Hochgebohrner Graf,
Hochgebietender Herr Staatsminister,

Ew. Excellenz haben dem Präsidenten der Polizei, HE. Gruner, aufgegeben, die Aufnahme politischer Artikel in den Abendblättern nicht zuzulassen. Da HE. v. Raumer willends ist, in diesem Journal mehrere Fragen, die Maasregeln Sr. Excellenz des HE. Staatskanzlers anbetreffend, zu beantworten und zu erörtern, und demselben daher ein möglichst großer Wirkungskreis, wozu obiger Artikel nicht wenig beiträgt, zu wünschen ist: so unterstehe ich mich, Ew. Excellenz unterthänigst um die Aufhebung besagter obigen höchsten Anordnung zu ersuchen. Ew. Excellenz bitte ich gehorsamst das Versprechen anzunehmen, daß ich selbst, mit der größten Gewissenhaftigkeit, über die politische Unschädlichkeit dieses Artikels wachen werde. Und indem ich mir vorbehalte, Ew. Excellenz Gnade, die Abendblätter anbetreffend, noch in mehreren anderen Puncten, in einer persönlichen unterthänigen Aufwartung in Anspruch zu nehmen, habe ich, in unbegränzter Hochachtung, die Ehre zu sein,

Ew. Excellenz

Berlin, d. 15^{t} Dec. 1810. unterthänigster
Mauerstraße N. 53. H. v. Kleist.

190. An Georg Andreas Reimer

Mein liebster Reimer,
Ich bitte noch um 1 Käthchen auf Velinpap. das ich mir in Rechnung zu stellen bitte.

⟨Berlin,⟩ d 16^{t} Dec. ⟨18⟩10. HvKleist

191. An Wilhelm Römer

Lieber Hofrath
Von dem Absatz, den das Blatt im Publico finden wird, überzeugt, bin ich mit Ihren Bedingungen zufrieden. Ich bitte mir nur noch, außer dem Stipulirten, 50 Rth. sogleich als Vorschuß aus, wofür ich Ihnen, unabhängig von dem ganzen Contract, verpflichtet bleiben will. Was aber die Hauptsache ist, ist, daß *Sie* von Hitzig die Auflage übernehmen, *mir* fehlt es an aller Kenntniß, und Sie würden mir ja doch denselben Preis zurückzahlen müssen. Sehen Sie hier ein 20 oder 30 Rth. nicht an, die Unternehmung ist gut, und verspricht einen weiten Wirkungskreis. Ich gehe zu Kuhn, der mir auch Vorschläge hat machen lassen, und komme alsdann zu Ihnen heran.

Ihr
⟨Berlin,⟩ d. 17^{t} D⟨ez. 1810⟩. H. v. Kleist

192. An Georg Andreas Reimer

⟨Berlin, Winter 1810/11.⟩

Mein liebster Reimer,
kann ich wohl ein Ex. von Riepenh. Gesch. d. Mahlerei zur Durchsicht erhalten? Es wird entweder käuflich an sich gebracht, oder Ihnen in einigen Tagen unversehrt wieder zugestellt.

Ihr
H.v.Kleist

N. S. Ich wiederhole hierbei auch meine Bitte von gestern.

193. An Friedrich Schulz

Liebster Schulz,
Wenn Sie morgen zu Kuhn gehen, um die Richtigkeit der Unterschriften zu bescheinigen, so wünsche ich zwar, daß Sie die Unschicklichkeit seiner Einmischung in die Redaction zur Sprache brächten; von einer Abtretung der ganzen Redaction aber an ihn, bitte ich noch nichts zu erwähnen, weil sich die Schwierigkeiten bei der Censur hoffentlich legen werden. – Hauptsächlich aber fordre ich Sie auf, Ihr Versprechen wegen förmlicher Übernahme des Theaterartikels in Erfüllung zu bringen. Ich wünsche, daß Sie die Sache als einen zwischen uns bestehenden Vertrag betrachten mögten; und indem ich Sie nun bitte, mir das Honorar, mit welchem ich Ihnen verhaftet sein soll, anzugeben, unterschreibe ich mich

Ihren

⟨Berlin,⟩ d. 1t Jan. ⟨18⟩11. H. v. Kleist

194. An Georg Andreas Reimer

Ich bitte, lieber Reimer, mir 2 Ex. meiner **Erzählungen** zu überschicken und auf Rechnung zu setzen.

⟨Berlin,⟩ d. 12ᵗ Jan. ⟨18⟩11. H. v. Kleist.

195. An Georg Andreas Reimer

Mein lieber Freund,

Darf ich Sie wohl um den Rest des Honorars bitten, mit dem ich Sie gern, bis zur Messe, verschont haben würde, das ich aber in einer dringenden Verlegenheit bedarf? Sie würden mir einen großen Dienst erweisen, wenn Sie es mir **gleich** zufertigten.

⟨Berlin,⟩ d 30ᵗ Jan. ⟨18⟩11. HvKleist

196. An Georg Andreas Reimer

⟨Berlin, 9. oder 10. Februar 1811.⟩

Ich bitte um einige Expl. **zerbroch Krug**

HvKleist

197. An Karl August von Hardenberg

Hoch und Wohlgebohrner Freiherr,

Hochgebietender Herr geheimer Staatskanzler,

Ew. Excellenz habe ich die Ehre ganz unterthänigst anzuzeigen, daß sich ein solches halb-ministerielles Blatt, als ich, in diesem Augenblick, in Zwecken der Staatskanzlei, redigiere, sich, auf keine Weise, ohne bestimmte Unterstützung mit officiellen Beiträgen, halten kann. Der Absatz ist unter dem Mittelmäßigen; und ich erlebe die verdrießliche Sache, daß mein Buchhändler, wegen Ausbleibens dieser Beiträge, in meine Befugniß, sie ihm zu versprechen, Mistrauen setzt: er tritt von dem zwischen uns abgeschlossenen Contract, der ihm eine Verbindlichkeit von 800 Rth. jährliches Honorar gegen mich auferlegt, zurück, und fordert noch obenein, wegen nicht gedeckter Verlagskosten, ein Entschädigungsquantum von mir von 300 Rth. So bestimmt ich nun auch, zu Anfang dieser Unternehmung, auf die mir gnädigst angebotene Geldvergütigung Verzicht leistete, so bin ich doch, da die Sache gescheitert ist, gänzlich außer Stand, diesen doppelten, beträchtlichen Ausfall zu tragen. Ew. Excellenz stelle ich anheim, ob Höchstdieselben mich der Nothwendigkeit, mit meinem Buchhändler, wegen des besagten Contracts, einen Prozeß führen zu müssen, gnädigst überheben wollen; und indem ich, zu diesem Zweck, gehorsamst vorschlage, entweder das Abendblatt, für das laufende Jahr, durch ein Capital so zu fundiren, daß meinem Buchhändler die Kosten gedeckt werden, oder aber, falls dies nicht Ihren Absichten gemäß sein sollte, die Deckung der obigen in Streit begriffenen 1100 Rth. zu übernehmen, habe ich, in der tiefsten Hochachtung, die Ehre zu sein,

Ew. Excellenz

Berlin, d. 13t Febr. 1811. unterthänigster

H. v. Kleist.

198. An Georg Andreas Reimer

Mein lieber Freund Reimer,

Sie haben mir gesagt, daß, wenn ich Ihnen, für die nächste Messe, einen zweiten Band Erzählungen schreiben wollte, Sie mir 100 Rth. Honorar dafür zahlen wollten. Nun frage ich bei Ihnen an, ob Sie sich, in einer Verlegenheit, in der ich mich befinde, entschließen können, mir dies Honorar sogleich praenumerando zu bezahlen? In diesem Falle, gehe ich den Contract ein; und der Druck, da schon einige Erzählungen fertig sind, kann binnen 5 Monaten von hier beginnen. Geben Sie mir, wenn es möglich ist, durch Überbringer Ihre Antwort.

⟨Berlin,⟩ d 17ᵗ Febr. ⟨18⟩11. HvKleist

199. An Friedrich von Raumer

Ew. Hochwohlgebohren habe ich die Ehre anzuzeigen, daß ich die Zugrundrichtung des Abendblatts ganz allein Ihrem Einfluß, und der Empfindlichkeit über die Verachtung zuschreibe, mit welcher ich, bei unsrer ersten Zusammenkunft, Ihr Anerbieten, Geld für die Vertheidigung der Maasregeln Sr. Excellenz anzunehmen, ausgeschlagen habe. Es ist kein Grund mehr für mich vorhanden, meinen Unwillen über die unglaubliche und unverantwortliche Behandlung, die mir widerfahren ist, zurückzuhalten; und indem ich Ew. Hochwohlgebohren anzeige, daß wenn Dieselben nicht Gelegenheit nehmen, Sr. Excellenz, noch vor Aufhören des Blattes, welches in diesen Tagen erfolgen soll, von der Gerechtigkeit meiner Entschädigungsforderung zu überzeugen, ich die ganze Geschichte des Abendblatts im Ausland drucken lassen werde, habe ich die Ehre zu sein,

Ew. Hochwohlgeb.

ergebenster

Berlin, d. 21ᵗ Feb. ⟨18⟩11. H. v. Kleist

200. An Karl August von Hardenberg

Hoch und Wohlgebohrner Freiherr,

Hochgebietender Herr geheimer Staatskanzler,

Ew. Excellenz nehme ich mir die Freiheit, inliegende Abschrifft eines Schreibens an den HE. v. Raumer zu überschicken, mit der gehorsamsten und unterthänigsten Bitte, die Meinung desselben, in der Sache des Abendblatts, nicht mehr zu Rathe zu ziehn. Ich unterstehe mich, gegen die mir von Ew. Excellenz, in Ihrem gnädigsten Schreiben vom 18^{t} d. gemachten Äußerungen einige ehrfurchtsvolle Vorstellungen zu machen. Ein Blatt ist allerdings ein halb-ministerielles zu nennen, das, nach bestimmten Verabredungen mit dem Ministerio, geschrieben wird, und in Allem, was Gesetzgebung und Finanzverwaltung betrifft, unter seiner speciellen Aufsicht steht. Nur ein Ununterrichteter kann sagen, daß ich in der Herausgabe dieses Blattes nicht beschränkt worden sei, da die außerordentlichen Maasregeln, die mich genöthigt haben, den ganzen Geist der Abendblätter umzuändern, nur zu wohl bekannt sind. Was endlich die mir angebotene Pension betrifft, so lasse ich Ew. Excellenz Meinung, wie es sich von selbst versteht, ehrfurchtsvoll dahingestellt sein; HE. v. Raumers Meinung aber, in unsrer ersten, auf Befehl Ew. Excellenz abgehaltenen Conferenz, war, daß ich diese Pension für das Geschäfft der Führung dieses Blattes beziehen sollte: wie ich mir auch die Freiheit genommen habe, ihm dies in dem beifolgenden Billet, worauf ich seine Antwort erwarte, zu äußern. Ew. Excellenz werden das Versehen, womit in dem Abendblatte einmal bewußtlos gegen die Interessen der Staatskanzlei angestoßen worden ist, bei so vielem guten Willen von meiner Seite, es wieder gut zu machen, nicht so streng ahnden; und indem ich nochmals auf mein unterthänigstes Entschädigungsgesuch zurückkomme, und inständigst bitte, mich durch einen Bescheid, gnädiger als den erhaltenen, vor der Prostitution zu sichern, welche sonst unfehlbar eintreten würde, das Blatt unmittelbar, noch vor Ablauf des Vierteljahrgangs, aufhören lassen zu müssen, habe ich die Ehre zu sein,

Ew. Excellenz

Berlin, d. 22^{t} Feb. 1811. unterthänigster

H. v. Kleist.

201. An Friedrich von Raumer

Ew. Hochwohlgebohren zeige ich ergebenst an, daß ich dem HE. Staatskanzler, am heutigen Morgen, eine Abschrift meines gestern an Sie erlassenen Schreibens zugeschickt, und Demselben, mit der Bitte, Sie ferner nicht, in der Sache des Abendblatts, zu Rathe zu ziehen, nochmals die Gerechtigkeit meines Entschädigungsgesuchs auseinander gelegt habe. Da ich Sr. Excellenz nun, zur Begründung meines Anspruchs, versichert habe, daß Ew. Hochwohlgebohren mir, bei unsrer ersten Zusammenkunft, die in Rede stehende Geldvergütigung zu einer, den Zwecken der Regierung, gemäßen, Führung des Blattes, und als eine Entschädigung für das dabei gebrachte Opfer der Popularität, angeboten haben: so bitte ich mir, wegen der Stelle, in Ihrem so eben empfangenen Billet, welche diesem Umstand zu widersprechen scheint, eine Erklärung aus. Ew. Hochwohlgebohren fühlen von selbst, daß ich, zu so vielen Verletzungen meiner Ehre, die ich erdulden muß, vor Sr. Excellenz nicht noch als ein Lügner erscheinen kann; und indem ich Denenselben anzeige, daß ich im Fall einer zweideutigen oder unbefriedigenden Antwort, Dieselben um diejenige Satisfaction bitten werde, die ein Mann von Ehre in solchen Fällen fordern kann, habe ich die Ehre zu sein,

Ew. Hochwohlgebohren

Berlin, d. 22^{t} Feb. ⟨18⟩11. gehorsamster

H. v. Kleist.

202. An Friedrich von Raumer

Ew. Hochwohlgebohren nehme ich mir die Freiheit, die, in Ihrem heutigen Billet, unerledigt gebliebene Frage:

»ob Dieselben mir, Behufs einer den Zwecken der Staatskanzlei gemäßen Führung des Blattes, ein Geldanerbieten gemacht haben?«

noch einmal vorzulegen. Und mit der Bitte, mir dieselbe, binnen 2 mal 24 Stunden, mit: Ja, oder: Nein; zu beantworten, habe ich die Ehre zu sein,

Ew. Hochwohlgebohren,

Berlin, d. 26t Febr. ⟨18⟩11. gehorsamster

H. v. Kleist.

203. An Karl August von Hardenberg

Hoch und Wohlgebohrner Freiherr,

Hochgebietender Herr geheimer Staatskanzler,

Ew. Excellenz unterstehe ich mich, nicht ohne einige Schüchternheit, noch einmal, in der Entschädigungssache des Abendblatts, in welcher ich unglücklich genug gewesen bin, mir HöchstIhre Ungnade zuzuziehen, mit einer Vorstellung zu nahn. HE. v. Raumer ist von mir, diese Sache betreffend, mit solchen Erläuterungen versehen worden, die, wie ich nicht zweifle, alle Misverständnisse, welche darüber, durch mancherlei Umstände veranlaßt, obgewaltet haben mögen, zerstreuen werden. Ew. Excellenz ersuche ich demnach, in der tiefsten Ehrfurcht, ihn, auf eine kurze Viertelstunde, darüber anzuhören; und indem ich die Versicherung anzunehmen bitte, daß diesem Wunsch keine andere Absicht zum Grunde liegt, als Rechtfertigung meiner Schritte vor den Augen Ew. Excellenz und Rückkehr in Ew. Excellenz mir über Alles theure und unschätzbare Huld und Gnade, ersterbe ich,

Ew. Excellenz,

Berlin, d. 10t März, 1811. unterthänigster

H. v. Kleist.

204. An Karl August von Hardenberg

Hoch und Wohlgebohrner Freiherr,
Hochgebietender Herr Staatskanzler,

Ew. Excellenz unterstehe ich mich, gestützt auf die Huld und Gnade, womit Hochdieselben sich, in Ihrem Schreiben vom 11^{t} v. M. über die, in Bezug auf die Abendblätter statt gefundenen, Misverständnisse zu erklären geruhen, ein unterthänigstes Gesuch vorzutragen. Es betrifft eine, meinen Kräften und Verhältnissen angemessene Anstellung bei der Redaction des so eben durch die Gesetzsammlung angekündigten, officiellen, churmärkischen Amtsblatts. Ich führe, Ew. Excellenz gnädigste Entscheidung zu bestimmen, ehrfurchtsvoll für mich an, daß ich nicht nur ein Cabinets-Schreiben Sr. Maj. des Königs vom 13^{t} Aprill 1799 besitze, worin Höchstdieselben mir, bei meinem Austritt aus dem Militair, als ich die Universitäten besuchte und auf Reisen gieng, eine Anstellung im Civil allergnädigst zu versprechen geruhten; sondern auch, daß ich bereits, Ew. Excellenz Höchsteigenem Befehl zufolge, im Jahr 1805 und 1806, wirklich bei der Königsbergischen Kammer gearbeitet habe, und eine, mir bestimmte, Anstellung bei Einer der fränkischen Kammern, nur späterhin durch den Ausbruch des Krieges, wieder rückgängig ward. Ew. Excellenz in Ihrem huldreichen Schreiben vom 11^{t} enthaltenen Äußerungen voll Gewogenheit flößen mir das Vertrauen ein, daß Hochdieselben auf dies mein unterthänigstes Gesuch einige Rücksicht nehmen werden; und unter der gehorsamsten Versicherung, daß es mir, in diesem Fall, weder an Eifer noch an Kräften fehlen wird, mich derselben würdig zu machen, ersterbe ich in der tiefsten Ehrfurcht,

Ew. Excellenz

Berlin, d. 4^{t} Aprill, 1811.

unterthänigster
H. v. Kleist.

205. An Friedrich von Raumer

Ew. Hochwohlgebohren

nehme ich mir, unter Abstattung meines gehorsamsten und innigsten Danks, für die, durch Ihre gütige Vermittelung erfolgte, Beseitigung der stattgefundenen Misverständnisse, die Freiheit, inliegendes Schreiben an Sr. Excellenz, den HE. Staatskanzler, zu überschikken. Ich unterstehe mich, Sr. Excellenz darin, mit Übergehung der ganzen bewußten Entschädigungssache, als einen bloßen Beweis ihrer Gnade, um Übertragung der Redaction des churmärkischen Amtsblatts zu bitten. Ew. Hochwohlgebohren ersuche ich ganz ergebenst, im Vertrauen auf Ihre edelmüthige Vergebung alles Vorgefallenen, diese Sache, zur Befriedigung aller Interessen, in Schutz zu nehmen; und in der Überzeugung, daß, in Rücksicht des großen Verlustes, den ich erlitten, meine Bitte, falls ihr nicht unüberwindliche Schwierigkeiten im Wege stehen, erfüllt werden wird, habe ich die Ehre, mit der vollkommensten und herzlichsten Hochachtung zu sein,

Ew. Hochwohlgebohren,

Berlin, d. 4t Aprill, 1811. gehorsamster

H. v. Kleist.

206. An Henriette Hendel-Schütz

⟨Berlin, 22. oder 23. April 1811.⟩

Wenn es Sie und Schütz nicht stört, liebste Frau: so mache ich von Ihrer Erlaubniß, mich um 11 Uhr im Saal, wenn Sie Ihre Vorbereitungen halten, einzufinden, Gebrauch. Aber, wie gesagt, es muß Sie nicht stören. Für mein Herz, das sich auf die Kunst versteht, zu ergänzen, fürchten Sie nichts; ich meine Ihre Spur im Sande mit Vergnügen betrachten zu können.

H. v. Kleist

N. S. Ich bitte um 2 Billets.

207. An Friedrich de la Motte Fouqué

Mein liebster Fouqué,

Ihre liebe, freundliche Einladung, nach Nennhausen hinaus zu kommen und daselbst den Lenz aufblühen zu sehen, reizt mich mehr, als ich es sagen kann. Fast habe ich ganz und gar vergessen, wie die Natur aussieht. Noch heute ließ ich mich, in Geschäfften, die ich abzumachen hatte, zwischen dem Ober- und Unterbaum, über die Spree setzen; und die Stille, die mich plötzlich in der Mitte der Stadt umgab, das Geräusch der Wellen, die Winde, die mich anwehten, es gieng mir eine ganze Welt erloschener Empfindungen wieder auf. Inzwischen macht mir eine Entschädigungsforderung, die ich, wegen Unterdrückung des Abendblatts, an den Staatskanzler gerichtet habe, und die ich gern durchsetzen mögte, unmöglich, Berlin in diesem Augenblick zu verlassen. Der Staatskanzler hat mich, durch eine unerhörte und ganz willkührliche Strenge der Censur, in die Nothwendigkeit gesetzt, den ganzen Geist der Abendblätter, in Bezug auf die öffentl. Angelegenheiten, umzuändern; und jetzt, da ich, wegen Nichterfüllung aller mir deshalb persönlich und durch die dritte Hand gegebenen Versprechungen, auf eine angemessene Entschädigung dringe: jetzt läugnet man mir, mit erbärmlicher diplomatischer List, alle Verhandlungen, weil sie nicht schriftlich gemacht worden sind, ab. Was sagen Sie zu solchem Verfahren, liebster Fouqué? Als ob ein Mann von Ehre, der ein Wort, ja, ja, nein, nein, empfängt, seinen Mann dafür nicht eben so ansähe, als ob es, vor einem ganzen Tisch von Räthen und Schreibern, mit Wachs und Pettschafft, abgefaßt worden wäre? Auch bin ich, mit meiner dummen deutschen Art, bereits eben so weit gekommen, als nur ein Punier hätte kommen können; denn ich besitze eine Erklärung, ganz wie ich sie wünsche, über die Wahrhaftigkeit meiner Behauptung, von den Händen des Staatskanzlers selbst. – Doch davon ein Mehreres, wenn ich bei Ihnen bin, welches geschehen soll, sobald diese Sache ein wenig ins Reine ist. – Müllers Buch, das ich damals, als Sie hier waren, besaß, mußte mir unseeliger Weise bald darauf Marwitz aus Friedersdorff abborgen. Er nahm es, um es zu studieren, nach seinem Gute mit, und hat es noch bis diese Stunde nicht zurückgeschickt. Inzwischen habe ich schon Anstalten gemacht, es wieder zu erhalten; und ich hoffe es Ihnen, Behufs Ihrer freundschaftlichen Absicht, durch Frh. v. Luck zuschicken zu können. Erinnern Sie das Volk daran, daß es da ist; das Buch ist eins von denen, welche die Störrigkeit der Zeit die sie einengt nur langsam wie eine Wurzel den Felsen, sprengen können; nicht par explosion. – Was schenken Sie uns denn für diese Messe? Wie gern empfienge ich es von *Ihnen selbst*, liebster Fouqué; ich meine, von Ihren Lippen, an Ihrem Schreibtisch, in der Umringung Ihrer theuren Familie! Denn die Erscheinung, die am meisten, bei der Betrachtung eines Kunstwerks, rührt, ist, dünkt mich, nicht das Werk selbst, sondern die Eigenthümlichkeit des Geistes, der es hervorbrachte, und der sich, in unbewußter Freiheit und Lieblichkeit, darin entfaltet. – Nehmen Sie gleichwohl das Inliegende, wenn Sie es in diesem Sinne lesen wollen, mit Schonung und Nachsicht auf. Es kann auch, aber nur für einen sehr kritischen Freund, für eine Tinte meines Wesens gelten; es ist nach dem Tenier gearbeitet, und würde nichts werth sein, käme es nicht von Einem, der in der Regel lieber dem göttlichen Raphael nachstrebt. Adieu! Es bleibt grade noch ein Platz zu einem Gruß an Fr. v. Briest, den ich hiermit gehorsamst bestelle. H. v. Kleist, ⟨Berlin, ⟩ d. 25^{t} Aprill 1811.

208. An Friedrich Karl Julius Schütz

Mein lieber Schütz,

Ich bin genöthigt gewesen, eine Einladung zu einem Verwandten auf's Land anzunehmen, und die Schnelligkeit, womit wir unsre Reise antreten, hindert mich daran, Ihnen noch einmal in Ihrem Hause aufzuwarten, und Ihrer lieben Frau, für die vortreffliche Darstellung der Penthesilea, meinen Dank abzustatten. Inzwischen bin ich in drei oder vier Tagen, also noch vor Ihrer Abreise, zurück, um noch das Nöthige, wegen unserer Theaterkritik, mit einander abzusprechen. Geben Sie mittlerweile doch Ihre Recension des Ifflandschen Almanachs, die ich gern lesen mögte, in meiner Wohnung ab, von wo sie mir morgen nachgeschickt werden kann. Meinen herzlichsten Gruß an Ihre theure Frau.

⟨Berlin,⟩ d. 26^{t} Aprill ⟨18⟩11. H. v. Kleist

N. S. Händigen Sie doch dem Überbringer die Iliade wieder ein.

209. An Wilhelm Prinz von Preußen

Durchlauchtigster Fürst,
Gnädigster Prinz und Herr!

Ew. Königlichen Hoheit nehme ich mir, im herzlichen und ehrfurchtsvollen Vertrauen auf die mir, seit früher Jugend, bei manchen Gelegenheiten erwiesene, höchste Huld und Gnade, die Freiheit, folgenden sonderbaren und für mich bedenklichen Vorfall, der kürzlich zwischen Sr. Excellenz, dem HE. Staatskanzler, Frh. v. Hardenberg und mir, statt gefunden hat, vorzutragen. Der Wunsch, gnädigster Fürst und Herr, den ich willends bin, dem Schluß meines gehorsamsten Berichts anzuhängen, wird nichts Unedelmüthiges und Unbescheidenes enthalten; meine Sache ist ganz in der Ordnung, und vielleicht bedarf es nichts, als einer Wahrnehmung des Staatskanzlers, daß Ew. Königliche Hoheit von dem ganzen Zusammenhang der Sache unterrichtet sind, um mir eine, meiner gerechten Forderung völlig angemessene, Entscheidung bei ihm auszuwirken. Der Fall, in welchem ich Ew. Königliche Hoheit um Ihre gnädigste Protection bitte, ist dieser.

In dem von mir, von October vorigen Jahres bis Aprill des jetzigen, herausgegebenen Berliner Abendblatt, hat ein, ganz im Allgemeinen die Grundsätze der Staatswirthschafft untersuchender Aufsatz gestanden, der das Unglück gehabt hat, Sr. Excellenz, dem HE. Staatskanzler, zu misfallen. Sr. Excellenz veranlaßten, von der einen Seite, ein Censurgesetz, welches die Fortdauer des Blattes, in dem Geiste, der ihm eigen war, äußerst erschwerte, ja fast unmöglich machte; und von der anderen Seite ließen Dieselben mir mündlich, durch den damaligen Präsidenten der Polizei, HE. Gruner, die Eröffnung machen, daß man das Blatt mit Geld unterstützen wolle, wenn ich mich entschließen könne, dasselbe so, wie es den Interessen der Staatskanzlei gemäß wäre, zu redigiren. Ich, dessen Absicht keineswegs war, den Maasregeln Sr. Excellenz, deren Zweckmäßigkeit sich noch gar nicht beurtheilen ließ, mit bestimmten Bestrebungen in den Weg zu treten, gieng nun zwar in den mir gemachten Vorschlag ein; leistete aber, aus Gründen, die ich Ew. Königl. Hoheit nicht auseinander zu setzen brauche, ehrfurchtsvoll auf die Geldvergütigung Verzicht, und bat mir bloß, zu einiger Entschädigung, wegen dargebrachten Opfers der Popularität, und dadurch vorauszusehenden höchst verminderten Absatz des Blattes, die Lieferung officieller Beiträge, von den Chefs der obersten Landesbehörden, aus. Denn diese, wenn sie mit Einsicht und so, daß sie das Publicum interessirten, gewählt wurden, konnten, auf gewisse Weise, einen jenen Verlust wieder aufhebenden und compensirenden Geldwerth für mich haben. Auf diese Begünstigung wollte sich jedoch HE. Regierungsrath v. Raumer, mit dem ich jetzt auf Befehl Sr. Excellenz unterhandelte, nicht einlassen; er zeigte mir, in sehr verlegenen Wendungen, wie die dadurch an den Tag kommende Abhängigkeit von der Staatskanzlei, dem Blatt alles Vertrauen des Publicums rauben würde, und gab mir zu verstehen, daß auch die Pension, von welcher mir Sr. Excellenz bereits selbst mündlich gesprochen hatten, mir nur unter der Bedingung, daß davon nichts zur Kenntniß des Publicums käme, gezahlt werden könne. Bald darauf, da ich mit gänzlichem Stillschweigen über diesen Punct, der mir, so vorgetragen, gänzlich verwerflich schien, auf die mir von Sr. Excellenz gleichfalls versprochenen officiellen Beiträge, als welche allein in dem Kreis meiner Wünsche lagen, bestand: hielt HE. v. Raumer es für das Beßte, alle Verhandlungen mit mir, in einem höflichen Schreiben, gänzlich abzubrechen. Nun wäre mir zwar dieser Umstand völlig gleichgültig gewesen, wenn man mir erlaubt hätte, das Blatt, mit gänzlicher Freiheit der Meinungen, so, wie Ehrfurcht vor das bestehende Gesetz sie, bei einer liberalen Ordnung der Dinge, zu äußern gestatten, fortzuführen. Da aber die Censurbehörde, durch die willkührlichsten und unerhörtesten Maasregeln (wofür ich mir den Beweis zu führen getraue) das Blatt, dessen tägliche Erscheinung nur mit der größten Anstrengung erzwungen werden konnte, ganz zu vernichten drohte: so erklärte ich, daß wenn ich nicht derjenigen Freiheit, die alle übrigen Herausgeber öffentlicher Blätter genössen, theilhaftig würde, ich mich genöthigt sehen würde, mir im Ausland einen Verleger für dieses Wochenblatt aufzusuchen. Auf diese Erklärung willigten, in einer ganz unerwarteten Wendung, Sr. Excellenz, der HE. Staatskanzler, plötzlich in meinen vorigen, schon ganz aufgegebenen Wunsch; Dieselben ließen mir durch HE. v. Raumer melden, daß sie, wegen Lieferung der officiellen Beiträge, das Nöthige an die Chefs der resp. Departementer, erlassen hätten; und ich, der in eine solche Zusage kein Mistrauen setzen konnte, schloß mit meinem Buchhändler einen Contract für das laufende Jahr auf 800 Thl. Pr. Cour. Honorars ab. Dem gemäß veränderte nun, in der That wenig zu meiner Freude, das Blatt seinen ganzen Geist; alle, die Staatswirthschafft betreffenden, Aufsätze giengen unmittelbar zur Censur der Staatskanzlei, HE. v. Raumer deutete mir, in mündlichen und schriftlichen Eröffnungen, mehrere Gedanken an, deren Entwicklung der Staatskanzlei angenehm sein würde, und der Präsident der Polizei, HE. Gruner, schickte selbst einen Aufsatz, unabhängig von meiner Meinung darüber, zur Insertion in das Blatt ein. Inzwischen machte ich, zu meiner großen Bestürzung, gar bald die Erfahrung, daß man in meinen Vorschlag bloß gewilligt hatte, um des Augenblicks mächtig zu werden, und um der Herausgabe des Blattes im Auslande, von welcher ich gesprochen hatte, zuvorzukommen. Denn die officiellen Beiträge blieben von den resp. Staatsbehörden gänzlich aus, und auf mehrere Beschwerden, die ich deshalb bei HE. v. Raumer führte, antwortete derselbe weiter nichts, als daß es den Chefs der Departements wahrscheinlich an schicklichen und passenden Materialien fehle, um mich damit zu versorgen. Da nun das Blatt durch diesen Umstand, der das Publicum gänzlich in seiner Erwartung täuschte, allen Absatz verlor und schon, beim Ablauf des ersten Viertelsjahrs, sowohl aus diesem Grunde, als wegen des dem Publico wenig analogen Geistes, den ihm die Staatskanzlei einprägte, gänzlich zu Grunde gieng: so zeigte ich Sr. Excellenz, dadurch in die größte Verlegenheit gestürzt, an, daß ich zwar zu Anfange auf jede Geldvergütigung Verzicht geleistet, daß ich aber nicht umhin könnte, ihn wegen jenes, ganz allein durch die Staatskanzlei veranlaßten, Verlustes meines jährlichen Einkommens, worauf meine Existenz gegründet gewesen wäre, um eine Entschädigung zu bitten. Aber wie groß war mein Befremden, als ich von der Staatskanzlei ein äußerst strenges Schreiben empfieng, worin man mir, gleich einem unbescheidnen Menschen, unter der Andeutung, daß mein Vorgeben, ein Geldanerbieten von ihr, Behufs einer den Interessen derselben gemäßen Führung des Blattes, empfangen zu haben, äußerst beleidigend sei, mein Entschädigungsgesuch rund abschlug! Bei dieser Sache war ich von mancher Seite zu sehr interessirt, als daß ich mich mit diesem Bescheid hätte beruhigen sollen. Sr. Excellenz, der HE. Staatskanzler, der den Brief unterschrieben hatte, konnten zwar, wie ich begriff, bei der Menge der ihnen obliegenden Geschäffte, die Äußerungen, die sie mir selbst mündlich gemacht hatten, vergessen haben; da ich aber keinen Grund hatte, so etwas bei demjenigen, der diesen Brief entworfen hatte, welches HE. v. Raumer war, vorauszusetzen: so bat ich mir von demselben, wie Männer von Ehre in solchen Fällen zu thun pflegen, eine gefällige Erklärung über die Eröffnungen aus, die er mir im Namen Sr. Excellenz, des HE. Staatskanzlers, gemacht hatte. Ja, auf das Antwortschreiben HE. v. Raumers, welches unbestimmt und unbedeutend war und nichts, als einige diplomatische Wendungen enthielt: wiederholte ich noch einmal mein Gesuch, und bat mir, binnen zweimal vier und zwanzig Stunden, mit Ja oder Nein, eine Antwort aus. Auf diesen Schritt schickte HE. v. Raumer mir den Geh. Ob. Postrath Pistor ins Haus, um sich näher nach den Gründen, worauf ich meine Forderung stütze, zu erkundigen; und da derselbe aus meinen Papieren fand, daß auch schon der Staatsrath Gruner mir im Namen Sr. Excellenz ein Geldanerbieten gemacht hatte: so erschien bald darauf, zur Beilegung dieser Sache, ein Schreiben von Sr. Excellenz, dem HE. Staatskanzler, worin dieselben, nach besserer Erwägung der Sache, wie es hieß, mein Recht, eine Entschädigung zu fordern, eingestanden. Inzwischen wollte man sich, aus welchen Gründen weiß ich nicht, auf keine unmittelbare Vergütigung einlassen; man ließ mir durch den Geh. Rath Pistor zu erkennen geben, daß man die Absicht habe, mir, zur Entschädigung wegen des gehabten Verlustes, die Redaction des churmärkischen Departementsblatts zu übertragen. Gleichwohl, mein gnädigster Fürst und Herr, als ich den Staatskanzler, bei der bald darauf erfolgten Einrichtung dieses Blattes, um die Redaction desselben bat: schlug er mir dieselbe nicht nur, unter dem allgemeinen, und völlig grundlosen Vorgeben, daß sie für mich nicht passend sei, ab, sondern gieng auch überhaupt auf mein Begehren, im Königl. Civildienst angestellt zu werden, nur in so fern ein, als ich mich dabei den gewöhnlichen, gesetzlichen Vorschriften, wie es hieß, unterwerfen würde. Da nun weder das Alter, das ich erreicht, noch auch der Platz, den ich in der Welt einnehme, zulassen, mich bei der Bank der Referendarien anstellen zu lassen: so flehe ich Ew. Königliche Hoheit inständigst an, mich gegen so viel Unedelmüthigkeiten und Unbilligkeiten, die meine Heiterkeit untergraben, in Ihren gnädigsten Schutz zu nehmen. Ich bitte Ew. Königliche Hoheit, den Staatskanzler zu bewegen, mir, seiner Verpflichtung gemäß, eine, meinen Verhältnissen angemessene, und auch mit meinen anderweitigen litterarischen Zwecken vereinbare, Anstellung im Königl. Civildienst anzuweisen, oder aber, falls sich ein solcher Posten nicht sobald ausmitteln lassen sollte, mir wenigstens unmittelbar ein Wartegeld auszusetzen, das für jenen empfindlichen Verlust, den ich erlitten, und den ich zu tragen ganz unfähig bin, einigermaßen als Entschädigung gelten kann. Die Zugrundrichtung jenes Blattes war um so grausamer für mich, da ich kurz zuvor durch den Tod der verewigten Königinn Majestät, meiner erhabenen Wohlthäterinn, eine Pension verloren hatte, die höchstdieselbe mir, zur Begründung einer unabhängigen Existenz, und zur Aufmunterung in meinen dichterischen Arbeiten, aus ihrer Privat-Chatouille, durch meine Cousine, Frau von Kleist, auszahlen ließ: es war eben um jenen Ausfall zu decken, daß ich dieses Blatt unternahm. Auch in diesem Umstand, durchlauchtiger, königlicher Prinz, liegt, unabhängig von meinem persönlichen Vertrauen zu ihnen, noch ein Grund, der mich mit meiner gehorsamsten Bitte um Verwendung, vor Ihr Antlitz führt, indem ich Niemand auf Erden wüßte, durch dessen Vermittelung ich das, was ich durch den Tod jener angebeteten Herrscherinn verlor, lieber ersetzt zu sehen wünschte, als durch die Ihrige; und indem ich nur noch die Versicherung anzunehmen bitte, daß es die Aufgabe meines Lebens sein wird, mich dieser höchsten Gnade würdig zu machen, welches vielleicht gar bald, nach Wiederherstellung meiner äußeren Lage, durch Lieferung eines tüchtigen Werks, geschehen kann, unterschreibe ich mich, in der allertiefsten Unterwerfung, Ehrfurcht und Liebe,

Ew. Königlichen Hoheit,
Berlin, d. 20^{t} Mai, 1811. unterthänigster
Mauerstraße N. 53. Heinrich von Kleist.

210. An Georg Andreas Reimer

⟨Berlin, 31. Mai 1811.⟩

Ich bitte um die Gefälligkeit, mein theuerer Freund, mir ein Exemplar des zerbrochenen Kruges auf Velin zu überschicken, oder aber, falls sie heut nicht zu Hause sein sollten, es so zurecht zu legen, daß es morgen abgeholt werden kann.

H. v. Kleist.

211. An Marie von Kleist

⟨Berlin, Mai 1811.⟩

[...]

Sobald ich mit dieser Angelegenheit fertig bin, will ich einmal wieder etwas recht Phantastisches vornehmen. Es weht mich zuweilen bei einer Lektüre oder im Theater, wie ein Luftzug aus meiner allerfrühsten Jugend an. Das Leben das vor mir ganz öde liegt, gewinnt mit Einem mal eine wunderbar herrliche Aussicht, und es regen sich Krafte in mir, die ich ganz erstorben glaubte. Alsdann will ich meinem Herzen ganz und gar, wo es mich hinführt folgen und schlechterdings auf nichts Rüksicht nehmen als auf meine eigne innerliche Befriedigung. Das Urtheil der Menschen hat mich bisher viel zu sehr beherrscht; besonders das Kätchen von Heilbronn ist voll Spuren davon⟨.⟩ Es war von Anfang herein eine ganz treffliche Erfindung, und nur die

Absicht, es für die Bühne paßend zu machen, hat mich zu Mißgriffen verfuhrt, die ich jetzt beweinen mogte⟨.⟩ Kurz ich will mich von dem Gedanken ganz durchdringen, d⟨a⟩ß wenn ein Werk nur recht frei aus dem Schoos eines menschlichen Gemüths hervorgeht, d⟨a⟩ßelbe auch nothwendig darum der ganzen Menschheit angehören müße. [...]

212. An Marie von Kleist

⟨Berlin, Mai 1811.⟩

[...]

Ich fühle, d⟨a⟩ß mancherlei Verstimmungen in meinem Gemüth sein mögen, die sich in dem Drang der widerwärtigen Verhältniße, in denen ich lebe, immer noch mehr verstimmen, und die ein recht heitrer Genuß des Lebens, wenn er mir ein mal zu Theil würde, vielleicht ganz leicht harmonisch auflösen würde. In diesem Fall würde ich die Kunst vielleicht auf ein Jahr oder länger ganz ruhen laßen, und mich außer einigen Wißenschaften, in denen ich noch etwas nachzuholen habe, mit nichts als der Musik beschäftigen. Denn ich betrachte dise Kunst als die Wurzel, oder vielmehr um mich schulgerecht auszudrükken, als die algebraische Formel aller übrigen, und so wie wir schon einen Dichter haben – mit dem ich mich übrigens auf keine Weise zu vergleichen wage – der alle seine Gedanken über die Kunst die er übt, auf Farben bezogen hat, so habe ich von einer frühesten Jugend an, alles Allg⟨e⟩meine was ich über die Dichtkunst gedacht habe, auf Töne bezogen. Ich glaube, d⟨a⟩ß im Generalbaß die wichtigsten Aufschlüße über die Dichtkunst enthalten sind [...]

213. An Karl August von Hardenberg

Hoch und Wohlgebohrner Freiherr,
Hochgebietender Herr geheimer Staatskanzler,

Ew. Excellenz habe ich die Ehre, als ein Zeichen meiner innigsten Verehrung beifolgendes, so eben auf der Messe von mir erschienenes Werk, ehrfurchtsvoll zu überreichen. Ich würde mein schönstes Ziel erreicht haben, wenn ich im Stande wäre, dadurch eine Stunde der kostbaren Muße Ew. Excellenz zu erheitern, und wenn mir der Beifall eines Mannes zu Theil würde, der, neben der Kunst zu regieren, sich zugleich als einen der einsichtsvollsten Kenner der Kunst, welche Melpomene lehrt, bewährt hat.

Bei dieser Gelegenheit kann ich nicht umhin, Ew. Excellenz den empfindlichen Verlust, den ich durch das Aufhören der Abendblätter erlitten habe, und mein gehorsamstes Gesuch um Entschädigung wieder in unterthänigste Erinnerung zu bringen. Ich fühle, wie verletzend von mancher Seite die erneuerte Berührung dieser Sache sein mag; aber die gänzliche Unfähigkeit, jenen Ausfall, auf dem meine Existenz basirt war, zu ertragen, zwingt mich, Ew. Excellenz Gnade und Gerechtigkeit von Neuem wieder in Anspruch zu nehmen. Es ist nicht nur HE. Regierungsrath v. Raumer, sondern auch früherhin schon, und in weit bestimmteren und weitläufigeren Eröffnungen, der Staatsrath, HE. Gruner, der mir, im Namen Ew. Excellenz, Behufs einer in ihrem Geiste gänzlich veränderten Führung des Blattes, ein Geldanerbieten gemacht haben. Die officiellen Beiträge sollten bloß statt dieser Geldunterstützung, die ich ehrfurchtsvoll ablehnte, gelten, um den verminderten Absatz, der wegen geringerer Popularität zu fürchten war, zu decken, und der, durch das Ausbleiben dieser Beiträge späterhin erfolgte Untergang des Blattes, ist demnach ein ganz allein durch das Verschulden der Staatskanzlei über mich gebrachter Verlust. Ew. Excellenz selbst, indem Sie den mir in Ihrem gnädigsten Schreiben vom 26^{t} Februar d. J., über meine Entschädigungsforderung geäußerten Unwillen, durch Ihr huldreiches Schreiben vom 11^{t} März, zurücknehmen und für ein Misverständniß erklären, scheinen dies zu empfinden; und Höchstdieselben sind zu gerecht, als daß Sie meine Befugniß, eine Entschädigung zu fordern, anerkennen sollten, ohne über diese Entschädigung selbst irgend etwas gnädigst zu verfügen. Ew. Excellenz ersuche ich ganz unterthänigst um die Gewogenheit, mich auf eine, meinen Verhältnissen angemessene Weise, im Königl. Civildienst anzustellen, oder aber, falls sich eine solche Anstellung nicht unmittelbar, wie sie mit meinen übrigen litterarischen Zwecken paßt, ausmitteln lassen sollte, mir wenigstens unmittelbar ein Wartegeld auszusetzen, das, statt jenes beträchtlichen Verlusts, als Entschädigung gelten kann. Ich glaube zu Ew. Excellenz das Vertrauen haben zu dürfen, mit diesem gehorsamsten Gesuch, dessen Verweigerung mich aller Mittel, ferner im Vaterlande zu bestehen, berauben würde, keine Fehlbitte zu thun, und ersterbe, in Erwartung einer baldigst huldreichen Antwort, in der tiefsten und vollkommensten Ehrfurcht,

Ew. Excellenz

Berlin, d. 6^{t} Juni, 1811. unterthänigster
Mauerstraße N. 53. H. v. Kleist.

214. An Friedrich Wilhelm III.

Großmächtigster,
Allergnädigster König und Herr,
Ew. Königlichen Majestät erhabenem Thron unterstehe ich mich, in einem Fall, der für mein ferneres Fortkommen im Vaterlande von der höchsten Wichtigkeit ist, mit folgender unterthänigsten Bitte um allerhöchste Gerechtigkeit, zu nahen. Sr. Excellenz, der HE. Staatskanzler, Freiherr v. Hardenberg, ließen mir, im November vorigen Jahres, bei Gelegenheit eines in dem Journal: das Abendblatt, enthaltenen

Aufsatzes, der das Unglück hatte, denenselben zu misfallen, durch den damaligen Präsidenten der Polizei, HE. Gruner, und späterhin noch einmal wiederholentlich durch den HE. Regierungsrath von Raumer, die Eröffnung machen, daß man dies Institut mit Geld unterstützen wolle, wenn ich mich entschließen könne, dasselbe so, wie es den Interessen der Staatskanzlei gemäß wäre, zu redigiren. Ich, der keine anderen Interessen, als die Ew. Königlichen Majestät, welche, wie immer, so auch diesmal, mit denen der Nation völlig zusammenfielen, berücksichtigte, weigerte mich anfangs, auf dieses Anerbieten einzugehen; da mir jedoch, in Folge dieser Verweigerung, von Seiten der Censurbehörde solche Schwierigkeiten in den Weg gelegt wurden, die es mir ganz unmöglich machten, das Blatt in seinem früheren Geiste fortzuführen, so bequemte ich mich endlich nothgedrungen in diesen Vorschlag: leistete aber in einem ausdrücklichen Schreiben an den Präsidenten, HE. Gruner, vom 8t Dec. v. J. auf die mir angebotene Geldunterstützung ehrfurchtsvoll Verzicht, und bat mir bloß, zu einiger Entschädigung, wegen beträchtlich dadurch verminderten Absatzes, der zu erwarten war, die Lieferung officieller das Publicum interessirender Beiträge von den Landesbehörden aus. Von dem Augenblick an, da Sr. Excellenz mir dies versprachen, gab das Blatt den ihm eignen Charakter von Popularität gänzlich auf; dasselbe trat unter unmittelbare Aufsicht der Staatskanzlei, und alle Aufsätze, welche die Staatsverwaltung und Gesetzgebung betrafen, giengen zur Prüfung des HE. Regierungsraths von Raumer. Gleichwohl blieben jene officiellen Beiträge, ohne welche, bei so verändertem Geiste, das Blatt auf keine Weise bestehen konnte, gänzlich aus; und obschon ich weit entfernt bin, zu behaupten, daß Sr. Excellenz Absicht war, dies Blatt zu Grunde zu richten, so ist doch gewiß, daß die gänzliche Zugrundrichtung desselben, in Folge jener ausbleibenden officiellen Beiträge, erfolgte, und daß mir daraus ein Schaden von nicht weniger als 800 Thl. jährlich erwuchs, worauf das Honorar mit meinem Verleger festgesetzt war. Wenn ich nun gleich, wie schon erwähnt, Anfangs jede Geldunterstützung gehorsamst von mir ablehnte, so war doch nichts natürlicher, als daß ich jetzt, wegen des Verlusts meines ganzen Einkommens, wovon ich lebte, bei Sr. Excellenz um eine Entschädigung einkam. Aber wie groß war mein Befremden, zu sehen, daß man jene Verhandlungen mit der Staatskanzlei, auf welche ich mich berief, als eine lügenhafte Erfindung von mir behandelte und mir, als einem Zudringlichen, Unbescheidenen und Überlästigen, mein Gesuch um Entschädigung gänzlich abschlug! Sr. Excellenz haben nun zwar, auf diejenigen Schritte, die ich deshalb gethan, in ihrem späterhin erfolgten Schreiben vom 18t Aprill d. J., im Allgemeinen mein Recht, eine Entschädigung zu fordern, gnädigst anerkannt; über die Entschädigung selbst aber, die man mir durch eine Anstellung zu bewirken einige Hoffnung machte, ist, so dringend meine Lage auch solches erfordert, bis diesen Augenblick noch nichts verfügt worden, und ich dadurch schon mehr als einmal dem traurigen Gedanken nahe gebracht worden, mir im Ausland mein Fortkommen suchen zu müssen. Zu Ew. Königlichen Majestät Gerechtigkeit und Gnade flüchte ich mich nun mit der allerunterthänigsten Bitte, Sr. Excellenz, dem HE. Staatskanzler aufzugeben, mir eine Anstellung im Civildienst anweisen zu lassen, oder aber, falls eine solche Stelle nicht unmittelbar, wie sie für meine Verhältnisse paßt, auszumitteln sein sollte, mir wenigstens unmittelbar ein Wartegeld auszusetzen, das, statt jenes besagten Verlusts, als eine Entschädigung gelten kann. Auf diese allerhöchste Gnade glaube ich um so mehr einigen Anspruch machen zu dürfen, da ich durch den Tod der verewigten Königinn Majestät, welche meine unvergeßliche Wohlthäterinn war, eine Pension verloren habe, welche Höchstdieselbe mir, zu Begründung einer unabhängigen Existenz und zur Aufmunterung in meinen litterarischen Arbeiten, aus ihrer Privat-Chatouille auszahlen ließ.

Der ich in der allertiefsten Unterwerfung und Ehrfurcht ersterbe,

Ew. Königlichen Majestät,

Berlin, d. 17t Juni, 1811. allerunterthänigster

. Mauerstraße N. 53. Heinrich von Kleist.

215. An Georg Andreas Reimer

Wollen Sie ein Drama von mir drucken, ein vaterländisches (mit mancherlei Beziehungen) Namens der Prinz von Homburg, das ich jetzt eben anfange, abzuschreiben? – Lassen Sie ein Paar Worte hierüber wissen

Ihrem

Freund

〈Berlin,〉 d. 21t Juni 〈18〉11. H. v. Kleist.

216. An Georg Andreas Reimer

〈Berlin, 26. Juli 1811.〉

Ich bitte um die Gefälligkeit, mir
1 Exemp. Käthchen von Heilbronn
und 1 Ex. Erzählungen
zu überschicken und auf Rechnung zu stellen.

Zugleich bitte ich um eine Nachricht über den Prinzen Homburg

Ihr

H. v. Kleist.

217. An Georg Andreas Reimer

⟨Berlin, Ende Juli 1811.⟩

Mein liebster Reimer,

Ich bitte um die Gefälligkeit, mir Ihre Entschließung wegen des Pr. v. Homburg zukommen zu lassen, welchen ich bald gedruckt zu sehen wünsche, indem es meine Absicht ist, ihn der Princeß Wilhelm zu dediciren. – Dabei zeige ich zugleich an, daß ich mit einem Roman ziemlich weit vorgerückt bin, der wohl 2 Bände betragen dürfte, und wünsche zu wissen, ob Sie im Stande sind*, mir bessere Bedingungen zu machen, als bei den Erzählungen. Es ist fast nicht möglich, für diesen Preis etwas zu liefern, und so ungern ich außerhalb der Stadt drucken lasse, so würde ich doch mit Cotta wieder in Verbindung treten müssen, der, wie ich glaube, nicht abgeneigt ist, meine Sachen zu verlegen.

Ihr

H. v. Kleist.

* falls er Ihnen gefiele

218. An Marie von Kleist

⟨Berlin, Juli 1811.⟩

[...]

Müllers Abreise hat mich in große Einsamkeit versenkt⟨.⟩ Er war es eigentlich um d⟨e⟩ßentwillen ich mich vor nun ohngefähr einem Jahr wieder in Berlin niederließ, und ich bin gewiß, so wenig dies auch mancher begreifen wird, d⟨a⟩ß er mich in Wien, wohin ich ihm nicht habe folgen können vermißen werde. Nicht als ob ich ihm zu seinen Zwekken daselbst hätte behülflich sein können, sondern weil er mich braucht, um sich deßen, was er sich erringt und erstrebt, am Ziel zu erfreuen. Ich kann Ihnen nicht sagen, wie rührend mir die Freundschaft dises Menschen ist, fast so rührend, wie seine Liebe zu seiner Frau. Denn sein Treiben in der Welt, abgerißen und unvollendet, wie es noch da liegt ist mancherlei Mißdeutungen unterworfen: es gehört ein Wohlgefallen so gänzlich rüksichtslos, und uneigennützig, an Persönlichkeiten, die ihm ganz fremd und ungleichartig sind dazu, um die innerliche Unschuld und Güte seines Wesens zu erkennen. Derjenige, mit dem ich jetzt am liebsten, wenn ich die Wahl hätte, in ein näheres Verhältniß treten mögte ist der gute sonst nur zu sehr von mir vernachläßigte Achim Arnim. Aber dieser läßt sich, seitdem er verheiratet ist, weder bei mir noch einem Andern sehen. Er hat sich mit seiner Frau ganz wie lebendig in einen Pavillon des Voßischen Gartens begraben und es ist nichts Lächerlicheres zu sehen als das Acharnement der Menschen über diese Einsamkeit. Sie würden ihm eher alles andre vergeben, als d⟨a⟩ß er sich bei seiner Frau beßer gefällt als in ihrer nichtigen und erbärmlichen Gesellschaft. Auch Beckendorf den ich sonst zuweilen sah, ist fort von hier, und ich kann wohl sagen, d⟨a⟩ß ich, von so mancher Seite verlaßen, ihn mehr als sonst vermiße [...]

219. An Achim von Arnim

⟨Berlin, Anfang August 1811.⟩

Adam Müller wohnt Wien, N. 871. beim FrHE. du Beine.
Hv Kleist

220. An Ulrike von Kleist

Meine theuerste Ulrike,
In dem Louisenstift, dessen erste Abtheilung erst organisirt ist, wird nun für die zweite Abtheilung, welche gleichfalls organisirt werden soll, eine Oberaufseherinn gesucht; eine Dame, deren Bestimmung nicht eigentlich unmittelbar die

Erziehung der Kinder, sondern die Aufsicht über das ganze weibliche Personale ist, dem jenes Geschäfft anvertraut ist. Eine solche Stelle, an und für sich demnach ehrenvoll genug, ist mit völlig freier Station und einem Gehalt von 400 Rth. verknüpft. Da du nun, wie ich höre, damit umgehst, eine Pension in Frankfurt anzulegen, und sogar dazu schon einige Schritte gethan hast: so ist mir eingefallen, ob es dir vielleicht, die wohl vorzugsweise dazu geeignet ist, conveniren würde, eine solche Stelle anzunehmen? Du würdest dich in diesem Fall, wie es sich von selbst versteht, auf keine Weise darum zu bewerben brauchen; sondern dein Ruf würde hoffentlich die Schritte, die ich deshalb bei den Vorstehern dieses Instituts, deren mehrere mir bekannt sind, thun könnte, dergestalt unterstützen, daß man eine Aufforderung an dich dazu ergehen ließe. Dieser Plan schmeichelt meinem Wunsch, dich auf dauerhafte Weise in meiner Nähe zu wissen; und obschon mancherlei Verhältnisse, zum Theil auch die Einrichtung dieses Instituts selbst, unmöglich machen, mich mit dir zusammen zu etabliren, so würde mir doch dein Aufenthalt in Berlin, von wo ich mich wohl sobald nicht zu entfernen denke, zur größten Freude und Befriedigung gereichen. Demnach bitte ich dich um die Freundschafft, mir hierüber einige Worte zu schreiben; und mit der Versicherung, daß mich, falls es nur in deine Zwecke paßt, nichts glücklicher machen würde, als Alles, was in meinen Kräften steht, an die Ausführung dieser Sache zu setzen, unterschreibe ich mich

Berlin, d. 11^{t} Aug. ⟨18⟩11. Dein treuer Bruder
Mauerstraße N. 53. H. v Kleist.

221. An Friedrich de la Motte Fouqué

Mein liebster Fouqué,

Zum Dank für das liebe, freundliche Geschenk das Sie mir mit Ihren Schauspielen und Ihre Frau Gemahlin mit ihren kleinen Romanen gemacht haben, übersende ich Ihnen diesen so eben fertig gewordenen zweiten Band meiner Erzählungen. Möge er Ihnen nur halb so viel Vergnügen machen, als mir die vortrefflichen Erzählungen Ihrer Frau Gemahlinn, in welchen die Welt der Weiber und Männer wunderbar gepaart ist, gemacht haben. Auch Ihren vaterländischen Schauspielen bin ich einen Tag der herzlichsten Freude schuldig; besonders ist eine Vergiftungsscene im Waldemar mit wahrhaft großem und freien dramatischen Geiste gedichtet und gehört zu dem Musterhaftesten in unserer deutschen Litteratur. Wenn es Ihnen recht ist, so machen wir einen Vertrag, uns Alles, was wir in den Druck geben, freundschaftlich mitzutheilen; es soll an gutem Willen nicht fehlen, mein Geschenk dem Ihrigen, so viel es in meinen Kräften steht, gleich zu machen. Vielleicht kann ich Ihnen in Kurzem gleichfalls ein vaterländisches Schauspiel, betitelt: der Prinz von Homburg vorlegen, worin ich auf diesem, ein wenig dürren, aber eben deshalb fast, mögt' ich sagen, reizenden Felde, mit Ihnen in die Schranken trete. Geschäffte, der unangenehmsten und verwickeltsten Art, haben mich für diesen Sommer abgehalten, Ihnen in Nennhausen meine Aufwartung zu machen; inzwischen komt es mir vor, als ob eine Verwandtschafft zwischen uns prästabilitirt wäre, die sich in kurzer Zeit gar wunderbar entwickeln müßte, und es gehört zu meinen liebsten Wünschen, dies noch im Lauf dieses Herbstes zu versuchen. Vielleicht, mein liebster Fouqué, wenn Sie zu Hause bleiben, erscheine ich noch ganz unvermuthet bei Ihnen, und erinnere Sie an die freundschaftliche Einladung, die Sie mir zu wiederholtem Male gemacht und nun vielleicht schon wieder vergessen haben. Meine gehorsamste Empfehlung an Ihre Fr. Gemahlinn, so wie an Frl. v. Luck und alle Übrigen, in deren Andenken ich stehe; wenn Sie, wie man hier sagt, nach Berlin kommen sollten, so werden Sie nicht vergessen, Ihre Gegenwart auf einen Augenblick zu schenken

Ihrem
treusten und ergebensten
Berlin, d. 15[t] August. ⟨18⟩11. H. v. Kleist.

222. An Marie von Kleist

⟨Berlin, August 1811.⟩

[. . .]

Das Leben, das ich führe ist seit Ihrer und A. Müllers Abreise gar zu öde und traurig: Auch bin ich mit den zwei oder drei Häusern die ich hier besuchte, seit der letzten Zeit ein wenig außer Verbindung gekommen, und fast täglich zu Hause, von Morgen bis auf den Abend ohne auch nur einen Menschen zu sehen, der mir sagte, wie es in der Welt steht. Sie helfen sich mit Ihrer Einbildung und rufen sich aus allen vier Weltgegenden was Ihnen lieb und werth ist, in Ihr Zimmer herbei: Aber diesen Trost wißen Sie muß ich unbegreiflich unseliger Mensch entbehren. Wirklich in einem so besondern Fall ist noch vielleicht kein Dichter gewesen. So geschäftig dem weißen Papier gegen über meine Einbildung ist, und so bestimmt in Umriß und Farbe die Gestalten sind, die sie alsdann hervorbringt, so schwer, ja ordentlich schmerzhaft ist es mir mir das, was wirklich ist, vorzustellen. Es ist als ob diese in allen Bedingungen angeordnete Bestimmtheit meiner Phantasie, im Augenblik der Thätigkeit selbst Feßeln anlegte. Ich kann von zu viel Formen verwirrt, zu keiner Klarheit der innerlichen Anschauung kommen; der Gegenstand fühle ich unaufhörlich, ist kein Gegenstand der Einbildung: mit meinen Sinnen in der wahrhaftigen lebendigen Gegenwart mögte ich ihn durchdringen und begreifen. Jemand, der anders hierüber denkt kömmt mir ganz unverständlich vor; er muß Erfahrungen angestellt haben ganz abweichend von denen, die ich darüber gemacht habe. Das Leben mit seinen zudringlichen immer wiederkehrenden Ansprüchen, reißt zwei Gemüther schon in dem Augenblik der Berührung so vielfach aus einander, um wie viel mehr, wenn sie getrennt sind. An ein Näherrükken ist gar nicht zu denken; und Alles, was man gewinnen kann, ist, daß man auf dem Punkt bleibt, wo man ist. Und dann der Trost in verstimmten und trübseligen Augenblikken, deren es heut zu Tage so viel giebt, fällt ganz und gar weg. Kurz Müller, seitdem er weg ist, kömt mir wie todt vor, und ich empfinde auch ganz denselben Gram um ihn, und wenn ich nicht wüßte, daß Sie wieder kommen, würde mir es mit Ihnen eben so gehn. [...]

223. An Karl August von Hardenberg

Hochgebohrner Freiherr,
Hochgebietender Herr Geheimer Staatskanzler,

Wenn gleich die Entfernung HE. v. Raumers, der gewiß allein Schuld an der Ungnade war, die Ew. Excellenz unlängst auf mich geworfen haben, mich von der einen Seite aufmuntert, meine Entschädigungssache wegen des Abendblatts wieder aufzunehmen, so ist doch der Augenblick, da das Vaterland eine Gefahr bedroht, zu wenig geeignet und geschickt dazu, als daß ich eine solche Streitsache wieder in Erinnerung bringen sollte. Ich lasse, in Erwartung einer besseren Zeit, in welcher es mir ohne Zweifel glücken wird, Ew. Excellenz zu überzeugen, wie wenig unbillig meine Forderung war, diesen Gegenstand gänzlich fallen. Da jedoch Sr. Majestät der König geruht haben, mich, durch ein so eben empfangenes allerhöchstes Schreiben, im Militair anzustellen, und mir, bei der beträchtlichen Unordnung, in welche, durch eben jenen Verlust des Abendblatts, meine Casse gerathen ist, die Anschaffung einer Equipage höchst schwierig wird: so wage ich, im Vertrauen auf Ew. Excellenz vielfach erprobten Patriotismus, Höchstdieselben um einen Vorschuß von 20 Louid'or, für welche ich Denenselben persönlich verantwortlich bleibe, anzugehn. Die Gewährung dieser Bitte wird mir die meinem Herzen äußerst wohlthuende Beruhigung geben, daß Ew. Excellenz Brust weiter von keinem Groll gegen mich erfüllt ist; und indem ich Ew. Excellenz die Versicherung anzunehmen bitte, daß ich unmittelbar nach Beendigung des Krieges, Anstalten treffen werde, Höchstdenenselben diese Ehrenschuld, unter dem Vorbehalt meiner ewigen und unauslöschlichen Dankbarkeit, wieder zuzustellen, ersterbe ich,

Ew. Excellenz

Berlin, d. 19t Sept. ⟨18⟩11. unterthänigster

Mauerstraße N. 53. H. v. Kleist.

224. An Ulrike von Kleist

⟨Frankfurt a. d. O., Ende September 1811.⟩

Meine liebste Ulrike,

Der König hat mich durch ein Schreiben im Militair angestellt, und ich werde entweder unmittelbar bei ihm Adjutant werden, oder eine Compagnie erhalten. Die Absicht, in der ich hierher kam, war, mir zu einer kleinen Einrichtung, welche dies nöthig macht, Geld zu verschaffen, entweder unmittelbar von dir, oder durch dich, auf die Hypothek meines Hauses. Da du dich aber, mein liebes, wunderliches Mädchen, bei meinem Anblick so ungeheuer erschrocken hast, ein Umstand, der mich, so wahr ich lebe, auf das Allertiefste erschütterte: so gebe ich, wie es sich von selbst versteht, diesen Gedanken völlig auf, ich bitte dich von ganzem Herzen um Verzeihung, und beschränke mich, entschlossen, noch heut Nachmittag nach Berlin zurückzureisen, bloß auf den anderen Wunsch, der mir am Herzen lag, dich noch einmal auf ein Paar Stunden zu sehn. Kann ich bei dir zu Mittag essen? – Sage nicht erst, ja, es versteht sich ja von selbst, und ich werde in einer halben Stunde bei dir sein.

Dein Heinrich.

225. An Marie von Kleist

⟨Berlin, Anfang Oktober 1811.⟩

Wenn ich doch zu Ihren Füßen sinken könnte, meine theuerste Freundinn, wenn ich doch Ihre Hände ergreifen und mit tausend Küssen bedecken könnte, um Ihnen den Dank für Ihren lieben, theuren Brief auszudrücken. Das lange Ausbleiben desselben hatte mir die Besorgniß erweckt, daß es Ihre Absicht sein könnte, mir gar nicht mehr zu schreiben; in der That hatte ich es verdient, und ich war darauf gefaßt, wie man auf das Trostloseste, das über ein Menschenleben kommen kann, gefaßt sein kann. Mehreremal, wenn ich auf den Gedanken gerieth, daß Sie vielleicht einen Brief von mir erwarteten, hatte ich die Feder ergriffen, um Ihnen zu schreiben; aber die gänzliche Unfähigkeit, mich anders, als durch die Zukunft auszusprechen, machte sie mir immer wieder aus den Händen fallen. Denn die Entwickelung der Zeit und der Antheil, den ich daran nehmen werde, ist das Einzige, was mich wegen des Vergangenen mit Ihnen versöhnen kann; erst wenn ich todt sein werde, kann ich mir denken, daß Sie mit dem vollen Gefühl der Freundschafft zu mir zurückkehren werden. Endlich gestern komme ich zu Hause und finde einen Brief so voll von Vergebung – ach, was sage ich, Vergebung? so voll von Güte und Milde, als ob ich gar keine Schuld gegen Sie hätte, als ob in Ihrer Brust auch nicht der mindeste Grund zum Unwillen gegen mich vorhanden wäre. Sagen Sie mir, wodurch habe ich so viele Liebe verdient? Oder habe ich sie nicht verdient, und schenken Sie sie mir bloß, weil Sie überhaupt nicht hassen können, weil Sie Alles, was sich Ihrem Kreise nähert, mit Liebe umfassen müssen? Nun, der Himmel lohne Ihnen diesen Brief, der mir, seit Ihrer Abreise, wieder den ersten frohen Lebensaugenblick geschenkt hat. Ich würde Ihnen den Tod wünschen, wenn Sie zu sterben brauchten, um glücklich zu werden; es scheint mir, als ob Sie, bei solchen Empfindungen, das Paradies in Ihrer Brust mit sich herum tragen müßten.

Unsre Verhältnisse sind hier, wie Sie vielleicht schon wissen werden, friedlicher als jemals; man erwartet den Kaiser Napoleon zum Besuch, und wenn dies geschehen sollte, so werden vielleicht ein Paar Worte ganz leicht und geschickt Alles lösen, worüber sich hier unsere Politiker die Köpfe zerbrechen. Wie diese Aussicht auf mich wirkt, können Sie leicht denken; es ist mir ganz stumpf und dumpf vor der Seele, und es ist auch nicht ein einziger Lichtpunct in der Zukunft, auf den ich mit einiger Freudigkeit und Hoffnung hinaussähe. Vor einigen Tagen war ich noch bei G. und überreichte ihm, nach Ihrem Rath, ein Paar Aufsätze, die ich ausgearbeitet hatte; aber das Alles scheint nur, wie der Franzose sagt, moutarde après diner. Wirklich, es ist sonderbar, wie mir in dieser Zeit Alles, was ich unternehme, zu Grunde geht; wie sich mir immer, wenn ich mich einmal entschließen kann, einen festen Schritt zu thun, der Boden unter meinen Füßen entzieht. G. ist ein herrlicher Mann; ich fand ihn Abends, da er sich eben zu einer Abreise anschickte, und war, in einer ganz freien Entfaltung des Gesprächs nach allen Richtungen hin, wohl bis um 10 Uhr bei ihm. Ich bin gewiß, daß wenn er den Platz fände, für den er sich geschaffen und bestimmt fühlt, ich, irgendwo in seiner Umringung, den meinigen gefunden haben würde. Wie glücklich würde mich dies, in der Stimmung, in der ich jetzt bin, gemacht haben! Denn es ist eine Lust, bei einem tüchtigen Manne zu sein; Kräfte, die in der Welt nirgends mehr an ihrem Orte sind, wachen, in solcher Nähe und unter solchem Schutze, wieder zu einem neuen freudigen Leben auf. Doch daran ist nach Allem, was man hier hört, kaum mehr zu denken. Wozu rathen Sie mir denn, meine theuerste

Freundinn, falls auch diese Aussicht, die sich mir eröffnete, wieder vom Winde verweht würde? Soll ich, wenn ich das Geld von Ulriken erhalte, nach Wien gehen? Und werde ich es erhalten? – Ich gestehe, daß ich mit eben so viel Lust, bei Regen und Schneegestöber, in eine ganz finstere Nacht hinaus gehen würde, als nach dieser Stadt. Nicht, als ob sie mir an und für sich, widerwärtig wäre; aber es scheint mir trostlos, daß ich es nicht beschreiben kann, immer an einem anderen Orte zu suchen, was ich noch an keinem, meiner eigenthümlichen Beschaffenheit wegen, gefunden habe. Gleichwohl sind die Verhältnisse, in die ich dort eintreten könnte, von mancher Seite vortheilhaft: es läßt sich denken, daß meine Liebe zur Kunst dort von Neuem wieder aufwachte – und auf jeden Fall ist gewiß, daß ich hier nicht länger bestehen kann. Sprechen Sie ein Wort, meine theuerste Freundinn, sprechen Sie ein bestimmtes Wort, das mich entscheide; ich bin schon so gewohnt, Alles auf Ihre Veranlassung und Ihren Anstoß zu thun, daß ich die Kraft, mich selbst zu entscheiden, fast ganz entbehre. – Der Brief an R. ist besorgt und zwar, wie Sie mir befohlen haben, eigenhändig. Ich habe dabei in einer sehr langen Unterredung auch ihn Gelegenheit gehabt, näher kennen zu lernen, und kann M. Meinung über ihn nicht ganz theilen; mich dünkt er hat Herz und Verstand, mehr als Sie alle beide ihm zutrauen. – Und nun leben Sie wohl, meine theuerste Freundinn; ich sinke noch einmal zu Ihren Füßen nieder und küsse Ihre Hand für Ihren Brief; beschenken Sie mich bald wieder mit einem! H. v. Kl.

226. An Rahel Levin

Obschon ich das Fieber nicht hatte, so befand ich mich doch, in Folge desselben, unwohl, sehr unwohl; ich hätte einen schlechten Tröster abgegeben! Aber wie traurig sind Sie, in Ihrem Brief. – Sie haben in Ihren Worten so viel Ausdruck, als in Ihren Augen. Erheitern Sie sich; das Beßte ist nicht werth, daß man es bedauere! Sobald ich den Steffen ausgelesen bringe ich ihn zu Ihnen.

⟨Berlin,⟩ d. 24t ⟨Oktober 1811.⟩ H. v. Kleist

227. An Marie von Kleist

⟨Berlin,⟩ d 9t Nov: 1811.

Meine liebste Marie, mitten in den Triumpfgesang den meine Seele in diesem Augenblick des Todes anstimt, muß ich noch einmal deiner gedencken und mich dir, sogut wie ich kan, offenbaren: dir, der Einzigen an deren Gefühl und Meinung mir etwas gelegen ist; alles Andere auf Erden, das Ganze und Einzelne, habe ich völlig in meinen Hertzen überwunden. Ja es ist wahr, ich habe dich hintergangen, oder vielmehr ich habe mich selbst hintergangen; wie ich dir aber tausendmal gesagt habe daß ich dies nicht überleben würde, so gebe ich dir jetzt indem ich von dir Abschied nehme, davon den Beweis. Ich habe dich während deiner Anwesenheit in Berlin gegen eine andere Freundin vertauscht; aber wen dich das trösten kan, nicht gegen eine, die mit mir leben, sondern, die im Gefühl, daß ich ihr eben so wenig treu sein würde, wie dir, mit mir sterben will. Mehr dir zu sagen, läßt mein Verhältniß zu dieser Frau nicht zu. Nur so viel wisse, daß meine Seele, durch die Berührung mit der ihrigen, zum Tode ganz reif geworden ist; daß ich die ganze Herrlichkeit des menschlichen Gemüths an dem ihrigen ermessen habe, und daß ich sterbe weil mir auf Erden nichts mehr zu lernen und zu erwerben übrig bleibt. Lebe wohl! Du bist die Allereinzige auf Erden, die ich jenseits wieder zu sehen wünsche. Etwa Ulriken? – ja nein, nein ja: es soll von ihrem eignen Gefühl abhangen. Sie hat, dünkt mich, die Kunst nicht verstanden sich aufzuopfern, ganz, für das was man liebt, in Grund und Boden zu gehn:

das Seligste, was sich auf Erden erdencken läßt, ja worin der Himmel bestehen muß, wen es wahr ist, daß man darin vergnügt und glücklich ist. Adieu!

228. An Marie von Kleist

⟨Berlin,⟩ d 10[t] Nov: 1811.

Deine Briefe haben mir das Hertz zerspalten, meine theuerste Marie, und wen es in meiner Macht gewesen wäre, so versichre ich Dich, ich würde den Entschluß zu sterben den ich gefaßt habe wieder aufgegeben haben. Aber ich schwöre Dir, es ist mir ganz unmöglich länger zu leben; meine Seele ist so wund, daß mir, ich mögte fast sagen, wen ich die Nase aus dem Fenster stecke, das Tageslicht wehe thut, das mir darauf schimmert. Das wird mancher für Krankheit und überspant halten; nicht aber Du, die fähig ist die Welt auch aus andern Standpuncten zu betrachten als aus dem Deinigen. Dadurch, daß ich mit Schönheit und Sitte, seit meiner frühsten Jugend an, in meinen Gedancken und Schreibereien, unaufhörlichen Umgang geflogen bin ich so empfindlich geworden, daß mich die kleinsten Angriffe, denen das Gefühl jedes Menschen nach dem Lauf der Dinge hiniden ausgesezt ist, doppelt und dreifach schmerzen. So versichre ich Dich, wolte ich doch lieber zehnmal den Tod erleiden, als noch einmal wieder erleben, was ich das leztemal in Frankfurt an der Mittagstafel zwischen meinen beiden Schwestern, besonders als die alte Wackern darzukam empfunden habe; laß es Dir nur einmal gelegentlich von Ulriken erzählen. Ich habe meine Geschwister immer, zum Theil wegen ihrer gutgearteten Persönlichkeiten, zum Theil wegen der Freundschafft, die sie für mich hatten, von Herzen lieb gehabt; so wenig ich davon gesprochen habe, so gewiß ist es, daß es einer meiner herzlichsten und innigsten Wünsche war ihnen einmal, durch meine Arbeiten und Wercke, recht viel Freude und Ehre zu machen. Nun ist es zwar wahr, es war in den lezten Zeiten, von mancher Seite her, gefährlich, sich mit mir einzulassen, und ich klage sie desto weniger an, sich von mir zurückgezogen zu haben, je mehr ich die Noth des Ganzen bedencke, die zum Theil auch auf ihre Schultern ruhte; aber der Gedancke, das Verdienst, das ich doch zulezt, es sey nun groß oder klein, habe, gar nicht anerkant zu sehn, und mich von ihnen als ein ganz nichtsnütziges Glied der menschlichen Gesellschafft, das keiner Theilnahme mehr werth sey betrachtet zu sehn, ist mir überaus schmertzhaft, wahrhaftig es raubt mir nicht nur die Freuden die ich von der Zukunft hoffte, sondern es vergiftet mir auch die Vergangenheit. – Die Allianz, die der König jezt mit den Franzosen schließt, ist auch nicht eben gemacht mich im Leben festzuhalten. Mir waren die Gesichter der Menschen schon jezt wen ich ihnen begegnete zuwieder, nun würde mich gar, wen sie mir auf der Straße begegneten, eine körperliche Empfindung anwandeln, die ich hier nicht nennen mag. Es ist zwar wahr es fehlte mir sowohl als ihnen an Kraft, die Zeit wieder einzurücken; ich fühle aber zu wohl, daß der Wille, der in meiner Brust lebt, etwas Anderes ist, als der Wille derer, die diese witzige Bemerkung machen: dergestalt, daß ich mit ihnen nichts mehr zu schaffen haben mag. Was soll man doch, wen der König diese Allianz abschließt, länger bey ihn machen? Die Zeit ist ja vor der Thür wo man wegen der Treue gegen ihn, der Aufopferung und Standhaftigkeit und aller andern bürgerlichen Tugenden, von ihn selbst gerichtet, an den Galgen kommen kan. – Rechne hinzu, daß ich eine Freundin gefunden habe, deren Seele wie ein junger Adler fliegt, wie ich noch in meinem Leben nichts ähnliches gefunden habe; die meine Traurigkeit als eine höhere, festgewurzelte und unheilbare begreift, und deshalb, obschon sie Mittel genug in Händen hätte mich hier zu beglücken mit mir sterben will, die mir die unerhörte Lust gewährt, sich um dieses Zweckes willen, so leicht aus einer ganz wunschlosen Lage, wie ein Veilchen aus einer Wiese heraus heben zu lassen; die einen Vater, der sie anbetet, einen Mann der großmüthig genug war sie mir abtreten zu wollen, ein Kind, so schön und schöner als die Morgensonne, nur meinetwillen verläßt: und Du wirst begreiffen, daß meine ganze jauchzende Sorge nur sein kan, einen Abgrund tief genug zu finden um mit ihr hinab zu stürtzen. – Adieu noch einmal! –

229. An Marie von Kleist

⟨Berlin,⟩ d 12t Novemb: 1811.

Meine liebste Marie, wen Du wüßtest wie der Tod und die Liebe sich abwechseln, um diese lezten Augenblicke meines Lebens mit Blumen, himlischen und irdischen zu bekränzen, gewiß Du würdest mich gern sterben lassen. Ach, ich versichre Dich ich bin ganz seelig. Morgens und Abens knie ich nieder, was ich nie gekont habe, und bete zu Gott; ich kan ihn mein Leben das allerqualvolste daß je ein Mensch geführt hat jezo dancken, weil er es mir durch den herrlichsten und wollüstigsten aller Tode vergütigt. Ach könt ich nur etwas für dich thun das den herben Schmertz den ich Dir verursachen werde mildern könte! Auf einen Augenblick war es mein Wille mich mahlen zu lassen; aber alsdan glaubte ich wieder zuviel Unrecht gegen Dich zu haben, als daß mir erlaubt sein könte voraus zu sezen, mein Bild würde Dir viel Freude machen. Kan es Dich trösten wen ich Dir sage, daß ich diese Freundin niemals gegen Dich vertauscht haben würde, wen sie weiter nichts gewolt hätte als mit mir leben? Gewiß meine liebste Marie, so ist es; es hat Augenblicke gegeben wo ich meiner lieben Freundin, offenherzig diese Worte gesagt habe. Ach, ich versichre Dich, ich habe Dich so lieb, Du bist mir so überaus theuer und werth, daß ich kaum sagen kan, ich liebe diese liebe vergötterte Freundin mehr als Dich. Der Entschluß der in ihrer Seele aufging mit mir zu sterben, zog mich, ich kan Dir nicht sagen mit welcher unaussprechlichen und unwiederstehlichen

Gewalt an ihre Brust, erinerst Du Dich wohl daß ich Dich mehrmals gefragt habe, ob Du mit mir sterben wilst? – Aber Du sagtest immer nein – Ein Strudel von nie empfundner Seeligkeit hat mich ergriffen, und ich kan Dir nicht leugnen daß mir ihr Grab lieber ist als die Betten aller Kaiserinnen der Welt. – Ach, meine theure Freundin, mögte Dich Gott bald abrufen in jene bessere Welt wo wir uns alle mit der Liebe der Engel, einander werden ans Hertz drükken können. – Adieu

230. An Sophie Müller

Der Himmel weiß, meine liebe, treffliche Freundin, was für sonderbare Gefühle, halb wehmüthig, halb ausgelassen uns bewegen, in dieser Stunde, da unsere Seelen sich, wie zwei fröhliche Luftschiffer, über die Welt erheben, noch einmal an Sie zu schreiben. Wir waren doch sonst, müssen Sie wissen, wohl entschlossen, bei unseren Bekannten und Freunden keine Karten p. p. c. abzugeben. Der Grund ist wohl, weil wir in tausend glücklichen Augenblicken an Sie gedacht, weil wir uns tausendmal vorgestellt haben, wie Sie in Ihrer Gutmüthigkeit aufgelacht (aufgejauchzt) haben würden, wenn Sie uns in der grünen oder rothen Stube beisammen gesehen hätten. Ja, die Welt ist eine wunderliche Einrichtung! – Es hat seine Richtigkeit, daß wir uns, Jettchen und ich, wie zwei trübsinnige, trübselige Menschen, die sich immer ihrer Kälte wegen angeklagt haben, von ganzem Herzen lieb gewonnen haben, und der beste Beweis davon ist wohl, daß wir jetzt mit einander sterben.

Leben Sie wohl, unsre liebe, liebe Freundin und seien Sie auf Erden, wie es gar wohl möglich ist, recht glücklich! Wir, unsererseits, wollen nichts von den Freuden dieser Welt wissen und träumen lauter himmlische Fluren und Sonnen, in deren Schimmer wir, mit langen Flügeln an den Schultern, umherwandeln werden. Adieu! Einen Kuß von mir, dem Schreiber, an Müller; er soll zuweilen meiner gedenken, und ein rüstiger Streiter Gottes gegen den Teufel Aberwitz bleiben, der die Welt in Banden hält. –

⟨Nachschrift von Henriette Vogel⟩

Doch wie dies alles zugegangen,
Erzähl' ich euch zur andren Zeit,
Dazu bin ich zu eilig heut. –

Lebt wohl denn! Ihr, meine lieben Freunde, und erinnert euch in Freud' und Leid der zwei wunderlichen Menschen, die bald ihre große Entdeckungsreise antreten werden.

Henriette.

⟨Kleist⟩

Gegeben in der grünen Stube
⟨Berlin,⟩ den 20. November 1811. H. v. Kleist.

231. An Frau Manitius

⟨Stimmings Krug bei Potsdam, 21. November 1811.⟩

⟨Henriette Vogel⟩

Meine überaus geliebte Manitius! Hier mit diesen paar Zeilen übergebe ich dir mein schönstes Kleinod, was ich nächst Vogel auf Erden zurücklasse. Erschrick nicht, theure Frau, wenn ich dir sage, daß ich sterben werde, ja daß ich heut sterben werde. – Die Zeit ist kurz, die mir noch übrig ist, deshalb beschwöre ich dich nun bei unserer Liebe, mein Kind, mein Einziges zu dir zu nehmen, du wirst ihm ganz Mutter sein und mich so unaussprechlich beruhigen. Ueber meinen Tod werde ich dir jenseit mehr Auskunft geben können. – Lebe denn wohl, meine liebe liebe Manitius, Vogel wird dir wahrscheinlich Paulinchen selbst bringen und erzählen, was er davon begreifen kann. Herr von Kleist der mit mir stirbt, küßt dir zärtlichst die Hände und empfiehlt sich mit mir aufs Angelegentlichste deinem theuren Mann. Adieu, adieu deine

Deine bis in alle Ewigkeit

Donnerstag den 22. Novbr. 1811

⟨Kleist⟩

Adieu, adieu! v. Kleist.

232. An Ulrike von Kleist

⟨Stimmings Krug bei Potsdam, 21. November 1811.⟩

Ich kann nicht sterben, ohne mich, zufrieden und heiter, wie ich bin, mit der ganzen Welt, und somit auch, vor allen Anderen, meine theuerste Ulrike, mit dir versöhnt zu haben. Laß sie mich, die strenge Äußerung, die in dem Briefe an die Kleisten enthalten ist, laß sie mich zurücknehmen; wirklich, du hast an mir gethan, ich sage nicht, was in Kräften einer Schwester, sondern in Kräften eines Menschen stand, um mich zu retten: die Wahrheit ist, daß mir auf Erden nicht zu helfen war. Und nun lebe wohl; möge dir der Himmel einen Tod schenken, nur halb an Freude und unaussprechlicher Heiterkeit, dem meinigen gleich: das ist der herzlichste und innigste Wunsch, den ich für dich aufzubringen weiß.

Stimmings bei Potsdam d. – am Morgen meines Todes.

Dein Heinrich.

233. An Ernst Friedrich Peguilhen

⟨Stimmings Krug bei Potsdam, 21. November 1811.⟩

⟨Henriette Vogel⟩

Mein sehr werther Freund! Ihrer Freundschaft die Sie für mich, bis dahin immer so treu bewiesen, ist es vorbehalten, eine wunderbare Probe zu bestehen, denn wir beide, nehmlich der bekannte Kleist und ich befinden uns hier bei Stimmings auf dem Wege nach Potsdamm, in einem sehr unbeholfenen Zustande, indem wir erschossen da liegen, und nun der Güte eines wohlwollenden Freundes entgegen sehn, um unsre gebrechliche Hülle, der sichern Burg der Erde zu übergeben. Suchen Sie liebster Pequilhen diesen Abend hier einzutreffen und alles so zu veranstalten, daß mein guter Vogel möglichst wenig dadurch erschreckt wird, diesen Abend oder Nacht wollte Louis seinen Wagen nach Potsdamm ⟨schicken⟩, um mich von dort, wo ich vorgab hinzureisen, abholen zu laßen, dies mögte ich Ihnen zur Nachricht sagen, damit Sie die besten Maasregeln darnach treffen können. Grüßen Sie Ihre von mir herzlich geliebte Frau und Tochter viel tausendmal, und sein Sie theurer Freund ueberzeugt daß Ihre und Ihrer Angehörigen Liebe und Freundschaft mich noch im letzten Augenblick meines Lebens die größte Freude macht.

Ihre A Vogel.

Ein kleines versiegeltes schwarzes ledernes Felleisen, und einen versiegelten Kasten worinn noch Nachrichten für Vogel, Briefe, Geld und Kleidungsstücke auch Bücher vorhanden, werden Sie bei Stimmings finden. Für die darin befindlichen 10 Rth. Courant wünschte ich eine recht schöne blaßgraue Taße inwendig vergoldet, mit einer goldnen Arabeske auf weisem Grunde zum Rand, und am Oberkopf im weißen Felde mein Vorname, die Façon wie sie jetzt am modernsten ist. Wenn Sie sich dieser Comission halber am Buchhalter Meves auf der Porzellan Fabrick wendeten, mit dem Bedeuten diese Taße am Weinachts-Heiligabend Louis eingepackt zuzuschicken, doch würden Sie mein lieber Freund mit der Bestellung eilen müßen, weil sie sonst nicht fertig werden mogte. Leben Sie wohl und glücklich. –

Einen kleinen Schlüßel werden Sie noch eingesiegelt im Kasten finden, er gehört zum Vorhängeschloß des einen Koffern zu Hause bei Vogel, worin noch mehrere Briefe und andre Sachen zum besorgen liegen.

⟨Kleist⟩

Ich kann wohl Ihre Freundschafft auch mein liebster Peguillhin für einige kleine Gefälligkeiten in Anspruch nehmen. Ich habe nämlich vergessen, meinen Barbier für den laufenden Monat zu bezahlen, und bitte, ihm 1 Rth. à 1/3 C zu geben, die Sie eingewickelt in dem Kasten der Mad: Vogel finden werden. Die Vogeln sagt mir eben, daß **Sie** den Kasten aufbrechen und alle Commissionen die sich darin finden besorgen mogten: damit Vogel nicht gleich damit behelligt würde – Endlich bitte ich noch, das ganze, kleine, schwarzlederne Felleisen, das mir gehört, mit Ausnahme der Sachen die etwa zu meiner Bestattung gebraucht werden mogten, meinem Wirth, dem Quartiermeister Müller, Mauerstraße N 53, als einen kleinen Dank für seine gute Aufnahme und Bewirthung, zu schenken. – Leben Sie recht wohl, mein liebster Peguillhin; meinen Abschiedsgruß und Empfehlung an Ihre vortreffliche Frau und Tochter.

H. v. Kleist

man sagt hier d. 21^{t} Nov; wir wissen aber nicht ob es wahr ist.

N. S. In dem Koffer der Mad. Vogel, der in Berlin in ihrem Hause in der Gesindestube mit messingnem Vorlegeschloß steht, und wozu der kleine versiegelte Schlüssel, der hier im

Kasten liegt, paßt – in diesem Koffer befinden sich drei Briefe von mir die ich Sie noch herzlichst zu besorgen bitte. Nämlich:

1) Einen Brief an die Hofräthin Müller, nach Wien

2) Einen Brief an meinen Bruder Leopold nach Stolpe, welche beide mit der Post zu besorgen sind (der erstere kann vielleicht durch den guten BrillenVoß spedirt werden); und

3) Einen Brief, an Fr. v. Kleist, geb. v. Gualtieri, welchen ich an den Major v. Below, Gouverneur des Prinzen Friedrich von Hessen, auf dem Schlosse, abzugeben bitte.

Endlich liegt

4) noch ein Brief an Fr. v. Kleist, in den hiesigen Kasten der Mad. Vogel, welchen ich gleichfalls und zu gleicher Zeit an den Major v. Below, abzugeben bitte. – Adieu!

N. S.

Kommen Sie recht bald zu Stimmings hinaus, mein liebster Peguillhin, damit Sie uns bestatten können. Die Kosten, was mich betrifft, werden Ihnen von Frankfurt aus, von meiner Schwester Ulrike wieder erstattet werden. – Die Vogeln bemerkt noch, daß zu dem Koffer mit dem messingnen Vorhängeschloß, der in Berlin, in ihrer Gesindestube steht, und worin viele Commissionen sind, der Schlüssel hier versiegelt in dem hölzernen Kasten liegt. – Ich glaube ich habe dies schon einmal geschrieben, aber die Vogel besteht darauf, daß ich es noch einmal schreibe.

H. v. Kl.

Briefe an Kleist

I. Kabinettsordre an Kleist

S. Lieutenant v. Kleist erhält den erbetenen Abschied.
⟨Potsdam oder Berlin,⟩ 4. April 1799

II. Königliche Kabinettsordre an Kleist

Ich habe gegen Euren Vorsatz euch den Studien zu widmen nichts einzuwenden, und wenn Ihr euch eifrig bestrebet Eure Kenntniße zu erweitern und euch zu einem besonders brauchbaren Geschäftsmanne zu bilden so werde Ich dadurch auch in der Folge Gelegenheit erhalten, Mich zu bezeigen, als Euer g⟨nä⟩d⟨i⟩gster König.
Potsdam den 13. April 1799

Friedrich Wilhelm

III. Kabinettsordre an Kleist

Dem verabschiedeten Lieutenant v Kleist wird bey Retradition der eingereichten Cabinetsordre der erbetene Paß zur Reise nach Frankreich zugefertiget
Berlin den 6t April 1801

Ad mand.
Alvensl

IV. Wilhelmine von Zenge an Kleist

Frankfurth am 10ten Aprill 1802

Mein lieber Heinrich. Wo Dein jetziger Aufenthalt ist, weiß ich zwar nicht bestimmt, auch ist es sehr ungewiß ob das was ich jetzt schreibe Dich dort noch treffen wird wo ich hörte daß Du Dich aufhältst; doch ich kann unmöglich länger schweigen. Mag ich auch einmal vergebens schreiben, so ist es doch nicht meine Schuld wenn Du von mir keine Nachricht erhältst. Über zwei Monate war Deine Familie in Gulben, und ich konnte auch nicht einmal durch sie erfahren ob Du noch unter den Sterblichen wandelst oder vielleicht auch schon die engen Kleider dieser Welt mit bessern vertauscht habest. –

Endlich sind sie wieder hier, und, da ich schmerzlich erfahren habe; wie wehe es thut, gar nichts zu wissen von dem was uns über alles am Herzen liegt – so will ich auch nicht länger säumen Dir zu sagen wie mir es geht. Viel Gutes wirst Du nicht erfahren.

Ulricke wird Dir geschrieben haben daß ich das Unglück hatte, ganz plötzlich meinen liebsten Bruder zu verlieren – wie schmerzlich das für mich war, brauche ich Dir wohl nicht zu sagen. Du weißt daß wir von der frühesten Jugend an, immer recht gute Freunde waren und uns recht herzlich liebten. Vor kurzen waren wir auf der silbernen Hochzeit unserer Eltern so froh zusamen, er hatte uns ganz gesund verlassen, und auf einmal erhalten wir die Nachricht von seinem Tode – Die erste Zeit war ich ganz wie erstarrt, ich sprach, und weinte nicht. Ahlemann, der während dieser traurigen Zeit oft bei uns war, versichert, er habe sich für mein starres Lächeln sehr erschreckt. Die Natur erlag diesem schrecklichen Zustande, und ich wurde sehr krank. Eine Nacht, da Louise nach dem Arzt schickte weil ich einen sehr starken Krampf in der Brust hatte, und jeden Augenblick glaubte zu ersticken, war der Gedanke an den Tod mir gar nicht schrecklich. Doch der Zuruf aus meinem Herzen ›es werden geliebte Menschen um dich trauern, Einen kannst du noch glücklich machen!‹ der belebte mich aufs neue, und ich freute mich daß die Medezin mich wieder herstellte. Damals! lieber Heinrich, hätte ein Brief von Dir, meinen Zustand sehr erleichtern können, doch Dein

Schweigen vermehrte meinen Schmerz. Meine Eltern, die ich gewohnt war immer froh zu sehn, nun mit einemal so ganz niedergeschlagen, und besonders meine Mutter immer in Thränen zu sehn – das war zu viel für mich. Dabei hatte ich noch einen großen Kampf zu überstehn. In Lindow war die Domina gestorben. Und da man auf die älteste aus dem Kloster viel zu sagen hatte, und ich die zweite war konnte ich erwarten daß ich Domina werden würde. Ich wurde auch wirklich angefragt, ob ich es sein wollte, Mutter redete mich sehr zu, da dieser Posten für mich sehr vortheilhaft sein würde, und ich doch meine Zukunft nicht bestimmen könnte. Doch der Gedanke in Lindow leben zu müssen (was dann nothwendig war) und die Erinnrung an das Versprechen was ich Dir gab, nicht da zu wohnen, bestimmten mich, das Fräulein von Randow, zur Domina zu wehlen, welche nun bald ihren Posten antreten wird. Bedauerst Du mich nicht? ich habe viel ertragen müssen. Tröste mich bald durch eine erfreuliche Nachricht von Dir, schenke mir einmal ein paar Stunden und schreibe mir recht viel.

Von Deinen Schwestern höre ich nur daß Du recht oft an Sie schreibst, höchstens noch den Nahmen Deines Auffenthalts, Du kannst Dir also leicht vorstellen wie sehr mir verlangt etwas mehr von Dir zu hören. Panwitzens sind sehr glücklich. Ich habe mich aber sehr gewundert daß Auguste als Braut so zärtlich war, da sie sonst immer so sehr dagegen sprach, doch es läßt sich nicht gut, über einen Zustand urtheilen den man noch nicht erfahren hat.

Freuden giebt es jetzt für mich sehr wenig – unsere kleine Emilie macht mir zuweilen frohe Stunden. Sie fängt schon an zu sprechen, wenn ich frage ›was macht Dein Herz?‹ so sagt sie ganz deutlich ›mon coeur palpite‹, und dabei hält sie die rechte Hand aufs Herz. Frage ich ›wo ist Kleist?‹ so macht sie das Tuch von einander und küßt Dein Bild. Mache Du mich bald froher durch einen Brief von Dir ich bedarf es sehr von Dir getröstet zu werden.

Der Frühling ist wieder gekehrt, aber nicht mit ihm die frohen Stunden die er mir raubte! Doch ich will **hoffen!!** Der Strom der nie wiederkehrt führt durch Klippen, und Wüsten endlich zu fruchtbaren schönen Gegenden, warum soll ich nicht auch vom Strome der Zeit erwarten, daß er auch mich endlich schönern Gefilden zuführe? Ich wünsche Dir recht viel frohe Tage auf Deiner Reise, und dann bald einen glücklichen Ruhepunkt.

Ich habe die beiden Gemälde von L und ein Buch worin Gedichte stehn in meiner Verwahrung. Das übrige von Deinen Sachen hat Dein Bruder. Man glaubte dies gehörte Carln und schickte mir es heimlich zu.

schreibe recht bald an Deine Wilhelmine.

V. Christoph Martin Wieland an Kleist

⟨Weimar, etwa 12. Juli 1803.⟩

[...]

Sie schreiben mir, lieber Kleist, der Druck mannigfaltiger Familienverhältnisse habe die Vollendung Ihres Werkes unmöglich gemacht. Schwerlich hätten Sie mir einen Unfall ankündigen können, der mich schmerzlicher betrübt hätte. Zum Glück läßt mich die positive Versicherung des Herrn von W⟨erdeck⟩, daß Sie zeither mit Eifer daran gearbeitet, hoffen und glauben, daß nur ein mißmuthiger Augenblick Sie in die Verstimmung habe setzen können, für möglich zu halten, daß irgend ein Hinderniß von Aussen Ihnen die Vollendung eines Meisterwerks, wozu Sie einen so allmächtigen innerlichen Beruf fühlen, unmöglich machen könne. Nichts ist dem Genius der heiligen Muse, die Sie begeistert, unmöglich. Sie müssen Ihren Guiscard vollenden, und wenn der ganze Kaukasus und Atlas auf Sie drückte. [...]

VI. Hans von Auerswald an Kleist

Es thut mir gewiß sehr leid, daß Ew. Hochwohlgeb. Ihre Ansichten Ihre künftige Laufbahn betr. geändert haben, und ich werde also auch, wenn Ihre Kränklichkeit gehoben, und dadurch ein anderweiter Entschluß bei Ihnen bewirkt werden sollte, gewiß mit Vergnügen dazu die Hand bieten.

Auerswald
Königsberg d. 12. Jul. 1806.

VII. Hans von Auerswald an Kleist

K⟨öni⟩gs⟨berg⟩ den 5. Januar 1808.

Ewe p gefällige Zuschrift vom 22 v. Mts habe ich zu erhalten das Vergnügen gehabt. Ich danke Ihnen für die mir darin gemachte Mittheilung der Anzeige des für das Jahr 1808 herauskommenden Kunstjournals verbindlichst, und benachrichtige Sie, daß ich es mir angelegen seyn laßen werde, solche nach Möglichkeit zu verbreiten. Ich hoffe, daß der Erfolg dieses Unternehmens Ew. p Wünschen entsprechen wird, da Sie dieses Institut gewis mit dem regsten Eifer für die Kunst leiten werden und auf Beiträge von den ersten Schriftstellern Deutschlands rechnen dürfen.

Ich habe die Ehre

pp

A

VIII. Jean Paul an die Redaktion des *Phöbus*

⟨Bayreuth,⟩ 5. Jenn. ⟨1808.⟩

Auch ohne die originelle Mittlerin würd' ich mich 2 solchen kritischen Vermittlern, deren 3 Kunstwerke der Prose und Poesie ich schon so lang geschätzt, zu ihrem höhern überrheinischen Bunde angeschloßen haben, sobald sie es begehrt hätten. Ihre Ankündigungs Worte haben mein Inneres erquickt. Auch ich bin für die vermittelnde Kritik – ist ja alles und das ganze Leben nur Vermittlung und nur die Ewigkeit nicht – – und alle jetzige kritische Vermittlungen finden in spätern Zeiten und Genien wieder die höhere Vermittlung. Ich werde Ihrem Phöbus zum Gespann vorlegen, was ich Bestes habe – kein Stecken-, Schaukel-, Nürnbergspferd – und kann ich ihm und mir nicht helfen, so mag meines so neben her laufen, wie man sonst in Neapel ledige Pferde zur Lust neben dem Gespann mittraben ließ.

IX. Johann Wolfgang Goethe an Kleist

Ew. Hochwohlgebornen
bin ich sehr dankbar für das übersendete Stück des Phöbus. Die prosaischen Aufsätze, wovon mir einige bekannt waren, haben mir viel Vergnügen gemacht. Mit der Penthesilea kann ich mich noch nicht befreunden. Sie ist aus einem so wunderbaren Geschlecht und bewegt sich in einer so fremden Region, daß ich mir Zeit nehmen muß, mich in beyde zu finden. Auch erlauben Sie mir zu sagen (denn wenn man nicht aufrichtig seyn sollte, so wäre es besser man schwiege gar) daß es mich immer betrübt und bekümmert, wenn ich junge Männer von Geist und Talent sehe, die auf ein Theater warten, welches da kommen soll. Ein Jude der auf den Messias, ein Christ der aufs neue Jerusalem, und ein Portugiese der auf den Don Sebastian wartet machen mir kein größeres Misbehagen. Vor jedem Bretergerüste möchte ich dem wahrhaft theatralischen Genie sagen: hic Rhodus, hic salta! Auf jedem Jahrmarkt getraue ich mir, auf Bolen über Fässer geschichtet, mit Chalderons Stücken, mutatis mutandis, der gebildeten und ungebildeten Masse das höchste Vergnügen zu machen. Verzeihen Sie mir mein Geradezu: es zeugt von meinem aufrichtigen Wohlwollen. Dergleichen Dinge lassen sich freylich mit freundlichern Tournuren und

gefälliger sagen. Ich bin jetzt schon zufrieden, wenn ich nur etwas vom Herzen habe. Nächstens mehr

Weimar den 1 Februar 1808 Goethe

X. August Wilhelm Iffland an Kleist

Hochwohlgebohrner Herr!
Als Herr Major von Schack mir Ihr Trauerspiel Käthgen von Heilbronn übergab, habe ich nach meiner Ueberzeugung und den Pflichten meiner Stelle erwiedert – daß ich die bedeutenden dramatischen Anlagen ehre, welche diese Arbeit darthut daß aber das Stück in der Weise und Zusammenfügung, wie es ist auf der Bühne sich nicht halten könne. Nach denen aus Wien erhaltnen Nachrichten von den wenigen Vorstellungen des Stückes daselbst hat sich dieses auch also bestätigt.

Neulich hat Frau von Berg über Ewer Hochwohlgebohren ausführlich zu mir gesprochen und ich bin in das Intereße wie Sie es dabei genommen, bereitwillig eingegangen. Herr Hofrath Römer hat das Trauerspiel Käthchen von Heilbronn bis iezt mir noch nicht zustellen können, da ⟨ich⟩ ihm versichert habe daß ich es in dieser Zeit nicht gleich wieder würde lesen können. Als Sie es zurückbegehren ließen und er mich eben besuchte, meldete ich es Ihm und ersuchte denselben – »Herrn von Kleist mündlich zu sagen, daß das Stück, deßen poetisches Verdienst ich erkenne, ohne gänzliche Umarbeitung, auf der Bühne sich unmöglich halten könne.«

Ich habe keinesweges, wie Sie mir schreiben, dem Herrn Hofrath Römer gesagt – »es Ihnen mit der Äußerung zurückzugeben, es gefiele mir nicht.«

Damit würde ich eine Gemeinheit begangen haben, die ich nicht erwiedre, auch wenn solche gegen mich gebraucht werden sollte.

Ich bin verpflichtet Ihnen meine Herrn Hofrath Römer bei diesem Anlaß gegebne Antwort bekannt zu machen, als Directionsführer.

Ihr Schreiben an mich werde ich der Frau von Berg selbst vorlegen, um damit die Aufträge zu erledigen, welche Sie mir, in Beziehung auf Sie, ertheilen zu wollen, die Ehre erwiesen.

Mit gebührender Achtung
Ewer Hochwohlgebohren
Ergebenster
Iffland

Berlin
den 13^{t} August
1810

XI. Achim von Arnim an Kleist

Schreiben an den Herausgeber dieser Blätter

⟨Berlin, Mitte November 1810.⟩

Sie versichern mir, daß Sie Sich aus einer späteren zum Abdruck eingesandten Erklärung vom Verfasser des zweyten Aufsatzes über Kraus vollig überzeugt haben, daß der Ungenannte dem Verfasser des ersten durch die Zusammenstellung mit dem Verfasser der Feuerbrände nicht habe schaden wollen, daß Sie aber ohne Störung Ihrer Leser diese weiteren Verhandlungen, die ohne Beziehung auf den eigentlichen Gegenstand der Untersuchung, nicht mittheilen können und doch allen Theilen gerecht seyn möchten. Da die beyderseitigen Aufsätze gedruckt vor jedermannes Augen liegen, so kann jeder entscheiden, auf wessen Seite die Ursache des Mißverständnisses gelegen; der Wunsch sich zu rechtfertigen beweist in jedem Falle, daß die Absicht des Ungenannten dem Mißverständniß seiner Worte nicht unterworfen gewesen. Ich glaube durch diese Erklärung jene öffentliche Verhandlung, an welche nur wenige Theil nehmen können, billig und gerecht zu schliessen, indem ich dem Ungenannten durch rücksichtlose Nennung meines Namens, Gelegenheit gebe, alle etwaigen Gegenerinnerungen unmittelbar an mich zu senden.

Ludwig Achim von Arnim.

XII. Christian von Ompteda an Kleist

Berlin 28. November 1810.

Euer Hochwohlgeboren haben durch Ihre Zuschrift meinem Stolze eine unverdiente Nahrung dargeboten. Der Werth meines Aufsatzes lag allein in den Gegenständen. Bei einer anschaulichen Kenntniß derselben – insofern jedes unbefangene Auge sie in dem nemlichen Lichte erblicken kann und muß, – bei mehrjähriger und vielfältiger Gelegenheit, welche ich gehabt habe mit ihnen vertrauter zu werden, bey einer auf tausendfache Weise begründeten dankbaren Anhänglichkeit, die sich nur mit meinem Leben endigen wird, wäre es schwer gewesen, weniger zu sagen. Aber wohl hätte die Größe und das Verdienst der Gegenstände eine vollkommenere Darstellung und ein würdigeres Lob erfordert.

Könnte ich einen Anspruch auf Ihr freundliches Vorurtheil machen, so würde ich es lieber auf eine gegenseitige Gesinnung begründen, welche ich gefaßt hatte, ehe ich Ihren Nahmen, noch überhaupt irgend etwas näheres von den Abendblättern wußte, wie dasjenige, was aus ihnen selbst hervorzugehen schien. Ich kannte, überhaupt hier mehrstens unbekannt geworden, und jetzt gänzlich isolirt, weder den Herausgeber noch irgend einen der thätigen Theilnehmer. Nur in dem früheren Aufsatze unterzeichnet P. S., und einigen andern unter verschiedener Signatur glaubte ich, wiewohl auch persönlich unbekannt, in Geist, Grundsätzen und Styl, einen schätzbaren Gelehrten zu errathen, der mir durch einige nähere, bereits früher von einem mir sehr theuren Bruder ertheilte Aufschlüsse, und als mit diesem in freundschaftlichen Verhältnissen stehend, interessant war.

Unter diesen Umständen schrieb ich Ihnen bey Gelegenheit einiger dargebotenen Mittheilungen, und erst nachher ersah ich aus Nr. 19 Ihren Nahmen, ein Nahmen, der mir bereits in früher Jugend achtungswerth geworden war, als blühend in dem Garten von Deutschlands schöner Litteratur –

»Wenn nach der Flucht der Nacht, die Sonn' im Orient
Nach Aethiopien ihr goldnes Antlitz wendet, usw.«
(Mögte doch in nicht ferner Zukunft eine goldne Sonne
sich unserm Aethiopien wieder zuwenden.)

– zu früh, wiewohl schön und fruchtreich gereift auf den Feldern der Ehre der Vorzeit, und unvergeßlich aufbewahrt in der Gallerie deutscher Edlen.

Der Geist der, lebendig und kraftvoll ergreifend, sich in der Ode an den König in Nr. 5 ausspricht, beurkundete die Abstammung.

Dennoch hätte ich beynahe mit Ihnen in eine anscheinende Feindseligkeit gerathen können, so entfernt ich auch war, gegen die Abendblätter oder ihren Herausgeber irgend etwas feindseliges zu beabsichtigen. Gern hätte ich bey dem scheinbaren Angriffe das gradezu erklärt, wenn ich es mit Schicklichkeit anzufangen gewußt hätte. Die ungezwungene Erklärung der Achtung für alle meine deutschen Landsleute, deren achtungswerthe Wahrheitsliebe die ursprüngliche geblieben ist, glaubte ich hinlänglich für Denjenigen, der selbst eine ausgezeichnete Stelle unter ihnen behauptet.

Auch sehe ich, daß ich mich nicht geirrt habe, welches mich um so mehr freuet, da seitdem mein Bruder, der vormalige Hannoversche Gesandte am hiesigen und am Dresdener Hofe, mir gesagt hat, daß er des Vergnügens Ihrer persönlichen Bekanntschaft theilhaftig sey.

Nach allem diesem muß nichts befremdender für Sie sein, als wenn ich, durch Umstände gezwungen, deren Erörterung ich mir zu erspahren Sie ersuchen muß, den Schritt vernachlässige, den ich zu andern Zeiten an die Stelle dieser Antwort gesetzt haben würde, nemlich Sie persönlich aufzusuchen und Ihnen auf jede mögliche Weise alles wohlwollende was Sie mir ausgedrückt haben, zu erwidern. Aber diese Genugthuung muß ich mir, gleich manchen andern, versagen. Verzeihen Sie – ich könnte hinzusetzen, bedauern Sie mich, wünschte ich nicht eher jeden andern Eindruck bei Ihnen zu erregen – wenn ich mich unumgänglich gezwungen halte, *für jetzt* einer mir sonst unendlich schätzbaren Zusammenkunft mich zu entziehen. Ob ich je die Möglichkeit treffen werde eine andre wie diese nothwendig nachtheilig auffallende, aber nicht von mir abhängende Handelsweise zu beobachten, ist zweifelhaft. In *einem* Falle ist sie denkbar. Tritt *der* ein, dann lassen Sie mich darauf rechnen, daß Sie die Hand fassen werden, welche ich Ihnen in mehr wie einem Vertrauen, schon jetzt so gern darreichte, und lassen Sie mich hoffen, daß wir dann in mehr wie einer Laufbahn uns finden, und uns, wie auch der Anschein jetzt gegen mich seyn mag, gegenseitig die Achtung ferner begründen werden, von der ich Ihrer Seits Sie hier ersuche, die aufrichtige Versicherung anzunehmen.

N. S. Ich ersuche Sie, meiner *nahmentlich* nicht zu erwähnen. Gegen die Circulation meines Aufsatzes, da wo Sie solche für angemessen halten, habe ich nichts, und wiewohl ich *ohne Noth* nicht als der Verfasser bekannt zu seyn wünsche, so bin ich bereit, erforderlichen Falls, mich zu den Wahrheiten die er enthält zu bekennen.

XIII. Friedrich von Raumer an Kleist

Berlin, den 12. December 1810.

Da dem Herrn Kanzler der Grund durchaus unbekannt ist, warum Herr Präsident Gruner Ihnen die letzte so unangenehme Eröffnung gemacht hat, so hat er mir erlaubt, darüber bei diesem anzufragen; und ich kann nicht anders, als überzeugt sein, daß jenes Bedenken sich dann leicht wird heben lassen. Sie sehen hieraus, daß Sie ohne hinreichende Veranlassung und auf eine unbillige Weise voraussetzen, daß ich der Urheber von Maßregeln sei, die Ihnen nachtheilig werden könnten, da ich doch in der ganzen Angelegenheit nur der Dolmetscher eines ganz allgemeinen Befehls des Herrn Kanzlers war; nämlich keinem berliner Blatt irgendeiner Art den officiellen Charakter beizulegen. Wenn Sie sich also beim Herrn Kanzler über mich beschweren wollen, so bitte ich, ihm meine Briefe zu zeigen, wenn Sie dieselben noch besitzen; er wird dann, sofern ich ihn misverstanden, oder mich undeutlich ausgedrückt hatte, die Sache leicht aufklären, zu unserer beiderseitigen Beruhigung.

Noch einen Irrthum berühre ich: nicht ich habe Ihnen eine Pension anbieten können, noch weniger zu dem speciellen Zweck einer Vertheidigung Sr. Excellenz; sondern ich äußerte, daß Se. Excellenz, sobald der Charakter der Abendblätter sich als tüchtig bewähre, er für dasselbe, wie für alles Nützliche im Staate wol gern etwas thun würde. Dies stimmt mit den Aeußerungen Sr. Excellenz, und darauf erwähnten Sie selbst eines ähnlichen Anerbietens. Sie wissen am besten, welch unglücklicher Zufall dem Abendblatt Verdruß bereitet hat, und worauf sich die Forderung, sich zu bewähren beziehen mußte. Das ist vorbei und niemand hat jetzt die entfernteste Veranlassung, denselben auch nur im mindesten übel zu wollen. Am allerwenigsten ich selbst, der ich aufrichtig wünsche, daß Ihre Wünsche und die Befehle des Herrn Kanzlers in Uebereinstimmung gebracht werden. Jenes aus Hochachtung und Freundschaft, dies als Dolmetscher des Willens eines höchst verehrungswürdigen Mannes.

XIV. Theodor Anton Heinrich Schmalz an Kleist

Berlin, 1. Februar 1811.

Der löblichen Redaction der Berliner Abendblätter theilt der unterzeichnete Rector der Universität in Verfolg einer Ihr von dem Herrn Polizeipräsidenten Gruner deshalb wahrscheinlich schon zugegangenen Anweisung, anliegend eine Erklärung zur Berichtigung einer in Nr. 41 des Abendblattes enthaltenen Anzeige, von einer angeblich zwischen Studenten und Handwerksburschen auf einem hiesigen Tanzboden vorgefallenen Schlägerei, mit dem Ersuchen mit, dieselbe den Abendblättern einzuverleiben, und ein Exemplar, worin der Abdruck geschehen, nachrichtlich dem Unterzeichneten zuzusenden.

Rector der Universität.
Schmalz.

XV. Karl August von Hardenberg an Kleist

⟨Berlin, 18. Februar 1811.⟩

Ich kann Ewr. meine Verwunderung nicht bergen daß Sie in Ihrem Schreiben vom 13[t] Febr die Abendblätter ein halb officielles Blatt nennen und aus dieser Benennung grundlose Ansprüche auf Entschädigungen wegen des schlechten Absatzes dieses Blattes herleiten wollen. Ich habe Ihnen ausdrücklich erklärt daß ich dem Abendblatt durchaus keinen officiellen Charakter beigelegt wissen wollte, wie denn auch der Augenschein lehrt daß es keinen solchen Charakter hat; und die Zwecke des Staats davon ganz unabhängig sind, und daselbst nicht mehr oder beßer als aller Orten erläutert werden. Ich habe sie ferner nicht im Mindesten beschränkt in der Art vor dem Publicum aufzutreten noch in den Mitteln ihr Blatt interessant zu machen. Sie sind keiner andern als den durchaus allgemeinen Vorschriften unterworfen, und diese sind nicht von der Art daß sie nicht verstatteten Interesse zu wecken, so bald hinreichende Mittel dazu angewandt werden. Wenn ich Ihren Wunsch von den Behörden Notizen für das Publicum zu erhalten unterstützte, so war dies eine Gefälligkeit die ich Ihnen so wenig wie jedem Andern abzuschlagen veranlaßt war; allein es erscheint unüberlegt eine Entschädigungsforderung darauf zu gründen, daß jenen Behörden keine passende Gelegenheit vorkam durch Mittheilungen Gefälligkeiten zu erweisen.

Ein 2ter Irthum Ihres Schreibens besteht darinn daß Sie eine dargebotene Geldunterstützung zur Führung jenes Blatts ausgeschlagen hätten, denn diese ist Ihnen nie in dieser Beziehung angeboten, sondern von mir und auf Ihre Veranlaßung geäußert worden, daß der Staat verdienstvolle Schriftsteller wenn es seine Kräfte erlauben gern unterstützen würde. Ich bin aber überzeugt daß Ewr. alsdann Ihre Verdienste nicht von dem Inhalt und dem Schicksal der Abendblätter abhängig erklären sondern auf andre Weise begründen werden. Bl $\frac{18}{2}$11

Hbg.

XVI. Friedrich von Raumer an Kleist

Berlin, den 21. Februar 1811.

1) Warum die Abendblätter zu Grunde gehen, zeigt ihr Inhalt.
2) Meine geringe Empfindlichkeit beweise ich Ihnen dadurch, daß ich die Wiederholung Ihres großen Irrthums über das Geldanbieten ruhig ertrage, nachdem Sie selbst jenen Irrthum erkannt und mit der Höflichkeit zurückgenommen haben, welche Ihre jetzige Stimmung Ihnen leider nicht zu erlauben scheint.
3) Für oder wider das Abendblatt habe ich keine Veranlassung mit Sr. Excellenz zu sprechen, da die Sache hinlänglich besprochen ist; ich werde Ihnen auch Ihr Unrecht

nicht nochmals schriftlich auseinandersetzen, weil ich meine Zeit besser benutzen kann.

4) Drucken mögen Sie lassen, was Sie verantworten können.

XVII. Friedrich von Raumer an Kleist

Berlin, den 22. Februar 1811.

Als ich aus einem Ihrer Billete, welches ich nicht aufbewahrt, und aus mündlichen Aeußerungen schließen mußte, daß Ew. Hochwohlgeboren den Sinn meiner im Auftrage des Herrn Kanzlers Ihnen gemachten Bemerkungen u. s. w. misverstanden hatten, gab ich Ihnen eine schriftliche authentische Erklärung. Darauf schrieben Sie mir unterm 13. December v. J., Ihre Wünsche für die Abendblätter wären durch die Empfehlung an die Behörden erfüllt, Sie begehrten nichts, als eine unabhängige Stellung zu behaupten. Sie schrieben ferner in Hinsicht auf die hieher gehörige falsche frühere Auslegung meiner Worte: »Ich behalte mir vor, Ew. mündlich wegen der zwischen uns im Drange mancher widerwärtigen Umstände stattgehabten Misverständnisse, innigst und herzlichst um Verzeihung zu bitten.« Ich habe dem Herrn Kanzler Ihre Briefe vorgelegt und muß Sie jetzt als Officiant bitten, das Gleiche mit den meinigen und insbesondere mit demjenigen zu thun, welcher Ihr Schreiben vom 13. December und die Lösung der jetzt unerwartet erneuerten Misverständnisse nach sich zog. Alsdann wird der Herr Kanzler entscheiden, ob ich seinen Sinn getroffen oder misverstanden, also als Officiant gefehlt oder Sie inducirt habe.

Wenn Sie, nachdem dies geschehen ist, glauben, daß ich auch auf andere Weise gegen Sie gefehlt, bin ich zu jeder Genugthuung bereit, welche Sie irgend zu fordern sich für berechtigt halten.

XVIII. Friedrich von Raumer an Kleist

Berlin, den 26. Februar 1811.

Ew. Hochwohlgeboren erwidere ich auf das heutige Billet, daß die Antwort auf Ihre heut wiederholte Frage vollständig in demjenigen meiner Briefe enthalten ist, auf welchen der Ihrige vom 13. December erfolgt ist. Ich will dieser Antwort weder etwas abnehmen noch zusetzen, sondern ganz dafür officiell und außerofficiell verantwortlich sein und bleiben.

XIX. Karl August von Hardenberg an Kleist

⟨Berlin, 26. Februar 1811.⟩

Es ist unbegreiflich, wie Ew. Hochwohlgeboren sich haben beygehen lassen können, mir das Schreiben mitzutheilen, welches Sie an d⟨en⟩HE. RegierungsRath von Raumer abgelassen haben, da Sie wissen mußten, daß es Behauptungen enthielt, deren Ungrund mir ganz genau bekannt war.

Das Abendblatt hat nicht bloß meine Aufmerksamkeit auf sich gezogen, sondern die Sr. Majestät des Königs Höchstselbst, weil Sie in eben dem Augenblicke, wo die neuen finantz Gesetze erschienen, Artickel darin aufnahmen, die geradezu dahin abzielten, jene Gesetze anzugreifen.

Es wäre genug gewesen die Censur zu schärfen, oder Ihr Blatt ganz zu verbiethen, da es bey aller Freyheit die man unpartheyischen Discussionen über Gegenstände der Staats Verwaltung bewilligt, doch durchaus nicht gestattet werden kann, daß in Tagesblättern Unzufriedenheit mit den Maasregeln der Regierung aufgeregt werde. Aus wahrer Wohlmeinung gegen Sie, sprach ich aber mit Ihnen und versprach Ihnen Unterstützung, wenn Sie ein zweckmässiges Blatt schrieben. Die Auslegung, welche Sie diesem Anerbieten gaben, als ob man Sie hätte erkaufen wollen, ist eben so unrichtig, als die Behauptung, daß Sie die angebotene Unterstützung abgelehnt hätten. Sie haben aber keinen Anspruch darauf, weil die Abendblätter auf keine Weise den Zweck erfüllen und durch ihren Unwerth von selbst fallen müssen, denn Auszüge aus längst gelesenen politischen Zeitungen und ein paar Aneckdoten, können, wie Sie selbst einsehen werden, nicht das mindeste Recht auf Unterstützung reclamiren oder die Benennung eines halbofficiellen Blatts verdienen.

Ew. Hochwohl. haben es Sich demnach allein selbst zuzuschreiben, wenn die gute Absicht, die ich für Sie hegte, nicht erfüllt wird und ich kann nicht umhin, Ihnen zu sagen, daß Ihre Correspondenz mit dem Herrn von Raumer, in der Sie Sich im Widerspruch mit Sich selbst befinden, mir äußerst mißfallen hat.

XX. Karl August von Hardenberg an Kleist

⟨Berlin, 11. März 1811.⟩

Es ist mir angenehm gewesen aus Ewr. Schreiben vom 10^{tn} März und den mir vom R⟨egierungs⟩Rath v Raumer gegebenen Erläuterungen zu ersehn daß die frühern Misverständniße weder durch Schuld eines Dritten, noch durch vorsätzlichen Irthum entstanden und herbeigeführt worden sind. Nach dieser genügenden Aufklärung der Sache kann ich Ihnen also gern versichern daß mir von keiner Seite eine weitere Entschuldigung oder Rechtfertigung nöthig erscheint. Bl$\frac{11}{3}$ 11

Hbg.

XXI. Karl August von Hardenberg an Kleist

⟨Berlin, 18. April 1811.⟩

Ehe ich die Churmärkische Regierung befrage ob Ewr. die Redaction des Churmärkischen Amtsblatts übertragen werden könnte, muß ich Sie auf einige Puncte aufmerksam machen, die schon an und für sich die Zurüknahme Ihres Gesuchs begründen möchten. Zuförderst würden Sie Ihren Aufenthalt in Potsdam nehmen müssen; dann kann die Redaction weil alle Inserate von dem Collegium selbst entworfen und vollzogen werden, blos in dem ganz äußerlichen Geschäft des Corrigirens des Drucks und in einigen andern gleich unerheblichen Bemühungen bestehn. Ich glaube nicht daß diese an sich zwar nöthige aber uninteressante Beschäftigung Ihren Wünschen angemessen seyn kann, und gebe Ihnen zu bedenken daß die Vergütung für diese Geschäfte immer nicht füglich höher bestimmt werden kann, als sie von dem zahlreichen Nebenpersonale der Regierung verlangt werden wird.

Sollten Sie aber überhaupt wünschen wieder in den Königl. Dienst einzutreten, so wird dies keine Schwierigkeiten haben, sobald Sie sich den allgemeinen gesetzlichen Bedingungen unterwerfen Bl $\frac{18}{4}$11.

Hbg

XXII. Königliche Kabinettsordre an Kleist

Berlin, den 11. September 1811.

Ich erkenne mit Wohlgefallen den guten Willen, der Ihrem Dienstanerbieten zum Grunde liegt; noch ist zwar nicht abzusehen, ob der Fall, für den Sie dies Anerbieten machen, wirklich eintreten wird, sollte solches aber geschehen, dann werde ich auch gern Ihrer in der gewünschten Art eingedenk sein, und gebe Ich Ihnen dies auf Ihr Schreiben vom 7ten d. M. hiermit in Antwort zu erkennen.

Friedrich Wilhelm.

Unsichere Zuweisung

An Ludwig von Brockes (?)

⟨Paris, November 1801?⟩

Kam die Aufforderung zur Erfüllung eines Versprechens das ich seit 10 Monaten unerfüllt lassen konnte, wirklich von Ihnen selbst, auf Ihre eigene Veranlassung; so beweist sie mehr für Sie, als Ihr gutes immer zärtliches, anspruchsloses Herz vielleicht ahndet. Tausend andere würden im Gefühl des beleidigten Stolzes über ein so langes Stillschweigen es für Erniedrigung gehalten haben, den Vergessenen an sein Versprechen zu erinnern, da er von selbst dessen sich nicht zu erinnern schien, oder wenigstens ihr Andenken für erloschen halten; und so vielleicht ohne große Bemühung, den Überrest ihrer eigenen Empfindungen für den Strafbaren nicht bewahren und allmählig eine Vereinigung gänzlich zu Grunde gehen lassen, die schon Jahre zählte und auf unserer beider Laufbahn doch manche Blume entstehen ließ. Allein Sie, der Sie selbst so wahr und innig fühlen, was ungeheuchelte und ungekünstelte Freundschaft ist, wußten auch mich richtig zu beurtheilen, und dafür sage ich Ihnen den wärmsten Dank. Sie wußten es wohl, daß ich nicht im Stande sein könnte, weder Sie, noch die mannigfaltigen Beweise Ihrer Anhänglichkeit für mich, noch die Tage und Stunden zu vergessen, die wir zusammen verlebt haben, und daß also andere Ursachen als eine solche, die Sie beleidigen und mich beschimpfen würde, mein Schweigen veranlaßt haben müßten. Keine Vorwürfe, keine Klagen, nur eine zärtliche Bitte setzen Sie ihm entgegen, und verachten auch nicht durch den leisesten Wink, daß Sie alle die Ansprüche fühlten, die Sie zu einem ganz andern Betragen von meiner Seite berechtigen. Wirklich ich glaube noch nie so wahr geliebt worden zu sein, aber gewiß ist auch meine Dankbarkeit eben so wahr, und oft werfe ich mir vor, daß ich sie damals als wir noch beisammen waren, wohl noch deutlicher manchmal hätte zu erkennen geben können. Und doch waren Sie immer mit mir zufrieden, immer gleich sanft, immer gleich gefällig und nachgebend gegen meine Eigenheiten, meine Launen, obgleich Sie nicht einmal die Ursachen davon einsehen konnten. Ich wußte und sehe es täglich, daß ich den ersten Platz in Ihrem Herzen hatte, aber weit entfernt ein Gleiches von mir zu verlangen, erfüllte Sie jeder, auch der kleinste Beweis meiner Zufriedenheit mit der lebhaftesten Freude, und Sie verlangten für die liebevollen Bemühungen zu meinem Vergnügen keinen Dank, als den daß ich nur froh war. Unverdorbene Seele, Zögling der liebenden Natur, wie wenige sind, die Dir gleichen.

Nicht wahr, Sie gedenken meiner jetzt oft, wenn Sie alle die bekannten Gegenden wieder betreten, wo wir mit einander die blühende Natur in ihren tausendfachen Scenen der sanften Freude genossen. Der grünende Wald, die flötende Nachtigall, der aufgehende Mond, die schweigende Nacht, der Abend, wenn er sich im stillen Flusse spiegelt, oder der strahlenreiche Mittag, alles wird Sie an Ihren abwesenden Freund und an die Vorzeit erinnern. Möchte Ihnen doch mein Verlust ganz ersetzt sein, ich wüßte Sie so gern recht glücklich, und ich weiß, daß Sie das ohne Freundschaft, wie Sie sie für mich empfanden, nicht sein können; das sagte mir so oft Ihr heitrer Blick, wenn wir uns trafen, das sagten mir Ihre Thränen, als wir schieden.

Anhang

Zu dieser Ausgabe

Die vorliegende Ausgabe versammelt 233 Briefe von Kleist und 22 Briefe an ihn sowie ein nicht sicher zuweisbares Schreiben, das im Anhang präsentiert wird. Im Gegensatz zur bisherigen Editionspraxis wurden die Briefe an Kleist nicht in die Chronologie der Kleist-Korrespondenz eingereiht, sondern sie erscheinen geschlossen im zweiten Teil der Edition, da sich mit ihnen aufgrund ihrer geringen Zahl nur selten das Ideal einer abbildbaren brieflichen Kommunikation verwirklichen läßt. Ferner blieben die seit Helmut Sembdner (SW) der Korrespondenz einverleibten »Aufzeichnungen auf Gut Friedersdorf« unberücksichtigt, weil sie als Gesprächszeugnis die Minimalanforderungen an einen Brief, versteht man ihn als Redeersatz zum Zwecke eines dialogischen Austauschs, nicht erfüllen.

Der vorliegenden Ausgabe der Briefe Kleists liegt die Edition Georg Minde-Pouets zugrunde (MP 2), die als erster und zweiter Band der zweiten Auflage der Werkausgabe erschien. Davon ausgenommen sind jene Briefe, die als vernichtet oder verschollen gelten und bei denen Minde-Pouet selbst auf Abschriften oder Druckzeugnisse angewiesen war. Sein diesbezüglich am Vorbild der klassischen Philologie orientiertes Bemühen, einen dem Original möglichst nahekommenden Text zu rekonstruieren, entspricht nicht mehr dem heutigen editionsphilologischen Standard. Deswegen wurde in diesen Fällen wie bei den erst nach 1936 entdeckten Briefen auf Erstdrucke, Faksimiles oder Photokopien der Autographen und Apographen zurückgegriffen. Entsprechendes gilt für die Briefe an Kleist, auf deren Abdruck MP 2 verzichtete. Die jeweiligen Quellen und Fundstellen sind im Kommentar angegeben.

Hinsichtlich der Textzeugen, die Minde-Pouet in handschriftlicher Form vorlagen, erlauben die jüngst erschienenen und verdienstvollen Brief-Editionen der Brandenburger Kleist-Ausgabe (BKA) und des Deutschen Klassiker Verlags (SWB) einen eindeutigen Befund seiner Entzifferungstätigkeit. Es zeigte sich, daß Minde-Pouet durchaus gewissenhaft und exakt die Texte transkribiert hatte. Konnten jedoch aufgrund der vergleichenden Lektüre unterschiedliche Lesarten festgestellt werden, wurden zusätzlich Faksimiles bzw. Photokopien der Handschriften sowie die Erstauflage des von Minde-Pouet besorgten Briefbandes (MP 1) konsultiert und die entsprechenden Textstellen gegebenenfalls emendiert. Für die erste Hälfte der Kleistschen Korrespondenz, die Briefe bis zum April 1801, liegt mit dem Band der BKA, der die Handschriften im Faksimile und in Transkription bietet, ein optimales Vergleichsmittel vor. Dieses wurde in der vorliegenden Ausgabe dankbar benutzt. Bei divergierenden Entzifferungen mit deutlich semantischen Abweichungen sind diese im Kommentar ausgewiesen. Der Editor behielt sich jedoch vor, die Konjekturalkritik vom Einzelfall abhängig zu machen. Ausschlaggebend hierfür war das Ausmaß der Textbeeinträchtigung in MP 2.

Die Ausgabe erhebt keinen textkritischen Anspruch; als Lese- und Studienausgabe versucht sie jedoch, einen möglichst zuverlässigen Text darzubieten, weswegen auf eine Modernisierung verzichtet wurde. Einige Vereinheitlichungen und editorische Eingriffe waren allerdings unvermeidlich: Sie betreffen etwa die von Kleist gebrauchte Abkürzung für die Konjunktion »und«, die immer ausgeschrieben wiedergegeben wird, den schwankenden Gebrauch der Abkürzung für Reichsthaler (rth, rh und Rth), die zu Rth. vereinheitlicht wurde, oder die durchgehende Setzung des Zeichens & (für ›und‹, ›etc.‹ und ›usw.‹), von MP 1 noch als tironische Note realisiert, die in MP aber zumeist als α erscheint. Dagegen blieb die Wiedergabe der Unterschrift unangetastet.

Texteingriffe des Editors werden durch spitze Klammern angezeigt; eckige Klammern signalisieren dagegen Textverlust, der fallweise restituiert werden konnte, oder einen unvollständig bzw. fragmentarisch überlieferten Textzeugen. Zur Entlastung des Kommentars wurden häufig wiederkehrende und nicht für sich sprechende Namen durch Vor- oder Nachname in spitzen Klammern ergänzt; abgekürzte Namen oder Titel wurden, so es keiner zusätzlichen Kommentierung bedurfte, bei mangelnder Eindeutigkeit ebenfalls im Text vervollständigt. Eine Datumszeile wurde nur gesondert eingerichtet, wenn sich die Angaben nicht aus dem Brief konkret ableiten ließen oder eine nachträgliche zeitliche und lokale Bestimmung erforderlich war. Ansonsten werden die originalen Datumszeilen in ihrem Wortlaut wiedergegeben, fehlende Angaben sind in spitzen Klammern ergänzt.

In der Handschrift unterstrichene (und in gedruckten Vorlagen gesperrte) Buchstaben und Wörter sind durch gesperrte Schriftauszeichnung, Zwei- und Mehrfachunterstreichungen (in gedruckten Vorlagen halbfett) durch halbfette Schriftauszeichnung wiedergegeben.

Es sei an dieser Stelle den Personen gedankt, die das Zustandekommen der Edition mit Rat und Tat befördert haben: Dr. Wilhelm Amann (Mülheim a. d. R.), Wolfgang Barthel (Frankfurt a. d. O.), Dr. Achim Geisenhanslüke (Duisburg), Prof. Dr. Klaus Müller-Salget (Innsbruck), Dr. Stefan Ormanns (Bonn), Reinhard Pabst (Frankfurt a. M.), Dr. Peter Staengle (Heidelberg), Uwe Werlein (Duisburg) und Britta Weschke (Frankfurt a. d. O.). Mein Dank gilt insbesondere Prof. Dr. Gunter E. Grimm (Duisburg) für die Unterstützung und das Vertrauen, das er mir und meiner Arbeit von Anfang an entgegenbrachte.

Abkürzungen und Siglen

Adelung	Johann Christoph Adelung: Grammatisch-kritisches Wörterbuch der Hochdeutschen Mundart [. . .]. 4 Bde. Leipzig 1793–1801. – Reprod. Nachdr. Hildesheim / New York: Olms, 1970.
BA	Berliner Abendblätter. Hrsg. von Heinrich von Kleist. Reprogr. Nachdr. der von Georg Minde-Pouet veranstalt. Faks.-Ausg. Leipzig 1925. Nachw. und Quellenreg. von Helmut Sembdner. Darmstadt: Wissenschaftliche Buchgesellschaft, 1959.
BJK	Biblioteka Jagiellońska, Krakau
BKA	Heinrich von Kleist: Sämtliche Werke. Brandenburger Ausgabe. Hrsg. von Peter Staengle in Zsarb. mit Roland Reuß. Briefe 1: März 1793 – April 1801. Basel / Frankfurt a. M.: Stroemfeld / Roter Stern, 1996. (Brandenburger Ausgabe. IV/1.)
BKB	Brandenburger [Berliner] Kleist-Blätter
Br.	Brief
Campe, Erg.-Bd.	Johann Heinrich Campe: Wörterbuch der Deutschen Sprache. Erg.-Bd.: Wörterbuch zur Erklärung und Verdeutschung der unserer Sprache aufgedrungenen fremden Ausdrücke [. . .]. Braunschweig 1813. – Reprogr. Nachdr. Hildesheim / New York: Olms, 1970.
DLA	Deutsches Literaturarchiv Marbach a. N.
DWB	Deutsches Wörterbuch. [Begr.] von Jacob Grimm und Wilhelm Grimm. 32 Bde. [Bd. 1–16 in 32 Tln.] Leipzig 1854–1954. Erg.-Bd.: Quellenverzeichnis. Ebd. 1971. – Nachdr. 33 Bde. München: Deutscher Taschenbuch Verlag, 1984.
E	Erstdruck
Faks.	Faksimile
GStA	Geheimes Staatsarchiv Preußischer Kulturbesitz Berlin

Hs.	Handschrift
KGF/MP	Kleist-Gedenk- und Forschungsstätte Frankfurt/Oder, Teilnachlaß Minde-Pouet
KM	Kleist-Material. Katalog und Dokumentation des Georg Minde-Pouet Nachlasses in der Amerika-Gedenkbibliothek Berlin. Im Auftrag des Instituts für Textkritik e. V. hrsg. von Wilhelm Amann und Tobias Wangermann in Zsarb. mit Roland Reuß und Peter Staengle. Basel / Frankfurt a. M.: Stroemfeld / Roter Stern, 1997.
LS	Heinrich von Kleists Lebensspuren. Dokumente und Berichte von Zeitgenossen. Erw. Neuausg., hrsg. von Helmut Sembdner. Frankfurt a. M. / Leipzig: Insel Verlag, 1992.
MP 1	Heinrich von Kleists Werke. Im Verein mit Georg Minde-Pouet und Reinhold Steig hrsg. von Erich Schmidt. Krit. durchges. und erl. Gesamtausgabe. Bd. 5: Briefe. Bearb. von Georg Minde-Pouet. Leipzig/Wien: Bibliographisches Institut, [1904/05].
MP 2	Heinrich von Kleists Werke. Nach der von Erich Schmidt, Reinhold Steig und Georg Minde-Pouet bes. Ausg. neu durchges. und erw. von Georg Minde-Pouet. Bd. 1–2: Briefe. Leipzig: Bibliographisches Institut, [1936–38].
NR	Heinrich von Kleists Nachruhm. Eine Wirkungsgeschichte in Dokumenten. Hrsg. von Helmut Sembdner. 5., rev. und erw. Aufl. Frankfurt a. M.: Insel Verlag, 1984.
SBB	Staatsbibliothek zu Berlin – Preußischer Kulturbesitz, Haus 2, Potsdamer Straße.
SW	Heinrich von Kleist: Sämtliche Werke und Briefe. Hrsg. von Helmut Sembdner. 9., verm. und rev. Aufl. München: Hanser, 1993.
SWB	Heinrich von Kleist. Sämtliche Werke und Briefe in vier Bänden. Hrsg. von Ilse-Maria Barth, Klaus Müller-Salget, Stefan Ormanns und Hinrich C. Seeba. Frankfurt a. M.: Deutscher Klassiker Verlag, 1987–97. [Briefe: Bd. 4.]

W	Heinrich von Kleist: Werke und Briefe in vier Bänden. Hrsg. von Siegfried Streller in Zsarb. mit Peter Goldammer und Wolfgang Barthel, Anita Golz, Rudolf Loch. 3., erg. Aufl. Berlin/Weimar: Aufbau Verlag, 1993.

Anmerkungen

Die im folgenden in verkürzter Form (Name, wo nötig, mit zusätzlicher Jahreszahl) zitierte Literatur ist vollständig nachgewiesen im ersten Teil der Literaturhinweise (S. 732 ff. im vorliegenden Band).

Briefe von Kleist

1

9,3 *Maerz 1793:* ursprünglich 1792; auch andere Briefe Kleists sind falsch datiert (vgl. Br. 59, 62, 138, 174).

9,8 f. *zahlreicher Truppen:* im Ersten Koalitionskrieg (1792–97), der zunächst von Preußen-Österreich und seit 1793 mit weiteren Verbündeten gegen Frankreich geführt wurde.

9,11 f. *Ich fahre also ... fort:* Ein früheres Schreiben von Kleist ist nicht erhalten.

9,12 *Reise:* Kleists Reise zu seinem Regiment in Frankfurt a. M., nachdem er am Begräbnis seiner am 3. 2. verstorbenen Mutter in Frankfurt a. d. O. teilgenommen hatte.

9,13 *Brief an Gustchen:* Briefe an Kleists Schwester Auguste sind nicht überliefert.

9,14 *Aufwärter:* Bedienter.

9,16 *am Donnerstag:* am 7. 3. 1793; folgt man Kleists Auskunft (»seit 3 Tagen«), so dürfte er Frankfurt a. d. O. je nach Auslegung der Tageszählung entweder am 3. oder 4. 3. verlassen haben.

9,17 *Kaufmann:* der mit Kleist reisende Kaufmann Romerio.

9,19 *Pleissenburg:* Festung in Leipzig, in der 1519 die berühmte Disputation zwischen Martin Luther und Johannes Eck stattfand.

9,22 *romantischer:* Der von Friedrich Schlegel (*Athenäum-Fragmente*, 1798 ff.) und Ludwig Tieck (*Romantische Dichtungen*, 1799) literarisch und literaturtheoretisch eingebürgerte Begriff ›romantisch‹ bedeutete im 17. Jh. noch »romanhaft«, im 18. Jh. »phantasievoll«, »phantastisch« und in der Übertragung auf landschaftliche Eigenheiten auch »stimmungsvoll« und »malerisch« (vgl. DWB 14, Sp. 1155 ff.). In diesem Sinne von Kleist häufiger gebraucht (vgl. 110,4; 279,15 f.; 346,1).

9,25 *Kapaun:* kastrierter Hahn.

9,30f. *Alt Ranstaedt ... Friede geschloßen ward:* Diktatfriede vom 24. 9. 1706 während des Nordischen Kriegs (1700–21), der August II. von Sachsen den Verzicht auf die polnische Krone auferlegte.

10,3 *Bataille von Rossbach:* Schlacht bei Roßbach (5. 12. 1757) während des Siebenjährigen Kriegs (1756–63), in der die preußischen über die österreichischen und französischen Truppen siegten.

10,6f. *Place de repos ... Rossbach:* (frz.) Ruheplatz Friedrichs II., Königs von Preußen, nach der Schlacht von Roßbach.

10,8 *Schloß Weissenfels:* das frühbarocke Schloß Neu-Augustusburg (1664–90) in Weißenfels an der Saale.

10,15 *eine alte Burg:* die Rudelsburg bei Kösen.

10,22 *fuß:* altes deutsches Längenmaß (31,385 cm).

10,30 *Auerstaedt:* neben Jena Schauplatz der preußischen Niederlage gegen Frankreich 1806 (vgl. Anm. zu 372,12).

10,32 *Buttelstaedt:* nördl. von Weimar.

10,34 *die große Glocke:* die 1497 von Erhard Kempen gegossene ›Maria gloriosa‹ im Erfurter Dom.

10,36 *Generalsuperintendenten:* höchster evangelischer Geistlicher eines Landes oder einer Provinz.

11,9 *Postillion:* (frz.) Postreiter oder -kutscher.

12,3 *antique:* (frz.) hier: uralt.

12,13f. *ich dachte an meine Mutter:* vgl. Anm. zu 9,12.

12,20f. *die Franzosen ... geschlagen:* die Rückeroberung Belgiens durch die österreichischen Truppen Anfang März 1793.

12,23 *Vach:* Vacha, thüringische Stadt am Nordrand der Rhön.

12,30 *Schüchtern:* eigentlich Schlüchtern, südwestl. von Fulda.

12,36 *Westminster:* wohl Salmünster; im Hessischen Spessart östl. von Bad Soden.

12,36–13,1 *Kellnhausen:* Gelnhausen, nordöstl. von Frankfurt a. M.

13,23 *auf der Parade:* nicht ganz eindeutig; es könnte der Paradeplatz, aber auch der Zeitpunkt des Appells gemeint sein.

14,11 *wohlfeil:* billig.

14,13 *Appendix:* (lat.) Anhang.

14,21 *Esquadrons:* (frz.) Schwadrone; ein Schwadron ist eine aus 100–150 Mann bestehende Kavallerieeinheit.

14,22 *Batterie:* kleinste Gefechtseinheit der Artillerie.
bei Rüremonde: Der Angriff auf die niederländische Stadt Roermond fand am 3. 3. 1793 statt; Roermond wurde von den Franzosen kampflos preisgegeben.

14,23 *12℔dige:* zwölfpfündige.
14,33 *Bombardements von Mainz:* Die Belagerung des von französischen Truppen besetzten Mainz, an der auch Goethe teilgenommen hatte, dauerte vom 4. 4. bis 23. 7. 1793.
14,34 *die Garde:* in Potsdam stationiertes Regiment, dem Kleist seit dem 1. 6. 1792 als 5. Gefreiter-Korporal angehörte.
15,1 *wenn bestimmt:* wann bestimmt.
15,4 f. *meinen lieben Schwestern:* Kleist hatte fünf Schwestern: die aus Johann Friedrich von Kleists erster Ehe stammenden Halbschwestern Wilhelmine und Ulrike sowie Auguste, Friederike und Juliane. Wer von ihnen hier gemeint ist, läßt sich nicht mit Gewißheit sagen. Vermutlich aber handelt es sich um die bereits genannte Auguste (Gustchen) und seine Lieblingsschwester Ulrike, da Kleist im Nachsatz dieses Briefes von seinen »beiden lieben Schwestern« spricht.
15,9 f. *ihren HErr Sohn:* Bogislaw von Gloger.
15,15 *Meilen:* Es dürfte die preußische Meile (7532,484 m) gemeint sein.
15,27 *Felleisens:* »mit einer eisenstange verschloszne ledertasche« (DWB 3, Sp. 1498).
15,31 *Mantelsack:* »länglicher reisesack, zumal für den mantel und andere kleidung« (DWB 12, Sp. 1614).
15,33 *Cassation:* (frz.) hier: Entlassung aus dem Militärdienst.
16,4 *Suade:* von lat. *suada* ›Rede-, Erzählfluß‹.
16,14 *Theilnehmern:* hier: Anteil nehmende oder mitfühlende Personen.
16,25 *Suite:* (frz.) Gefolge eines Königs oder Fürsten.
avantage: (frz.) Beförderung.
eine Stufe avançirt: Die Beförderung zum Portepeefähnrich (vgl. Anm. zu 18,29) setzte den stufenweisen Aufstieg vom 5. zum 1. Gefreiten-Korporal voraus. Auf einen solchen Aufstieg spielt Kleist hier wohl an.
16,30 *4 Cousins:* Ernst Heinrich Wilhelm, Wilhelm Ludwig Theodor und Carl Otto Philipp von Pannwitz sowie Johann Heinrich Ernst von Schönfeldt.
16,34 f. *beiden lieben Schwestern:* vgl. Anm. zu 15,4 f.

2

17,2 *Eschborn:* nordöstl. von Frankfurt a. M. gelegener Standort des Garderegiments, in dem Kleist mit dem 2. und 3. Bataillon seit November 1794 stationiert war.
17,11 *reizbaren:* reizvollen.
17,25 *Klang einer hohlen Schelle:* vgl. 1. Kor. 13,1.
18,18 *in seiner Abwesenheit:* wegen eines mehrmonatigen Heiratsurlaubs seit Ende 1794.
18,22 *Abreise nach Westphalen:* die Verlegung des Garderegiments nach Osnabrück.
18,29 *Avancement:* (frz.) Kleists bevorstehende Beförderung zum Portepeefähnrich am 14. 5. 1795.
18,32 *zum Officier reift:* Kleists einziger Bruder wurde mit 14 Jahren zum Fähnrich befördert.
18,36 *Feldzug gegen die Pohlen:* An dem Annektionsfeldzug in Polen, der mit dem Einmarsch preußischer Truppen im Januar 1793 begonnen hatte, nahm auch Leopold von Kleist seit Mai 1794 mit dem Frankfurter Infanterieregiment teil.
19,6 f. *dem Protzenschen Hause:* das Haus des Geistlichen Carl Samuel Protzen, der Kleist 1777 getauft hatte; an dessen Tätigkeit als Feldprediger im Infanterieregiment Frankfurt a. d. O. (1770–1782) erinnert Kleists Anekdote *Mutwille des Himmels* (SW 2, S. 265 f.).
19,7 *Bonne:* (frz.) Kindermädchen, Hausgehilfin; wahrscheinlich Jeanne Elisabeth Nogier.
Martinin: Kleists ehemaliger Hauslehrer Christian Ernst Martini.

3

Textwiedergabe nach E: Bülow, 1846, S. 109–124; Druckfehler und editorische Zusätze wurden stillschweigend verbessert bzw. weggelassen. – Hs. und die mutmaßlich von dem Martini-Schüler Carl Eduard Albanus (1810–1861) stammende Abschrift, auf der E und der Zweitdruck von Bülow (1848) basieren, gelten als verschollen. Minde-Pouets Veröffentlichung in MP 1 geht noch auf den Zweitdruck zurück, während MP 2 einen aus E, dem Zweitdruck und MP 1 bestehenden Mischtext vorlegte. Zu dieser Problemlage vgl. Kanzog/Kanzog, 1971, sowie KM, S. 37–44. Grundlegende Passagen dieses Briefes stimmen mit dem von Kleist etwa zeitgleich verfaßten *Aufsatz, den sichern Weg des Glücks zu finden* (SW 2, S. 301–315) überein.

20,26 f. *Es ist also ein wahres Wort:* so Helvétius in seiner Schrift *De l'esprit* (1758): »C'est le tableau effrayant de ces difficultés qui rende l'homme sage si réservé sur l'article des conseils. Aussi n'est-ce qu'à ceux qui n'en donnent point qu'il en faut toujours demander.« (4. Abhandlung, 11. Kap.).

20,31 *meinen Entschluß:* Mit der Kabinettsordre vom 4. 4. 1799 (vgl. Br. I) erhielt Kleist den gewünschten Abschied.

21,13 *meiner Schwester:* Ulrike von Kleist.
meinem Vormunde: George Friedrich Dames.

21,14 *Lebensplan:* Kleists Idee eines Lebensplans geht, wie manche Gedankengänge in diesem Brief, auf Vorstellungen Christoph Martin Wielands und die Tradition der moralphilosophischen Aufklärung zurück. So heißt es etwa in dessen Roman *Geschichte des Agathon* (1766/67): »Laß uns also den Plan unsers Lebens auf das gründen, was wir kennen und wissen; und nach dem wir gefunden haben, *was* das glückliche Leben ist, den geradesten und sichersten *Weg* suchen, auf dem wir dazu gelangen können.« (3. Buch, 3. Kap.).

21,24 *ehrwürdige Tante:* Auguste Helene von Massow.

22,16 *es hängt von keinen äußeren Umständen ab:* Anlehnung an Wielands *Sympathien* (1756), die Kleist kannte (vgl. Br. 49). Dort heißt es in der 10. 'Sympathie': »Die Seele ist da, wo sie denkt. Durch ihre Gedanken kann sie sich mitten im Leiden einen Himmel um sich her verschaffen«.

22,34 f. *die Tugend allein um der Tugend willen:* vgl. Goethe, *Wilhelm Meisters Lehrjahre* (IV,2): »Glaubt mir, meine Freunde, es ist mit den Talenten wie mit der Tugend: man muß sie um ihrer selbst willen lieben oder sie ganz aufgeben.«

24,13 *Charade:* (frz.) Silbenrätsel, bei dem das zu erratende Wort in Silben oder Teile zerlegt wird. Vgl. auch Kleists Gedicht *Der Jüngling an das Mädchen* (SW 1, S. 37).

24,22–25 *Ich nenne nämlich Glück ... eignen Wesens:* in der Zusammenschau von Moral und Schönheit zentraler Begriff in Anthony Shaftesburys (1671–1713) *Inquiry Concerning Virtue and Merit* (1699); von nachhaltigem Einfluß auf Wieland und auch auf Schillers Ästhetik (vgl. dessen *Kallias*-Brief vom 19. Februar 1793).

25,4 *Fortunens:* römische Göttin des Glücks.

25,15 *Der Tugend folgt die Belohnung:* vgl. Wielands Lehrgedicht *Die Natur der Dinge* (1752): »Die Tugend nur macht reich, sie folget uns in Welten, / Wo Ahnen, Ruhm und Gold kaum bunte Schalen gelten, / Sie darf des Reichthums nicht, die ganze Welt ist ihr« (6. Buch).

25,25 f. *mich … entbrechen:* hier im Sinne von »sich enthalten« (DWB 3, Sp. 503).

25,29 *Schüler der Weisheit:* Schüler der Philosophie.

25,32 f. *den Mittelpfad zu verlieren:* Im Aufsatz für Rühle wird jedoch gerade die »Mittelstraße« (SW 2, S. 308) als der dem Glück adäquate Pfad bezeichnet.

26,19 *kindischen:* in E folgt »(lichen)« als Hinweis zum seinerzeitigen Sprachgebrauch.

26,25 *Präparate:* von lat. *praeparatum* ›Vorbereitung, Vorbereitetes‹; der Sinn ist nicht ganz eindeutig. SWB 4 schlägt »Voraussetzungen« vor.

26,28–30 *die Großen … dieser Welt:* vgl. Goethe, *Wilhelm Meisters Lehrjahre* (I,10): »Es haben die Großen dieser Welt sich der Erde bemächtiget, sie leben in Herrlichkeit und Überfluß.«

27,15 *an den König:* nicht erhaltener Brief an Friedrich Wilhelm III., von dessen Thronbesteigung 1797 sich Kleist wie viele seiner Zeitgenossen gesellschaftliche Reformen erhoffte.

28,1 f. *Monument der Tyrannei:* Mit seiner Kritik an der Praxis des Militärdienstes in Preußen stand Kleist zu seiner Zeit nicht allein; vgl. auch W 4, S. 528.

28,36 *gemischten Arithmetik:* vgl. Anm. zu 30,10.

29,1 *geometrischen Reihen:* Folge von Größen, bei welcher der Quotient von zwei aufeinanderfolgenden Gliedern konstant ist.

29,3 *reinen Logik:* Lehre von den formalen Regeln des Denkens.

29,12 *Exerzierzeit:* Zeit der militärischen Übungen, die für Soldaten und Offiziere gleichermaßen verpflichtend waren und die sich in der Regel im Frühjahr und Herbst über vier Wochen erstreckten.

29,19 f. *reinen Mathematik:* Gegensatz zur angewandten Mathematik.

29,27 *gesellschaftlich:* hier: »gemeinschaftlich, in gesellschaft mit anderen« (DWB 5, Sp. 4062).

29,27 f. *einem jüngeren Freunde:* Otto August Rühle von Lilienstern.

30,10 *Kästners indirekte Beweise:* nach Abraham Gotthelf Kästners Lehrbuch *Anfangsgründe der Arithmetik, Geometrie, ebenen und sphärischen Trigonometrie und Perspektiv* (Göttingen [4]1786,

Abt. Geometrie, 22. Lehrsatz), auf dem auch Kleists arithmetische Studien beruhten. Kleist soll damals bereits »die Lehre von den ganzen Zahlen, Brüchen und zusammengesetzten Größen, das Buchstabenrechnen, die Rechnung mit zehnteiligen und sechzenteiligen Brüchen, das Ausziehen der Quadrat- und Kubikwurzel, die Lehre von den Verhältnissen, von der Zusammensetzung der Verhältnisse, den Reihen und Logarithmen« (Muth, S. 24) beherrscht haben.

30,30 *Diversion:* (lat.) Ablenkung.

31,17 *Brodwissenschaft:* In Schillers Rede *Was heißt und zu welchem Ende studiert man Universalgeschichte?* (1789) heißt es, der Brotgelehrte setze die Kräfte seines Geistes nur in Bewegung, »um dadurch seinen sinnlichen Zustand zu verbessern und eine kleinliche Ruhmsucht zu befriedigen«.

31,20 f. *Cameral-Wissenschaft:* feudalistische Wirtschafts-, Finanz- und Verwaltungslehre.

31,23 f. *Connexionen:* Beziehungen.

32,12 *bessern:* MP 2 verbesserte, was wohl eher dem Sinn entspricht, zu »äussern«.

32,20 *jahrelangen Aufenthalt:* einjährigen Aufenthalt.

32,21 *Collegium:* (lat.) hier: Vorlesung.

32,22 *literarische Encyclopädie:* Einführung in die Literatur und Methoden einer bzw. mehrerer Wissenschaften.

32,25 f. *höheren Theologie:* unklare Bezeichnung; nach SW 2, S. 966, summarisch für die von Kleist geschätzten Wissenschaften Mathematik, Philosophie und Physik; Muth, S. 25, spricht dagegen von der »theologia rationalis« im Gegensatz zur Offenbarungstheologie und stellt sie damit vornehmlich in Beziehung zur Philosophie.

33,24 *Bedingung:* bei Bülow, 1848: »Bedienung«, im Sinne von »dienst, amt, stelle« (DWB 1, Sp. 1232).

34,3 *meinen Abschied:* vgl. Anm. zu 20,31.

34,18 f. *ein kleines Vermögen:* aus dem elterlichen Erbe (vgl. W 4, S. 530).

35,14 *an die Ordnung der Dinge:* an die gesellschaftlichen Gegebenheiten oder Verhältnisse.

35,17 *zufällige Abgezogenheit:* Das Substantiv ist hier im Sinne von »einsamkeit, abgeschiedenheit, zurückgezogenheit« (DWB 1, Sp. 49) zu verstehen. Die Bedeutung des Adjektivs ist dagegen nicht ganz eindeutig. Es könnte das, was einem zufällt, oder ein Akzidentielles gemeint sein. Nicht auszuschließen ist aber, daß es sich um eine Anspielung auf seine »Ängstlichkeit« und »Beklommenheit« (Br. 6) handelt, die Kleist in Gesellschaft empfand und hinter der er eine physische Ursache vermutete (vgl. Anm. zu 207,12–14). Der Gebrauch von »zufällig« zur Charakterisierung einer krankheitsbedingten Störung läßt zumindest diese Deutung zu und war auch Kleist nicht fremd (vgl. DWB 32, Sp. 350f., ferner Anm. zu 351,6).

35,26f. *nebst beiliegendem Aufsatz:* vermutlich der Aufsatz für Rühle von Lilienstern (vgl. Anm. zu Br. 3, »Textwiedergabe [...]«).

35,33 *Ihr Freund Kleist:* Kleist verzichtete in diesem Schreiben und dann bis zum Sommer 1803 auf das Adelsprädikat.

4

36,1 *Revers:* (frz.) Verpflichtungserklärung, mit der Kleist auf die Kabinettsordre vom 13.4. (vgl. Br. II) reagierte.

36,2 *Sr. ... Majestät:* statt ›Se. Majestät‹ üblich im damaligen Amtsstil (vgl. KM, S. 31).

36,5 *nachgesuchten Abschied:* Kleists Abschiedsgesuch ist nicht erhalten.

36,7–11 *daß ich weder ... anhalten will:* Kleist hielt sich nicht an seine Verpflichtung (vgl. Br. 75 und die Kabinettsordre vom 11.9.1811 [Br. XXII]).

36,18 *Lieut.:* Kleist war im Februar 1797 zum Sekondeleutnant befördert worden.

5

36,20 *Mai 1799:* Aufgrund der inhaltlichen Berührungspunkte dürfte das Schreiben in zeitlicher Nähe zum Brief an Martini (Br. 3) entstanden sein, und zwar nach der Aufnahme des Studiums (vgl. Anm. zu 37,7f.), und vor dem nachfolgenden Schreiben (12.11.1799) an Ulrike, das den Inhalt dieses Briefes bereits voraussetzt. Da sich Ulrike vor November 1799 für mehrere Monate bei ihren Verwandten in der Nähe von Cottbus aufhielt (vgl. Anm. zu 46,3f.), scheint die Datierung von MP 2 plausibel.

37,3f. *Freunde zu Potsdam:* Zu denken wäre an Johann Georg Aemilius von Brause, Carl von Gleißenberg, Hartmann von Schlotheim, Ernst von Pfuel und Otto August Rühle von Lilienstern.

37,7 f. *Aufenthalt in Frankfurt:* Kleist immatrikulierte sich am 10. 4. 1799 an der Königlichen Universität in Frankfurt a. d. O.

38,14 *auszuspüren:* »gleichviel mit aufspüren« (DWB 1, Sp. 981).

38,32–36 *eines freien denkenden Menschen ... des Bessern:* nach Lessing, *Nathan der Weise* (III,5): »Ein Mann, wie du, bleibt da / Nicht stehen, wo der Zufall der Geburt / Ihn hingeworfen: oder wenn er bleibt, / Bleibt er aus Einsicht, Gründen, Wahl des Bessern.«

39,4 *Lebensplan:* vgl. Anm. zu 21,14.

39,6 *schon die Bibel sagt:* Eine dem Wortlaut nach entsprechende Stelle konnte nicht ermittelt werden; W 4 verweist auf Luk. 9,62.

39,23 *Mobil:* hier: Antrieb, bewegender Grund.

39,33 *denkenden Seele:* vgl. diese Formulierung in der Einleitung zu Wielands *Sympathien* (1756) sowie dessen Seelen-Begriff in *Die Natur der Dinge* (1752): »Die Seele fühlt durch sich. Ihr Wesen ist im Denken, / Ihr Körper kann kein Bild, einfließend in sie senken.« (3. Buch).

40,8 f. *Wohlstand:* hier noch in der älteren Bedeutung: »was wohl ansteht, der sitte entspricht, synonym mit anstand« (DWB 30, Sp. 1182).

40,27 *Pannwitzen:* einer der drei Kleist-Cousins mütterlicherseits; vgl. Anm. zu 16,30.

41,8 *Bestimmung:* bei Kleist »ausschließlich im teleologischen Sinne« gebraucht (Kreutzer, 1968, S. 54).

42,22 f. *höchste Bestimmung ... heiligste Pflicht:* Diese Rollenvorstellung der Frau steht ganz im Zeichen der Lektüre von Wielands *Sympathien*, wo es heißt: »Eine solche Mutter zu seyn, ist die höchste Stufe des weiblichen Ruhms.« (8. ›Sympathie‹); zu der im Banne der Aufklärung stehenden Rollenkonzeption Kleists insgesamt vgl. Clauss, S. 211–219.

43,12–14 *Soll er Weiblichkeit ... sie zu unterdrücken:* Anspielung auf Ulrikes Vorliebe, in Männerkleidern zu reisen (vgl. Anm. zu 320,24).

6

45,5 *Masse von Geschäften:* Kleist soll über das herkömmliche Pensum hinaus seine Universitätsstudien betrieben haben (vgl. LS 32b).

45,8 *zu schwer für mich:* Im Rückblick auf seine Studienzeit wird

Kleist selbst von übermäßigen Anstrengungen sprechen (vgl. Br. 58).

45,15 *Eintrit der Messe:* Nach Carl Renatus Hausens *Geschichte der Universität Frankfurt/Oder* soll der akademische Betrieb während der Martinimesse nicht länger als sechs Tage ausgesetzt worden sein (vgl. Hoffmann, 1903, S. 341).

45,33 *täglich ein gutes Gedicht:* vgl. Goethe, *Wilhelm Meisters Lehrjahre* (V,1): »Man sollte 〈...〉 alle Tage wenigstens ein kleines Lied hören, ein gutes Gedicht lesen«.

46,3 f. *seit Deiner Abwesenheit:* Kleists Schwester hielt sich seit Sommer 1799 auf dem nordwestl. von Cottbus gelegenen Gut Werben des Cousins Ernst von Schönfeldt auf.

46,34 f. *Schaumünzen:* Medaillen, Denkmünzen.

47,30 *von meiner Religion:* Kleists Religionsvorstellung schloß »außer dem auf die Unsterblichkeit gerichteten Vervollkommnungsstreben auch den Gedanken von einer Stufenleiter des Wesens ein, die nach jedem ihrer Tode auf immer anderen Sternen eine fortschreitende Höherentwicklung durchlaufen« (Kreutzer, 1968, S. 66).

48,14 *Minette:* Kleists spätere Verlobte Wilhelmine von Zenge.

49,6 *Colomb:* Kolumbus.

49,15 *rêche:* (frz.) schwierig, unfreundlich.

50,17 *übersieht:* hier in geistiger Hinsicht: überragt, übertrifft (vgl. Adelung 4, Sp. 774).

50,20 f. *Rousseau mit dem Könige von Frankreich:* vgl. Jean-Jacques Rousseaus *Les confessions* (1782/89, 8. Buch).

50,27 *Sire ... ainsi:* aus Voltaires *Siècle de Louis XIV* (1751, 24. Kap.): Majestät, nicht einmal vor Ihren Feinden zittere ich so.

51,2 f. *Schernewitz:* Tzschernowitz, Rittergut bei Guben, südl. von Frankfurt a. d. O.

51,4 *Flinzberg:* Flinsberg, schlesischer Badeort bei Liegnitz.

51,10 *Werben:* vgl. Anm. zu 46,3 f.

51,17 *Supplemente:* Nachträge, Ergänzungen.

51,19 *das 3ᵗ Batl.:* Das Bataillon des 24. Infanterieregiments (Frankfurt a. d. O.) war in Züllichau stationiert.

51,24 *Gen: Kleist:* General Franz Casimir von Kleist.

51,25 *Einschub:* die Beförderung eines Offiziers »wider die hergebrachte Ordnung« (Adelung 1, Sp. 1744).

52,14 *Experimental-Physik bei Wünsch:* Wünsch hielt seine Privat-Vorlesung vom 18. 11. 1799 bis 9. 4. 1800 (vgl. LS 36 und 37b).

7

52,22 *April / Anfang Mai 1800:* MP 2 datierte noch auf »Anfang 1800«. Die Neudatierung folgt der Begründung von BKA, S. 103, und orientiert sich an Kleists Aussage in Br. 8, wonach Wilhelmine von Zenge ihm »vor einem halben Jahre« ihre Freundschaft zugesichert habe.

52,23 *Inliegenden Brief:* Das Schreiben ist nicht überliefert.

53,16 *meiner Reise:* Auf welche Reise Kleist sich bezog, ist nicht bekannt.

8

53,21 *April/Anfang Mai 1800:* vgl. Anm. zu 52,22; der Brief ist unvollständig überliefert.

53,29 *Erklärung Ihres Vaters:* vgl. dazu den vorhergehenden Brief sowie Wilhelmine von Zenges Erinnerungen an die Anfänge ihrer Beziehung (LS 38).

54,8 *Witze:* nach damaligem Sprachgebrauch vornehmlich im Sinne von engl. *wit*, »welches auch noch Verstand, Scharfsinn u. s. f. bedeutet« (Adelung 4, Sp. 1587).

56,27 f. *ich hörte letzthin in dem Naturrechte:* Zu Kleists Universitätslehrern gehörte auch Ludwig Gottfried Madihn (vgl. Br. 15), dessen *Grundsätze des Naturrechts* (1774) in revidierter Form 1789/95 erschienen.

57,29 *wie Herkules:* Der griechische Herakles-Mythos erzählt, wie dieser – von Amphitryon ins Gebirge geschickt – am Scheideweg von Tugend und Liederlichkeit stand.

9

58,22 f. *Übung in der Beantwortung zweifelhafter Fragen:* vgl. die nachfolgenden »Denkübungen für Wilhelmine von Zenge« (Br. 10).

59,16 *Zuerst fragt mein Verstand:* Ähnliche Fragen finden sich in Kants *Anthropologie in pragmatischer Hinsicht* (1798, § 59): »Was will ich? (frägt der Verstand) / Worauf kommts an? (frägt die Urtheilskraft) / Was kommt heraus? (frägt die Vernunft.)«.

60,19 f. *wenn der Mann glücklich ist:* nach Faks.: »wenn sie den Mann glücklich ist« (BKA); SWB 4 verbessert zu »wenn sie den Mann glücklich macht«.

10

62,14 *Denkübungen:* Bei MP 2 erscheinen sie vor Br. 9. Kleists dortige Anleitung zur Lösung der Fragen deutet jedoch auf eine nachfolgende Abfassung der Denkübungen hin. Über die sich über einen längeren Zeitraum erstreckenden und ursprünglich auf verschiedene Zettel notierten Fragen befand Wilhelmine von Zenge rückblickend: »Er gab mir interessante Fragen auf, welche ich schriftlich beantworten mußte und er korrigierte sie. ⟨...⟩ Auch schärfte er meinen Witz und Scharfsinn durch Vergleiche, welche ich ihm schriftlich bringen mußte« (LS 38).

63,19 *ekel:* hier: wählerisch (vgl. DWB 3, Sp. 396 f.).

66,23–28 *Darf der Mensch ... vollkommner zu machen:* Anlehnung an Schillers Epigramm *Politische Lehre* (1796): »Alles sei recht, was du tust, doch dabei laß es bewenden, / Freund, und enthalte dich ja, alles, was recht ist, zu tun. / Wahrem Eifer genügt, daß das Vorhandne *vollkommen* / Sei, der falsche will stets, daß das Vollkommene *sei.*«

67,25 *éclat:* (frz.) Aufsehen.

11

68,7 *eine Reise:* Die in der Kleist-Forschung vieldiskutierten Hintergründe der Würzburg-Reise sind trotz einiger vielversprechender Deutungsansätze nach wie vor nicht geklärt. Sie stützen sich einerseits auf die sogenannte Phimose-Theorie, wonach Kleist diese körperliche Einschränkung in Würzburg behandeln lassen wollte, andererseits folgen sie der Vermutung, er habe mit der Reise den Zweck der Habilitation oder Industriespionage verknüpft oder dort den Kontakt zu Freimaurern gesucht. Vgl. die Abwägung der unterschiedlichen Thesen in SWB 4, S. 542–549.

68,8 *Anleihe:* offensichtlich eine Reisekostenunterstützung Ulrikes.

68,27 *Geschäfte beim Minister Struensee:* Es handelte sich möglicherweise um Kleists zivildienstliche Anstellung, wie er sie später dann auch mit seinem Gesuch vom 1. 11. 1800 (vgl. Br. 25) anstrebte.

68,35 *Ausbreitung:* hier im Sinne von »bekannt machen«, »verbreiten« (Adelung 1, Sp. 579).

69,3 *einen edeln, weisen Freund:* Ludwig von Brockes.

69,19 *meine Schrift:* nach Muth, S. 23, Auszüge aus der Kantischen *Anthropologie in pragmatischer Hinsicht* (1798).

69,20 *Kulturgeschichte:* nicht eindeutig; Sembdner (SW 2, S. 967) vermutet ein Kollegheft zu einer Vorlesung von Professor Karl Dietrich Hüllmann; Grathoff, 1993, S. 55, denkt eher an eine weitere verschollene Schrift Kleists.

69,31 *Deine Aufträge:* Kleist sollte seiner Schwester Bücher und Karten besorgen (vgl. den folgenden Brief).

12

70,10 *Tamsel:* in der Nähe von Küstrin (heute Kostrzyn).

70,33 *Steinhöffel:* Steinhöfel, westl. von Frankfurt a. d. O.

71,4 *königliche Familie:* Sie war Mitte August zu Besuch in Steinhöfel (vgl. SWB 4, S. 635).

71,7 *Chaußee von Friedrichsfelde nach Berlin:* seit dem 1. 7. 1800 für den Verkehr freigegeben.

71,11 *unter der Linie:* am Äquator.

71,23 *Colonnade:* Säulengang.

72,18 *zierlich:* hier: unnatürlich, geziert.
gewitzigt: von witzigen: »durch Schaden klug werden« (Adelung 4, Sp. 1587).

72,23 *Carln:* Wilhelmine von Zenges Bruder, der ›An der Contre-Escarpe 53‹ wohnte.

72,24 *Kleisten:* wohl nicht, wie bislang angenommen wurde, Georg Friedrich Otto von Kleist, der Direktor der ›Adelichen Militär-Akademie‹, sondern Kleists Vetter Emil von Kleist, der wie sein Adjutant Carl von Zenge ›An der Contre-Escarpe‹ wohnte. Vgl. Häker, 1989, S. 23 f.

72,25 *Promenade:* »Parade« (BKA).

72,27 *Struensee:* Er weilte zu dieser Zeit in Hamburg. Da die *Spenersche Zeitung* seine Rückkehr nach Berlin erst am 30. 8. meldete, dürfte Kleist ihn vor seiner Abreise nach Würzburg (am 28. 8.) nicht mehr gesprochen haben. Vgl. Siebert, S. 193.

72,33 *Beneken:* der Justizbeamte Johann Christian Friedrich Benecke, den Kleist wegen der Ehescheidung seiner Stiefschwester Wilhelmine konsultierte.

72,36 *Wallenstein:* Schillers Drama erschien Ende Juni bei Cotta (Tübingen) in einer zweibändigen Ausgabe.

73,7/9 *Max Piccolomini / Thekla:* Figuren in Schillers *Wallenstein.*

73,11 f. *Panorama der Stadt Rom:* Das erste deutsche Panorama – Rom in einer Darstellung des Theatermalers Johann Adam Breysig (1766–1831) – war in einer Rotunde auf dem Gendarmenmarkt ausgestellt.
74,2 *den Plan beigelegt:* nicht überliefert.
74,8 *cararischen Marmor:* aus den Marmorbrüchen der toskanischen Stadt Carrara.
75,8 *Numro 1:* bezieht sich auf den nicht überlieferten Plan (vgl. Anm. zu 74,2).
75,23 *Emigrirter:* Flüchtende im Zuge der Französischen Revolution und polnischen Teilung.
75,32 *einliegenden Zettel:* Der Zettel fehlt.
76,15 *Instruction:* Die Anweisung für Wilhelmine von Zenge ist nicht erhalten.
76,23 *einen weisen, ältern Freund:* vgl. Anm. zu 69,3.
76,29 *Pasewalk:* an der Ücker gelegene Stadt westl. von Stettin.
77,2 *deine Aufsätze:* nicht überliefert.
77,8 *Restés fidèle:* eigtl. frz. *reste fidèle* ›bleib (mir) treu‹.
77,22 *interessirt:* hier wohl in der Bedeutung von: beteiligt (vgl. Campe, Erg.-Bd., S. 382).
77,31 *Gedicht von Schiller:* Schillers Drama *Wallenstein*, das den Untertitel »ein dramatisches Gedicht« führt.

13

Im Gegensatz zu MP 2 und nachmaligen Editionen wurden Br. 13 und 15 zu einem Brief zusammengefaßt (vgl. auch BKA, S. 177 ff.). Hierfür sprechen die ansonsten bei Kleist unübliche Numerierung der beiden Briefteile, seine eigene Briefzählung (vgl. Br. 16) und die Äußerung in »Nmr. 2«, daß die Post vor dem 22. August nicht abgehen werde.

78,3 *Koblentz:* östl. von Pasewalk.
78,13 *Bombe in Stralsund:* Nach Voltaires *Histoire de Charles XII.* (1731, 8. Kap.) soll der Schwedenkönig Karl XII. während der Belagerung von Stralsund (1715) unbeeindruckt von einem Bombenangriff in aller Ruhe seine Korrespondenz erledigt haben.
78,22 *bedeckten:* hier: von einer Militäreskorte geschützt.
78,31 *bei Kleisten:* vgl. Anm. zu 72,24.

78,32 *überflüssig:* hier in der älteren Bedeutung von: »allzu reich« (DWB 23, Sp. 223).

79,18 *Oranienburg, Templin, Prenzlow:* Reiseroute, die Berlin mit Stettin verbindet.

79,24 *Knedelbaum:* MP 2: »Kandelbaum«; märkischer Name für den wilden Birnbaum.

81,2 *am Sonntage:* am 17. 8. 1800.

81,22 *Brokes ... auf Rügen kennen gelernt:* anläßlich einer Reise zum damaligen Kurort Sagard im Frühjahr oder Sommer 1796.

83,2 f. *ein Tagebuch:* Ein solches Tagebuch ist nicht überliefert; vermutlich handelt es sich um Aufzeichnungen, die Kleist für sein sogenanntes »Ideenmagazin« verwendete (vgl. Anm. zu 171,3).

84,6–8 *»Nichts aus des Herzens ... der Mühe Pflugschaar«:* Zitat aus einem Gedicht für Wilhelmine von Zenge, bei dem Kleists Autorschaft nicht restlos gesichert ist (vgl. W 3, S. 292).

84,15 *Struensee sprechen:* vgl. Anm. zu 72,27.

84,16 *den Rückzug:* Je nach Deutung der Würzburg-Reise (vgl. Anm. zu 68,7) wäre an eine Anstellung im Staatsdienst (vgl. Grathoff, 1993, S. 22) oder an eine Rückreiseerleichterung nach erfolgter Spionagetätigkeit zu denken (vgl. Siebert, 1985, S. 193).

84,29 *feiern:* hier: aussetzen, pausieren.

85,35 *tüchtige:* hier: »fest, solide« (DWB 22, Sp. 1507).

85,36 *Vorwerke:* hier: »lehen- (leih), zins- oder pachtgut, vor einem herrenhof (adelsgut oder kloster) gelegen« (DWB 26, Sp. 1928).

86,4 *Johanniterkreuz:* achtspitziges Malteserkreuz, Symbol des geistlichen Ritterordens der Johanniter.

86,26 *Meiereien:* von einem Meier (»oberster Verwalter einer Gutswirtschaft«, DWB 12, Sp. 1902) geleiteter Hof, der vornehmlich für die Viehzucht zuständig ist.

14

87,14 f. *Elisabeth ehrte die Zwecke Posa's:* vgl. Schillers Drama *Don Carlos* (IV,21): »Ich ehre Ihre Handlungen, / Auch wenn ich sie nicht fasse«.

88,29 f. *Tournier in Schwedisch-Pommern:* Von einem Reiterwettkampf auf dem Gut Konsages bei Greifswald ist nichts bekannt.

15

89,8 f. *Ich reise mit Brockes nach Wien:* Kleist reiste schließlich nur bis Würzburg.
90,9 *Ducaten:* Goldmünze im Wert von etwa 3 Talern.
90,10 *Buchholz:* nachträglich geändert in Bernhoff (vgl. die Adressangabe im weiteren Verlauf des Briefes).
90,26 *Fr.d'or:* Friedrichsdor: nach Friedrich II. benannte preußische Goldmünze (5 Taler).
90,27 *Agio's:* (ital.) Aufgelds.
91,22 *vor dem 1t Novembr.:* Kleist könnte mit diesem Datum seinen Eintritt in den Zivildienst verknüpft haben (vgl. auch das auf diesen Tag datierte Einstellungsgesuch, Br. 25).

16

92,17 f. *der Löschbrandt:* Kleists Halbschwester Wilhelmine.
92,23 f. *am andern Morgen zu Struensee:* vgl. Anm. zu 72,27.
94,13 *seinen Abschied:* Rühle entschied sich jedoch für die Fortsetzung seiner Militärlaufbahn.
94,20 f. *Treuenbritzen:* auf halbem Wege zwischen Potsdam und Wittenberg.
94,28 f. *Doctor Luthers und Melanchthons Grabmale:* in der Schloßkirche Wittenbergs.
94,35 *neuen Namen:* Bernhoff und Klingstedt (vgl. den vorherigen Brief).
94,36 *inscribiren:* (lat.) einschreiben; die Immatrikulationsliste der Universität Leipzig weist den 1. 9. als Tag der Einschreibung aus (vgl. LS 41b).
94,36–95,1 *Matrikeln:* (lat.) hier: Belege über die Eintragung in das Aufnahmeverzeichnis einer Hochschule.
95,6 *Abällino:* Das Trauerspiel *Abällino, der große Bandit* (1795) von Heinrich von Zschokke basiert auf einem 1794 anonym erschienenen Roman gleichen Titels.
96,21 *einen englischen Gesandten:* vgl. Anm. zu 99,7 f.
96,33 *Klingstedt:* die Zahlen über dem Namen verdeutlichen die Auflösung des Anagramms (›Kleist‹).
97,6 *Magnificus:* von lat. *rector magnificus*: Rektor einer Hochschule.
97,29 *Tante:* Auguste Helene von Massow.

17

99,6 f. *Extra-Post:* »die neben dem gewöhnlichen langsamen postwagen schneller geförderte reiseanstalt« (DWB 3, Sp. 1208).

99,7 f. *englischen Gesandten:* Hugh Lord Elliot, bei dem sich Kleist und Brockes Pässe beschaffen wollten.

99,19 *Grimma:* Stadt östl. von Leipzig.

99,21 f. *eines Gebirges:* das Grimmaer Porphyrhügelland.

99,23 *ein transparentes Stück:* Transparent oder »durchscheinendes Leuchtbild« (DWB 21, Sp. 1241), wie es etwa für die Laterna magica bekannt ist.

100,14 *Waldheim:* Der Ort nördl. von Chemnitz liegt an der Zschopau.

101,31 *Zelle:* vermutlich das 1162 von Markgraf Otto dem Reichen (1125–1190) gegründete Zisterzienserkloster Altzella.

102,3 *Wilsdruf:* Wilsdruff (bei Dresden).

102,4 *Kesselsdorf ... ein Sieg erfochten:* Sieg der preußischen über die sächsischen Truppen im Zweiten Schlesischen Krieg (1744/45) am 15. 12. 1745.

102,11 *wie Wieland sagt:* Hermann Behme (*Heinrich von Kleist und C. M. Wieland*, Heidelberg 1914, S. 4) wies in diesem Zusammenhang auf Wielands *Agathon* (vgl. Anm. zu 21,14) hin, wo es über die Grazien heißt: »Auf einmahl schlüpften *die Grazien* hinter einer Myrtenhecke hervor, drey jugendliche Schwestern, deren halb aufgeblühte Schönheit ein leichtes Gewölke von seidnem Flor mehr zu entwickeln als zu verhüllen eifersüchtig schien.« (6. Buch, 2. Kap.).

102,23 *Ambassadeur:* (frz.) Gesandter.

102,24 *nicht nach Wien zu gehen:* Ob Kleist und Brockes wegen des österreichisch-französischen Kriegs (seit 1799) ihren ursprünglichen Reiseplan aufgaben, läßt sich nicht eindeutig bestimmen; in jedem Fall aber scheinen sie ihrem Reiseziel – »nach *Würzburg* oder nach *Straßburg*« – keinen sonderlich großen Wert beigemessen zu haben.

102,26 f. *die Instruction:* vgl. Anm. zu 76,15.

102,27 *neue Tasse:* Kleist habe, so Theodor Zolling in seiner Kleist-Ausgabe von 1885, Wilhelmine eine Tasse geschenkt, »die noch heute in der Familie aufbewahrt wird; auf dem Boden der Schale steht ›Vertrauen‹, auf dem der Untertasse ›uns‹ und auf der Rückseite des Bodens derselben ›Einigkeit‹, so daß das Ganze – eine

Art Rebus – bedeutet: Vertrauen auf uns und Einigkeit unter uns.« (LS 50b). Vgl. auch Br. 40.

103,3 *vor d. 1t Novmbr:* vgl. Anm. zu 91,22.

103,28 *die berühmte Bildergallerie:* Die Dresdner Gemäldegalerie, seinerzeit im sogenannten Johanneum am Neumarkt, ist v. a. für ihre Sammlung altdeutscher, italienischer und niederländischer Meister des 16. und 17. Jh.s bekannt.

103,32 f. *grüne Gewölbe:* kostbare Kleinkunstsammlung, die in der (grün angestrichenen) ›Geheimen Verwahrung‹ der kurfürstlichen Schloßkammer aufbewahrt und erst um 1800 allgemein für Besucher zugänglich gemacht wurde.

103,33 *Pilnitz:* von Matthäus Daniel Pöppelmann (1662–1736) gebautes Barockpalais oberhalb Dresdens an der Elbe.
Tharandt: südwestl. von Dresden.

104,1 f. *plauenschen Grund:* das bei dem Dorf Plaue beginnende und bis Tharandt reichende Felsental, das die Weißritz durchzieht.

104,14 *»wär's auch mit einem Tropfen Schweißes nur«:* frei zitierter Vers aus dem Gedicht für Wilhelmine von Zenge (vgl. Anm. zu 84,6).

104,21 *die Aussicht:* »drei Aussichten« (SWB 4).

105,25 *Assembleen und Redouten:* Zusammenkünfte und Maskenbälle (der vornehmen Gesellschaft).

105,27 f. *Ich sah mir . . . aus:* hier: »aussuchen, auswählen« (DWB 1, Sp. 968).

18

107,10 *Oderan:* Oederan, zwischen Freiberg und Chemnitz.

107,11 f. *Lungwitz . . . Reichenbach:* Orte nordöstl. und südwestl. von Zwickau.

107,21 f. *Die ganze Gegend . . . ein bewegtes Meer von Erde:* vgl. auch 235,12–14 und 247,7.

107,27 *nicht die Mulde:* Es handelt sich hierbei um die Kleist dem Namen nach nicht bekannte Freiberger Mulde.

110,4 *romantisch schön:* vgl. Anm. zu 9,22.

110,13 f. *à dieu . . . des villes:* (frz.) allen Reizen der Stadt Lebewohl.

110,25 *meiner Clarinette:* Clemens Brentano zufolge soll Kleist »einer der größten Virtuosen auf der Flöte und dem Klarinett« gewesen sein (LS 19). Während seiner Potsdamer Militärzeit spielte er zusammen mit Carl von Gleißenberg, Hartmann von Schlotheim und Otto August Rühle von Lilienstern in einem Offiziersquartett (vgl. LS 18).

110,28 *Baer:* nach SWB 4, S. 654, der Klarinettist Joseph Beer.

111,5 *Guckkasten:* »ein kasten mit optischen vorstellungen, in welchem man die zuschauer für geld sehen läszt« (DWB 9, Sp. 1043); der Kontext (»wie Bilder auf dem Tuche«) deutet jedoch an, daß Kleist eigentlich die Laterna magica meint (vgl. Anm. zu 99,23).

111,22 *Königsstein:* Königstein; Festungsstadt zwischen Dresden und Pirna; vgl. dazu auch die zweite Geschichte in Kleists Anekdote *Unwahrscheinliche Wahrhaftigkeiten* (SW 2, S. 279).

111,23 *Moritzburg:* im 16. Jh. errichtetes und von Pöppelmann umgebautes Jagdschloß bei Dresden.

112,3 *Halsbrücke:* Ort bei Freiberg (vgl. auch Anm. zu 234,13).

112,12 *Schloß Lichtenstein:* Schönburgsches Bergschloß nördl. von Zwickau.

113,28 f. *große Kirche:* die spätgotische Stadtkirche St. Marien in Zwickau.

113,34 f. *Stück von Lucas Cranach:* Es muß dahingestellt bleiben, ob Kleist, wie bislang angenommen, irrtümlicherweise das Altarwerk von Michael Wolgemut (1434–1519) oder ein anderes bzw. an einem anderen Ort befindliches Stück aus der Cranach-Schule meinte (vgl. SWB 4, S. 655).

114,2 f. *Model des heiligen Grabes zu Jerusalem:* das Holzschnitzwerk *Das heilige Grab* von Michael Heuffner (1483 – um 1511).

114,5 *Nickolskirche:* Die spätgotische Nikolaikirche war 1784–97 von Johann Friedrich Karl Dauthe (1749–1816) im klassizistischen Stil umgebaut worden.

114,6 *antik:* hier: alt, mittelalterlich-gotisch.

114,9 f. *aus der edeln Simplicität:* Anlehnung an Johann Joachim Winckelmanns (1717–68) Charakteristik von der ›edlen Einfalt und stillen Größe‹ antiker Kunst in seinen *Gedancken über die Nachahmung der griechischen Wercke in der Mahlerey und Bildhauer-Kunst* (1755).

114,11 *Schade daß ein – – –:* nach Sembdner (SW 2, S. 968) ist an dieser Stelle ›Pfaffe‹ zu ergänzen.

115,8 *Gedicht auf oder an eine Nadel:* Ein solches Gedicht von Kleist ist nicht bekannt.

115,10 *Waffenstillstand:* vom 15. 7. 1800, im Zweiten Koalitionskrieg (1799–1802).

115,15 *artig:* hier: galant.

19

Textwiedergabe nach E: Bülow, 1846, S. 144. Eine Handschrift dieses unvollständigen Briefes ist nicht überliefert. Neben E legte Bülow 1848 einen weiteren, aber in Wortlaut, Orthographie und Interpunktion abweichenden Druck des Fragments vor. Dort steht es am Ende des Schreibens vom 10. und 11. 10. 1800 (Br. 23). Die überlieferte Handschrift weist aber einen anderen Schluß auf. Mutmaßlich gehört das Fragment zu dem Schreiben, das Kleist in seinem Briefverzeichnis als Nr. 9 auswies (vgl. Br. 23) und das die letzten Reisestationen und die Ankunft in Würzburg schildert. Hieraus ergibt sich der 9. oder 10. November als Abfassungsdatum. Da MP 2 aus den Bülow-Drucken einen Mischtext erstellte, wurde auf E als Textgrundlage zurückgegriffen.

115,27 *geliebt haben:* nach Bülow, 1848, folgt: »O, Gott! das wäre schrecklich!«

20

116,8 *Auch diese:* vermutlich Rekurs auf eine Beschreibung im fehlenden Teil des vorherigen Briefs.
116,13 *Zeichnung:* nicht überliefert.
116,17 *Citadelle:* der Marienberg am linken Mainufer.
116,19 *daß hier ein Bischoff wohne:* Würzburg ist seit 741 Bischofssitz.
116,25 *montirt:* hier: bekleidet, eingekleidet.
117,2 *Faden der Ariadne:* Anspielung auf die griechische Sage, wonach Ariadne Theseus ein Fadenknäuel auf seinem Weg ins Labyrinth des menschenfressenden Minotaurus mitgab; nachdem Theseus das Ungeheuer getötet hatte, konnte er mit Hilfe des ausgelegten Fadens den Ausgang wieder finden.
117,8 *Residenzschloß:* die 1700–44 von Balthasar Neumann (1687–1753) erbaute Residenz, eines der bedeutendsten Werke barocker Architektur.
117,11 *Colonnade:* vgl. Anm. zu 71,23.
117,12 *Obelisk:* freistehende, rechteckige und pyramidenförmig zugespitzte Säule; ursprünglich Sonnensymbol ägyptischer Tempel.
117,17 *Eberach:* östl. von Würzburg gelegener Ort mit einer Zisterzienserabtei aus dem 13. Jh., die 1773–91 im klassizistischen Stil erneuert wurde.

117,23 *Hora:* (lat.) Gebetsstunde in der katholischen Kirche.
117,29 *auf dem Berge 2 bei b:* bezieht sich auf die nicht erhaltene Zeichnung.
117,36 *eine solche katholische Kirche:* vgl. dagegen Kleists positive Äußerung zur katholischen Kirche in Br. 44.
118,6f. *Gellertsches Lied:* aus den *Geistlichen Oden und Liedern* (1757) Christian Fürchtegott Gellerts.
118,11 *Präparate:* vgl. Anm. zu 26,25.
119,6f. *Benedictiner-Mönch:* Blank war Franziskaner.
119,25 *Spielerei:* Blank gilt als Erfinder der Moosmosaiken, mit denen er auch Kupferstiche nachbildete.
119,35 *Ich werde Dir ... sagen:* Kleists Erklärung ist nicht überliefert.
120,9 *diese Vestung:* Die Festung Marienberg fiel im Januar 1801.
120,21 *Casematten:* gegen Beschuß geschützter Raum in Festungen.
120,22f. *das Schnupftuch in der Tasche brennt:* eine unter anderem 1806 von dem Magdeburger Festungskommandanten Franz Casimir von Kleist überlieferte Redewendung der Zeit als Ausdruck einer problematischen Verteidigungskonstellation (vgl. auch Clemens Brentanos *Märchen von dem Rhein und dem Müller Radlauf*, 1846, Kap.: ›Wie es dem Prinzen Mausohr in dem Feldzug mit seinen Tapfern Soldaten ergieng‹, und Karl Immermans *Memorabilien*, 1840, 1. Teil: ›Knabenerinnerungen‹).
120,29 *Metonymien:* Metonymie: Ersetzung eines Wortes durch ein anderes, das zu ihm in enger Beziehung steht; hier: Attrappe.
120,32 *Glossen:* hier: (spöttische Rand-)Bemerkungen.
120,34 *Säcularisation:* die Überführung von Kirchengut in den Besitz der weltlichen Hand, wie sie im Frieden von Lunéville (1801) vereinbart und dann mit dem Reichsdeputationshauptschluß zu Regensburg (1803) durchgesetzt wurde.
121,2 *Partie ergreifen:* hier analog zu frz. *prendre parti* ›Partei ergreifen‹ (vgl. DWB 13, Sp. 1468).
121,2f. *abmerken:* »von oder an etwas still absehen« (DWB 1, Sp. 78).
121,11f. *der Waffenstillstand ... verlängert:* Nach dem Waffenstillstand vom 15. 7. 1800 (vgl. Anm. zu 115,10) drängte Napoleon zunächst auf eine Fortsetzung des Krieges; am 12. 9. kam es auf Initiative Österreichs zu einer Verlängerung des Waffenstillstands, der bis zum 16. 9. dauerte und am 20. 9. von neuem ausgehandelt wurde.

21

121,18 *Wirzburg:* ältere Schreibung für Würzburg, die Kleist alternativ gebrauchte.

122,14 *anatomisches Theater:* akademischer Hörsaal für Anatomie-Vorlesungen.

122,28 *Hochstift:* bis zur Auflösung des Heiligen Römischen Reiches Deutscher Nation im Jahr 1806 das weltliche Gebiet eines Bischofs.

123,16 *ein überstudierter Professor:* Über einen geistesschwachen alten Mann, der schon 40 Jahre in der Würzburger Irrenanstalt lebte und der mit den Fremden »größtentheils lateinisch« sprach, berichtet der Arzt Alexander Haindorf (1782–1862) in seiner Abhandlung *Versuch einer Pathologie und Therapie der Geistes und Gemüthskrankheiten*, Heidelberg 1811, S. 86.

123,17 *haranguiren:* von frz. *haranguer* ›eine (langweilige, überflüssige) Rede halten‹.

124,1 *18jähriger Jüngling:* Der Fall eines angeblich unter den Folgen der Onanie leidenden Jugendlichen konnte von Brüggemann, S. 63, und Weiss, 1996, S. 113 f., für diese Zeit nachgewiesen werden.

124,26 *fl.:* zunächst Abkürzung für Florin, den florentinischen Gulden, später für den Gulden überhaupt.

124,27 *Pepiniere:* von frz. *pépinière* ›Baum- oder Pflanzschule‹; hier: Ausbildungsstätte.

126,2 *Ton:* in bezug auf Städte oder Nationen im Sinne von »denkart« gebräuchlich (DWB 21, Sp. 729).

126,25 *der Huttensche:* ein nach Fürstbischof Christoph Franz von Hutten (1673–1729) benannter Garten, von diesem 1724–29 angelegt.

127,29 *Duderstadt:* östl. von Göttingen.

128,15 *die Inschrift der Tasse:* vgl. Anm. zu 102,27.

128,18 *den Aufsatz:* vermutlich eine jener schriftlichen Übungen, zu denen Kleist seine Verlobte immer wieder anhielt (vgl. Br. 10 und Anm. zu 62,14).

128,20f. *aber ein Jahrhundert die Eiche:* ähnlicher Vergleich in Br. 30.

129,15–19 *ob der Genuß . . . Zweck des Menschen sei:* drei philosophisch begründete Lebensziele: Epikurs Lehre, die auf Lebenserfüllung durch Lust beruht, Leibniz' sittliches Gebot der Vervollkommnung durch Klärung und Entfaltung des immanenten Besitzes des Geistes und der Kantische Imperativ, nach dem die Pflichterfüllung als zentrales Motiv ethischen Handelns zu gelten habe.

130,6 *eigen Aufsatz:* die nachfolgende Beilage.

131,3 *Alle ächte Aufklärung des Weibes:* danach Titel der nachfolgenden Abhandlung (*Über die Aufklärung des Weibes*), die in SW und W aus dem Briefkorpus herausgelöst wurde.

131,15 *Stralsund:* Ob Kleist hier auf seine Rügen-Reise von 1796 anspielt (vgl. Anm. zu 81,22), ist ungewiß.

132,20 *erwürgt der Mexicaner:* Hinweis auf den aztekischen Menschenopferritus.

132,31 f. *erfülle Deine Pflicht:* Widerspruch zur eingangs erfolgten Abwertung des Kantischen Pflichtbegriffs; nach Muth, S. 32, zeigen sich in dieser Abhandlung deutliche Anklänge an Kants *Kritik der praktischen Vernunft* (1788); vgl. dagegen die Differenzierung von Gall, S. 63 f.

134,19–22 *Deine Bestimmung ... Mutter zu werden:* vgl. Anm. zu 42,22 f.

134,25–27 *Durch Euch ... der Staat noch die seinigen:* zu dieser Rollenverteilung vgl. auch Br. 9.

134,29 *In der Folge mehr:* Eine Fortsetzung ist nicht überliefert.

135,10 *Waffenstillstand:* vgl. Anm. zu 121,11 f.

135,25 *8 – Baireuth:* Dieses Schreiben und der Anfang des 9. Briefes (vgl. Anm. zu Br. 19, »Textwiedergabe [...]«) sind nicht überliefert.

22

136,31 *vor 3 Jahren:* das Offiziersquartett (vgl. Anm. zu 110,25) unternahm 1797 eine Musikantenwanderung in den Harz.

136,32 *Stufenberg:* Stubenberg.

136,34 *wie zwischen Leichensteinen:* ein ähnliches Stimmungsbild in der vierten Strophe von Kleists Gedicht *Das letzte Lied* (SW 1, S. 32).

137,17 *Contra-Violon:* alte Bezeichnung für Kontrabaß.

137,18 *vor 9 Jahren:* Ob Kleist sich 1791 am Rhein aufgehalten hat, ist ungewiß, auch wenn er sich in einem anderen Zusammenhang nochmals an eine Rheinepisode während seiner Knabenzeit erinnert (vgl. Br. 36). Möglicherweise meint er aber seine Teilnahme am Rheinfeldzug 1793.

137,21 *Adagio:* (ital.) langsames Musikstück.

137,24 *Vaux-hall:* Nach dem Vorbild des Londoner Vergnügungsorts wurde 1781 auch in Berlin ein Vaux-Hall für gehobene Stände gegründet.

137,25 *Weisen Griechenlands:* Pythagoras und seine Anhänger (6.–4. Jh. v. Chr.), nach deren Auffassung die sich um das Zentrum des Alls bewegenden Himmelskörper für das menschliche Ohr nicht wahrnehmbare Harmonien erzeugen. Auf die »Harmonie der Sfären« kommt auch Wieland sowohl im *Agathon* (5. Buch, 5. Kap.) als auch in den ›Vorläufigen Anmerkungen‹ zu seinem Lehrgedicht *Die Natur der Dinge* zu sprechen.

137,32 *disparois!:* Imperativ von frz. *disparoir* (heute: *disparaître*) ›verschwinden‹.

139,19 *in dem Gasthofe:* Nach ihrer Ankunft in Würzburg waren Kleist und Brockes zunächst ›Im Gasthofe zum Fränkischen Hof‹ abgestiegen, ehe sie in das Haus des Stadtchirurgen Joseph Wirth zogen (vgl. LS 41c und 42).

140,5 *Ökonomien:* hier: Hauswirtschaften.

140,20 *Tonne des Diogenes:* Der griechische Philosoph Diogenes lebte gemäß seiner Auffassung, daß die Bedürfnislosigkeit das höchste Gut sei, in einer Tonne; vgl. auch Kleists Diogenes-Anekdote in den BA (SW 2, S. 284 f.).

140,25 *(oder):* als Vorschlag zur Auflösung der Auslassung vgl. Anm. zu 114,11.

140,32 f. *In Rom ... in Wänden von Glas wohnte:* Diese Anekdote über den 91 v. Chr. ermordeten Volkstribun Livius Drusus, der sein Haus so bauen lassen wollte, daß jeder von allen Seiten hineinsehen könne, ist ursprünglich durch die *Historiae romanae* (II,14) von Velleius Paterculus (geb. um 20 v. Chr.) und die *Moralia* (X,800F) Plutarchs (um 46–125), dann aber auch durch Michel de Montaignes (1533–1592) *Essais* (1580–88; III,2) und Rousseaus *La nouvelle Héloïse* (1761; IV,6) überliefert.

140,36 *jesuitischen Jalousien:* Mit der hier intendierten Kritik an der Heuchelei der Jesuiten stand Kleist in seiner Zeit nicht allein, zumal schon das Wort Jesuit mehr und mehr pejorativ verwendet wurde (vgl. DWB 10, Sp. 2313).

141,12 f. *denn an jeden Gegenstand:* Die von Kleist in diesem Zusammenhang aufgestellte, noch an der Aufklärungspoetik orientierte Maxime, das Interessante auch noch im Gemeinsten herauszufinden, sollte aus seiner Sicht auch maßgebend für den Wissenschaftler sein (vgl. Br. 27).

141,15 *Arkadien:* griechische Provinz auf dem Peloponnes; die auch heute noch von Hirten bewohnte Berglandschaft wurde schon in der Antike zu einem paradiesischen Idyll verklärt und entwikkelte sich in der Literatur zu einem gängigen Topos für ein sorgenfreies, friedvolles Leben.

141,19 *Glossen:* vgl. Anm. zu 120,32.

141,32 *Unser Wirth heißt übrigens Wirth:* vgl. Anm. zu 139,19.

142,6–14 *aber es giebt ... nicht anlernen:* vgl. auch Anm. zu 244,20–29.

142,29 *Briefe aus Wien:* Wilhelmine von Zenges Briefe an das ursprüngliche Reiseziel Kleists (vgl. Anm. zu 89,8 f.).

23

143,24 *mein Geburtstag ist heute:* Laut Eintragung in das Kirchenbuch fällt er auf den 18. 10. (vgl. LS 1); auch für Wilhelmines Geburtstag ist nicht der 18., sondern der 20. 8. bezeugt. Häker, 1993, S. 149–154, macht jedoch zu Recht geltend, daß von einer irrtümlichen Eintragung auszugehen sei und daß man Kleists Bekundung beim Wort zu nehmen habe (vgl. auch Anm. zu 402,27 f.).

144,9 *letzten Brief:* Der ›Hauptbrief‹, der vermutlich vom 2. 10. stammt (vgl. Grathoff, 1993, S. 69), ist nicht überliefert.

145,10 f. *auf einem einzelnen Blatte:* möglicherweise die Beilage zu Br. 21.

145,13 *Ich ersuchte Dich doch einst:* vgl. Br. 10, 4. Denkübung.

145,17 *von Wien:* das zunächst anvisierte Ziel der Reise (vgl. Anm. zu 142,29).

146,34 *vollkommnes Wesen:* ähnlich formulierter Anspruch in Wielands *Sympathien* (1756): »Und so werde ich dich ⟨. . .⟩ zu jeder Vollkommenheit bilden, wenn ich dich von deiner zarten Jugend an zur Wahrheit und Ordnung und Güte bilde.« (13. ›Sympathie‹).

147,7 f. *den Eigensinn ... zu Standhaftigkeit:* vgl. Goethes *Leiden des jungen Werther* (Brief vom 29. Juni).

147,16 *wie einen diamantenen Schild:* Das wortgleiche Bild findet sich in Wielands *Sympathien* (7. ›Sympathie‹); zur nachfolgenden Einschränkung der Frau auf die Mutterrolle vgl. Anm. zu 42,22 f.

147,19 *Harnisch:* Rüstungspanzer, der den Oberkörper bedeckt.

147,22 *Bildung edler Menschen:* vgl. Anm. zu 146,34.

148,6 *im Innern schön zu sein:* Eine analoge Auffassung findet sich in Wielands *Sympathien*: »Die Tugend ist die Schönheit des Menschen« (5. ›Sympathie‹).

149,5 f. *diese Stadt weit angenehmer:* vgl. dagegen Br. 20.

149,23–30 *aber ein Rebenhügel ... ihm küssend:* Auf den Rhein übertragen, findet sich das Bild in Br. 47 (S. 248) und 49 (S. 261).

150,9 f. *in der Mitte eines Amphiteaters:* Das Bild überträgt Kleist auch auf Dresden (vgl. 247,2) und Mainz (vgl. 260,6).

150,23 f. *hinten starb die Sonne ... wie ein Held:* nach Schiller, *Die Räuber* (III,2): »Wie herrlich die Sonne dort untergeht! 〈...〉 So stirbt ein Held!«

150,25 *Zodiakal-licht:* Tierkreislicht; kegelförmiger Schein am Himmel in Richtung Tierkreis, der im Frühling abends im Westen und im Herbst morgens im Osten zu sehen ist. Eine Beschreibung dieses Naturphänomens konnte Kleist den *Kosmologischen Unterhaltungen* (Bd. 1, Leipzig ²1791, S. 611–614) seines Universitätsprofessors Wünsch entnehmen.

151,17–21 *Der Main ... zwischen Vater und Mutter:* ähnlich 229,21; 234,3–5 und 247,9–14.

151,25 *recognosciren:* (lat.) erkunden, auskundschaften.

151,28 f. *ein Gewitter am Morgen:* ähnliche Schilderung in Kleists Novelle *Die heilige Cäcilie oder die Gewalt der Musik* (SW 2, S. 225).

152,20 *an Carln:* an den in Berlin lebenden Bruder Wilhelmines.

24

152,30 *Deiner Unterstützung:* die finanzielle Hilfe, um die Kleist in Br. 15 gebeten hatte.

153,1 f. *weil ich angestellt würde:* vgl. das nachfolgende Anstellungsgesuch und Anm. zu 68,27.

153,14 *Nach Frankfurt ... nicht gern kommen:* Möglicherweise war Kleist Anfang November trotz seiner gegenteiligen Beteuerung kurzzeitig in Frankfurt a. d. O. (vgl. SWB 4, S. 685).

153,18 f. *Meinungen:* Meiningen, im Südwesten Thüringens.

153,19 *Schmalkalden:* südwestl. des Thüringer Waldes.

153,21 f. *vor dem 1ᵗ Novmbr:* vgl. Anm. zu 91,22.

153,29 *Büreau:* (frz.) hier: Schreibtisch.

153,32 *vom Vormunde:* George Friedrich Dames.

154,7 *kostbar:* hier: teuer.

154,13 *majorenn:* volljährig, mündig (in Preußen mit Vollendung des 24. Lebensjahres); erst ab Oktober 1801 konnte Kleist also über sein Vermögen selbst disponieren.
154,24 *Gr.:* Groschen (24 Gr. entsprachen etwa einem Taler).
154,27 *Agio:* (ital.) Aufgeld.
154,27f. *die Louisdors:* von Ludwig XIII. 1640 eingeführte Goldmünze, die auch in Preußen kursierte; Kleist meinte damit allerdings die in Br. 15 genannten Friedrichsdor.
154,29 *Tante:* Auguste Helene von Massow.

25

155,1 *Carl Gustav von Struensee:* nach MP 2 »Karl August von Struensee«; in einer Notiz Minde-Pouets heißt es aber: »Im Kommentar vermerken, daß Struensee Gustav heißt, daß August Versehen ist, das nicht mehr zu korrigieren war« (KM, S. 85). Vgl. auch BKA, S. 359, sowie *Biographisches Wörterbuch zur deutschen Geschichte*, 2. Aufl., bearb. von Karl Bosl, Günther Franz, Hans Hubert Hofmann, Bd. 3, München 1975, Sp. 2086.
155,2 *p p: praemissis praemittendis* (lat., ›vorausgeschickt, was vorausgeschickt werden muß‹), formelhafte Abkürzung bei Weglassung von Titeln.
155,4 *Sitzungen der technischen Deputation:* Kleists Gesuch wurde angenommen (vgl. dazu die Stellungnahmen von Deputationsdirektor Johann Christian Kunth und Struensee in LS 46 und 47). Die Deputation, die dem Manufaktur-Kollegium angehörte, hatte vor allem die Aufgabe, die Fabrikation zu überwachen und Erfindungen auf ihre Verwendbarkeit hin zu überprüfen.

26

156,10–12 *Ich kann nicht eingreifen ... prüfen darf:* vgl. auch 175,18f.
156,16 *eigner Zweck:* Anlehnung an Kants Auffassung, daß der Mensch »sein eigener letzter Zweck« sei (*Anthropologie in pragmatischer Hinsicht*, 1798, Vorrede).
156,21 *ich passe mich für kein Amt:* ich eigne mich für kein Amt.
157,31 *Fabriken zählen:* Statistische Erhebungen gehörten zu den Aufgaben der Technischen Deputation.

158,11 *dieser herrliche Mensch:* Ludwig Brockes stand nicht nur bei Kleist im Ruf eines vorbildlich aufopferungsvollen und anspruchslosen Menschen (vgl. dazu die ausführliche Charakterisierung in Br. 34); auch Zeitgenossen wie Karl August Varnhagen von Ense rühmten ihn als edlen gebildeten Mann »voll hohen Ernstes der Seele und von großer Zartheit des Gemütes«, der »in seiner Anspruchslosigkeit und Stille« stark auf seine Mitmenschen gewirkt habe (LS 43).

158,25 *auf einem andern Sterne:* Der bei Kleist häufig wiederkehrende Gedanke der Palingenese (vgl. Br. 36, 96, 227, 229 f.), der von der stufenweisen Entwicklung zu einem vollkommenen Wesen ausgeht, dürfte ihm vor allem durch die Lektüre von Wielands *Die Natur der Dinge* und Wünschs *Kosmologischen Unterhaltungen* vermittelt worden sein (vgl. Kreutzer, 1968, S. 66–71).

159,27 *das ganze schriftstellerische Fach:* Hier denkt Kleist noch an eine philosophische, nicht an eine literarische Laufbahn.

159,30 *die neueste Philosophie:* die Philosophie Kants.

159,35 *Geld:* »Gold« (SWB 4).

160,6 *Schuldner:* hier »für gläubiger, so besonders im ältern nhd. und noch bei Lessing« (DWB 15, Sp. 1922).

161,25 *Shakespeare war ein Pferdejunge:* Diese allgemeine Auffassung des 18. Jh.s wurde schon von dem Shakespeare-Biographen Johann Joachim Eschenburg (1743–1820) als Legende entlarvt (vgl. *Ueber William Shakespeare*, Zürich 1787, S. 4 f.).

162,17 *noch gar nichts weiß:* Kant wurde in Frankreich erst durch Charles de Villiers' (1765–1815) zweibändige Monographie *Philosophie de Kant* (1801) einem breiteren Publikum bekannt.

163,3 *wie ein Flötenton im Orkane:* vgl. auch 246,25 f.

163,11 *Verzeihung meines Fehltritts:* An anderer Stelle bedankt sich Kleist noch einmal für Wilhelmines »beispiellose That und eben so beispiellose Verzeihung« (Br. 32). Vermutlich handelt es sich hierbei um Wilhelmines Reaktion auf eine Mitteilung oder einen Vorfall aus seiner Würzburger Zeit, die Gegenstand seines nicht überlieferten Hauptbriefes war (vgl. Br. 23 und Anm. zu 145,3).

163,13 *Dein Bild:* die um 1800 entstandene Miniatur eines unbekanntes Malers (heute im Besitz der Kleist-Gedenkstätte Frankfurt a. d. O.).

27

163,17 *von Newton:* Dieses wie die meisten der nachfolgenden Beispiele entstammen den *Kosmologischen Unterhaltungen* (Bd. 3, Leipzig 1780, S. 16f.) von Wünsch.

163,23f. *bis er durch eine Reihe ... zu dem Gesetze kam:* das von Newton 1666 gefundene Gravitationsgesetz, das er später von der irdischen Natur auf die Himmelskörper übertrug, wonach deren Bewegung im Raum unter dem alleinigen Einfluß der Massenanziehung stehe (*Principia mathematica philosophiae naturalis*, 1687).

164,2f. *das Gesetz des Pendels:* von Galilei 1609 im Zusammenhang mit seinen Messungen zur Fallbewegung entdeckt.

164,12f. *Erfinder der Luftschiffarthskunst:* Nicht Pilâtre, sondern die Brüder Joseph (1740–1810) und Jacques Montgolfier (1745–1799) erfanden den Luftballon. Zu Kleists prinzipiellem Interesse an der Luftschiffahrt vgl. die entsprechenden Artikel und Miszellen in BA (SW 2, S. 388–394 und 443, sowie SWB 3, S. 625).

164,14 *Colomb:* Kolumbus.

164,23 *ein Gefangener:* der französische Naturforscher Denis-Bernard Quatremère Disjonval (vgl. sein Werk *De L'Aranéologie*, 1797, Kap. 5).

165,2f. *Holland ward erobert:* Im Verlaufe des Ersten Koalitionskrieges (vgl. Anm. zu 9,8f.) eroberten die französischen Revolutionstruppen die Niederlande (1795) und ernannten sie zur Batavischen Republik.

165,23f. *vor dem wichtigsten Tage meines Lebens:* vermutlich Anspielung auf das Motiv seiner Würzburg-Reise (vgl. Anm. zu 68,7).

165,30 *das Gewölbe:* Ein ähnliches Bild konnte Kleist den *Kosmologischen Unterhaltungen* (Bd. 3, Leipzig 1780, S. 192) von Wünsch entnehmen; als reales Vorbild dürfte ihm dabei das Pleicher Tor in Würzburg gedient haben (vgl. SWB 4, S. 692); siehe dazu die Zeichnung am Ende des Briefes sowie den analogen Gedanken in *Penthesilea*, V. 1349f., und *Das Erdbeben in Chili* (SW 2, S. 146).

166,11 *In jener herrlichen Nacht:* die Nacht vom 1. auf den 2.9.1800 (vgl. Br. 18).

166,12–14 *am Tage sehn wir ... in die Sterne:* vgl. auch 250,12–14.

167,24f. *einen Telegraphen:* vgl. die Abbildung auf dem Umschlag der BKB 9 (1996).

167,26–28 *Der Sturm reißt den Baum ... aber nicht den Baum:* vgl.

auch 265,36–266,2 sowie das entsprechende Gleichnis in *Die Familie Schroffenstein*, V. 961 ff., und *Penthesilea*, V. 3041 ff.
168,6 *in einem dazu bestimmten Hefte:* nach dem Vorbild seines Ideenmagazins (vgl. Anm. zu 171,3).
168,14 *Revenüen:* von frz. *revenu* ›Einkommen, Einkünfte‹.
169,9 *Selbstdenken:* »eigenes, originales denken« (DWB 16, Sp. 463).
169,11 *kosmologische (weltbürgerliche) Unterhaltungen:* nicht zutreffende Übersetzung; nach Campe (Erg.-Bd., S. 233): »zur Welt oder zum Weltall gehörig, das Weltall betreffend.«
169,17–23 *Gesetzt Du fändest ... treu sein soll:* zu diesem Spiegel-Gleichnis, das Kleist in Br. 30 wieder aufgreift und in Br. 35 auf sich überträgt, vgl. Wünschs *Kosmologische Unterhaltungen*, Bd. 1, Leipzig 1778, S. 249.
169,26 f. *zwei Marmorplatten:* Dieses Beispiel stammt nicht von Wünsch; Muth, S. 44, verweist auf David Humes (1711–76) *Philosophical Essays Concerning Human Understanding* (1748, dt. 1775, Kap. 4).
170,5 f. *Luftsäure:* von Wünsch in den *Kosmologischen Unterhaltungen* gebrauchter Begriff für Kohlensäure (vgl. Bd. 2, Leipzig [2]1794, S. 397).
170,11 *nämlich die Reue:* vgl. auch *Die Familie Schroffenstein*, V. 1908: »Denn Reue ist die Unschuld der Gefallnen«.
170,31 *Vestalinnen:* jungfräuliche Priesterinnen der Vesta, der römischen Göttin des Herdfeuers; sie hüteten das Feuer des Staatsherds.
171,2 *das schriftstellerische Fach:* vgl. Anm. zu 159,27.
171,3 *Ideenmagazin:* Nach Johanna von Haza, der Tochter der mit Kleist befreundeten Sophie Müller, besaß Kleist mehrere Hefte, die neben einigen Novellen »einzelne hingeworfene Ideen und Bemerkungen« enthielten (NR 134). Sie dürften die Grundlage seines Ideenmagazins gebildet haben, aus dem er sowohl für seine schriftstellerische Arbeit als auch für seine Briefe schöpfte. Gerade die zahlreichen und in wechselnden Kontexten erscheinenden Beschreibungen, Bilder und Gleichnisse in seiner Korrespondenz dokumentieren, daß er zumindest *ein* solches Heft geführt haben muß. Vgl. Sembdner, 1959.
171,11 *die Berechnung:* vgl. Br. 26.
171,17 *Xbr:* Dezember; nach X für lat. *decem* ›zehn‹; im altrömischen Kalender der 10. Monat.

28

172,18 f. *ich wohne ... Deputation bei:* Kleist nahm erst an der Sitzung vom 3. 12. teil, nachdem er den ersten Sitzungstermin am 12. 11. versäumt hatte (vgl. LS 48 und 49).

172,19 *der Minister:* Carl Gustav von Struensee.

173,23 *Majorennität:* Volljährigkeit (vgl. Anm. zu 154,13).

173,23 f. *das ganze Haus selbst übernehmen und bewirthschaften:* Über das Kleist-Haus im Nonnenwinkel 542, das im Zweiten Weltkrieg zerstört wurde, heißt es bei Hoffmann, 1929, S. 171: »Wenn auch das Kleist-Haus kein Meßhaus war, so hatte doch der jeweilige Eigentümer außer Remisen und Stallungen regelmäßig die Räume des Erdgeschosses, nicht selten auch die des ersten Stockwerkes an Meßfremde vermietet. Mieten trugen auch die Wohnungen im Hinterhause ein. Dazu kamen Pachtverträge aus der Grasnutzung von dreizehn Morgen und siebenundzwanzig Quadratruten Wiesenwachs«.

174,1 *nach F.:* nach Frankfurt a. d. O. (vgl. Anm. zu 183,16).

29

174,6 *Die überschickten 260 Rth.:* nach Kleists Bitte in Br. 24.

174,31 *die Prinzen:* Heinrich und Wilhelm, die Brüder Friedrich Wilhelms III.

175,30 *Das Amt:* Minister Struensee hatte Kleist empfohlen, sich zunächst als Referendar in der Provinzialkammer anstellen zu lassen, da bei der »Deputation wenig oder gar keine Hoffnung für ihn sey, je zu einer Besoldung zu gelangen.« (LS 47).

176,3 f. *das ganze preußische Commerzsystem sehr militairisch:* Kleists Einschätzung ist vor dem Hintergrund der seinerzeitigen Erwägungen zu sehen, Handel und Gewerbe durch drastische Einfuhr- und Konsumtionsbeschränkungen einzuengen.

176,12 *Messen zerstört:* Anspielung auf die seit dem Regierungsantritt Friedrich Wilhelms III. kontinuierlich durchgesetzten Maßnahmen gegen den Transithandel in Frankfurt a. d. O., durch den der Zwischenhandel in der Messestadt schließlich unterbunden wurde (vgl. W 4, S. 549).

Werkstühle: hier im Sinne von »Arbeitsstuhl« (DWB 29, Sp. 409) als allgemeine Bezeichnung für einen frühindustriellen Arbeitsplatz.

178,1 *auf einem andern Sterne:* vgl. Anm. zu 47,30 und 158,25.
178,10 *Minettens Sache:* die Scheidung seiner Halbschwester Wilhelmine.

30

178,23 *meine Fragen:* in Br. 27.
179,1 *das Gemeine:* hier: das Gewöhnliche (vgl. DWB 5, Sp. 3209 ff.).
179,6 *Augenblick (in Würzburg):* vgl. die Darstellung in Br. 27.
179,15 f. *mit der Seele ... denken:* vgl. Anm. zu 39,33.
181,1 *vergleiche ... mit einem Clavier:* ein ähnlicher Vergleich bei Helvétius, *De l'Homme* (1773, V,2: ›De l'Esprit et du Talent‹), und Wünsch, *Kosmologische Unterhaltungen* (Bd. 3, Leipzig 1780, S. 229).
181,11 *Fürsichenblüthe:* Pfirsichblüte.
181,13–15 *in unsrem Garten ... aus dem eurigen:* Kleists wohnten in unmittelbarer Nachbarschaft der Zenges.
181,14 *Hautboïsten:* Oboisten.
181,26 f. *Christus ... in Ketten:* vgl. Kleists *Aufsatz, den sichern Weg des Glücks zu finden* (SW 2, S. 306).
181,29 *wie Schiller sagt:* in der Ode *An die Freude* (1786).
181,30 f. *herrenhuthischer Kirchhoff:* die Herrnhuter oder Brüdergemein(d)e, eine religiöse Gemeinschaft pietistischer Ausprägung, die 1727 aus einer Siedlung von Mährischen Brüdern und Pietisten in der Lausitz hervorgegangen war.
182,2 *unter der Linie:* am Äquator.
182,7–10 *Schmeicheleien ... ihm dies sagt:* so auch Shakespeare, *Julius Caesar* (II,1) »Doch sag' ich ihm, daß er die Schmeichler haßt, / Bejaht er es, am meisten dann geschmeichelt« (Schlegel/Tieck).

31

183,16 *Dezember 1800:* Für diese Datierung (MP 2 datierte noch auf März 1801) spricht nicht nur die Torbogenskizze in Br. 27, die Kleists Aufenthalt in Frankfurt a. d. O. für diese Zeit belegt, sondern auch Wilhelmine von Zenges Brief vom 16. 6. 1803 an ihren späteren Ehemann Wilhelm Traugott Krug (1770–1842): »Weihnachten vor zwei Jahren kam er ganz unerwartet hier an, und sagte mir, er könne jetzt gleich angestellt werden wenn er wolle, doch wäre es ihm unmöglich ein Ambt zu nehmen, die Ambtsgeschäfte würden ihn unglücklich machen, auch könne er seine Freiheit nicht so aufopfern. Er fragte ob ich sein kleines Vermögen mit ihm teilen wolle, ich erschrak über dies alles sehr, ich wollte und konnte ihm weder ab- noch zuraten, um meinetwillen unglücklich zu sein, und versicherte, ich wolle alles tun, was zu seinem Glücke beitragen könne.« (LS 50a).

183,29 f. *mit dem Apollo trösten:* Nach der griechischen Mythologie mußte Apollon dem thessalischen König Admetos ein Jahr als Hirte dienen, weil er sich an den Zyklopen gerächt hatte, mit deren Donnerkeilen sein Sohn Asklepios von Zeus erschlagen worden war.

184,1 *Niemandem:* verbessert nach Faks. (BKA); MP 2: »keinem andern«.

184,6 *meine Culturgeschichte:* vgl. Anm. zu 69,20.

32

184,13 *jenen trüben Brief:* nicht überliefert.

184,22 *kleiner Bruder:* August Alexander von Zenge.

184,27 *Jettchen:* Wilhelmines Schwester Henriette Caroline.

184,29 f. *dieses Hauses:* Carl von Zenges neue Wohnung ›An der Contre-Escarpe‹ 65, in der auch Kleist zu dieser Zeit wohnte.

185,2 *künstlich:* hier: kunstfertig, kunstvoll, kunstgemäß (vgl. DWB 11, Sp. 2712 ff.).

185,2 f. *denn das achte ich wenig:* eine vergleichbare Position vertritt Kleist in seinem *Brief eines Dichters an einen anderen* (SW 2, S. 347–349).

186,18 f. *eine beispiellose That und ... Verzeihung:* vgl. Anm. zu 163,11.

187,7 *erlitt:* hier im Sinne von ›erfahren‹ (vgl. DWB 3, Sp. 899 f.).

188,16 f. *Posa ... und Max:* vgl. Schillers Dramen *Don Carlos* (V,3) und *Wallensteins Tod* (IV,5).

188,22 *Dein erstes Gefühl:* SWB 4, S. 705, weist auf Schillers Drama *Wallensteins Tod* (III,21) und Theklas Rat an Max hin: »folge deinem ersten / Gefühl«.

188,30 f. *jenen guten Rath mit dem Tagebuche:* am Ende von Br. 26.

189,1 *Universitätsberge:* Universitäts-Tonberg und -Weinberg, der 1733–1811 der Universität Frankfurt a. d. O. gehörte.

189,24 *einen solchen ... Aufsatz:* nicht überliefert.

33

190,8 *Minna:* Sophie Henriette Wilhelmine Clausius.
190,15 f. *Labrador:* Halbinsel im Osten Kanadas.
191,8 *Colonie-Ball:* Fest der französischen Kolonie in Berlin.
191,10 f. *die Erzählung vom las Casas:* Johann Jakob Engels *Entzückung von Las Casas, oder Quellen der Seelenruhe* (*Der Philosoph für die Welt*, Tl. 2, 1777) wurde 1795 auch in Schillers *Horen* abgedruckt.
191,19 *Ätna:* Engels moralische Betrachtung *Der Aetna. Oder über die menschliche Glückseligkeit* (*Der Philosoph für die Welt*, Tl. 3, 1800).
191,32 *scheiternd:* hier: in Stücke brechend, zerschmetternd (vgl. DWB 14, Sp. 2482 f.).
191,35 *Ganz willige ich:* MP 2 ergänzte die Präposition »in« (vgl. auch SWB 4, S. 184); der Gebrauch des Transitivums im Sinne von »für gut befinden« ist jedoch denkbar und nicht unbedingt auf ein Versehen zurückzuführen (vgl. DWB 30, Sp. 183).
191,36 *mir:* verbessert nach Faks. (BKA); MP 2: »nur«.

34

194,7 *Huth:* Er befand sich seit Mitte Dezember in Berlin, um sich von einem Nervenleiden kurieren zu lassen (vgl. SWB 4, S. 709).
195,1 f. *ein Amt:* Brockes war von Mai bis September 1801 im Dienste des Herzogs von Mecklenburg-Schwerin in Dargun (bei Güstrow) tätig; vgl. Weiss, 1996, S. 117.
195,3 *volkreichen Königsstadt:* Während die Einwohnerzahl Berlins sich um 1740 noch auf etwa 100 000 belief, stieg sie bis 1800 auf rund 175 000 an. Frankfurt a. d. O. dagegen hatte zu dieser Zeit lediglich 12 000 Einwohner.
196,17 *mit einem jungen Manne:* Friedrich von Dewitz.
197,4 f. *Handeln ist besser als Wissen:* Auch Kleist machte sich diese Maxime nachfolgend immer wieder zu eigen (vgl. 208,1 f. und 282,31–33).
197,35 f. *der so viel Liebe fand bei allen Wesen:* vgl. Anm. zu 158,11.
199,19 *seiner Schwester:* die verwitwete Louise von Bülow, geb. Brockes; sie hatte am 18. 10. 1800 Heinrich Conrad von Albedhyll (1760–1801) geheiratet; vgl. Weiss, 1996, S. 115.

200,20 f. *Lesegesellschaft:* »geschlossene gesellschaft, die ihren mitgliedern bücher und zeitschriften zum lesen bietet« (DWB 12, Sp. 773); die Würzburger Lesegesellschaft wurde 1790 gegründet und nannte sich ab 1802 ›Museum für Lektüre periodischer in- und ausländischer Zeitungen und wissenschaftlicher Zeitschriften‹.

200,28 *mein Arzt:* Ob es sich um den Stadtchirurgen Wirth handelt, bei dem Kleist und Brockes in Würzburg Quartier bezogen hatten (vgl. Anm. zu 151,16) und von dem die Diagnose überliefert ist, daß einer der beiden »wirklich krank« (LS 42) gewesen sei, läßt sich mit Bestimmtheit nicht sagen.

202,13 *geize ... auf:* hier in der älteren Bedeutung von: nach etwas verlangen oder trachten (vgl. DWB 5, Sp. 2817).

202,30 f. *Deine neue Epoche:* vgl. Br. 32.

35

203,27 *Zulage:* Zu dem Vermögen, das ihm seine Eltern vermacht hatten, gehörte unter anderem eine Zulage in Höhe von 200 Talern.

203,34 *Werben:* vgl. Anm. zu 46,3 f.

204,33 f. *jener Römer in dem Zelte Porsenna's:* Der römische Gesandte Popillius Laenas stellte nicht dem etruskischen König Porsenna, sondern Antiochus IV. dieses Ultimatum, das den syrischen König 168 v. Chr. zur Räumung Ägyptens zwang.

205,4 *Lebensplan:* vgl. Anm. zu 21,14.

205,17 *in einer Session:* der Technischen Deputation.

205,23 f. *eines ... französischen Werkes über Mechanik:* die *Mécanique philosophique* von Gaspard-Clair-François-Marie Riche de Prony (1755–1839); von dem ursprünglich auf fünf Teile projektierten Werk erschienen nur die ersten drei Teile (›Journal de l'école polytechnique‹, 1800).

205,31 *der Präsident:* Christian Ludwig Grothe.

206,3 *zum erstenmal ... wieder einen Obern:* seit seinem Abschied vom Militär im April 1799.

206,11 *pretiös:* »geschraubt oder geschroben« (Campe, Erg.-Bd., S. 495).

206,27–33 *Ich weiß ... schief und schmutzig ist:* zu diesem Spiegel-Gleichnis vgl. Anm. zu 169,17–23.

207,12–14 *unerklärliche Verlegenheit ... physische Ursache hat:* Von der plötzlichen »Ängstlichkeit« und »Beklommenheit«, die ihn zuweilen ergreifen und in lächerliche Situationen versetzen würde, sprach Kleist schon in einem früheren Brief (Br. 6). Dazu passen Äußerungen Ernst von Bülows und Achim von Arnims, wonach Kleist leicht verlegen geworden sei und unter Sprachhemmungen gelitten habe (vgl. LS 155 und 347). Ähnliche Besonderheiten des gesellschaftlichen Gesprächs werden auch in der Schrift *Über die allmähliche Verfertigung der Gedanken beim Reden* thematisiert (SW 2, S. 323).

207,23 *élégant:* (frz.) Stutzer, Geck.

207,24 *persifflage:* frz. *persiflage* ›Verspottung, Spott‹.

207,28 f. *Selbst die Säule ... wankt:* ähnliche Formulierung in *Das Erdbeben in Chili* (SW 2, S. 145).

208,1 f. *Wissen kann unmöglich ... besser als wissen:* ein Grundsatz, den Kleist von Ludwig von Brockes übernommen hatte (vgl. Anm. zu 197,4 f.).

208,2 *ein Talent bildet sich im Stillen:* nach Goethes *Torquato Tasso* (I,2): »Es bildet ein Talent sich in der Stille, / Sich ein Charakter in dem Strom der Welt«.

208,15 f. *so ist es nur wie einem Vater:* vgl. Lessings Ringparabel in *Nathan der Weise* (III,7).

208,23 *Göthe sagt:* Nicht bei Goethe, sondern in Schillers *Piccolomini* (II,6) finden sich die Worte: »Wo eine / Entscheidung soll geschehen, da muß vieles / Sich glücklich treffen und zusammenfinden«.

208,28 f. *aus dem Gaspari:* Es handelt sich entweder um Adam Christian Gasparis *Lehrbuch der Erdbeschreibung zur Erläuterung des neuen methodischen Schulatlasses* (1792 f.) oder um sein *Vollständiges Handbuch der neuesten Erdbeschreibung* (2 Bde., 1797/1802).

208,31 *liebe Wirthinn:* vermutlich Ulrike von Schönfeldt.

208,33 *Emilien:* Ob die Patentochter von Kleists Mutter, Emilie Schätzel (Br. 73), gemeint ist, muß offenbleiben.

36

209,3 f. *seit unsrer Trennung:* vgl. Br. 31.

210,22 *das Bild:* vgl. Anm. zu 163,13.

210,23 *die Nadeln:* vgl. den Schluß von Br. 18.

211,5 *weiblichen Brokes:* vermutlich die in Br. 33 genannte »älteste Schulz«.

211,19 f. *von Rousseaus sämmtlichen Werken:* Sie erschienen 1786–1799 in 11 Bänden.

211,22 *den Emil:* Rousseaus Erziehungsroman *Émile ou De l'éducation* (1762) erschien nach der ersten deutschen Übersetzung 1762 im Rahmen der Gesamtausgabe unter dem Titel *Emil oder Über die Erziehung* (1789/91).

212,19 *Schrift von Wieland:* Folgt man einer späteren Äußerung Kleists, so könnte es sich um Wielands *Sympathien* (1756) gehandelt haben (vgl. Br. 49 und Anm. zu 259,12). Nicht auszuschließen ist, daß sich Kleist auf dessen *Agathon* (1766/67) bezieht (vgl. KM, S. 100), obwohl der hier angesprochene Vervollkommnungsgedanke auch schon in den *Sympathien* präsent ist (vgl. Anm. zu 146,34).

212,35 f. *Geschichte meiner Seele:* schon von Wieland gebrauchte Bezeichnung für eine autobiographische Schrift (vgl. *Agathon*, 16. Buch, 1. Kap.), die mutmaßlich den Titel eines nicht überlieferten Aufsatzes von Kleist bildete (vgl. NR 134).

213,4 f. *Kantischen Philosophie:* Es ist nach wie vor nicht sicher, ob die in der Kleist-Forschung als Kant-Krise bezeichnete Lebens- und Erkenntniskrise des Jahres 1801 auf eine Kant-Lektüre zurückgeht oder eher durch Fichtes Philosophie oder eine anderweitige Lektüre ausgelöst wurde. In jedem Fall aber erfuhr Kleists aufklärerisches Weltbild in dieser Zeit einen entscheidenden Bruch, mit dem er zugleich die sich im Grunde seit der Würzburg-Reise anbahnende Wende von der Philosophie zur Kunst vollzog (zum Stand der Diskussion vgl. Vietta, S. 139 f., Grathoff, 1993, S. 82 f., SWB 4, S. 550 f.).

213,11 *Wenn alle Menschen ... grüne Gläser hätten:* ähnliches Bild schon in Max Klingers Roman *Der Kettenträger* (Amsterdam 1796, Bd. 1, S. 101 ff.; vgl. Anm. zu 214,14) und in Wünschs *Kosmologische Unterhaltungen* (Bd. 1, Leipzig 1778, S. 7 f.), der im Rahmen einer Erzählung die Wahrnehmungsproblematik am Beispiel des Fernrohrs veranschaulichte: »Weißt du nicht mehr, daß wir oft durch rothes Glas alle weißen Sachen roth, durch blaues blau, und durch grünes, grün gesehen haben? Also muß wohl bloß die schwarze Farbe des Glases schuld seyn, daß die Sonne durch den Tubus gelbroth erscheint.«

213,23 *die Spitze dieses Gedankens:* vgl. *Penthesilea*, V 3025 ff., sowie die entsprechende Formulierung in dem 1776 veröffentlichten Trauerspiel *Julius von Tarent* (V,3) von Johann Anton Leisewitz (1752–1806).

213,26 *Mein einziges, mein höchstes Ziel:* vgl. auch 216,5.
213,33 *Tabagien:* von frz. *tabagie* ›verrauchtes Zimmer, Lokal, Kneipe‹.
214,14 *Kettenträger:* der 1796 in Amsterdam anonym erschienene und heute fast verschollene zweibändige Roman *Der Kettenträger* von Max Klinger (1752–1831).
215,7 *vergüten:* hier: wiedergutmachen (vgl. DWB 25, Sp. 500).
215,11 f. *Mein Bild ... und Deines:* Das einzige authentische und Kleist wahrscheinlich sehr ähnliche Bildnis (vgl. LS 549–558), ein Miniaturporträt, stammt von dem um 1800 in Berlin ansässigen Maler Peter Friedel (gest. 1814); zum Porträt Wilhelmine von Zenges vgl. Anm. zu 163,13.

37

216,35 *Equipage:* (frz.) hier: (elegante) Kutsche.
217,2 *Unser hiesiger Bedienter:* Johann.
217,5 *Eggersdorf:* Ort südl. von Müncheberg, auf halber Strecke zwischen Berlin und Frankfurt a. d. O.
217,9 *Minetten:* Kleists Halbschwester Wilhelmine.
217,22 *Zulage:* vgl. Anm. zu 203,27.
217,24 *Vormund:* vgl. Anm. zu 21,13.

38

217,31 *Maler:* vgl. Anm. zu 215,11 f.
218,4 *einem berühmten System:* dem philosophischen System Kants.

39

219,8 *es rücken ... Regimenter ins Feld:* im Zuge der am 3. 4. erfolgten Besetzung des Herzogtums Hannover durch preußische Truppen.
219,10 *Fr.d'or:* vgl. Anm. zu 90,26.
219,30 *Extra-Post-Pferde:* vgl. Anm. zu 99,6 f.
220,2 *Meilen:* vgl. Anm. zu 15,15.
220,15 *Biergeld:* hier: Trinkgeld.

221,2 *beide sind durch Ämter gefesselt:* Brockes in Mecklenburg (vgl. Anm. zu 195,2) und Rühle als Sekondeleutnant im Regiment Garde.
221,3 *Sonnabend:* am 4.4. (Ostersamstag).

40

222,8 f. *Studenten-Matrikel:* vgl. Anm. zu 94,36–95,1.
222,10 f. *einen Paß haben:* vgl. Br. III.
222,29–31 *wir dünken uns frei ... Fäden fort:* diametraler Gegensatz zu der früheren, im Banne der Aufklärung stehenden Auffassung, daß man seinen Werdegang durch einen Lebensplan bestimmen könne (vgl. Br. 3 und 5); dieser neuen pessimistischen Einsicht in die menschliche Zufalls- und Schicksalsabhängigkeit trägt auch Kleists erstes Drama *Die Familie Schroffenstein* Rechnung.
223,16 *Der Minister:* entweder Außenminister Alvensleben (vgl. 222,15) oder, was naheliegender ist, Struensee (vgl. den nachfolgenden Brief an Kunth).
224,2 *Bild:* vgl. Anm. zu 215,11 f.
224,30 f. *Vertrauen ... unter uns:* vgl. Anm. zu 102,27.
225,21 *kein Geheimniß:* Die Verlobung zwischen Kleist und Wilhelmine von Zenge blieb inoffiziell.
225,29 *Deinem Bilde:* vgl. Anm. zu 163,13.

41

226,11 f. *Neigung für das Rein-Wissenschaftliche:* Vor dem Hintergrund der sich krisenhaft zuspitzenden Erkenntnis, daß seine »Liebe zu den Wissenschaften« ins Wanken geraten sei (Br. 35), ist sein Geständnis kaum mehr als ein Vorwand, sich ohne Beschädigung aus der preußischen Verwaltung zurückziehen zu können.
226,13 *schon bei Ihrem ersten Urtheile:* Kunth hatte ihm geraten, »sich auf irgend einer Universität als öffentlicher Lehrer zu habilitiren« (LS 46).
226,21 *vorkommenden:* verbessert nach Faks. (BKA); MP 2: »kommenden«.

42

227,5 *inniger:* verbessert nach Faks. (BKA), MP 2: »weniger«.
227,12 *zwei Trennungen:* infolge der zurückliegenden Würzburg- und der anstehenden Paris-Reise.
228,19 *ein Weib, ein eignes Haus und Freiheit:* in Kleists Briefen vielfach variiert und modifiziert; vgl. 271,29; 286,29 f.; 315,25 f. und Anm. zu 284,18–21.
229,11 *sei mein starkes Mädchen:* so auch Wallenstein zu Thekla in Schillers *Wallensteins Tod* (IV,9).

43

229,14 f. *Brühlschen Terrassen:* nach dem sächsischen Premierminister Heinrich Graf von Brühl (1700–63) benannte Gartenanlage in Dresden.
230,25 *vier Monate aus meinem Leben:* vermutlich der Zeitraum von Dezember 1800 bis April 1801, in den Kleists Hospitanz in der Technischen Deputation und seine durch die idealistische Philosophie ausgelöste Erkenntniskrise fielen.
230,33 *Umstände haben uns verhindert:* Im Rückblick auf den Dresdner Aufenthalt schrieb Ulrike von Kleist: »Da gefiel es ihm so sehr, daß er nicht fortzubringen war. Er sah die Gemälde, die Kunstwerke, und lebte nur für die Kunst.« (LS 54a).

44

232,7 f. *wo ich mich meiner selbst bewußt ward:* vgl. *Amphitryon*, V. 282, wo Sosias allerdings sein Selbstbewußtsein in Frage stellt: »Bin ich mich meiner völlig nicht bewußt?«
232,19 *wie Tankred:* In Torquato Tassos (1544–95) epischer Dichtung *Gerusalemma liberata* (1580) tötet Ritter Tancredi im Kampf die von ihm geliebte Clorinda (12. Gesang), ohne es zu wissen. Übersetzungen dieses Werkes erschienen 1781–83 (Leipzig, 4 Bde.) und 1800 (Jena, 2 Bde.). Obwohl Kleist die Tancredi-Handlung auch aus Goethes *Wilhelm Meisters Lehrjahre* (I,7; vgl. KM, S. 115) oder aus dessen Übersetzung des *Tankred*-Dramas von Voltaire rezipiert haben könnte (das Stück wurde am 10. 3. in Berlin aufgeführt), spricht für seine Beschäftigung mit Tasso das

auf das italienische Versepos zurückweisende Rosenfest-Motiv in der *Penthesilea*, V. 881 ff.

233,5 *neue Welt voll Schönheit:* vgl. Anm. zu 230,33.

233,6 *griechischen Ideale:* die musterhaften griechischen Skulpturen; das Antikenkabinett befand sich seinerzeit im von Johann Rudolph Fäsch (gest. 1749) erbauten Japanischen Palais (1715).

233,9 *Mutter Gottes:* Raffaels *Sixtinische Madonna.*

233,9 f. *mit dem hohen Ernste, mit der stillen Größe:* Abwandlung einer Charakteristik, die Winckelmann für die griechische Kunst prägte (vgl. Anm. zu 114,9 f.).

233,21–23 *daß Wouverman ... Künstler geworden sei:* Zu denken ist hier wohl nicht an Wouwerman, sondern an den italienischen Maler Francesco Francia (um 1450–1517), dessen frühestes datiertes Bild aus dem Jahre 1492 stammt; in dem ›Francia‹-Kapitel der *Herzensergießungen eines kunstliebenden Klosterbruders* (1797) von Wilhelm Wackenroder (1773–98) heißt es etwa: »Schon vierzig Jahre alt, trat er in die Schranken einer neuen Kunst«.

233,26 *das Herz gewaltsam zu bewegen:* vgl. Kleists Novelle *Die heilige Cäcilie oder die Gewalt der Musik* und dagegen seine noch deutlich kritische Einstellung zur katholischen Kirche in Br. 20.

233,30 *gemeiner Mensch:* gewöhnlicher Mensch (vgl. Anm. zu 179,1).

234,11 f. *Morizburg, Pillnitz ... das Du schon kennst:* aus Br. 17 f.

234,13 *das Bergwerk:* das Amalgiewerk Halsbrück bei Freiberg, das Kleist und seine Schwester am 2. 5. besichtigt hatten (vgl. LS 54b).

234,20 *der Gang streicht:* in der Mineralogie und im Bergbau gebräuchlicher Begriff für »die horizontal sich erstreckenden gesteins- und erzadern« (DWB 19, Sp. 1196).

234,34 *Gouverneur:* hier: Hofmeister, Erzieher (vgl. DWB 8, Sp. 1475).

235,6 *die Eigenschaften:* »drei Eigenschaften« (SWB 4).

235,9 f. *am Abend bei unserem Abschied:* nach der Stammbucheintragung für Henriette von Schlieben am 17. 5. 1801 (vgl. LS 55c).

235,11 *Streiferei:* hier: Ausflug, Wanderung (vgl. DWB 19, Sp. 1285).

235,12 *Töplitz:* Teplitz, nordböhmischer Kurort; heute Teplice.

235,13 *Schloßberge:* der 393 m hohe Klingsteinfelsen mit Burgruinen.

235,17 *Lowositz:* Lobositz.

235,24 *Aussig:* nördl. von Lobositz; heute Usti.

45

237,6 f. *Werchfasern im Spinnrocken:* die um den Stab am Spinnrad gewickelten Fasern des Flachs- oder Hanfabfalls (vgl. DWB 29, Sp. 323; mit Kleist-Beleg).

238,10 *Dein Bild:* vgl. Anm. zu 163,13.

238,17 *wie Göthe sagt:* verschiedentlich wiederkehrende kritische Anspielung auf den Charakter seiner Schwester (vgl. auch 248,34 und 262,29 f.), die Goethes *Torquato Tasso* (II,1) folgt: »Die Grazien sind leider ausgeblieben; / Und wem die Gaben dieser Holden fehlen, / Der kann zwar viel besitzen, vieles geben, / Doch läßt sich nie an seinem Busen ruhn«.

238,30 *meine Familie nach Pommern:* vermutlich zur Schwester Friederike und ihrem Mann Philipp von Stojentin auf das Gut Schorin bei Stolp (Hinterpommern).

239,7 f. *die große Schrift:* Es ist nicht klar, um welche Schrift es sich handelt. Infolge der Kant-Krise dürfte es sich vermutlich nicht um den für Rühle von Lilienstern verfaßten *Aufsatz, den sichern Weg des Glücks zu finden* handeln (vgl. Anm. zu Br. 3, »Textwiedergabe [. . .]«); möglicherweise meint Kleist die nicht überlieferte Abhandlung *Geschichte meiner Seele* (vgl. Anm. zu 212,35 f.) oder eine bislang gar nicht bekannte Schrift.

239,23 *in Mannskleidern:* Erst ab 1908 konnten Frauen sich in ganz Deutschland an den Hochschulen immatrikulieren lassen und ungehindert am Vorlesungsbetrieb teilnehmen. Daß Kleist seine Schwester mit in die Vorlesung nahm, zeugt also von seiner Neigung zu unkonventionellem Denken und Handeln.

239,32 f. *einen Neffen Kleist:* David Anton von Kleist.

240,7 f. *er ist 83 Jahr:* Gleim, am 2. 4. 1719 geboren, war damals 82.

240,11 *Parnaß:* das in der griechischen Mythologie Apollon und den Musen heilige Gebirge in Mittelgriechenland (heute Liakura) und daher bildlich gebraucht für: Reich der Dichtung.

240,12 f. *Kleist war nämlich in einem Duell blessirt:* im Zweikampf mit einem Fähnrich von Stojentin 1743.

240,18 f. *scherzhafte Gedichte:* Gleims *Versuch in Scherzhaften Liedern* (1744/45).

240,19 *im Geschmack Anakreons:* nach Art des griechischen Lyrikers Anakreon, dessen Dichtung um die Motive Liebe, Wein und heitere Geselligkeit kreist.

240,20 *Ode an den Tod:* das elfzeilige Gedicht *An den Tod* aus dem *Versuch in Scherzhaften Liedern*; Kleist zitiert folgende Verse frei:

»Tod, kannst du dich auch verlieben? / Warum holst du denn mein Mädchen? / ⟨...⟩ / Tod, was willst du mit dem Mädchen? / Mit den Zähnen ohne Lippen / Kannst du es ja doch nicht küssen.«

240,20 *ohngefähr:* ungefähr.

240,30 *Feldscheer:* »chirurgus, eigentlich barbier« (DWB 3, Sp. 1488).

240,31 *der kalte Brand:* Vertrocknung oder Zersetzung abgestorbenen Gewebes.

240,32 f. *Aus Dankbarkeit:* Von dieser Episode um Kleists Genesung berichtete auch Wilhelm Körte in seiner Einleitung zu *Ewald Christian von Kleist's sämmtliche Werke nebst des Dichters Leben aus seinen Briefen an Gleim*, Tl. 1, Berlin 1803, S. 13–15.

240,35 *die stollbergsche:* die Familie des regierenden Grafen Christian Friedrich v. Stolberg-Wernigerode und seiner Frau Auguste Eleonore.

240,36–241,1 *Rammelsberg, wo in großen Höhen ... abgebrannt werden:* »Das sogenannte Feuersetzen. Man schichtete trockenes Nadelholz in den Grubenräumen auf und zündete es an. Durch den Wechsel von Hitzeeinwirkung und Abkühlung wurde die Lockerung des Gesteins erreicht. Dieses Verfahren wurde um 1800 Besuchern des Rammelsberges als Sehenswürdigkeit vorgeführt.« (W 4, S. 558). Der Rammelsberg liegt südl. von Goslar.

241,3 *Werkstatt der Cyklopen:* einäugige Riesen der griechischen Sage, die als Schmiedegesellen des Hephaistos unter dem Ätna ihre Werkstatt haben.

241,5 f. *den Brocken ... aus meiner früheren Reisebeschreibung:* Harz und Brocken waren schon im letzten Drittel des 18. Jh.s beliebte Ausflugs- und Reiseziele, die durch zahlreiche Weg- und Reisebeschreibungen zusätzlich an Popularität gewannen. Kleist selbst hatte bereits 1797 mit befreundeten Offizieren eine Musikantenwanderung in den Harz unternommen und darüber in seinem Brief an Wilhelmine vom 19. 9. 1800 berichtet, wobei er ihr dort lediglich die Besteigung des Stubenbergs schilderte (vgl. Br. 22 und Anm. zu 136,32). Den Brocken erwähnte er nur beiläufig in dem für Rühle verfaßten *Aufsatz, den sichern Weg des Glücks zu finden* (vgl. SW 2, S. 308).

241,8 *Teich:* der Oberfüssenteich (vgl. KM, S. 117).

241,17 *meinem:* verbessert nach SWB 4; MP 2: »einem«.

241,22 f. *das alte Project:* in Südfrankreich die deutsche Sprache zu unterrichten (vgl. Br. 26).

241,28 f. *die goldne Schwester:* Louise von Zenge.

46

Textvergleich mit einer Photokopie von Hs. (BJK).

242,5 *seit 5 Wochen:* Am 2. 6. hatte Kleist von Wilhelmine den letzten Brief erhalten (vgl. den Anfang von Br. 45).

242,19 *den Friedensfesten ... am 14t Juli:* Am Jahrestag des Sturms auf die Bastille (14. 7. 1789) wurden zugleich die im Rahmen des Zweiten Koalitionskrieges (1799–1802) besiegelten Friedensschlüsse von Lunéville (9. 2. 1801) und Florenz (28. 3. 1801) gefeiert.

243,4 f. *A. Mon. ... poste-restante:* (frz.) An Herrn von Kleist, ehemaliger Leutnant im Regiment der preußischen Garden, postlagernd.

47

Textvergleich mit Faks.: Hoffmann, 1924, S. 66–80.

243,12 *vor einigen Monaten:* während seines Aufenthaltes in Dresden (um 20. 4.–18. 5. 1801).

243,25 *Mutter Gottes:* vgl. Anm. zu 233,9.

243,25 f. *mit der stillen Größe, mit dem hohen Ernste:* vgl. Anm. zu 114,9.

243,29 *Glücks-kranz:* im DWB (8, Sp. 378) zitiert; von Karoline ist dazu die Notiz erhalten: »Dießen Kranz habe ich noch mit dem guten Kleist gebunden am 16. May 1801.« (LS 55b).

243,31 f. *Ihrem Stammbuch:* Überliefert ist lediglich die Eintragung in das Stammbuch ihrer Schwester Henriette (vgl. Anm. zu 235,9 f.).

244,1 *wie ein Dichternamen:* Anspielung auf Ewald von Kleist, auf den Kleist in Br. 45 ausführlich zu sprechen kam.

244,12 *Convenienz:* hier: Schicklichkeit, das gesellschaftlich Erlaubte.

244,20–29 *Ja, es giebt ... Busen liegen:* vgl. 142,6–14.

244,32 *Wohlstand:* vgl. Anm. zu 40,8 f.

244,34–245,2 *Lassen Sie sich also nicht irren ... Weisheit des Staubes:* vgl. Schiller, *Don Carlos* (IV,21): »daß er nicht / Soll irre werden, wenn des Staubes Weisheit / Begeisterung, die Himmelstöchter, lästert.«

245,1 *Herold der Etikette:* Kenner und Richter gesellschaftlicher Umgangsformen.

245,29 *Hindenburg:* zur freundschaftlichen Begegnung mit Hindenburg, von dem Kleist Empfehlungsschreiben für seinen Paris-Aufenthalt erhielt, vgl. LS 56.

245,32 *die stollbergsche:* vgl. Anm. zu 240,35.

245,33 f. *einen Menschen ... in Straßburg eine Frau:* konnten nicht ermittelt werden.

246,11 *Thuillerieen:* Tuilerien: das 1564 erbaute und 1871 im Kommune-Aufstand zerstörte königliche Residenzschloß.

246,15 *gewitzigt:* vgl. Anm. zu 72,18.

246,24 *Campane:* (ital.) Glasglocke einer Vakuumpumpe.

246,25 f. *wie ein Flötenton im Orkan:* vgl. 163,3.

246,31 *Ihre Tante:* nach Hoffmann, 1924, S. 66, die Schwester der Mutter, Sophie Katharina von Uechtritz (gest. 1811).

247,7 *Königstein:* vgl. Anm. zu 111,22.

247,14 *Lokowitz:* vermutlich Lockwitz, südl. von Dresden.

247,16 *des plauenschen Grundes:* vgl. Anm. zu 104,1 f.

247,27 f. *und wenn die Könige ... trauert das Land:* vgl. auch 99,16 f.

247,35 *con amore:* (ital.) mit Liebe.

248,1–5 *Das ist eine Gegend ... bald lacht, bald schreckt:* vgl. auch 255,25–28 und 261,15–18.

248,9 *Rheingau:* Landschaft zwischen Taunus und Rhein, zwischen Biebrich und Bingen.

248,19 *wie ein Held zum Siege:* vgl. Schillers Ode *An die Freude* (1786).

248,21 *Hundsrück:* eine volksetymologisch begründete Schreibung für Hunsrück (»hoher Rücken«, vgl. SWB 4, S. 749), den südwestl., zwischen Saar, Mosel, Rhein und Nahe gelegenen Teil des Rheinischen Schiefergebirges.

248,34 f. *an ihrem Busen läßt sich doch nicht ruhen:* vgl. Anm. zu 238,17.

249,1 *orthographisch:* hier: der Regel entsprechend, ohne von der Vorgabe abzuweichen.

249,4 f. *zu groß ... für ihr Geschlecht:* nach Schiller, *Don Carlos* (IV,15): »Sei größer / Als Dein Geschlecht. Vergiß Beleidigungen, / Tu, was vor dir kein Weib getan.«

249,6 *Seit 8 Tagen ... in Paris:* Am 29. 7. schrieb Kleist Adolphine von Werdeck (Br. 49), er sei am 3. des Monats in Paris angekommen. Da er aber Straßburg schon am 28. 6. verlassen (vgl. Br. 46) und, wie es in der Nachschrift zu diesem Brief heißt, in »8 Tagen« Paris erreicht hatte, ist seine Ankunft auf den 6. 7. zu datieren (vgl. LS 57a).

249,10 *Jahrestage der Zerstörung der Bastille:* vgl. Anm. zu 242,19 und die Rekonstruktion der von Kleist beschriebenen Szenerie bei Weiss, 1984, S. 10 ff.

249,15 *Obelisken:* vgl. Anm. zu 117,12.

249,16 *Illuminationen:* Festbeleuchtungen.

249,17 *Luftbällen:* Luftballons (zur Luftschiffahrt).

249,23 *mâts de cocagne:* (frz.) Kletterstangen (mit aufgehängten Preisen).
jeux de caroussels: (frz.) Ringelstechen.

249,23 f. *theatres forains:* (frz.) Jahrmarktbühnen.

249,24 *escamoteurs:* (frz.) Taschenspieler.
danseurs de corde: (frz.) Seiltänzer.

249,30 f. *Alexander von Humboldt:* Nicht Alexander, sondern Wilhelm von Humboldt hielt sich seinerzeit in Paris auf.

249,35 *auf dieser Schule der Welt:* vgl. Anm. zu 269,16–21.

250,3 *nie in mein Vaterland:* Kleist kehrte im Mai/Juni 1804 nach Preußen zurück.

250,24 f. *auf diesem Sterne keinen Platz:* vgl. Anm. zu 47,30 und 158,25.

251,11 *Haber:* Hafer.

251,19 *Louis d'or:* vgl. Anm. zu 154,27 f.

251,31 *Carriere:* (frz.) schnellste Gangart des Pferdes.

251,35 f. *an einem Eselsgeschrei hieng ein Menschenleben:* zur motivgeschichtlichen Symbolträchtigkeit des Sturzerlebnisses vgl. Bohrer, S. 94.

48

Textvergleich mit einer Photokopie von Hs. (BJK).

252,29 *die Sätze einer traurigen Philosophie:* die Kantische Philosophie (vgl. Br. 36).

253,21 *weltbekannt:* hier: jedermann bekannt (vgl. DWB 28, Sp. 1544; mit Kleist-Beleg).

255,2 *Steineseln:* »esel als lasttier im mühlenbetriebe« (DWB 18, Sp. 2074; mit Kleist-Beleg).

256,13 f. *Das Leben ... nicht achten:* vgl. *Die Familie Schroffenstein*, V. 2368: »Das Leben ist viel wert, wenn mans verachtet.« Vgl. auch Br. 88.

256,36–257,1 *wie der Hirsch in der Mittagshitze:* Schrader, S. 162, weist auf Ps. 42,2 hin; zu diesem Bild vgl. auch *Das Käthchen von Heilbronn* (SW 1, S. 527) und *Die Hermannsschlacht*, V. 2361 f.

257,10 *einige Vorlesungen:* Um welche Vorlesungen es sich konkret handelte, konnte bislang nicht ermittelt werden (vgl. Weiss, 1984, S. 3–5).

49

Textvergleich mit Faks.: Loch.

257,21 *Schriftstellers:* Das DWB (15, Sp. 1737) kennt die Wendung »eine schrift stellen« für »das aufsetzen eines poetischen schreibens«. Angesichts der in diesen Brief eingegangenen Varianten aus anderen Briefen (vgl. etwa Br. 47 an Karoline von Schlieben), die aus Kleists »Ideenmagazin« (vgl. Anm. zu 171,3) stammen dürften, wäre in diesem Zusammenhang eher an diese Bedeutung (auch im Sinne einer poetischen Schreibübung) zu denken, als daß der Begriff des »Schriftstellers« hier schon im Horizont einer umfassenden Autorentätigkeit gesehen werden könnte.

259,8 *als Knabe:* während seiner Teilnahme an der Belagerung von Mainz 1793, als er 15 Jahre alt war.

259,12 *Sympathien:* Hinweise auf Kleists Kenntnis der moralphilosophischen Schrift Wielands aus dem Jahre 1756 sind den Briefen mehrfach zu entnehmen (vgl. insbesondere Br. 23 und die Anmerkungen dazu).

260,1 f. *Cantonnirungsquartieren:* nach frz. *cantonnement* ›Einquartierung, Quartier‹; gemeint sind die Truppenunterkünfte bei Biebrich (zwischen Mainz und Wiesbaden).

260,6 f. *Der Krieg war aus dieser Gegend geflohen:* Am 22. 7. 1793 kapitulierte die Mainzer Republik.

260,7 f. *allegorisches Stück:* nach gr. *allegoria*, die Versinnbildlichung eines abstrakten Gegenstands in Form eines zumeist personifizierten Gleichnisses; Allegorien und allegorische Festspiele waren noch unter Kleists Zeitgenossen, bei Goethe etwa und den Romantikern, gängige Darstellungs- und Gattungsformen.

260,12 *Girandole:* (frz.) Feuerrad (beim Feuerwerk).

260,25 *Contra-Violon:* vgl. Anm. zu 137,17.

260,26 f. *was uns die Dichter von der Sphärenmusik erzählen:* vgl. Anm. zu 137,25.

261,7 *mit Müllern:* Kleists Regimentskamerad Carl Adolph von Müller.

261,8 *Schierstein:* Ort östl. von Mainz.

261,11 *Lager bei Marienborn:* Hauptquartier der Koalitionstruppen südl. von Mainz.

261,31 *wie ein Held zum Siege:* vgl. Anm. zu 248,19.

261,33 *Hundsrück:* vgl. Anm. zu 248,21.

262,5 *Geist des Friedens:* vgl. Kleists Jugendgedicht *Der höhere Frieden* (SW 1, S. 9).

262,13 *Festen:* Schon zu Kleists Zeit nur noch in der Poesie gebräuchlicher Begriff für Festungen (vgl. DWB 3, Sp. 1563).

262,18 *30 000 000:* Um 1800 zählte Frankreich 27,5 Millionen Einwohner.

262,30 *wie Göthe sagt:* vgl. Anm. zu 238,17.

262,31 *orthographisch:* vgl. Anm. zu 249,1.

263,2 *Amphibie:* Diese Bezeichnung verwendet Kleist schon in seinem vierzeiligen Neujahrswunsch 1800 für Ulrike, den er mit dem Vers einleitete: »Amphibion Du, das in zwei Elementen stets lebet« (SW 2, S. 44).

263,4 f. *Fußreise in dem schlesischen Gebirge:* Im Juli 1799 unternahm Kleist mit Ulrike, seinem Bruder Leopold, dem ehemaligen Hauslehrer Martini und Gleißenberg eine Wanderung ins Riesengebirge (vgl. LS 34a–b).

263,6 f. *Sonnenaufgang auf der Riesenkoppe:* die Schneekoppe im Riesengebirge; vgl. dazu das seinerzeit entstandene Gedicht *Hymne an die Sonne* (SW 1, S. 43).

263,8 *Töplitz:* Stadt westl. von Potsdam.

263,16 *einem See bei Fürstenwalde:* der Scharmützelsee.

263,22 f. *Wo ein Anderer überlegt, da entschließt sie sich:* Daß die Überlegung der Tat nicht vorangehen, sondern ihr folgen müsse, ist die Grundaussage seines späteren Essays *Von der Überlegung* (SW 2, S. 337 f.).

263,23 f. *auf der Ostsee:* im Sommer 1796 (vgl. Anm. zu 81,22).

263,29 *Von Bahrdten hörte sie einst:* Seine Tochter Hannchen starb 1791 (vgl. dazu die Angaben bei SWB 4, S. 757).

263,33 f. *ein steinerner Satyr:* Anspielung auf eine Tritonen-Figur, die an dem sogenannten Riesenkopfbecken angebracht ist. Diese

Gruppierung gehört zu einer in Kassel Anfang des 18. Jh.s erbauten Kaskadenanlage (vgl. Weiss, 1990, S. 7).

264,4 f. *zu groß ... für ihr Geschlecht:* vgl. Anm. zu 249,4 f.

264,7 *Seit dem 3ᵗ ... in Paris:* vgl. Anm. zu 249,6.

264,19 *mit offnen Augen durch die Stadt:* Für die nachfolgenden kritischen Äußerungen Kleists sind neben den *Lettres persanes* (1721) von Charles de Montesquieu (1689–1755) auch Rousseaus *Nouvelle Heloïse* (1761) und Louis-Sébastien Merciers (1740–1814) *Tableau de Paris* (1781 ff.) als Vorbilder genannt worden (vgl. Oesterle, S. 98 f., sowie SW 2, S. 974 f.). Aber auch Ludwig Tiecks Roman *William Lovell* (1795/96), den man insbesondere mit Kleists Brief an Louise von Zenge (vgl. Br. 51) in Verbindung gebracht hat, könnte hier Pate gestanden haben (vgl. SWB 4, S. 765).

264,30 *ennuyirt sich:* von frz. *s'ennuyer* ›sich langweilen‹.

264,34 f. *Apoll vom Belvedere:* Unter den Kunstwerken, die Napoleon von Papst Pius VI. im Frieden von Tolentino 1797 zugesichert wurden, befand sich auch diese berühmte, vermutlich von Leochares (um 330 v. Chr.) angefertigte Kopie einer Bronze-Statue.

264,35 *mediceischen Venus:* römische Marmorkopie einer griechischen Aphrodite-Statue aus dem 3. Jh. v. Chr., die Napoleon jedoch erst 1803 nach Paris brachte.

264,35–265,1 *das herrliche niederländische Tableau:* Das Bild konnte nicht nachgewiesen werden; inhaltlich bezieht es sich auf Homers *Odyssee*, wo der Sauhirt Eumäus allerdings als edler Diener des Odysseus erscheint (vgl. *Odyssee* 15,402–482).

265,2 f. *palais royal:* der ehemalige Königspalast (seit 1799 Sitz des Tribunats) in der Nähe des Louvre mit angrenzendem Vergnügungspark, auf den Kleist sich hier bezieht.

265,8 f. *halle au bléd:* richtig: *halle au blé*: (frz.) Getreidespeicher, Kornmarkthalle.

265,36–266,2 *abgestorbene Eiche ... greifen kann:* vgl. das ähnliche Gleichnis in Br. 27 (167,26–28) und *Die Familie Schroffenstein*, V. 961 ff., *Penthesilea*, V. 3041 ff., *Der Zweikampf* (SW 2, S. 259).

266,33 *Herbarium:* Sammlung getrockneter Pflanzen.

266,35 f. *linnéischer Name:* nach dem schwedischen Naturforscher Carl von Linné, der die moderne Pflanzenbeschreibung begründete und die noch heute gebräuchliche wissenschaftliche Benennung der Tiere und Pflanzen mit je einem lateinischen Gattungs- und Artnamen schuf.

267,5 *cyklopische Einseitigkeit:* Kleists Kritik an der Einseitigkeit der empirischen Spezialwissenschaft (vgl. auch 206,18–23) folgt im Wortgebrauch einer Formulierung Kants aus der *Anthropologie in pragmatischer Hinsicht* (1798), wonach es eine »*gigantische Gelehrsamkeit*« gebe, »die doch oft cyklopisch ist, der nämlich ein Auge fehlt: nämlich das der wahren Philosophie« (§ 59).

50

267,28 *von meiner Wohnung:* in der heute nicht mehr existierenden Rue Noyer 21 im Quartier Latin.

268,4 f. *Mienen konnte er nicht lesen:* vgl. *Die Familie Schroffenstein*, V. 354 f.: »Mienen, / Sind schlechte Rätsel, die auf Vieles passen«.

269,16–21 *Studium der Naturwissenschaft ... Ausbreitung der Gelehrsamkeit:* Paris war um 1800 auch dank großzügiger staatlicher Unterstützung ein naturwissenschaftlicher Forschungsstandort ersten Ranges, der mit dem Musée National d'Histoire Naturelle das damals bedeutendste Forschungszentrum der Welt besaß.

270,4 *poulets à la suprême:* (frz.) Gericht aus feinem Hühnchenfleisch.

270,6 f. *Beantwortung der Frage:* Anläßlich der Preisfrage der Akademie von Dijon, »Si le rétablissement des Sciences et des Arts a contribué à épurer les mœurs«, hatte Rousseau in seinem *Discours sur les sciences et les arts* (1750) die Einwirkungsmöglichkeiten der Wissenschaften verneint.

270,15 *unwidersprechliches:* nicht widersprechbar, unbestreitbar; häufig als terminus technicus in der Rechts- und Geschäftssprache gebräuchlich (vgl. DWB 24, Sp. 2205).

270,19 *wie Ixion:* Kleist vermischt zwei Episoden der griechischen Mythologie: Ixion wurde, weil er Hera zu verführen versucht hatte, auf ein feuriges, sich immerfort drehendes Rad geflochten, während der korinthische König Sisyphos wegen seiner zu Lebzeiten begangenen Freveleien dazu verurteilt wurde, einen Fels auf einen Berg hinaufzuwälzen, der immer wieder herunterrollte.

271,7 *Seeländer:* die Ureinwohner Neuseelands; so berichtet etwa auch *Das große Conversations-Lexicon für die gebildeten Stände* (1853) über solche Opfer- und Eßrituale der Maori.

271,29 *Freiheit, ein eignes Haus, und ein Weib:* vgl. Anm. zu 284,18–21.

271,31 *drei Gelübde:* Armut, Keuschheit und Gehorsam.
272,6 *Nebelflecke:* ring- oder scheibenförmiger planetarischer Nebel, vorwiegend in der Nähe der Milchstraße.
272,7 *Quadratruthe:* altes deutsches Flächenmaß (1 Rute = 3,76 m).
273,4 *Bach:* der Kellenspring in Frankfurt a. d. O.
273,10 *das Billet:* das Schreiben für Carl von Zenge ist nicht erhalten.
273,18 f. *poste restante:* (frz.) postlagernd.
273,19 *dans la rue:* (frz.) in der Straße.

51

274,16 *Verrath, Mord und Diebstahl:* Die Kriminalität in der französischen Hauptstadt war eine von zahlreichen Paris-Reisenden registrierte und verurteilte Erscheinung (vgl. W 4, S. 566; Weiss, 1984, S. 6).
274,20 *dont on a eu d'exemple:* (frz.) wovon es Beispiele gegeben hat.
274,23 f. *an der Vergiftung:* Über diesen Fall berichtete das *Journal des defenseurs de la Patrie* vom 12. 8. 1801 (vgl. Weiss, 1984, S. 6).
274,25 *sich ... ennuyirt:* vgl. Anm. zu 264,30.
274,28 *pont St. Michel:* verbindet das linke Seine-Ufer mit der Ile de la Cité.
Gewölbe: die Morgue, das Pariser Leichenschauhaus.
274,35–275,7 *ein Ballon ... schlug er todt:* Ob der Zwischenfall die von Kleist beschriebenen Folgen hatte, ist nicht gesichert. Zwar berichteten die *Berlinischen Nachrichten von Staats- und gelehrten Sachen* (28. 7. 1801), daß das Friedensfest zumindest einen Toten gefordert habe, in den französischen Zeitungen aber, etwa im *Mercure de France* (Thermidor An IX, S. 229) und in der *Gazette Nationale ou le Moniteur Universel* (Paris 26 et 27 Messidor An IX de la Republique Francaise, S. 1228), war von einem derartigen Unglück nicht die Rede (vgl. W 4, S. 566; Wichmann, S. 46).
275,20–22 *und erwärme mich ... an der mediceischen Venus:* vgl. Anm. zu 264,34 f. und 264,35.
275,22 f. *italienischen Tableaus:* italienische Gemälde im Rahmen einer Sonderausstellung in der ›Grande Galerie‹ des Louvre, die am 14. 7. 1801 eröffnet worden war (vgl. Weiss, 1984, S. 18).
275,36 *Kuckkasten:* vgl. Anm. zu 111,5.
276,4 *Witz:* hier unter dem Einfluß von frz. *esprit* ›geistreicher Ein-

fall‹, aber mit deutlich negativem Unterton, weil er – analog zur Kantischen Begriffsdeutung (vgl. *Anthropologie in pragmatischer Hinsicht*, § 55) – im Gegensatz zum abwägenden Verstand lediglich auf den augenblicklichen Effekt ausgerichtet ist.

276,9–22 *Zwei Reisende ... welche ihr folgt:* Für diese Passage hat SW 2, S. 975, auf den Einfluß von Montesquieus *Lettres persanes* (99. Brief) hingewiesen. Vgl. Anm. zu 264,19 sowie die in BA veröffentlichte Miszelle zu Montesquieu (SW 2, S. 346).

276,18 *einem Sineser:* einem Chinesen.

276,25 f. *Sieger von Marengo ... Überwundenen von Cannä:* historischer Vergleich des napoleonischen Sieges über Österreich in der Schlacht bei Marengo/Oberitalien (14. 6. 1800) mit dem Sieg der Griechen über die vorrückenden Perser in der Schlacht von Marathon (September 490 v. Chr.) und der Niederlage der Römer gegen das karthagische Heer unter Hannibal in der Schlacht von Cannae/Apulien (August 216 v. Chr.).

276,28 *du ton:* (frz.) von (feiner) Sitte.

276,32 *zierlich:* hier: der gesellschaftlichen Form entsprechend, »galant, artig« (DWB 31, Sp. 1199).

277,1 *Positionen:* »in der Tanzkunst, die erste, zweite, dritte Fußstellung u. s. w.« (Campe, Erg.-Bd., S. 488).

277,2 f. *Achilles und Hektor:* in Homers *Ilias* die Helden im Trojanischen Krieg.

277,4 *éducation:* (frz.) Erziehung.

277,10 *Affischen:* nach frz. *affiche* ›Anschlagzettel, Plakat‹.

277,18 *palais royal:* vgl. Anm. zu 265,2 f.

277,19 *ein Concert von Blinden:* im Café des aveugles (Kaffeehaus der Blinden), in der Nähe des Palais Royal (vgl. Weiss, 1984, S. 7).

277,22 *nach Frascati oder dem pavillon d'Hannovre:* zu diesen auch in zeitgenössischen Stadt- und Reisebeschreibungen geschilderten Vergnügungsstätten in Paris vgl. SWB 4, S. 767 f.

277,28 *Illumination:* vgl. Anm. zu 249,16.

278,4 *widmete:* hier: »zeit zu etw. widmen ›an eine tätigkeit wenden‹« (DWB 29, Sp. 1419; mit Kleist-Beleg).

278,7 *pont-neuf:* die älteste, 1578–1606 erbaute Seine-Brücke von Paris.

278,21 *eine gothische Ritterburg:* die Löwenburg (1793–98) des Landgrafen Wilhelm IX. und nachmaligen Kurfürsten von Hessen-Kassel, Wilhelm I., im Schloßpark von Wilhelmshöhe (Nordhessen).

278,22 f. *eine türkische Moschee:* Unter Kurfürst Karl Theodor von der Pfalz wurde in der weiträumigen Parkanlage des Schwetzinger Schlosses neben zahlreichen Bauten auch eine Moschee errichtet (1778–85).

278,32 *hameau de Chantilly:* die nördl. von Paris gelegene Schloß- und Parkanlage von Chantilly, die bis 1792 zum Besitz des bourbonischen Herrscherhauses gehörte und seit 1797 als öffentliche Vergnügungsstätte genutzt wurde. Vgl. dazu auch das *Fragment eines Schreibens aus Paris* (SW 2, S. 384).
sols: nach (lat.) Solidus, ältere Bezeichnung für Sous, die kleinste französische Münzeinheit.

278,33 *patriarchalischer Simplicität:* nach Art der erzväterlichen Genügsamkeit und Einfachheit.

279,6 *Laquaien:* Diener.

279,15 f. *romantische:* hier: phantasievolle (vgl. Anm. zu 9,22).

279,21 f. *Rauchfässern:* mit Weihrauch gefüllte Gefäße zum Räuchern beim Gottesdienst.

279,27 *mit Dir –?:* in MP 2 »mit Dir? –«; verbessert nach SWB 4.

280,22 *nach Frankfurt:* In der Handschrift stand Frankreich.

280,28 *à l'inséparable:* (frz.) unzertrennlich.

280,29 *au dernier goût:* (frz.) nach dem letzten Schrei.

52

280,32 *mein letzter Brief:* vermutlich der Brief vom 15. 8. (Br. 50).

282,26 *ohne Erniedrigung:* Kleists Vermutung war nicht ganz unbegründet (vgl. Br. 78).

282,27 *zweimal Ehrenstellen ausgeschlagen:* infolge seines Austritts aus der Armee (1799) und aus der preußischen Manufakturverwaltung 1801.

282,32 f. *wie ekelhaft ... mit einem handelnden vergleiche:* vgl. Anm. zu 197,4 f.

283,31 f. *ein Ideal ausgearbeitet:* einer bislang nicht bewiesenen Auffassung zufolge das Szenar *Die Familie Thierrez*, das früheste Zeugnis zu Kleists Drama *Die Familie Schroffenstein* (vgl. MP 1, S. 261, Anm. 20, und die Bedenken Sembdners in SW 2, S. 976).

283,32 *ich begreife nicht, wie ein Dichter:* so auch das Distichon *Das gewöhnliche Schicksal* aus der Sammlung *Tabulae votivae*, die Goethe und Schiller für den *Musenalmanach* (1797) verfaßten: »Hast du an liebender Brust das Kind der Empfindung gepflegt, / Einen Wechselbalg nur gibt dir der Leser zurück.«

283,36 *vestalische Priesterinn:* vgl. Anm. zu 170,31.

284,14 *Heerd:* Hier ist nicht an die Metapher für das eigene Hauswesen, sondern an die regionale Bedeutung von Herd als »Grund« oder »Erdreich« zu denken (DWB 10, Sp. 1074).

284,18–21 *Unter den persischen Magiern ... ein Kind zu zeugen:* ein auf die Avesta, die heilige Schrift der Parsen (Altperser) zurückgehender Lebensgrundsatz, den Kleist aus den *Lettres persanes* (1721, 119. Brief) Montesquieus rezipiert haben könnte (»faire un enfant, labourer un champ, et planter un arbre«). Vgl. auch die Varianten dieses Grundsatzes (228,19; 271,29; 286,29 f.; 315,25 f.).

285,3 *unsern Sinn verdorben:* Kleists Ablehnung des Romans, die sich mit seinem Befund in dem für Rühle von Lilienstern verfaßten *Aufsatz, den sichern Weg des Glücks zu finden* (SW 2, S. 313) deckt, basiert hier wohl auf der noch um 1800 nicht unüblichen Gleichsetzung dieser Gattung mit den sentimentalen und publikumswirksamen Abenteuer- und Liebesromanen der Zeit.

54

Textvergleich mit Faks. (4. Seite von Hs.): Stargardt-Katalog 653/I (1993) S. 89. – Der Anfang und etwa 8 Zeilen aus dem 4. Abschnitt des Briefes wurden weggeschnitten. Im Gegensatz zu MP 2, der den ersten Teil des Schreibens auf »November 1801« datiert, wird hier der Argumentation von SWB 4, S. 774, gefolgt und eine Niederschrift des Briefes zwischen Ende September und Mitte November 1801 vermutet.

289,8 *an dem Arminiusberge:* im Teutoburger Wald, wo 9 n. Chr. die Römer unter Varus von den Cheruskern unter Arminius (Hermann) geschlagen wurden; vgl. Kleists Drama *Die Hermannsschlacht*.

289,9 *ihr Grab:* Im Frieden von Lunéville (9. 2. 1801) hatte Napoleon die Abtretung der linksrheinischen Territorien erzwungen.

290,4 f. *das ich in der dreßdenschen Gallerie genoß:* vgl. Br. 44.

290,5 *in drei großen Sälen:* vermutlich die beiden Teilräume der ›Grande Gallerie‹ und der ›Salon Carré‹; vgl. Barthel, S. 27.

290,11 *oben herab:* für das nachfolgend nur in Resten erkennbare Wort schlägt SWB 4 »niedersenken« vor.

290,11 *die ihn von unten empfangen:* Das Satzfragment läßt keinen genauen Befund zu, um welches Bild es sich handelt. Es bezieht sich aber offensichtlich auf die Darstellung einer Kreuzesabnahme, für die freilich viele ikonographisch gleichartige Bilder in Betracht kämen. Vermutet wurde unter anderem ein Bild aus der Schule des Raffael wie auch der Antwerpener Altar von Peter Paul Rubens (1577–1640); vgl. Weiss, 1984, S. 20.

290,14 *einen Guido:* Das Bild von Guido Reni wurde in der Ausstellung unter dem Titel *L'Union du Dessins et de la Couleur* geführt; vgl. Barthel, S. 27.

290,18 *ein Erzengel:* vermutlich Raffaels Gemälde *St. Michael*, das in der Ausstellung den Titel *Saint Michel terressant le Diable* trug (vgl. Weiss, 1984, S. 21) und das die Selbstcharakteristik Michael Kohlhaas', er sei ein »Statthalter Michaels, des Erzengels«, beeinflußt haben dürfte (SW 2, S. 41).

290,22 f. *Chevallerie:* frz. *chevalerie* ›Ritterschaft‹.

290,24 *Raphaels Mutter Gottes:* vgl. Anm. zu 233,9.

290,27 *des Directors Tischbein:* Johann Heinrich Tischbein d. J.

290,28 *seinem hannövrischen Bruder:* der durch sein Goethe-Bildnis bekannte Johann Heinrich Wilhelm Tischbein, der sich seit 1799 in Kassel, Göttingen und Hannover aufhielt. Die Tischbein gehörenden Gemälde dürfte Kleist während seines Aufenthaltes in Kassel im Juni 1801 (vgl. LS 56a) gesehen haben, nachdem er die Kasseler Gemäldegalerie schon einmal 1795 (vgl. LS 20a) besucht hatte.

290,29 f. *der heilige Johannes von Raphael:* Es ist nicht sicher, ob das Bild, dessen Verbleib unbekannt ist, von Raffael oder aus dessen Schule stammt (vgl. Weiss, 1990, S. 9 f., sowie KM, S. 143).

290,30 f. *Engel des Friedens von Guido:* Guido Renis *Der Verkündigungsengel* (heute im Landesmuseum Oldenburg).

290,36–291,1 *wenn sie, wie Lebrun ... bemahlen:* Es könnte eine der im Louvre vorhandenen Freskenfolgen Lebruns gemeint sein (vgl. Weiss, 1984, 20).

291,7 *Schlachtstücken:* Eine weitere Sonderausstellung vom 30. 5. bis 19. 8. 1801 präsentierte Lebruns Schlachtenbilder *Übergang über den Granicus*, *Die Schlacht von Arbela* und *Einzug Alexanders in Babylon* (vgl. Barthel, S. 27).

291,15–17 *Raphaels Verklärung ... mit den eroberten Kunstwerken umgeht:* Neben vielen anderen Arbeiten gehörte auch Raffaels Gemälde *Verklärung*, das sich seit 1798 im Louvre befand, aber lange Zeit nicht ausgestellt wurde, zur Beutekunst aus dem napoleonischen Feldzug in Italien. Louvre-Besucher, wie etwa Friedrich Johann Lorenz Meyer (1760–1844), waren im Gegensatz zu Kleist jedoch der Meinung, daß man mit den geraubten Kunstwerken durchaus sorgfältig umgegangen sei (vgl. J. L. M., *Briefe aus der Hauptstadt und dem Innern Frankreichs*, Tübingen ^{2}1803, Bd. 1, S. 91).

291,18 f. *Gemmen:* Edel- oder Halbedelsteine mit vertieft oder erhaben geschnittenen Figuren.

291,30 f. *Der Saal ... der Griechen:* Die ›Galerie des Antiques‹ befand sich im Stockwerk unterhalb der Gemäldegalerie (vgl. Barthel, S. 28).

292,11 *Wasserträger:* »der wasser für den täglichen bedarf (berufsmäszig) zuträgt« (DWB 27, Sp. 2535).

292,16 *tout cela, est il fait à Paris?:* (frz.) Ist das alles in Paris gemacht worden?

292,16 f. *Bildergallerie zu Versailles:* das ›Musée spécial de l'École Française‹ im Versailler Schloß, wo sich Le Sueurs berühmte 22teilige Bilderfolge über das Leben des heiligen Bruno befand (vgl. Weiss, 1984, S. 22 f.).

292,20 *Nahe dem Raphael:* eine damals gängige Auffassung; vgl. etwa Wielands Artikel *Etwas, aus den Anecdotes des Beaux-Arts* (1777): »dieser Le Süeur, der izt der französische Raphael heißt«.

292,22 f. *Man sagt ... Vergiftung starb:* unwahre Überlieferung, die unter anderem vom *Dictionnaire des Artistes* (hrsg. von l'Abbé de Fonenay, Bd. 2, Paris 1776, S. 593 f.) verbreitet wurde.

292,24 *Noch ein Museum:* das ›Musée National des Monuments Français‹, das 1795 von dem Archäologen Alexandre Lenoir (1762–1839) im Kloster Petit-Augustins (gegr. 1608) eingerichtet wurde, um erhaltenswerte Kunstwerke vor revolutionären Zerstörungen zu bewahren.

293,5 *5 Ergänzungstage:* nach dem 1793–1805 gültigen Revolutionskalender die restlichen fünf Tage, die durch die neue Einteilung (12 Monate à 30 Tage) nicht erfaßt und jeweils vor dem Kalenderbeginn (22. 9.) zusammenhängend gezählt wurden.

293,17 *mit Ulriken Paris verlassen:* Mitte November hatte Kleist zusammen mit seiner Schwester und dem Maler Friedrich Lose (vgl. Anm. zu 299,5) Paris verlassen und hielt sich vom 29. 11. bis 2. 12. in Frankfurt a. M. auf, von wo aus er in die Schweiz reiste. Ulrike dagegen kehrte nach Preußen zurück.

293,31 *meine Geldgeschäfte:* vgl. Br. 58.

293,32 *Brause:* MP 2 entzifferte noch »Braut« und vermutete dahinter, wie alle nachfolgenden Kommentare, die spätere Schlegel-Gattin Dorothea Veit, geb. Mendelssohn (1763–1839). Bei Brause dürfte es sich um Johann Georg Aemilius von Brause handeln.

55

294,31 *Spruche aus der Bibel:* Umkehrung von 1. Mose 2,24 (vgl. auch Mt. 19,5 und Mk. 10,7).
296,13 *Nonnenwinkel:* nicht mehr existierender Stadtteil in Frankfurt a. d. O., in dem die Häuser der Kleists und Zenges lagen.
296,19 *wegen Johann:* vgl. Bülows Beschreibung der peinlichen Situation, in die Kleist durch die unvermutete Abreise des Dieners gebracht wurde (LS 60c).

56

296,29 f. *Deine einsame Fahrt:* vgl. Anm. zu 293,17.
296,32 *bleibt:* in MP 2 nachfolgend kein Komma; verbessert nach SWB 4.
297,2 *mir Alles verzeihst:* wohl Anspielung auf die bereits in Paris einsetzenden Streitigkeiten um Kleists Ansiedlungsabsicht in der Schweiz (vgl. Br. 52 f.).
297,13 f. *die schöne Bergstraße:* eine Darmstadt und Heidelberg verbindende und mit Nußbäumen bepflanzte Straße im westl. Odenwald; Kleist befand sich in Begleitung von Friedrich Lose.
297,16 *Kienast:* Kynast, Berg mit Burgruine im Riesengebirge, in dem Kleist Juli 1799 eine Fußwanderung unternommen hatte (vgl. Anm. zu 263,4 f.).
297,19 *die schöne Ruine:* vermutlich das 1689, 1693 und 1764 (teilweise) zerstörte Heidelberger Schloß.
297,20 *damals:* während ihrer Reise nach Paris im Juni 1801, als sie in Heidelberg Station machten.
Clairant und Clara: nach August Heinrich Julius Lafontaines Roman *Klara du Plessis und Klairant, Geschichte zweier Liebender* (1795), in dem sich gegen Ende die Liebenden am Wolfsbrunnen bei Heidelberg wiederbegegnen.
297,23 *Durlach:* ehemalige Residenz der Markgrafen von Baden-Durlach, seit 1938 Stadtteil von Karlsruhe.

297,24 *Thurnberg:* der Turmberg.
297,29 *wie ein Stern gebaut:* Die 1715 angelegte fächerartige Struktur der Stadt, in dem das barocke Residenzschloß den Mittelpunkt bildet, geht auf die Initiative des Markgrafen Karl III. Wilhelm von Baden-Durlach (1679–1738) zurück.
297,33 *Reisegefährten:* Friedrich Lose.
298,1 f. *die jüngste Schlieben:* Karoline.
298,14 f. *wie ein Eintrit in ein anderes Leben:* vgl. *Die Familie Schroffenstein*, V. 864 f.
298,15 *seit einigen Tagen hier:* seit dem 13. 12. 1801 (vgl. LS 64a).
298,25 *Zschokke ist nicht mehr hier:* Zschokke hatte nach dem Staatsstreich vom 22. 10. (vgl. Anm. zu 298,29) sein Amt als Regierungsstatthalter des Kantons Basel niedergelegt und sich nach Bern zurückgezogen, um sich der Kunst und Wissenschaft zu widmen.
298,29 *ein unglückseeliger Geist geht durch die Schweiz:* Nach dem Einmarsch der Franzosen und dem Sturz der alten Eidgenossenschaft 1798, der zur Gründung der Helvetischen Republik führte, vermochte auch die bürgerliche Zentralregierung das Land nicht zu befrieden. Es formierten sich allerorts antihelvetische und föderalistische Widerstandsgruppen, die die Wiederherstellung der alten Verhältnisse anstrebten. Die Aufstände erreichten dann im Staatsstreich vom 28. 10. 1801 ihren vorläufigen Höhepunkt.
298,36 *Tantchen:* Auguste Helene von Massow.
299,1 f. *Minette, Gustel, Leopold, Julchen:* Kleists Geschwister Wilhelmine, Auguste, Leopold und Juliane.

57

299,5 *Friedrich Lose:* In der Kleist-Forschung wurde stets von Heinrich Lohse gesprochen. Weiss konnte aber Friedrich Lose als den authentischen Namen nachweisen (vgl. Weiss, 1990, S. 2 f.).
299,6 *Liechsthal:* Liestal, Hauptstadt des schweizerischen Halbkantons Basel-Land.
300,6 *an Metz:* Die Rückreise von Paris im November 1801 führte über Metz nach Frankfurt a. M.
300,11 *Caroline:* Friedrich Loses Verlobte Karoline von Schlieben.
300,27 f. *Und doch ... locken können:* vgl. den ähnlichen Gedanken in dem Essay *Über die allmähliche Verfertigung der Gedanken beim Reden* (SW 2, S. 324).

301,21 *Dein erstes Gefühl:* vgl. Anm. zu 188,22.
301,24 *Lebewohl Heinrich:* in MP 2 folgt nach »Lebewohl« ein Punkt; verbessert nach SWB 4.
301,28 *voll Betrübniß gesucht:* vgl. die analoge Formulierung bei Lk. 2,48.
301,34 *in der Krone:* Gasthof in Bern.
302,9 *Arkaden:* nach SWB 4, S. 786, die ›Lauben‹ im Erdgeschoß der Häuser in der Altstadt Berns.

58

302,25 f. *das Unglück:* Der Pferdewagen der Schwester war auf der Rückreise von Paris umgestürzt (vgl. LS 61).
303,33 *einer Furie:* »eine der als rachegöttinnen von den Römern und Griechen gefürchteten, strafenden plagegeister für unthaten« (DWB 4, Sp. 750).
304,20 f. *übermäßig angestrengt:* während der Studienzeit (vgl. Anm. zu 45,5 und 45,8).
304,32 *In der Bibel steht:* etwa Ps. 128,2.
304,36 *dem Wackerbarthschen Capitale:* vgl. Anm. zu 318,28 f. *Tante:* Auguste Helene von Massow.
305,31 *Büreau:* vgl. Anm. zu 153,29.
305,32 *octav:* das gebräuchlichste Buchformat (Achtelbogengröße; Zeichen 8°), bei dem der Bogen zu acht Blättern (sechzehn Seiten) gefalzt wird.
306,9 *ob ich recht lese:* hier »in übertragenem sinne, von dem entziffern anderer charaktere als der schrift, oder vom erkennen seelischer regungen namentlich in den gesichtszügen« (DWB 12, Sp. 784).
306,19 *seiner politischen Meinungen wegen:* vgl. Anm. zu 298,25.
307,19 f. *das Schicksal, oder meine Gemüth:* vgl. *Penthesilea*, V. 1281.

59

307,23 *1802:* Kleist schreibt versehentlich 1801.
308,3 *Cunctator:* (lat.) Zauderer; Beiname des röm. Diktators Quintus Fabius Maximus Verrucosus.
308,5 *Gwat:* Gwatt, Dorf am Thuner See.
308,7 *a priori:* (lat.) eigentlich: von vornherein, grundsätzlich; hier: nach eigener Vorstellung.

308,8 *tt:* Zeichen für Pfund; vermutlich das französische Pfund (1 Livre = 20 Sous), das als Rechnungs- und Münzeinheit 1796 durch den Franc ersetzt wurde.

308,13 f. *die Physiognomik:* Lehre, aus dem Gesicht den Charakter zu deuten; begründet von Johann Kaspar Lavater (1741–1801) in seiner Schrift *Physiognomische Fragmente zur Beförderung der Menschenkenntnis und Menschenliebe* (1775–78).

308,15 *dem eignen Lichte zu folgen:* vgl. Schiller, *Die Piccolomini* (V,1): »ich kann / In solchen Sachen nur dem eignen Licht, / Nicht fremden folgen.«

308,30 *folgender Vers:* Abwandlung eines weit verbreiteten Volksspruchs, der erstmals 1498 in Biberach belegt ist: »Ich leb und weiss nit wie lang, / Ich stirb und weiss nit wann, Ich far und weiss nit wohin: / Mich wundert, daß ich frœlich bin« (Reinhold Köhler, »Mich wundert dass ich fröhlich bin«, in: *Germania* 6 [1861] S. 368–372; vgl. auch Kanzog, 1979, S. 26, Anm. 80). Zu diesen Versen vgl. ferner LS 73 sowie *Die Hermannsschlacht*, V. 1951 ff.

309,8 *seinen Hofmeister:* der Schriftsteller und Pädagoge Christian Gottlieb Hölder (1776–1847); vgl. Weiss, 1984, S. 47–56.

309,21 f. *bestellten Bücher:* vermutlich unter anderem Klopstocks *Messias* (vgl. LS 64c).

60

310,4 f. *Cisalpinien:* die 1797 von Napoleon aus dem österreichischen Mailand gegründete Cisalpinische Republik, die den Status eines französischen Vasallenstaates hatte.

310,6 f. *Aller-Welts-Consul:* Napoleon Bonaparte, der seit 1799 Erster Konsul war.

310,10 *Zürich im Aufstande:* Der im Januar 1802 beginnende, schließlich jedoch niedergeschlagene Aufstand richtete sich gegen die restaurative Politik des Züricher Statthalters Hans von Reinhard (1755–1838).

310,11 f. *den allgemeinen Wolf:* Neben der Bedeutung »den die Allgemeinheit bedrohenden Wolf« (SWB 4, S. 792) wäre, zumal mit Blick auf Kleists Wort vom »Aller-Welts-Consul«, ›allgemein‹ verstehbar auch im Sinne von: gewöhnlich, schlecht, unedel (vgl. DWB 1, Sp. 234). – Als »Wolf« bezeichnete Kleist die Franzosen auch in seinen Gedichten *Germania an ihre Kinder* und *Kriegslied der Deutschen* (vgl. SW 1, S. 27 und 28).

310,36 *nun:* »nur« (SWB 4).
311,4 *Louisdor:* vgl. Anm. zu 154,27f.
311,5 *Interessen:* hier: Zinsen. Die nicht näher bezifferbaren Zinsen gehörten zum Erbe am Haus seiner Eltern, an dem Kleist seit 1794 mit einem Fünftel seines Werts beteiligt war. Das Haus wurde zu seinen Lebzeiten jedoch nicht verkauft, so daß er es lediglich beleihen konnte.
311,9 *Gustels Heirath:* Kleists Schwester Auguste heiratete im Januar 1802 Wilhelm von Pannwitz.

61

Textvergleich mit SW 2, S. 719f.; Sembdner konnte einige Lesungen nach Einsicht in eine Photokopie von Hs. verbessern.

311,17f. *in den Hafen der philosophischen Ruhe:* vgl. Anm. zu 298,25.
311,23f. *Aller-Welts-Consul:* vgl. Anm. zu 310,6f.
311,24 *Cousin de la Suisse:* (frz.) Cousin der Schweiz; Cousin war eine damals unter Fürsten übliche Anrede.
311,28 *Unruhen im Simmethal:* durch gegenrevolutionäre Kräfte ausgelöste Unruhen im Simmetal bei Thun als Reaktion auf den föderalistischen Verfassungsentwurf vom Februar 1802.
311,31 *pays de vaud:* (frz.) Waadtland, Kanton zwischen Neuenburger und Genfer See.
312,1 *Insel in der Aare:* die sog. Delosea-Insel; das von Kleist gemietete Haus wurde 1940 abgerissen (vgl. Sembdner, [3]1994, S. 9–17).
312,6f. *Ihrem Kaufe:* Zschokke war im Begriff, sein späteres Domizil, das Schloß Biberstein bei Aarau, zu mieten.
312,7 *in Richtigkeit:* hier im Sinne von »abgemacht, entschieden« (DWB 14, Sp. 900).
312,9 *Freystätte:* Asyl.
312,11 *das Geßnersche Haus:* das Haus des Buchhändlers Heinrich Geßner.
312,13 *Batzen:* Silbermünze in Süddeutschland und der Schweiz.
312,14 *Hôtel de Musique:* Berner Gesellschaftshaus, das 1767–70 von Nikolaus Sprüngli (1725–1802) erbaut wurde.

62

312,18 *1802:* Kleist hatte auch hier versehentlich 1801 geschrieben.
312,19 *ich habe das Geld empfangen:* um das Kleist seine Schwester in seinem Brief vom 12. 1. (Br. 58) gebeten hatte.
312,25 *Züricher Unruhen:* vgl. Anm. zu 310,10.
312,28 *französischer General:* Pierre-François-Joseph Amey.
312,32 *die Schweizer-Regierung:* unter dem Föderalisten Alois von Reding (1756–1818); er wurde Mitte April 1802 abgesetzt.
313,2 *diese Affen der Vernunft:* vgl. Wielands *Platonische Abhandlungen* (1755), wo der Witz als »gefährlicher Affe der Vernunft« bezeichnet wird; siehe auch die Variante zum *Käthchen von Heilbronn* (SW 1, S. 889).
313,7 *Ein Krieg:* Kleists Prognose sollte sich allerdings nur insofern bewahrheiten, als es nach dem Abzug Napoleons im Juli 1802 zu verstärkten Auseinandersetzungen zwischen den republikanischen und antirepublikanischen Kräften kam, die erst mit dem erneuten französischen Eingreifen ein Ende fanden.
313,26 *werde heute nach Bern:* nach W 4, S. 575, märkisch-mundartliche Verwendungsweise; zu ergänzen wäre: reisen.
313,29 f. *an dem Hause schadlos halten:* vgl. Anm. zu 311,5.
314,1 *ein Sommernachtstraum:* Der deutsche Titel von Shakespeares *A Midsommer Nights Dreame* war seit Eschenburgs Übersetzung geläufig (vgl. DWB 16, Sp. 1552, und Anm. zu 161,25).

63

314,6 *meiner Arbeit:* an der *Familie Schroffenstein* (vgl. LS 58).
314,11 *Deinen letzten Brief:* nicht überliefert.
314,14 *des berühmten:* des Idyllendichters Salomon Geßner.
314,14 f. *Tochter des berühmten:* Charlotte Louise Geßner, Tochter Christoph Martin Wielands.
314,15 *Kinder:* Salomon (1796–1818), Christoph Heinrich (1798–1872) und Eduard (1799–1862).
314,18 *eine kleine Streiferei:* Die Wanderung, die von Bern aus nach Aarau führte, begann am 27. 3. 1802 (vgl. LS 75a–b).
314,23 *Meile:* vgl. Anm. zu 15,15.
314,23 f. *Ein kleines Häuschen:* vgl. Anm. zu 312,1.
314,32 *Mädeli:* Ihre Identität ist nicht gesichert. Die Vermutung, es

handle sich um Elisabeth Magdalena Stettler (vgl. LS 77b), ist kaum haltbar (vgl. Reske, S. 68–77).

315,5 *Schreckhorn:* in den Berner Alpen (4078 m hoch), östl. von Thun; Kleist dürfte diesen Berg ebensowenig bestiegen haben wie das an der Südseite des Thuner Sees gelegene Stockhorn.

315,25 f. *ein Kind ... eine große That:* vgl. Anm. zu 284,18–21; die Verbindung des dort angegebenen Lebensgrundsatzes mit dem Wort Gleims, wonach es unter seinen Freunden niemanden gebe, der »nicht ein schönes Werk schrieb, oder eine große That begieng« (Br. 45), dokumentiert mittelbar Kleists Hinwendung zur Kunst.

64

316,16 *den letzten Brief:* nicht überliefert (vgl. aber den Brief Wilhelmines an ihren späteren Ehemann Wilhelm Traugott Krug, LS 62a).

316,30 f. *Dein jüngst empfangner Brief:* wahrscheinlich Wilhelmines Schreiben vom 10. 4. 1802 (vgl. Br. IV); demnach dürfte Sembdners Auffassung, Kleist habe ihren Brief nicht gelesen, nicht zutreffen (vgl. Staengle, 1993, S. 25–27, 29 f.).

317,11 f. *abscheulicher Volksaufstand:* vgl. Anm. zu 311,28.

317,21 *Kummer:* verursacht durch den Tod ihres Bruders Carl.

65

317,30 *zwei Monaten krank:* Ulrike hatte sich nach der Lektüre dieses Briefes umgehend in die Schweiz begeben; bei ihrer Ankunft war Kleist aber bereits genesen (vgl. LS 81a–c).

317,32 *durch eigne Arbeit:* vermutlich vor dem Hintergrund der Ende 1802 bei Geßner erscheinenden *Familie Schroffenstein* zu sehen, für die er sein Honorar erhalten haben dürfte.

66

318,18 *Geschirre:* Pluralgebrauch von (Haus-)Geschirr war zur Zeit Kleists durchaus noch üblich.

318,19 *Osmannstädt:* Christoph Martin Wielands Landsitz Oßmannstedt bei Weimar, den er 1797 erworben hatte.

318,21 *Haus, in dem es spukt:* »Nach der Volkssage ging im Wittumspalais und dessen Umgebung, wo Wieland ein Haus erworben hatte, der Geist Johann Friedrichs IV. (1600–28) um in Gestalt eines weißen Vögelchens oder eines Männchens von der Farbe und Dünne des grauen Löschpapiers und hieß darum im Volksmunde das „löschpapierne Prinzchen"« (MP 1, S. 290).

318,24 *in die Arme der Deinigen:* Nachdem Ludwig Wieland von der neuen föderalistischen Regierung seines Postens enthoben und wegen kritischer Äußerungen aus Bern ausgewiesen worden war, folgten Ulrike und Kleist ihm am 17. 10. 1802 zunächst nach Basel und dann nach Erfurt, von wo aus die Geschwister alleine nach Weimar reisten. Dort trennten sie sich, und Kleist blieb in Weimar zurück (vgl. LS 81c–83).

318,28 f. *Werben ... Gurow:* das Gut Werben des Cousins Ernst von Schönfeldt und das ebenfalls in der Nähe von Cottbus gelegene Rittergut Guhrow, das die Familie Kleist 1781 erworben und 1797 an Karl Wilhelm von Wackerbarth verkauft hatte.

319,1 *poste restante:* (frz.) postlagernd.

319,3 *chemisets:* frz. *chemisette* ›(rückenloses) Halbhemd‹.

67

319,6 *Anfang meines Gedichtes:* des Fragment gebliebenen Dramas *Robert Guiskard.*

319,7 f. *Bewunderung aller Menschen:* vor allem Wielands (vgl. Wielands Brief an Kleist von Juli 1803 [Br. V] sowie LS 89).

319,13 *Kleist. –:* in MP 2 »Kleist.«; verbessert nach SWB 4.

319,15 *Dein Geschenk:* vermutlich die im vorigen Brief gewünschten Hemden.

68

319,21 *Weimar, Anfang Januar 1803:* Kleist lebte von der 2. Januarwoche bis Ende Februar 1803 auf dem Landsitz Wielands (vgl. LS 95), so daß sein Brief auf den Zeitraum kurz vor seiner Umsiedlung von Weimar nach Oßmannstedt zu datieren ist.

319,24 *das böse Geschäfft an Tantchen:* wahrscheinlich finanzielle Angelegenheiten.

319,26 f. *trotz einer sehr hübschen Tochter Wielands:* Die Zuneigung der dreizehnjährigen Louise Wieland dürfte der Grund für Kleists Abreise von Oßmannstedt Ende Februar gewesen sein (vgl. LS 88, 92–95 und KM, S. 167).

320,3 *Die Geßnern ist ... niedergekommen:* Am 1. 11. 1802 hatte Charlotte Geßner ihren vierten Sohn Wilhelm zur Welt gebracht.

69

Textvergleich mit Faks.: Kleist-Jahrbuch (1981/82) nach S. 72, Abb. 3.

320,14 *das Geld empfangen:* vgl. den vorhergehenden Brief.

320,19f. *Ich habe aber mehr Liebe gefunden, als recht ist:* vgl. Anm. zu 319,26f.

320,23f. *Lebensgeschichte ... schreibe sie auf:* nicht überliefert.

320,24 *Er hat nicht gewußt:* Ulrike hatte Wieland in Männerkleidern besucht (vgl. Anm. zu 43,12–14).

320,26 *Gustchen:* vgl. Anm. zu 321,5.

70

321,5 *das kleine Ding:* Kleists Schwester Auguste von Pannwitz hatte am 18. 12. 1802 eine Tochter (Ottilie) geboren.

321,6f. *wie die Mäuse ... aus Apfelkernen schneidet:* eine Formulierung Wielands; vgl. die Einleitung zu *Der goldne Spiegel* (1772) sowie *Gandalin oder Liebe um Liebe. Ein Gedicht in acht Büchern* (1776): »Ein vierter schnittelt' eine Maus / Aus einem Apfelkern ihr aus.« (1. Buch).

321,8 *unbekannter Correspondent:* bezieht sich auf eine Mitteilung der *Berlinischen Nachrichten von Staats- und gelehrten Sachen* (5. 2. 1803), hinter der Ulrike in Kenntnis der literarischen Ambitionen Kleists offensichtlich ihren Bruder vermutet hatte: »An einen ungenannten Korrespondenten. Mit aufrichtigem Dank werd ich Ihren Wunsch erfüllen. Das Vertrauen eines so geistvollen und für die gute Sache des Geschmacks so warm fühlenden Mannes, als Sie nach Ihrem Schreiben sein müssen, ehrt mich zu sehr, als daß ich es nicht sollte zu verdienen suchen: Adressieren Sie Ihre Briefe: abzugeben in der Spenerschen Buchhandlung. G. Merkel.« (W 4, S. 579).

321,9f. *Die Mara hat ... gesungen:* am 16. 1. 1803 im Weimarer Stadthaus (vgl. SWB 4, S. 812).
321,24–26 *Ich wollte ... dir zuschicken:* vgl. Wielands *Gandalin oder Liebe um Liebe*: »Oft ⟨...⟩ / Fällt wüthend der Gedank' ihn an, / Sein treulos Herz sich aus dem Leibe / Zu reißen, und dem geliebten Weibe, / Dem's angehört, an seiner Statt / Es zuzuschicken« (6. Buch).
321,27 *Osmanstädt wieder verlassen:* am oder kurz nach dem 24. 2. 1803; auf diesen Tag ist das für Kleist verfaßte Empfehlungsschreiben Wielands an den Verleger Göschen datiert (vgl. LS 95 und KM, S. 167).
321,28 *Ich mußte fort:* vgl. Anm. zu 319,26f.
321,31f. *was ist das für eine Welt:* vgl. Voltaire, *Candide ou l'optimisme* (1759, 23. Kap.): »qu'est-ce que ce monde-ci?«
322,9 *Declamation:* (lat.) Kunst des Vortrags; nach Kohlhäufl, S. 148, versteht sich die Deklamation um 1800 »als Kunstform des unmittelbaren Ausdrucks von Gemütsbewegungen durch Töne als einer natürlichen Zeichensprache eigenen Rechts.« Zu Kleists Beschäftigung mit der Deklamation vgl. auch LS 145.
322,10 *meine eigne Tragödie:* die Tragödie *Robert Guiskard.*
322,16 *innerlichen Bewegung:* vgl. Anm. zu 319,7f.
323,6 *Osmanstädt verkauft:* Wieland verkaufte das verschuldete Gut an den Kaufmann Johann Christian Kühne.
323,7 *Der 3t Mai:* gleichzeitig der Geburtstag von Louise Wieland.
323,8 *Ich bin eingeladen:* Kleist nahm an dem Fest nicht teil.
323,14 *den Aufsatz:* Die lobende, anonym erschienene Rezension im *Freimüthigen* vom 4. 3. 1803 (Nr. 36) anläßlich der Veröffentlichung von Kleists *Die Familie Schroffenstein* stammt nicht von Kotzebue, sondern von Ludwig Ferdinand Huber (1764–1804). Vgl. LS 98a.
323,17 *Erynnien:* Rachegöttinnen der griechischen Mythologie.
324,2 *Tante:* Auguste Helene von Massow.
324,4 *der kleinen Maus:* vgl. Anm. zu 321,6f.

71

324,10 *Frühjahr:* Kleists Brief füllt die letzte Seite des Briefbogens aus, den Karoline von Schlieben für ihr Schreiben an Lose benutzte (vgl. LS 109a) und dessen erstes Blatt unvollständig ist. Aufgrund des fehlenden Briefkopfs kann der Zeitpunkt der Niederschrift nur vermutet werden. MP 2 datierte den Brief auf »April 1803«; ob Kleist sich allerdings zu dieser Zeit bereits in Dresden niedergelassen hatte, ist nicht belegt. Das früheste erhaltene Zeugnis stammt vom 13. 6. 1803 (vgl. LS 103a); insofern scheint die offenere Datierung auf »Frühjahr 1803« angemessen.

324,18 *zwischen inne:* um 1800 noch gebräuchlich für: dazwischen (vgl. DWB 32, Sp. 1360 f.).

325,2 *ächte Künstlerinn:* Karoline und ihre Schwester Henriette verdienten den Unterhalt für die Familie als Kupferstecherinnen (vgl. LS 111).

325,13 *in Dreßden:* Kleist hielt sich bis Mitte Juli in Dresden auf.

325,14 *Krise:* hier noch in der ursprünglichen Bedeutung von Entscheidung, Wendepunkt, womit Kleist vermutlich auf seine Arbeit am *Robert Guiskard* anspielt; vgl. auch den nachfolgenden Brief.

72

325,20 *Anerbieten eines Freundes:* Ernst von Pfuel; über Kleists Freude, mit in die Schweiz reisen zu können, berichtete auch Ulrike von Kleist (vgl. LS 113). Die Schweizreise, der sich Ende August ein Aufenthalt in Norditalien (Mailand und Varese) anschloß, begann am 20. 7. und führte Kleist schließlich am 14. 10. nach Paris.

325,21 f. *Entdeckung im Gebiete der Kunst:* das Ideal einer Tragödie, das Kleist mit *Robert Guiskard* zu verwirklichen bestrebt war.

326,2 f. *Kranz der Unsterblichkeit:* Gegenüber Pfuel soll Kleist geäußert haben, daß er Goethe »den Kranz von der Stirne reißen« wolle (LS 112).

326,5 f. *wenn du ... selber kämest:* Mitte Juli kam Ulrike nach Dresden (vgl. Br. 73).

73

326,26 *eurer Rückreise:* aus Dresden (vgl. Anm. zu 326,5 f.).

327,6 *inliegenden Brief von Wieland:* vgl. Br. V.

327,12 f. *Die jüngste:* Karoline von Schlieben.

327,13 *ein Halbhemdchen:* vgl. Anm. zu 319,3.

327,25 *Gulben:* das bei Cottbus gelegene Gut der Familie von Pannwitz.

327,31 *Cousinchen:* Das Wort dürfte in diesem Zusammenhang nicht als Verwandtschafts-, sondern analog zum Französischen als Freundschaftsbezeichnung zu verstehen sein; zu dieser Bedeutung vgl. auch die Anredeform in dem Brief an Henriette von Schlieben (Br. 80).

327,35 *Gouverneur:* vgl. Anm. zu 234,34.

327,36 *école militaire:* (frz.) Militärschule; gemeint ist die ›Adeliche Militär-Akademie‹ (vgl. Anm. zu 72,24).

328,1 *Ich gratulire von Herzen Carolinen:* Kleists Cousine Caroline von Pannwitz war mit Gleißenberg verlobt.

328,4 *Tantchens:* Auguste Helene von Massow.

74

328,11 f. *mein Gedicht:* die Tragödie *Robert Guiskard.*

328,12 *nach dem Sprüchwort:* vgl. den Anfang von Br. 76.

328,15 *vielen Kränzen:* Als Sprößling einer der renommiertesten Offiziersfamilien Preußens waren ihre Kränze vor allem Auszeichnungen militärischer Art; Kleist dagegen strebte den Lorbeerkranz des Dichters an.

328,30 f. *irgendwo ein Stein:* vgl. das Gedicht *An Franz den Ersten, Kaiser von Österreich*: »in Klüften irgend, / Wächst dir ein Marmelstein« (SW 1, S. 29).

329,3 *Prätendenten:* jemand, der auf etwas Anspruch, besonders auf einen Thron erhebt.

329,11 *Kuxe: Kux:* »besitzantheil an einem bergwerke« (DWB 11, Sp. 2911).

329,19 *Minette:* Kleists Halbschwester Wilhelmine.

329,21 *auf dem Wege nach Paris:* vgl. Anm. zu 325,20.

329,23 *Geßner hat mich nicht bezahlt:* Offensichtlich stand noch ein Teil seines Honorars für das bei Geßner erschienene Drama *Die Familie Schroffenstein* aus.

329,29 *Wielands Brief:* Ulrike hatte diesen mit dem Brief Kleists vom 20. 7. 1803 erhalten (vgl. Br. V).

329,29 f. *poste restante:* (frz.) postlagernd.

75

330,2 *sei ... Mädchen:* von MP 1 als Lesart ausgewiesen (vgl. S. 471); SWB 4 integriert den Teilsatz wieder in den Text.
330,5 *mein Werk:* das Trauerspiel *Robert Guiskard.*
330,8 *wie ein eigensinniges Kind:* vgl. auch *Penthesilea,* V. 670 und 1199.
330,14 *französische Kriegsdienste:* Kleist ging erstmals Ende Oktober und dann, nach einer zwischenzeitlichen Rückkehr nach Paris, Ende November 1803 nach St. Omer, um in den Kriegsdienst einzutreten und an der geplanten England-Invasion Napoleons teilzunehmen. Er wurde aber abgelehnt, weil die französische Regierung keine fremden und unbekannten Offiziere zur Armee zuließ (vgl. LS 121c). Kurz vor Weihnachten 1803 dürfte Kleist dann wieder in Paris eingetroffen sein, ehe er um die Jahresfrist nach Mainz weiterreiste.
330,19 *St. Omer:* Kleists Kurzgeschichte *Mutterliebe* (SW 2, S. 277) spielt 1803 in St. Omer.

76

330,20 *An Ulrike von Kleist:* Zwischen dem vorangegangenen und diesem Schreiben an seine Schwester liegen acht Monate, für die keine Briefe, sondern lediglich nachträgliche Darstellungen Kleists (vgl. die nachfolgenden Ausführungen sowie Br. 80 und die Anmerkungen dazu) überliefert sind. Vgl. dazu im einzelnen LS 119c–127, Weiss, 1984, S. 68–93, sowie Samuel/Brown, S. 55–87.
330,23 *meiner Reise:* Kleist kam aus Potsdam, wo sich auch seine Schwester aufhielt.
Hundsfott: »schimpfwort für einen verächtlichen, vorzüglich feigen menschen« (DWB 10, Sp. 1934); vgl. auch *Amphitryon,* V. 1720.
330,32–331,1 *wunderlichen Angelegenheit:* Mit seiner Bewerbung um Aufnahme in die französische Armee hatte Kleist der Verpflichtungserklärung vom 17. 4. 1799 (vgl. Br. 4) zuwider gehandelt, nicht in ausländische Kriegs- oder Zivildienste einzutreten. Er mußte somit befürchten, einem Hochverratsprozeß ausgesetzt oder zumindest nicht mehr in den preußischen Staatsdienst aufgenommen zu werden.

331,2 *sonderbaren Brief:* vermutlich ein Schreiben Kleists von Anfang Dezember 1803, in dem er um die Teilnahme an der England-Invasion Napoleons gebeten hatte (vgl. Weiss, 1984, S. 73; LS 112b). Schon am 31. 10. war Friedrich Wilhelm III. von Lucchesini unterrichtet worden, daß Kleist ohne Erlaubnis der Pariser Polizei nach St. Omer gereist sei (vgl. LS 119c).

331,21 *schnaubte:* regional gebräuchlich für: schneuzte (vgl. DWB 15, Sp. 1201).

331,26 *Versche:* nach W 4, S. 584, ironische Verwendung der neumärkischen Mundart (Vers'che).

331,29 f. *protegiren:* von frz. *protéger* ›fördern, unterstützen‹.

332,11 *mit dem Versprechen:* nach der Kabinettsordre vom 13. 4. 1799 (vgl. Br. II).

333,5 *Wielands Brief:* das Schreiben von Juli 1803 (vgl. Br. V).

333,7 f. *dem Könige ... geschrieben:* Ein solches Schreiben ist nicht überliefert.

333,17 *der Wunsch:* daß seine Schwester nach Berlin kommen möge (vgl. Br. 81 und 83).

77

333,23 *27. Juni 1804:* zur Datierung vgl. Hoffmann, 1903, S. 339; MP 2 datierte auf »Ende Juni 1804«.

333,30 *eines Major's Gualtieri:* Kleist hatte den Bruder Marie von Kleists vermutlich schon vor 1798 während seiner Potsdamer Militärzeit kennengelernt, als Gualtieri, der Januar 1798 aus dem Militärdienst ausschied, noch Flügeladjutant des Königs war (vgl. Br. 78).

334,1 *Monden:* »übertragen auf die zeit des mondumlaufs, den monat« (DWB 12, Sp. 2502).

334,1 f. *als Gesandter nach Spanien:* Gualtieri ging Ende 1804 zunächst für zwei Monate nach Paris und trat seinen Dienst in Spanien etwa Mitte Februar 1805 an (vgl. Weiss, 1984, S. 98). Dort starb er ganz unvermutet am 27. 5. 1805 (vgl. Br. 88).

334,3 *Legations-Rath:* Amtsbezeichnung für einen Mitarbeiter der Gesandtschaft.

334,9 *Station:* hier im Sinne von »freie station, freie kost« (DWB 17, Sp. 943; mit Kleist-Beleg).

334,27 *die Wiese:* Name einer Gaststätte.

334,30 *Fritzen:* Friederike von Kleist.
334,32 *in ... Affection genommen:* liebgewonnen.
334,34 *Stadt Paris:* das an der Brüderstraße gelegene und damals erste Hotel Berlins (vgl. Weiss, 1984, S. 95).

78

335,5 *schon in Potsdam:* vgl. Anm. zu 333,30.
335,19 *meinen ersten Brief:* vgl. Br. 77.
335,24 *meines Briefes an den König:* vgl. Anm. zu 333,7f.
336,1 *Kleisten:* Friedrich Heinrich Ferdinand Emil von Kleist, der im Kabinett Militärsachen zu bearbeiten hatte (vgl. Weiss, 1984, S. 96).
336,2f. *Unordnung bei Hardenberg oder Haugwitz:* wohl infolge des Kompetenzstreits zwischen Außenminister Haugwitz und dessen Stellvertreter und Nachfolger Hardenberg (ab 13. 8. 1804).
336,4 *einen neuen Brief an den König:* nicht überliefert.

79

337,4 *nach Charlottenburg:* vgl. Br. 76.
337,17f. *Gualtieri ... nach Schlesien:* Gualtieris Schlesien-Reise hatte den Zweck, dort Informationen über die Leinenindustrie und den Leinenhandel mit Spanien einzuholen. Mutmaßlich aber ist es zu dieser Reise nicht gekommen (vgl. Weiss, 1984, S. 97).
337,29 *Tanten:* Auguste Helene von Massow.
337,31 *d. ⟨27.⟩ Freitag, Juli 1804:* zur Datierung vgl. Hoffmann, 1903, S. 339.
337,32 *Spandauer Straße, Nmr. 53:* in der Nähe des alten Berliner Rathauses.

80

338,7 *Versprechungen:* Während seines Dresden-Aufenthaltes von April bis Juli 1803 hatte sich zwischen Henriette von Schlieben und Kleist offensichtlich eine engere Beziehung entwickelt. Hierfür spricht auch, daß von ihrer Schwester Karoline eine Zeichnung mit »Henriette von Schlieben, Kleists Braut« unterschrieben worden war (LS 109a).

338,18 *Ihre Tante:* vgl. Anm. zu 246,31.
338,25 *Cousinchen:* vgl. Anm. zu 327,31.
338,27 *einige Zeit in Varese:* während des Aufenthaltes in Norditalien Ende August 1803.
338,29f. *Madonna del monte:* Wallfahrtsort zwischen dem Comer See und dem Lago Maggiore.
339,1 *bei dem Kummer:* infolge der Nichtvollendung der *Robert Guiskard*-Tragödie (vgl. Br. 75).
339,15 *Furie:* vgl. Anm. zu 303,33.
339,22 *wo ich endlich krank niedersank:* Es wurden neueren Forschungsergebnissen zufolge erhebliche Zweifel an Kleists Darstellung seiner fünfmonatigen Krankheit angemeldet. Vielmehr soll er in dieser Zeit als privater Kurier für den Arzt und ehemaligen Jakobiner Georg Wedekind (1761–1831) zwischen Paris und Mainz gependelt sein, um über die Ereignisse der anstehenden Machtergreifung Napoleons, die in der Kaiser-Proklamation vom 5. 5. 1804 ihren Höhepunkt fand, zu berichten. Vgl. Samuel/Brown, S. 55–87; Weiss, 1984, S. 89–93; Grathoff, 1993, S. 103–126.
340,9 *Gulben:* vgl. Anm. zu 327,25.

81

340,33 *Beym:* Carl Friedrich Beyme.
341,5 *einen Brief:* nicht erhalten.

82

342,7 *Gualtieri reiset wirklich:* Gualtieri reiste vermutlich erst Mitte Oktober nach Spanien (vgl. Weiss, 1984, S. 98).
342,13f. *zu deiner Tante:* Auguste Helene von Massow?
342,17f. *nicht wie in Paris:* als es zwischen den Geschwistern zum Streit über Kleists Absicht gekommen war, sich in der Schweiz niederzulassen (vgl. Br. 52f. und Anm. zu 297,2).
342,19 *Minetten:* Kleists Halbschwester Wilhelmine.
342,24 *einen Brief:* nicht überliefert.
342,27 *Gulben:* vgl. Anm. zu 327,25.

83

343,5 *nach Franken:* Die Fürstentümer Ansbach und Bayreuth gehörten seit 1791 zu Preußen. Auf Geheiß des Oberfinanzrates von Stein zum Altenstein sollte Kleist hier seinen Dienst versehen (vgl. auch Br. 85).

343,7f. *in einem theuren Gasthofe:* vermutlich der ›Goldne Stern‹ in der Friedrichstraße 122/123 (s. Ende des Briefes). Vgl. Häker, 1989, S. 49.

343,18 *zu mir herüber:* Ulrike wohnte zu dieser Zeit bei ihrem Bruder Leopold in Potsdam (vgl. LS 130).

343,30 *auszumitteln:* ausfindig zu machen.

343,31 *Chambre garnie:* (frz.) möbliertes Zimmer.

343,34 *Kleisten:* Marie von Kleist.

84

344,14f. *der Erzengel ... der Messiade:* Gabriel zu Satan im 13. Gesang des Epos *Der Messias* von Friedrich Gottlieb Klopstock: »Wenn du lernen könntest; so würdest du einmal lernen, / Daß der Kampf des endlichen mit dem Unendlichen Qual ist / Für den immer besiegten, und immer wieder empörten! / Aber du lernest es nie.«

344,16 *als meinen Meister verehren:* vgl. Br. 72f. und LS 112.

344,21 *übereinander gestürzt:* Zwischen Pfuel und Kleist war es während ihres Paris-Aufenthaltes im Herbst 1803 zum Streit gekommen (vgl. LS 117–119a).

344,27f. *wie jener nackte König Richard:* nach Shakespeare, *Richard II* (III,2): »Wie, oder sollen wir mit unserm Leid / Muthwillen treiben, eine artge Wette / Anstellen mit Vergießung unsrer Thränen? / Zum Beispiel so: auf Einen Platz sie träufeln, / Bis sie ein Paar von Gräbern ausgehöhlt« (Schlegel/Tieck).

344,33–345,2 *Damals liebten wir ... ein Paar glücklichen Anlagen:* Ähnlich lautet eine Eintragung Kleists in das Stammbuch von Karl August Varnhagen von Ense vom 11. 8. 1804 (SW 2, S. 45).

345,8–10 *mit wahrhaft ... Künstler zur Studie:* Anlehnung an den auch in zeitgenössischen mythologischen Lesebüchern überlieferten Schönheitskult in der griechischen Antike (vgl. W 4, S. 588).

345,13 *feisten:* hier: muskulösen.

345,15 *Zevs:* Schreibweise basiert auf der antik-humanistischen Tradition, nach welcher in den griechischen Diphthongen das Ypsilon (υ) lateinisch als v wiedergegeben wird.

345,16f. *Gesetzgebung des Lykurgus:* Lykurgos, sagenhafter Begründer der spartanischen Verfassung, auf den nach Plutarch die gesamte spartanische Lebensordnung und Jugenderziehung zurückgeführt werden könne. Auf Plutarch basiert auch Schillers Vorlesung *Die Gesetzgebung des Lykurgus und Salon* (1790), auf die sich Kleist hier möglicherweise bezieht.

345,21 *Rescripte:* (lat.) amtliche Bescheide, Verfügungen oder Erlasse.

345,22f. *die ganze Probe ... bestehen werde:* Ulrike von Kleist zufolge soll ihr Bruder in dieser Zeit »mit großem Fleiße« und sogar einmal »acht Tage und Nächte ununterbrochen« gearbeitet haben (LS 130).

345,23f. *ein Differentiale finden, und einen Vers machen:* Kleist zählte sich damit zu den wenigen, die sowohl die mathematisch-begriffliche als auch die poetische Sprache beherrschen. So heißt es in einem Fragment aus dem Jahre 1810: »Man könnte die Menschen in zwei Klassen abteilen; in solche, die sich auf eine Metapher und 2) in solche, die sich auf eine Formel verstehn. Deren, die sich auf beides verstehn, sind zu wenige, sie machen eine Klasse aus.« (SW 2, S. 338).

345,25f. *Man wird mich ... anstellen:* Kleist arbeitete bis April 1805 im Finanzdepartement unter Altenstein.

345,26f. *Anspach:* Ansbach (vgl. Anm. zu 343,5).

345,29f. *in Leipzig:* im Juli 1803 (vgl. Br. 75).

345,31 *gleichviel:* hier in der Bedeutung: »dasz verschiedene mit einander verglichene Möglichkeiten derselbe wert, dieselbe bedeutung oder wirkung zukommt« (DWB 7, Sp. 8256).

345,33 *Geh nicht weiter auf dem Wege:* Nachdem Pfuel im Juni 1803 auf eigenen Wunsch den Militärdienst quittiert hatte, richtete er auf Drängen der Familie ein Wiedereinstellungsgesuch an den König; es wurde im April 1805 bewilligt.

345,36 *die Ruinen deiner Seele:* vgl. *Penthesilea*, V. 2789.

346,1 *romantische Zeit:* vgl. Anm. zu 9,22.

85

346,15 *Ihrer Güte für mich:* Auf Massenbachs Empfehlung im Sommer 1804 ging Kleists Anstellung zurück (vgl. auch LS 131).

346,18 *Departement:* Ministerium, Geschäftsbereich.

346,19 *mit großen Plänen:* das Vorhaben Altensteins und Hardenbergs, in Preußen und ganz Deutschland eine bürgerlich ausgerichtete Verfassung durchzusetzen.

346,22 *Sendung nach Königsberg:* Auf Vorschlag Hardenbergs sollte Kleist in Königsberg seine wirtschaftlichen Kenntnisse unter anderem durch staats- und finanzwirtschaftliche Vorlesungen bei Christian Jacob Kraus vertiefen (vgl. LS 139).

346,23 *Geschäfftsmann:* hier: in Amts- oder Staatsgeschäften (vgl. DWB 5, Sp. 3828).

347,12 *d. Krug:* Es dürfte sich wohl nicht um Kleists Lustspiel *Der zerbrochne Krug*, sondern um das 1805 erschienene zweibändige Werk *Betrachtungen über den National-Reichthum des preußischen Staats und über den Wohlstand seiner Bewohner* von Leopold Krug handeln. Vgl. Weiss, 1978, S. 99, Anm. 84; Wichmann, S. 86.

86

347,17 f. *von meiner ... Ankunft in Königsberg:* Kleist hatte Berlin am 1. 5. verlassen und reiste über Frankfurt a. d. O. nach Königsberg, wo er am 6. 5. eintraf.

347,24 *inzwischen:* hier: indessen; von Kleist häufiger in diesem Sinne gebraucht.

347,27 *Kriegsrath Müller:* August Friedrich Müller.

347,28 *Marienwerder:* südl. des Werbellinsees.

348,1 *Statistiker:* hier noch nach der ursprünglichen Bedeutung von Statistik: Staatskunde und -beschreibung, die auf quantitativen Daten beruht und Auskunft geben soll über den jeweiligen Zustand eines Landes.

348,9 *HE. v. Schöne:* Theodor von Schön.

348,23 *Ökonomie:* hier: »anordnung und zweckmäszige einrichtung eines ganzen« (DWB 13, Sp. 1268), auf die von Kleist angesprochene »Folgereihe meiner Studien und Geschäffte« bezogen.

348,34 *Am Freitag:* am 10. 5. 1805.

348,35 *Session des Collegiums:* Kollegiumssitzung der Kriegs- und Domänenkammer (vgl. Anm. zu 349,13), in der Kleist als Diätar (Angestellter auf Zeit) arbeitete.

349,11 f. *Kammeral-Verwaltung:* Als deutsche Ausprägung des Merkantilismus bedeutet Kameralistik die Lehre von der Verwaltung und Nutzung staatlicher Finanzen und Besitztümer.

349,13 *Domainen-Fach:* Auf den königlichen Gütern (Domänen) in Ostpreußen und Litauen wurde mit der Verordnung vom 29.12.1804 die Erbuntertänigkeit aufgehoben.

349,18 f. *des Professors Krause:* zu Kraus vgl. Kleists Erklärung in BA vom 22.11.1810 (SW 2, S. 455).

349,21 *Kreisen:* Wehen haben, gebären (vgl. DWB 11, Sp. 2164 f.).

349,29 *Gewerbkunde:* »technologie« (DWB 6, Sp. 5564); damalige Bezeichnung für die Lehre der Verfahrensweisen zur Bearbeitung von Rohstoffen und Naturprodukten.

349,31 f. *Institutionen oder Pandekten:* Sowohl die Institutionen (Gesamtübersicht des römischen Rechts) als auch die Pandekten (gr. ›alles enthaltend‹), die den Hauptteil des ›Corpus iuris civilis‹ bildeten und auf denen bis ins 19. Jh. das geltende deutsche Privatrecht basierte, waren unter dem byzantinischen Kaiser Justinian (527–567) entstanden.

350,5 *das Dekret vom 28^t^ Aprill:* nicht überliefert (vgl. KM, S. 200).

350,8 *Diäten:* Kleist bezog jährlich 600 Reichstaler (vgl. LS 139).

87

Textvergleich mit Faks.: Kanzog, 1978.

350,17 *4. Juli 1805:* zur Datierung »4. Juli« vgl. den ersten Satz der Nachschrift.

350,19 *Fr.d'or:* vgl. Anm. zu 90,26.

350,19 f. *Geschenk von der K⟨önigin⟩:* Pfuel erhielt ebenso wie Kleist eine finanzielle Unterstützung, die jedoch nicht von der Königin Louise, sondern mutmaßlich von Marie von Kleist stammte (vgl. auch Anm. zu 484,20).

350,21 *Büreau:* vgl. Anm. zu 153,29.

350,22 *Dobran:* Doberan, Seebad westl. von Rostock.

350,26 f. *als du hier auf die Post stiegest:* Pfuel war über Königsberg zu seinem Regiment nach Johannisburg (Ostpreußen) gereist.

351,1 *niedlichen Briefe:* Nach Minde-Pouet hatte Marie von Kleist bereits Ende Juni einen Brief von Pfuel erhalten (vgl. MP 1, S. 473).

351,2 *Bestellung:* hier: »zur rechten stelle liefern« (DWB 11, Sp. 1674).

351,6 *Zufällen:* hier: »die krankhaften erscheinungen« oder »das einzelne auftreten eines krankhaften zustandes, heute anfall« (DWB 32, Sp. 343).

351,8 *Hydrostat:* zu der in der Forschung lange Zeit nicht ernst genommenen Konstruktion eines Unterwasserfahrzeugs vgl. Vogt, 1976.

351,16 *Johannisburg:* vgl. Anm. zu 350,26f.

351,28 *Auf 120':* auf 120 Fuß (1 Fuß = 31,385 cm).

351,35 *der Kolbe:* Zu Kleists Zeit war die feminine Form noch gebräuchlich.

Windbüchse: Luftgewehr.

352,15 *überall:* hier: überhaupt.

352,21 *K. F.:* Kubikfuß, altes Hohlmaß (28,3 l).

353,9 *Mittheilung:* hier: Übertragung (vgl. DWB 12, Sp. 2422f.).

353,14 *Rigolet:* Vermutlich handelt es sich hierbei um den Architekten Germain Rigolet, über den die Königsberger *Königlich Preußische Staats-, Krieges- und Friedens-Zeitung* am 16. 5. 1805 eine von Kleist fast wortwörtlich übernommene Nachricht verbreitete (vgl. SWB 4, S. 850).

88

Textwiedergabe des Hauptteils nach E und Faks.: Weiss, 1978, S. 82–84 und nach S. 88.

353,22 *Gräfinn von Voß:* Louise von Voß auf ihrem mecklenburgischen Gut Gievitz.

353,26 *Perleberg:* Stadt in der Prignitz, nördl. von Wittenberge.

353,27 *Dobberan:* vgl. Anm. zu 350,22.

353,29 *[den e]rsten:* Weiss, 1978: »[di]esen«; vgl. aber Sembdner, [3]1994, S. 299.

353,32 *Posten:* Der Plural zu »Post« entsprach dem zeitgenössischen Sprachgebrauch.

354,3 *Pierre ist todt:* Peter von Gualtieri war am 27. 5. 1805 in Aranjuez an den Folgen eines rheumatischen Fiebers und nicht, wie Kleist zu mutmaßen scheint, durch Selbstmord gestorben (vgl. Weiss, 1984, S. 99f.).

354,26f. *Youngschen Nachtgedanken:* vgl. Anm. zu 356,5f. sowie die *Empfindungen vor Friedrichs Seelandschaft* (SW 2, S. 327), in denen Kleist wiederum auf die *Nachtgedanken* zu sprechen kommt.

355,2 *inzwischen:* vgl. Anm. zu 347,24.

355,3 *Schillerschen Todesart:* Schiller war am 9. 5. 1805 gestorben; seinem Tod war ein starkes Fieber vorausgegangen, auf das Kleist offensichtlich in diesem Zusammenhang anspielt (vgl. Weiss, 1978, S. 97).

355,15 *»Das Leben ist nichts werth, wenn man es achtet«:* vgl. Anm. zu 256,13f.

355,22–29 *Inliegenden Brief ... empfangen habe:* Die beiden am oberen und unteren Rand der ersten Seite in umgekehrter Schreibrichtung hinzugefügten Nachsätze wurden von fremder Hand, wahrscheinlich von Marie von Kleist, durchgestrichen bzw. teilweise unleserlich gemacht. Erst Dr. Stefan Ormanns konnte sie vollständig entziffern. Der Text dieser Zeilen folgt darum nun SWB 4, S. 346. – Mit Genehmigung des Deutschen Klassiker Verlags, Frankfurt a. M.

355,23f. *an die Frau Professorin Krug:* Kleists Bitte, den (nicht überlieferten) Brief an seine ehemalige Verlobte Wilhelmine von Zenge weiterzuleiten – sie hatte 1804 den Professor für Philosophie, Wilhelm Traugott Krug, geheiratet –, belegt, daß Kleist auch noch nach der mit seinem Brief vom 20. 5. 1802 (vgl. Br. 64) vollzogenen Trennung mit ihr korrespondierte.

355,27 *das Geld:* vgl. den Anfang des vorherigen Briefs und Anm. zu 350,19f.

89

Textvergleich mit Faks.: Kanzog, 1978.

356,2 *zwischen Ende Juli und August 1805:* MP 2 datierte den Brief auf »Juli 1805«; er muß aber in jedem Fall nach dem vorherigen Brief an Marie von Kleist geschrieben worden sein, ohne jedoch in zeitlicher Ferne zu dem Brief an Pfuel vom 2. und 4. Juli (Br. 87) zu stehen, dem sich dieses Schreiben inhaltlich nahtlos anschließt. Insofern kann von einem Abfassungsdatum zwischen Ende Juli und August 1805 ausgegangen werden.

356,3 *den Pope:* Popes Homer-Übersetzung *The Iliad of Homer* (1720); Popes *Sämtliche Werke* (12 Bde.) erschienen 1778–85 in einer mit Kommentar und Anmerkungen von William Warburton versehenen deutschen Übersetzung; möglicherweise bezog sich Kleists Wort vom »verrosteten Schlüssel« auf diese Ausgabe.

356,5 f. *die Wahl zwischen Thomson und Young:* vermutlich das in der Literatur der Aufklärung vielfach nachgeahmte Langgedicht *The Seasons* (1726–30) von James Thomson und Youngs *Night Thoughts* (1742–45). Zu Young vgl. auch Anm. zu 354,26 f.

356,25 *Kauffahrthei-Schiff:* Handelsschiff.

356,28 *Efficacität:* von frz. *efficacité* ›Wirksamkeit‹.

356,32 *Hacken:* seinerzeit noch gebräuchliche Schreibung für Haken (vgl. DWB 10, Sp. 177).

356,35 *eklypsirt:* von frz. *s'éclipser* ›sich entfernen, verschwinden‹; Kleist dachte offenbar an Selbstmord (zu Gualtieris Tod vgl. den vorherigen Brief und die Anm. dazu).

357,5 f. *einen Aufsatz:* Es entsprach dem vielfältigen Tätigkeitsdrang Rühles, sich neben militärischen und geographischen auch mit ästhetischen und philosophischen Fragen zu beschäftigen. Allerdings ist der Aufsatz ebensowenig überliefert wie die nachfolgend genannte Übersetzung des Racine und das Trauerspiel, zu dem Kleist Rühle anregen wollte (vgl. *General-Lieutnant Rühle von Lilienstern. Ein biographisches Denkmal*, Berlin 1847, S. XXIV ff.).

357,10 *Jamben:* Versfüße aus kurzer (unbetonter) und langer (betonter) Silbe.

357,13 *besonders:* hier: sonderbar.

357,23 *Neuholland:* alte Bezeichnung für Australien.

357,26 *resignirt:* hier vermutlich in der älteren Bedeutung von »ein Amt niederlegen, abdanken, seinen Abschied geben« (Campe, Erg.-Bd., S. 533).

357,27 *te duce:* (lat.) unter deiner Führung.

357,34 *den Smith:* wohl Adam Smith' Werk *An Inquiry into the Nature and Causes of the Wealth of Nations* (2 Bde., 1776; dt. 1776/92), das Kleist für seine Vorlesungen bei Kraus, der unter dem Einfluß von Smith stand, gebraucht haben dürfte.

90

358,9 *Schicksal Ihres ganzen Vaterlandes:* der Durchmarsch der französischen Truppen unter General Bernadotte durch das neutrale preußische Fürstentum Ansbach-Bayreuth, um die nach Bayern vorgerückten Österreicher zurückzudrängen.
358,10 *Abreise:* Bis Ende April 1806 sollte ursprünglich Kleists Ausbildungszeit in Königsberg dauern.
358,14 *Brownischer Arzt:* ein Arzt, der seine Patienten nach der Reiztherapie des englischen Mediziners John Brown behandelte; der weit verbreitete Brownianismus basierte auf der Annahme, daß Krankheiten durch übergroße Erregung (Sthenie) oder zu geringe Erregung (Asthenie) verursacht würden.
358,20 *grundlose:* hier: »unendlich tief« (DWB 9, Sp. 868).
358,28 *Gewerkssachen:* Gewerk, ein in der Mark Brandenburg gebrauchtes »Collectivum« für »Zunft, Innung, Handwerk« (Adelung 2, Sp. 660).
358,29 f. *eignen Commission:* nach der Teilmobilmachung vom 7.9.1805.
358,32 *Austritt der Truppen:* Mit der Order vom 13.10.1805 wurden die zur Sicherung der Ostgrenze aufgestellten Truppen nach Westen verlagert.
359,15 *Elendskopf:* Kopf eines Elens (d. h. Elchs).
359,16 *Cabinet:* (frz.) Sammlung.
359,17 f. *zuzufertigen:* Begriff der Kanzleisprache für übermitteln oder zustellen.

91

359,26 *erste Hälfte Dezember 1805:* bei MP 2 noch »Ende Dezember 1805« (Rühles Empfangsvermerk); Kleist war offensichtlich noch nicht über den Ausgang der Dreikaiserschlacht bei Austerlitz (2.12.1805) unterrichtet; darüber dürfte er – legt man die Nachrichtenübermittlung von Böhmen nach Ostpreußen zugrunde – etwa 10 Tage später informiert worden sein.
359,28 f. *deinem letzten Briefe:* nicht überliefert.
360,15 f. *der Feind und sein Mädchen:* Die Franzosen, die damals Dresden besetzt hielten, und Emma Sophia Körner (1788–1815), die Tochter Christian Gottfried Körners (vgl. MP 1, S. 473).
360,20 f. *wie Shakespear sagt:* in *König Heinrich IV.* (Tl. 1, I,3); vgl. dieses Bild auch in *Penthesilea*, V. 677 f.

360,28 *Krieg mit einem Winterquartier:* In der am 3. 11. geschlossenen Übereinkunft mit Rußland sahen viele das Signal eines neuen Krieges. Da jedoch der Einmarsch der preußischen Truppen in das von Frankreich besetzte Kurfürstentum ohne weitere Positionsveränderung vor sich ging, sprach Kleist von einem Winterquartier.

360,29 *Festung:* die Festung Hameln, in die sich die französischen Truppen zurückgezogen hatten.

360,36–361,1 *des Durchbruchs . . . durch das Fränkische:* vgl. Anm. zu 358,9.

361,6 f. *Nationalgeist:* hier noch auf Preußen bezogen.

361,9 *gemeinen:* hier: gewöhnlichen (vgl. Anm. zu 179,1).

361,10 *Es gelte Sein, oder Nichtsein:* Grundgedanke des vermutlich im Frühjahr 1809 entstandenen Aufsatzes *Was gilt es in diesem Kriege?* (SW 2, S. 377 ff.).

361,13 *Erschaffung:* hier im Sinne der etymologisch nahestehenden Bedeutung von Geschäft als einem Werk (vgl. DWB 5, Sp. 3815).

361,14 f. *seine goldnen und silbernen Geschirre:* ähnlich auch in der *Hermannsschlacht*, V. 377.

361,15 *prägen:* hier: zu Geldmünzen verarbeiten.

361,20 *Kaiser in Ollmütz:* Kaiser Franz I. floh am 6. 11. vor den französischen Truppen von Wien nach Olmütz; dort weilte er vom 18. bis 27. 11.

361,22–24 *Die Zeit . . . den Umsturz der alten erleben:* vgl. Kleists Gedicht *Das letzte Lied* (SW 1, S. 31 f.).

361,29 *glückgekrönte Abendtheurer:* Napoleon I.

361,35 *Kurfürst von Bayern:* Maximilian I. Joseph, der als Verbündeter Napoleons nach der Schlacht von Austerlitz König von Bayern wurde.

362,2 *Emigrant:* ein aus Frankreich geflohener Napoleon-Gegner.

92

362,20 f. *letzten Friedensschluß:* Dem österreichisch-französischen Friedensschluß von Preßburg (26. 12. 1805) war die von Außenminister Haugwitz geschlossene Konvention von Schönbrunn (15. 12. 1805) vorausgegangen, in der die Abtretung Bayreuths und Ansbachs und die Eingliederung Hannovers geregelt wurden. Auf diese Vereinbarung spielt Kleist vermutlich hier an. Vgl. Samuel, 1955, S. 73.

363,11 *Truppenmärsche:* vgl. Anm. zu 358,32.
363,21 *Meine Schwester:* Ulrike von Kleist hielt sich im Winter 1805/06 in Königsberg auf.
363,36 *Rescript:* Nach Samuel, 1955, S. 74, kann es »sich hier nur um die Vorbereitungen zu Steins Edikt vom 6. Mai 1806 handeln, das die Aufhebung des Zunftzwangs im Seiden- und Wollhandel und der Textilindustrie in Ost-West- und Neuostpreußen verordnete«.
363,36–364,1 *Auskaufung der Zunft-Gerechtsame:* Aufhebung des Zunftzwangs.

93

364,24 *bei den Locken noch heraufzuziehen:* vgl. Anm. zu 360,20f.
364,32 *in Frankreich erlebte:* vgl. Br. 76.
365,12f. *Collegio:* das Kollegium der Kriegs- und Domänenkammer (vgl. Anm. zu 348,35).

95

367,14 *fremde Leiden:* Am 18. 4. 1806 war Altensteins Gattin Emilie, geb. Freiin von Hermann, nach langer Krankheit gestorben.
367,17 *was ist dies für eine Welt:* vgl. Anm. zu 321,31f. und die Wiederholung dieser Äußerung in Br. 98.
367,27f. *ein bloß unbegriffener:* Die Auseinandersetzung mit dem Unbegreiflichen stellt eine hermeneutische Grundfrage in Kleists Werk dar. Vgl. *Die Familie Schroffenstein*, V. 642: »Wer kann das Unbegreifliche begreifen?«
367,32 *Syrius:* hellster Fixstern; Haupt- und Doppelstern (mit Begleiter, einem sogenannten weißen Zwerg) im Sternbild des großen Hundes.
368,23 *Brief an ... Hardenberg:* Hardenberg hatte dem nicht überlieferten Gesuch Kleists entsprochen und ihm einen sechsmonatigen Urlaub gewährt (vgl. Hardenbergs Brief an Auerswald vom 18. 8. 1806, LS 151a).
368,35f. *HE. Präsidenten ... Frau Präsidentinn:* Hans Jakob und Albertine von Auerswald.

96

369,24 *die Kleisten:* Marie von Kleist.

369,24 f. *Liebens- und Lebensgeschichte:* Ebenso wie manch anderes Zeugnis aus der Feder Rühles (vgl. Anm. zu 357,5 f.) ist auch dieser, wohl als Manuskript auf Kleist gekommene Text nicht überliefert.

370,11 *Myriaden:* Anzahl von 10000, auch: Unzahl.

370,20 *Einen der Millionen Tode:* zu Kleists Seelenwanderungsglauben vgl. Anm. zu 158,25.

370,22 f. *die Welt... wie eingeschachtelt:* ähnlicher Vergleich in *Die Hermannsschlacht*, V. 1657 f.: »Cheruska, wie es steht und liegt, / kommt mir, wie eingepackt in eine Kiste, vor«.

370,34 f. *die erste Scene ... in Dresden:* vermutlich im Frühjahr/Sommer 1803, als Kleist – nach einem Bericht Ernst von Pfuels – diesem die ersten drei Szenen des Lustspiels diktiert haben soll (vgl. LS 102).

371,20 *ein Trauerspiel:* wahrscheinlich *Penthesilea.*

371,27 *Übersetzung des Racine:* vgl. Anm. zu 357,5 f.

371,31 *Commission:* hier: Auftrag.

371,33 *Salarien-Kasse:* Gehaltskasse; von frz. *salaire* ›Lohn, Gehalt‹.

97

372,3 *diese Zeiten:* Die Schlachten bei Jena und Auerstedt am 14. 10. 1806 endeten mit dem Zusammenbruch Preußens.

372,9 f. *vor einem Jahre schon voraussahen:* vgl. Br. 91.

372,12 *Leopold und Pannwitz:* An den Schlachten bei Jena und Auerstedt, die 15000 Tote forderten, hatten auch Kleists Bruder und sein Schwager Wilhelm von Pannwitz teilgenommen.

372,17 *Saalfeld:* bei Saalfeld, südöstl. von Jena, kam es zu Vorpostengefechten mit französischen Truppen.

372,19 f. *bei dem Corps des Prinzen Hohenlohe:* Pfuel stand nicht beim Corps Hohenlohe, sondern beim Herzog von Braunschweig-Oels (vgl. KM, S. 224).

372,29 *Pillau:* Seehafen von Königsberg.

372,31 *Präsidentinn:* Albertine von Auerswald.

372,35 *Schäffner:* Johann George Scheffner.

373,6 *Schorin:* das Gut des Schwagers Philipp von Stojentin bei Stolp (Hinterpommern).

373,6 *Minette:* Kleists Halbschwester Wilhelmine.

373,9–11 *Wir sänken ... und liebten uns:* zu dieser versöhnenden Geste der Zwischenmenschlichkeit vgl. auch *Die Hermannsschlacht*, V. 2282.

373,13 *dieser Wütherich:* Napoleon I.; auch Michael Kohlhaas (»entsetzlicher Wüterich«) erhielt dieses Attribut (SW 2, S. 37).

373,16 f. *die unterjochten Völker der Römer:* zur Gleichsetzung von römischer und französischer Fremdherrschaft vgl. die Ode *Germania an ihre Kinder* (SW 1, S. 25 ff.) und *Die Hermannsschlacht*.

373,19 *Vorsicht:* hier: Vorsehung (vgl. DWB 26, Sp. 1569).

98

373,30 *Ich schrieb Ihnen zweimal:* Briefe sind nicht überliefert.

373,33 *Einlage an Fr. v. N.:* Wer sich hinter dem Kürzel verbirgt und welcher Art die Einlage war, ist zweifelsfrei nicht zu ermitteln (vgl. KM, S. 227 und 229).

374,1 *Pillau:* vgl. Anm. zu 372,29.

374,4 *Cours:* (frz.) im Postverkehr gebräuchlich für Straße oder Weg.

374,6 f. *uns wechselseitig trösten:* vgl. auch *Das Erdbeben in Chili* (SW 2, S. 152).

374,8 *Kleist:* Maries Gatte Friedrich Wilhelm Christian.

374,10 *Cüstrin:* nördl. von Frankfurt a. d. O. gelegen (vgl. Anm. zu 70,10); ob Pfuel sich zu dem angegebenen Zeitpunkt dort aufhielt, ist allerdings zweifelhaft (vgl. KM, S. 224).

374,12 *bei Prenzlow:* die Kapitulation des Hohenloheschen Korps bei Prenzlau am 28. 10.

374,14 *Münzcabinet:* Teil des preußischen Staatsschatzes.

374,16 *Fußjägern:* »fuszsoldaten leichter bewaffnung die ganz besonders zum treffen beim schusz eingeübt sind« (DWB 4, Sp. 1031).

374,19 f. *Was ist dies für eine Welt:* vgl. Anm. zu 321,31 f.

374,23 f. *die Wahrheit des Dalembertschen Grundsatzes:* Ob es sich um einen Grundsatz des französischen Aufklärungsphilosophen Jean le Rond D'Alembert handelt, konnte nicht ermittelt werden. Schon Jean Paul zitiert ihn im französischen Wortlaut in seiner Erzählung *Leben des Quintus Fixlein* (1796), ohne allerdings den Urheber zu nennen: »deux afflictions mises ensemble peuvent devenir une consolation« (8. Zettelkasten). Prinzipiell handelt es sich um den gerade in der französischen Aufklärungsphilosophie intensiv diskutierten Theodizee-Gedanken der wechselseitig sich aufhebenden Übel (*bina venena juvant*; vgl. Hamacher, S. 153). Kleist könnte ihn insofern auch aus einer anderen Quelle rezipiert haben.

374,29–32 *der K⟨önigin⟩ folgen ... hier an:* Das Königspaar floh nach Königsberg, kam dort aber erst am 9./10. 12. an (vgl. KM, S. 228).

375,3 *das Geld:* vgl. Anm. zu 350,19 f.

99

375,26 f. *als ob ... die Menschen erzöge:* hier wie insgesamt in den Briefen aus dieser Zeit Anklänge an die Thematik der Kleist-Erzählung *Das Erdbeben in Chili* (SW 2, S. 144–159).

375,29 *Altenstein:* Er war mit dem Hofe nach Königsberg gekommen.

375,32 *Löb. Langg.:* Löbenichtsche Langgasse in der Nähe des Königsberger Schlosses.

376,5 *einen größeren Gewinn:* vgl. das Gedicht *An die Königin Luise von Preußen* (2. Fassung): »O du, die aus dem Kampf empörter Zeit, / Die *einzige* Siegerin, hervorgegangen« (SW 2, S. 34).

376,16 *Anstalten:* Kleist bezieht sich auf Personalveränderungen im preußischen Kabinett und auf den Wiederaufbau der preußischen Armee in Ostpreußen (vgl. W 4, S. 597, und SWB 4, S. 872 f.).

376,21 *dimittiren:* hier: den Abschied nehmen.

376,32 *Kleisten:* Marie von Kleist.

376,33 *Schorin:* vgl. Anm. zu 373,6.

100

377,8 *Louisd'or:* vgl. Anm. zu 154,27 f.

377,8 f. *Pension von der K⟨önigin⟩:* vgl. Anm. zu 350,19 f.

377,12 *einkassirt:* hier: eingefordert.

377,13 *in Cassa:* bar.

377,16 f. *Diäten vom fr⟨änkischen⟩ Departement:* vgl. Anm. zu 350,8.

377,19 f. *daß ... diese Pension ganz aufhören wird:* Die Pension wurde nicht ausgesetzt (vgl. 391,17–20), sondern bis zum Tode der Königin weitergezahlt (vgl. Anm. zu 484,20).

377,24 *Postencurs:* Postkurs oder Postenlauf (vgl. DWB 13, Sp. 2025).

377,25 *Manuscripte:* zu denken wäre an den *Zerbrochnen Krug, Amphitryon* und die Erzählung *Das Erdbeben in Chili.*

377,32 *Zahlung:* hier als »Angabe des Ortes, wo die Zahlung geschehen soll« (DWB 31, Sp. 78).

377,33 *Stolpe:* Stolp (Hinterpommern).

378,1 *Borks:* Philipp und Albertine von Borcke in Falkenburg (Pommern).

378,10 *inzwischen:* vgl. Anm. zu 347,24.

378,13 *durch den Buchhandel:* durch den Verkauf der Manuskripte an eine Verlagsbuchhandlung.

378,22 *Decbr.:* in MP 2 »Decb.«; verbessert nach SWB 4.

101

378,32 *Joux:* das im ostfranzösischen Departement Doubs bei Pontarlier gelegene Fort de Joux.

379,2 *Maasregel:* Kleist war mit seinen Reisebegleitern kurz nach ihrer Ankunft in Berlin von den französischen Behörden wegen Spionageverdachts festgenommen worden; zu Kleists Kriegsgefangenschaft vgl. Rothe, 1961, S. 136–187; Weiss, 1984, S. 103–122; LS 153–168b.

379,5 *Cöslin:* Stadt in Ostpommern; heute: Koszalin.

379,6 *Damm:* Stadt und Festung an der Mündung der Plöne.

379,7 *visiren:* von frz. *viser* ›mit einem Sichtvermerk versehen, beglaubigen‹.

Berlin erreicht: Wann Kleist in Berlin eintraf, ist nicht genau zu ermitteln. Die *Königlich privilegirte Zeitung von Staats- und gelehrten Sachen* wie auch die *Berlinischen Nachrichten von Staats- und gelehrten Sachen* geben in ihren Ausgaben vom 29. 1. 1807 den 28. 1. als Ankunftstag an, während das *Berliner Intelligenzblatt* bereits am 28. 1. Kleist zu den einpassierten Fremden zählte. Einem französischen Gefangenenverzeichnis zufolge soll er gar am 21. 1. festgenommen worden sein (vgl. Weiss, 1984, S. 120 und 122; LS 156).

379,9 *unsre übrige Reisegesellschafft:* unter anderem Ernst von Pfuel (vgl. LS 154 f.).

379,10 f. *Gouvernement:* der unter französischer Hoheit stehende Verwaltungs- und Regierungsbereich.

379,13 *Dimissionen:* hier: Entlassungsscheine.

379,19 *Gensd'armerie:* (frz.) Militärpolizei.
Wustermark: Ort bei Potsdam.

379,22 *unterirrdisches Gefängniß:* »Jetzt eben erst«, schrieb Carl von Gauvain am 31. 1. 1807 an Minister von Angern, »sah ich das Gefängnis, welches uns für die Nacht unter der Erde dunstig mit ungesunder Luft ohne Luftlöcher ⟨...⟩ angewiesen wird« (LS 159).

380,1 f. *in einem verschloßnen Briefe:* vermutlich die Order von General Pierre Augustin de Hulin vom 30. 1. 1807 (vgl. LS 157b sowie Weiss, 1984, S. 104 f.).

380,4 *die Versuche:* Zunächst waren es offenbar vor allem Gauvain und dessen Mutter, die mit Hilfe von Minister von Angern sich an Clarke wandten (vgl. LS 158–160c); ob Kleist zu diesem Zeitpunkt selbst aktiv wurde, ist nicht bekannt.

380,14 f. *meine litterarischen Projecte:* vermutlich das Drama *Penthesilea* und vielleicht noch seine Novelle *Die Marquise von O...*

102

Textwiedergabe nach E: Perels, 1986, S. 181–183. – Mit Genehmigung von Christoph Perels, Frankfurt am Main, und des Freien Deutschen Hochstifts, Frankfurt am Main. – Der Brief ist nicht handschriftlich, sondern nur in einer maschinenschriftlichen, von Martha Rückert stammenden Transkription überliefert.

380,25 *seit nun fast zwei Jahren:* Die nachweislich letzte Begegnung zwischen Wieland und Kleist fand entweder im April oder Juni 1804 statt (vgl. Samuel/Brown, S. 83, und LS 127); ob beide danach in brieflichem Kontakt standen, ist nicht bekannt.

381,7 f. *daß ich nunmehr in Joux:* Gauvain, Ehrenberg und Kleist saßen dort seit dem 5. 3. 1807 in Gefangenschaft (vgl. LS 161 und Br. 104).

381,11 f. *Frau von Kleist:* Marie von Kleist.

381,12 *ein Paar Manuscripte:* wohl *Amphitryon* und *Der zerbrochne Krug.*

381,16 *vor 5 Jahren:* Kleist bezieht sich allerdings auf den Winter 1802/03, als er Wieland den *Robert Guiskard* vortrug (vgl. Br. 70).

381,20 *mit Gessner:* Bei Geßner war Ende 1802 Kleists Drama *Die Familie Schroffenstein* erschienen (vgl. Weiss, 1984, S. 61); Briefe an ihn sind jedoch nicht überliefert.

381,21 *mit Cotta:* In Buchform sollte bei Cotta lediglich Kleists *Penthesilea* erscheinen (vgl. Anm. zu 425,14f.); als Verleger für *Amphitryon* fand sich zunächst der Dresdner Buchhändler Christoph Arnold (vgl. Anm. zu 386,16f.).
381,24 *Erfreuen Sie mich:* Wieland antwortete nicht (vgl. LS 127).
381,28 *Ms. v. Bureau:* vgl. den nachfolgenden Brief.
381,29 *Madame Schorch Louise – auch Louis:* Wielands Töchter Caroline, verwitwete Schorcht, und Louise sowie sein Sohn Ludwig.
381,35 *ehemals pr Officier:* Kleist rechnete vermutlich mit einer Überprüfung des Briefes durch die französischen Behörden und dürfte daher mit seiner Formulierung beabsichtigt haben, nochmals auf seine Verabschiedung als Offizier hinzuweisen.

103

Textvergleich mit Staengle, 1995.

382,4–13 *Mon camerade . . . le 31 Mars, 1807:* (frz.) Mein Kamerad, Herr von Ehrenburg, hat mich beauftragt, Ihnen zu danken, daß Sie die Güte hatten, ihm die Reise nach Italien von Archenholz zu schicken. Es ist ein Landsmann, den er in der Fremde findet. Ich und Herr Gauvain danken Ihnen zugleich für das Wörterbuch und die französische Grammatik, die Sie so freundlich waren uns zu leihen; wir machen den bestmöglichen Gebrauch davon. Ich habe die Ehre, Sie zu grüßen. Im Fort Joux, den 31. 3. 1807.
382,6 *le vogage en Italie:* das Werk *England und Italien* (1785; 1787 erweitert) des Historikers Johann Wilhelm Archenholz.
382,7 *retrouve [à]:* Durch Textbeschädigung fehlt ein Wort.
382,13 *ce 31:* »a 31« (Staengle, 1995).

104

382,15 *Chalons sur Marne:* Hauptstadt des Departements Marne in Nordostfrankreich, wohin Kleist aufgrund einer ministeriellen Verfügung vom 26. 3. 1807 (vgl. LS 162c–d) überführt wurde und wo er um den 20. 4. eingetroffen sein dürfte.
382,18 *meinen Brief:* vermutlich Br. 101.
383,4 *in Besançon:* Zunächst waren sie hier am 3. 3. 1807 eingetrof-

fen, ehe sie der Transport nach Châlons nochmals durch Besançon (am 11.4.) führte.

383,16 *Toussaint Louverture:* Toussaint L'Ouverture.

383,26 *unsre Ordre:* Laut Anweisung vom 9.3.1807 sollte Kleist als Staatsgefangener behandelt und ihm ein Tagessatz von 1 Franc 50 Centimes gewährt werden (vgl. LS 162).

383,27 *auf welchem Fuß:* auf welcher Grundlage.

383,31 *krankhaft:* kränklich (vgl. DWB 11, Sp. 2038).

383,35 *Gouverneuer in Besançon:* Jean-Antoine-Joseph de Bry, der Präfekt des Departements Doubs (vgl. Weiss, 1984, S. 106).

384,4 *aus der Noth:* Nach Kleists Tod forderte Ehrenberg seine Anleihe in Höhe von 3 Friedrichsdor, 2 Talern und 12 Groschen zurück (vgl. NR 104a–105b).

384,8 *bei unsrer Ankunft:* am 5.3.1807.
Memoriale: (lat.) Eingabe oder Bittschrift.

384,8f. *an den Kriegsminister:* vermutlich an den preußischen Kriegsminister von Angern; möglicherweise meinte Kleist aber auch den französischen Amtskollegen Alexandre Berthier (1753–1815).

384,10 *Prinzen August:* Er war Ende Dezember in Berlin verhaftet worden und befand sich ebenfalls in französischer Gefangenschaft (vgl. Weiss, 1984, S. 110); ob Kleist davon unterrichtet war, ist ungewiß.

384,13 *so befahl der Kriegsminister:* Kleist bezieht sich auf ein Schreiben aus dem Kriegsministerium vom 30. 3. 1807 (vgl. LS 162c).

384,25 *Gleichschätzung:* Gleichstellung nach Rang und Wert (vgl. DWB 7, Sp. 8221; mit Kleist-Beleg).

384,29 *Schorinschen:* Kleists Schwester Friederike und ihr Ehemann Philipp von Stojentin auf dessen Gut Schorin bei Stolp.

384,30 *die Kriegsunruhen:* die Besetzung und Kapitulation Danzigs (20.5.1807) und Ostpreußens sowie des Königs Flucht nach Memel.

105

385,4–6 *Ich höre ... Befreiung zu betreiben:* Nach dem Entwurf eines französisch verfaßten Schreibens vom 3.4. forderte Ulrike von Kleist »Gerechtigkeit« für ihren Bruder (LS 164a).

385,6f. *Erfüllung des Versprechens:* Clarke hatte in seinem Brief vom 8. 4. Ulrike von Kleist mitgeteilt, daß er den Kriegsminister aufgefordert habe, Kleist die Rückkehr in seine Heimat zu erlauben (vgl. LS 164b).

385,7 *der Kl.:* Marie von Kleist.

385,35 *Sol:* vgl. Anm. zu 278,32.

386,8 *Tractament:* von frz. *traitement* ›Besoldung, Löhnung‹.

386,12 *Indemnitäten:* (lat.) Entschädigungen.

386,16f. *Rühle hat ein Manuscript:* das Drama *Amphitryon*, das im Mai 1807 bei dem Dresdner Buchhändler und Verleger Christoph Arnold erschien.

386,19f. *zwei fertig:* Neben dem *Zerbrochnen Krug* dürfte es sich um die *Penthesilea* handeln, auch wenn Kleist die Arbeit an diesem Drama erst im Spätherbst 1807 definitiv beendete (vgl. Br. 117).

386,23 *mich:* in MP 2 nachfolgend kein Komma; verbessert nach SWB 4.

106

Textwiedergabe nach Transkription und Faks.: Staengle, 1989, S. 60–69. – © 1989 Stroemfeld Verlag, Holzhausenstr. 4, D-60322 Frankfurt am Main. – Dieser fragmentarisch überlieferte Brief ist wie andere an Marie von Kleist (vgl. Br. 117–119, 211f., 222) nur als Abschrift erhalten, die Wilhelm von Schütz (1776–1847) im Jahre 1817 für Ludwig Tiecks Ausgabe *Heinrich von Kleists hinterlassene Schriften* (1821) anfertigte. MP 2 paßte ihn der Schreibung Kleists an (vgl. ›Editorische Notiz‹).

387,2 *Châlons-sur-Marne, Juni 1807:* Da Kleist wußte, daß seine Schwester Ulrike Berlin verlassen würde (vgl. 387,5), liegt der Brief nach dem vorhergehenden Schreiben und vor der Entlassungsmitteilung, die er am 13. 7. 1807 erhielt (vgl. Anm. zu 389,14).

387,34 *Hekuba:* in der griechischen Mythologie Gattin des Priamos und Mutter Hektors; hier sprichwörtlicher Ausdruck für Gleichgültigkeit nach Shakespeares *Hamlet* (II,2): »Was ist ihm Hekuba, was ist er ihr, / Daß er um sie soll weinen?« (Schlegel/Tieck). *Ernst:* Daß Ernst von Pfuel nach Königsberg ging, hing mit einer geplanten, dann aber nicht realisierten militärischen Expedition nach Rügen und Vorpommern zusammen.

388,3 *Dresden:* Kleists ursprüngliches Reiseziel vor seiner Festnahme im Januar 1807.
388,15 *Jard:* Promenade an der Marne.
388,18 *P. .:* Pierre (oder Peter) von Gualtieri, der 1805 verstorbene Bruder Marie von Kleists (vgl. Br. 88); bei MP 2 noch »P⟨fuel⟩«.
388,23 f. *in jenem Sommer vor 3 Jahren:* in Berlin oder Potsdam 1804.
388,27 *Fatigue:* (frz.) Ermüdung, Anstrengung, Mühsal.
388,30 f. *ein Gemälde:* Simon Vouets *Sterbende heilige Magdalena* in der Kirche zu Saint-Loup.

107

389,14 *der Befehl zu meiner Loslassung:* Kleists Entlassung erfolgte vermutlich infolge des zwischen Frankreich und Preußen geschlossenen Friedens von Tilsit (9. 7.); nicht auszuschließen ist jedoch, daß sie auch dank der Vermittlung des Diplomaten Jean-François de Bourgoing zustande kam (vgl. Weiss, 1984, S. 139; LS 188).
389,16 *Geld von Arnold:* 24 Louisdor für den Verkauf des Lustspiels *Amphitryon* (vgl. Anm. zu 386,16 f.).
389,18 *auf meinen Brief:* Das Schreiben fehlt.
390,16 *ein Verhör:* vgl. LS 168a.

108

390,27 *Verwendung:* vgl. Anm. zu 385,4–6.
391,3 *Diäten:* die Entschädigung der Reisekosten (vgl. Br. 105).
391,10 *der Frieden:* vgl. Anm. zu 389,14.
391,17 *Die Kl.:* Marie von Kleist.
391,18 *Pension von der K⟨önigin⟩:* vgl. Anm. zu 350,19 f.
391,20 f. *wer steht uns für:* hier: »sich verbürgen, dasz etwas *nicht* der fall ist oder geschieht, dafür haftbar sein, wenn es geschieht« (DWB 17, Sp. 1581).
391,26 *Präbende:* (lat.) eigentlich kirchliche Pfründe; hier: Leibrente.
392,14 *Rest deines Vermögens:* Im Gegensatz zu ihrem Bruder war Ulrike von Kleist nicht unvermögend, und noch 1817 war es ihr möglich, das elterliche Wohnhaus im ›Nonnenwinkel‹ für

4000 Taler zu erwerben (vgl. Hoffmann, 1929, S. 185, und SWB 4, S. 960).

392,35 f. *Das Unglück ... ungerecht:* vgl. die ähnliche Charakterisierung in der *Penthesilea*, V. 1686 ff.

393,10 *N. S.:* SWB 4, S. 889, vermutet, daß die Nachschrift einen Tag später verfaßt worden ist; da dies aus der Nachschrift nicht eindeutig hervorgeht, wird auf die zusätzliche Datierung (mit 15. 7.) verzichtet.

393,15 *Handlungs-Häuser:* Handelshäuser.

393,26 *inliegenden Brief:* ist nicht überliefert.

393,29 *Leuthen:* Ort südl. von Cottbus.

393,31 *in 14 höchstens 16 Tage:* Kleist traf erst am 14. 8. oder kurz zuvor in Berlin ein; vgl. Br. 110 sowie die Meldung des *Berliner Intelligenzblattes* vom 15. 8.: »Hr. v. Kleist, Patikulier aus Chalons« (LS 168b).

109

394,19 *à conto:* (ital.) auf Rechnung (von).

394,32 f. *in vierzehn Tagen ... in Berlin:* vgl. Anm. zu 393,31.

394,35–395,1 *Dieser Brief ist von dreien ... der letzte:* ferner Br. 107; das dritte Schreiben (von vermutlich Ende Juni) ist nicht überliefert (vgl. Anm. zu 389,18).

110

395,12 f. Die Textlücken sind durch die herausgeschnittene Unterschrift auf der Rückseite verursacht worden.

395,14 *über Cottbus:* Bei Cottbus lagen die Güter Gulben und Werben des Cousins Ernst von Schönfeldt und des Schwagers Wilhelm von Pannwitz. Hier logierten Kleists Tante Auguste Helene von Massow und die Schwester Ulrike.

395,15 *nach Dreßden:* Kleist traf dort am 31. 8. ein (vgl. LS 187b).

395,19 *in den Zeitungen:* Rühle war wegen seines Anfang 1807 bei Cotta veröffentlichten *Berichts eines Augenzeugen von dem Feldzuge der während den Monaten September und Oktober 1806 unter dem Kommando des Fürsten zu Hohenlohe-Ingelfingen gestandenen Kgl. Preußischen und Kurfürstl. Sächsischen Truppen* heftig angegriffen worden. Kleists Rat, sich in Zurückhaltung zu üben, wurde von Rühle beherzigt (vgl. LS 192a).

111

396,6 *Wormlage:* das nordöstl. von Gulben gelegene Gut des noch minderjährigen Kleist-Cousins Johann Otto Wilhelm von Pannwitz (1790–1838), das von Ernst von Schönfeldt verwaltet wurde (vgl. SWB 4, S. 895).

396,10 *Privilegium:* das vom Landesherrn verliehene Sonderrecht für Drucker und Verleger, das in begrenzter Zahl und auf bestimmte Zeit oder auch Werke verliehen wurde. Da in Dresden bereits alle Privilegien vergeben waren, trat Adam Müller im September 1807 in Verhandlung mit dem Buchhändler Heinrich Gerlach, um ihm sein Privileg für 500 Taler abzukaufen.

396,11 *p. C.:* Abk. für lat. *pro centum* ›Prozent‹.

396,13 *öffentliche Vorlesungen:* Müllers ›Vorlesungen über die deutsche Wissenschaft und Literatur‹ (Winter 1806/07) und ›Über die Idee der Schönheit‹ (Winter 1807/08). Beide wurden 1806 bzw. 1809 publiziert.

396,14 *sein Bruder:* Friedrich von Pfuel.

396,18 *mit dem Prinzen:* Bernhard von Sachsen-Weimar, der zweite Sohn von Herzog Carl August; Pfuel und Rühle waren unter anderem seine Erzieher.

396,30 *jeder ein Werk:* Kleists bei Arnold erschienenes Drama *Amphitryon* und Rühles *Bericht eines Augenzeugen*, der von Cotta verlegt wurde (vgl. Anm. zu 395,19).

396,31 f. *Vier neue Werke:* Es könnte neben dem *Zerbrochnen Krug*, der *Penthesilea* und der *Marquise von O...* auch *Das Erdbeben in Chili* gemeint sein. Vgl. Weiss, 1986, S. 25; siehe dagegen KM, S. 241, wo nicht das *Erdbeben*, sondern *Das Käthchen von Heilbronn* angegeben wird.

397,5 *lieberalen:* nicht ganz eindeutig; der Kontext läßt jedoch die Bedeutung von »billig« (vgl. Campe, Erg.-Bd., S. 397) im Sinne von ›maßhaltend‹ zu.

397,6 f. *Fugger und Medicis:* nach dem Vorbild der erfolgreichen Bankiers und Handelsfamilien in Augsburg und Florenz am Ausgang des Mittelalters.

397,11 *merkantilische:* kaufmännische.

397,20 *Kl⟨eisten⟩:* Marie von Kleist.

397,20 f. *Zwei meiner Lustspiele: Amphitryon* und *Der zerbrochne Krug.*

397,24 f. *der Gesandte ... eine Aufführung veranstalten:* Die von Buol geplante Privataufführung des *Zerbrochnen Krugs* kam nicht zustande (vgl. Br. 131; zur Person Buols vgl. Weiss, 1984, S. 123 ff.).

397,25 *Fitt:* vermutlich Johann Justus von Vieth, ein Freund Buols und des Körnerschen Hauses (vgl. Weiss, 1984, S. 198).

397,26 f. *in Weimar: Der zerbrochne Krug* wurde in Weimar am 2. 3. 1808 aufgeführt (vgl. dazu LS 239–254).

397,34 *Töplitz:* vgl. Anm. zu 263,8.

398,1 f. *Directions-Stelle beim Wiener Theater:* Vermutlich hatte Kleist von Buol Informationen über Wirkungsmöglichkeiten in Wien erhalten. Buol stand in dieser Zeit in brieflichem Kontakt mit dem Direktionsmitglied des Burgtheaters und des Theaters an der Wien, Ferdinand Graf Pâlffy, bei dem er unter anderem auch für den *Zerbrochnen Krug* warb (vgl. LS 239a).

112

398,8 *Jeronimo und Josephe:* Kleists Erzählung war in Cottas *Morgenblatt für gebildete Stände* bereits vom 10. bis 15. 9. unter dem Titel *Jeronimo und Josephe. Eine Scene aus dem Erdbeben zu Chili, vom Jahr 1647* erschienen.

398,13 *eine andre Art: Das Erdbeben in Chili* erschien in seiner endgültigen Fassung erst 1810 im Rahmen des ersten Erzählungsbandes.

398,23 *Rammsche Gasse:* eigentlich Rampische Gasse; hier wohnten auch Pfuel und Rühle.

113

398,27 *einen Brief:* vgl. Br. 111.

399,3 *in die Lausitz:* nach Wormlage (vgl. Anm. zu 396,6).

399,6 *Alt-Döbern:* Ort südwestl. von Cottbus.

114

400,10 *Particuliers:* (frz.) Privatleute, die von ihrem Vermögen leben.

400,11 *Immediatstadt:* eine dem Kaiser unmittelbar untergebene Stadt (Reichsunmittelbarkeit) im Gegensatz zur Mediatstadt, die in guts- oder landesherrlicher Abhängigkeit stand; Liebstadt (südl. von Dresden) war dem sächsischen Landesherrn unterstellt.

400,16 *französischen Gesandten:* Jean-François de Bourgoing (vgl. Anm. zu 389,14).

400,20 *Kodex Napoleon:* Der Verlag des 1804 erlassenen napoleonischen Zivilgesetzbuches (*Code Napoléon* oder *Code civil*), das von den unter französischer Herrschaft stehenden deutschen Rheinbundstaaten übernommen wurde, kam nicht zustande. – Die Passage Z. 19–24 (»Es ist ⟨...⟩ verbreiten«) und »Kodex Napoleon« (401,1) wurden nachträglich sorgfältig unleserlich gemacht. Es wird vermutet, daß die Streichungen von Friederike von Schönfeldt (1812–68), der Tochter von Kleists Schwester Auguste, stammen.

400,23 f. *Assiette:* (frz.) Lage, Fundament.

400,24 *Instituts:* hier: Unternehmung.

400,31 *inzwischen:* vgl. Anm. zu 347,24.

400,34 f. *Conventionsgeld:* nach staatlicher Übereinkunft geprägtes Geld, dessen Wert nach Maßgabe eines bestimmten Münzfußes (Edelmetallgehalt der Münze) festgesetzt wurde (vgl. auch KM, S. 56).

401,2 *nöthig:* in MP 2 »nötig«; verbessert nach SWB 4.

401,11 *die Manuscripte: Der zerbrochne Krug*, *Penthesilea* und *Die Marquise von O...* (vgl. Br. 120).

401,17 *30 Louid'or von der Wiener Bühne:* Buol hatte Pâlffy (vgl. Anm. zu 398,1 f.) erst am 21. 10. den *Zerbrochnen Krug* zur Aufführung angeboten und dabei nach der Höhe des Honorars gefragt. Weiss nimmt daher an, daß die genannte Summe von Buol vorgestreckt worden sei (vgl. Weiss, 1984, S. 127).

401,25 *p. C.:* vgl. Anm. zu 396,11.

401,34 f. *nach Wormlage:* vgl. Anm. zu 396,6.

402,6 f. *verinteressiren:* verzinsen.

402,9 f. *zum zweitenmale:* Wahrscheinlich bezieht sich Kleist auf *Die Familie Schroffenstein*, mit deren Veröffentlichung Ende 1802 (vgl. Weiss, 1984, S. 61) und Aufführung am 9. 1. 1804 er als Dichter erstmals an die Öffentlichkeit trat.

402,12 *ein Stück von mir:* vgl. Anm. zu 397,24 f.

402,22 *hamletisch:* hier: unentschieden.

402,27 f. *d. 10ᵗ Oct. ... mit einem Lorbeer gekrönt:* Die Dichterkrönung erfolgte somit zu seinem 30. Geburtstag (vgl. Anm. zu 143,24).

402,28 f. *von zwei niedlichsten kleinen Händen:* Es könnte Christian Gottfried Körners Pflegetochter Emma Juliane (Julie) Kunze (1786–1849) gemeint sein (vgl. MP 1, S. 356, und LS 269–270b).

115

403,13 f. *da ich von Boulogne zurückkehrte:* im November oder Dezember 1803, nach seinen vergeblichen Bemühungen, in den französischen Kriegsdienst einzutreten (vgl. Anm. zu 330,14).
403,18 *Dittersbach:* der östl. von Dresden gelegene Lehnhof Dittersbach, den Werdecks im November 1804 erworben hatten (vgl. Samuel/Brown, S. 14).
403,33 *Schleifer:* »veralteter name eines tanzes« (DWB 15, Sp. 603).
403,33 f. *nach dem Fort de Joux ... und wieder zurück:* Anspielung auf Kleists französische Gefangenschaft von Januar bis Juli 1807.
404,4 *Kleinen:* Heinrich Adolph von Werdeck (1805–71).

116

Textwiedergabe nach E: Weiss, 1986, S. 25 f. – Mit Genehmigung von Hermann F. Weiss, Ann Arbor (Mich.).

404,8 *Zuschrift vom 2^t v. M.:* das Schreiben vom 2. 10. ist nicht überliefert.
404,12 *eines Lustspiels:* des *Zerbrochnen Krugs.*
404,13 *Wiener Bühne zum Aufführen:* Buol hatte Pâlffy den *Zerbrochnen Krug* zur Aufführung lediglich empfohlen (vgl. Anm. zu 398,1 f.), ohne jedoch von ihm eine definitive Antwort bekommen zu haben (vgl. Br. 131). Auffällig ist, daß Kleist die geplante Weimarer Inszenierung nicht erwähnt (vgl. Br. 111).
404,14 *nicht ... erscheinen kann:* Weil zu Kleists Zeit mit dem Druck eines Stücks das Honorar für dessen Aufführung entfiel, war ihm daran gelegen, den *Zerbrochnen Krug* erst nach der Aufführung zu veröffentlichen.
404,16 *Das Honorar:* für die in Cottas *Morgenblatt* erschienene Erzählung *Jeronimo und Josephe. Eine Scene aus dem Erdbeben zu Chili, vom Jahr 1647* (vgl. Anm. zu 398,8). Cotta überwies ihm das Geld am 20. 11. 1807. Vgl. Weiss, 1986, S. 26.
404,17 *assigniren:* von frz. *assigner* ›anweisen‹.

117

Textwiedergabe nach Transkription und Faks.: Staengle, 1989, S. 52–57. – © 1989 Stroemfeld Verlag, Holzhausenstr. 4, D-60322 Frankfurt am Main. – Zur Überlieferung dieses wie auch der beiden nachfolgenden Brief-Fragmente vgl. Anm. zu Br. 106, »Textwiedergabe [...]«.

404,25 *Dresden, Spätherbst 1807:* Br. 117–119 lassen sich zeitlich nur ungefähr einordnen. Die Datierung ergibt sich aus dem Thema seiner Schreiben, die um den Abschluß der *Penthesilea* kreisen, und seinen damit koinzidierenden Äußerungen in den Briefen an Ulrike von Kleist und Wieland vom 17. 12. 1807 (Br. 120f.), wonach neben dem *Zerbrochnen Krug* und der *Marquise von O...* auch die *Penthesilea* in einem fertigen Manuskriptzustand sei. Ferner berichtete die Schwägerin von Christian Gottfried Körner, Dora Stock (1760–1832), am 2. 12. von einem Kleist-Stück, das »sehr schön sein soll. Es heißt Penthesilea.« (LS 199).

404,29 *begeisterten Brief:* nicht erhalten.

404,30 *wirklich aufgegeßen:* vgl. *Penthesilea*, V. 2670ff.

405,1f. *vielleicht hätten Sie ... eben so gemacht:* Der mit Tinte unleserlich gemachte Text wurde erst von Klaus und Eva Kanzog mit Hilfe von Infrarot-Aufnahmen entziffert (vgl. K. K. / E. K., 1969, S. 33–46); SWB 4 wie auch SW 2 entziffern »wie leicht«, Kanzog/Kanzog erkennen dagegen »vielleicht«.

405,3 *in Gesellschaft:* wahrscheinlich im Hause Christian Gottlieb Körners, in dem sich Kleists Dresdner Freundeskreis traf (vgl. LS 262 und Horn, S. 52).

405,12 *jetzt ist sie todt:* Die vielfach überlieferte Anekdote hat in Pfuels Version eine andere Pointe, nach der nicht Pfuel, sondern Kleist zu Tränen gerührt war (vgl. LS 198).

405,16 *diser Mensch:* bei Staengle, 1989, alternativ zur Lesung »u so Mensch«; SWB 4 entziffert »diser«.

405,18 *eine Frage, die die Zeit entscheiden muß:* Kleist brachte seine Bedenken, ob das zeitgenössische Theater den adäquaten Rahmen für das Stück abgeben würde, auch in seinem Brief an Goethe (vgl. Br. 126) zum Ausdruck. Im übrigen bestätigt die späte Rezeption der Tragödie – sie wurde erstmals am 15. 4. 1876 in einer gekürzten Fassung aufgeführt – seine Skepsis.

405,20f. *Naturen wie die Kotzebuschen und Iffl⟨and⟩schen:* Vor allem Iffland wurde später in seiner Funktion als Schauspieler und Direktor des Berliner Nationaltheaters, zumal infolge seiner ablehnenden Reaktion auf das *Käthchen von Heilbronn* (vgl. Br. 173), zur Zielscheibe der publizistischen Angriffe Kleists. Vgl. das Gedicht *An unsern Iffland* (SW 1, S. 36) und die Theaterberichte in BA (SW 2, S. 408 ff.).

405,28 f. *wenn sie nicht ganz davon ausgeschloßen gew⟨e⟩sen wären:* Kleist folgte hiermit einer auch im *Morgenblatt* (26. 12. 1808) veröffentlichten These des ihm bekannten Karl August Böttiger (vgl. SW 2, S. 988 f.).

118

Textwiedergabe nach Transkription und Faks.: Staengle, 1989, S. 50–53. – © 1989 Stroemfeld Verlag, Holzhausenstr. 4, D-60322 Frankfurt am Main.

406,5 *Fragment:* der letzte (24.) Auftritt der *Penthesilea.*

406,11 f. *auf die Parthei ... werfen:* ungewöhnliche und im DWB (13, Sp. 1466–70) nicht nachweisbare Wendung für Partei ergreifen.

406,16 f. *caßirten Varianten:* von frz. *casser* ›aufheben, für ungültig erklären‹; Varianten sind nicht erhalten.

406,20 *Fraktur:* deutsche Ausprägung der sogenannten gotischen Druckschrift.

406,22 *Und:* »Aber« (SWB 4).

406,22–26 *Und auch wozu ... von Ihnen:* Auch diese ursprünglich unleserlich gemachte Stelle wurde erst nachträglich entziffert (vgl. Anm. zu 405,1 f.).

119

Textwiedergabe nach Transkription und Faks.: Staengle, 1989, S. 48 f. – © 1989 Stroemfeld Verlag, Holzhausenstr. 4, D-60322 Frankfurt am Main. – Bei MP 2 noch zusammen mit Br. 118 abgedruckt.

407,1 *Schmutz zugleich und Glanz:* Tieck hatte 1821 in seinem Erstdruck der Briefe das Wort »Schmutz« in »Schmerz« umgeändert, und erst Helmut Sembdner stellte 1959 in seiner Kleist-Edition den ursprünglichen Wortlaut nach der von Wilhelm von Schütz angefertigten Kopie wieder her. Zur Diskussion um diese Briefstelle vgl. Euphorion 60 (1966) S. 388–401, Sembdner, [3]1994, S. 76–87, und zuletzt Henkel, S. 88–93.

407,3 *die Kehrseite der Penthesilea:* vgl. auch den Brief an Collin vom 8. 12. 1808 (Br. 143).

120

407,12 f. *Osmanstädt gestern oder vorgestern verlassen hätte:* vgl. Anm. zu 321,27.

407,18 *schrieb ich Ihnen zweimal:* vgl. den Brief vom 10. 3. 1807 (Br. 102); obwohl auch Louise Wieland von zwei Kleist-Briefen an ihren Vater sprach, ist ein weiteres Schreiben nicht überliefert (vgl. LS 127).

407,24 *durch den Druck:* vgl. Anm. zu 386,16 f.

407,30 f. *Lehrer des Gegensatzes:* Von Adam Müller erschien 1804 die Abhandlung *Die Lehre vom Gegensatz.*

407,31–33 *ästhetische ... Vorlesungen:* vgl. Anm. zu 396,13.

408,3 f. *fragmentarisch darin aufzutreten:* In Fragmentform erschienen *Penthesilea* (H. 1), *Der zerbrochne Krug* (H. 3), *Robert Guiskard* (H. 4/5), *Das Käthchen von Heilbronn* (H. 4/5 und H. 9/10) und *Michael Kohlhaas* (H. 6). *Die Marquise von O...* wurde dagegen im zweiten Heft komplett abgedruckt.

408,6 *eine Abschrift:* Adam Müller sandte sie Goethe am 31. 7. 1807 zu (vgl. LS 183).

408,11 *Schriften des Novalis:* Laut Ernst von Bülow erhielt Rühle oder Pfuel 1808 wichtige Papiere, Briefe und Gedichte aus Hardenbergs Nachlaß (vgl. LS 232a), wobei im *Phöbus* lediglich drei Gelegenheitsgedichte von ihm erschienen (vgl. Sembdners Kommentar zum Nachdruck des *Phöbus*, Hildesheim / Zürich / New York 1987, S. 647).

408,18 *Merkur:* der von Wieland 1773 bis 1810 herausgegebene *Teutsche Merkur* (seit 1790 *Neuer Teutscher Merkur*).

408,19 f. *Institut:* hier: Unternehmung.

408,22 *B⟨ogen⟩:* im Buchdruck das ungefaltete Blatt, das je nach Buchformat in kleinere Blätter gefalzt wird.

408,23 f. *unter seinen kritischen Schutz:* zu Böttigers problematischer Haltung gegenüber Kleist vgl. Anm. zu 426,32.

408,28 f. *wie damals den Robert Guiskard:* Anfang 1803 (vgl. LS 89).

409,2 *Louis:* Ludwig Wieland.
409,4 *Gouverneur:* vgl. Anm. zu 234,34.
409,5 *zu Ihnen komme:* Zu einer Begegnung zwischen Wieland und Kleist kam es vermutlich nicht mehr.

121

409,21 f. *Rühle's Buch über den Feldzug:* vgl. Anm. zu 395,19 und 396,30; die zweite, verbesserte und berichtigte Auflage erschien jedoch erst 1809.
409,25 f. *Ende Januars:* Das erste *Phöbus*-Heft erschien am 23. 1. 1808.
409,26 f. *Wieland ... werden Beiträge liefern:* Die Anfragen an Wieland und Goethe erfolgten erst in diesen Tagen (vgl. Br. 120, 126 und Adam Müllers Schreiben an Goethe vom 17. 12. 1807 [LS 200b]); sie lieferten ebenso wie Johannes Müller keinen Beitrag zum *Phöbus*.
409,31 *dreier völlig fertigen Manuscripte:* vgl. die namentliche Nennung in dem vorherigen Brief an Wieland.
410,3 f. *Penthesilea ... zu verlegen:* Kleists Absicht, die *Penthesilea* im Selbstverlag zu veröffentlichen, scheiterte aus finanziellen Gründen, so daß er sich genötigt sah, das bereits bei Carl Gottlob Gärtner (1767–1828) in Dresden zum größten Teil gedruckte Werk Cotta anzubieten (vgl. Br. 135 und KM, S. 287).
410,16 *in Königsberg:* zur Zeit seiner dortigen Arbeit in der Kriegs- und Domänenkammer von Mai 1805 bis Juni 1806.

122

Textvergleich mit einer Photokopie von Hs. (DLA, Cotta-Archiv).

410,24 f. *Capital-Vorschuß eines Kunstfreundes:* Carl Adolf von Carlowitz, »mit dessen Geld der Phöbus gestiftet wurde« (LS 202b).
410,27 *Horen:* die von Friedrich Schiller 1795–97 herausgegebene und bei Cotta erschienene Monatsschrift *Die Horen*; vgl. auch die gleichlautende Formulierung in der Ankündigung zum *Phöbus* (SW 2, S. 446).

411,5 *Commissionair:* Geschäftsmann, der Waren im eigenen Namen auf fremde Rechnung verkauft.
411,10 *Anzeige:* Der Auszug aus dem späteren Prospekt (vgl. SW 2, S. 446f.) erschien in Cottas *Morgenblatt* vom 4. 1. 1808 (vgl. LS 206b).
411,14 *Aufsatz für das Morgenblatt:* Möglicherweise handelt es sich um den Aufsatz *Über die allmähliche Verfertigung der Gedanken beim Reden* (vgl. Kreutzer, 1968, S. 205); im *Morgenblatt* erschien er jedoch nicht.
411,18 *allgemeine Zeitung:* Auch die in Ulm erscheinende *Allgemeine Zeitung* wurde von Cotta verlegt; am 10. 1. 1808 erschien in ihr die Ankündigung des *Phöbus*, tags darauf wurde sie im *Morgenblatt* veröffentlicht.

123

411,29f. *Anzeige eines Kunstjournals:* vgl. SW 2, S. 446f.
412,16f. *wie Rosse im Macbeth sagt:* Shakespeare, *Macbeth* (IV, 3): »alltäglich ist / Des wilden Schmerzes Toben; kaum noch fragt man, / Wem Grabgeläute gilt« (Schlegel/Tieck).

124

413,5 *Anzeige eines Kunstjournals:* vgl. Anm. zu 411,29f.
413,8f. *während meiner Anstellung bei der Kammer:* vgl. Anm. zu 410,16.
413,11 *Töplitz:* vgl. Anm. zu 263,8.
413,20 *Schutz und Beförderung:* vgl. Auerwalds Antwortschreiben vom 5. 1. 1808 (Br. VII).
413,22 *Fr. und Frl. Tochter:* Die mit Theodor von Schön verheiratete Lydia von Auerswald war am 16. 8. 1807 gestorben; Kleist hatte davon offensichtlich keine Kenntnis; mit »Frl. Tochter« dürfte Ida Johanna Ottilie (geb. 1791) gemeint sein (vgl. KM, S. 264).
413,30 *Elbing:* Hafenstadt östl. von Danzig; heute Elblag.
413,33 *inliegenden Brief:* Br. 123.

125

414,5 *Wormlage:* vgl. Anm. zu 396,6.

414,8f. *Execution:* hier: Zwangsvollziehung oder Zwangsvollstreckung (vgl. Campe, Erg.-Bd., S. 301).

414,22 *3000 Exemplare:* Schillers *Horen* erreichten 1795 eine Auflage von 2000, 1796 von 1500 und 1797 von 1000 Exemplaren; zum *Phöbus* liegen bis auf Karl August Böttigers Angabe, daß »vom 7. Stück an nur 150« Exemplare gedruckt wurden (LS 291b), keine konkreten Zahlen vor.

414,26 *Gr. Kanikow:* Von Graf Chanikoff erschienen im *Phöbus* keine Beiträge.

414,27 *Velin:* (frz.) feines, pergamentartiges Papier.

414,28 *an alle Fürsten Deutschlands:* Bekannt ist, daß König Jérôme von Westfalen (vgl. Br. 127) und Kaiser Franz I. von Österreich (vgl. Br. 129 und LS 220c) ein Exemplar überreicht wurde.

415,3 *Portechaisen-Träger:* von frz. *portechaise* ›Tragsessel, Sänfte‹.

415,6 *Julchen:* Kleists Schwester Juliane.

415,7 *Lesegesellschaften:* vgl. Anm. zu 200,20f.

126

Textvergleich mit Faks.: MP 1, vor S. 7; vgl. dazu auch Goethes Antwortschreiben vom 1. 2. 1808 (Br. IX).

415,17f. *auf den »Knieen meines Herzens«:* nach dem apokryphen *Gebet Manasses*: »et nunc flecto genua cordis« (lat.), und nun beuge ich die Knie meines Herzens; vgl. auch *Penthesilea*, V. 2800, und weitere Belege im DWB 11, Sp. 1424.

415,21 *das Trauerspiel:* das *Organische Fragment aus dem Trauerspiel Penthesilea* (vgl. SW 2, S. 856–859).

415,30 *in Weimar:* Die Aufführung erfolgte am 2. 3. 1808.

416,3 *Rücksichten:* hier in durchaus ambivalenter Bedeutung: zum einen im Sinne von ›Rückblick‹, zum anderen im Sinne von ›Rücksichtnahme‹; vgl. die weiteren Kleist-Belege im DWB 14, Sp. 1375f.

416,9 *Abschätzungsregeln:* hier: Kriterien, die über die Aufnahme eines Beitrags entscheiden; vgl. dazu die zweite *Phöbus*-Anzeige (SW 2, S. 448f.).

416,12 *Ew. Excellenz gütige Äußerungen:* Goethe habe Adam Müller versprochen, so Rühle in einem Brief an Carl Bertuch vom 11. 1. 1808, »sobald es Zeit und Gesundheit erlauben, Beiträge zum Phöbus zu geben« (LS 201).

416,20 *Bogen:* vgl. Anm. zu 305,32.

127

Der von Adam Müller geschriebene Brief wurde von Kleist mitunterzeichnet. Die Handschrift ist verschollen; Textvergleich mit einer Photokopie der von Paul Hoffmann angefertigten Abschrift von Hs. (DLA, Sammlung Paul Hoffmann).

416,34 *Debit:* (frz.) Warenverkauf.

416,35 *pCt:* Abk. für lat. *pro centum* ›Prozent‹.

417,1 *Industriecomptoir:* Campe (Erg.-Bd., S. 373) schlägt hierfür die Übersetzung ›Kunstbetriebshandlung‹ vor. An dem 1801 gegründeten Wiener Kunst- und Industrie-Comptoir waren um 1808 der Hoftheatersekretär Joseph Sonnleithner (1766–1835) und der Schriftsteller und Dramaturg Joseph Schreyvogel (1768–1832) maßgeblich beteiligt. Vgl. Weiss, 1989, S. 170.

417,2 *Realschulbuchh. in Berlin:* Ihr Inhaber war Kleists späterer Verleger Georg Andreas Reimer.

417,6 *Se. Majestät von Westphalen:* Jérôme Bonaparte (vgl. Anm. zu 414,28).

129

417,19 *Sumerau:* bei MP 2 noch »Sumeraw« (vgl. dagegen KM, S. 276); der von Adam Müller geschriebene Brief wurde von Kleist mitunterzeichnet.

417,23 f. *Seiner Majestät:* zur Dedikation des ersten *Phöbus*-Heftes an Kaiser Franz I. von Österreich vgl. LS 219a–220g.

130

418,24 *kostenfreie Concession:* Der von Adam Müller an König Friedrich August von Sachsen gerichtete Antrag vom 21. 12. 1807, »eine Buchhandlung in hiesiger Residenz zu errichten«, wurde am 8. 1. 1808 an den Dresdner Stadtrat weitergeleitet und am 22. 2. 1808 abgelehnt (vgl. LS 202a–204).

418,25 *vier Buchhändler:* George Friedrich Walther, Christian Gottlob Hilscher, Heinrich Gerlach und Christoph Arnold.
418,28 *Connexionen:* vgl. Anm. zu 31,23 f.
fehlen: hier: mißlingen, fehlschlagen.
418,31 f. *Familie Hardenberg hat uns beauftragt:* Dem steht entgegen, daß Friedrich Schlegel gleichzeitig an der Erweiterung der von ihm zusammen mit Ludwig Tieck 1802 und 1805 herausgegebenen Novalis-Ausgabe arbeitete. Zu Novalis vgl. auch Anm. zu 408,11.
419,7 *Göthe und Wieland:* Während Goethe auf Kleists Anfrage reagierte (vgl. Br. IX), ist von einem Brief Wielands nichts bekannt.
419,9 *im Februar:* am 2. 3. 1808.
419,11 *der Prinz:* vgl. Anm. zu 396,18.
419,11 f. *mitreisen:* Ob Kleist der mißglückten Aufführung in Weimar beiwohnte, ist nicht bekannt.
419,20 *Comet:* Die *Spenersche Zeitung* veröffentlichte am 16. 1. 1808 eine vermutlich von Karl August Böttiger stammende Glosse, in der vor dem abstürzenden Kometen Phöbus gewarnt wurde, der »die Zügel seines goldenen Wagens irdischen Kunstreitern« überlasse (LS 212).
419,21 *Mehreres:* »Mehres« (SWB 4).
419,22 *d. 8t ⟨Februar 1808⟩:* MP 2 datierte den nur mit der Tagesangabe versehenen Brief noch auf den 8. 1. 1808. Kleists Frage bezüglich des Kometen (vgl. Anm. zu 419,20) läßt aber diese Datierung nicht zu. Vgl. SW 2, S. 993.

131

Textvergleich mit Faks.: Ernst Beutler, *Der Glaube Heinrich von Kleists*, Frankfurt a. M. [1937].

419,26 *Versicherung:* Collins Brief ist nicht überliefert.
419,30 *unser Gesuch:* Der Bitte Adam Müllers um einen Beitrag zum *Phöbus* (Brief vom 5. 1. 1808, LS 208) folgte Collin nicht.
419,32 f. *bei dem Ziel, das wir uns gesteckt haben:* vgl. die zweite *Phöbus*-Anzeige (SW 2, S. 448).
420,2 f. *Institut:* hier: Unternehmung.
420,12 *zweier Tragödien:* vermutlich das *Robert Guiskard*-Fragment und *Das Käthchen von Heilbronn*.

420,19–21 *doch in der Kunst ... ist meine Sache:* vgl. dazu den differenzierenden *Brief eines Dichters an einen anderen* (SW 2, S. 347–349).
420,21 *ein Lustspiel: Der zerbrochne Krug.*
420,22 f. *Privat-Vorstellung:* vgl. Anm. zu 397,24 f.
420,23 *Abschrift:* vgl. die Nachschrift zu diesem Brief.
420,28 *Chargé d'Affaires:* (frz.) Geschäftsträger.
420,28 f. *in Affection genommen:* liebgewonnen.
420,30 *empfohlen worden:* vgl. Anm. zu 401,17 und 404,13.
420,32 *Penthesilea, die im Druck ist:* vgl. Anm. zu 410,3 f.
420,36 *Industrie-Comtoir:* vgl. Anm. zu 417,1.
in Wien: Eine Ankündigung erschien im Wiener *Sonntagsblatt* vom 31. 1. 1808 (vgl. LS 218b); doch meldete es am 10. 7., daß »in ganz Wien« lediglich »ein einziges Exemplar« des *Phöbus* verkauft worden sei (LS 238b).
421,12 *N. S.:* Textwiedergabe nach E: Weiss, 1988, S. 61. – Mit Genehmigung von Hermann F. Weiss, Ann Arbor (Mich.). – Weiss nahm an, daß sich die in der Biblioteca Estense (Modena) entdeckte Nachschrift an »Goethe oder einen von ihm Beauftragten« richte und daß sie mit der Uraufführung des *Zerbrochnen Krugs* in Weimar (vgl. Anm. zu 397,26 f.) zusammenhänge. Dagegen konnte SW 2, S. 1064, geltend machen, daß die Nachschrift nach Format, Schrift und Inhalt zu dem Brief an Collin vom 14. 2. 1808 gehört. Insbesondere der Zusatz (»mein Lustspiel«) macht nur vor dem Hintergrund Sinn, daß Kleist in seinem Brief zwar von einem Lustspiel spricht, es aber nicht benennt. Bei einem an Goethe gerichteten Schreiben hätte es dieses Zusatzes nicht bedurft.
421,13 *wegen des Formats:* Nach Weiss, 1988, S. 61, Anm. 54, beförderten die sogenannten Reitposten »Briefe nur in einer länglichen röhrenförmigen Ledertasche, die keine großformatigen Sendungen aufnehmen konnte. Diese wurden von den langsameren, aber auch billigeren Fahrtposten befördert«.

133

Textvergleich mit Faks.: Stargardt-Katalog 647 (1990) S. 87.

421,29 *Commission:* nach Art der Cotta unterbreiteten Geschäftsabwicklung (vgl. Br. 122 und Anm. zu 411,5), bei der ein Dritter im eigenen Namen auf fremde Rechnung verkauft.

422,4 *in die Schanze geschlagen:* im Sinne von: »etwas einsetzen, wagen«, aufs spiel setzen (DWB 14, Sp. 2165).
422,8 *verschreiben:* »schriftlich verpflichten« (DWB 25, Sp. 1157).

134

422,15 *Zuschrift des HE. v. Rühle:* nicht überliefert.
422,16 *Bekanntschafft:* Sie kam auf Wielands Empfehlungsschreiben vom Februar 1803 zustande (vgl. LS 95).
422,19 *voreilige:* in MP 2 nachfolgend kein Komma; verbessert nach SWB 4.
422,29 *bieten wir Ew. Wohlgebohren:* Der *Phöbus* wurde nicht von Göschen, sondern vom Dresdner Buchhändler Walther übernommen (vgl. Br. 142); die ersten sechs Stücke erschienen in Dresden bei Carl Gottlob Gärtner (vgl. Anm. zu 410,3 f.).
422,30 *die Berechnung:* Beilage fehlt.
423,4 *zur Messe:* zur Leipziger Ostermesse, die vom 1. bis zum 4. Sonntag nach Ostern dauerte.

135

423,21 *bereits 7 Bogen:* vgl. Anm. zu 410,3 f.
424,1 *nach dem inliegenden Anschlag:* vgl. den Druckkostenanschlag Adam Müllers im Anhang des Briefs.
424,9 *Taschenbuchs:* »ein jährlich erscheinendes buch in taschenformat mit unterhaltendem oder praktisch belehrendem inhalt« (DWB 21, Sp. 151); zu dem Projekt einer Taschenbuchpublikation kam es jedoch nicht.
424,14 f. *romantische Gattung:* Im Gegensatz zum früheren Wortgebrauch Kleists (vgl. Anm. zu 9,22) steht ›romantisch‹ hier als literarisches bzw. literaturtheoretisches Klassifikationsmerkmal (vgl. DWB 14, Sp. 1157), das auch in zeitgenössischen Rezensionen zum *Käthchen von Heilbronn* aufgegriffen wurde (vgl. LS 267, 351a, 352, 373).
424,16 *Stücke, wovon im Phöbus Fragmente erschienen:* vgl. Anm. zu 408,3 f.
424,18 *noch Eins:* vermutlich *Die Hermannsschlacht.*
424,24 *eine Kritik:* erschien weder von Friedrich Schlegel, der auch

sonst nichts zum *Phöbus* beitrug, noch von Friedrich Gottlob Wetzel.

424,27 *von Fr. v. Staël:* Sie legte im sechsten Heft mit *La fête de la victoire ou le retour des Grecs* eine französische Übersetzung von Schillers *Das Siegesfest* (1803) vor.

424,29 *im Morgenblatt:* Eine Inhaltsanzeige zum sechsten Heft erschien dort erst am 22. 12. 1808.

425,1 *Druckkostenanschlag:* Textwiedergabe nach Faks.: Marbacher Magazin 7 (1977) S. 18.

425,4 *Holl. Schreibepapier:* Aufgrund des fabrikmäßigen und differenzierten Produktionsverfahrens stand das niederländische Papier in dem Ruf, von hoher Qualität zu sein.

425,6 *Ries:* Papierzählmaß: »ein buch schreibpapier hat 24 bogen, ein buch druckpapier 25; 20 buch machen ein ries« (DWB 2, Sp. 468).

118 rh 23 gr: Der Taler zählte 24 Groschen; die Summe müßte sich somit auf 117 rh 23 gr belaufen.

136

425,14f. *Übernahme der Penthesilea:* Cotta gab seine Zusage ohne das Werk ganz zu kennen. Er habe es späterhin, einer Überlieferung Varnhagens zufolge, nicht geschätzt und »gar nicht anzeigen« wollen, »damit es nicht gefordert würde« (LS 278). Zur Reaktion auf die Veröffentlichung der *Penthesilea* vgl. LS 276–285.

425,27 *13*[t] *Druckbogen:* Es waren nur 11 Druckbogen (176 Seiten), dazu 1 Titelblatt und 1 Seite Verbesserungen.

425,28 *von den ... 353 Rth.:* Summe aus dem Druckkostenzuschuß (203 Rth.) und dem Honorarvorschuß (150 Rth.); vgl. den Druckkostenanschlag zum vorherigen Brief.

426,1 *Ladenpreis:* Er betrug broschiert 1 Rth. 8 Gr. (vgl. LS 279c).

426,5 *Taschenbuch:* vgl. Anm. zu 424,9.

426,11 *Schauspiel:* Gemeint ist *Das Käthchen von Heilbronn* (vgl. den vorherigen Brief); das Stück ist am 17. 3. 1810 im Theater an der Wien uraufgeführt worden.

426,13 *Honorar:* vgl. Anm. zu 404,14.

426,17 *Michaeli:* das katholische Michaelifest am 29. 9.; hier mit Blick auf die Leipziger Herbstmesse, die 1808 vom 26. 9. bis 1. 10. dauerte.

137

Textwiedergabe nach E: Rothe, 1962, S. 5.

426,27 *Wohlgebohren:* Rothe, 1962: »Wohlgeboren«; korrigiert nach einer Auskunft Dr. Peter Staengles.
426,32 *Empfehlung:* Böttiger brachte gegenüber Cotta jedoch seine Verwunderung darüber zum Ausdruck, daß dieser das Stück angenommen habe (vgl. LS 291a). Ohnehin war Böttigers Einstellung zu Kleist nicht von Ressentiments frei, wie mehrere anonym publizierte Rezensionen zu dessen Werken belegen (vgl. LS 225a, 235a–b, 254, 267, 296a).

138

427,14f. *des gänzlich danieder liegenden Buchhandels:* Infolge der französischen Besatzung war auch der Buchhandel vom allgemeinen Preisanstieg und der sinkenden Nachfrage betroffen.
427,24 *Maitre de plaisir:* (frz.) »ein Hofbeamter, dem die Anordnung der Vergnügungen seines Herrn obliegt« (Campe, Erg.-Bd., S. 408); Vitzthum war Direktor des Königlichen Theaters in Dresden.
427,25 *Sächsische Hauptbühne:* Die Verhandlungen über *Das Käthchen von Heilbronn* kamen nicht zum Abschluß.
427,26 *nach Wien:* vgl. Anm. zu 426,11.
427,29 *Cassel:* Residenz von Jérôme Bonaparte und Hauptstadt des neugegründeten Königreichs Westfalen.
428,1 *Interessen der 500 Rth.:* Zinsen zu dem Kapital, das Ulrike zum *Phöbus* beigesteuert hatte (vgl. den Anfang von Br. 121).
428,6 *Wormlage:* vgl. Anm. zu 396,6.
428,7 *Fürstenwalde:* in Brandenburg, zwischen Berlin und Frankfurt a. d. O. gelegen.
428,9 *G. P.:* zunächst Graf P. (von Kleist sorgfältig gestrichen); ein Zusammenhang mit Kleists beginnender politischer Tätigkeit ist nicht ausgeschlossen. So will der damalige Leutnant Johann von Hüser »mehrere Male bis Baruth geritten« sein, »um dort an den als Dichter bekannten Heinrich von Kleist, der unser Gesinnungsgenosse war und in Dresden lebte, Briefe auf die Post zu bringen.« (LS 313).
428,10 *Töplitz:* vgl. Anm. zu 263,8.

428,13 *Gulben:* vgl. Anm. zu 327,25.
428,18 *berichtige:* hier: bezahle, begleiche.
428,19 *Schuld:* vgl. Anm. zu 430,18 f.
428,20 *Tante:* Auguste Helene von Massow.
428,22 *Aug 1808:* Kleist schreibt versehentlich 1809.

139

429,6 f. *schürz' und schwinge dich:* vgl. auch *Das Käthchen von Heilbronn* (SW 1, S. 501) sowie Gottfried August Bürgers (1747–1794) Ballade *Leonore*.

140

429,14 f. *ein Versprechen:* vgl. Br. 131.
429,17 f. *die Bitte:* vgl. Anm. zu 419,30.
429,21 f. *für die Bühne bearbeitet:* Das Manuskript ist nicht überliefert.
429,27–29 *mit dem Druck ... nicht vorgegangen werde:* vgl. Anm. zu 404,14.

141

430,2 *6. Oktober 1808:* MP 2 übernahm lediglich Varnhagens eigene Angabe »Oktober 1808«. Varnhagen war am 25. 9. in Dresden eingetroffen und schrieb am 13. 10. an Fouqué, Kleist habe ihm »ein freundliches Billet geschickt«, er selbst sei aber zu diesem Zeitpunkt in Leipzig gewesen (LS 289c). Folgt man Kleists Tagesangabe (»Donnerstag«), so muß der 6. 10. gemeint sein.

142

430,14 *Sache der Fr. v. Haza:* in der Scheidungsangelegenheit Sophie von Hazas, die seit Anfang 1808 mit Adam Müller zusammenlebte.
430,16 *Lewitz:* der im Kreis Meseritz bei Posen gelegene Ort, in dem das Hazasche Gut Puschrim lag.

430,18 f. *Schuld an Pannwitz:* Kleist hatte Wilhelm von Pannwitz vermutlich im Juli 1808 um finanzielle Unterstützung für den *Phöbus* gebeten (vgl. Hoffmann, 1929, S. 168 f.).
430,23 *Minette:* Kleists Halbschwester Wilhelmine.
430,23 f. *den Brief:* Das Schreiben ist nicht erhalten.
430,33 f. *Walter hat den Phöbus übernommen:* vom siebten Heft an (vgl. die Anzeige in SW 2, S. 450 f.).

143

431,4 f. *nothwendig verkürzt werden muß:* Ob das Stück von Collin bearbeitet und gekürzt wurde, ist nicht gesichert; unter anderem aus Zensurrücksichten wurden jedoch, wie aus einer zeitgenössischen Rezension indirekt zu entnehmen ist (vgl. LS 352), eine Reihe von Veränderungen vorgenommen.
431,8 *Berliner Bühne:* Der Kontakt zum Nationaltheater kam durch Vermittlung Otto von Schacks zustande (zu Schacks Bemühungen um Kleist vgl. LS 315a–c); das Stück wurde dort jedoch, nachdem Kleist es im Sommer 1810 nochmals zur Prüfung vorgelegt hatte, nicht aufgeführt (vgl. Br. 171 und 173 sowie Ifflands Antwortschreiben [Br. X]).
431,9 *andere Bühnen:* Neben dem Versuch, das Stück am Königlichen Theater in Dresden unterzubringen, scheint Kleist es auch beim Stuttgarter Theater eingereicht zu haben (vgl. Anm. zu 427,25 und LS 391b).
431,10 f. *Wie gern hätte ich das Wort von Ihnen gehört:* Den Berliner Buchhändler Unger ließ Collin etwa wissen, daß Kleist noch zu den Alten gehöre, »die nicht italienisch und spanisch zu schreiben« brauchten, »um sich den Griechen zu nähern« (KM, S. 280).
431,15 f. *Ein und dasselbe Wesen:* vgl. auch Br. 119.
431,20 *Quittung:* über 300 Gulden (vgl. den Anfang von Br. 151).
431,28 *Chargé d'affaire:* vgl. Anm. zu 420,28.

144

432,8 *Empfindung meiner Mutter:* hier im Sinne von: Empfindsamkeit; vgl. auch die ähnliche Äußerung im *Käthchen von Heilbronn* (SW 1, S. 504).

145

432,16 f. *Schlagen Sie es ... zur Aufführung vor:* Das Stück wurde nicht aufgeführt.
432,22 *Brief:* vgl. Br. 143.
432,24 *Pr. von Rohan:* SWB 4, S. 944, vermutet einen der drei Söhne von Henri-Louis-Marie de Rohan, Prince de Guémené (1745– nach 1807): Charles-Alain-Gabriel de Rohan-Guémené, Herzog von Montbazon (1764–1836), Victor-Louis-Meriadec de Rohan-Guémené, Herzog von Montbazon (1766–1846), Jules-Armand-Louis de Rohan-Guémené (1768–1836). Die ganze Familie emigrierte aus Frankreich nach Österreich.

146

433,7 *freudiger Empfindungen:* nach dem Abzug der letzten französischen Truppen aus Berlin; zudem war Altenstein nach der Abdankung des Freiherrn von Stein am 24. 11. 1808 an die Spitze der Regierung berufen worden.
433,10 *Sohn der Erde:* der Riese Antäus, Sohn der Gäa (Erde), der nach der griechischen Sage durch die Berührung mit der Erde immer wieder neue Kräfte gewann; vgl. auch das Gedicht *An Franz den Ersten* (SW 1, S. 28) und den *Brief eines politischen Pescherä über einen Nürnberger Zeitungsartikel* (SW 2, S. 374).
433,17 *ein früheres: Das Käthchen von Heilbronn.*
433,24 f. *einen Preußen von Geburt:* Müller stammte aus Berlin.
433,29 *Vorlesungen:* Die vom 19. 11. 1808 bis 30. 3. 1809 gehaltenen Vorlesungen ›Das Ganze der Staatswirtschaft‹ erschienen 1809 unter dem Titel *Die Elemente der Staatskunst.* Kleist schätzte sie sehr (vgl. Br. 207).
434,8 *verzeichnet:* hier im Sinne von: »designiren« (DWB 25, Sp. 2503); bestimmt.
434,13 *Herzog v. Weimar:* Carl August.
434,22 f. *Schreiben:* Schon seit März 1808 bemühte sich Müller um ein neues Tätigkeitsfeld (vgl. LS 258), so daß es möglich ist, daß er Kleist zu der Anfrage veranlaßte (vgl. auch SW 2, S. 997).

147

435,3 *Anfang Decmbrs.:* am 8. 12. (vgl. Br. 143).
435,12 *Adressen:* hier: Schriftstücke, Sendungen; ›Adresse‹ häufig auch als Bezeichnung »für ein feierliches Schreiben eines Geringern an einen Höhern« (Campe, Erg.-Bd., S. 88).

148

435,31 *in Pausch und Bogen:* etymologisch nicht eindeutige Redensart: »im ganzen« (DWB 1, Sp. 1198).
435,32 f. *ohne mein Vorwissen:* Kleist erfuhr erst bei der fälligen Schlußabrechnung, daß Müller die Buchhandlung Walther Ende Oktober 1808 nur unter großen finanziellen Zugeständnissen für den Verlag des *Phöbus* gewinnen konnte. »Der Phöbus hätte«, so Müller in seinem Rechtfertigungsschreiben an Pfuel und Rühle vom gleichen Tage, »mit Ende Mai aufgehört, der Verlust wäre noch größer gewesen und Schande obendrein erfolgt«. (LS 311) Auf diesen Alleingang soll Kleist derart erbost reagiert haben, daß Müller ihn zu einem Duell forderte. Vermutlich aber kam es durch Rühle und Pfuel zu einer Schlichtung des Streits.
436,9 *für das nächste Jahr:* Im März 1809 erschien das letzte *Phöbus*-Heft (Nr. 11/12).
436,12 *gefällige Erklärung:* ist nicht überliefert.
436,16 *Willsche Gasse:* eigentlich Wilsdruffer Gasse.

149

436,21 *nach Wien reisen:* Zusammen mit Dahlmann verließ Kleist Dresden am 29. 4., nachdem beide einen gemeinsamen Gesandtschaftspaß von Buol erhalten hatten (vgl. Br. 152 sowie LS 316 und 326). Kleist dürfte mit seiner Reise unter anderem beabsichtigt haben, in Wien für die Aufführung der *Hermannsschlacht* zu sorgen (vgl. LS 323).
436,31 *Erbschafft:* Kleists Tante, Auguste Helene von Massow, war am 11. 1. 1809 gestorben; in ihrem Testament hatte sie Kleist mit 400 Talern Kurant bedacht, die sechs Monate nach ihrem Ableben ausgezahlt werden sollten (vgl. LS 314).
437,8 f. *Mittwoch oder Donnerstag:* am 12. oder 13. 4. 1809.

150

437,14 *Codicill:* Zusatz oder Nachtrag zum Testament.
437,19 *Pettschafft:* Siegel.

151

437,23 *fl.:* Abkürzung für Gulden (vgl. Anm. zu 124,26); die Summe erhielt Kleist als Honorar für *Das Käthchen von Heilbronn* (vgl. Br. 143).
437,26 *Lieder östr. Wehrmänner:* Die *Lieder österreichischer Wehrmänner* wurden 1809 in Wien bei Anton Strauß veröffentlicht; da in Kleists Ausgabe der Name des Verlegers nicht genannt wurde, muß es sich um einen Nachdruck gehandelt haben.
438,3 *mein Scherflein:* Die Gedichte *Germania an ihre Kinder, Kriegslied der Deutschen* und *An Franz den Ersten* (SW 1, S. 25–29).
438,4 f. *öffentliche Blätter:* Die drei Gedichte sind zu Kleists Lebzeiten nicht gedruckt worden, sondern kursierten in Hand- und Abschriften; vermutlich war es das Manuskript für Collin, das folgende eigenhändige Fußnote enthielt: »Diese drei Lieder überläßt der Verfasser jedem, der sie drucken will, und wünscht weiter nichts, als daß sie *einzeln* erscheinen und schnell verbreitet werden« (SW 1, S. 29).
438,7 f. *Stimme von Erz:* vgl. *Das Käthchen von Heilbronn*: »O daß ich eine Lunge von Erz und ein Wort hätte, daß sich mehr schreien ließe« (SW 1, S. 491).
438,8 *vom Harz herab:* Kleist assoziiert hier vermutlich den ersten Vers des Gedichts *Germania an ihre Kinder*, das in verschiedenen Fassungen durch »Die des Brockens Felsregionen« eingeleitet wird (SW 1, S. 716 und 719).
438,10 f. *die erste Nachricht der Siege:* Nach dem Einmarsch österreichischer Truppen in Bayern und der Kriegserklärung an Frankreich vom 9. 4. 1809 erhoffte sich Kleist von den sich plötzlich wandelnden Verhältnissen in Sachsen eine allgemeine, auch auf andere Rheinbundstaaten ausstrahlende Umorientierung gegenüber Napoleon (vgl. Weiss, 1984, S. 281).
438,11–13 *hat Bernadotte ... Dreßden verlassen:* am 16. 4. 1809.
438,17 *Davoust:* Marschall Davout, dessen Truppen zu diesem Zeitpunkt allerdings bei Regensburg aufgestellt waren (vgl. Weiss, 1984, S. 321).

438,18 f. *Der König und die Königinn:* Friedrich August I. und Marie Amalie Auguste; sie verließen Dresden wie Bernadotte am 16. 4. Vgl. dazu Kleists Aufsatz *Über die Abreise des Königs von Sachsen aus Dresden* (SW 2, S. 1031–1037).

438,21–24: *Es sollen ... Dreßden verlassen haben:* zur Meinungsverschiedenheit zwischen Friedrich August I. und Bernadotte vgl. auch *Über die Abreise des Königs von Sachsen aus Dresden* (SW 2, S. 1034 f.).

438,29 f. *Pendant zur Geschichte von Spanien:* Ende April 1808 hatte Napoleon die spanische Königsfamilie nach Bayonne gelockt und dort Karl IV. und dessen Sohn Ferdinand zum Thronverzicht gezwungen, um seinen Bruder Joseph als König einzusetzen. Kleist nahm daher offensichtlich an, daß man den sächsischen König zur Abreise veranlaßt hätte, um sich seiner leichter bemächtigen zu können. Zum Vergleich zwischen Spanien und Sachsen vgl. *Über die Abreise des Königs von Sachsen aus Dresden* (SW 2, S. 1031–1037) sowie Weiss, 1984, S. 285–295.

439,8 *Plauen:* südl. von Zwickau.

152

439,15 *Den 29t Aprill:* vgl. Anm. zu 436,21.

439,17 f. *Töplitz:* vgl. Anm. zu 263,8.

439,20 *die letzten Begebenheiten:* Nach den Anfangserfolgen kam es für die österreichische Armee bei Gefechten im Donauraum (am 18. und 19. 4.) zu mehreren Rückschlägen, die am 26. 4. in Leipzig und am 28. 4. in Dresden öffentlich bekanntgegeben wurden (vgl. Weiss, 1984, S. 312). Kleists Abreise am 29. des Monats dürfte mit diesen für ihn deprimierenden Nachrichten in unmittelbarem Zusammenhang gestanden haben.

439,24 *Für jetzt ... nach Wien:* Nicht Wien, sondern Prag wurde bis Ende Oktober 1809 das vornehmliche Domizil Kleists.

439,26 f. *zu Johanny:* zum Johannistag (24. 6.).

440,2 *Gusten:* Kleists Schwester Auguste; ihr Mann, Wilhelm von Pannwitz, verwaltete sein Erbe.

153

440,18 *An Joseph von Buol:* Empfänger dieses Briefes war nicht, wie man lange glaubte, Friedrich von Pfuel, sondern Joseph von Buol, der mit Unterbrechungen seit dem 5. 5. in Prag weilte (vgl. Weiss, 1984, S. 212).

440,20f. *aus den Händen des Gen. Grf. Radetzky:* Nach dem Sieg der österreichischen über die französische Armee in Aspern (21./22. 5.) könnte es sich entweder um einen patriotischen Aufruf Radetzkys, der dem Stab des 5. Armeekorps angehörte, oder um den Armeebefehl des österreichischen Oberbefehlshabers, Erzherzog Karl, vom 24. 5. gehandelt haben. Weiss sieht in dem Inhalt dieses Briefes und gerade in der Übermittlung des angesprochenen Schriftstücks einen Beweis für Kleists Agententätigkeit in dieser Zeit (vgl. Weiss, 1984, S. 213).

440,22 *Estafette:* (frz.) reitender Eilbote.

440,24f. *daß der König ... losbricht:* Kleist hoffte auf Preußens Teilnahme an dem Krieg oder eine Volkserhebung.

440,29 *meinen zweiten Brief:* ebenso wie das nachfolgend genannte Schreiben an Kolowrat nicht überliefert.

440,30 *Znaym:* südwest-mährische Stadt an der Thaya, heute Znojmo.

440,32 *Enzersdorf:* Großenzersdorf bei Aspern (östl. von Wien) lag außerhalb des eigentlichen Kampfgebietes.

441,4 *Kakeran:* Kagran, nordwestl. von Aspern. Während des Besuchs der Schlachtfelder sollen Kleist und Dahlmann wegen Spionageverdachts einige Stunden verhaftet worden sein (vgl. LS 316f.).

441,6 *die Nacht vom 23 zum 24:* ursprünglich: heute nacht.

441,6f. *Erzh. Carl ... über die Donau gegangen:* Zu diesem Schritt ist es nicht gekommen.

441,8 *Langen-Enzersdorf:* Langenzersdorf, im Norden Wiens gelegen.

441,9 *poste restante:* (frz.) postlagernd.

441,11 *Plänen auf Sachsen:* Buol wollte nach Sachsen versetzt werden, um sich dort für die Erhebung gegen Napoleon aktiv einzusetzen (vgl. Weiss, 1984, S. 212).

441,14 *Stockerau:* Stadt nordwestl. von Wien.
d. 25^{t} Mai: ursprünglich: 24^{t}.

441,16 *Brief an Hartmann:* Der Brief und die erwähnte Einlage sind nicht überliefert. – Nach den *Memoiren* (1837) Friedrich

Launs (1770–1849) soll Hartmann von Kleist gebeten worden sein, ihm »eine Quantität Arsenik zu besorgen und zuzusenden« (LS 321).

441,19 *durch Eichler:* Aus Sicherheitsgründen lief die Korrespondenz über den Polizeikommissär und Kurinspektor in Teplitz, Andreas Chrysogon Eichler, der ein wichtiger Verbindungsmann zwischen den Napoleongegnern in Böhmen und Sachsen war (vgl. Weiss, 1984, S. 199).

154

Textvergleich mit einer Photokopie von Hs. (Historical Society of Pennsylvania, Philadelphia; Simon Gratz Autograph Collection 11/32).

441,23 *v. Schlegel:* Das Adelsprädikat führten Friedrich und August Wilhelm Schlegel erst ab 1815.

441,24 f. *ein Gesuch:* Das (nicht überlieferte) Gesuch wurde von Wallis am 13. 6. mit der Bemerkung weitergeleitet, daß Kleist »eine Zeitschrift unter dem Titel *Germania* herauszugeben Willens ist, deren Tendenz auf Norddeutschland gerichtet sein soll.« (LS 328b; vgl. auch KM, S. 313).

441,25 *v. Dahlmann:* Dahlmann war nicht adeliger Herkunft.

441,29 *Was dieses Blatt enthalten soll:* Anliegen der Zeitschrift war, den Widerstandswillen der preußischen Bevölkerung zu stärken und der napoleonischen Propaganda entgegenzuwirken. Vgl. die fragmentarisch erhaltene Einleitung zur *Germania* (SW 2, S. 375 f.) und Weiss, 1984, S. 228.

442,1 *Ihre gütige Verwendung:* Es ist unwahrscheinlich, daß Schlegel, der zu dieser Zeit als Sekretär der Hof- und Staatskanzlei in Wien tätig war, sich für Kleist eingesetzt hat, denn er plante mit der Herausgabe der *Österreichischen Zeitschrift* ein ähnlich angelegtes Unternehmen (vgl. Weiss, 1984, S. 230).

442,12 *Institut:* hier: Unternehmung.

442,28 *Brückengasse, N. 39:* ein in der Nähe der Moldau am Kleinseitner Platz gelegenes Eckgebäude (1895 abgerissen), in dem Kleist zusammen mit Dahlmann Quartier fand (vgl. W 4, S. 619, sowie LS 317).

442,30 *am 10ᵗ d.:* am 10. des Monats.
Dippoldiswalde: südl. von Dresden.

442,32 *fulminante Prokl.:* ein Aufruf gegen den mit Österreich verbündeten Herzog von Braunschweig-Oels; Weiss, 1984, S. 315–320, hat auf Ähnlichkeiten zwischen Thielmann und Kleists Offizier in dem *Brief eines rheinbündischen Offiziers an seinen Freund* (SW 2, S. 367 f.) hingewiesen.

442,35 *Schill:* war bereits am 31. 5. 1809 in Stralsund gefallen.

155

443,7 *was eingetreten ist:* die österreichische Niederlage bei Wagram (5. und 6. 7.) und der Waffenstillstand von Znaim (12. 7.).

443,12 *contrecarrirt:* von frz. *contrecarrer* ›behindern, hintertreiben, in die Quere kommen‹.

443,15 *durch B⟨uol⟩, und durch die Bekanntschafften:* zu Kleists böhmischem Aufenthalt und den dort mit Hilfe von Buol geknüpften Beziehungen vgl. Weiss, 1984, S. 205–234.

443,17 *nach dem 21ᵗ und 22ᵗ Mai:* nach der Schlacht bei Aspern.

443,18 *einige Aufsätze:* Es ist nicht eindeutig zu ermitteln, welche der 1809 verfaßten politischen Schriften Kleist für die Zeitschrift *Germania* vorgesehen hatte (vgl. Weiss, 1983, S. 568–574).

443,19 f. *im Hause des Grf. v. Kollowrat:* Das Haus des Prager Stadthauptmanns, der einem antinapoleonischen ›Bund der Treuen‹ vorstand, war Treffpunkt patriotisch gesinnter Kreise (vgl. Weiss, 1984, S. 216 f.).

443,23 *als eine höhere Bewilligung:* Kleists Gesuch zur Gründung der Zeitschrift *Germania* wurde zwar dem österreichischen Kaiser vorgetragen (vgl. LS 328 c), er erhielt aber keine Rückmeldung, so daß er vor dem Hintergrund der österreichischen Niederlage nicht mehr an die Realisierbarkeit seines Projekts glaubte. Am 13. 9. wurde es dann nochmals in einer von Friedrich Graf Stadion (1761–1811) für seinen Bruder Philipp verfaßten Denkschrift aufgegriffen (vgl. LS 331), wobei jedoch die am 25. 9. getroffene Entscheidung der österreichischen Führung für einen Frieden mit Frankreich und der Friedensschluß von Schönbrunn am 14. 10. den *Germania*-Plan endgültig scheitern ließen.

443,30 f. *ältere Manuscripte: Die Hermannsschlacht* und *Das Käthchen von Heilbronn.*

444,2 *gelegt:* hier im Sinne von »verbieten, unterdrücken« (DWB 12, Sp. 530).

444,7 *zu Johanny:* vgl. Anm. zu 439,26 f.

444,8 *Prolongation:* Verlängerung, Aufschub.
444,11 f. *aus den Pfandbriefen der Tante Massow:* vgl. Anm. zu 436,31.
444,13 *Conv. Münze:* vgl. Anm. zu 400,34 f.

156

Bei MP 2 noch als Beilage zum nachfolgenden Brief an Ulrike von Kleist abgedruckt.

444,32 *500 Rth., à 6 p. C.:* 500 Reichstaler zu 6 Prozent Zinsen; Kleist nahm die Summe als Hypothek auf seinen Anteil am elterlichen Haus auf (vgl. LS 335).
messentlich: dreimal im Jahr: zur Margaretenmesse (am Montag nach dem 20. 7.), zur Martinsmesse (am Montag nach dem 11. 11.) und zur Frühjahrsmesse (am 2. Fastensonntag).
445,4 *das Haus:* Der von den Kleist-Geschwistern angestrebte Verkauf des Hauses wurde zunächst nicht realisiert; Ulrike von Kleist kaufte es 1817 (vgl. Anm. zu 392,14).

157

445,13 *Abschrift meines Schreibens:* vgl. den vorhergehenden Brief.
445,22 *Abreise nach Pommern:* Dort lag das Gut Schorin der Stojentins.
445,23 f. *nach dem Österreichischen:* Kleist hatte zusammen mit Dahlmann Prag am 31. 10. verlassen (vgl. LS 333) und hielt sich im November vermutlich in Frankfurt a. d. O. auf. Von einer Reise nach Österreich ist nichts bekannt; vielmehr dürfte er in der Folgezeit bis auf zwischenzeitliche Kurzvisiten in Frankfurt a. M. und Gotha (vgl. Br. 158 f.) vornehmlich in Berlin geblieben sein (vgl. LS 337–340).

158

445,30 f. *Brief vom 1t Juli:* Cottas Antwort auf Kleists Schreiben vom 7. 6. 1808 (Br. 135); sie war aber nach Cottas eigener Notiz erst am 9. 7. abgeschickt worden (vgl. KM, S. 316 f.).

446,3 *einen Brief:* vermutlich ein (nicht überliefertes) Antwortschreiben Collins auf Kleists Brief vom 22. 2. 1809 (Br. 147).
446,8 *in Taschenformat:* vgl. Anm. zu 424,9.
446,11 *romantischen Gattung:* vgl. Anm. zu 424,14 f.
446,20 *poste restante:* vgl. Anm. zu 273,18 f.

159

446,31 *das ich Ihnen zugeschickt hatte:* vgl. Br. 145; ob Collin bei der Wiener Theaterdirektion mit der *Hermannsschlacht* vorstellig wurde, ist ungewiß; zumindest legte sein Bruder Matthäus Casimir (1779–1824) das Werk, wenn auch erst im Oktober 1811, zur Prüfung vor (vgl. KM, S. 319).
447,10 *Ist es aufgeführt:* vgl. Anm. zu 426,11.
447,15 *Kriegslieder:* vgl. Anm. zu 437,26.
447,16 *der Dank:* Collin war am 21. 12. 1809 Hofrat und Ritter des Leopoldordens geworden.
447,23 *Gotha:* Kleist hatte hier seinen alten Freund Hartmann von Schlotheim besucht, von dem er eine Schuldforderung an den Lithographen Wilhelm Reuter erhielt (vgl. Br. 163 f. und 166).
447,24 f. *Ich ... gehe morgen nach Berlin zurück:* Kleist kam am 4. 2. 1810 in Berlin an (vgl. LS 342) und wurde dann noch einmal am 7. 2. 1810 als Einpassierender registriert (vgl. KM, S. 318).

160

447,30 f. *die Buchhandlung:* nach MP 1, S. 393, trug sie den Namen Andreä.
448,2 f. *von dort zuschickte:* vgl. Br. 158; Cotta erhielt dieses Schreiben erst am 5. 2.; seine darauffolgende Antwort datiert vom 22. 2. (vgl. Br. 162).
448,15 *Mauerstraße, N. 53:* der im Zentrum von Berlin, in der Nähe der zerstörten Trinitätskirche gelegene Wohnort seiner letzten Lebensjahre.

161

448,28 *Gulben:* vgl. Anm. zu 327,25.

448,29 f. *die Schwester ... seine Mutter:* Nach dem Tod seiner Frau Emilie (vgl. Anm. zu 367,14) führte Altensteins unverheiratete Schwester das Haus; bei der Mutter handelt es sich um Juliane Philippine Wilhelmine von Altenstein, geb. von Adelsheim.

449,7 *ein Gedicht:* vermutlich das Sonett *An die Königin von Preußen* (SW 1, S. 35), das Kleist der Königin Louise an ihrem Geburtstag (10. 3.) überreichte.

449,10 *ein Stück: Prinz Friedrich von Homburg.*

449,12 *Privattheater des Prinzen Radziwil:* Das Stück wurde dort nicht gespielt; die Uraufführung fand erst am 3. 10. 1821 am Wiener Burgtheater statt.

449,13 f. *wenn es gedruckt ist:* Kleist erlebte den Druck des Dramas nicht mehr; es wurde in den von Ludwig Tieck herausgegebenen *Hinterlassenen Schriften* (1821) erstmals veröffentlicht.

449,16 *Hofcharge:* Dienst- und Ehrenstellung am Hofe.

449,30 *Fritzen:* Kleists Schwester Friederike.

162

450,2 *Schreiben vom 22t Feb. d.:* Der Brief vom 22. 2. 1810 ist nicht erhalten.

450,6 *einen anderen Verleger:* vgl. den Brief an Georg Andreas Reimer vom 10. 8. 1810 (Br. 170).

163

450,16 *Pränumerationsscheine:* Vorauszahlungsscheine, die Kleist von Schlotheim erhalten hatte (vgl. Anm. zu 447,23). Reuter wurde über diesen Vorgang von Schlotheim am 18. 2. 1810 in Kenntnis gesetzt (vgl. LS 349a).

164

451,7 *in Ihrer Schuld:* Reuter gab vor, daß ihm zwei Steinplatten nicht bezahlt worden seien, woraufhin Schlotheim ihm mit seinem Schreiben vom 25.4. zugestand, diese Schuld von der Pränumeration abzuziehen (vgl. LS 349b).

165

Textvergleich mit einer Photokopie von Hs. (Universitätsbibliothek Leipzig, Sammlung Nebauer).

451,25 *Band von Erzählungen:* Der erste der beiden Erzählungsbände, der Ende September 1810 erschien; er enthielt *Michael Kohlhaas*, *Die Marquise von O ...* und *Das Erdbeben in Chili.*
451,25 f. *à dato:* (lat.) vom Tag der Ausstellung an.

166

452,3 *einen Brief:* Schlotheims Schreiben vom 25.4. (vgl. Anm. zu 451,7).

167

452,10 *repandirt:* von frz. *se répandre* ›sich zeigen, ausbreiten‹; hier: viel in Gesellschaft gehen.
452,16 *d. 16ᵗ ⟨Mai 1810⟩:* so auch schon MP 2; das Schreiben trägt den Vermerk Varnhagens: »Von Heinrich von Kleist an Rahel« und »1810?«. Zur Datierung vgl. auch SWB 4, S. 972, und KM, S. 329.

168

452,18 *Berlin, Mai 1810:* bei MP 2: »2. Hälfte August 1810«. Sembdner, ³1994, S. 174, nimmt dagegen an, daß Kleist »sofort an die nicht allzuviel Zeit erfordernde Überarbeitung des Kohlhaas-Fragments aus dem in seinem Besitz befindlichen *Phöbus* ging, damit Reimer erst einmal etwas in seinen Händen hatte«, und datiert das Schreiben auf Mai 1810.

452,19 *Lieber Herr Reimer:* Der Name ist wegradiert. Das gleiche gilt für Br. 170, 174, 210 und 215 (vgl. MP 1, S. 483).

452,25 *Persiles:* nach Miguel de Cervantes' Roman *Los trabajos de Persiles y Sigismunda* (1617), der 1808 bei Reimer in der Übersetzung von Franz Theremin unter dem Titel *Die Drangsale des Persiles und der Sigismunda* erschien.

452,26 *Moralische Erzählungen:* Der definitive Titel lautet: *Erzählungen. Von Heinrich von Kleist.*

169

Textvergleich mit Faks: Friedrich Vogt / Max Koch, *Geschichte der Deutschen Literatur von den ältesten Zeiten bis zur Gegenwart*, 5. Aufl., neubearb. und erw. von Willi Koch, Bd. 2, Leipzig 1934, nach S. 288.

453,2 *Frühjahr 1810:* Aufgrund von Form- und Stilähnlichkeiten mit Br. 226 datiert Sembdner den Brief, wie auch das Schreiben an Rahel Levin (Br. 167), auf den Oktober 1811. Für das Frühjahr 1810 ist jedoch Kleists Verkehr im Hause des Buchhändlers Sander bezeugt (vgl. LS 359), so daß die Datierung von MP 2 beibehalten wird.

170

453,17 *zum Druck: Das Käthchen von Heilbronn* erschien wie die *Erzählungen* zur Leipziger Herbstmesse Ende September 1810.

453,18 f. *Vermählungsfeierlichkeiten:* Die Feierlichkeiten der Vermählung Napoleons mit Marie Louise von Österreich (1791–1847) fielen auf den 2. 4. 1810; allerdings hatte er, vertreten durch Alexandre Berthier (vgl. Anm. zu 384,8 f.), die Erzherzogin bereits am 11. 3. 1810 in Wien geheiratet (vgl. SWB 4, S. 974).

453,20 *häufig ... wiederholt worden:* am 24. und 27. 3.

453,21 f. *aus der Nürnberger Zeitung:* nicht ermittelt.

453,23 *der Moniteur:* die Pariser Zeitung *Gazette Nationale ou Le Moniteur Universel* vom 2. 5. 1810 (vgl. LS 356 und KM, S. 336).

453,24 f. *inliegenden Artikel:* aus der *Vossischen Zeitung* vom 12. 4. 1810 (vgl. LS 354a).

171

454,5 *Stück:* in MP 2 nachfolgend kein Komma; verbessert nach SWB 4.
454,6 *durch HE. Hofrath Römer:* Iffland hatte das Stück von Römer nicht erhalten (vgl. Ifflands Brief an Kleist vom 13. 8. 1810 [Br. X]).

172

Textvergleich mit SW 2, S. 837; Sembdner wurde durch den Besitzer von Hs. über abweichende Lesungen unterrichtet. – Der obere Teil des Folioblattes fehlt. Möglicherweise standen die Zeilen auf dem Titelblatt des *Käthchen*-Manuskripts.

454,20 *11. August:* Der Brief liegt auf jeden Fall nach dem vorherigen Brief an Iffland. Da der Montag auf den 13. 8. fiel, dürfte es wenig wahrscheinlich sein, daß Kleist das Manuskript sonntags schickte und am folgenden Tag eine Antwort von Reimer erwartete.
454,21 *p. p.:* vgl. Anm. zu 155,2.
454,25 *Honorar:* Am 16. 8. wurden Kleist von den insgesamt 75 Talern 22 Taler, 16 Groschen vorschußweise ausgezahlt (vgl. LS 367).

173

455,8–11 *Es thut mir Leid ... gefallen haben:* Kleists Anspielung auf Ifflands homosexuelle Neigungen geriet bald schon in die Öffentlichkeit und wurde Gegenstand des Gesellschaftsklatsches (vgl. LS 365a und 415 sowie Ifflands Antwortschreiben [Br. X]); zu seiner nachfolgenden kritischen Auseinandersetzung mit dem Berliner Theaterdirektor vgl. Anm. zu 405,20.

174

455,20 *Erinnerungen:* Überarbeitungsvorschläge zum *Käthchen von Heilbronn* (vgl. Br. 178).
455,22 *1810:* Kleist schreibt versehentlich 1801.

175

455,24 f. *Honorar:* Über Kleists geschäftliche Beziehungen zu Sander ist nichts bekannt; nach Sembdner war das Billet eigentlich für Reimer bestimmt (vgl. SW 2, S. 1003).

176

456,6 *16. August 1810:* Bei MP 2 »12t August«; nach Kreutzer, 1968, S. 176, dürfte der Brief spätestens am 16. 8. geschrieben worden sein, da Kleist an diesem Tage von Reimer den ersten Vorschuß auf das *Käthchen von Heilbronn* erhielt (vgl. Anm. zu 454,25); Sembdner datiert dagegen das Schreiben auf den 5. 9. (vgl. SW 2, S. 838).

456,8 *die Erzählung: Das Erdbeben in Chili*; Kleist fand die Erzählung schließlich doch (vgl. Br. 178).

456,16 f. *so bin ich ... zufrieden:* vgl. Anm. zu 454,25.

456,17 f. *für diese Messe:* vgl. Anm. zu 453,17.

177

Hauptteil des Briefs nach Faks.: Stargardt-Katalog 626 (1982) S. 55; Textschluß nach E: Perels, 1988/89, S. 441. – Mit Genehmigung von Christoph Perels, Frankfurt am Main. – Vgl. auch: *Heinrich von Kleist an Friedrich de la Motte Fouqué 1810*, hrsg. von Hans Joachim Kreutzer, veröffentl. von der Heinrich-von-Kleist-Gesellschaft und der Staatsbibliothek Preußischer Kulturbesitz, Berlin 1983.

456,22 *Ihr Erndtelied und Ihr Gespräch im Hausfreund:* Fouqués *Brandenburgisches Erntelied* (*Vossische Zeitung*, 18. 8. 1810) und sein *Gespräch über den 19. Julius des Jahres 1810* (*Berlin oder der Preußische Hausfreund*, Nr. 69, 28. 8. 1810). Zu Fouqués Reaktion auf Kleists Brief vgl. LS 410.

456,25 *Tod der Königinn:* Königin Louise von Preußen starb am 19. 7. 1810.

456,26 *was Müller geschrieben hat:* Adam Müllers Schrift *Zum Gedächtnis der verewigten Königin von Preußen*.

457,1 *meine Abendblätter:* Kleists *Berliner Abendblätter*, die eigentlich erste Berliner Tageszeitung, erschienen täglich außer sonntags und wurden von Eduard Hitzig verlegt (vgl. Kleists Erklärungen in SW 2, S. 451 f.).

457,4 *Robert:* Ludwig Robert, Rahel Levins Bruder.

457,6 *ein Paar Aufsätzen:* Nach BA (1959) S. 27*, beteiligte sich Fouqué mit insgesamt acht Beiträgen; man nahm sogar an, daß »er und Kleist die Redakteurs« der neuen Tageszeitung seien (LS 413).

457,11 *Ihrer theuren Frau:* Caroline Fouqué.

457,12 *[und er]freuen:* zur Textergänzung vgl. Perels, 1988/89, S. 443.

178

457,20 *Morgenblatt:* Cottas *Morgenblatt*, das die Erzählung *Das Erdbeben in Chili* enthielt (vgl. Br. 179).

179

Textvergleich mit Faks.: Henrici-Katalog XLIII (1918) S. 93.

457,28 *Seydel:* Ob es sich, wie Sembdner vermutet (vgl. SW 2, S. 1004), um den Musikdirektor am Königlichen Theater, Friedrich Ludwig Seidel, handelt, ist nicht gesichert.

458,1 f. *in usum Delphini:* (lat.) zum Gebrauch für den Dauphin (Thronfolger); auf Veranlassung König Ludwigs XIV. wurden die der Erziehung seines Sohnes dienenden klassischen Werke von anstößigen Stellen gereinigt; sie trugen diesen Aufdruck.

180

Textwiedergabe nach Faks.: Sembdner, 1994. – Mit Genehmigung des Kleist-Archivs Sembdner der Stadtbücherei Heilbronn. – Der Brief trägt den Vermerk: »zu verabfolgen. Hitzig«.

458,5 *Pequillhen:* Ernst Friedrich Peguilhen.

181

458,10 *Machen Sie doch den Brentano wieder gut:* Kleist hatte den von Brentano unter Mitwirkung von Achim von Arnim verfaßten Aufsatz *Verschiedene Empfindungen von einer Seelandschaft von Friedrich, worauf ein Kapuziner* für BA (vgl. *Empfindungen vor Friedrichs Seelandschaft*, SW 2, S. 327 f.) überarbeitet und damit Brentanos Unwillen erregt. Kleist reagierte daraufhin mit einer Erklärung, die in BA vom 22. 10. 1810 veröffentlicht wurde (vgl. SW 2, S. 454 f.).

458,16 *Einer Ihrer Aufsätze:* Arnim gehörte zu den regelmäßigen Beiträgern der BA. Vgl. das Autorenverzeichnis in BA (1959) S. 26*.

459,3 *die Composition:* Nach Steig, 1901, S. 432, hat Bettine Brentano Kleists Ode *An den König von Preußen* (SW 1, S. 32 f.) vertonen wollen; Sembdner dagegen (SW 2, S. 1004) geht von einem unbekannten späteren Gedicht aus.

182

459,13 *die beiden Artikel:* die einen Soldaten »vom ehemaligen Regiment Lichnowsky« betreffende Anekdote *Der Branntweinsäufer und die Berliner Glocken* und die *Anekdote aus dem letzten Kriege* (vgl. SW 2, S. 267 f.).

459,14 *Vorstellungen machen:* Redewendung: »jemandem sein vergehn vorstellen« (DWB 26, Sp. 1684).

459,17 f. *für alle Stände des Volks:* vgl. auch Kleists Erklärung vom 25. 10. 1810 (SW 2, S. 454).

459,19 f. *Beobachter an der Spree:* die von Kleist als Quelle für seine Anekdoten benutzte Wochenschrift.

459,22 f. *überlesen:* hier: »vom anfang bis zum ende lesen, durchlesen« (DWB 23, Sp. 393).

459,25 *bei Jena:* vgl. Anm. zu 372,3.

459,29 *in Erz gegraben:* so auch im Untertitel der Anekdote *Franzosen-Billigkeit* (SW 2, S. 262).

183

Bei MP 2 fehlt die Nachschrift; auch sonst weist der Abdruck zahlreiche Abweichungen auf. Textvergleich mit einer Photokopie von Hs. (DLA).

460,7 f. *Über die neueste Lage von Großbrittannien:* Mit dem anonym zugesandten, aber von der Zensur nicht genehmigten Artikel (vgl. Kleists Anzeige vom 24. 11.; SW 2, S. 456) reagierte Ompteda auf den am 20. 11. in BA anonym veröffentlichten Aufsatz *Über die gegenwärtige Lage von Großbrittanien.* Vgl. dazu auch Omptedas Antwortschreiben vom 28. 11. 1810 (Br. XII).
460,15 *sein erhabener Schluß:* ein Vergleich Georgs III. mit Shakespeares König Lear (vgl. Ompteda, 1869, S. 18).

184

Textvergleich mit einer Photokopie von Hs. (SBB, Autograph I/ 1356).

461,3 f. *Ihr gefälliges Schreiben:* nicht erhalten.
461,5 *Bemerkungen:* In BA waren am 30. 11. und 1. 12. 1810 *Bemerkungen über das erste Fragment eines Zuschauers am Tage* erschienen, in denen sich ein anonymer Verfasser kritisch mit Omptedas erstem Teil seiner *Fragmente aus den Papieren eines Zuschauers am Tage* (BA, 2. 11. 1810) auseinandersetzte.
461,16 *Fragment:* wurde in BA nicht gedruckt.

185

461,28 *Eröffnungen:* Infolge der an Gruners Vorgesetzten, Johann August Sack (1764–1831), ergangenen königlichen Kabinettsorder, daß die BA »der strengsten Zensur« zu unterwerfen seien (LS 426), kam es vermutlich Ende November zwischen Gruner und Kleist zu Verhandlungen über die Zensurangelegenheiten, die Kleist dazu bewegen sollten, die BA zweckmäßiger und im Sinne der Staatskanzlei zu redigieren (vgl. Grathoff, 1972, S. 130). Zu diesen Maßregelungen kam es im wesentlichen durch Adam Müllers Artikel *Vom Nationalcredit* (BA, 16. 11. 1810), der nicht nur der Regierung, sondern auch dem König zum Ärgernis geworden war, weil er unverhohlen die preußische Finanzreform und das Steuer- und Finanzedikt vom 27. 10. 1810 kritisiert hatte (vgl. LS 426a–c).

461,32 *Institut:* hier: Unternehmung.

462,5 *eingereichten Vorschläge:* Ein entsprechendes Schreiben an Gruner, das vom 8. 12. 1810 stammen soll, erwähnte Kleist in seinem Brief an Friedrich Wilhelm III. vom 17. 6. 1811 (vgl. Br. 214).

462,25 *Maasregeln:* die Finanzreform, die Aufhebung der Erbuntertänigkeit und des Zunftzwanges mit eingeschränkter Gewerbefreiheit.

462,32 *Ankündigung:* Sie wurde in der hier abgedruckten Form nicht genehmigt; eine überarbeitete Fassung erschien zunächst im *Freimüthigen* und dann in BA (20. und 22. 12. 1810; vgl. SW 2, S. 457 f.). Nach dem erfolgreichen Einspruch der *Vossischen Zeitung* und *Spenerschen Zeitung* (vgl. LS 448) mußte die Ankündigung allerdings nochmals abgeändert werden. In der dritten Fassung wurde sie in beiden privilegierten Berliner Blättern am 1. bzw. am 3. 1. 1811 veröffentlicht (vgl. SW 2, S. 458).

463,8 *Pränumerationen:* vgl. Anm. zu 450,16.

463,9 *Expedition:* hier: Anzeigenabteilung.

186

Textvergleich mit Faks.: Häker, 1995, S. 4 f.

463,15 *das Honorar:* Auf das Gesamthonorar von 56 Talern, 12 Groschen erhielt Kleist am 16. 12. 1810 einen Abschlag von 11 Talern, 12 Groschen (vgl. LS 494).

463,16 f. *Lage meines Abendblatts:* vgl. Anm. zu 461,28.

463,19 f. *Zeitungsbülletin:* die (in BA veröffentlichten) amtlichen Tagesberichte.

463,21 *an den König:* Kleist realisierte sein Vorhaben erst, nachdem die BA eingestellt worden waren (vgl. Br. 214).

463,23 *Der Brief:* Um welchen Brief es sich handelt, ist nicht bekannt.

187

463,29 *Sr. Excellenz:* Hardenberg.
463,29 f. *im Verlauf ... Gnade:* ursprünglich: »die, in diesem Augenblick, in der That unerwartete« (MP 1, S. 485).
464,1 *Privatempfehlung:* Mit seiner Empfehlung, die tags darauf an die genannten Minister erging (vgl. LS 445 b), reagierte Hardenberg auf Kleists Drohung, die BA im Ausland verlegen zu lassen (vgl. Br. 209).
464,4 *anzugeloben:* zu versprechen.
464,6 *resp.:* respektiv; hier: entsprechend.

188

465,4 *in Ihrem letzten Schreiben:* ebensowenig überliefert wie das zuvor genannte Schreiben an Gruner.
465,6 *Strenge:* Raumer kommentierte im Erstdruck dieses Briefes: »Die Strenge rührte von der Königl. Kabinetsordre ⟨vom 18. 11.; vgl. LS 426⟩ her« (MP 1, S. 486).
465,10 f. *folgenden ... Aufsatz:* der (titellose) Artikel über das Luxussteueredikt vom 28. 10. 1810, der am 20. 12. in BA erschien (vgl. SW 2, S. 400–402).
465,20 f. *mit Dero ... Aufsätzen:* Von Raumer sind in BA keine Arbeiten erschienen.
465,29 *der Aufsatz:* vermutlich das kanzlerfreundliche *Schreiben aus Berlin* von Adam Müller, das die BA am 17. 12. 1810 veröffentlichten.
466,3 *originaliter:* im Original.
466,9 *Wissenschafft:* hier: Kunde, Kenntnis (vgl. den Beleg in DWB 30, Sp. 783).

189

466,18 f. *die Aufnahme politischer Artikel ... nicht zuzulassen:* vgl. LS 423 und 449a.

190

Textwiedergabe nach Faks.: Stargardt-Katalog 617 (1979) S. 69.

467,8 *um 1 Käthchen:* Das Exemplar wurde Kleist am 18. 12. 1810 zugestellt (vgl. LS 367).
Velinpap.: vgl. Anm. zu 414,27.

191

467,14 *Bedingungen:* Kleist nahm das Angebot Römers nicht an, sondern wechselte zum Verleger des *Freimüthigen*, August Kuhn, nachdem Hitzig aufgrund der sinkenden Nachfrage nicht mehr bereit war, die BA zu verlegen (vgl. LS 450–455c und SW 2, S. 459 f.). Bei Kuhn erschienen sie erstmals am 24. 12. 1810.
467,15 *dem Stipulirten:* der vertraglichen Abmachung.
467,21 *ein 20 oder 30 Rth.:* noch zu Kleists Zeit gebräuchliche Funktion des unbestimmten Artikels vor Zahlen, um die »ungefähre annäherung an die gemeinte zahl oder erreichung derselben« auszudrücken (DWB 3, Sp. 137).

192

Textwiedergabe nach E: Kreutzer (1988) S. 12. – Mit Genehmigung von Hans Joachim Kreutzer, Regensburg.

468,2 *⟨Berlin, Winter 1810/11⟩:* Aufgrund des mit Br. 216 vergleichbaren Papierformats und Duktus dieses Billets datiert Sembdner es auf den 27. 7. 1811 (vgl. SW 2, S. 1066). Dafür spreche auch der Nachsatz, der sich auf die erbetene Auskunft über den *Prinzen von Homburg* vom 26. 7. 1811 beziehe. Kleist äußerte in seinen Billets an Reimer allerdings immer wieder Bitten und Wünsche, so daß sich daraus kein zureichender Beweis ableiten läßt. Insofern wird dem Datierungsvorschlag Kreutzers gefolgt, der das Billet in Verbindung mit der Veröffentlichung des erbetenen Werkes sieht. Vgl. Kreutzer, 1990, S. 155 f.
468,4 f. *Riepenh. Gesch. d. Mahlerei:* die aufwendig geplante und 1810 bei Cotta veröffentlichte *Geschichte der Mahlerei in Italien*

nach ihrer Entwicklung, Ausbildung und Vollendung von Franz und Johannes Riepenhausen, von der jedoch nur zwei Hefte erschienen.

193

468,21 f. *Übernahme des Theaterartikels:* Diese kam nach dem Verbot der Theaterkritik, das infolge des Berliner Theaterskandals am 27. 11. 1810 über BA verhängt wurde, nicht zustande. Ursache hierfür war Kleists angebliche Teilnahme an den Störaktionen, die an diesem Tag eine Aufführung des Singspiels *Die Schweizerfamilie* verhinderten (vgl. LS 436a–d).
468,25 *verhaftet:* hier: verpflichtet, verbunden (vgl. DWB 25, Sp. 504 f.).

194

469,2 *2 Ex. meiner Erzählungen:* Sie wurden Kleist am 14. 1. 1811 zugesandt (vgl. LS 367).

195

Textwiedergabe nach Faks.: Stargardt-Katalog 549 (1960) S. 49.

469,7 *Rest des Honorars:* Noch am selben Tag zahlte Reimer die noch ausstehenden 20 Taler des sich auf 56 Taler, 12 Groschen belaufenden Gesamthonorars (vgl. LS 494).

196

Textwiedergabe nach Faks.: Stargardt-Katalog 541 (1959) S. 16.

469,14 *9. oder 10. Februar 1811:* Vom *Zerbrochnen Krug*, der Anfang Februar 1811 erschienen war, erhielt Kleist am 11. des Monats vier Exemplare (vgl. LS 494). In der Regel reagierte Reimer umgehend auf Kleists Wünsche, so daß das Billet auf den 9. oder 10. Februar zu datieren ist.

197

Textvergleich mit einer Photokopie von Hs. (GStA PK, I. HA Rep. 74 Staatskanzleramt, J X, Nr. 2, Bl. 6).

469,23 *halb-ministerielles Blatt:* vgl. Kleists Definition in Br. 200.
470,2 *Buchhändler:* August Kuhn.
470,10 *Geldvergütigung:* Das in Kleists Korrespondenz mit Hardenberg und Raumer (vgl. Raumers und Hardenbergs Schreiben vom 12. 12. 1810 [Br. XIII] und 18. 2. 1811 [Br. XV] sowie Br. 209) häufig wiederkehrende Problem der Geldvergütung läßt durchaus den Schluß zu, man habe Kleist, um ihn zu einer staatstreuen Berichterstattung zu bewegen, bestechen wollen (vgl. Grathoff, 1972, S. 133).

198

Textwiedergabe nach Faks.: Schweitzer, 1961/62, S. 12.

470,29 *einen zweiten Band Erzählungen:* erschien im August 1811.
470,33 *praenumerando:* (lat.) im voraus; auf das Kleist angebotene und schließlich erhaltene Honorar (100 Taler) erhielt er am 12. 2. einen Vorschuß von 11 Talern, 12 Groschen (vgl. LS 501).
471,1 f. *einige Erzählungen:* In BA waren bereits *Das Bettelweib von Locarno* (11. 10. 1810) und *Die heilige Cäcilie* (15.–17. 11. 1810) erschienen. Möglicherweise dachte Kleist ferner an *Die Verlobung in St. Domingo*, die bald schon in August Kuhns *Freimüthigem* (25. 3.–5. 4. 1811) veröffentlicht werden sollte.

199

471,17 *Aufhören des Blattes:* Der nachfolgende Nebensatz fehlt in der Kopie, die Kleist Br. 200 beifügte; im übrigen stellten die BA mit dem 30. 3. 1811 ihr Erscheinen ein (vgl. SW 2, S. 460).
471,20 *im Ausland:* Eine ähnliche Drohung sprach Kleist in der Anzeige aus, mit der er das Ende der BA ankündigte (vgl. SW 2, S. 460).

200

Textvergleich mit einer Photokopie von Hs. (GStA PK, I. HA Rep. 74 Staatskanzleramt, J X, Nr. 2, Bl. 8/9).

472,4 f. *vom 18t d.:* vom 18. 2.
472,23 *das Versehen:* vgl. Anm. zu 461,28.
472,30 *Prostitution:* hier: Bloßstellung, Entehrung (so auch im *Zerbrochnen Krug*, V. 1852).

201

473,5 f. *Sie ferner nicht ... zu Rathe zu ziehen:* Raumers Anmerkung: »Hierfür und für die ganze Forderung wies ihn der Kanzler ernstlich zurecht.« (MP 1, S. 486).
473,15 *Billett:* vom 21. 2. 1811.
473,21 *Satisfaction:* (lat.) Genugtuung; hier: Duell.

202

473,29 *Billet:* Kleist bezieht sich auf Raumers Schreiben vom 22. 2. 1811 (Br. XVII).

203

Textvergleich mit einer Photokopie von Hs. (GStA PK, I. HA Rep. 74 Staatskanzleramt, J X, Nr. 2, Bl. 12).

204

Textvergleich mit Faks.: Hoffmann, 1927, S. 322 f.

475,6 *vom 11t v. M.:* vom 11. 3. 1811.
475,8 *Gesuch:* vgl. dazu Hardenbergs Reaktion in Br. XXI.
475,11 *churmärkischen Amtsblatts:* Das *Kurmärkische Amtsblatt* erschien erstmals am 19. 4. 1811.
475,13 f. *Cabinets-Schreiben Sr. Maj. des Königs:* vgl. Br. II.

475,20 *bei der Königsbergischen Kammer:* zu Kleists Königsberger Zeit vgl. Br. 86ff.
475,22f. *Ausbruch des Krieges:* der preußisch-französische Krieg im Oktober 1806.

205

476,6f. *inliegendes Schreiben:* Br. 204.
476,15 *des großen Verlustes:* durch die Einstellung der BA.

206

476,24 *22. oder 23. April:* bei MP 2: »kurz vor dem 23. April 1811«. Der Brief dürfte frühestens am Tag vor der Aufführung (vgl. Anm. zu 476,27) verfaßt worden sein.
476,27 *Vorbereitungen:* auf die pantomimische Darstellung der *Penthesilea* im Konzertsaal des Berliner Nationaltheaters am 23.4.1811 (vgl. LS 489a–490b).
476,30 *Spur im Sande:* vgl. auch *Amphitryon*, V. 2013 und 2103.

207

477,3 *Nennhausen:* Ort östl. von Rathenow; dort lag das Fouquésche Gut.
477,8 *Ober- und Unterbaum:* Wassersperren am Berliner Ein- und Ausgang der Spree.
477,29 *Pettschafft:* Siegel.
477,31 *Punier:* Die Bewohner der von den Römern 146 v. Chr. zerstörten Stadt Karthago galten als verschlagen und treulos; vgl. auch *Die Hermannsschlacht*, V. 2098.
477,32 *eine Erklärung:* vermutlich Hardenbergs Schreiben vom 26.2.1811 (Br. XIX).
478,1 *Müllers Buch:* Adam Müllers *Die Elemente der Staatskunst* (vgl. Anm. zu 433,29), das Fouqué zu rezensieren beabsichtigte.
478,8 *Frh.:* Minde-Pouet verbesserte seine ursprüngliche Lesung »Frh.« (MP 1, S. 418) in MP 2 zu »Frl.«; es handelt sich aber nachweislich nicht um Cäcilie, sondern um deren Onkel Friedrich von Luck (vgl. KM, S. 552).

478,10f. *wie eine Wurzel den Felsen, sprengen können:* mehrfach von Müller gebrauchtes Bild (vgl. KM, S. 554), unter anderem in *Die Elemente der Staatskunst*: »Keinem Eroberer vermögen diese einseitigen Staaten zu widerstehen; denn jene organische allseitige Macht, mit der die Pflanze den Felsen sprengt, fehlt ihnen« (Bd. 1, 10. Vorlesung).

478,11f. *par explosion:* (frz.) durch Explosion.

478,15 *Umringung:* Umgebung; vgl. auch *Der Findling* (SW 2, S. 207); in dieser Bedeutung als einziger Beleg im DWB (23, Sp. 1046) angeführt.

478,20 *das Inliegende:* ein Exemplar des *Zerbrochnen Krugs* (vgl. dazu Fouqués Mitteilung an Varnhagen vom 2. 5. 1811; LS 495).

478,23f. *nach dem Tenier:* zum flämischen Genremaler David Teniers vgl. auch *Über das Marionettentheater* (SW 2, S. 339).

208

478,31 *Einladung:* Nach Sembdner (SW 2, S. 1028) könnte es sich um einen Besuch bei Marie von Kleist in Sacrow (bei Cottbus) gehandelt haben.

479,2 *vortreffliche Darstellung der Penthesilea:* vgl. Anm. zu 476,27.

479,6f. *Ihre Recension des Ifflandschen Almanachs:* Ifflands *Almanach für Theater und Theaterfreunde* (1806–11); die Rezension ist unbekannt.

479,11 *Iliade:* Homers Epos *Ilias*; ob es sich um Popes Übersetzung *The Iliad of Homer* handelt (vgl. Anm. zu 356,3), ist ungewiß.

209

479,26f. *Wahrnehmung:* hier: Anhörung.

480,3f. *ein ... Aufsatz:* vgl. Anm. zu 461,28.

480,7 *Censurgesetz:* hier die gegen die Abendblätter eingeleiteten Zensurmaßnahmen (vgl. Anm. zu 461,28).

480,12 *mit Geld unterstützen:* vgl. Anm. zu 470,10.

481,8 *höflichen Schreiben:* Raumers Brief vom 12. 12. 1810 (Br. XIII).

481,15 *Maasregeln:* die Aufnahme aller politischen Nachrichten in BA zu verbieten (vgl. Anm. zu 525,29f.).

481,23 *ganz unerwarteten Wendung:* im Rahmen der Audienz bei Hardenberg am 13. 12. 1810 (vgl. Br. 187).

481,27 *resp.:* vgl. Anm. zu 464,6.
Departementer: Ministerien, Abteilungen.

481,30 *Pr. Cour:* Preußisch Kurant; Münze, deren Wert ihrem Material entspricht.

482,3 *Insertion:* Veröffentlichung (einer Anzeige); vermutlich die Erklärung zur Studentenschlägerei (vgl. Anm. zu 527,7).

482,8 f. *die officiellen Beiträge blieben ... aus:* ungeachtet der Empfehlung Hardenbergs (vgl. Anm. zu 464,1).

482,27 *strenges Schreiben:* vom 18. 2. 1811 (Br. XV).

483,2 *sie:* verbessert nach SWB 4; MP 2: »Sie«.

483,9 f. *Antwortschreiben HE. v. Raumers:* vom 22. 2. 1811 (Br. XVII).

483,12 *mein Gesuch:* vgl. Br. 202.

483,14 f. *schickte ... Pistor ins Haus:* Den *Lebenserinnerungen* Raumers zufolge soll Kleist in Anwesenheit Pistors geweint und geklagt haben, »er sei *zu allem induziert worden*« (LS 483).

483,20 f. *Schreiben von Sr. Excellenz:* Offensichtlich meint Kleist Hardenbergs Schreiben vom 18. 4. 1811 (Br. XXI).

483,29–484,2 *Gleichwohl ... unterwerfen würde:* vgl. Br. 204 und Hardenbergs Antwortschreiben vom 18. 4. 1811 (Br. XXI).

484,14 f. *Wartegeld:* vorläufige finanzielle Zuwendung, »als anwartschaft auf spätere feste stellung« (DWB 27, Sp. 2123; mit Kleist-Beleg).

484,19 *der verewigten Königinn:* Königin Louise war am 19. 7. 1810 gestorben.

484,20 *eine Pension:* Da die von Marie von Kleist ausgehändigte Pension nicht auf der Pensionsliste stand, erkundigte sich Hardenberg bei Kabinettssekretär Niethe über die Herkunft der Unterstützung, nachdem er von Kleist gebeten worden war, sich für ihn um die Fortsetzung der Zahlung zu verwenden. Die Recherche mußte freilich negativ ausfallen, weil die Pension nicht von der Königin, sondern von Marie von Kleist stammte (vgl. LS 474 f. und Anm. zu 350,19 f.).

484,23 *Privat-Chatouille:* Schatulle; Gallizismus von ital. *scatola*.

485,1 *Lieferung eines tüchtigen Werks:* Es dürfte sich um das Drama *Prinz Friedrich von Homburg* handeln. Prinz Wilhelm erhielt es am 3. 9. 1811 von Marie von Kleist in einer Abschrift, die eine Widmung für seine Gattin Amalie Maria Anna trug (vgl. LS 506).

210

485,8 *31. Mai 1811:* bei MP 2: »Ende Mai 1811«; das Exemplar des *Zerbrochnen Krugs* wurde Kleist am 1.6.1806 zugesandt (vgl. LS 494).

485,10 *zerbrochenen:* verbessert nach SWB 4; MP 2: »zerbrochnen«.
Velin: vgl. Anm. zu 414,27.

211

Textwiedergabe nach Transkription und Faks.: Staengle, 1989, S. 46–49. – © 1989 Stroemfeld Verlag, Holzhausenstr. 4, D-60322 Frankfurt am Main. – Zur Überlieferung vgl. Anm. zu Br. 106, »Textwiedergabe [...]«. – Die Datierung »Mai 1811« folgt MP 2; für sie spricht die inhaltliche Nähe zum Brief an Fouqué vom 25.4.1811 (Br. 207). Vgl. auch SWB 4, S. 1033.

485,18 *Angelegenheit:* nicht eindeutig, worauf Kleist sich bezieht; möglicherweise sind die Entschädigungsforderungen hinsichtlich der BA gemeint (vgl. Anm. zu 487,15 f.), vielleicht aber auch Kleists Auseinandersetzung mit dem ehemaligen Verleger der BA, Julius Eduard Hitzig (vgl. LS 493a).

485,27–486,2 *Das Urtheil ... beweinen mogte:* Diese Äußerung Kleists hat die bislang nicht verifizierte Spekulation genährt, daß neben dem *Phöbus*-Fragment und dem Erstdruck eine Urfassung des *Käthchen von Heilbronn* bestanden haben müsse (vgl. Kreutzer, 1968, S. 168–176).

212

Textwiedergabe nach Transkription und Faks.: Staengle, 1989, S. 58–61. – © 1989 Stroemfeld Verlag, Holzhausenstr. 4, D-60322 Frankfurt am Main. – Zur Überlieferung und Datierung vgl. Anm. zu Br. 106, »Textwiedergabe [...]«, und Br. 211, »Textwiedergabe [...]«.

486,20 f. *die algebraische Formel:* In der Auffassung von der Musik als algebraischer Formel bezeugt sich die Nähe zur Gedankenwelt der Romantik, etwa zu Novalis und Wackenroder. Vgl. Dahlhaus, S. 13–24.

486,21–24 *einen Dichter ... auf Farben bezogen:* Goethe und dessen 1810 erschienene *Farbenlehre.*
486,27 *Generalbaß:* »eig. die notierte baszstimme die zugleich den gang der harmonie des ganzen andeutet, daher dann als inbegriff der regeln der harmonielehre überhaupt« (DWB 5, Sp. 3382); zur historischen Bedeutung und Einordnung des Begriffs vgl. Dahlhaus, S. 13–24.

213

487,5 f. *beifolgendes ... Werk:* das von Reimer erhaltene Exemplar des *Zerbrochnen Krugs* (vgl. Anm. zu 485,8); das Lustspiel war jedoch bereits Anfang Februar erschienen.
487,12 *Melpomene:* Muse der Tragödie; Thalia ist die Muse der Komödie.
487,15 f. *Gesuch um Entschädigung:* vgl. Br. 197, 200 und 203.
487,27 *ein Geldanerbieten:* vgl. Anm. zu 470,10.
487,35 *vom 26ᵗ Februar d. J.:* vom 26. 2. 1811.
488,13 *Wartegeld:* vgl. Anm. zu 484,14 f.
488,19 *Antwort:* Vermutlich antwortete Hardenberg nicht (vgl. SWB 4, S. 1041).

214

Das Schreiben ist mit Randbemerkungen versehen, die vermutlich von Raumer stammen.

488,33–489,1 *eines ... Aufsatzes:* vgl. Anm. zu 461,28.
489,2 *den damaligen Präsidenten der Polizei:* Gruner war im Februar zum Geheimen Staatsrat und Leiter der politischen Polizei für ganz Preußen ernannt worden (vgl. SWB 4, S. 1043).
489,3 f. *durch ... Raumer:* Raumers Kommentar: »ist nicht wahr« (MP 1, S. 487).
489,17 *vom 8ᵗ Dec. v. J.:* Briefe an Gruner sind nicht überliefert; in dem Schreiben an Hardenberg vom 3. 12. 1810 (Br. 185) sprach Kleist bereits von Vorschlägen, die er Gruner unterbreitet habe (vgl. Anm. zu 462,5).
489,23 *da Sr. Excellenz ... versprachen:* vgl. Anm. zu 481,23.
489,27 f. *zur Prüfung ... von Raumer:* »am Rande eine Fragezeichen und Notiz: ›falsch‹« (MP 1, S. 487).

490,10 *Überlästigen:* ursprünglich gebräuchlich für: lästig (vgl. DWB 23, Sp. 369).
490,13 *Schreiben vom 18t Aprill:* Br. XXI.
490,32 *Pension:* vgl. Anm. zu 484,20.

215

491,7 *ein Drama: Prinz Friedrich von Homburg* wurde erst 1821 in den von Ludwig Tieck herausgegebenen *Hinterlassenen Schriften* veröffentlicht.

216

491,15 *26. Juli 1811:* bei MP 2: »kurz vor dem 27. Juli 1811«; Reimer lieferte die erbetenen Exemplare am 27. 7. 1811 (vgl. LS 367).
491,20 *Prinzen:* in MP 2 »Prinz«; verbessert nach SWB 4.

217

Textvergleich mit Wilhelm Herzogs Transkription von Hs. (nicht überliefert): Euphorion 16 (1909) S. 182.

492,2 *Ende Juli 1811:* Da Kleist in seinem Brief nochmals auf den *Prinz von Homburg* (vgl. Anm. zu 491,7) zu sprechen kommt, muß dieser wenige Tage nach Br. 215 geschrieben worden sein.
492,7 *der Princeß Wilhelm zu dediciren:* der Prinzessin Amalia Maria Anna zu widmen (vgl. Anm. zu 485,1).
492,8 *Roman:* Über den verschollenen Roman hieß es noch 1816 in einem Brief Ferdinand Grimms an seine Brüder Jacob und Wilhelm: »Ich hoffe, daß auch ein Roman von Kleist, in zwei Bänden vollendet, dem Druck bald übergeben wird, von dem ich zwar bis heute noch nichts erblickt habe, der aber auch sehr gut sein soll« (NR 130a).
492,12 *für diesen Preis:* Für seinen zweiten Erzählungsband bekam Kleist ein Honorar von 100 Talern (vgl. LS 501).

218

Textwiedergabe nach Transkription und Faks.: Staengle, 1989, S. 56–59. – © 1989 Stroemfeld Verlag, Holzhausenstr. 4, D-60322 Frankfurt am Main. – Zur Überlieferung vgl. Anm. zu Br. 106, »Textwiedergabe [...]«. – Die Datierung des Briefes erfolgt nach MP 2 (vgl. dagegen SWB 4, S. 1047: »Juli/August 1811«). Er muß zumindest einige Zeit nach der Abreise Adam Müllers und Ludolph Beckedorffs geschrieben worden sein. Beide verließen Berlin Ende Mai.

492,22 *Müllers Abreise:* Adam Müller ging Ende Mai nach Österreich.

493,1 *Liebe zu seiner Frau:* Sophie von Haza, die Adam Müller nach ihrer Scheidung 1809 geheiratet hatte (vgl. auch Anm. zu 430,14).

493,10f. *seitdem er verheiratet ist:* Seit dem 11.3.1811 war Arnim mit Bettine Brentano verheiratet; sie wohnten im Gartenhaus des gräflichen Vossischen Palais, Wilhelmstr. 78.

493,14 *Acharnement:* (frz.) Wut, Erbitterung; hier: übertriebene Aufregung (vgl. KM, S. 571).

493,17f. *Auch Beckendorf ... ist fort:* um sein Amt als Erzieher des Erbprinzen von Anhalt-Bernburg anzutreten.

219

Textvergleich mit einer Photokopie von Hs. (DLA). Bei MP 2 lautet der Text: »Adam Müller wohnt Wien N. 871 beim Freih. du Beine / H. v. Kleist.« Das Billet wurde von Arnim ins Stammbuch eingeklebt. – Arnim und Bettine reisten am 18.8.1811 nach Weimar und wollten danach Adam Müller in Wien besuchen.

220

493,27 *Louisenstift:* eine nach Louise von Preußen benannte Erziehungsanstalt für Mädchen aus gebildeten Ständen, die am 19.7.1811 eröffnet worden war.

494,4 *freier Station:* vgl. Anm. zu 334,9.

494,5 f. *eine Pension in Frankfurt:* Erst 1819 richtete Ulrike von Kleist dort eine Pension für höhere Töchter ein.
494,8 f. *conveniren:* (lat.) zusagen, gefallen, annehmbar sein.

221

495,3 *das ... Geschenk:* Fouqués *Vaterländische Schauspiele* und die *Kleinen Erzählungen* seiner Frau Caroline (vgl. LS 493b); beide erschienen 1811.
495,6 f. *zweiten Band meiner Erzählungen:* Von Reimer hatte Kleist am 3. 8. sechs Freiexemplare erhalten (vgl. LS 501).
495,12 *Waldemar: Waldemar der Pilger, Markgraf von Brandenburg.*
495,23 *in die Schranken trete:* wetteifern.
495,25 *Nennhausen:* vgl. Anm. zu 477,3.
495,27 *prästabilitirt:* eigentlich *prästabiliert* ›vorausbestimmt‹; der von Gottfried Wilhelm Leibniz geprägte Begriff der prästabilierten Harmonie meint den von Gott im voraus festgelegten harmonischen Zusammenhang von Geist und Seele. An Kleists Äußerung erinnerte sich Fouqué noch in seiner Lebensgeschichte (vgl. LS 515).

222

Textwiedergabe nach Transkription und Faks.: Staengle, 1989, S. 42–47. – © 1989 Stroemfeld Verlag, Holzhausenstr. 4, D-60322 Frankfurt am Main. – Zur Überlieferung vgl. Anm. zu Br. 106, »Textwiedergabe [...]«. – Der Brief nimmt die Einsamkeitsthematik von Br. 218 wieder auf und dürfte daher nachfolgend, zumindest aber vor Marie von Kleists Berlin-Besuch Ende August (vgl. Anm. zu 497,13) geschrieben worden sein.

496,11 f. *Müllers Abreise:* vgl. Anm. zu 492,22.
497,13 *daß Sie wieder kommen:* Nach ihrem Berlin-Aufenthalt von November 1810 bis April 1811 logierte Marie von Kleist auf dem Gut der Gräfin Voß in Groß-Gievitz (Mecklenburg). Von Ende August bis zum 9. oder 10. September kam sie zwischenzeitlich nach Berlin.

223

497,18 *die Entfernung HE. v. Raumers:* Raumer erhielt Anfang September einen Ruf an die neugegründete Breslauer Universität.
497,21 *meine Entschädigungssache:* vgl. Anm. zu 487,15 f.
497,22 f. *da das Vaterland eine Gefahr bedroht:* vgl. dagegen Anm. zu 500,12.
497,29 f. *ein ... allerhöchstes Schreiben:* Kleist bezieht sich auf die königliche Kabinettsordre vom 11.9.1811 (vgl. Br. XXII), die allerdings nur für den Fall, daß es zum Ausbruch des Krieges kommen würde, eine Anstellung in Aussicht stellte.
497,33 *Equipage:* (frz.) hier: Ausrüstung (eines Offiziers).
498,3 *Louid'or:* vgl. Anm. zu 154,27 f.

224

498,17 *Ende September 1811:* MP 2: »Oktober 1811«. Der Brief wurde frühestens am 19.9. geschrieben, nachdem Kleist die königliche Kabinettsordre empfangen hatte (vgl. Br. XXII sowie den Brief an Hardenberg vom 19.9.1811 [Br. 223]). Geht man mit Minde-Pouet davon aus, daß Kleist zunächst (vergeblich) das Antwortschreiben Hardenbergs abwarten wollte (vgl. MP 1, S. 490), und nimmt man ferner an, daß Kleists Äußerung in seinem Brief an Marie von Kleist (Br. 225), »wenn ich das Geld von Ulrike erhalte«, als zugesagte finanzielle Unterstützung zu interpretieren ist, dann dürfte Kleists Reise nach Frankfurt a. d. O. auf die vierte Septemberwoche zu datieren sein.
498,20 f. *ich werde ... Adjutant:* Über Kleists möglichen Aufgabenbereich sagt die Kabinettsordre nichts; ob sich Kleist auf eine mündliche Zusage des Königs berief, muß offenbleiben. Vgl. hierzu Sembdner, [3]1994, S. 182–186.
498,24 f. *Hypothek meines Hauses:* seines Hausanteils; vgl. Br. 156 f. und Anm. zu 444,32.

225

499,5 *Anfang Oktober 1811:* Datierung nach MP 2; vgl. ferner die ausführlichen Begründungen von Samuel, 1963, S. 359–362, und SWB 4, S. 1058 f.

500,1 *seit Ihrer Abreise:* vgl. Anm. zu 497,13; zuvor hatte sich Marie von Kleist in zwei eindringlichen Briefen (vom 3. und 9. 9. 1811) an Friedrich Wilhelm III. für Kleist eingesetzt und unter anderem um eine Pension für ihn gebeten (vgl. LS 506 und 507 a).
500,9 *Napoleon zum Besuch:* Ende September kursierte das Gerücht, Napoleon habe Paris verlassen, um nach Berlin zu kommen und »ein Bündnis mit Preußen abzuschließen« (Samuel, 1963, S. 361).
500,12 *diese Aussicht:* Kleists Hoffnung auf einen Kriegsausbruch wurde vermutlich durch den Lagebericht des mit ihm befreundeten Kriegsrats Friedrich August von Staegemann (1763–1840) getrübt, wonach man von »der Unwahrscheinlichkeit eines in diesem Jahr zu befürchtenden Krieges« auszugehen habe (zit. nach Sembdner, ³1994, S. 185). Entsprechende Auffassungen kursierten auch in der zeitgenössischen Presse. Vgl. Samuel, 1963, S. 366.
500,16 *bei G.:* Laut Marie von Kleist hatte Kleist Gneisenau besucht, »um ihm militärische Aufsätze einzuhändigen, worunter einige sehr gute sein sollen« (LS 509; vgl. auch LS 509b).
500,18 *nur:* »nun« (SWB 4).
500,19 *moutarde après diner:* (frz.) Senf nach dem Mittagessen.
500,24 *Abreise:* Gneisenau traf sich mit Oberst Wilhelm von Dörnberg (1768–1850) in Neustadt-Eberswalde; die Reise dauerte vom 30. 9. bis 2. 10. 1811 (vgl. Samuel, 1963, S. 361).
500,29 *Umringung:* vgl. Anm. zu 478,15.
501,3 *Geld von Ulriken:* Noch am 24. 10. 1811 teilte Marie von Kleist ihrem Sohn mit, daß sie beabsichtigt habe, das Geld von Ulrike »bis zu der Gelegenheit aufzuheben, für die es bestimmt ist, aber wenn er zu unglücklich ist, werde ich ihm einen Teil davon sogleich geben« (LS 513).
nach Wien: vermutlich zu Adam Müller (vgl. Anm. zu 492,22).
501,19 *Brief an R.:* Sembdner vermutet, es handle sich um Marie von Kleists Empfehlungsschreiben an den König (»Rex«) vom 9. 9. 1811 (vgl. LS 507a), das ihm Kleist zusammen mit seinem (nicht überlieferten) Einstellungsgesuch vom 7. 9. und zwei Gedichten in einer Audienz am 11. 9. vorgelegt habe (vgl. Sembdner, ³1994, S. 181–186). Von einer Audienz beim König ist aber nichts bekannt. SWB 4, S. 1069, nimmt daher an, mit R. sei eine weitere hochgestellte Persönlichkeit gemeint, wahrscheinlich Oberstleutnant Gustav Johann Georg von Rauch (1744–1814), ein Mitarbeiter Scharnhorsts, der das Recht zum unmittelbaren Vortrag beim König hatte.

501,22f. *und kann M.:* MP 2: »⟨unlesbar gemachter Name⟩«. MP 2 ging von einem nachträglichen Fremdeingriff aus, während SWB 4, S. 1063–1065, gute Gründe für eine Verschreibung Kleists vorlegt, die er im nachhinein so gut es ging zu »M.« (SWB 4, Abb. 7 nach S. 1056) korrigiert habe. Es könnte sich demnach entweder um Rauchs ehemaligen Chef Christian von Massenbach oder Ludwig von der Marwitz handeln.

226

502,2 *den Steffen:* vermutlich die 1810 erschienenen *Geognostisch-geologischen Aufsätze als Vorbereitung zu einer inneren Naturgeschichte der Erde* von Henrik Steffens.

502,4 ⟨*Oktober 1811*⟩: Monats- und Jahresangabe stammen von Varnhagen von Ense.

227

Br. 227–229 basieren auf Abschriften von Marie von Kleist, die sie vermutlich Peguilhen als Material für dessen geplante, von Friedrich Wilhelm III. verbotene Verteidigungsschrift (vgl. Staengle, 1994, S. 63 ff.) nach dem Selbstmord Kleists zugänglich machen wollte. Die Abschriften sind seit 1917 verschollen und nur in dem (jedoch nicht fehlerfreien) Erstdruck von Lindau, S. 70–72, überliefert. Weitere Abschriften nach den Apographen Marie von Kleists befinden sich im Nachlaß Minde-Pouets (vgl. Staengle, 1994, S. 58–61, sowie SWB 4, S. 1073 f.). Sie wurden von Ludmilla Assing, der Nichte Varnhagens, angefertigt, wobei sie Normalisierungen in Orthographie und Interpunktion aufweisen. MP 2 legte einen aus diesen Abschriften und der Transkription in MP 1 bestehenden Mischtext vor, wogegen sich in Minde-Pouets Nachlaß ein kollationiertes Handexemplar von E (KGF/MP 2) befindet, das den Abschriften Marie von Kleists am nächsten kommen dürfte. Diesem Handexemplar folgt der Abdruck von Br. 227–229.

502,6 *d. 9t Nov:* Datierung nach E und MP 2; Sembdner vermutet einen Kopierfehler (vgl. Sembdner, ^{3}1994, S. 178) und datiert auf den 19. November.

502,17f. *während deiner Anwesenheit:* vgl. Anm. zu 497,13.

502,18 *eine andere Freundin:* Adolphine Henriette Vogel, die Kleist 1810 durch Adam Müller kennengelernt haben dürfte; beide waren Taufpaten von Müllers Tochter Cäcilie (vgl. Häker, 1990, S. 369 und 386).
502,24 *zum Tode ganz reif:* vgl. *Penthesilea*, V. 1682 und 2865.

228

Zur Textüberlieferung und -konstitution vgl. Br. 227; Druckfehler wurden stillschweigend verbessert.

504,12 *Die Allianz:* Verhandlungen zwischen Preußen und Frankreich führten am 24. 1. 1812 zum Bündnisvertrag gegen Rußland.
504,19 *die Zeit wieder einzurücken:* vgl. Shakespeare, *Hamlet* (I,5): »Die Zeit ist aus den Fugen; Schmach und Gram, / Daß ich zur Welt, sie einzurichten, kam!« (Schlegel/Tieck).
504,36–505,2 *einen Vater ... ein Kind:* Henriettes Vater Carl Adolph Keber, ihr Mann Friedrich Ludwig (Louis) und die Tochter Pauline.
505,3 *nur meinetwillen:* Über Kleists Großmut, »womit er alles und sein eigenes Leben für mich aufopfert«, sprach auch Henriette Vogel in ihrem Brief an ihren Mann vom 20. 11. 1811 (vgl. LS 528).

229

Zur Textüberlieferung und -konstitution vgl. Br. 227.

505,8 *d 12ᵗ Novemb:* Sembdner ging von einer Ziffernvertauschung aus und datierte auf den 21. November (vgl. SW 2, S. 1017).

230

Der Brief ist im Original nicht überliefert; Textwiedergabe nach E: Bülow, 1848, S. 274 f., da MP 2 an E stillschweigend Korrekturen vornahm.

506,17 *p. p. c.:* Abkürzung für frz. *pour prendre congé* ›um Abschied zu nehmen‹.

506,23 *Jettchen:* Kurzname für Henriette (Vogel).
506,32 f. *mit langen Flügeln an den Schultern:* vgl. *Prinz Friedrich von Homburg*, V. 1833.
506,33–507,1 *Einen Kuß ... an Müller:* Müller empörte sich jedoch nach Kleists Tod über das Schreiben, weil es »uns in das frevelhafte Spiel ihrer letzten Gedanken verwickelt« habe (NR 50).
507,2 f. *gegen den Teufel Aberwitz:* gegen die Torheit und Dummheit.
507,5–7 *Doch wie dies ... zu eilig heut:* leicht abgewandelte Verse aus Goethes Gedicht *Lilis Park* (1775, veröffentlicht 1789).
507,13 *in der grünen Stube:* im Hause Henriette Vogels (Markgrafenstr. 60), wo das Schreiben in einem Koffer deponiert wurde (vgl. 511,1 f.).
507,14 *20. November:* Bei Bülow heißt es »21. November«. Kleist und Henriette Vogel befanden sich aber seit dem 20. 11. mittags bereits auf der Fahrt nach Potsdam.

231

Das Original ist verschollen; Textwiedergabe nach Minde-Pouet, 1925, S. 61. – Nach Häker, 1990, S. 380, könnte es sich bei der Adressatin um Caroline Amalia Manitius handeln, die seit 1802 mit dem Syndikus bei der Ostpreußischen Ritterschaft, Carl Ludwig Manitius, verheiratet war.

508,5 *Donnerstag den 22. Novbr. 1811:* falsche Datierung; der Donnerstag fiel auf den 21. 11. (vgl. dagegen die Eingangsdatierung).

232

508,9 *21. November 1811:* Die Datierung ergibt sich aus der Abschlußsequenz des Briefes.
508,13 f. *in dem Briefe an die Kleisten:* vgl. Br. 227.
508,19 f. *unaussprechlicher Heiterkeit:* Kleists euphorische Gestimmtheit vor seinem Selbstmord entspricht dem Eindruck, den Zeugen seiner letzten Stunden von ihm gewannen (vgl. LS 532).

233

Textvergleich mit Faks.: Heinrich von Kleist. *Sämtliche Werke und Briefe*, 6 Bde., hrsg. von Wilhelm Herzog, Bd. 6, Leipzig 1911, nach S. 462.

509,9 *erschossen da liegen:* Am 21. 11., gegen 4 Uhr nachmittags, erschoß Kleist zunächst Henriette Vogel und dann sich selbst.
509,15 *Louis:* Friedrich Ludwig Vogel.
509,24 *A Vogel:* Das »A« steht für Adolphine, ihren dritten Vornamen.
509,25 *Felleisen:* vgl. Anm. zu 15,27.
509,29 *Courant:* vgl. Anm. zu 481,30.
509,32 *Façon:* (frz.) Ausführung, Machart, Form.
509,33 *Comission:* hier: Auftrag.
510,2 *mit dem Bedeuten:* hier: mit der Anweisung.
510,15 *à 1/3 C:* zu 1/3 Kurant.
510,23 *Quartiermeister:* »unterofficier der cavallerie oder reitenden artillerie, welcher das bekleidungswesen, waffen und munition, für die naturalverpflegung u. s. w. zu sorgen hat« (DWB 13, Sp. 2325).
511,4 *Einen Brief an die Hofräthin Müller:* vgl. Br. 230.
511,5 *Einen Brief an meinen Bruder Leopold:* Briefe an Leopold von Kleist sind nicht überliefert.
nach Stolpe: vgl. Anm. zu 377,33.
511,9–13 *Einen Brief, an Fr. v. Kleist ... noch ein Brief an Fr. v. Kleist:* nach Sembdner Br. 228 und 229; nach SWB 4, S. 1096, sind – liest man sie als Kettenbrief – die Briefe 227–229 gemeint oder ein nicht überliefertes Schreiben aus der Zeit um den 20. November; als weitere Alternative käme ein nicht überliefertes Schreiben vom 21. 11. in Betracht.
511,24 *Ich glaube ich habe dies schon einmal geschrieben:* Der Zettel wurde in den bereits versiegelten Brief eingeschoben.

Briefe an Kleist

I

Textwiedergabe nach E: Steig, 1902, S. 1.

515,2 *S. Lieutenant:* vgl. Anm. zu 36,18.
Abschied: Die Kabinettsordre bezieht sich auf das nicht erhaltene Abschiedsgesuch Kleists, über das der König am 25. 3. informiert worden war (vgl. LS 24a).

II

Textwiedergabe nach Photokopie einer Abschrift (GStA PK, I. HA Rep. 9 Allgemeine Verwaltung, E E Nr. 16, Paket 12) der nicht überlieferten Handschrift, die im April 1801 angefertigt wurde (vgl. Anm. zu Br. III).

515,8 *Geschäftsmanne:* vgl. Anm. zu 346,23.

III

Textwiedergabe nach Photokopie eines Konzepts (GStA PK, I. HA Rep. 9 Allgemeine Verwaltung, E E Nr. 16, Paket 12).

515,14 f. *Retradition:* »Retradiren, zurückgeben, wiederüberliefern« (Campe, Erg.-Bd., S. 535).
515,15 *Cabinetsordre:* Dem Gesuch auf Ausstellung eines Passes hatte Kleist die Kabinettsordre vom 13. 4. 1799 beigefügt. Sie wurde abgeschrieben und zu den Akten genommen.
erbetene Paß: vgl. Br. 40.
515,18 *Ad mand.: ad mandatum* (lat.): im Auftrag.

IV

Textwiedergabe nach MP 1, S. 466–468.

516,6 *Gulben:* vgl. Anm. zu 327,25.
516,16 *meinen liebsten Bruder:* Carl von Zenge starb am 30. 1. 1802.
516,20 f. *auf der silbernen Hochzeit unserer Eltern:* am 3. 12. 1801.
517,1 *Schweigen:* Der letzte (überlieferte) Brief Kleists an Wilhelmine stammt vom 2. 12. 1801. Es ist anzunehmen, daß sie bereits auf den Erhalt dieses Schreibens geantwortet hatte (vgl. Anm. zu 316,16).
517,5 f. *In Lindow war die Domina gestorben:* Ort zwischen Neuruppin und Gransee, zu dem ein weltliches Stift für adlige Fräulein gehörte; die Vorsteherin eines Stifts wird als Domina bezeichnet.
517,6 f. *auf ... zu sagen:* »gegen jemanden vorbringen« (DWB 14, Sp. 1657).
517,25 f. *Auguste als Braut:* vgl. Anm. zu 311,9.
517,26 *zärtlich:* hier noch im Sprachgebrauch der Empfindsamkeit im Sinne von ›schwärmerisch‹.
517,29 f. *unsere kleine Emilie:* die am 27. 4. 1800 geborene jüngste Schwester Wilhelmines.
517,32 *mon coeur palpite:* (frz.) mein Herz schlägt.
518,9 *die beiden Gemälde von L:* vermutlich Friedrich Lose (vgl. Anm. zu 299,5); um welche Gemälde es sich handelt, ist nicht bekannt.
518,11 *Dein Bruder:* Leopold von Kleist.

V

Das fragmentarische Schreiben ist nur durch E überliefert: Orpheus (1824) S. 159 f.

518,15 *etwa 12. Juli 1803:* zu dieser relativ genauen Datierung vgl. SWB 4, S. 819 f.
518,17 *Sie schreiben mir:* Diesen nicht erhaltenen Brief erwähnt Wieland auch in seinem Schreiben an Georg Wedekind vom 10. 4. 1804 (vgl. LS 89).
518,18 *Vollendung Ihres Werkes:* des Dramas *Robert Guiskard.*

518,30 *Atlas:* in der Vorlage »Alles«; zu dieser Konjektur vgl. KM, S. 175.
der ganze Kaukasus und Atlas: vgl. die Variante in *Penthesilea*, V. 1348; Kleist hatte, aus Freude über diese Zeilen, den Brief sowohl seiner Schwester (vgl. Br. 73) als auch Fouqué (vgl. LS 104b) zur Lektüre gegeben.

VI

Textwiedergabe nach E: Czygan.

519,2f. *Ihre Ansichten ... geändert haben:* vgl. Kleists Brief an Auerswald vom 10. 7. 1806 (Br. 94).

VII

Textvergleich mit einer Photokopie der von Paul Hoffmann angefertigten Abschrift des nicht überlieferten Konzepts (DLA, Sammlung Paul Hoffmann).

519,11 *p:* vgl. Anm. zu 155,2.
gefällige Zuschrift: vgl. Br. 124.
v. Mts: vorigen Monats.

VIII

Textwiedergabe nach: *Jean Pauls Sämtliche Werke. Historisch-kritische Ausgabe*, hrsg. von der Deutschen Akademie der Wissenschaften zu Berlin, Abt. 3: *Briefe*, Bd. 5, hrsg. von Eduard Berend, Berlin 1961, S. 190.

519,26 *Mittlerin:* Ernestine von Hake (vgl. LS 209b).
519,27f. *3 Kunstwerke der Prose und Poesie:* vermutlich Müllers *Die Lehre vom Gegensatz* (1804) und seine *Vorlesungen über die deutsche Wissenschaft und Literatur* (1806) sowie Kleists Drama *Amphitryon*; Jean Paul schätzte die Werke Kleists sehr und zählte schon in seiner *Vorschule der Ästhetik* (1804) *Die Familie Schroffenstein* trotz mancher Abstriche zu den Werken einer neuen poetischen Blütezeit (vgl. LS 134b).

519,28 f. *überrheinischen Bunde:* möglicherweise Anspielung auf die von Peter Adolph Winkopp (1759–1813) herausgegebene Zeitschrift *Der Rheinische Bund* (1806–14, 20 Bde.), die im Gegensatz zur künstlerischen Ausrichtung des *Phöbus* vornehmlich staatsrechtliche Beiträge aufnahm. In ihr sollte, nach einem Vorschlag Jean Pauls, Rühle von Liliensterns *Hieroglyphen oder Blicke aus dem Gebiete der Wissenschaft in die Geschichte des Tages* (1808) abgedruckt werden (vgl. Brief an Christian Otto vom 14. 1. 1809).

520,1 *Ankündigungs Worte:* wohl der an Freunde und Interessenten versandte vierseitige *Phöbus*-Prospekt, der zwischen Dezember 1807 und Februar 1808 in verschiedenen Zeitungen abgedruckt wurde (vgl. SW 2, S. 961).

520,6 *zum Gespann vorlegen:* Obwohl Jean Paul beabsichtigte, für den *Phöbus* einen Beitrag unter dem Titel *Briefe über die ›Vorschule der Ästhetik‹* vorzulegen, kam es nicht zur Mitarbeit (vgl. LS 209b–c).

520,7 *Nürnbergspferd:* ein Spielzeugpferd; Nürnberg war schon um 1800 eine Hochburg der Spielzeugproduktion.

IX

Textwiedergabe nach Faks.: *Propyläen-Weltgeschichte*, Bd. 7, Berlin 1929, nach S. 312.

520,13 *das übersendete Stück des Phöbus:* vgl. Kleists Brief an Goethe vom 24. 1. 1808 (Br. 126).

520,14 f. *wovon mir einige bekannt waren:* Christian Gottfried Körners Aufsatz *Über die Bedeutung des Tanzes* weist Parallelen zu seiner 1795 in den *Horen* veröffentlichten *Abhandlung über Charakterdarstellung in der Musik* auf. Die restlichen, von Müller stammenden Prosa-Arbeiten waren erstmals im *Phöbus* erschienen.

520,15 *viel Vergnügen:* so auch Goethe in einem Brief an Frau von Stein (7. 1. 1808): »Die prosaischen Aufsätze 〈. . .〉 werden Sie mit Vergnügen lesen. Die poetischen empfehlen sich vielleicht nicht so sehr.« (LS 223b).

520,25 *Don Sebastian:* der beim Kampf gegen die Mauren 1578 gefallene König von Portugal, um dessen Wiederkunft sich insbesondere im 17. Jh. eine messianische Legende rankte.

520,27 f. *hic Rhodus, hic salta!:* (lat.) hier ist Rhodos, hier springe! In den Fabeln *Der Prahler* und *Der prahlerische Fünfkämpfer* des griechischen Dichters Äsop (6. Jh. v. Chr.) wird dies einem Angeber geantwortet.

520,29 f. *mutatis mutandis:* (lat.) mit den nötigen Abänderungen.

520,33 *Tournuren:* Redewendungen, Redensarten.

X

Textwiedergabe nach Minde-Pouet, 1925/26, S. 61 f. Der ursprünglich am 12. 8. verfaßte und einen Tag später nochmals überarbeitete Brief ist nur im stark korrigierten Konzept Ifflands erhalten. Dieser reagierte damit auf Kleists Schreiben vom 10. 8. 1810 (vgl. Br. 171).

521,6 *Als Herr Major von Schack:* vgl. Anm. zu 431,8.
Trauerspiel: als Gattungsbezeichnung nicht korrekt, aber nach damaligem Sprachgebrauch durchaus üblich (vgl. Anm. zu 420,12).

521,13 *wenigen Vorstellungen:* In seinem Artikel zur anonymen Posse *Der Sohn durch's Ungefähr* griff Kleist indirekt den Einwand Ifflands auf, indem er mit unverhohlener Ironie die Aufführungspraxis des ›Nationaltheaters‹ lobte, Stücke niederen Ranges, »sollten sie auch nur wenige Male wiederholt werden« (SW 2, S. 409), in den Spielplan aufzunehmen.

XI

Textwiedergabe nach einer Photokopie von Hs. (BJK). – Hintergrund dieses Schreibens ist die in BA geführte Kontroverse um den 1807 verstorbenen Staatswissenschaftler Christian Jacob Kraus. Dessen Lehre, die sich an dem englischen Volkswirtschaftler Adam Smith orientierte (vgl. Anm. zu 357,34) und von der preußischen Gesetzgebung aufgegriffen wurde, stieß auf heftige Kritik konservativer Kreise und wurde sowohl von Adam Müller als auch von Arnim publizistisch angegriffen.

522,17 *Erklärung:* Den Angriffen Adam Müllers in *Über Christian Kraus* (BA vom 12. 10. 1810) trat eine anonym veröffentlichte Artikelreihe unter dem Titel *Christian Jacob Krause* (22.–24. 10.) entgegen. Dabei verglich der vermutlich von Staatsrat Johann

Gottfried Hoffmann (1765–1847) stammende Aufsatz in der zweiten Folge Müllers Schrift mit den 1807/08 veröffentlichten *Neuen Feuerbränden* des Publizisten Friedrich von Cölln (1766–1820), der wegen seiner sechsbändigen Schriftenreihe zu einer Festungshaft verurteilt worden war. Arnim, der bereits am 31. 10. in *Noch ein Wort der Billigkeit über Christ. Jacob Kraus* den Standpunkt Müllers vertreten hatte, griff diesen Vergleich in seiner Anmerkung *Wer ist berufen* (10. 11.) wieder auf und wandte sich energisch gegen eine solche Art der Verleumdung. In einer von Kleist am 29. 11. veröffentlichten Berichtigung (vgl. SW 2, S. 456 f.), auf die Arnim sich hier in seinem Schreiben bezieht, wies der anonyme Verfasser jedoch den Vorwurf der Verleumdung mit dem Hinweis zurück, daß ein derartiger Vergleich ihm ferngestanden habe.

523,1 f. *Nennung meines Namens:* Seine vorherigen Artikel zeichnete Arnim mit »L. A. v. A.«.

523,2 f. *Gegenerinnerungen:* hier: Entgegnungen.

XII

Textwiedergabe nach E: Ompteda, S. 19–21.

523,7 *Ihre Zuschrift:* vgl. Br. 183.

523,27 *P. S.:* Adam Müllers Chiffre in BA.

523,32 *theuren Bruder:* Ludwig von Ompteda, den Kleist während seines Aufenthaltes in Dresden 1808/09 kennengelernt haben dürfte (vgl. Weiss, 1984, S. 197).

524,3 *aus Nr. 19:* anläßlich der Herausgeber-Erklärung Kleists (vgl. SW 2, S. 454).

524,6 f. *Wenn nach der Flucht ... Antlitz wendet:* Wer diese Verse verfaßte, konnte nicht ermittelt werden. Sie stammen aber weder von Ewald von Kleist noch, wie häufig vermutet wurde, von Franz Alexander von Kleist (1769–97). Vgl. auch SWB 4, S. 997.

524,14 *Ode ... in Nr. 5:* erschien dort unter dem Titel *Ode auf den Wiedereinzug des Königs im Winter 1809* (vgl. SW 2, S. 32 f.).

XIII

Textwiedergabe nach E: Raumer, S. 228 f.

525,28 *Kanzler:* Hardenberg.
525,29 f. *unangenehme Eröffnung:* Raumer bezieht sich auf ein nicht erhaltenes Schreiben Kleists, in dem dieser sich über die von Gruner mitgeteilte Verfügung des Kriegsrats Himly beschwerte, wonach die Aufnahme aller politischen Nachrichten in BA zu verbieten sei (vgl. LS 423 und 449a).
526,21 *Zufall:* hier: »vorfall, ereignis« (DWB 32, Sp. 344). Vgl. dazu Anm. zu 461,28.

XIV

Textwiedergabe nach E: Steig, 1901, S. 322.

527,6 *Anweisung:* Nach einer Verfügung vom 21. 1. 1811 wurde Gruner auferlegt, Kleist zur Annahme der Erklärung »ausdrücklich anzuweisen«. Vgl. Steig, 1901, S. 322 f.
527,7 *Erklärung:* Sie wurde in BA vom 4. 2. 1811 abgedruckt; eine Nachricht darüber erhielt Schmalz jedoch nicht (vgl. LS 441b). *in Nr. 41:* in der Ausgabe vom 16. 11. 1810.

XV

Textwiedergabe nach einer Photokopie des Konzepts von Raumers Hand (GStA PK, I. HA Rep. 74 Staatskanzleramt, J X, Nr. 2, Bl. 7).

527,19 *in Ihrem Schreiben:* vgl. Br. 197.
527,28 f. *nicht ... beschränkt:* vgl. dagegen Anm. zu 461,28 und 468,21 f.
528,14 f. *verdienstvolle Schriftsteller:* vgl. die anderslautende Argumentation in Raumers Brief an Kleist vom 12. 12. 1810 (Br. XIII).

XVI

Textwiedergabe nach E: Raumer, S. 233.

528,22 *Berlin, den 21. Februar 1811:* Das Antwortschreiben auf Br. 199 erreichte Kleist erst, als er seinen Brief vom 22. 2. (Br. 200) an Hardenberg abgesandt hatte. Vgl. die noch schärfere Antwort Raumers im Konzept seines Schreibens (Raumer, S. 233).

XVII

Textwiedergabe nach E: Raumer, S. 234 f. Raumers Brief bezieht sich auf Kleists Schreiben vom selben Tag (vgl. Br. 201).

529,11 f. *schriftliche authentische Erklärung:* in Raumers Brief vom 12. 12. 1810 (Br. XIII).
529,12 *Darauf schrieben Sie mir:* In der Audienz vom 13. 12. 1810 hatte Hardenberg Kleist versprochen, er werde eine zweckmäßige Unterstützung erhalten, indem die BA mit offiziellen Beiträgen aus den Ministerien versorgt werden würden (vgl. Br. 187).
529,22 *Officiant:* Beamter.
529,27 f. *inducirt:* irregeführt, hintergangen.

XVIII

Textwiedergabe nach E: Raumer, S. 236.

530,3 *das heutige Billet:* Br. 202.

XIX

Textwiedergabe nach Photokopie einer Abschrift von Hs. (GStA PK, I. HA Rep. 74 Staatskanzleramt, J X, Nr. 2, Bl. 11).

530,12 f. *sich ... beygehen lassen:* Redewendung für: sich einfallen lassen (vgl. DWB 1, Sp. 1372).
530,13 *das Schreiben:* Kleists Schreiben vom 21. 2. (Br. 199), das er dem Brief an Hardenberg vom 22. 2. (Br. 200) als Kopie beigefügt hatte.

530,18–20 *Sr. Majestät ... Artickel darin aufnahmen:* vgl. Anm. zu 461,28.
531,4 f. *Auszüge ... und ein paar Aneckdoten:* Mit der Anweisung Kriegsrat Himlys vom 29. 12. 1810 wurde BA auferlegt, nur solche politischen Artikel aufzunehmen, »die in den hiesigen Zeitungen mitgetheilt seyen« (LS 449).

XX

Textwiedergabe nach Photokopie des Konzepts von Raumers Hand (GStA PK, I. HA Repositur 74 Staatskanzleramt, J X, Nr. 2, Bl. 13).

531,17 *aus Ewr. Schreiben:* vgl. Br. 203.

XXI

Textwiedergabe nach Photokopie des Konzepts von Raumers Hand (GStA PK, I. HA Rep. 74 Staatskanzleramt, H VI, Nr. 1, Bd. 1, Bl. 99).

531,29 *Churmärkische Regierung:* Die Kurmark bildete den Hauptteil der alten Mark Brandenburg.
532,2 f. *Ihres Gesuchs:* vgl. Br. 204.
532,17 f. *den allgemeinen gesetzlichen Bedingungen:* vgl. dazu Br. 204.

XXII

Textwiedergabe nach E: Steig, 1901, S. 655.

532,21 *11. September 1811:* Die Ordre wurde vermutlich erst am 18. 9. abgesandt; vgl. auch Anm. zu 498,17.
532,24 *der Fall, für den Sie dies Anerbieten machen:* Kleist hatte sich gegenüber dem König entschlossen gezeigt, bei »eintretendem Kriege den vaterländischen Kampf zu wagen« (LS 507c).
532,27 f. *Ihr Schreiben vom 7ten d. M.:* vgl. Anm. zu 501,19.

Unsichere Zuweisung

Textwiedergabe nach E: Rahmer, 1905, S. 215 f. – Eine Handschrift dieses Textes ist nicht überliefert. Er lag als (mittlerweile verschollene) Abschrift vor, die sich in Brockes' Tagebuchaufzeichnungen befand und von Rahmer, 1905, zu einer »Sammlung von Entwürfen, Excerpten und Vorbemerkungen« (S. 209) gerechnet wurde. Rahmer, 1909, S. 419 f., veröffentlichte ihn als Brief von Brockes an Kleist, und erst Bumke, S. 183–192, wies ihn unter stilistischen und psychologischen Gründen als ein Schreiben Kleists an Brockes aus. Seitdem wurde er unter Vorbehalt dem Kleistschen Brief-Korpus einverleibt. Die Argumente Bumkes sind freilich kontrovers beurteilt worden. Der Stil des Briefs steht Kleist nahe, ohne daß man zwingend nur an ihn als Autor denken könnte. Es befremdet, daß der Briefschreiber den Empfänger siezt, aber Kleists durchaus formelhafte Charakterisierungen von Brockes und der gegenseitigen Beziehung sind auch nicht eindeutig (vgl. Br. 34 und 35). Es scheint ratsam, den Brief vorerst aus dem gesicherten Bestand herauszunehmen (vgl. auch SWB 4, S. 1110).

535,2 *November 1801:* Datierung nach Bumke, S. 184, der den Hinweis im Brief (»seit zehn Monaten«) auf die Trennung der Freunde im Januar 1801 bezog.

535,27 *verachten:* hier wohl: »verraten« (Rahmer, 1909, S. 419).

Verzeichnis der Personen

Das Personenverzeichnis erfaßt das gesamte Briefkorpus, kursive Seitenangaben verweisen auf die Briefpartner Kleists

Verzeichnis der in den Briefen erwähnten Werke Kleists

Die Ziffern verweisen auf die Seiten der vorliegenden Ausgabe

Dramen

Gedichte

Prosa

Zeitschriften

Literaturhinweise

1. In der vorliegenden Edition zitierte Literatur

Barthel, Wolfgang: Zu Briefen Kleists 1893–1803. Erster Teil. In: Beiträge zur Kleist-Forschung (1978) S. 21–36.

Bohrer, Karl-Heinz: Der romantische Brief. Die Entstehung ästhetischer Subjektivität. München 1987.

Brüggemann, Diethelm: Drei Mystifikationen Heinrich von Kleists. New York / Bern / Frankfurt a. M. 1985.

Bülow, Eduard von: Ungedruckte Briefe von Heinrich von Kleist. In: Janus. Jahrbücher deutscher Gesinnung, Bildung und That. Hrsg. von V⟨iktor⟩ A⟨imé⟩ Huber. 2 (1846) H. 28–31.

– Heinrich von Kleist's Leben und Briefe. Mit einem Anhange. Berlin 1848.

Bumke, Joachim: Zu Kleists Briefen. In: Euphorion 52 (1958) S. 183–192.

C. M. Wieland über Heinrich von Kleist. In: Orpheus. Eine Zeitschrift in zwanglosen Heften (1824) H. 3. S. 153–160.

Clauss, Elke: Heinrich von Kleist an Wilhelmine von Zenge. In: E. C.: Liebeskunst. Untersuchungen zum Liebesbrief im 18. Jahrhundert. Stuttgart/Weimar 1993. S. 201–270.

Czygan, Paul: Ein neuer Fund aus Heinrich von Kleists Königsberger Zeit. In: National-Zeitung. Nr. 521. 4. 9. 1904. Sonntagsbeilage Nr. 36.

Dahlhaus, Carl: Kleists Wort über den Generalbaß. In: Kleist-Jahrbuch (1984) S. 13–24.

Gall, Ulrich: Philosophie bei Heinrich von Kleist. Bonn 1977.

Grathoff, Dirk: Die Zensurkonflikte der Berliner Abendblätter. Zur Beziehung von Journalismus und Öffentlichkeit bei Heinrich von Kleist. In: Ideologiekritische Studien zur Literatur. Essays I. Hrsg. von Volkmar Sander. Frankfurt a. M. 1972. S. 35–168.

– Kleists Geheimnisse. Unbekannte Seiten einer Biographie. Opladen 1993.

– Heinrich von Kleists Würzburger Reise – eine erweiterte Rekonstruktion. In: Kleist-Jahrbuch (1997) S. 38–56.

Häker, Horst: Kleists Berliner Aufenthalte. Ein biographischer Beitrag. Berlin 1989.

Häker, Horst: Zu einigen Berliner Bekanntschaften Adam Müllers und Heinrich von Kleists in den Jahren 1810/11. In: Euphorion 84 (1990) S. 367–396.
– 10. oder 18. Oktober? Ein Plädoyer für Kleist. In: Beiträge zur Kleist-Forschung (1993) S. 149–154.
– (Hrsg.): Heinrich von Kleist und Achim von Arnim. Zwei Autographen aus dem Jahre 1810. Mit Faksimiles und einem Komm. Kleist-Gedenk- und Forschungsstätte / Kleist Museum Frankfurt a. d. O. 1995.
Hamacher, Werner: Das Beben der Darstellung. In: Positionen der Literaturwissenschaft. Acht Modellanalysen am Beispiel von Kleists *Das Erdbeben in Chili*. Hrsg. von David E. Wellbery. München 1985. S. 149–173.
Henkel, Arthur: Noch einmal – und vielleicht abschließend: »Schmerz« oder »Schmutz«. In: Deutsche Vierteljahrsschrift für Literaturwissenschaft und Geistesgeschichte 66 (1992) S. 88–93.
Hoffmann, Paul: Zu den Briefen Heinrich von Kleists. In: Studien zur vergleichenden Literaturgeschichte 3 (1903) S. 332–366.
– Kleist in Paris. Berlin 1924.
– Ein unbekannter Brief Heinrich von Kleists. Zum 150. Geburtstage des Dichters. In: Velhagen & Klasings Monatshefte 42 (1927) H. 3. S. 321–323.
– Heinrich von Kleist und die Seinen. In: Archiv für das Studium der neueren Sprachen und Literaturen 84 (1929) S. 161–185.
Horn, Peter: Kleist-Chronik. Königstein i. Ts. 1980.
Kanzog, Klaus: Die posthumen Erst- und Wiederabdrucke der Werke und Briefe Kleists. Analytische Bibliographie zur Editionsgeschichte. In: K. K.: Edition und Engagement. 150 Jahre Editionsgeschichte der Werke und Briefe Heinrich von Kleists. Bd. 2. Berlin / New York 1979. S. 251–357.
– (Hrsg.): Drei Briefe an Ernst von Pfuel aus dem Jahre 1805. Berlin 1978. (Heinrich-von-Kleist-Gesellschaft e. V. Faksimiledrucke. 3.)
– / Kanzog, Eva: Die Kleist-Aufzeichnungen von Wilhelm von Schütz. Mit zwei bisher nicht entzifferten Briefstellen. In: Jahrbuch der Deutschen Schillergesellschaft 13 (1969) S. 33–46.
– / – Heinrich von Kleists Brief an Ernst Martini. Das textkritische Problem der Formulierungsübertragung. In: Jahrbuch der Deutschen Schillergesellschaft 15 (1971) S. 231–250.
Kohlhäufl, Michael: Die Rede – ein dunkler Gesang? Kleists *Robert Guiskard* und die Deklamationstheorie um 1800. In: Kleist-Jahrbuch (1996) S. 142–168.

Kreutzer, Hans Joachim: Die dichterische Entwicklung Heinrichs von Kleist. Berlin 1968.
– (Hrsg.): Kleist-Preis 1988. Vier Reden. ⟨München⟩ 1988.
– Kleist in der Nähe der Romantik. Ein neugefundener Brief an Georg Andreas Reimer. In: Kleist-Jahrbuch (1990) S. 153–157.
Lindau, Paul: Ueber die letzten Lebenstage Heinrich von Kleists und seiner Freundin. In: Die Gegenwart 4 (1873) Nr. 31. S. 69–72.
Loch, Rudolf (Hrsg.): Der große Bekenntnisbrief an Adolphine von Werdeck 28./29. Juli 1801. Berlin 1993. (Patrimonia. 75. Veröffentlichung der Kulturstiftung der Länder in Verbindung mit der Kleist-Gedenk- und Forschungsstätte Frankfurt a. d. O.)
Minde-Pouet, Georg: Kleists letzte Stunden. Berlin 1925. (Schriften der Kleist-Gesellschaft. 5.)
– Briefe von, an und über Kleist. In: Jahrbuch der Kleist-Gesellschaft 1925/26 (1927) S. 56–68.
Muth, Ludwig: Kleist und Kant. Versuch einer neuen Interpretation. Köln 1954.
Oesterle, Ingrid: Werther in Paris? Heinrich von Kleists Briefe über Paris. In: Heinrich von Kleist. Studien zu Werk und Wirkung. Hrsg. von Dirk Grathoff. Opladen 1988. S. 97–116.
Ompteda, F⟨riedrich⟩ von (Hrsg.): Politischer Nachlaß des hannoverschen Staats- und Cabinets-Ministers Ludwig von Ompteda aus den Jahren 1804 bis 1813. Bd. 2. Abt. 2/3. Jena 1869. (Zur deutschen Geschichte in dem Jahrzehnt vor den Befreiungskriegen. 3.)
Perels, Christoph: Ein unbekannter Brief Heinrich von Kleists an Christoph Martin Wieland. In: Jahrbuch des Freien Deutschen Hochstifts (1986) S. 179–186.
– Kleist an Fouqué. Ein Autographenpuzzle. In: Kleist-Jahrbuch (1988/89) S. 440–444.
Rahmer, S⟨igismund⟩ (Hrsg.): Heinrich von Kleist. Briefe an seine Schwester Ulrike. Mit Einl., Anm., Photogrammen und einem Anh.: Aus dem Tagebuche Ludwig von Brocke's. Berlin 1905.
– Heinrich von Kleist als Mensch und Dichter. Nach neuen Quellenforschungen. Berlin 1909.
Raumer, Friedrich von: Lebenserinnerungen und Briefwechsel. Erster Theil. Leipzig 1861.
Reske, Hermann: Heinrich von Kleist in Thun. Die Geburt des Genius. Bern/Stuttgart 1972.
Rothe, Eva: Die Bildnisse Heinrich von Kleists. Mit neuen Doku-

menten zu Kleists Kriegsgefangenschaft. In: Jahrbuch der Deutschen Schillergesellschaft 5 (1961) S. 136–186.
Rothe, Eva: Ein neuer Kleist-Brief. In: Jahrbuch der Deutschen Schillergesellschaft 6 (1962) S. 4–8.
Samuel, Richard: Heinrich von Kleist und Karl Baron von Altenstein. Eine Miszelle zu Kleists Biographie. In: Euphorion 49 (1955) S. 71–76.
– Heinrich von Kleist und Neithardt von Gneisenau. In: Jahrbuch der Deutschen Schillergesellschaft 7 (1963) S. 352–370.
– / Brown, H⟨ilda⟩ M.: Kleist's Lost Year and the Quest for *Robert Guiskard*. Leamington Spa 1981.
Schrader, Hans-Jürgen: »Denke Du wärest in das Schiff meines Glückes gestiegen«. Widerrufene Rollenentwürfe in Kleists Briefen an die Braut. In: Kleist-Jahrbuch (1983) S. 122–179.
Schweitzer, Christoph E.: A new Letter by Heinrich von Kleist. In: The American-German-Review 28 (1961/62) H. 1. S. 11 f.
Sembdner, Helmut: Assessor Hitzig, Kriegsrat Peguilhen und Heinrich von Kleist. Eine Berliner Episode. Mit dem Faksimile des Briefes von Kleist an Hitzig vom 2. Oktober 1810. Heilbronn 1994. (Heilbronner Kleist-Schriften. 4.)
– In Sachen Kleist. Dritte, verm. Aufl. München 1994.
– (Hrsg.): Heinrich von Kleist. Geschichte meiner Seele. Ideenmagazin. Das Lebenszeugnis der Briefe. Bremen 1959. (Sammlung Dietrich. 233.)
Siebert, Eberhard: War Heinrich von Kleist als Industriespion in Würzburg? In: Jahrbuch preußischer Kulturbesitz 22 (1985) S. 185–206.
Staengle, Peter: Kleist – in der Hand von Wilhelm von Schütz. In: Berliner Kleist-Blätter 2 (1989) S. 21–76.
– Fräulein von Zenge nebst Kleist, Krug, Tasse und Bild. In: Brandenburger Kleist-Blätter 6 (1993) S. 25–59.
– Kleist bei Varnhagen in Kraków. In: Brandenburger Kleist-Blätter 7 (1994) S. 52–103.
– (Hrsg.): Heinrich von Kleist an Nicolas Sigisbert Bureau. Fort de Joux, 31 März 1807. Frankfurt a. M. / Basel 1995. (Jahresgabe 1995 des Berlin-Brandenburger Kleist-Klubs.)
Steig, Reinhold: Heinrich von Kleist's Berliner Kämpfe. Berlin/Stuttgart 1901.
– Neue Kunde zu Heinrich von Kleist. Berlin 1902.
Vietta, Silvio: Die literarische Moderne. Eine problemgeschichtliche

Darstellung der deutschsprachigen Literatur von Hölderlin bis Thomas Bernhard. Stuttgart 1992.
Vogt, Helmut: Heinrich von Kleists Hydrostat. Die U-Boot-Idee des preußischen Dichters. In: Der Tagesspiegel. 18.4.1976. S. 5.
Weiss, Hermann F.: Ein unbekannter Brief Heinrich von Kleists an Marie von Kleist. In: Jahrbuch der Deutschen Schillergesellschaft 22 (1978) S. 79–109.
– Zur Datierung von Heinrich von Kleists politischen Schriften des Jahres 1809. In: Neophilologicus 67 (1983) S. 568–574.
– Funde und Studien zu Heinrich von Kleist. Tübingen 1984.
– Heinrich von Kleist und Johann Friedrich Cotta. Anläßlich eines Brieffunds im Nachlaß Felix Mendelssohn-Bartholdys. In: Jahrbuch der Deutschen Schillergesellschaft 30 (1986) S. 22–33.
– Kleine Funde zu unbekannten Kleist-Handschriften. In: Euphorion 82 (1988) S. 51–63.
– Neuentdeckte Phöbus-Spuren. In: Zeitschrift für deutsche Philologie 108 (1989) S. 162–179.
– Zu Heinrich von Kleists Reise nach Paris im Jahre 1801. In: Archiv für das Studium der neueren Sprachen und Literaturen 142 (1990) S. 1–12.
– Heinrich von Kleists Freund Ludwig von Brockes. In: Beiträge zur Kleist-Forschung (1996) S. 102–131.
Wichmann, Thomas: Heinrich von Kleist. Stuttgart 1988.

2. Weiterführende Literatur zu den Briefen Heinrich von Kleists

Brügger, Hans-Horst: Die Briefe Heinrich von Kleists. Diss. Zürich 1946.
Eloesser, Arthur: Heinrich von Kleists Leben, Werke und Briefe. Leipzig 1909.
Groß, Thomas: »... gerade wie im Gespräch ...«. Die Selbstreferentialität der Texte Heinrich von Kleists. Würzburg 1995.
Hoffmann, Paul: Zu den Briefen Heinrich von Kleists. In: Euphorion 22 (1915) S. 70–76.
Kanzog, Klaus: Probleme der Kommentierung. In: K. K.: Prolegomena zu einer historisch-kritischen Ausgabe der Werke Heinrich

von Kleists. Theorie und Praxis einer modernen Klassiker-Edition. München 1970. S. 207–223.

Knape, Joachim: Zur Struktur des Jugendbriefs an die Schwester im 18. Jahrhundert: Goethe, Mozart, Brentano, Kleist. In: Kleist-Jahrbuch (1996) S. 91–105.

Kreutzer, Hans-Joachim: Über die Geschicke der Kleist-Handschriften und über Kleists Handschrift. In: Kleist-Jahrbuch (1981/1982) S. 66–85.

Müller-Salget, Klaus: Heinrich, Marie und Ulrike von Kleist. Zur Datierung der Briefe vom Herbst 1811. In: Zeitschrift für deutsche Philologie 113 (1994) S. 543–553.

Newman, Gail: ›Du bist nicht anders als ich‹. Kleist's Correspondence with Wilhelmine von Zenge. In: German Life & Letters 42 (1989) H. 2. S. 101–112.

Pabst, Reinhard: Blicke hinter jesuitische Jalousien. Weiße Flecken und neue Spuren zum unerklärlichen Heinrich von Kleist. In: Frankfurter Allgemeine Zeitung. 4. 2. 1997.

Pickenrodt, Gerhart: Zwischen Erfahrung und Konstruktion. Kleists Bildentwürfe in den Pariser Briefen des Jahres 1801. In: Jahrbuch der Deutschen Schillergesellschaft 39 (1994) S. 89–115.

Schrader, Hans-Jürgen: Unsägliche Liebesbriefe. Heinrich von Kleist an Wilhelmine von Zenge. In: Kleist-Jahrbuch (1981/82) S. 86–97.

Schulte, Bettina: Unmittelbarkeit und Vermittlung im Werk Heinrich von Kleists. Göttingen/Zürich 1988.

Schütze, Martin: Studies in the Mind of Romanticism. I. Romantic Motives of Conduct in Concrete Development. 1. The Letters of Heinrich von Kleist to Wilhelmine von Zenge. In: Modern Philology 16 (1918/19) S. 281–296.

Selvani, Gianni: Elementi romantici nell'epistolario Kleistiano. In: Annali della Facoltà di Lingue e Letterature Straniere 6 (1975) S. 107–139.

Smith, Pieter Foldo: Das Vertrauen in Heinrich von Kleists Briefen und Werken. Diss. Groningen 1949.

Strodel, Hans: Heinrich von Kleist als Briefschreiber. Diss. masch. Frankfurt a. M. 1923.

Warketin, Roderich: Heinrich von Kleist in seinen Briefen. Heidelberg 1900.

Weiss, Hermann F. / Ormanns, Stefan: Wiederaufgetauchte Kleist-Autographen. In: Beiträge zur Kleist-Forschung (1992) S. 63–70.

Nachwort

Briefe eines »unaussprechlichen Menschen«

Der Leser der Briefe von und an Heinrich von Kleist muß sich von vornherein vergegenwärtigen, daß er es mit einem Torso zu tun hat. Ein Vergleich mag dies verdeutlichen: Während nach der vorliegenden Ausgabe für den Zeitraum von 1793 bis 1811 lediglich 233 Kleist-Briefe überliefert sind, kamen aus der entsprechenden Lebensphase Goethes (1765–1783) weit mehr als 1800 Briefe auf die Nachwelt. Einerseits resultiert diese bemerkenswerte Diskrepanz aus der Verständnislosigkeit, mit der man Kleists dichterischem Talent zunächst begegnete. So war Goethe als Verfasser des *Werther* zu seiner Zeit schon eine Berühmtheit europäischen Ranges, wogegen Kleists Erstling *Die Familie Schroffenstein* lediglich einem engeren Kreis bekannt war, und auch die nachfolgenden Dramen, Erzählungen, Novellen und Gedichte wurden noch über seinen Tod hinaus lange Zeit äußerst zurückhaltend aufgenommen. Andererseits stieß Kleists unsteter und von vielen Brüchen gekennzeichneter Lebenswandel gerade innerhalb seiner Familie auf wenig Akzeptanz, und sein als skandalös empfundener Freitod tat ein übriges, daß Kleist-Autographen, die heutigentags zu Riesensummen gehandelt werden, von seinen Zeitgenossen nicht wie Reliquien gepflegt und als bewahrenswertes Gut empfunden wurden. Hält man sich indes vor Augen, daß Kleists Halbschwester Ulrike und seine Verlobte Wilhelmine von Zenge mit dem Gedanken spielten, neben ihren Schreiben *an* auch all jene *von* Kleist, die ein Großteil des überlieferten Konvoluts ausmachen, zu vernichten, so wird man am Ende überhaupt froh sein müssen, daß zumindest die vergleichsweise wenigen Lebenszeugnisse erhalten geblieben sind.

Doch schon hier gilt es vorsichtiger zu formulieren. Darf man die Briefe von Kleist grundsätzlich als biographische

Zeugnisse lesen? Muß man sie nicht, folgt man der jüngeren Kleist-Forschung, als autonome Texte begreifen, bei denen man das Ich der Briefe streng vom biographischen Ich zu scheiden habe?[1] Wenn dem allerdings so wäre, welchen Status wollte man dann seiner Verlegerkorrespondenz mit Georg Andreas Reimer oder Johann Friedrich Cotta einräumen, wo wären die nur wenige Zeilen umfassenden Billets etwa an Rahel Levin, Sophie Sander und Henriette Hendel-Schütz einzuordnen, und wie stünde es um jene Briefe aus der Zeit der *Berliner Abendblätter*, die seine Auseinandersetzung mit Karl August von Hardenberg und Friedrich von Raumer dokumentieren? So sehr es angezeigt ist, gerade die frühe Korrespondenz hinsichtlich ihres Rollencharakters, ihrer Rhetorizität und ästhetischen Konstruktion zu überprüfen, so wenig läßt sich ein idealtypischer Kleist-Brief ausmachen, noch wird man mit der Kategorie der ästhetischen Subjektivität, soll nicht das den Brief erst konstituierende kommunikative Moment preisgegeben werden, einen hinreichenden Zugriff auf das gesamte Briefkorpus gefunden haben.[2] Solange nicht eingrenzend von den frühen oder späten Briefen, von den Briefen an die Braut oder die Schwester, von den Schreiben aus Paris oder der Schweiz die Rede ist, sondern die Korrespondenz in ihrer Gesamtheit in den Blick genommen wird, sind – zumal vor dem Hintergrund der problematischen Überlieferung – klassifikatorische Einschätzungen kaum oder nur mit äußerster Zurückhaltung möglich.

1 Vgl. Hans-Jürgen Schrader, »›Denke du wärst in das Schiff meines Glückes gestiegen‹. Widerrufene Rollenentwürfe in Kleists Briefen an die Braut«, in: *Kleist-Jahrbuch* (1983) 122–179, bes. S. 128; Bettina Schulte, *Unmittelbarkeit und Vermittlung im Werk Heinrich von Kleists*, Göttingen/Zürich 1988, S. 20, Anm. 22; Thomas Groß, *»... grade wie im Gespräch ...«. Die Selbstreferentialität der Texte Heinrich von Kleists*, Würzburg 1995, S. 47, Anm. 158.

2 Vgl. Hans-Horst Brügger, *Die Briefe Heinrich von Kleists*, Diss. Zürich 1946, S. 56 und 87; Karl Heinz Bohrer, *Der romantische Brief*, München 1987, S. 51–62.

Kleists Briefe sind solchermaßen nicht nur, aber auch und erst recht mangels anderweitiger autobiographischer Dokumente durchaus Lebenszeugnisse, auf deren Einbeziehung bislang kein Kleist-Biograph verzichtet hat. Sicher: Sie lassen manches im dunkeln, wie die – und nicht zuletzt von Kleist selbst geschickt verschleierten – Motive für seine ominöse Würzburg-Reise im Jahre 1800 oder die Frage, welche Lektüre der sogenannten Kant-Krise vorausging (vgl. S. 68 und 213 im vorliegenden Band). Sicher ist aber auch, daß wir ohne seine Briefe weniger über ihn und die seltenen Höhen und zahlreichen Tiefen seines Lebensgangs wüßten.

Am Anfang steht die aufklärerisch-idealistische Vorstellung eines planbaren Lebens und der damit verbundene Drang nach Wahrheit und Bildung, dem er ebenso jäh und entschieden seine Militärkarriere opfert, wie er sich nachfolgend von der Welt der Gelehrten abkehrt, um vorübergehend den rousseauistisch geprägten Traum einer zurückgezogenen Bauernexistenz zu träumen. Sein Aufenthalt in der Schweiz beschert ihm das Glück literarischen Schaffens, das aber bald schon an der Unmöglichkeit zerschellt, mit dem *Robert Guiskard*-Drama das Ideal einer Tragödie zu verwirklichen. Was folgt, sind eskapistisch anmutende Ausweichstrategien: zunächst in die französische Armee, die aber sein Gesuch, an der geplanten England-Invasion Napoleons teilzunehmen, ablehnte, dann in ein Amt der preußischen Verwaltung, das er jedoch eher widerwillig denn aus Neigung übernimmt. Die Dichtung läßt ihn indessen nicht mehr los, und obwohl er zwischenzeitlich wegen Spionageverdachts in französische Gefangenschaft gerät, und die Folgen der Niederlage von Jena und Auerstedt auf seine patriotische Gesinnung eher niederdrückend wirken, bleibt sein literarischer Schaffensdrang ungebrochen. Es werden Pläne geschmiedet, zusammen mit Adam Müller wird die Kunstzeitschrift *Phöbus* herausgegeben, und als Goethe sich gar anschickt, den *Zerbrochnen Krug* in Weimar zu inszenieren, scheinen sich ihm endlich die Pforten zum Pantheon der Dichtung zu öffnen. Daß sich beide Unternehmungen zu Mißerfolgen auswachsen – die Weimarer Inszenierung fällt komplett durch, und der *Phöbus* muß wegen hoher finanzieller Verbindlichkeiten verkauft werden –, hält ihn zunächst nicht davon ab, den eingeschlagenen Weg weiterzubeschreiten. *Das Käthchen von Heilbronn* wird in Wien aufgeführt, der erste Erzählband erscheint, und mit den *Berliner Abendblättern* nimmt er ein Zeitungsprojekt in Angriff, das sich zunächst vielversprechend entwickelt, um dann allerdings im Sog politischer Mißverständnisse und Intrigen ein für Kleist in jeder Beziehung desaströses Ende zu nehmen. Abermals steht er vor einem Scherbenhaufen, abermals sucht er einen Ausweg, indem er den König um Wiedereinstellung in die Armee bittet, doch als er sich aus den Reihen seiner Angehörigen, denen er einst noch versprochen hatte, »zu so vielen Kränzen noch einen auf unsere Familie herabzuringen« (Br. 74),[3] den Vorwurf gefallen lassen muß, »ein ganz nichtsnütziges Glied der menschlichen Gesellschafft« zu sein (Br. 228), hatte sich in ihm endgültig die Einsicht verfestigt, daß ihm »auf Erden nicht zu helfen war« (Br. 232).

Dies sind, in aller gebotenen Kürze, Stationen im Leben Kleists, über die uns die Briefe unterrichten, wenn sie sich auch inhaltlich nicht allein darin erschöpfen, biographische Zeugnisse oder Lebensspuren zu sein. Wer indes von ihnen konkrete Äußerungen über seine Dichtung oder eine theoretische Auseinandersetzung mit seinem Werk erwartet, wird enttäuscht und muß sich mit einigen wenigen Bemerkungen – vornehmlich aus seinen Briefen an die Vertraute der letzten Lebensjahre, Marie von Kleist – zufriedengeben. Dennoch stehen sich Briefe und Werk nicht als erratische Blöcke gegenüber. Manche der in seinen Briefen formulier-

3 Die hier angegebenen Briefnummern beziehen sich stets auf die vorliegende Ausgabe.

ten und sukzessive immer wieder aufgenommenen Bilder und Gleichnisse, die zum Reservoir seines »Ideenmagazin⟨s⟩« gehörten (Br. 27), sind in die Dichtung eingeflossen, und die »gebrechliche Einrichtung der Welt« (*Die Marquise von O...* und *Michael Kohlhaas*), die in seinen Werken durchweg gestalteten Krisenzustände – von der Erschütterung der sozialen und moralischen Ordnung infolge von Krieg, Revolution und Naturkatastrophe bis zu den psycho-sozialen Konflikten familiärer und individueller Provenienz – begegnen uns in Kleists Lebenszeugnissen vom ersten bis zum letzten Brief: als politischer Umbruch im Zuge der Koalitionskriege und der französischen Okkupation, als großstädtisch geprägte und die moderne Konkurrenzgesellschaft präludierende Entfremdungserfahrung, wie sie in seinen Briefen aus Berlin und Paris sinnfällig wird, und nicht zuletzt als Erkenntnis- und Identitätskrise, die Kleist immer wieder als Sprachkrise formuliert (Br. 35):

> Ach, Du weißt nicht, wie es in meinem Innersten aussieht. ⟨...⟩ Und gern möchte ich Dir Alles mittheilen, wenn es möglich wäre. Aber es ist nicht möglich, und wenn es auch kein weiteres Hinderniß gäbe, als dieses, daß es uns an einem Mittel zur Mittheilung fehlt. Selbst das einzige, das wir besitzen, die Sprache taugt nicht dazu, sie kann die Seele nicht mahlen und was sie uns giebt sind nur zerrissene Bruchstücke. Daher habe ich jedesmal eine Empfindung, wie ein Grauen, wenn ich jemandem mein Innerstes aufdecken soll; nicht eben weil es sich vor der Blöße scheut, aber weil ich ihm nicht Alles zeigen kann, nicht kann, und daher fürchten muß, aus den Bruchstücken falsch verstanden zu werden.

Kleists prägnante Formulierung weist bereits alle Merkmale der modernen literarischen Sprachskepsistradition auf, die man gemeinhin erst mit Hugo von Hofmannsthals *Chandos-Brief* (1902) begründet sieht. Sie verweist auf den für die Sprachskepsis konstitutiven Zusammenhang von Identitäts- und Sprachkrise und gibt auf knappem Raum bereits Kriterien zur Beschreibung des (nach wie vor nicht hinlänglich bestimmten) Begriffs der Sprachkritik vor.[4] Denn Sprache wird hier nicht nur in ihrer begrenzten Abbildungsfähigkeit, sondern auch als nur beschränkt taugliches Mittel der Kommunikation problematisiert. Welche Bedeutung gerade das Sprachproblem im Horizont des Kleistschen Œuvres einnimmt, ist zwar in einschlägigen Studien thematisiert worden,[5] ohne daß aber bislang Analysekriterien aus der Sprachkritik selbst systematisch erfaßt und die Briefe diesbezüglich in ihrer Gesamtheit gewürdigt worden wären. Denn sie bilden recht eigentlich das sprachreflexive und -kritische Fundament seiner Dichtung, ja in ihnen werden gleichsam die unterschiedlichen Facetten sprachkritischer Observanz durchgespielt.

Insofern ist die oben zitierte Passage aus dem sogenannten Sprachskepsis-Brief an seine Schwester Ulrike ein zentraler, doch kein einmaliger Beleg für Kleists Sprachkritik. Das hat Folgen, vor allem bezüglich der Einschätzung der Kant-Krise, auf die noch einzugehen sein wird. Vorab gilt es einen kursorischen Blick auf die Sprachskepsistradition vor

4 Zur Problematik des Begriffs der Sprachkritik vgl. Dirk Göttsche, *Die Produktivität der Sprachkrise in der modernen Prosa*, Frankfurt a. M. 1987, S. 4–41; Karl-Heinz Siehr, »›Sprachkritik‹. Anmerkungen zu einem vielschichtigen Begriff«, in: *Deutschunterricht* 49 (1996) H. 2, S. 77–86.

5 Vgl. etwa Max Kommerell, »Die Sprache und das Unaussprechliche. Eine Betrachtung über Heinrich von Kleist«, in: M. K., *Geist und Buchstabe der Dichtung*, Frankfurt a. M. 1940, [6]1991, S. 243–317; Hans Heinz Holz, *Macht und Ohnmacht der Sprache. Untersuchungen zum Sprachverständnis und Stil Heinrich von Kleists*, Frankfurt a. M. / Bonn 1962; Wilhelm Emrich, »Kleist und die moderne Literatur«, in: *Heinrich von Kleist. Vier Reden zu seinem Gedächtnis*, hrsg. von Walter Müller-Seidel, Berlin [2]1965, S. 9–25; Hinrich C. Seeba, »Der Sündenfall des Verdachts. Identitätskrise und Sprachskepsis in Kleists *Familie Schroffenstein*«, in: *Deutsche Vierteljahrsschrift für Literaturwissenschaft und Geistesgeschichte* 44 (1970) S. 64–100; Ralf Konersmann, »Kleist oder die Sprache des Unaussprechlichen«, in: R. K., *Lebendige Spiegel. Die Metapher des Subjekts*, Frankfurt a. M. 1991, S. 47–72.

Kleist zu werfen, um das Neue und Wegweisende der Kleistschen Sprachreflexion auch für die literarische Sprachkritik der Moderne abschätzen zu können.

Die Reflexion über Sprache und ihre kritische Beurteilung ist so alt wie die Sprache selbst und bildet eine Konstante in der abendländischen Philosophie- und Literaturgeschichte. Schon in der griechischen Antike, namentlich bei Platon, wird das Verhältnis zwischen Sprache und außersprachlicher Wirklichkeit diskutiert und der Frage nachgegangen, ob die Wörter im Wesen der Dinge gegründet sind, und sie somit in einer naturhaften Beziehung zur bezeichneten Sache stehen (Naturalismus), oder ob sie auf einer verabredeten Setzung (Konventionalismus) beruhen. Für die späteren Sprachdiskussionen folgenreich war dabei die dem platonischen Ideenrealismus zugrundeliegende Vorstellung der dienenden Funktion der Sprache, wonach sie erst nachträglich dem vorsprachlich Erkannten zugeordnet werde. Platons Forderung, »daß eine adäquate Sprache alle realen Entitäten abbilden können muß«,[6] stieß noch in der neuzeitlichen Philosophie auf fruchtbaren Boden. Die Sprachkritik Francis Bacons, John Lockes und Gottfried Wilhelm Leibniz' stellte prinzipiell das Abbildungsmodell nicht in Frage, sondern zielte auf die Vermeidung von Irrtümern und Mißverständnissen und mithin primär auf die Perfektionierung der Sprache. Noch die Aufklärung wußte sich dieser Sprachauffassung verpflichtet, doch kommt es mit Johann Georg Hamann und Johann Gottfried Herder zu einer für die moderne Sprachreflexion wegweisenden Neubestimmung der Sprache. In Abkehr vom christlichen Sprachmodell, das im göttlichen Logos als Inbegriff der Wahrheit den Sprachursprung lokalisierte und gleichsam von einem göttlichen Sprachunterricht ausging, wiesen sie die Sprache als Organ der Vernunft und als den Menschen

6 Franz von Kutschera, *Sprachphilosophie*, 2., völlig neu bearb. Aufl., München 1975, S. 36.

eigentlich qualifizierende Erfindung aus. Erst durch seine Sprachfähigkeit werde der Mensch in seinem individuellen Selbst bestimmt. Die Konsequenzen dieser Sprachauffassung, die durch Wilhelm von Humboldts Theorie der sprachlichen Weltansicht eine entscheidende Weiterentwicklung gefunden hat, sind naheliegend. Indem die Sprache nicht mehr in Abhängigkeit zum Wort Gottes oder in ihrer dienenden Funktion von Mimesis gedacht, sondern in die Sphäre des Subjekts verwiesen wird, werden ihr einerseits neue, individuelle Ausdrucksmöglichkeiten eröffnet, andererseits aber erscheint das sprachliche Verhältnis zwischen Ich und Welt durch die fehlende Rückbindungsmöglichkeit nicht mehr gesichert. In Kleists Beteuerung, daß die Sprache als »das einzige, das wir besitzen«, nicht mehr die Seele abbilden könne, wird dieses durch die gewandelte Sprachauffassung begründete Spannungsverhältnis erstmals radikal artikuliert. Zwar wurde auch schon im Sturm und Drang, in Klassik und Romantik die Adäquatheit des Ausdrucks bezüglich der psychophysischen Realität bezweifelt, doch kommt es hier noch nicht zu einer die Individuation des Subjekts gefährdenden Problemlage, in der Sprach-, Wirklichkeits- und Identitätskrise zusammenfallen.[7] Sie bildet dagegen eine dominante Struktur in Kleists Briefen und seinem Werk, so daß diese es auch unter systematischen Gesichtspunkten verdienen, als frühe Zeugnisse der modernen Sprachskepsistradition anerkannt und betrachtet zu werden.

Von dieser Warte aus könnte es zu einer nicht neuen, aber doch relativierenden Einschätzung der Kant-Krise kommen. Auffällig ist zunächst, daß in Kants Philosophie und Erkenntnistheorie das Problem der Sprache geradezu übergangen und allenfalls in der späten *Anthropologie in pragmatischer Hinsicht* (1798) marginal erörtert wird. Der schon andernorts formulierte Verdacht, Kleist könne seine Sprach-

7 Vgl. C. A. M. Noble, *Sprachskepsis. Über Dichtung der Moderne*, S. 17–19; Göttsche (s. Anm. 4), S. 52 f.

krise auf die Kantische Philosophie projiziert haben, ist daher keinesfalls abwegig und entspricht mutatis mutandis dem erst sehr viel später, etwa um 1900 einsetzenden Verfahren, Kants Erkenntniskritik sprachreflexiv zu wenden.[8] Zumindest geht aus dem Briefmaterial eindeutig hervor, daß die Sprachkritik der Erkenntniskrise vorausging. Schon in seinem Brief an den ehemaligen Hauslehrer Christian Ernst Martini (Br. 3) heißt es vielsagend:

> Sie hören mich so viel und lebhaft von der Tugend reden – – – Lieber! ich schäme mich nicht zu gestehen, was Sie befürchten: daß ich nicht deutlich weiß, wovon ich rede, und tröste mich mit unseren Philistern, die unter eben diesen Umständen von Gott reden. Sie erscheint mir nur wie ein hohes, erhabenes, unnennbares Etwas, für das ich vergebens ein Wort suche, um es durch die Sprache, vergebens eine Gestalt, um es durch einen Blick auszudrücken. Und dennoch strebe ich diesem unbegriffenen Dinge mit der innigsten Innigkeit entgegen, als stünde es klar und deutlich vor meiner Seele. Alles, was ich davon weiß, ist, daß es die unvollkommenen Vorstellungen, deren ich jetzt nur fähig bin, gewiß auch enthalten wird; aber ich a h n e noch etwas Höheres, und das ist es wohl eigentlich, was ich nicht ausdrücken und formen kann.

Der Brief an Martini war neben dem in zentralen Passagen übereinstimmenden *Aufsatz, den sicheren Weg des Glücks zu finden* ein erster Selbstvergewisserungsversuch nach seinem Ausscheiden aus dem Militär. Er basiert auf der Adaption aufklärerischer Denkmuster und Philosopheme und dokumentiert Kleists Wahrheits- und Bildungsbestrebungen im Zeichen eines auf den ersten Blick noch unge-

8 Vgl. Hinrich C. Seeba, »Erscheinung eines Dichters«, in: Heinrich von Kleist, *Sämtliche Werke und Briefe*, Bd. 1: *Dramen 1802–1807*, unter Mitw. von Hans Rudolf Barth hrsg. von Ilse-Maria Barth und Hinrich C. Seeba, Frankfurt a. M. 1991, S. 465–478, bes. S. 471; Göttsche (s. Anm. 4), S. 47.

trübten teleologischen Weltbildes. Aber sein auf objektives Wissen ausgerichteter Vervollkommnungsanspruch scheint schon in dem Moment brüchig, in dem er ihn erstmals konturiert. Es sperrt sich der zum aufklärerischen Normendiskurs gehörende und gängige Begriff der Tugend gegen eine definitive Beschreibung, er zeigt sich als »unnennbares Etwas, für das ich vergebens ein Wort suche«, das zwar geahnt, aber nicht benannt werden kann, und übernimmt insofern eine Leerstellenfunktion im Sinne des ›Je ne sais quoi‹ (Ich weiß nicht was, ein gewisses Etwas) als Formel für das Unbestimmbare, dessen die Sprache unmittelbar nicht Herr zu werden vermag. Sie ist ein Angebot »zur Befreiung aus Sprachnot«, eine Umschreibungsmöglichkeit »für eine dem direkten Zugriff verschlossene Vollkommenheit«.[9] Mochte Lessing noch in den *Literaturbriefen* postulieren, daß es »ebenso unmöglich, als es nötig sein würde«, der Sprache alle Nuancen der Empfindungen abzuverlangen,[10] so stand Kleist vor dem Dilemma, sich auf eine überlieferte Begrifflichkeit zu beziehen, die nicht mehr imstande war, sein Selbst auszudrücken. Das Unbegriffene, dem Kleist hier zustrebte, ist also, ehe es in seinem Werk zur ästhetisch-hermeneutischen Denk- und Rätselfigur sui generis avanciert, sprachskeptisch konnotiert und verweist auf den für seine Dichtung fundamentalen Zusammenhang von Sprach-, Identitäts- und Erkenntnisproblematik.[11]

9 Konersmann (s. Anm. 4), S. 68.

10 Gotthold Ephraim Lessing, *Werke und Briefe in zwölf Bänden*, Bd. 4: *Werke 1758–1759*, hrsg. von Gunter E. Grimm, Frankfurt a. M. 1997, S. 608.

11 Mit der Frage, wer »das Unbegreifliche begreifen« könne (*Familie Schroffenstein*, V. 642), begegnen Kleists Figuren nicht nur immer wieder der Rätselhaftigkeit der Welt, sie kennzeichnet gerade auch die Schwierigkeit intersubjektiven Verstehens, so zwischen Agnes und Ottokar (»Du bist so seltsam, / So feierlich – bist unbegreiflich mir«, *Familie Schroffenstein*, V. 726 f.), Alkmene und Amphitryon (»du Unbegreiflicher«, *Amphitryon*, V. 885) sowie Achill und Penthesilea (»Unbegreifliche, wer bist du?«, *Penthesilea*, V. 1811). Kleist selbst bezeichnete sich Wilhelmine von Zenge und Marie von Kleist gegenüber als »unbegreiflichen Freund« bzw. »unbegreif-

Die Klage über die Inauthentizität und Inadäquatheit der Sprache ließe sich an zahlreichen weiteren Beispielen belegen. Sie reicht von der Auffassung, daß »nicht durch Worte aber durch Handlungen ⟨...⟩ sich wahre Treue und wahre Liebe« zeige (Br. 8), über das Eingeständnis, sich »nicht recht auszudrücken« und für seine »Empfindungen die Sprache nicht finden« zu können (Br. 21 und 23), bis zu dem oben zitierten Sprachskepsis-Brief an seine Schwester Ulrike, der im Kontext der Kant-Krise zu lesen ist. Bezeichnenderweise aber geht Kleists briefliche Sprachkritik über dieses punktuelle Krisen-Ereignis hinaus und erreicht in späteren Jahren eine radikale Form der Zuspitzung: »Ich weiß nicht«, heißt es in dem Brief an Ulrike von Kleist vom 13. und 14. März 1803 (Br. 70), »was ich dir über mich unaussprechlichen Menschen sagen soll. – Ich wollte ich könnte mir das Herz aus dem Leibe reißen, in diesen Brief packen, und dir zuschicken.« Als Beglaubigung für die Unvollkommenheit des sprachlichen Ausdrucks reicht nicht mehr aus, in das frühere, zuweilen konventionell anmutende Lamento über das funktionsuntüchtige Medium einzustimmen. Es bedarf dazu vielmehr eines hypostatischen Aktes der Gewalt, um das existentiell-bedrohliche Ausmaß der Sprachnot zu demonstrieren. In dem Moment, in dem die Sprache der Verdinglichung anheimfällt, weist sie sich und das sprechende Subjekt als entfremdet aus. Daß Kleist sich in diesem Zusammenhang selbst als »unaussprechlichen Menschen« begreift, ist insofern nicht bloß als Anleihe aus dem pietistisch-empfindsamen Sprachgebrauch auszulegen. Der Topos der Unaussprechlichkeit, der im Pietismus zu einer blassen und abgegriffenen Formel für außergewöhnliche Gefühle und Empfindungen degenerierte, erhält im Ensemble der sprachkritischen Äußerungen

lich unselige⟨n⟩ Mensch⟨en⟩« (Briefe vom 19. 9. 1800 und August 1811) und verglich noch in seiner Reflexion über den unbegreiflichen Willen, »der über uns waltet«, das Leben (»Dieses rätselhafte Ding«) mit einem »unverständlich⟨en⟩ Buch« (an Wilhelmine von Zenge, 21. 7. 1801).

Kleists eine aussagekräftige Bedeutung und erfährt durch seinen häufigen Gebrauch eine auch qualitative Dimension,[12] die in Kleists Dichtung durch nonverbale Ausdrucksformen (Gebärde des Errötens und Erblassens, Ohnmacht und Zerstreutheit, Schweigen und Verstummen) ihre ästhetische Entsprechung findet.

Mit der Unaussprechlichkeit als Signum sprachlichen Ausdrucks- und Repräsentationsdefizits ist von Anfang an Kleists Skepsis gegenüber der kommunikativen Leistung der Sprache eng verknüpft. Sie äußert sich als Befürchtung und Unbehagen, falsch oder gar nicht verstanden zu werden, und resultiert damit einerseits aus der Abbildungsproblematik, andererseits steht sie in dem gesellschaftlichen Begründungszusammenhang sozial-kommunikativen Handelns. Angesichts der in einem Brief an Ulrike von Kleist (Br. 6) durchweg beteuerten Sehnsucht nach »einer Seele wenigstens«, von der »ich gern zuweilen verstanden werden« möchte, heißt es über die Gesprächskultur im Hause seiner nachmaligen Verlobten Wilhelmine von Zenge:

> Ein Gespräch kann man ihr sich durchkreutzendes Geschwätz nicht nennen. Wenn ein Gespräch geführt werden soll, so muß man bei dem Gegenstande desselben verweilen, denn nur dadurch gewinnt er Interesse; man muß ihn von allen seinen Seiten betrachten, denn nur dadurch wird es mannichfaltig und anziehend. Aber hier – doch Du kennst das. Ich wollte Dir nur zeigen, daß das Interesse, das mir die Seele erfüllt, schlecht mit dem Geiste harmonirt, der in dieser Ge-

12 Vgl. August Langen, *Der Wortschatz des deutschen Pietismus*, 2., erg. Aufl., Tübingen 1968, S. 173 f.; Nikolaus Wegmann, *Diskurse der Empfindsamkeit. Zur Geschichte eines Gefühls in der Literatur des 18. Jahrhunderts*, Stuttgart 1988, S. 85. Um einen Eindruck über die Häufigkeit der im Briefkorpus gebrauchten Begriffe aus dem Sinnbezirk der Unaussprechlichkeit zu vermitteln, sei auf folgende zahlenmäßig erfaßten Belege hingewiesen: unaussprechlich (12), unsäglich (5), unbeschreiblich (23) und (ich kann) nicht beschreiben (8).

sellschaft weht; und daß die Beklommenheit, die mich zuweilen ergreift, hieraus sehr gut erklärt werden kann.

Kleists Beklommenheit, von der hier die Rede ist, deckt sich mit der in seinem späteren Sprachskepsis-Brief eingestandenen »unerklärliche⟨n⟩ Verlegenheit«, mit dem »Grauen«, das ihn bei der Kommunikation mit den Menschen ergriffen habe. Nach dem bislang Gesagten verbirgt sich dahinter freilich mehr als ein bloßer rhetorischer Gestus nach Art des Blödigkeits-Topos, der sich vor dem Hintergrund des bürgerlichen Autonomieverständnisses zum »*common place* bürgerlicher Selbstbewahrung« und Selbsterhaltung entwickelt hatte.[13] Es wäre allerdings ebenso verfehlt, von der gesellschaftlichen Bedingtheit dieser Äußerung abzusehen und den Anpassungsdruck seines Umfelds auszublenden, dem Kleist durch die Quittierung des Militärdienstes und sein nachfolgendes unentschlossenes Handeln ausgesetzt war. Er veranlaßte ihn nicht nur dazu, immer wieder Ausweichstrategien und Verzögerungstaktiken zur Legitimation seines Handelns zu ersinnen; er dürfte auch dazu beigetragen haben, daß Kleist auf eine sowohl seine Autonomie unterstützende als auch seine Isolation forcierende Distanz zur Alltagskommunikation ging. Der Nichtverstandene war somit zugleich der Außenstehende, der mit unverstelltem Blick das Oberflächliche und Konventionelle gesellschaftlicher Gespräche und das Falsche und Mißverständliche der intersubjektiven Kommunikation, die etwa in der Verhörpraxis des *Zerbrochnen Krugs* so meisterhaft durchgebildet wurden, ins Visier zu nehmen vermochte.

Welche Folgen aber ergeben sich aus Kleists Sprachkritik für sein eigenes briefliches Sprachhandeln? Zunächst mutet es einigermaßen paradox an, daß sie sich in einem Medium vollzieht, das in seiner archetypischen Form als »Redesubsti-

13 Bohrer (s. Anm. 2), S. 57.

tut zum Zwecke eines dialogischen Austausches fungiert«[14] und auf eine intersubjektive Verständigung abzielt, die ja Kleist selbst für fast unmöglich hielt. Und in der Tat sind gerade die frühen Briefe und hier insbesondere die Briefe an Wilhelmine von Zenge ganz offensichtlich Zeugnisse einer verunglückten Kommunikation. Sie wurden als »unsägliche Liebesbriefe« bezeichnet, die in ihren Versuchen scheitern, über die Liebe zu sprechen, und hinter denen sich etwas ganz anderes, Unsagbares verberge.[15] Signifikant sind die Spannungsmomente und Divergenzen, die ihnen innewohnen: Sie bemühen sich, authentische Erfahrung zu vermitteln, und stehen doch in Abhängigkeit zu einem eher unzeitgemäßen, noch auf die Frühaufklärung zurückweisenden Brieftyp nach Art der Epistel, die eine Sprache der Intimität verhindert. Sie wenden sich an ein ansprechbares Du und sind in hohem Maße selbstbezüglich, sie suchen nach Verständnis und leiden unter dem Zweifel, verstanden zu werden. Insofern sind sie durchaus »monomanische Selbstmanifestationen«,[16] die jedoch bei aller beteuerten Unmöglichkeit, sich authentisch und adäquat ausdrücken zu können, von dem Wunsch nach Selbstmitteilung beseelt sind (»Ach, ich kann Dir nicht beschreiben, wie wohl es mir thut, einmal jemandem, der mich versteht, mein Innerstes zu öffnen.«), auch wenn schließlich ein Rest Skepsis uneingeholt bleibt: »Ach, Wilhelmine, wenn die Spitze dieses Gedankens Dein Herz nicht trifft, so lächle nicht über einen Andern, der sich tief in seinem heiligsten Innern davon verwundet fühlt« (Br. 36).

Die Verstehens- bzw. Sprachproblematik ist nicht nur ein Kardinalproblem der frühen Briefe, sondern auch und ge-

14 Reinhard M. G. Nieckisch, *Brief*, Stuttgart 1991, S. 12.

15 Hans-Jürgen Schrader, »Unsägliche Liebesbriefe. Heinrich von Kleist an Wilhelmine von Zenge«, in: *Kleist-Jahrbuch* (1981/82) S. 86–96; vgl. auch Elke Clauss, *Liebeskunst. Untersuchungen zum Liebesbrief im 18. Jahrhundert*, Stuttgart/Weimar 1993, S. 201–270.

16 Schrader (s. Anm. 15), S. 90.

rade seines ersten Dramas *Die Familie Schroffenstein*, das wie kein anderes die Negativität der Sprache zum Thema erhebt. Mochte Kleist noch zu Beginn seiner Korrespondenz mit Wilhelmine von Zenge seine Hoffnung auf wechselseitige Verständigung in die Beschwörungsformel des »Wir verstehen uns« münden lassen (Br. 7 und 16), so beruht sie im Horizont seines Erstlings auf einem die Katastrophe vorantreibenden Mißverständnis,[17] das seinen dramatischen Ausgang in der falschen Auslegung des einen Wortes genommen hatte. Das eine Wort, in dem nach archaischem Mythos noch die Einheit von bezeichnendem Ausdruck und bezeichneter Sache hergestellt war, wird hier zur Chiffre für die Uneindeutigkeit der Sprache und zum Signum verlorener Identität des aus dem Paradies gefallenen Menschen. Die Rückeroberung der paradiesischen Ursprache, die etwa im triadischen Geschichtsmodell Hölderlins und Novalis' eine konstitutive Rolle spielte, wird von Kleist in das Reich der Illusion verwiesen.[18] Allein noch die durch Agnes und Ottokar verkörperte Sprache der Liebe vermag dem sprachlichen Mißverständnis und Selbstbetrug zu widerstehen, aber sie ist ebenso wie das dialektisch aufgehobene Kommunikationsmodell sprachlosen Verstehens, wonach »ohne Rede / Sogleich ein Aug' das andere verstehn« (V. 1427f.) müsse, der gebrechlichen Welt ausgeliefert.

Das erste Drama Kleists greift daher geradezu konsequent die Sprachproblematik der Briefe auf, und sie spielt auch in seinen nachfolgenden Werken eine nicht zu unterschätzende Rolle. Wer behauptet, daß seiner »Dichtung als Darstellung die allgemeine Sprachskepsis ganz fremd« gewesen sei, weil seine Sprachanstrengungen sich nicht mit

17 Vgl. *Die Familie Schroffenstein*, V. 1070f.

18 Vgl. Friedrich Strack, »Heinrich von Kleist im Kontext romantischer Ästhetik«, in: *Kleist-Jahrbuch* (1996) S. 201–218, bes. 207f.; Christiaan L. Hart Nibbrig, »Hölderlins pfingstliche Sprachutopie«, in: Ch. L. H. N., *Rhetorik des Schweigens. Versuch über den Schatten literarischer Rede*, Frankfurt a. M. 1981, S. 87–100.

der Darstellung der Unfähigkeit der Sprache vereinbaren lasse,[19] verkennt das für die moderne Sprachskepsistradition bestimmende Komplementärphänomen aus Sprachskepsis und Sprachvertrauen, das für Hugo von Hofmannsthal, Robert Musil oder Franz Kafka ebenso wie für Paul Celan, Ingeborg Bachmann oder Peter Handke ein wesentliches Movens ihres dichterischen Handelns war und ist. Für sie alle gilt mehr oder weniger die von Paul Valéry geprägte Aufgabenbeschreibung der Poesie als »expression de ce qui est inexprimable en fonction finies des mots«,[20] ein Gedanke im übrigen, der schon Kleist nicht fremd war, als er in einem Brief an Ernst von Pfuel (Br. 89) die bedeutsame Finesse des Dichters darin erblickte, »auch das ⟨zu⟩ sagen, was er nicht sagt.« Literarische Kritik der Sprache führt in der Regel nicht ins Verstummen, sondern sie ist sowohl bei Kleist als auch bei dem in sprachkritischer Hinsicht verwandten Franz Kafka die Manifestation produktiv gewordener Sprachnot, die zur Arbeit am Saum des Unsagbaren zwingt.[21] Kleists Briefe sind Zeugnisse dieser Sprachnot und gerade in ihrer frühen Ausprägung Versuche, gegen sie anzuschreiben. In dem Moment, in dem Kleist das Medium der Literatur für sich entdeckte, hat er sich von ihr nicht gelöst, sondern sie ästhetisch integriert und zum Thema seines literarischen Handelns erhoben. Das macht, neben der dokumentarischen Dimension, eine wesentliche Qualität sei-

19 Helmut Arntzen, »Heinrich von Kleist. Gewalt und Sprache. Aus Anlaß des 200. Geburtstags«, in: H. A., *Zur Sprache kommen. Studien zur Literatur- und Sprachreflexion, zur deutschen Literatur und zum öffentlichen Sprachgebrauch*, Münster 1983 (Literatur als Sprache, Bd. 4), S. 79–93, 88.

20 Paul Valéry, *Cahiers II*, hrsg. von Judith Robinson, Paris 1974 (Bibliothèque de la Pléiade, 254), S. 1085.

21 Zur sprachkritischen Verwandtschaft zwischen Kleist und Kafka vgl. Horst Turk, *Dramensprache als gesprochene Sprache. Untersuchungen zu Kleists »Penthesilea«*, Bonn 1965, S. 8f.; Emrich (s. Anm. 5), S. 21–24; Günter Heintz, *Franz Kafka. Sprachreflexion als dichterische Einbildungskraft*, Würzburg 1983, S. 47–49; Anthony Stephens, »Name und Identitätsproblematik bei Kleist und Kafka«, in: *Jahrbuch des Freien Deutschen Hochstifts* (1985) S. 222–259.

ner Briefe aus: daß sie uns in Kenntnis über die individuelle Problematik des »unaussprechlichen Menschen« setzen und uns über deren Bedeutung für sein literarisches Werk unterrichten. »Beim Lesen einer Kleistschen Szene wird uns«, so Max Kommerell in seiner bahnbrechenden Kleist-Betrachtung *Die Sprache und das Unaussprechliche*, »als spräche man hier anders, als wäre das Sprechen Mühe, als ränge sich ihm das Unaussprechliche herauf, und zwar vergeblich, obwohl der Stammelnde dem Stockenden, der Taube dem Stummen zu Hilfe kommt, und einer dem anderen mit aufgeregten und äußersten Gebärden abfragt, was doch nicht über die Lippen will.«[22]

22 Kommerell (s. Anm. 5), S. 244.

Inhalt

Briefe von Kleist

Briefe an Kleist

Unsichere Zuweisung

Anhang

Heinrich von Kleist

IN RECLAMS UNIVERSAL-BIBLIOTHEK

Amphitryon. 93 S. UB 7416 – dazu *Erläuterungen und Dokumente* 160 S. UB 8162

Die Familie Schroffenstein. 120 S. UB 1768

Die Hermannsschlacht. 104 S. UB 348

Das Käthchen von Heilbronn oder die Feuerprobe. 127 S. UB 40 – dazu *Erläuterungen und Dokumente* 162 S. UB 8139

Die Marquise von O... Das Erdbeben in Chili. 80 S. UB 8002 – *Erläuterungen und Dokumente* zu *Die Marquise von O...* 125 S. UB 8196 – *Erläuterungen und Dokumente* zu *Das Erdbeben in Chili.* 151 S. UB 8175

Michael Kohlhaas. 127 S. UB 218 – dazu *Erläuterungen und Dokumente* 111 S. UB 8106

Penthesilea. 104 S. UB 1305 – dazu *Erläuterungen und Dokumente* 159 S. UB 8191

Prinz Friedrich von Homburg. 95 S. UB 178 – dazu *Erläuterungen und Dokumente* 204 S. UB 8147

Robert Guiskard. 70 S. UB 6857

Sämtliche Briefe. 765 S. UB 9768

Sämtliche Erzählungen. 333 S. UB 8232 – auch geb.

Die Verlobung in St. Domingo. Das Bettelweib von Locarno. Der Findling. 72 S. UB 8003

Der zerbrochne Krug. 79 S. UB 91 – dazu *Erläuterungen und Dokumente* 157 S. UB 8123

Der Zweikampf. Die heilige Cäcilie. Sämtliche Anekdoten. Über das Marionettentheater und andere Prosa. 104 S. UB 8004

Philipp Reclam jun. Stuttgart

Interpretationen

IN RECLAMS UNIVERSAL-BIBLIOTHEK

Auswahl

zu *Lessings Dramen.* 211 S. UB 8411

zu *Dramen des Sturm und Drang.* 252 S. UB 8410

zu *Goethes Dramen.* 392 S. UB 8417

zu *Goethes Erzählwerk.* 461 S. UB 8081

zu *Schillers Dramen.* 431 S. UB 8807

zu *Kleists Dramen.* 196 S. UB 17502

zu *Kleists Erzählungen.* 264 S. UB 17505

zu *Georg Büchner.* 218 S. UB 8415

zu *Erzählungen und Novellen des 19. Jahrhunderts.*
Band 1. 422 S. UB 8413
Band 2. 431 S. UB 8414

zu *Romane des 19. Jahrhunderts.* 423 S. UB 8418

zu *Fontanes Novellen und Romane.* 304 S. UB 8416

zu *Dramen des Naturalismus.* 285 S. UB 8412

zu *Brechts Dramen.* 188 S. UB 8813

zu *Thomas Mann, Romane und Erzählungen.* 360 S. UB 8810

zu *Franz Kafka, Romane und Erzählungen.* 320 S. UB 8811

zu *Hermann Hesse, Romane.* 175 S. UB 8812

Philipp Reclam jun. Stuttgart